读客

读客外国小说文库

读客激发个人成长

独居的一年

[美] 约翰·欧文 著
孙璐 译

江苏凤凰文艺出版社
JIANGSU PHOENIX LITERATURE AND
ART PUBLISHING, LTD

A WIDOW FOR ONE YEAR

John Irving

献给珍妮特

一则爱的故事

“……至于这位小姐，我能给她的最好祝福，

就是祝她运气差一点儿。”

——威廉·梅克比斯·萨克雷[①]

① 19世纪英国小说家，代表作《名利场》。——译注（本书中注释，如无特别说明，均为译注）

目　录

第一部　1958年夏天

第二部　1990年秋天

第三部　1995年秋天

第一部

1958年夏天

不称职的灯罩

露丝·科尔四岁的时候，有天晚上，正在双层床下铺睡觉的她突然被做爱的声音惊醒，声音来自她父母的卧室。露丝还是第一次听见这种动静，再加上她最近饱受病毒性肠胃炎的折磨，所以，听到母亲做爱时的呻吟，她竟然条件反射似的以为那是在呕吐。

露丝父母之间的问题，可不是只有睡在不同的卧室里那么简单，那年夏天，他们索性分别住在两处房子里，但她从来没见过另一座房子。到了晚上，父母会轮流回家陪她。夫妻俩在他们家附近另租了一个住处，每当轮到其中一个在家陪女儿，另一个就去那里待着。配偶之间决定分居，却还没有走到离婚那一步的时候，总喜欢做出这种可笑的安排。因为在这个阶段，他们仍然觉得孩子和财产是双方共有的，应该慷慨大方地互相分享，没有必要斤斤计较。

其实，刚刚被奇怪的声音吵醒时，露丝并不确定"呕吐"的人是她的母亲还是父亲，但是接下来，尽管并不熟悉这种声响，她还是分辨出那是母亲的动静，因为她的音调里总是透着惯有的忧郁烦闷和歇斯底里。而且，她也没有忘记，当天晚上轮到母亲在家陪她。

露丝的房间和父母的主卧室之间，还隔着一个主浴室。四岁的她赤着脚，慢慢穿过主浴室，顺手拿起一条毛巾（因为得了病毒性肠胃炎，父亲告诉她吐在毛巾里）。可怜的妈妈！她想，她得把毛巾给母亲送过去。

比此时黯淡的月光更黯淡的，是她父亲安装在浴室里的夜明灯。灯光闪烁朦胧，她死去的两个哥哥的照片就挂在浴室的墙上，两张苍白的面孔跳进她的眼帘。房子里到处都是兄弟俩的照片，每面墙上都有。尽管他们十几岁的时候就死了，而那时露丝还没有出生（她母亲甚至还没有怀上她），可她觉得，比起父母，她更熟悉这两个已经消失不见了的男孩。

高个子、黑皮肤、瘦脸盘的是托马斯，和她现在这么大（只有四岁）的时候，托马斯就已经出落得像电影里的男主角那样沉稳自若、英俊孔武。十几岁时，他更是现出一副少年老成的笃定神态。（那场车祸中，开车的就是托马斯。）

稚嫩惊惶的那个是蒂莫西：快二十岁的他却长着张娃娃脸，脸上挂着好像刚刚吓了一跳的表情。在很多照片里，蒂莫西的神色都是犹豫不决的，似乎老是拿不定主意，要不要模仿哥哥，表演托马斯举重若轻的那些高难度动作。（但到头来，艺高胆大的托马斯却阴沟里翻船，栽在开车这种微末之技上。）

露丝·科尔走进父母的卧室，看到了骑在她母亲屁股上的那个一丝不挂的年轻男人：他攥着她的乳房，手脚并用地箍着她的身体前摇后晃，像狗一样。露丝立刻尖叫起来，但她尖叫的原因，并非交媾场面的不文明或者令人反胃——四岁的小孩哪里知道这是在干什么，年轻人和母亲的姿态也没有让她觉得别扭。实际上，看到母亲没在呕吐，她反而松了一口气。

露丝尖叫，也不是因为年轻人没穿衣服，她见过父母的裸体（科尔夫妇不把裸体当回事儿），而是因为那个年轻人的长相：她认定了他就是死去的两个哥哥中的一个，因为他长得太像托马斯了，就是胆大得过分的那个，以至于让露丝·科尔觉得自己一定是见到了鬼。

四岁小孩的尖叫固然刺耳，而母亲的小情夫从私通对象的身上跳下来的速度之快也令露丝咋舌：他像被炮弹击中一样，被一股大力向后推着，狼狈而急切地同时脱离了床上的女人和她的床，着陆在床头柜上，砸破了床头灯，又慌忙扯下灯罩遮挡羞处。经过这样一番折腾，现在这个“鬼”没有她第一眼看到时那么恐怖了，而且，她仔细一看，就认出了他：这个男孩住在她家位置最偏的那间客房里，是她父亲的司机——妈妈说，他为爸爸工作。他还开车送露丝和她的保姆去过几次海边呢。

那年夏天，露丝有三个保姆，每一个都说这男孩脸色不好，太苍白，她的母亲却告诉女儿，有些人就是不喜欢阳光。当然，露丝从前没见过这男孩不穿衣服的样子，现下也意识到他可不是什么“鬼”，他的名字叫埃迪。虽说如此，小女孩毕竟只有四岁，还是忍不住再次尖叫起来。

她的母亲仍旧趴在床上，一如往常地镇定，她只是既扫兴又有点失望地看着女儿，没等露丝开始第三次尖叫，她就开口道：“别叫啦，亲爱的，不就是埃迪和我嘛，快回去睡觉吧。”

露丝·科尔听话地走开，再次穿过挂满照片的浴室，这时候再看，照片里两兄弟的鬼气还是比她母亲那位摔倒的“鬼魂”情人更胜一筹。而且，刚才埃迪急于遮羞，没注意到他扣在下身的那个灯罩是两头开口的，他那正在缩小的阴茎早就一览无余地呈现在露丝的视野之中。

四岁的露丝毕竟年幼，记不住埃迪这个人或他的阴茎的细节特征，埃迪却记住了她。三十六年后，埃迪五十二岁，露丝四十岁，昔日这个倒霉的男孩会爱上露丝·科尔，但即便到了那时，他也不后悔和她的母亲睡过觉。啊，当然，埃迪怎么想是他的问题，我们讲的这个故事是关于露丝的。

露丝·科尔成为作家，并非因为父母曾经希望她是个男孩——

好给他们当第三个儿子。她创作方面的想象力更有可能来自童年的经历：在他们家，连死去哥哥的照片都比她母亲或父亲更有“存在感”。自从母亲抛弃了女儿和丈夫一走了之（并且带走了死去的两个儿子的几乎所有照片），露丝就一直没弄明白，父亲为什么还要把挂相框的画钩留在墙上。画钩是她成为作家的部分原因——母亲离家多年后，她想要回忆钩子上挂过什么样的照片，却记不起两个哥哥照片的原样，于是，她开始幻想他们短暂人生的各种片段，她已经错过了目睹他们真实人生的机会——托马斯和蒂莫西在她出生前就死了，所以这就成了露丝·科尔当上作家的另一个原因：她从记事开始，就不得不去想象哥哥们到底是什么样子的。

说起兄弟俩丧命的那场车祸，属于青少年车祸中常见的一种：事后的调查表明，他们都是“好孩子”，出事前都没喝过酒。而最不幸、最令他们父母伤心的是，托马斯和蒂莫西之所以恰好在那个时间、坐在那辆车里、出现在那个地点，是因为父母的一场毫无必要的争吵——完全可以避免。可怜的父母只能在余生中独自承受当年的琐屑争执带来的沉重伤痛。

露丝后来听说，父母创造了她的那次性行为，虽然意图良善，可没有半点激情。她的父母妄想用新生命替代死去的儿子，也丝毫没有考虑过这个背负了他们无法实现的期望的孩子可能是个女孩。

露丝·科尔是备受尊敬的严肃小说和国际畅销书作家，但与她的另一成功相比，如此罕见的双重成就也相形见绌，那项了不起的成功就是——她竟然挣扎着长成了大人。相片里的两个英俊男孩已经偷走了她母亲大部分的爱，但比起这点，她更受不了的是在冷漠的父母关系的阴影中成长。

儿童畅销书作家和插画家特德·科尔一表人才，比起履行做父亲的日常责任，他更擅长给孩子们写书作画。露丝四岁半以前，他虽然不会总是酩酊大醉，却也经常喝得不少。尽管他没有利用清醒时间的每一分钟追求女人，但足以称得上毕生流连花丛的色胚（自然，这让他对待女人比对待小孩更不可靠）。

特德从事儿童读物创作，完全出于无奈。他的处女作是一本受到过度赞誉的成人小说，文学性毋庸置疑，但接下来的两本小说却不值一提，只能说，最后没有人——尤其是特德·科尔的出版商——对他的第四本小说表现出明显的期待，他也从未动笔去写。在这种情况下，他却反而写出了自己的第一本儿童读物，名叫《老鼠爬墙缝》，这本书差点没能出版。

乍看上去，它对小孩们的父母似乎没有什么吸引力，而孩子之所以记得它，纯粹因为受到了惊吓。至少，当他把《老鼠爬墙缝》读给托马斯和蒂莫西听时，这兄弟俩吓得不轻。轮到露丝听他读这本书的时候，三十多种语言版本的《老鼠爬墙缝》已经在世界各地成功地吓到了九百万到一千万左右的小孩。

与死去的哥哥一样，露丝是听着父亲的故事长大的。当她第一次在印出来的书上读到这些故事时，立刻觉得自己的隐私受到了侵犯——她本以为这些故事是父亲专门讲给她听的。后来她还想过，死去的两个哥哥当年看到书的时候会不会也觉得隐私受到了侵犯。

露丝的母亲玛丽恩·科尔不仅容貌美丽，而且是个好妈妈，至少在女儿出生之前是这样。爱子没夭折的时候，她还是个忠诚的妻子——甚至连丈夫不计其数的风流韵事都不在意。两个儿子被车祸带走后，玛丽恩变得冷漠无情，与过去判若两人，因为她明显不关心女儿，露丝相对容易地放弃了对母亲的爱。可要发现父亲的缺陷，对她来说就没那么简单了，用的时间也更长，而且，等到她与父亲彻底翻脸的时候，已经太迟了。特德迷惑了她——特德几乎能迷惑住某个年纪以下的每一个人。玛丽恩却不曾迷住过谁，可怜的玛丽恩根本不会去尝试迷惑别人，甚至不想迷惑自己唯一的女儿，但要爱上玛丽恩，也还是有可能的。

就这样，倒霉的年轻人埃迪带着那个不称职的灯罩闯进了我们的故事。他爱玛丽恩——也不会停止爱她。当然，如果他早知道自己以后会爱上露丝，就会重新考虑是否要对她的母亲动感情，不过这也很可能由不得他考虑，因为在这方面，他是没法控制自己的。

暑期工

埃迪的全名是爱德华·奥哈尔。1958年夏天，他刚满十六岁，已经考取驾照，拥有驾照是他获得平生第一份暑期工作的先决条件。但埃迪·奥哈尔并不知道，给玛丽恩·科尔做情人才是他真正的暑期工作，特德·科尔雇用他正是出于这个目的，而且，这件事会影响他一生。

科尔家的悲剧，埃迪早有耳闻，不过——与大多数青少年一样——他没什么兴趣听大人们的谈话。他刚在菲利普-埃克塞特高中念完高二，他父亲在这所学校教英文。这份暑期工作完全是凭着埃克塞特高中的人脉资源联系到的，埃迪的父亲非常信赖埃克塞特校友的关系网。老奥哈尔先是在埃克塞特读书，后来又在这里教书，他度假时总是随身携带一本已经翻烂了的《埃克塞特通信录》。他觉得，彼此信任、尽己所能互相帮忙是埃克塞特校友不可推卸的责任。

校方认为，科尔夫妇对学校算得上慷慨，他们的儿子去世的时候已经是埃克塞特的优等生，人缘也好。尽管悲痛难抑——或者正因为如此——特德和玛丽恩·科尔还是出钱在学校设立了一个讲座，每年邀请一位客座教师讲授英国文学，英国文学是托马斯和蒂莫西最擅长的科目。这个所谓的“托马斯与蒂莫西·科尔讲座”正是“薄荷”·奥哈尔的主意（薄荷·奥哈尔是埃克塞特的学生给老奥哈尔起的绰号，因为他吃薄荷糖上瘾，在课堂上朗读文章时都不忘含上一块——他最爱背诵指定教材中自己喜欢的章节）。

埃迪告诉父亲，他最想干的暑期工作就是给作家当助理——十六岁的他一直保持写日记的习惯，最近还写了一些短故事——老奥哈尔一听，毫不迟疑地打开《埃克塞特通信录》，准备求助他的关系网。当然，除了特德·科尔，埃克塞特的校友（因为特德是校友，托马斯和蒂莫西才进的埃克塞特高中）里面还有不少文学方面的作家，但薄荷·奥哈尔四年前说服特德·科尔拿出八万两千美元设立讲座的时候，发现他是个好商量的角色。

“你不用给他钱，”薄荷打电话告诉特德，“这孩子可以帮你打字，或者回信、跑腿什么的——任凭你差遣。我主要想让他积累经验。如果他想当作家，就应该看看真正的作家是怎么工作的。”

特德没在电话上明确承诺什么，但是态度客气，而且当时他喝醉了。他自己给薄荷·奥哈尔起的外号是“烦人精”，但“烦人精”·奥哈尔正是凭着这份不屈不挠，才会执意要给特德指出埃迪的照片在1957年的PEAN（埃克塞特高中的年鉴）里的位置的。

托马斯和蒂莫西·科尔死后的最初几年，玛丽恩每年都向埃克塞特高中索取年鉴。如果托马斯还活着，应该在1954年那一届毕业，蒂莫西则是1956届。不过，现在虽然1956届都毕业好几年了，埃克塞特年鉴还是会每年如期寄到玛丽恩手中——这是薄荷献的殷勤，他认为这样可以免除玛丽恩开口讨要的麻烦。玛丽恩也会像以前一样耐心翻阅年鉴照片，每当看到和托马斯与蒂莫西长得像的孩子，她都难免心生触动，但自从露丝出生，她就不再和特德提这种事了。

1957年的埃克塞特年鉴里，有一张“低年级辩论社”成员的合影，埃迪·奥哈尔坐在前排，穿着深灰色法兰绒裤子和粗花呢外套，系斜纹阔条领带，如果不是面带引人注目的坦率神情，深色大眼睛里透出对尚未降临的哀伤的阴沉担忧，他还真是毫无特色可言。

照片里的埃迪比托马斯去世时小两岁，与蒂莫西死时同龄，但他看上去更像托马斯。在“远足俱乐部”的合影中，他甚至还要像托马斯，与那些拥有特德·科尔所谓“对户外的持久兴趣”的大部分男孩相比，埃迪的皮肤更白皙，更自信。在1957年的埃克塞特年鉴里，除了这两张合影，他只在两支低年级运动队——越野跑预备队和田径预备队——的照片里出现过几次，从瘦削的体形推测，他跑步更像是为了缓解精神的紧张，而非追求乐趣，跑步可能是他唯一爱好的运动。

特德·科尔假装漫不经心地把年轻的爱德华·奥哈尔的照片拿给妻子看。“这孩子长得很像托马斯，对不对？”他问。

玛丽恩以前见过这些照片，她非常仔细地把所有的埃克塞特年鉴翻过一遍。“是，有点儿像，”她回答，“怎么啦？他是谁？”

“他想找份暑期工作。”特德告诉她。

“给我们帮忙？”

“给我帮忙，”特德说，“他想成为作家。”

“可他能帮到你什么呢？”玛丽恩问。

“嗯。主要是为了得到点经验吧，我猜，”特德告诉她，“我是说，如果他想当作家，就应该看看作家是怎么工作的。”

玛丽恩自己也一直想成为作家，她知道丈夫其实不怎么工作。“但他到底能干点什么呢？”她问。

“嗯。”特德有个话不说完就闭嘴、事情想一半就放下的习惯，他的含混可能半是故意，半是不经心。

特德给薄荷·奥哈尔回电话，同意给他儿子工作机会，不过他一上来就问埃迪有没有驾照。特德有两次醉酒驾驶的犯罪记录，1958年夏季刚被吊销了驾照，他希望从这个夏天开始和玛丽恩分居，但如果他在附近租一处房子，同时又要继续和玛丽恩共享他们家的房子（还有露丝）的话，就得有人替他开车。

“他当然有驾照！”薄荷告诉特德，埃迪的命运就这样敲定了。

玛丽恩关于埃迪“究竟能干什么”的疑问也被搁置起来，真的，特德·科尔经常把各种事情搁在那儿不去处理，让它们停留在没着没落的状态。每当玛丽恩坐下来，把埃克塞特年鉴摊在膝头的时候，他也时常抽身离开，留她独自一人。他无法不去注意的是，妻子完全被年鉴照片里穿田径服的埃迪吸引了，她伸出涂着粉红指甲油的食指，长指甲描摹着埃迪露出来的肩膀的轮廓，动作虽然毫无意识，却全神贯注。特德认为，对于她迷恋长得像托马斯或蒂莫西的男孩这件事，玛丽恩应该比他更警觉，毕竟，她还没有跟他们中的任何一个上过床。

而这些男孩里面，埃迪将是唯一和她睡过的人。

你不想发出声音的时候发出的声音

埃迪·奥哈尔很少注意埃克塞特高中的人关于科尔夫妇如何“应付”丧子之痛的诸多议论，即使五年之后，这些话题也是薄荷·奥哈尔和他爱好八卦的妻子举办的同事聚会上的主要谈资。埃迪的母亲名叫多萝西，但每个人（除了埃迪的父亲，他讨厌起外号）都叫她“多事西”。

埃迪虽不是嚼舌根的行家，却是个好学生，为了当好作家助理，他做了不少准备工作，他认为这些工作远比记住那些关于科尔家的悲剧的闲言碎语重要。

就算埃迪没听说科尔家还有一个小孩，这条消息也绝对会引起薄荷和多事西·奥哈尔的重视：特德·科尔是埃克塞特的校友（1931届），他的两个儿子死的时候都是埃克塞特的学生，这足以让科尔全家人与埃克塞特高中结下终身难解的孽缘。而且，特德·科尔是埃克塞特毕业的名人，即便埃迪不是势利眼，他家的长辈们可是相当热衷于追名逐利。

特德·科尔是北美地区最知名的童书作家，所以，媒体在报道科尔家的悲剧时，选取了特殊的角度：一个专为孩子写书画画的著名作家，如何面对自己孩子的死亡？这种涉及个人隐私的报道，总会掀起八卦的声浪，埃克塞特的教工和教工家属里面，恐怕只有埃迪·奥哈尔是个不太关心这些传闻的异类，他当然也是埃克塞特高中唯一读过特德·科尔全部作品的人。

埃迪这一代人中的大多数——以及此前和此后的半代人——都读过《老鼠爬墙缝》，或者可以这样说（更有可能是这种情况），他们长到会读书的年龄之前，听别人读过这本书。埃克塞特的大部分教工和学生也读过特德·科尔的其他几本童书，然而除了埃迪，没人读过特德的三本小说：首先，三本书均已绝版；其次，内容也不怎么好。尽管如此，忠于母校的特德·科尔还是把他写的每本书的初版和手稿都赠送给了学校。

埃迪原本可以从谣言和传闻中了解更多的小道消息——至少知道得越多，越对他的第一份暑期工作有帮助——但为了做一个称职的作家助手，他一直埋头苦读，根本不知道特德·科尔已经逐渐开始停止写作了。

特德向来迷恋年轻女性。玛丽恩才十七岁就怀着托马斯嫁给了他，当时他二十三岁。问题是，尽管玛丽恩不断变老——当然她总是比丈夫小六岁——特德对年轻女性的偏好却一直没变。

十六岁的埃迪·奥哈尔只在小说中读到过老男人对青春纯真的留恋之类的描写，但他不是在特德·科尔的那几本自传成分多到令读者尴尬的小说中首次接触这种题材，而且他还读过写得更好的同类作品。然而，对特德·科尔的写作评价并没有削弱他想成为特德·科尔助手的渴望，即便特德称不上大师，但要从他那里学到点技艺，也并非没有可能。

毕竟，埃迪正是从埃克塞特的许多老师那里学到很多东西，他们中的大部分都相当优秀，极少有人的授课风格像埃迪的父亲那样枯燥无聊。埃迪甚至觉得，就算在差劲的学校，薄荷也会是平庸的教师之中最平庸的一位，更别提在埃克塞特这种好学校了。

埃迪·奥哈尔在好学校的稳定环境中长大，深知可以从勤奋工作——并且坚持一定的标准——的年长者身上学到很多，但他不知道特德·科尔早已不再勤奋工作，他那原本就不可靠的“标准”也被和玛丽恩的失败婚姻——加上无法令人接受的死亡悲剧——毁掉了。

比起他的小说，特德·科尔的童书更能引起埃迪在智力与心理（甚至情感）方面的兴趣。特德天生擅长创作儿童寓言故事，他能想象和表达出儿童的恐惧——能让他们感到满足。如果托马斯和蒂莫西活到成年，一定会对父亲失望，就像露丝·科尔在长大成人之后才对特德失望那样，小的时候，她可是爱他的。

十六岁时，埃迪·奥哈尔在孩童和成年两种状态之间摇摆不定。在他心目中，任何故事的开头都无法与《老鼠爬墙缝》的第一句媲美：“汤姆醒了，可蒂姆没醒。”露丝·科尔在她的作家生涯中——她将成为各方面都超越父亲的作家——总是羡慕这个句子，她也永远不会忘记自己第一次听到这句话的时刻，很久之后她才知道，这是一本有名的书的第一句话。

1958年的那个夏天，露丝四岁的时候，还发生了一件事——事情发生时，埃迪还没有到她家去。这一次，她可不是被做爱的声音吵醒，这次的声音出现在她的梦里，一直到她醒了还没有消失。她先是梦见床在震动，醒来时却发现是自己的身体在颤抖——所以感觉床也在动。过了一小会儿，尽管她已经完全清醒了，可还是能听到梦中听到的声音，接着，声音又戛然而止，就像有人在鬼鬼祟祟地搞些小动作，尽量避免弄出动静似的。

“爸爸！”露丝轻声说。她记得（这一次）轮到父亲陪她，但她的声音小得连自己都听不见。而且，特德·科尔睡得像一块石头，与大多数酒鬼一样，他不是睡着的，而是直接醉得不省人事——至少得到凌晨四五点钟才能醒过来，然后就再也睡不着了。

露丝爬下床，踮着脚穿过通往主卧室的主浴室，她父亲正躺在主卧室里面，浑身飘散着一股说不清是威士忌还是琴酒的味道——跟关着门的车库里的汽车散发的机油和汽油味儿一样浓郁。

“爸爸！”她又说，“我做了一个梦，听见一个声音。”

“什么样的声音，露西[1]？”她父亲问。他没有动，但是已经醒了。

“它钻进屋里来了。”露丝说。

“那个声音？”

“它就在房子里，但是又想安静下来。”露丝说。

“那我们去把它找出来。”她父亲说，“一个想要安静下来的声音，我得去看看这到底是怎么回事。”

他抱起露丝，踏进长长的二楼走廊，这里的托马斯和蒂莫西的照片是整座房子中最密集的，特德打开走廊灯的时候，露丝死去的哥哥们似乎在乞求她的注意——就像站成一排求婚的王子，巴望着得到公主的青睐。

“你在哪儿，声音？”特德叫道。

“看看客房里有没有。”露丝说。

父亲抱着她来到走廊尽头，那里有三间客卧和两间客人用的浴室——每一间都有不少照片。他们打开所有的灯，察看衣橱里面和浴帘后面。

“出来吧，声音！”特德命令道。

“出来吧，声音！”露丝跟着重复。

“可能在楼下。”她父亲说。

“不，它就在楼上，和我们在一起。”露丝告诉他。

“我觉得它已经走了，”特德说，“它听起来是什么样的？”

“就是你不想发出声音的时候发出的声音。”露丝告诉他。

---

① 露西（Ruthie）是露丝（Ruth）的昵称。

特德把女儿放到客房里的一张床上，拿起床头柜上的纸笔，他太喜欢露丝刚才说的这句话了，很想记下来，但他没穿睡衣——所以没有口袋放那张纸，只好先用嘴叼着它，再抱起女儿。像往常一样，露丝对父亲的裸体产生了一闪而过的短暂兴趣。“你的鸡鸡挺奇怪的。”她说。

“我的鸡鸡是挺奇怪的。”她父亲表示同意。他老是这么说，加上这次牙齿还咬着那张纸，所以显得更加漫不经心。

“那个声音去哪儿了？”露丝问他。特德抱着女儿走进每间客房和客用浴室，把灯逐一关掉，突然，他猛地在一间浴室中停住脚步，露丝甚至觉得，是托马斯或者蒂莫西——或是他们两个同时——从照片里伸出手，拉住了父亲。

“我来给你讲个声音的故事。”她父亲说，嘴里叼的纸片上下拍打着，然后就抱着她一屁股坐在浴缸沿上。

引起特德注意的是托马斯四岁时（现在露丝也是四岁）的一张照片，照片里的人姿态笨拙：托马斯坐在一张大沙发上，沙发上摆着印有花卉图案的软垫，两岁的蒂莫西不情愿地坐在托马斯的膝盖上，几乎完全被花里胡哨的沙发垫挡住了。当时应该是1940年，两年后，埃迪·奥哈尔才出生。

“有一天晚上，露西，就在托马斯像你这么大的时候——蒂莫西还包着尿布呢——托马斯听到一个声音。”特德开始讲了。后来，露丝怎么都忘不了父亲把那张纸从嘴上拿下来时的样子。

“他们都醒着吗？”她盯着那张照片，问。

特德的记忆闸门就此打开，他能把这个老故事从头背到尾。

“汤姆醒了，可蒂姆没醒。”

露丝在父亲的怀里哆嗦了一下。即使长大以后，成了著名的小说家，露丝·科尔听到和说起这个句子的时候，还是会不由自主地打哆嗦。

“汤姆醒了，可蒂姆没醒。当时是半夜。‘你听见了吗？’汤姆问弟弟。但蒂姆只有两岁，就算在醒着的时候，他也不怎么说话。

“汤姆叫醒爸爸，问他：‘你听到那个声音没有？’”

“‘什么声音？’爸爸问。

“‘听起来好像一个妖怪，它虽然没有胳膊也没有腿，但还是想动弹。’汤姆说。

“‘没有胳膊也没有腿，那要怎么动呢？’爸爸问。

“‘扭来扭去的呀，’汤姆说，‘它的毛也很滑，可以在地上滑。’

“‘噢，它长着毛？’爸爸问。

“‘它用牙拖着自己往前走。’汤姆说。

“‘啊，它还有牙！’爸爸喊道。

“‘我告诉你了——它是妖怪！’汤姆说。

“‘可到底是什么声音把你吵醒了呢？’爸爸问。

“‘就是那种声音，衣柜里的声音，好像妈妈的衣服活了，想从衣架上爬下来。’汤姆说。”

后来，露丝·科尔一辈子都害怕衣柜，如果卧室的衣柜门开着，她就睡不着，她也不愿意看到衣服挂在衣柜里的样子，她不喜欢衣服——就这么简单。小的时候，如果房间里光线暗，她从来不敢开衣柜门——生怕里面的衣服把她拽进去。

“‘我们回你的房间去，听听那个声音。’汤姆的爸爸说。蒂姆还在睡觉——他还是没听到那个声音。那声音就像有人在拔床底下的地板钉，又像是一条狗想要开门，它的嘴巴湿湿的，滑得咬不住门把手，但还是不停地咬啊咬啊——它最后肯定能进来，汤姆想。那声音还像阁楼上的鬼发出来的，说不定那个鬼把从厨房偷来的花生掉到地上了。”

这时，第一次听到这个故事的露丝打断父亲，问他阁楼是什么。

“就是一个大房间，盖在所有卧室的顶上。”特德告诉女儿。因为没见过阁楼，露丝更害怕了，她长大的房子里没有阁楼。

“‘那个声音又来了！’汤姆小声告诉爸爸，‘你听见了吗？’这时，蒂姆也醒了。那声音就像是什么东西困在了床头板里面，想咬破床头板钻出来——听，它正在啃木头呢。”

露丝再次打断父亲：首先，她睡的是双层床，没有床头板；其次，她不知道“啃”是什么意思。于是父亲解释给她听。

“汤姆觉得，那声音肯定是一只没有胳膊也没有腿的妖怪拖着它又厚又湿的毛向前扭的时候发出来的。‘真是妖怪！’汤姆叫道。

“‘不就是一只老鼠嘛，在墙缝里面爬呢。’爸爸说。

“听了爸爸的话，蒂姆尖叫起来，因为他不知道‘老鼠’是什么，光是想着一个长着湿乎乎的厚毛的东西——而且没有胳膊也没有腿——在墙缝里爬的样子，他就怕得不得了，这种可怕的东西是怎么跑进墙缝里的呢？

“汤姆却问爸爸：‘那只是一只老鼠吗？’

“爸爸捶了捶墙，他们听到老鼠匆忙逃走的声音。‘如果它又爬回来，’爸爸告诉汤姆和蒂姆，‘你们就捶墙。’

“‘老鼠在墙缝里面爬！’汤姆说，‘原来是这么回事！’他说完就很快睡着了，爸爸也回去睡觉了。可蒂姆一夜没睡，因为他不知道老鼠是什么，他想，那个东西爬回来的时候，他还是醒着的好，每当他觉得听到了老鼠在墙缝里爬的声音，就伸出拳头捶墙，那个没有胳膊也没有腿、叫作‘老鼠’的家伙就吓跑了——拖着它又湿又厚的毛。

“就这样……”露丝的父亲对露丝说，因为他的故事都是以“就这样”结尾的。

“就这样……”露丝大声跟着父亲说，“故事讲完了。”

特德从浴缸边站起身来，露丝听到他的膝盖嘎嘣响，看着他把那张纸塞回上下牙之间。特德关上浴室的灯，不久，埃迪·奥哈尔会在这间浴室度过一段荒唐的时光，做些十几岁的孩子爱干的傻事——比如淋浴时磨蹭个没完、用掉全部的热水什么的。

露丝的父亲关了二楼长廊的灯，托马斯和蒂莫西的照片在这里完美地排成一排。露丝觉得——尤其是在她四岁时的那个夏天——托马斯和蒂莫西四岁时的照片好像特别多。她后来怀疑，母亲可能最喜欢四岁左右的小孩，说不定正因为如此，她母亲才在她四岁那个夏天结束时离开了她。

被父亲塞回下铺的被窝里时，她问："我们家有老鼠吗？"

"没有，露西，"他说，"我们家的墙缝里没有东西。"但父亲给了她晚安吻之后，露丝一直没睡着。尽管那个从做梦时就一直跟着她的声音没有再回来——至少那天晚上没回来——露丝明白，有东西潜伏在她家的墙缝里，她死去的两个哥哥不只住在照片里，有时也会出来走走，他们以各种你看不见的方式存在着，但每一种方式你都能感觉得到。

那天晚上，打字机的声音传来之前，露丝就已经知道父亲还醒着，而且他不打算回床上睡觉了。她先是听到特德刷牙的声音，然后听见他穿衣服——拉上拉链，趿着鞋子走来走去。

"爸爸？"露丝叫道。

"哎，露西。"

"我想喝点水。"

她不是真的想喝水，但父亲打开水龙头之后，会让水一直流，直到它变凉，她觉得有趣；她母亲则是一开水龙头就伸过杯子去接，所以水是温的，带着水管内壁的味道。

"别喝太多，不然老想尿尿。"她父亲会这样说，但母亲不会管她喝多少水——露丝喝水时，玛丽恩有时候甚至连看都不看她。

露丝把杯子递还给父亲，说："给我讲讲托马斯和蒂莫西吧。"特德叹了口气。过去半年来，女儿对死亡表现出难以抑制的兴趣——没什么好奇怪的，她三岁时就能认出照片上谁是托马斯、谁是蒂莫西，只有看到兄弟俩婴儿时代的照片，她才会偶尔弄混。父母给她讲过每一张照片是怎么来的——拍摄者是妈妈还是爸爸，托马斯和蒂莫西当时哭没哭。但两个男孩的“死”新近才成为露丝感兴趣的话题。

“给我讲讲吧，”她又对父亲说了一遍，“他们死了吗？”

“是啊，露西。”

“死的意思是他们坏掉了吗？”露丝问。

“嗯……他们的身体坏掉了，是的。”特德说。

“他们在地底下？”

“他们的身体在那里，没错。”

“可他们不是全都没有了，对吗？”露丝问。

“嗯……只要我们还记得他们，就不会全都没有，只要他们在我们的心里，或者说脑子里。”她父亲说。

“就好像他们在我们的身体里面？”露丝问。

“嗯。”特德含糊地答应着，但即便是如此简单的回答，也比露丝从母亲那里得到的回应多——玛丽恩连“死”这个字都从来不说。特德和玛丽恩都不信教，他们不会给女儿描述天堂是什么样子的，但会以神秘的语气提到天空和群星，暗示男孩们尽管身体破碎，埋在了地下，但他俩的某些部分却活在别的地方。

“那……”露丝说，“给我讲讲什么是‘死’。”

“露西，听我说……”

“好。”露丝说。

“你看见托马斯和蒂莫西的照片，能想起他们当时在做什么吧？”父亲问她，“我是说在照片里——你记得拍照时他们在做什么吗？”

“记得。”露丝回答，尽管并不确定她是否记得他们在每一张照片里的活动。

“嗯，那么……托马斯和蒂莫西都活在你的‘想象’里，”父亲告诉她，“你死了以后，身体会坏掉，我们再也看不到你的身体——你的身体不见了。”

“身体去了地底下。”露丝纠正他。

“我们再也看不到托马斯和蒂莫西了，”她父亲不为所动，坚持说道，“但他们还留在我们的想象里，我们只要想起他们，就能看见他们。”

“他们只是不在这个世界了，”露丝说，（其实她基本上是在重复以前听来的话。）“他们在另一个世界吗？”

“是的，露西。”

“我也会死吗？”四岁的露丝问，“我的身体也会坏掉吗？”

“得很久很久以后才会！”她父亲说，“我的身体会比你先坏掉，而且也要等很久很久以后才坏掉！”

“很久很久以后？”小女孩重复道。

“不骗你，露西。”

“好吧。”露丝说。

他们几乎每天都重复这样的交谈。露丝和她母亲也会讨论类似的话题——只不过更简短。有一次，她告诉父亲，想起托马斯和蒂莫西的时候，她觉得难过，特德于是承认他也会难过。

露丝说：“但是妈妈更难过。”

“嗯……是啊。”特德说。

就这样，露丝清醒地躺在墙缝里有东西（这东西比老鼠大）爬来爬去的房子里，听着那个唯一能安抚她——又令她忧伤——的声音，而那时的她尚不知“忧伤”为何物。那个声音就是打字机的声音——诉说故事的声音。创作小说的时候，她从来不用电脑，有时逐字逐句地手写，有时则用她找得到的、发出最过时的噪音的打字机。

当时（1958年的那个夏夜），她并不知道父亲正在写那个后来（在他所有作品中）她最喜欢的故事，整个夏天他都在忙这件事，这也是即将前来报到的作家助理埃迪·奥哈尔“协助”特德·科尔完成的唯一工作。虽然就商业方面的成功和国际知名度而言，特德·科尔的所有童书都比不上《老鼠爬墙缝》，但那天晚上特德开始动笔的书将成为露丝的最爱，书的名字正是《不想发出声音时发出的声音》，露丝心目中，这本书永远特别，因为它的灵感来源正是她自己。

不快乐的母亲

特德·科尔的童书是无法根据受众的年龄归类的。虽然《老鼠爬墙缝》的销售定位是“读给四到六岁的儿童听的书”，并且和他后来的作品一样，在这个年龄段的市场取得了成功，但有些年长的读者——比如十多岁的孩子——在重读特德的书之后，常会生出新的感想。这类年纪更大的读者经常给他写信，说他们原以为他的书只是给小孩看的，后来却发现书中暗含更深层次的意义。这些书法与拼写水平参差不齐的信件贴满了他的“作坊”墙壁，俨然有取代墙纸的势头。

特德·科尔称他工作的房间为“作坊”。露丝后来猜想，比起她小时候观察得出的结论，这个词或许更能准确地反映父亲对他自己的看法：因为他早就不把自己的书视为艺术品，所以，那个房间从来不叫“工作室”，而且“工作室”听起来比“办公室”做作，但特德也不叫那里“办公室”，因为他对自己的创造力颇为得意，讨厌外界将他写书的目的总结为赚钱。露丝后来意识到，相较写作能力，父亲更自得于他的绘画能力，尽管没人说过《老鼠爬墙缝》或特德·科尔的其他童书作品是因为插图画得好才成功或者出名的。

无论故事本身有什么魔力——比如文字简洁、情节惊悚——在任何出版商看来，书中的插画水平都不算高明，数量也太少，然而特德的读者——几百万四到十四岁的儿童（以及那些年纪更大的读者，不包括另外几百万身为主力买家的年轻母亲）——却毫无怨言，他们也不会想到，他画图的时间远远超过了写作的时间，书里的每幅插图都打过数百遍草稿。至于他赖以成名的叙事能力……反正露丝只在晚上听到过打字机的声音。

所以，埃迪·奥哈尔实在有点可怜。1958年那个暑气蒸腾的六月早晨，他站在康涅狄格州新伦敦市佩科特大街的码头附近，等候开往长岛奥连特岬角的轮渡。他一心想当作家助理，却不清楚这份工作跟写字没有多大关系（而且他也从来没考虑过绘画方面的职业）。

据说，当年特德·科尔从哈佛退学，去读了一所不太有名的艺术学校——那所设计学院的多数学生才能平庸，只想从事普通的商业艺术。特德没有尝试过铜版画或石版画，唯独钟爱纯绘画。他常说，暗色是他最喜欢的颜色。

露丝老是把父亲的身体跟铅笔和橡皮联系起来，他的手上有黑色和灰色的墨水渍，衣服上总沾着橡皮灰，但更持久的识别标志——即使刚洗完澡，换过衣服——是他墨迹斑斑的手指。每作一本书的插图，他都选择不同颜色的墨水，露丝会问："这一本是黑色的还是棕色的，爸爸？"

《老鼠爬墙缝》是一本黑色的书——画插图的原稿时，墨水颜色选的是印度黑，特德最喜欢这种黑色。《不想发出声音时发出的声音》是本棕色的书，也是1958年夏天他们家满是怪味的原因——特德最喜欢的棕色墨水是新鲜的墨鱼汁调制的，但它比棕色偏黑，色调上更像乌贼墨，而且（在一定的条件下）有一股鱼腥味。

为了保持墨鱼汁的新鲜，特德做了些实验，结果让他和玛丽恩原本就紧张的关系雪上加霜，也让玛丽恩学会了避开储存在冰箱冷藏室里的黑色颜料罐，而且冷冻室里也有这玩意儿，就放在制冰盒旁边。（夏天还没结束，特德就已经开始尝试直接用制冰盒保存墨水——最后搞出了令人哭笑不得的复杂效果。）

埃迪·奥哈尔——特德·科尔的专职司机，而不是作家助理——最早的职责之一是驱车来回蒙托克，仅单程就需要四十五分钟，因为只有蒙托克的鱼店才会为著名童书作家暨插画家特德保留墨鱼汁。（鱼店老板娘已经多次趁鱼店老板不注意，偷偷告诉埃迪她是特德的“最忠实的书迷”。）

只有“作坊”的墙上没挂托马斯和蒂莫西的照片，露丝觉得，这也许是因为父亲看到过世的儿子的照片，会无心工作和思考。

如果父亲不在作坊里，露丝就不能踏进这间屋子，而家里的其他房间对她则没有这种限制。难道里面有什么东西可能伤害她吗？比方说有很多锋利的工具？确实，作坊里摆着不计其数（而且吞咽方便）的钢笔尖，但露丝不是那种见到奇奇怪怪的东西就喜欢塞进嘴里的小孩。即便特德的作坊里的确“危险重重”——我们只是假设——也没有必要禁止四岁的孩子进入或是给门上锁，而且，单是墨鱼汁的气味就能把孩子熏走。

玛丽恩从来不踏进“作坊”一步。露丝直到二十多岁才明白，母亲想要回避的不仅是墨鱼汁，她也不想见到特德的模特——虽然他们是些孩子，但一般都有母亲陪同，这些小孩在做过六七次（至少）模特之后，他们的母亲才会单独过来做模特。露丝小的时候从未想过，为什么父亲的书里面只有寥寥几幅表现母亲和孩子的画。虽然特德的书是给孩子看的，不能出现裸体，但特德画过不少裸体。那些年轻的母亲就是他数百张裸体画的模特儿。

论及裸体画，她的父亲会说：“所有画画的人都必须练习画裸体，露西。”起初她以为父亲对裸体画的态度就像他不怎么画的风景画——虽然不感兴趣，但不得不练习。她觉得，他不喜欢风景画的原因，可能是大地就像一条通往大海的宽敞柏油路，平坦单调，缺少变化，而且，她认为大海本身也是同样平坦单调——至于大海上方那片大而无当、沉闷乏味的天空，则更不值得一提。

不关心风景的特德后来却抱怨那些出现在他们家附近的新房子，称其为“怪物建筑”，这让露丝惊讶不已，新房子不打招呼就冒出来，挡住了曾是科尔家的主要景观的那片平整的马铃薯田。

“这种实验性的建筑实在太丑了，根本没有盖起来的必要。”特德会在饭桌上朝每个人抱怨——如果他们愿意听的话，“现在又没在打仗，不需要这种东西来吓唬伞兵。”但她父亲的抱怨逐渐变成陈词滥调：露丝和特德都觉得，汉普顿地区的这些夏季别墅，远比不上裸体的魅力恒久。

为什么要勾引年轻的已婚女人，还得是年轻的母亲？大学期间，露丝常常这样质问父亲，这是她人生中对他最直言不讳的阶段，提出疑问的同时，她自己也推测出一个令人不安的答案：除了这些人，还有谁能给他做模特——或者干脆说给他做情人呢？除了她们，难道他平时还能接触很多别的人？当然不会，只有那些年轻的母亲认可他，愿意靠近他。

“科尔先生？我知道你——你是特德·科尔！我只想告诉你——我的女儿太害羞了，不好意思说——你是她最喜欢的作家，她最喜欢你写的那本……”然后母亲会把不情愿的女儿推到特德面前，逼她和他握手。如果特德看上了这位母亲，就会建议孩子和母亲一起给他做模特——也许他的下一本书用得上。（至于让母亲脱光衣服，独自在他面前摆姿势的要求，可以过一段时间再和她提。）

“可她们都结婚了，爸爸。”露丝说。

“没错……我猜那就是她们不快乐的原因，露西。”

“如果你真想把裸体画好，应该去找职业模特。”露丝对他说，“但我猜你更关心那些女人本身，而不是什么裸体画。”

“我们是父女，这种事我和你解释不清楚，露西。但是……如果必须要表现裸体——我是说赤身露体的感觉，那什么都比不上第一次在某个人面前脱光更让你意识到自己的赤裸。”

“难道说职业模特也达不到你的要求？”露丝说，“老天，爸爸，你非得这样吗？”当然，她那时已经知道特德根本不在乎什么裸体画，也不关心他给那些母亲和孩子画的画，更不打算留着它们，但他也没把这些画私下卖掉或者交给画廊处理。每当结束一段风流事——通常是速战速决——特德·科尔就把积攒下来的画作送给这段时间和他勾搭的年轻母亲。露丝经常自问：如果这些年轻母亲大都不满意自己的婚姻——或者只是单纯的不快乐——那么收到艺术品作为礼物，她们是否曾感到片刻的开心？但她父亲向来不叫他的画“艺术品”，从不自称艺术家，也不以作家自居。

“我就是给小孩子逗乐的，露西。”这是特德常说的一句话。

露丝则会补充：“你还给他们的妈妈当情人，爸爸。”

即使在餐馆里，服务员不由自主地盯着特德沾染墨迹的手指的时候，他也不说“我是个艺术家”或者“我给小孩写书，画插画”，反倒这样解释：“我的工作是跟墨水打交道。”如果服务员向他的手指投去嫌弃的眼神，他就索性说：“我和乌贼一起工作。”

露丝十几岁时——在批判意识特别强的大学时代也有那么一两次——跟着父亲参加过作家会议，与会者都是些所谓的严肃小说作家和诗人，只有特德是童书作家。露丝发现，尽管不修边幅的英俊和墨迹斑斑的手指并没有让她父亲在文学气质方面赶超其他作家，但他们不仅嫉妒特德·科尔的书卖得好，还看他的谦逊不顺眼——“他怎么可能一直都那么谦虚！”

“你最早是写小说的吧？”那些比较不厚道的严肃作家可能这样问特德。

“嘿，可我写得不好。”露丝的父亲会快活地回答，“竟然有那么多评论家喜欢我的第一本书，真是个奇迹，我居然连写三本才发现自己不是当作家的料，我不过是个给小孩逗乐的人，我还喜欢画画。”说到这里，他会举起手指佐证，并且自始至终面带笑容——完全发自内心！

有一次，露丝告诉大学室友（也是她上寄宿学校时的室友）：“我发誓，你都能听到那些女人的内裤滑到地上的声音。”

在一次作家会议上，她第一次撞见父亲和一个年轻女人勾搭，那女人的年纪甚至比她还小，是她的大学同学。

“我还以为你会赞同我，露西。”特德说。当她指责他的时候，他就用一种可怜兮兮的语气和她说话——似乎她是长辈，他是孩子，其实就某方面而言，他还真是个孩子。

“赞同你，爸爸？”她会气得反问他，“你勾引了一个比我还小的女的，还指望我赞同你？”

“可是，露西，她又没结婚，”她父亲说，“也没有孩子。我觉得你会赞同这样的。”

后来，小说家露丝·科尔会这样描述她父亲的职业：和不快乐的母亲打交道——这是他的老本行。

特德当然十分擅长辨别和安抚不快乐的母亲！毕竟——至少在他的儿子去世后的头五年里——他曾经和世界上最不快乐的母亲一起生活过。

等候中的玛丽恩

奥连特岬角是长岛北岔的尖端，外观确实非常有岬角的样子：此地乃岛屿的尽头，陆地逐渐消失，由于盐分的腐蚀和海风的侵袭，植被稀疏，海滩沙质粗粝，夹杂着贝壳和碎石。1958年6月的那天，玛丽恩·科尔在这里等候从新伦敦市码头乘轮渡横跨长岛湾过来的埃迪·奥哈尔。潮位很低，玛丽恩漠然注视着退潮后暴露出来的轮渡码头墩台：高潮位线以下的地方是湿的，上面是干的。盘旋在空旷的码头上空，海鸥正在演出一曲嘈杂的大合唱，随后顺风低飞，掠过波涛潋滟、随着日光强弱变换颜色的海面——从蓝灰到青绿，从青绿再到蓝灰。轮渡一直没有出现。

码头附近停了十多辆车，鉴于太阳不怎么愿意露脸，又刮的是东北风，大多数司机都坐在车里等轮渡。起初，玛丽恩站在她的车外面，倚着前挡泥板，后来直接坐到挡泥板上，把1958年埃克塞特年鉴摊放在引擎盖上。玛丽恩正是在奥连特岬角（趴在她的车头上）第一次认真端详埃迪·奥哈尔的近照的。

玛丽恩自己不愿迟到，也反感别人迟到，她把车停在等待轮渡的队伍的最前面。停车场里，汽车排起的队伍比外面还长，打算搭轮渡回新伦敦的人都在那儿等着。玛丽恩对他们视若无睹，她很少在公共场合盯着别人看，也很少出现在公共场合。

可每个人都在看她，而且想不看她都难。在奥连特岬角等人的这一天，玛丽恩·科尔三十九岁，但看着像二十九岁，甚至更年轻一点儿。她坐在挡泥板上对抗狂野不羁的东北风，努力把车头上埃克塞特年鉴翻飞的册页压住，她的双腿漂亮修长，但大部分都被款式普通的米色围带裙包住了，不过这条裙子倒是格外合身——穿在她身上堪称完美。

她上身是一件超大号的白T恤，下摆塞在裙子里，T恤外面套了一件羊绒开襟毛衣，纽扣敞开，颜色是某一类贝壳的内壁呈现的那种淡粉色——这种粉色贝壳更常见于异国的热带海岸，在长岛的海滩上比较稀少。

微风逐渐变强，她裹紧没系扣子的毛衣，T恤很松垮，但她伸出一条胳膊横在乳房下面，拢住身上的衣服。她的腰身修长，丰满的胸部圆润自然，线条优美，及肩的波浪卷发映着阳光，颜色时而琥珀，时而蜜黄，微微晒黑的皮肤光泽焕发。整个人几乎毫无瑕疵。

然而，如果细看，你会发现她一只眼睛有点不对劲。她的脸庞和深蓝色的眼睛都是杏仁形状的，右眼的蓝色虹膜上缀着一块黄灿灿的六边形斑点，仿佛一块钻石的碎屑或是冰粒掉进了眼睛里，永远反射着金黄的阳光。在特定的光线下，或者碰对了角度，这块黄色的斑点会把她的右眼从蓝色变成绿色。她的嘴型优美，无可挑剔，可微笑起来反而显得相当悲伤——五年来，很少有人见过她笑。

玛丽恩皱着眉头在年鉴里翻找埃迪·奥哈尔的近照。一年前，埃迪还是远足俱乐部的成员，可现在不是了。去年他还很喜欢低年级辩论社，今年就退出了，他也没有加入校辩论队——六个男孩组成的精英圈子。他放弃户外运动和辩论了吗？她想。（她的两个儿子也对各种校园社团不感兴趣。）

这时，她找到了埃迪：夹在一群狂妄自大的男孩——埃克塞特的文学杂志《钟摆》的编辑和主要撰稿人——中间，明显不合群。他站在中间一排的最边上，像是照相时来迟了，却要摆出满不在乎的样子，直到快门按下前最后一秒才走进队伍。合影中的其他人都在镜头前装模作样，刻意展现，埃迪却径直盯着相机。和1957年的年鉴照片一样，不苟言笑的神情和出挑的长相让他显得比实际年龄成熟。

至于所谓的“文学”气质，恐怕只能从他深色的衬衫和颜色更深的领带上找到一星半点，从款式来看，他的衬衫一般不适合搭配领带。（玛丽恩记得托马斯也喜欢随心所欲地搭配衣服，蒂莫西——要么因为年纪小，要么由于保守，或是两个原因都有——却不喜欢这样的穿衣风格。）想象着《钟摆》可能刊登什么样的内容，玛丽恩感到很沮丧，因为她觉得里面八成是一些晦涩难懂的诗作和蹩脚的自传体成长故事——好比典型的中小学作文《记暑假里的一件事》裹上了“文艺”的包装纸。她相信，这个年龄的男孩应该更喜欢运动。（托马斯和蒂莫西的唯一爱好就是运动。）

阴沉多风的天气让玛丽恩忽然打起寒战，但也可能是另有原因让她不寒而栗。她合起1958年埃克塞特年鉴，钻进车里，接着又打开它，搁在方向盘上。那些捕捉到她上车动作的男人都朝她的臀部行注目礼——实在情不自禁。

说到运动，埃迪·奥哈尔仍在跑步——只是跑步。从越野跑预备队和田径预备队的两张合影中都可以看出，他的肌肉比一年前又发达了不少。他为什么选择跑步？玛丽恩想。（她的儿子们喜欢足球和冰球，春天时，托马斯会玩袋棍球，蒂莫西打网球。他们两个都不喜欢特德最喜欢的运动——壁球，特德只会打打壁球。）

如果埃迪·奥哈尔没能从预备队升入校队——越野队还是田径队姑且不论——说明他跑得不是很快，或者不够努力。可是不管埃迪跑得究竟有多快、跑起来拼不拼命，玛丽恩已经再次不自觉地伸出食指，在他裸露的肩膀上描画起来。她的粉色指甲油带磨砂效果，与泛银光的粉色唇膏相得益彰。1958年夏天，玛丽恩·科尔很可能是全世界活着的女人里面最美的一个。

而且，说真的，她描画埃迪肩膀的动作并不掺杂任何色情意味。到这时为止，只有她的丈夫怀疑她对埃迪这个年龄段的男性的沉迷可能发展成实在的性行为。特德非常相信自己在性方面的直觉，玛丽恩在这方面却非常不自信。

许多忠贞的妻子都会忍耐——甚至接受——丈夫搞婚外情，玛丽恩之所以容忍特德，是因为她看出丈夫根本不把众多出轨对象放在心上，如果真的出现了能把他迷得神魂颠倒的女人，玛丽恩或许会考虑甩了他。然而特德从来不曾薄待过她，尤其是在托马斯和蒂莫西去世之后，他依旧对她态度温柔。毕竟，除了他，又有谁能充分理解和尊重她那永远摆脱不掉的伤痛呢?

然而，现在她和特德之间出现了可怕的不平等，连四岁的露丝都察觉到，她的母亲比父亲更悲伤。玛丽恩也不指望能消除另一项不平等：比起她这个母亲，特德在给露丝做父亲方面更尽职，而过去照顾两个儿子的时候，她是更尽职的那个！后来，玛丽恩几乎因为特德比她更善于消化悲伤而恨他，但她只能猜测，特德是否会由于体验不到她那么多的悲伤而对她产生恨意。

玛丽恩相信，他们生下露丝是个错误。露丝成长的每个阶段都会让他们想起托马斯和蒂莫西的童年。兄弟俩小的时候，科尔夫妇从来不需要给他们请保姆，玛丽恩那时是全职母亲，可现在他们几乎不停地给露丝换保姆——虽然特德比玛丽恩更愿意与露丝相处，但日常照顾小孩的重任他无力承担。而玛丽恩尽管也做不好，但她至少明白需要专门找人来负责这件事。

1958年夏天，玛丽恩已经成为最让特德心烦的原因。托马斯和蒂莫西去世五年后，玛丽恩认为，她给特德带来的痛苦，已经超过了儿子的死。她还担心自己恐怕做不到一直不爱女儿。她的想法是，如果我允许自己爱露丝，要是她也出了什么事，我该怎么办？她知道自己根本承受不了再失去一个孩子的打击了。

特德最近告诉她，他想夏天时“尝试分居”——只是为了看看两人分开过能不能改善心情。多年以前，儿子还没去世时，她就开始考虑是否应该和特德离婚，可现在他竟然主动提出一拍两散！如果他们在托马斯和蒂莫西活着的时候就离了婚，孩子的归属绝对不成问题：当然会归她——他们是她的，必然选择母亲，而面对如此显而易见的事实，特德连抗议的资格都没有。

然而现在……玛丽恩不知所措。她有时连和露丝说话都受不了，这孩子肯定愿意跟着父亲。

所以就这样定下了吗？她想。剩下的都归他：房子——她虽然对房子有感情，但是不想要；露丝——她不能、也不允许自己爱这个孩子。她只能带儿子们走。特德可以保留他对托马斯和蒂莫西的回忆，而我要带走他们的所有照片，玛丽恩暗自决定。

轮渡的汽笛声吓了她一跳，仍旧在埃迪·奥哈尔的身形上流连的食指猛然戳在年鉴上，指甲折断，血流出来。她发现那片指甲已经在埃迪肩膀部位的相纸上剜出一道凹痕，一小滴血溅在纸面，她把手指举到嘴边蘸了点口水，擦掉血迹。这时，她才猛然想到，特德雇用埃迪的条件是必须有驾照，而且，在告诉她“尝试分居”之前，他就把埃迪的工作安排好了。

汽笛再度响起，无比低沉的声音仿佛在向她宣布一个显而易见的事实：特德其实早就盘算着离开她了！玛丽恩吃惊地发现，尽管知道特德不忠，她却丝毫不觉得愤怒，她甚至不能肯定，如果对他恨到一定程度，是否就能说明她爱过他。是不是自从托马斯和蒂莫西死后，对她而言，人生中的一切都停止了，或者说改变了？直到现在，她还以为特德仍旧在以他自己的方式爱着她，可他却是率先提出分开的人，不是吗？

她打开车门走出去，仔细观看走下轮渡的乘客，五年来，她的悲伤分毫未减，头脑却比以往清晰许多。她会让特德走——甚至也同意女儿跟他走。她要在特德有机会离开自己之前先离开他。玛丽恩踏上轮渡码头，心里想着：除了那些照片，别的我什么都不要。对一个刚刚做出如此重大决定的女人来说，她的步伐却出奇地稳当，而且，看到她的人都会觉得她的神情格外平静。

第一个从轮渡上开车下来的那家伙绝对是傻瓜：看到一个漂亮女人朝自己走来，他竟然慌不择路，偏离码头，把车开到了遍布砾石的沙滩上，结果在那里卡了一个多小时，但即使意识到自己的困境，他也无法把视线从玛丽恩身上移开。玛丽恩却没有注意到这点小意外，只是缓慢地径自朝前走。

在自己的余生中，埃迪·奥哈尔开始相信命运，毕竟，当他踏上海岸的那一刻，首先见到的就是等候中的玛丽恩。

百无聊赖、欲火中烧的埃迪

可怜的埃迪·奥哈尔，和父亲一同出现在公众场合总是让他无地自容，无论是开车到新伦敦市的轮渡码头的那一大段路上，还是（和父亲一起）等待奥连特岬角的轮渡抵达的时候（时间似乎过得更慢），他都有这种感觉。在埃克塞特，大家像熟悉薄荷·奥哈尔嘴里的薄荷味一样了解他的做派，学生和教工看到他的父亲就退避三舍，埃迪已经见怪不怪。老奥哈尔让听众（无论什么听众）觉得厌烦的本事是出了名的，他的催眠授课法尽人皆知，在他的课上睡着过的学生不计其数。

薄荷讨人嫌的方式毫无新意，他的诀窍就是不断地重复，比如从前一天的作业中挑出他认为重要的段落大声朗读——可能是想趁学生没有忘记这些内容的时候巩固他们的记忆。然而，随着授课的进行，学生的记忆却不断退化，因为薄荷总会找出更多"重要"的段落，声情并茂地高声诵读，为了表示强调，还会不时稍作停顿，至于时间较长的停顿，则是为了吮吸他嘴里的薄荷糖。除了无休止地重复那些大家都听烦了的篇章，他很少鼓励学生讨论（部分原因是他不允许任何人质疑任何段落的重要性），唯一可以商讨的是某段话是否有大声念出来的必要。课堂以外，薄荷的英语教学法屡遭议论，以至于让从未上过父亲的课的埃迪产生身临其境的幻觉，仿佛亲自体验过了那种折磨。

埃迪受过的磨难当然不止这些，但他也觉得庆幸，因为从很小的时候开始，他的每餐饭食几乎都是在学校食堂解决的，先是和其他教工家属坐在教工餐桌，后来则和同学们一起用餐。只有学校放假的时候，奥哈尔一家子才会像别的家庭那样在家吃饭。多事西·奥哈尔倒是经常举行家宴，但到场的客人只有几对教工夫妇，而且多事西还不太愿意他们来。埃迪并不觉得这样的宴会无聊，因为父母只允许他礼节性地露个脸，不用一直在宴席上待着。

然而学校放假的时候，埃迪就不得不在家里的饭桌边旁观父母看似完美却沉闷单调的婚姻生活：他们之所以不会互相厌倦，是因为从来不听对方说话。薄荷和多事西的相处温和有礼，多事西会让薄荷尽情发表长篇大论，等轮到她的时候就马上开启毫不相干的话题——奥哈尔先生和奥哈尔太太交谈的内容堪称自说自话的杰作。作为局外人，埃迪的唯一娱乐就是猜测父母可能记住对方说过的哪些话。

我们不妨以埃迪搭轮渡到奥连特岬角去之前的某个晚上为例。当时又一个学年已经结束，毕业典礼也举行过了，薄荷·奥哈尔在家里正就他所谓的“学生在春季学期的懒散行为”发表演讲。“我知道他们满脑子只想着放暑假，”他这句话已经唠叨了不止一百遍，“虽说天气回暖本来就会使人变懒，但今年春天我观察到的那种懒却到了匪夷所思的程度。”

他父亲每年春天都会重复一遍刚才的评论，埃迪已经听得麻木了，他怀疑自己之所以在运动方面只喜欢跑步，可能是想要拔腿逃离父亲电锯伐木一般无休止的唠叨的下意识反应。

趁薄荷还没全部说完——他看上去总像还没说完——但需要停下来喘口气，或者咬一口食物的时候，埃迪的母亲就搬着话匣子上阵了。

“哈夫洛克太太一冬天都不穿胸罩，本来就够恶心的了。”多事西·奥哈尔正式开腔道，“现在天气暖和了，她还不剃腋毛，而且胸罩依然没影，她是不是想用凸点胸和毛茸茸的胳肢窝戳瞎我们的眼珠子！”埃迪的母亲愤愤不平地说。

哈夫洛克太太是新来的一位年轻教师的妻子，正因如此，埃迪和埃克塞特的大多数男生都觉得她比其他教工家属有趣多了。哈夫洛克太太不戴胸罩的习惯更是博得了男生们额外的好感。她虽说不漂亮，身材也普通，甚至有点胖，但仅凭那对摇曳生姿、充盈青春活力的乳房就已经征服了学生们——和不计其数的男性教工（尽管他们并未公开承认她的魅力）。

1958年，嬉皮时代尚未降临，哈夫洛克太太不穿胸罩的独特举动十分引人注目。男生们私下叫她“弹力球”，暗中嫉妒哈夫洛克先生，表面上却对他异常尊敬。埃迪也和大家一样喜欢哈夫洛克太太弹力十足的胸部，母亲不通人情的反对让他深感厌烦。

至于毛茸茸的胳肢窝，埃迪必须承认，这在不够成熟的男生眼里确实挺吓人。那个年代，埃克塞特竟然真有男生似乎不知道女人的腋窝也会长毛——要不就是想到“女人也有腋毛”他们就极端郁闷。但在埃迪看来，哈夫洛克太太毛茸茸的胳肢窝进一步证明，女人提供乐趣的能力是无穷的。穿无袖夏装的哈夫洛克太太酥胸荡漾，腋毛繁盛。天热起来之后，除了“弹力球”，不少男生还会叫她“毛毛”，这两个绰号让埃迪·奥哈尔一想到她就会勃起。

“再往后，她说不定连腿毛都懒得剃。”埃迪的母亲说，听到这条假设，埃迪愣了一下，不过，他决定亲眼见到实况之后再判断不剃腿毛的好坏，哈夫洛克太太的腿毛说不定也能取悦他呢。

由于哈夫洛克先生和薄荷同在英语教学组，多事西·奥哈尔认为，她的丈夫应该和哈夫洛克先生谈谈，指出他妻子“玩世不恭”的作风非常不适合出现在一所男校。然而薄荷尽管喜欢吹毛求疵、死缠烂打，却也明白对别人老婆的衣着或体毛指手画脚是不明智的。

“亲爱的多萝西，”薄荷只能这样说，“哈夫洛克太太是欧洲人呢。”

“我可不明白这是什么意思！”埃迪的母亲评论道，但这时候埃迪的父亲已经把话题转回到“春天时学生们好逸恶劳”上面去了，而且转换得十分自然，似乎根本没有被妻子打断过一样。

埃迪私下以为，连哈夫洛克太太摇曳的胸部和葱茏的腋窝都不足以振奋他萎靡的精神，但他的慵懒跟季节没有关系，真正的起因是他父母没完没了、缺少连贯的谈话，直接把人打入呆滞无聊的深渊。

有时埃迪的同学会问他：“你爸的真名叫什么？”他们只知道老奥哈尔的诨名薄荷，或者当面称呼他“奥哈尔老师”。

“乔，”埃迪回答，“全名约瑟夫·E. 奥哈尔。”E是爱德华的缩写，老奥哈尔给埃迪取的名字就是爱德华，而且只叫他爱德华。

“我不是为了叫你‘埃迪’才给你取名爱德华的。”他父亲经常这样告诉他，但其他人——甚至包括他母亲——都叫他“埃迪”，埃迪则希望有朝一日大家能叫他写起来更简单的“艾德”（Ed）。

动身到科尔家开始第一份暑期工作之前，最后一顿家庭晚餐时，埃迪想在父母扯闲篇的时候插个嘴，都没有成功。

“我今天在体育馆碰到了贝内特老师。”埃迪说。贝内特是埃迪上学年的英语老师，埃迪很喜欢他，在贝内特的课上，埃迪读到一些他读过的最好的书。

“恐怕我们整个夏天都要在海滩上看她的胳肢窝了，我可能会忍不住说点什么的。”埃迪的母亲宣布。

“我和贝内特老师打了一会儿壁球。”埃迪接着他刚才的话头说道，“我告诉他，我一直想试试打壁球，他就陪我打了一阵，我发现自己比原先设想的还喜欢这种运动。”贝内特老师除了在英语组教课，也是学校的壁球教练，而且教得很好。埃迪似乎能通过打壁球得到生活的启示。

“依我看，应该缩短圣诞假，延长春假。”他父亲说，“我知道一个学年很长，但必须得想办法让孩子们在春天到来时更有精神——多点干劲。”

“我在想要不要打壁球——也许下个冬天就开始。”埃迪宣布，“秋天我还跑越野，明年春天再搞田径……”讲到这里，他发现“春天”这个词好像引起了他父亲的注意，殊不知，只有把“春天”和“懒散”这两个词组合起来，才能和薄荷对上频道。

“说不定她剃毛后容易生皮疹。”埃迪的母亲推测，“我偶尔也会这样，但皮疹不是回避剃毛的借口。”

后来埃迪洗碗去了，父母还在那里东拉西扯。睡觉前，他听到母亲问父亲：“他说什么‘壁球’？壁球怎么了？”

“谁说的？”父亲问。

“埃迪！”母亲回答，“埃迪说了一些壁球的事，还提到了贝内特老师。”

“他是壁球教练。”薄荷说。

“乔，这我知道！”

“亲爱的多萝西，那你想问什么？”

“埃迪说壁球怎么了？”多事西重复道。

“嘿，我怎么知道。”薄荷说。

“老实说，乔，”多事西说，“我怀疑你有时候根本没在听。”

“亲爱的多萝西，我一直听着呢，我浑身都是耳朵。”烦人精对她说，两人因为这句话开怀大笑，埃迪做好各种就寝准备之后，他们还在笑。埃迪突然觉得很累——他怀疑这可能就是父亲说的“懒散”——再也不愿费力气向父母解释他的意思。他想，如果连他父母这样的婚姻都算得上完美，那糟糕的婚姻恐怕也有可取之处——他即将亲身测试这个理论，而且测试的困难程度远超他的预料。

地板上的门

他们虽然很早就开始制订前往新伦敦的计划——与玛丽恩一样，奥哈尔父子一大早就赶到码头，结果等了很长时间轮渡才来——埃迪的父亲还是在普罗维登斯附近迷路了。

“是司机的错还是向导的错？”薄荷问，他的心情似乎挺不赖。其实两人都有错，“司机”——埃迪的父亲话太多，没怎么注意看路；“向导”埃迪则被父亲唠叨得昏昏欲睡，忘记看地图。“幸好我们出门早。”他父亲补充道。

他们停在一个加油站，乔·奥哈尔费劲地和那里的一位服务员套近乎。“你看我们该怎么办呀？”老奥哈尔对服务员（埃迪觉得这人看上去脑子有点不灵光）说，“我们是埃克塞特的，想去新伦敦乘轮渡到奥连特岬角，结果迷路啦。”

每当听到父亲和陌生人搭话，埃迪都有想死的感觉。（除了埃克塞特的人，谁还知道埃克塞特是什么东西？）薄荷说完，加油站服务员就如同突然中风一般，眼睛直勾勾地盯着薄荷右脚边人行道上的一块油渍发起了呆。“现在你们在罗德岛”——这个倒霉蛋只会重复这一句话。

“你能告诉我们去新伦敦的路吗？”埃迪问他。

回到车里，薄荷继续给埃迪上课，大谈低水平的中学教育为什么会让人的性情变得阴郁沉闷。“心灵的迟钝，是非常可怕的，爱德华。”他父亲教训道。

抵达新伦敦之后，他们发现时间足够，埃迪可以从容地搭上较早一班的轮渡。“可这样你就得在奥连特岬角一个人等着了！”薄荷说，因为科尔夫妇以为埃迪会搭下一班轮渡。待埃迪反应过来，意识到自己宁愿一个人在奥连特岬角等着的时候，早一班的轮渡已经起航了。

“这是我儿子第一次坐船出海，”薄荷对卖票给埃迪的那个粗胳膊女人说，“船虽说不是什么‘伊丽莎白女王号’或者‘玛丽皇后号’，不需要七天横渡大西洋，目的地也不是英国的南安普顿或者法国的瑟堡，可是，他才十六岁，去个奥连特岬角已经够远的啦。”女人满脸的肥肉颤了颤，挤出一个笑来，虽然笑容很浅，但还是能看出她嘴巴里少了几颗牙齿。

买好票，两人来到岸边，埃迪的父亲又开始谴责低水平的中学教育也是导致过量饮食行为的罪魁祸首。他的结论无非如此：从埃克塞特过来的这短短一路上，他们遇到的那些人，如果以前能够有幸进入埃克塞特读书，现在一定活得更开心、身材更苗条！

长篇大论之余，薄荷还时不时地给埃迪的暑期工作提几句建议。“别因为他是名人你就紧张，”老奥哈尔突然来了一句，“他不算什么文学大家，你能跟他学多少就学多少。留心他的工作习惯，看看他那些怪癖里面是否有什么窍门——就这样。”望着埃迪要搭的轮渡缓缓驶近，薄荷却突然担心起儿子的工作来。

货车先上船，排在第一的是辆“可能”（它的车厢也许是空的，正准备去哪里装蛤蜊）满载新鲜蛤蜊的卡车。无论是否满载，这车闻起来都有一股不太新鲜的蛤蜊味。轮渡靠岸时，蛤蜊车的司机正倚在苍蝇横尸无数的卡车护栏上抽烟，自然成了乔·奥哈尔即兴演讲的下一个受害者。

“我儿子要去接手他的第一份工作了。”薄荷对司机宣布。听到父亲开口，埃迪又有点想死。

“啊，是吗？”蛤蜊车司机说。

“他要给一个作家当助手。”埃迪的父亲说，“老实说，我们不清楚具体干什么工作，但肯定比削铅笔、换打字机色带、帮作家从字典里查那些连他都不会拼的单词高级！无论结果如何，我认为这孩子都能学到经验。”

闻言，蛤蜊车司机忽然对自己的工作心生满足，他说：“祝你好运，小伙子。”

埃迪登上轮渡之前的最后一分钟，他父亲跑到车上，又跑回来。“我差点忘了！”他叫道，说着递给埃迪一只缠着橡皮筋的大信封，还有一个像一条面包那么大那么软的包裹。

从包装样式看，包裹里应该装着礼物，但这件礼物放在后座上的时候，不知被什么东西压扁了，现在看上去没人愿意要。“这是给小孩的——你妈妈和我准备的。”薄荷说。

“什么小孩？”埃迪问，他用下巴压住礼物和信封，因为沉重的旅行袋和一只相对轻巧一点的箱子已经把他的双手占满了。他保持这样的姿势，蹒跚着往船上走。

“科尔家有个小女儿——我猜她应该四岁了！”薄荷扯起嗓子喊道，他的声音夹杂在铁链的哐啷声、轮船引擎的突突声、汽笛断断续续的鸣叫声之间，当然还有其他人道别的叫嚷声。“他们又生了个孩子，代替死了的那两个！”埃迪的父亲叫着。这句话似乎把蛤蜊车司机的注意力都引过来了，他已经把车在船上停好，这时又从上层甲板的栏杆里探出身子来。

“哦，”埃迪说，“再见！”他喊道。

“我爱你，爱德华！”他父亲声嘶力竭地吼道，接着就哭了，埃迪从来没见过他父亲哭，可他以前也没离开过家。这一次他母亲很可能也哭过，但他没注意。“保重！”薄荷哀号着。趴在上层甲板栏杆上的乘客们现在齐齐盯着他看。“要小心她！”他父亲又吼了一声。

“谁？”埃迪喊道。

“她！科尔太太！”老奥哈尔喊道。

“为什么？”埃迪再次提高音量。船开动了，码头向后退去，汽笛声震耳欲聋。

“听说她一直没想通！”薄荷咆哮，“她现在跟行尸走肉差不多！”

太好了——你到现在才告诉我！埃迪心想，但他还是抬起手来挥了挥。他根本不知道传说中的“行尸走肉”会去奥连特岬角的码头接他，甚至不知道科尔先生没法开车。来新伦敦的路上，父亲不让他开车，理由是路上的交通情况“和埃克塞特不一样”，埃迪觉得很气恼。现在他仍然能看到逐渐后退的康涅狄格海岸上的父亲——薄荷·奥哈尔已经转过身去，手捧着头——还在哭。

他的话什么意思？行尸走肉？埃迪原以为科尔太太可能像他母亲一样，或者像许多教工的妻子那样平凡，他只见过这样的女人。埃迪觉得，如果科尔太太能带点他母亲所谓的“玩世不恭”的味道，就已经算他走运，但他实在不敢指望她会像哈夫洛克太太那样充分满足自己的偷窥欲。

1958年的时候，埃迪·奥哈尔只要一想到女人，眼前必然跳出哈夫洛克太太毛茸茸的胳肢窝和摇曳的胸脯。至于与他同龄的女孩，埃迪一直不善于和她们相处，她们也让他觉得害怕。因为是教师的儿子，埃迪仅有的几次约会的对象都是埃克塞特镇当地的姑娘，也是他从初中就认识的连见面都尴尬的熟人。这些小镇姑娘现在更成熟了，对于在埃克塞特上学的同镇男孩的追求，她们变得更加警惕——这也难怪，因为她们希望找到出身更好的对象。

埃克塞特的周末舞会上，外地来的女孩让埃迪觉得难以亲近。她们乘火车或公交车过来，大多来自其他寄宿学校或者波士顿和纽约等城市，衣着打扮比大部分教工的妻子好得多，也更女性化——当然，这些女孩一般比不过哈夫洛克太太。

离开埃克塞特前，埃迪在1953年的埃克塞特年鉴里寻找过托马斯和蒂莫西·科尔的照片——那是最后一本有他们照片的年鉴——结果很是震惊：那两个男孩虽然不属于任何一个校园社团，但托马斯和本校足球队以及冰球队都合过影，蒂莫西也不差，他出现在足球预备队和冰球预备队的合影中。埃迪惊讶的原因并非兄弟俩的球技和溜冰技术多么高超，而是有他们出现的照片的数量——几乎整本年鉴中都有他们的身影，而且他们总在所有学生都玩得非常开心的照片里露脸，显然和大家一样高兴。他们真快乐啊！埃迪想。

托马斯在学校宿舍的吸烟室和一群男孩摔跤、拄着拐杖扮小丑、拿着雪铲子在镜头前摆姿势、玩牌——帅气的嘴角时常叼着烟卷。学校的周末舞会上，科尔兄弟总是被人抓拍到他们和最漂亮的女孩在一起的情景。有一张照片上，蒂莫西没跟舞伴跳舞，而是搂着她；还有张托马斯亲吻一个女孩的照片——他们站在寒冷的雪地里，两个人都穿着驼毛大衣，托马斯拽着女孩脖子上的围巾，把她拉到身边。他们真受欢迎啊！（然后他们就死了。）

轮渡经过一处貌似造船厂的地方，几艘军舰停在干船坞里，另外几艘浮在水上。轮渡驶离陆地，越过一两座灯塔，远处的海湾中帆影依稀。尽管内陆天气炎热，薄雾笼罩——埃迪清早离开埃克塞特时就是这样——海面上吹拂的东北风却很凉，太阳在云层中忽隐忽现。

埃迪一直在上层甲板收拾他沉重的旅行袋和相对轻巧的手提箱——当然还有压扁了的送给小孩的礼物——准备重新打包。他把礼物塞进旅行袋底部的时候，包装纸再遭重创，但至少不用拿下巴夹着它了。他还需要把袜子找出来，出门时他穿的是便鞋，没穿袜子，现在觉得脚冷。他又找出一件运动衫套在T恤外面。今天，第一次离开埃克塞特，埃迪才意识到自己穿的是学校的T恤和运动衫，感觉这种到处宣扬自己出身名校的行为很不要脸，所以他是把运动衫反过来套在身上的。这时他才明白，为什么一些高年级学生习惯把戴校徽的埃克塞特的运动衫反过来穿，这种对流行时尚更上一层楼的全新认识，使埃迪觉得他已经准备好面对所谓的“真实世界”——假如真的存在一个需要埃克塞特人把他们的埃克塞特经验抛在脑后（或者需要他们把自己从里到外翻个面）的世界的话。

埃迪更欣慰的是，尽管母亲认为卡其裤更“得体”，他还是穿了牛仔裤。虽然特德·科尔写信告诉薄荷，埃迪不需要正式的上衣或领带（这份暑期工作不要求他穿特德所谓的“埃克塞特制服”），老奥哈尔还是坚持让儿子带了几件正式的衬衣和领带，还有一件他认为“万能适用”的运动夹克。

在上层甲板重新打包时，埃迪才注意到父亲没解释就塞给他的大信封，爱唠叨的薄荷竟然忘了提——这本身就很奇怪——他父亲不管做什么都要详加说明。信封外面以浮凸字体压印着菲利普-埃克塞特高中的回信地址，还有他父亲工整的手书“奥哈尔”。信封里面是汉普顿地区每一个还活着的埃克塞特校友的姓名和地址。老奥哈尔认为，遇到紧急情况，你永远可以向埃克塞特的校友求助！

埃迪扫了一眼就知道，这些人他一个都不认识，其中六位住在南汉普顿，大部分是三四十年代毕业的，有位老先生竟然毕业于1919年，多半已经退休，而且很可能老得已经忘记自己曾在埃克塞特念过书。（其实这位先生现在才五十七岁。）

另外三四名校友住在东汉普顿，布里奇汉普顿和萨格港只有两人，其余几位分布在阿默甘西特、沃特米尔和萨加波纳克——科尔家就在萨加波纳克，埃迪知道。看到这份通信录，他惊得目瞪口呆——父亲竟然这么不了解他？无论情况多么紧急，埃迪做梦都不愿意拜访这些陌生人。埃克塞特人！他差点一嗓子喊出来。

埃迪认识很多埃克塞特的教工家庭，其中多数人并不会高看自己的学校一眼，更不至于吹嘘埃克塞特人地位优越，而他竟然因为父亲无缘无故地恨起埃克塞特来，似乎有失公平。其实，埃迪知道自己能进入这所学校已是幸运，怀疑如果自己不是教师子女，可能没有资格入学，而且他觉得能和同学们打成一片——对一个不喜欢运动却进入男校的孩子而言，他已经做得很好了，加之对同龄女孩的恐惧，他甚至庆幸学校里没有女生。

比方说，他总是小心翼翼地垫着自己的手巾或浴巾自慰，然后洗干净挂回家里的浴室，也不会弄皱提供视觉刺激的素材——母亲的商品邮购目录上各式女性内衣模特的照片（最吸引他的是穿紧身束腹衣的年纪比较大的女性）。即使找不到邮购目录，他也不介意黑灯瞎火地自摸，乐趣并不会打折扣：舌尖仿佛能尝到哈夫洛克太太毛茸茸的胳肢窝咸滋滋的汗味儿——柔软起伏的枕头恍惚之间变成她波涛荡漾的胸脯，托着他的脑袋，摇晃他进入梦乡，他还经常在梦中与她相会。（毫无疑问，凡在哈夫洛克太太青春鼎盛时期入学的埃克塞特人，都享受过她提供的这项宝贵服务。）

可科尔太太到底是什么样的“行尸走肉”呢？埃迪看着蛤蜊车司机就着啤酒吃掉一只热狗，虽然他也觉得饿——早餐后就没吃过东西——但轻微摇晃的轮渡和汽油味让他无心饮食。上层甲板还会不时颤动一阵，然后整个轮渡都左右摇摆。他坐的地方更妙：恰好在烟囱的下风口。他的脸色有点发青，就站起来在甲板上来回走动，这才感觉好一点，后来他找到一只垃圾桶，一股脑儿地把父亲给他的信封——连同里面的每位现居汉普顿的埃克塞特校友的姓名地址——丢进去之后，才终于完全恢复了精神。

接着埃迪做了一件他不怎么感到羞愧的事：走到坐在那里全神贯注消化食物的蛤蜊车司机面前，大胆地替父亲道了歉。蛤蜊车司机压下一个饱嗝，说：

“没事儿，小伙子，当爸的都这样。”

“没错。”埃迪说。

“还有，”蛤蜊车司机若有所思地说，“他可能只是担心你。给作家当助手，我觉得不容易，我根本想不出你到底要干什么。”

“我也想不出。”埃迪老实承认。

“喝啤酒吗？”司机问，埃迪礼貌地拒绝了：好不容易才缓过来，他不想再脸色发青了。

上层甲板没有值得一看的女人或女孩，埃迪想。但蛤蜊车司机显然不会同意他的想法，他在船上四处溜达，不放过欣赏每个女人和女孩的机会。有两个女孩开车上的船，看上去比埃迪大不了一两岁，却都是一副目中无人的样子，她们很可能嫌埃迪年纪太小，不是自己的菜。埃迪只看了她们一眼就没再看。

一对欧洲来的夫妇凑到埃迪身边，用口音浓重的英语问他，能否给他们拍一张站在船头的合照——他们正在度蜜月。埃迪欣然同意，拍完照他才想到，作为欧洲人，那个女的可能也不会剃腋毛，但她穿着长袖外套，没露腋窝，埃迪也看不出她穿没穿胸罩。

他回到沉重的旅行袋和小提箱旁边，箱子里只装着他的“万能适用”运动夹克、正装衬衫和领带，几乎没什么重量，但他母亲说，他的“好”衣服一定要放在单独的箱子里，才不会弄皱。（箱子是母亲帮他收拾的。）别的行李都在旅行袋里——包括他想穿的衣服、笔记本、贝内特老师（迄今为止他最喜欢的英语老师）推荐他看的书。

埃迪没带特德·科尔的作品全集，他都已经读过了，带着还有什么用呢？但他带上了奥哈尔家收藏的那本《老鼠爬墙缝》——埃迪的父亲坚持要他请科尔先生在书上签名，在特德的童书里面，这本也是埃迪喜欢的。另外，与露丝一样，除了墙缝里的老鼠，他有一本心头最爱——《地板上的门》，老实说，这本书吓得他差点拉裤子，他没注意这书的出版时间，所以并不知道它是特德·科尔在儿子死后写出来的——写作过程想必十分艰难，而且书的内容恐怕多少反映了特德那段日子的痛苦经历。

假如特德的出版商同情过——哪怕只有一星半点——他儿子的悲剧，也不会同意出版此书，批评家对这本书的态度更是如出一辙地冷漠，然而它和特德的其他作品一样畅销，他的人气似乎坚不可摧。连多事西·奥哈尔也说，单是大声读这本书给孩子听，都相当于犯下猥亵儿童罪。但《地板上的门》就是会让埃迪兴奋，甚至还在大学校园里受到狂热的崇拜——因为内容实在应受谴责。

埃迪在轮渡上翻开《老鼠爬墙缝》，由于读过许多遍，他已经厌倦了看字，就看看插图——他比大多数评论家对它们更有好感。评论家们充其量会说，插图“提升了感染力”或者“设置合理”，他们更喜欢批评插图，不过批判的力度不大，属于轻描淡写。（比方这样说：“书中的插图虽不至于让读者分心，但对讲故事无甚帮助，希望下次改进。”）尽管如此，埃迪还是喜欢这些插图。

想象中的妖怪藏在墙缝里，就在那里面，没有胳膊也没有腿，用牙齿拉着自己，皮毛贴着地板向前滑……更妙的是妈妈衣柜里的“恐怖连衣裙”的插图，连衣裙活了，想从衣架上爬下来，它只有一只脚，光着的脚，从裙子的褶边下面露出来；它只有一只手，连着手腕，没有胳膊，从袖口里扭动着伸出来。最吓人的是，连衣裙的胸部出现了一只凸起的乳房，仿佛有一个女人（可能还有几处女人的身体部位）正在衣服下面逐渐显形。

插图里所谓的“躲在墙缝里的老鼠”跟现实中的老鼠完全不一样。最后一幅画的是两个男孩中小的那个，他睁着眼睛躺在床上，因为听到有声音接近自己而簌簌发抖，他的一只小手正在捶墙——想把老鼠吓跑，可老鼠不仅没跑，身体看上去还显得格外地大，比两个孩子加起来都大，超过了床头板——超过了整张床外加床头板。

趁轮渡尚未靠岸，埃迪从旅行袋里拿出他最喜欢的特德·科尔的作品《地板上的门》，又读了一遍。但露丝从来没喜欢过这本书，父亲没给她讲过书里的故事，再过几年，露丝才能到读懂这本书的年龄，可到了那时，她恨它都来不及呢。

书中有一幅绘制精美却令人反感的插图，画的是一个尚未出生的胎儿，待在母亲的子宫里。“有一个小男孩，他不知道自己愿不愿意出生，”书的开头写道，“他的妈妈也不清楚该不该把他生下来。

“这是因为，他们住在树林中的一座小木屋里，树林在一个岛上，岛在一个湖里——除了他们家，周围没住别的人。小木屋里的地板上，有一扇门。

“小男孩害怕地板上的门下面的东西，他妈妈也很害怕。很久以前，有一次过圣诞节的时候，一群孩子来小木屋玩，他们打开了地板上的门，钻进小木屋底下的地洞里不见了，他们带来的礼物也跟着不见了。

“妈妈想把这群孩子找回来，可是，刚打开地板上的门，她就听到了可怕的声音，吓得她头发一下子变白了，像鬼的头发一样。她还闻到了可怕的味道，味道一钻进鼻孔，她身上的皮就全都起了皱，像葡萄干一样。过了整整一年，妈妈的皮肤才重新变光滑，头发才不再是白的。还有，打开地板上的门的时候，她看到了可怕的东西，再也不想看到它。这东西像一条蛇，身体可以变得很小，小到能钻进门板和地板之间的小缝里——关着门的时候也能钻，钻过去之后，它的身体又能变回原来那么大——非常大，大到能把整个小木屋驮在背上，它就像一只大蜗牛，小木屋好像它的壳一样。”（正是这幅插图让埃迪做了个噩梦——而且是十六岁以后才做的梦，早就不是小孩了！）

“地板上的门下面还有别的东西，它们要多可怕有多可怕，究竟有多吓人，我都不敢说出来，你们自己想想就好了。”（这段话的旁边也有一幅描绘着难以形容的恐怖暗影的插图。）

“妈妈想，她到底该不该把肚子里的小男孩生在这座小木屋里——小木屋在树林中，树林在一个岛上，岛在一个湖里，周围没住别的人，只有他们家——这些还不是最可怕的，她最害怕的是地板上的那扇门底下的东西。后来她又想：为什么不生呢？我只要别让他打开地板上的那个门不就可以啦！

“可是，妈妈想得太简单，她知道那个小男孩是怎么看的吗？他还没想好愿不愿意生下来——生在这个只有地板上的一扇门，周围没有邻居的世界上呢。但树林中、小岛上和湖里面也有些美丽的东西。（这一段旁边画了一只猫头鹰，一群鸭子在小岛的岸边游泳，一对潜鸟依偎在静谧的湖水中。）

“为什么不生到那个世界上试一试呢？小男孩想。于是他出生了，他过得非常快乐，他妈妈也变得和以前一样快乐了，但她每天起码要对小男孩说一遍这句话：‘千万千万千万不要打开地板上的门！’可他不过是个小孩儿，又怎么能忍得住呢？如果你是这个小男孩，难道就不想打开地板上的门吗？”

就这样，埃迪·奥哈尔想，故事讲完了——他从来没有联想出，那个小男孩其实是个小女孩，她的名字叫露丝，她的妈妈不快乐。埃迪也不知道，地板上还有另外一种门——但只是暂时不知道而已。

轮渡驶过普拉姆峡湾，奥连特岬角清晰地映入视野。

埃迪仔细看了一下书封上特德·科尔的照片。《地板上的门》封面的作者照片比《老鼠爬墙缝》上的照得晚，两张照片里的科尔先生都很英俊，十六岁的埃迪隐约觉得，四十五岁的老男人仍然有能力打动女士的芳心，这样一个男人，站在奥连特岬角的任何一群人中，都会非常显眼——却不知道他下船后该找的是玛丽恩。

轮渡在码头边停稳，埃迪居高临下，从上层甲板扫视聚集在岸边的毫无特色的人群，没有人与书封上的那个优雅的人物相像。他忘记我了！埃迪想。不知怎的，埃迪对他的父亲心生鄙夷——埃克塞特人不过如此！

但他从上甲板看到一个美丽的女人正朝船上的什么人挥手，她的容貌极为出众，埃迪甚至不愿去看她在招呼哪个男人。（他觉得那人一定是个男的。）这个女人实在太美，埃迪心不在焉地搜寻着特德，频频回眸看她——好像她挥挥手就掀起了一场风暴似的。（他眼角的余光瞥见有人把车开下轮渡，突然方向一偏，拐上了砾石遍布的沙滩，汽车顿时卡住不动了。）

埃迪跟着最后一批零散拖拉的乘客下了船，一手提着沉重的旅行袋，另一手是相对轻巧的提箱。他目瞪口呆地发现，那个美得动人心魄的女的还站在原地挥手，就在他的正前方——好像是朝他挥手。他担心自己会和她撞个满怀，因为她离他很近，触手可及——他能闻到她的味道，她的味道很好闻——突然她胳膊一伸，从他手中接过那个相对轻巧的提箱。

“你好，埃迪。”她说。

如果说每次听到父亲讲话，埃迪都会想死，那他现在终于知道真的死了是什么感觉：他的呼吸消失了，话也说不出来。

“我还以为你怎么都看不见我呢！”美丽的女人说。

从那一刻开始，他永远不会不看她——她的形象已经在他的心上打下了烙印，即便闭上眼睛睡觉，她也总在他的脑海中。

“科尔太太？”他勉强挤出一点声音。

“叫我玛丽恩。”她说。

他说不出她的名字。他拖着沉重的旅行袋，费力地跟着她向汽车走去。他已经观察过她的胸部——就算她戴了胸罩又如何？她穿着柔顺光亮的长袖毛衣，看不出是否剃腋毛。即便剃了又怎样？曾使他热血沸腾的哈夫洛克太太蓬勃的腋毛——更不用说那对松软摆荡的乳房——已经退入遥远的过去，想到哈夫洛克太太这样平凡的女人竟然激起过他的欲念，埃迪只觉得羞愧。

他们来到汽车（深番茄红色的奔驰）旁，玛丽恩给他钥匙。

“你会开车，对吗？”她问，“我了解你这个年龄的男孩——一有机会就想开车，是吧？”

“是，太太。”他回答。

“叫我玛丽恩。”她又说了一遍。

“我还以为科尔先生会来。”他说。

“你可以叫他特德。”玛丽恩说。

这不符合埃克塞特的校规。在埃克塞特——甚至连埃迪家里也是如此，因为他就是在学校的环境中长大的——只能称呼别人“先生”或者“女士”，他觉得自己仿佛来到了另一个世界，这里不存在“××先生”或“××太太”，只有“特德”和“玛丽恩”。

他坐上驾驶座，座位与油门、刹车和离合踏板的距离调整得恰到好处，完全适合他的身长，这说明他和玛丽恩一样高。然而，这一发现带来的快意却消失于转瞬之间——因为他接着又发现，自己的下身极度兴奋，已经撑起帐篷，顶到了方向盘。与此同时，蛤蜊车司机慢悠悠地开着蛤蜊车经过——他肯定也注意到了玛丽恩。

“工作真棒！但你要干得了啊，小伙子！”司机喊道。

埃迪转动钥匙点火，奔驰车发出愉悦的轰鸣。他偷眼瞧了一下玛丽恩，发现她正在以一种他不熟悉的方式——就像他不熟悉这辆车一样——打量他。

“我不知道路。”他告诉她。

“只管开，”玛丽恩说，“我会给你指路。”

自慰机器

1958年夏天的第一个月，露丝和作家助理很少碰面。他们不会在科尔家的厨房里遇到，主要是因为埃迪不在那里吃饭。而且，尽管四岁的露丝和作家助理同住一座房子，但他们的就寝时间差异很大，卧室也相隔甚远。早晨埃迪还没起床，露丝就已经和她母亲或父亲吃完早饭了。等埃迪睡醒，露丝的三个保姆中的第一个早就到了，玛丽恩已经开车送露丝和保姆去了海滩。如果天气不好，不适合去海滩，露丝和保姆就在育儿室或起居室里玩，这座大房子的起居室根本没人用。

埃迪·奥哈尔没住过这么大的房子，觉得很不习惯，他出生后就住在埃克塞特教工宿舍的一套小公寓里，后来他们家搬进一所比小公寓大不了多少的独立住宅。但特德和玛丽恩的分居——他们从来不在同一座房子里过夜——让他更不习惯（也让他猜了又猜）。父母的分居对露丝而言也是个神秘的新改变，同样面对如此奇怪的现状，四岁的孩子适应起来丝毫不比埃迪容易。

无论科尔夫妇的分居对露丝和埃迪来说预示着怎样的未来，那个夏天的第一个月可谓一团糟。只要特德去租来的房子过夜，埃迪次日一早就得开车把他接回来。特德习惯在上午十点前进作坊工作，所以埃迪有时间顺路去萨加波纳克的便利店买东西、到邮局取信、买两人份的咖啡和松饼。轮到玛丽恩出去过夜的时候，埃迪还是得取信，但早餐只买他一个人的——特德和露丝早就一起吃过了。玛丽恩开她自己的车。当不需要跑腿时（经常需要跑腿），埃迪大部分时间都在那座空荡荡的出租屋里干活。

他的职责比较轻松，诸如替特德答复一部分书迷来信、用打字机重新誊写那本短得出奇的《不想发出声音时发出的声音》之类。每周至少两次，特德会增删这本书里的一两句话，同时增删标点——把分号变成破折号，再改回分号。（埃迪认为特德有标点恐惧症。）最好的情况是勉强打出一个字母高低不平的全新段落——特德的打字技术奇差——随即便用铅笔修改得乱七八糟。最坏的情况是，第二天晚上这段话就被整个删除了。

他不会代特德拆信或读信，他重打的信件都是给儿童读者的回信，至于给母亲读者回信，特德一向亲力亲为。埃迪从未见过那些母亲的来信，也不知道特德答复她们的内容。（露丝晚上——而且只在晚上——听到的父亲打字的声音，往往不是在创作童书，而是给某位年轻的母亲写信。）

为了确保离婚过程有礼有节，准备分道扬镳的夫妇们经常打着保护孩子的旗号，做出巨细靡遗的复杂安排。尽管四岁的露丝亲眼目睹一个十六岁的男孩骑在她母亲的屁股上，她父母却不曾因为愤怒或仇恨而恶语相向，也不会当着她的面说对方坏话。在结束破裂的婚姻方面，特德和玛丽恩算是树立了优雅得体的行为榜样。而且，虽然租房子这项安排就和他们租来的房子一样糟糕，但至少露丝不必住在那里。

根据1958年汉普顿一带的房地产交易术语，那座出租屋是所谓的“车厢房”。它只有一间卧室，通风不良，建筑质量堪忧，配备的家具价格低廉，楼下是车库，能停两辆车。房子在布里奇汉普顿的布里奇路，与科尔夫妇在萨加波纳克的帕森尼奇路上的家宅相距不到两英里。夜晚，此处完全满足特德和玛丽恩隔开一定距离睡觉的要求；白天，作家助理还可以来这里工作。

车厢房的厨房从没用来做过一顿饭，厨房里的餐桌（没有饭厅）上堆积着没答复的来信和没写完的回信。这张桌子白天是埃迪的工作台，晚上在此处过夜时，特德会使用桌上的打字机。厨房里什么酒都有，咖啡和茶也不缺，唯独没有吃的。客厅（其实是厨房的延伸，没有隔断）摆着一台电视和一张沙发，特德经常看着看着电视上的棒球比赛就歪在沙发上昏睡过去；除非播球赛或拳击赛，否则他不开电视。玛丽恩睡不着的时候，会看看深夜电影。

卧室衣柜里只有特德和玛丽恩各自的一套应急换洗衣服。卧室总是不够暗——天窗上没有窗帘，还经常漏水。玛丽恩把一条毛巾钉在天窗上遮光和缓解漏水，但特德一来就会把毛巾扯下来，没有天窗，他可能不知道何时该起床，因为屋里没有表，他还经常把手表摘下来随便一扔就睡觉。

打扫科尔家房子的女佣也会打扫车厢房，但只是拿吸尘器吸一遍，换换床单。也许因为车厢房和捕蟹人抓螃蟹——他们一般用生鸡肉当诱饵——的那座桥相距太近，这座独卧公寓里总有一股家禽和海水的味道。还有，因为房东在车库里停着他自己的两辆车，特德、玛丽恩和埃迪纷纷抱怨空气中的机油和汽油味儿持久不散。

玛丽恩带过来的托马斯和蒂莫西的照片，给这个地方提供了聊胜于无的装饰，照片是从埃迪暂住的科尔家的客房和与之配套的客用浴室（这间浴室也分配给埃迪用）里临时取来的。（埃迪并不知道，客房墙上的那几个空画钩是不久以后整座房子出现大批空画钩的前兆。他也不会想到，死去的男孩的照片被拿走后在墙纸上留下的暗色方块，将成为许多年里他挥之不去的梦魇。）

埃迪的客房和客用浴室里留下了一些托马斯和蒂莫西的照片，他会经常看看，看得最多的是一张有玛丽恩的照片。照片是在巴黎一家旅馆的客房里拍的，房间沐浴在晨曦之中，玛丽恩躺在老式的羽毛床上，衣着凌乱，睡眼惺忪，不过很开心。她枕着的枕头上还搁着一只小孩的光脚，小孩穿着睡裤，只从被子底下伸出一截腿来。床的另一头还有一只光脚，按逻辑判断应该是另一个小孩的，因为两只脚的距离比较远，而且睡裤的花色也不一样。

埃迪虽不清楚照片中的旅馆在巴黎——那里就是曾经风光无限的伏尔泰堤道酒店，特德去欧洲给法文版《老鼠爬墙缝》做宣传的时候，科尔一家下榻于此——但他根据异国情调的床和周围的家具猜测，照片是在欧洲拍的，还推断那两只光脚分别属于托马斯和蒂莫西，摄影师是特德。

玛丽恩穿着吊带背心，在照片中露着两个肩膀和一条胳膊，虽然胳肢窝只出现了一部分，仍可以看出腋毛剃得很干净。照片里的她至少比现在年轻二十岁——顶多二十出头，但在埃迪眼里，她现在也不过二十来岁。（只是没有那么开心。）倾斜地流泻在枕头上的晨晖让她的金发更加耀眼。

托马斯和蒂莫西的所有照片都经过了放大，一律长十英寸、宽八英寸，而且做过昂贵的亚光处理，镶在玻璃框中。埃迪会摘下有玛丽恩出镜的那幅照片，支在床边的椅子上，让照片中她的脸冲着床，然后躺在床上自慰。只要无视那两只小孩的光脚，他就能恍惚觉得玛丽恩在朝自己微笑，当然，如果彻底看不见那两只脚，自慰效果会更好，要做到也很简单：他用胶带把两小条便笺纸贴在照片上，遮住两只脚。

这项活动成了他每天晚上的仪式。可有天晚上，仪式被打断了：他刚刚进入状态，就听到敲门声，门没锁，门板另一面传来特德的声音："埃迪？你睡了吗？我看到你还开着灯，我们能进来吗？"

埃迪慌忙跳起来，忙不迭地套上晾在床边椅子扶手上的泳裤，泳裤还是湿的，又黏又潮。他旋风般冲进浴室，把照片挂回原来的钩子上。“请进！”他叫道。开门时他才想起，忘记把照片上的小纸条揭下来了，对，就是挡着托马斯和蒂莫西的脚的那两张纸条，而且他没关浴室门就跑来开了门，现在做什么都晚了：特德抱着露丝，已经站在客房的门口了。

“露丝做了一个梦，”特德说，“是吧，露西？”

“是，”孩子说，“不好的梦。”

“有张照片，她想来看看它还在不在这儿。我知道她妈妈没把那张照片带到另一个房子里。”特德解释道。

“噢。”埃迪说，他感觉露丝的目光仿佛穿透了他，直接投射到他身后。

“每张照片都对应着一个故事，”特德告诉他，“露丝知道所有故事——对不对，露西？”

“对。”孩子说，“它在那儿！”她指着挂在床头柜上方的那张照片说。照片旁边就是埃迪乱糟糟的床，床头椅被他拖到了床边（为了自慰方便），不在原来的地方了。特德抱着露丝笨拙地绕过床头椅，靠近了细看那张照片。照片里，蒂莫西的膝盖擦破了，坐在一间大厨房的柜台上，托马斯假装自己是医生，一手拿着纱布，一手拿着胶带，饶有兴致地研究着弟弟流血的伤口。（当时的）蒂莫西也许比现在的露丝大一岁，托马斯大概七岁。

“他的膝盖流血了，但他会没事的吧？”露丝问父亲。

“没事的——包扎一下就好了。”特德告诉女儿。

“不用缝？不打针？”露丝问。

“不用，露西。绷带包一下就好了。”

“他只是破了一点点皮，不会死的——对吗？”露丝问。

“对呀。”特德说。

“不会死。”四岁的小孩重复道。

“说得对，露西。”

“只流了一点血。”露丝盯着照片说。

“露丝今天划伤了，”特德告诉埃迪，给他看孩子脚跟上的创可贴，“她在沙滩上踩到贝壳了，又做了个梦……”

露丝对膝盖破皮的故事和照片都感到满意，便趴在父亲肩头四处张望，突然，浴室里的什么东西引起了她的注意。

“脚去哪儿了？”她问。

“什么脚，露西？”

埃迪的身体已经在朝浴室门口移动，准备挡住他们的视线。

“你干什么了？”露丝问埃迪，“脚怎么啦？”

“露西，你在说什么？”特德问。他喝醉了，但即使醉了，他还是站得很稳。

露丝指着埃迪。“脚！”她生气地说。

“露西——不许没礼貌！”特德告诉她。

“指着人家没礼貌？”露西问。

“你知道的，”她父亲回答，“抱歉打扰你，埃迪。每次露丝要看照片，我们都会给她看。不过，为了不打搅你……她已经有一阵子没看照片了。”

“你什么时候想看，就过来看。”埃迪对露西说，她还在怒视着他。

父女俩来到埃迪房间外面的走廊，特德说：“说‘埃迪，晚安’——好不好，露西？”

“脚去哪儿了？”四岁的小孩不依不饶地问埃迪，还一直瞪着他，“你干什么了？”

父女俩沿着走廊离开时，特德还在说：“你是怎么啦，露西，你一向很有礼貌的呀。”

“我没有不礼貌。”露丝气呼呼地说。

“嗯。”埃迪只听到特德说了这一句。当然，他们走开后，他就直奔浴室，拿下照片上的纸条，用湿布擦干净玻璃上的胶带痕迹。

这个夏天的第一个月，埃迪·奥哈尔成了一台自慰机器，但他再也没把玛丽恩的照片从浴室墙上拿下来——也没再用纸条遮住托马斯和蒂莫西的脚。那天晚上以后，他改为每天早晨在车厢房自慰，以为那里无人干扰——也不会被逮个正着。

每逢玛丽恩在出租屋过夜的第二天早晨，埃迪都会欣喜地在没整理的床铺枕头上嗅到玛丽恩的体香。其余的早晨，只要摸一摸、闻一闻玛丽恩的几件衣服，就足以唤起他的情欲。玛丽恩在衣柜里放了一件薄睡裙，抽屉里有她的一些胸罩和内裤。他一直盼着她把那件粉红色羊绒开衫留在衣柜里，就是她初见他时穿的那一件，他经常梦到她穿着那件衣服。然而，由于廉价公寓里没有电扇，穿堂风也无助于缓解室内的憋闷（尽管萨加波纳克的科尔家在最热的天气也凉爽宜人，布里奇汉普顿的出租屋却异常燥热），玛丽恩不太可能在出租屋里还穿毛衣，这是他的奢求。

除了开车去蒙纳克取回奇臭无比的墨鱼汁这项苦差，作家助理算得上一份朝九晚五的轻松工作，而且特德·科尔每周还付他五十美元薪水。他给特德的车加油时都是赊账，这车远不及玛丽恩的奔驰好开，是一辆1957年款的黑白双色雪佛兰，这种配色也许反映了插画家习惯于对色彩挑三拣四的艺术品位。

傍晚五六点钟，埃迪常到海边游泳——偶尔也跑步，但从不用心，不过跑着玩玩。有时海边有人捕鱼——开着卡车，沿岸追逐鱼群，小鱼被大鱼赶上沙滩，在潮湿硬实的沙滩上扑腾——这是他不愿在那里跑步的另一个原因。

每天晚上，和特德打过招呼，他会开车到东汉普顿或南汉普顿看电影，或是吃个汉堡，他用特德发的薪水买电影票（以及所有食物），每周还能剩下二十美元。有天晚上，在南汉普顿的一家电影院，他看到了玛丽恩。

她独自坐在观众席，穿着那件粉红羊绒开衫，那天晚上没轮到她在车厢房过夜，因此粉色开衫不太可能第二天清早出现在出租屋的衣柜里。但自此之后，埃迪会留意在南汉普顿和东汉普顿寻找玛丽恩的车，尽管他在这些地方见过那辆车一两次，却再也没能在电影院发现玛丽恩的身影。

玛丽恩几乎每天晚上都出门，她很少和露丝一起吃饭，也从来不自己做饭。埃迪推测，如果她外出用餐，会光顾比他平时去的餐馆高级的场所，他也知道，如果去高级餐馆找她，他的五十美元周薪很快就会花完。

无论特德如何消磨夜晚时光，反正他都不能开车。他在出租屋放着辆自行车，但埃迪从没见他骑过。后来有天晚上，玛丽恩出门后，科尔家的电话响了，晚班保姆接听了电话，打电话的人是布里奇汉普顿一家酒吧餐厅的酒保，科尔先生几乎每晚都在那里吃饭酗酒。这天晚上，科尔先生跨上自行车离开时的身段格外飘摇，所以酒保打电话来询问他是否已经安全到家。

埃迪立即驱车赶到布里奇汉普顿，沿着他猜测的特德返回出租屋的路线寻找，果然发现了科尔先生：他先是在大洋路的正中间蹬车，然后——被埃迪的车头灯照过之后——骑着车扭到软路肩上。埃迪停下车，问他要不要上来，他们现在离出租屋不到半英里路。

“我有车！”特德告诉他，说完便挥手让他走开。

一天早晨，特德在车厢房过夜离开后，卧室枕头上出现了另外一个女人的气味，比玛丽恩的气味浓郁许多。原来他有别的女人！埃迪想，他那时并不清楚特德和年轻母亲们的相处模式。（眼下这个漂亮的年轻母亲每周来做三次模特——最初和她年幼的儿子一起，再往后都是一个人来。）

对于自己和玛丽恩的分居，特德只跟他这样解释：埃迪过来工作的时间恰逢“这段漫长婚姻中的悲惨时刻”，为此他深表遗憾。尽管他这样说也暗示“悲惨时刻”可能会过去，然而，越是看到特德和玛丽恩的疏远，埃迪越是相信这段婚姻已经完了。而且特德只形容这段婚姻“漫长”，从未说它是美好或者快乐的。

不过，至少在托马斯和蒂莫西的照片里，他看到了一些曾经美好和快乐的东西，并且发现科尔夫妇也曾有过朋友。有些照片是科尔一家和其他家庭带着孩子参加晚宴的；有些照片是科尔兄弟和其他孩子一起参加生日派对的。虽然玛丽恩和特德不常在这些照片中露脸——托马斯和蒂莫西（哪怕只有他们的脚出现在镜头里）是每张照片的主角——也有足够的证据说明，即使互相不满，特德和玛丽恩也曾经快乐过，就算这段婚姻本身并不美好，他们也和两个儿子共度过许多美好的时光。

埃迪·奥哈尔却不记得自己像照片中的人物那样拥有过如此多的美好时光。但是，特德和玛丽恩的朋友们都去了哪里？他想。除了保姆和模特们（两个一起来的或者单独来的），平时和他们打交道的没有别的人。

如果四岁的露丝已经明白，托马斯和蒂莫西现在去了另一个世界，那么在十六岁的埃迪眼里，兄弟俩则好像原本就是来自另一个世界的异类，因为他们得到了特德和玛丽恩全部的爱。

无论露丝想学什么，都需要保姆来教她。埃迪对保姆印象不深。早班保姆是本地女孩，她的男朋友长相凶蛮，像个小混混，也是本地人——或者说，从埃克塞特人的角度来看，埃迪推测他是本地人。这位男朋友是个救生员，具有救生员必备的应对枯燥单调生活的天然抵抗力。混混每天早晨送保姆来上班，每次见到埃迪都脸色不善。就是这位保姆常带露丝去海滩，救生员也是在那片海滩把自己晒黑的。

那个夏天的第一个月，一般是玛丽恩开车送保姆和露丝去海滩，然后再把她们接回来，她只请埃迪代劳过一两次。保姆没和埃迪说过话，而露丝——埃迪觉得很尴尬——则又问过他一次：“脚去哪儿了？”

下午班的保姆是个女大学生，开自己的车来。她叫爱丽丝，打心眼里瞧不起埃迪，所以懒得和他说话——除了表示她曾经认识某个埃克塞特毕业的人。那个人自然是在埃迪入学前就毕业了，爱丽丝只记得他的名字，好像是“奇基”或者“查基”。

“很像外号呢。”埃迪傻乎乎地说。

爱丽丝叹了口气，同情地看着他，让他很担心自己是不是继承了父亲喜欢把显而易见的无聊事实复述出来的嗜好，以至于会很快被人冠以薄荷这样的绰号，一辈子都摆脱不了。

大学生保姆还在汉普顿的一家餐馆做暑期工，但埃迪从没在那儿吃过饭。她长得也很漂亮，他每次看到她都自惭形秽。

夜班保姆是个已婚妇女，丈夫白天工作。她有时会带着两个孩子过来，他们比露丝大，玩起她那不计其数的玩具（大部分是娃娃和玩具屋，露丝根本不玩）时显得很爱惜。露丝更愿意画画，或者听人念故事。她的育儿室里有一副专业的画架，架子腿锯短了。露丝唯一喜欢的那个娃娃没有头。

三个保姆中，唯独夜班保姆对埃迪友善，可他每天晚上都出去，不出门时就待在自己房间。他住的客房和浴室在二楼走廊的尽头，当他想给父母写信，或者在笔记本上写写画画的时候，完全不会有人打扰。在家信里，他没告诉父母特德和玛丽恩从夏天开始分居——当然更不会提他经常搂紧玛丽恩的贴身衣服、闻着她的味道自慰了。

玛丽恩撞到埃迪自慰的那天早晨，他刚刚在出租屋的床上搭建了一个大工程：摆了一个模仿她的假人。假人上身是一件桃粉色的女式衬衣，衣料轻薄，是夏天的款式（一看就是在车厢房这种闷热的地方穿的），还有同色系的胸罩，埃迪故意没扣胸罩的搭扣。胸罩塞在衬衣内里前胸的位置，半掩半露，仿佛玛丽恩正在脱衣服。这样的安排赋予她的衣物一种激情燃烧的感觉，至少称得上欲火焚身、急不可耐。假人的内裤也是桃粉色，平铺在腰部以下胯骨处的位置，与胸罩的间距恰到好处——就是说，好像玛丽恩本人正穿着这件胸罩和这条内裤，面对一丝不挂的埃迪。他像往常一样，左手握住阴茎，抵在右边大腿的内侧摩擦，脸埋在敞着怀的女式衬衣里，压在胸罩上，右手不住地抚摸她那条丝绸般柔滑的内裤。

玛丽恩不用一秒钟就意识到埃迪光着身子，而且瞬间明白了他在干什么——竟然还布置了刺激视觉和触觉的道具！埃迪第一眼发现她的时候，分辨不出她是想进卧室还是想离开：她静静地站着，好像一个幽灵，他真希望她就是个幽灵。另外，确切地说，他首先看见的不是她本人，而是她在卧室镜子中的倒影。玛丽恩则同时能看到镜子内的埃迪和镜子外的埃迪，仿佛抓到两个他一起自慰。

她像刚才突然闯入一样迅速闪到门外。埃迪虽然还没射出来，但也知道她明白他在干什么，在不到一秒钟的时间里，她已然看穿了他的一切。

"对不起，埃迪，"玛丽恩在厨房里说，他正在手忙脚乱地收拾她的衣服，"我应该敲门的。"

埃迪穿上衣服，却不敢走出卧室。他有些希望听到玛丽恩下楼到车库去的脚步声——如果更幸运，他还会听到她的奔驰车开走的声音。相反，她却在等他。埃迪回想起刚才自己并没有听到她上楼梯的声音，意识到自慰时他一定在情不自禁地呻吟。

"埃迪，是我不好。"玛丽恩说话了，"我没有生气，只是觉得不好意思。"

"我也很不好意思。"他在卧室里喃喃自语。

"没关系——这很自然，"玛丽恩说，"我了解你这个年纪的男孩……"她的声音越来越小。

当埃迪硬着头皮走出卧室的时候，发现她坐在沙发上。“到这儿来——起码你得看着我！”她说，他却呆滞地站立不动，耷拉着脑袋。“埃迪，这件事很可笑，我们就把它当成一件可笑的事，然后忘掉吧。”

“很可笑。”他垂头丧气地说。

“埃迪！过来！”她命令道。

他慢吞吞地拖动双脚，朝她那边挪过去，依旧不敢抬眼。

“坐下！”她又下了一道命令，然而他只能僵硬地坐在沙发另一头的边缘——离她远远的。“不，坐这里。”她拍拍两人之间的沙发。他根本动不了。

“埃迪，埃迪——我了解你这个年纪的男孩，”她又说，“你们这么大的孩子都会这么做，不是吗？你能想象不做这种事吗？”

“不能。”他低声说，然后就哭了——怎么也停不下来。

“噢，别哭！”玛丽恩斩钉截铁地说。她现在从来不哭——她的眼泪早就哭干了。

玛丽恩主动坐到他身边，他感觉沙发陷了下去，他的身体不由自主地靠着她。他一刻不停地哭，她一刻不停地说。“埃迪，听我说，求你了。”她说，“我原本怀疑特德的哪个女人穿了我的衣服——有时能看出起皱了，有时没挂在原来的衣架上，谁知却是你，你很好心——还帮我叠内衣！起码试过帮我叠。我从来不叠内裤和胸罩。我知道特德不会碰它们。”她补充道，他还在哭，“噢，埃迪——我受宠若惊。真的！现在虽说不是我最快乐的夏天——但很高兴知道还有人想着我。”

她顿了顿，忽然变得比他还尴尬，连忙又说：“啊，我并没有假设你想的就是我。老天，那样假设也太自大了，不是吗？也许你只是喜欢我的衣服。可我还是受宠若惊，即便你只喜欢我的衣服。你大概有许多女孩可以去想……”

“我想的就是你！”埃迪脱口而出，“只有你。”

“那就别不好意思，”玛丽恩说，“你让一个老女人高兴了！”

“你不是老女人！”他叫道。

“你越来越让我高兴了，埃迪。”她一下子站起来，似乎准备走掉。他终于鼓起勇气，抬头看着她。看到他的表情，她说：“当心你对我的感觉，埃迪。你要自重。”最后几个字含着警告。

“我爱你。”他勇敢地说。

她一下子坐回沙发上，仿佛他又哭了起来。“别爱我，埃迪。”她说，语气比他预料的严肃，“只想着我的衣服就好了，衣服不会伤害你。”她又往他这边靠了靠，姿态却毫不轻佻，她说：“告诉我，你有没有特别喜欢的——我是说，我穿的衣服里面，你有特别喜欢的吗？”见他茫然地瞪着她，她只好又重复一遍：“想想我的衣服，埃迪。”

“你第一次见我时穿的那件。”埃迪告诉她。

“老天！”玛丽恩说，“我不记得了……”

“粉红色的毛衣——从前面系扣的。”

“那件破玩意儿！”玛丽恩失声叫道，差点没笑出来。想起自己从未见过她笑，埃迪近乎痴迷地琢磨她的表情。如果说他一开始无法看她，那么现在就是无法不看她。“好吧，要是你喜欢的话。”玛丽恩说，“也许我会给你一个惊喜！”她又站起来——速度和上次一样快。埃迪又想哭了，因为他看出她真的要走。她走到通往楼梯的那扇门前，换了强硬的语气：“不用那么认真，埃迪——不用那么认真。”

“我爱你。”他重复道。

“别爱我。”她提醒他。不用说，为这句话，他这一整天都会心烦意乱。

这事过去不久，一天晚上，埃迪从南汉普顿看电影回来，发现玛丽恩站在他的卧室里，晚班保姆已经回家了。他很快便心碎地意识到，她不是来诱惑他的。她开始谈论挂在他住的客房和浴室里面的一些照片，还为自己贸然造访的行为表示歉意，并且告诉他，为了尊重他的隐私，只有当他外出时，她才会来他的房间看照片。她今天特别想看其中一张照片——但不想告诉他是哪一张——所以比原先计划的多待了一阵。

玛丽恩说过晚安离开后，埃迪痛苦的程度超出了他想象中人类忍耐的极限。不过，上床睡觉之前，他发现她帮他叠好了散乱的衣服，还取下了平时晾在浴帘撑杆上的一条毛巾，整齐地挂回毛巾架。他最后才注意到——虽然这是最明显的——床已经铺好了。他自己从来不铺床——而至少在出租屋过夜之后，玛丽恩也不会铺床。

两天后的那个早晨，埃迪走进车厢房，把当天的信件放在厨房的桌子上，开始煮咖啡。等待咖啡煮好的空当，他走进卧室，第一眼看过去，他还以为玛丽恩本人躺在床上，结果发现床上不过是摆着她的粉红羊绒开衫。（不过！）开衫的扣子没有系，两条长袖子向上擎着，好像一个隐形的女人穿着这件衣服，举起隐形的双手，交叉在隐形的脑后，前襟敞开的地方，露出一件胸罩。这比他用玛丽恩的衣服布置的任何场景都吸引人。胸罩是白色的，内裤也是白色的，全都摆在他最喜欢的位置。

到这里来……

1958年夏天，特德·科尔勾搭的那位年轻母亲——贼头贼脑的沃恩夫人——身材瘦小，皮肤黝黑，面目凶狠。一个月来，埃迪只在特德的画中见过她，那些画里面，沃恩夫人总是和她儿子在一起，那孩子同样瘦小黝黑，面目凶狠，让埃迪觉得母子俩很想咬人。沃恩夫人妖精般的长相和故作稚嫩的小精灵样式的发型并不能掩盖她的戾气——或者说不稳定的脾气。她儿子则像一只焦躁的猫，随时都会吐口水和咝咝怪叫——看起来他可不愿意给画家当模特。

第一次独自来做模特时，沃恩夫人的举止——从她下车走进科尔家的房子开始，到出门上车为止——格外鬼鬼祟祟，她像一只预测天敌进攻方向的动物，对任何地方传来的任何动静都要迅速地瞥上一眼。她防备的当然是玛丽恩，然而埃迪却不知道她是来做裸体模特的，也不知道他（和玛丽恩）在车厢房卧室枕头上嗅到的浓郁味道正是来自沃恩夫人，所以误以为这个小个子女人可能有点精神错乱的毛病。

况且他满脑子想的都是玛丽恩，没工夫研究沃恩夫人。虽然玛丽恩没再调皮地在出租屋里用她的衣服搭假人，作为一个只有十六岁的小孩，得到那件满是她的魅惑气息的粉红开衫，埃迪已经获得了前所未有的满足。

埃迪·奥哈尔仿佛住进了自慰的天堂，他本该留在那里，永远都不离开的。他很快发现自己对玛丽恩的胃口越来越大，不过，她才是他们的关系的主导，没有她的同意，这段关系就不会有任何的进展。

玛丽恩先是带他出去吃饭，她来开车，也不会问他是否想开。埃迪惊讶地发现，自己竟然应该感谢父亲坚持让他带着正装衬衫和领带，以及那件“万能适用”的运动夹克。但自从见过他穿着传统的埃克塞特校服之后，玛丽恩就告诉埃迪，他可以摘掉领带，脱下夹克——因为他们去的地方并不要求穿戴这些。餐馆在东汉普顿，不如埃迪设想的那么高级，但显然服务员们都熟识玛丽恩，不停地给她上酒——她喝了三杯——根本不用她吩咐。

玛丽恩比埃迪初识她时健谈得多。“和特德结婚时，我已经怀上了托马斯——那时我只比你现在大一岁。”她告诉他（她经常提到他们的年龄差距），“你出生的时候，我已经二十三了，等你到了我现在的年纪，我就六十二了。”她不停地说着，还两次提到她送给他的礼物：粉红羊绒开衫。“喜欢我的惊喜吗？”她问。

“很喜欢！”他结结巴巴地回答。

她很快换了话题，告诉他，特德没有真正从哈佛辍学，校方只是让他休学——“原因是‘毫无作为’，我记得他是这么说的。”玛丽恩说。

特德每本书封面上的作者介绍中，总说他是哈佛的辍学生。显然，这种半真半假的说法取悦了他：表示他既足够聪明，进得了哈佛，又足够有个性，不在乎是否待在那里。“其实他就是懒，”玛丽恩说，“他从来不愿意非常努力地工作。”她顿了顿，问埃迪：“你的工作怎么样？”

“没多少事可做。”他坦言。

“那可不，我就想不出有什么事要你做的。”她说，“特德雇用你，是因为他需要司机。”

玛丽恩高中没毕业就认识了特德，还怀了他的孩子。托马斯和蒂莫西长大后，她通过了高中同等学力考试，又辗转新英格兰的各处校园，抽空修满了大学学分，她用了十年才从新罕布什尔大学毕业，那是1952年，第二年她的两个儿子就死了。她选修的大多是文史方面的课程，如果只是为了拿学位，很多都不必选，可她又不愿意报名学习其他科目，所以按照规定推迟了毕业的时间。“说到底，”她告诉埃迪，“我想要大学学位，只是因为特德没有学位。”

托马斯和蒂莫西一直为她的毕业感到骄傲。“他们死的时候，我正准备写作，”玛丽恩向他透露，“那件事毁掉了我的计划。”

“你写过？”埃迪问她，“为什么要停下？”

玛丽恩说，她总会不由自主地想起儿子的死，所以无法面对内心深处的写作欲望，不能自由想象，因为她的思绪总会回到托马斯和蒂莫西身上。“我以前是多么喜欢和自己的想法单独做伴啊。”她感慨道。她怀疑特德就从来不喜欢坦然面对他的想法。“所以他写的故事都很短，而且都是给小孩读的，所以他才会一直画个不停。”

埃迪并未意识到自己已经吃腻了汉堡包，他放开肚皮，大快朵颐。

“连爱情都没法破坏十六岁男孩的胃口！”玛丽恩评论道。埃迪的脸红了：不该把他有多爱她告诉她的。她不喜欢那样。

玛丽恩又告诉埃迪，她在出租屋的床上为他摆下那件粉色羊绒开衫的时候——尤其是选择和摆放胸罩与内裤的过程中——“是按照想象中的情景来的。”这是她的原话，这是儿子死后她第一次产生创作的冲动，也是第一次和唯一一次感到“纯粹的乐趣”。尽管这种乐趣的“纯粹”性值得商榷，埃迪毫不怀疑她的意图是真挚的，只不过，想到他认为是爱情的东西在她眼中不过是“乐趣”，他稍微有些伤心。然而，即使只有十六岁，他原本也应该重视她预先的警告的。

玛丽恩认识特德时，他自称“最近”才从哈佛退学，还写过一本小说，但实际上他四年前就离开了哈佛，眼下正在波士顿的一家美术学院上课。他有绘画天分——并表示自己是“自学成才”。（与其说他对美术学院的课程感兴趣，不如说他更喜欢课堂上的模特。）

两人结婚的第一年，特德开始给一位石版画家做助手，但很快就讨厌起这份工作。“特德什么工作都不喜欢。”玛丽恩告诉埃迪。因为工作的关系，他连石版画也讨厌起来了，对铜版画也不感兴趣。（“我不适合摆弄铜块和石头。”他告诉玛丽恩。）

1937年，特德·科尔出版了他的第一本小说，当时托马斯一岁，玛丽恩还没怀上蒂莫西。作品的反响很好，销售情况也远比一般的处女作火爆。他们决定要第二个孩子。第二本小说——1939年出版，一年前蒂莫西出生——没有收获什么正面评价，销量也仅是第一本的一半。特德的第三本小说出版于1941年——“你出生的前一年。”玛丽恩不忘提醒埃迪——几乎无人问津，即使有评价，也是负面的。由于销量实在少得可怜，出版商拒绝告诉埃迪实际数字。然后，1942年——托马斯和蒂莫西一个六岁，一个四岁——《老鼠爬墙缝》出版了。尽管二战延迟了众多外文版本的推出，但在《老鼠爬墙缝》被译成多种语言出版之前，特德·科尔已经不必痛恨任何工作或者再写什么小说了。

“告诉我，”玛丽恩问埃迪，“知道自己和《老鼠爬墙缝》同一年诞生，你有没有觉得脊背发寒？”

“确实。”埃迪承认。

可是，为什么要在各个大学城搬来搬去呢？（科尔一家在新英格兰的每一个地方都住过。）

特德在性方面非常不检点，却要冠冕堂皇地告诉妻子：大学城的居住环境最适合抚养小孩，当地学校的教育水平通常很高，社区氛围也时常受到校园文化活动和体育赛事的熏陶。玛丽恩还可以继续她的学业。而且，大学教工及其家人是很好的社交对象。起初，玛丽恩并未意识到多少教工的妻子后来会加入特德勾引的年轻母亲的行列。

特德什么工作都讨厌，当然并不想成为教职工的一员——而且他也不够格——但他每学期会开设童书写作和插画方面的讲座，这些讲座经常得到大学美术系和英文系的联合赞助。在讲座中，特德总会谦逊地指出，以他个人的愚见，童书的创作并非一门艺术，更像是一项手艺。

玛丽恩却觉得，特德压箱底的“手艺”是：有条不紊地发现和诱惑教职工家属中最漂亮和最不快乐的年轻母亲。偶尔也会有大学生落入他的陷阱，但年轻母亲是更容易捕捉的猎物。

婚外恋往往没有好结果，而且与特德私通的教工家属的婚姻原本就不堪一击，因此他的恋爱大冒险摧毁了许多夫妇的婚姻，这不足为奇。

“所以我们总是搬家。”玛丽恩告诉埃迪。

在大学城租房子很容易，因为一年四季总有教工休假，当地的离婚率也挺高。科尔家唯一的永久住处是新罕布什尔的一个农场，他们到那里度假、滑雪，每年夏天都去住一两个月。自玛丽恩记事起，那里就是她家的产业。

儿子们去世后，特德提议离开新英格兰这个伤心地，不妨搬到长岛东端，那里是纽约人避暑和度周末的首选，而且换了新环境，玛丽恩可以免去应付老朋友的麻烦。

“新环境，新孩子，新生活。”她告诉埃迪，“起码当初是这么想的。”

尽管搬离了新英格兰的大学城，特德搞外遇的劲头却丝毫未减，但玛丽恩并不感到意外。他的外遇频率甚至比以前还高——是否投入感情则不得而知，已然婚外恋成瘾，玛丽恩甚至跟自己打赌，想看看他的勾搭瘾和酒瘾哪个更强。（她赌的是他戒酒比戒外遇更容易。）

玛丽恩告诉埃迪，特德勾引女性的过程通常比勾到手后保持私通关系的时间要长：首先是画肖像，找模特，母亲和孩子一起来做模特，接着母亲独自过来摆姿势，然后是摆裸体姿势。裸体模特的心路历程有一套固定的发展顺序：天真无知、懦弱羞怯、放纵堕落、羞愧内疚。

“沃恩夫人！”埃迪插嘴道，他想起那个做贼一般的小个子女人。

“沃恩夫人现在处于放纵堕落阶段。”玛丽恩告诉他。

沃恩夫人身材这样瘦小，在枕头上留下的气味却十分浓烈，埃迪想。他又想到，如果把自己对沃恩夫人的体味的评价告诉玛丽恩，或许并不明智，甚至有轻浮之嫌。

“可你这些年来一直和他在一起，”十六岁少年苦恼地说，“为什么不离开他呢？”

“孩子们爱他，”玛丽恩解释道，“而我爱孩子们。我原来打算等两个孩子毕业之后就离开他，大学毕业或者高中毕业的时候。”她犹豫地补充了一句。

埃迪忍不住为她难过，吃掉了堆积如山的甜点。

“我就是喜欢男孩子的这一点，”玛丽恩说，“无论发生什么事，你们都照常过日子。”

回家的路上，玛丽恩允许埃迪开车。她摇下自己这边的车窗，闭上眼睛。“有人当司机真好，”她告诉埃迪，“特德总是喝太多，都是我开车。嗯……几乎都是我。”她越说声音越小，最后转过身背朝埃迪，可能是哭了，因为她的两只肩膀都在颤抖，但她并没有发出一点动静。回到萨加波纳克那所房子的时候，她的脸上也见不到哭过的痕迹，要么是风把眼泪吹干了，要么她根本没有哭。埃迪只知道——自他第一次在她面前流泪开始——玛丽恩不赞成哭鼻子。

进了家门，打发走夜班保姆，玛丽恩从冰箱里拿出一瓶开过的酒，给自己倒了一杯（当天晚上的第四杯）。她要埃迪陪她去看露丝睡了没有，还小声告诉他，虽然表面上看不出来，可她曾经也是个好母亲。“我不会做她的坏母亲，”她低声补充道，“我倒宁愿她没有母亲，也不要做坏母亲。”埃迪并不知道玛丽恩打算抛弃女儿，把她丢给特德。（那时玛丽恩也不知道特德雇用埃迪不只是因为需要司机。）

来自主浴室夜明灯的黯淡光线在露丝的房间里投下微弱的光晕，这间屋子里仅有的几张托马斯和蒂莫西的照片显得模糊难辨，然而玛丽恩非要让埃迪看看它们，想告诉他两兄弟都在照片里干什么，还有她挑出这些照片挂在露丝房间的原因。接着玛丽恩领着埃迪进了主浴室，但夜明灯实在太暗，那里的照片看上去也清楚不了多少，不过，埃迪还是发现照片都跟水有关——玛丽恩觉得它们很适合挂在浴室：托托拉岛的假日、安圭拉岛度假、新罕布什尔池塘边的夏季野餐、托马斯和蒂莫西（两个人比四岁的露丝还小的时候）一起泡在浴缸里——蒂姆在哭，可汤姆没哭。“他的眼睛里进了肥皂沫。”玛丽恩低语道。

导游观光团进入主卧室，埃迪以前没进来过，更没看过这里的照片。每参观一张照片，都得听玛丽恩讲一个故事。就这样，两人把整座房子都转遍了，从一个房间逛到另一个房间，从这张照片看到那张照片。埃迪这才恍然大悟：为什么露丝发现托马斯和蒂莫西的光脚被纸片挡住后变得那么激动？她一定参与过无数次这样的观光，而且当时很可能被父母抱在怀里。对四岁的小孩来说，照片背后的故事无疑和照片本身一样重要——说不定更加重要。露丝不仅在死去的哥哥们的阴影包围下成长，还要面对他们的缺席带来的困扰。

照片即故事，故事即照片。像埃迪那样改变照片，就是妄图改变过去。“过去”是露丝的哥哥们生活的地方，怎么能轻易改动呢？埃迪发誓要弥补露丝，让她放心，哥哥们的故事永远不会改变。在这个不确定的世界上，面对不确定的未来，她至少可以确定这一点，不是吗？

过了一个多小时，玛丽恩才在埃迪的卧室中结束了周游——最后一站是埃迪的客用浴室。她介绍的最后一件展品，恰好是巴黎旅馆的那张照片，上面是她自己，还有两个小孩的两只光脚，颇具宿命论色彩。

“我喜欢你的这张照片。”埃迪好不容易才说出口，但没敢说他曾经对着玛丽恩裸露的双肩——和微笑——自慰。玛丽恩长久注视着十二年前拍摄的照片上的自己，仿佛头一次见到一样。

“我那时二十七岁。”她说，眼中满是感怀岁月流逝的怅惘。

她勉强喝干今晚的第五杯酒，把空杯子放到埃迪手上。玛丽恩离开后，他依旧站在原地，在客用浴室里呆立了足足十五分钟。

第二天早晨，埃迪刚把粉红羊绒开衫——还有一件淡紫色的真丝背心和与之搭配的内裤——铺到车厢房的床上，就听见玛丽恩故意跺着脚从车库走上二楼。她没有敲门——而是开始砸门，这说明她并不打算亲眼去看他这时候在干什么。埃迪还没来得及脱光衣服，躺到她的衣服旁边，尽管如此，他还是犹豫了片刻，正是这一阵犹豫，让他来不及收好玛丽恩的衣服。他一直觉得粉色和紫色配在一起不协调，可让他兴奋的并非衣服的颜色，而是内裤腰部和背心低领上华丽的镂空花边。玛丽恩第二次砸门的时候，虽然仍在纠结颜色的搭配，他还是让衣服就那么摆在床上，急忙去开门。

“没打扰到你吧。”玛丽恩笑道，说着摘下墨镜，走进公寓。埃迪第一次注意到她外眼角上的鱼尾纹，慨叹岁月不饶人。前一天晚上，她可能是喝多了——对她来说，不管什么酒，五杯已经到了极限。

出乎埃迪预料，玛丽恩径直走到她最早拿过来的几张托马斯和蒂莫西的照片前面，给他讲解起选择这些照片的原因来。照片中的托马斯和蒂莫西年龄跟埃迪差不多，可能是兄弟俩去世前不久照的。玛丽恩说，她认为埃迪也许会觉得同龄人的照片有亲切感，甚至令人愉快——尤其是在这个既不亲切也不令人愉快的环境里。早在埃迪没来之前，她已经开始为他担心了，因为她知道他没多少事可做，可能会不开心，而且她无法想象困在这里、没什么社交生活对十六岁的孩子意味着什么。

“除了露丝的那个年纪小点的保姆，你还能和谁聊得来？”玛丽恩问，“除非你非常外向，托马斯就很外向，但蒂莫西更内向，有点像你，虽然你长得更像托马斯。”玛丽恩告诉埃迪，“我觉得你更像蒂莫西。”

“哦。”埃迪惊愕地说。他还没来，她就已经开始为他打算了！

照片观光仍在继续。出租屋仿佛是博物馆众多展厅里的一个秘密展室，埃迪和玛丽恩昨晚的旅程似乎尚未结束，他们只是走出一个房间，又踏入挂着其他照片的另一个房间。两人漫步穿过车厢房的厨房——伴随玛丽恩不厌其烦的解说——来到后方的卧室，她立刻指点着床头板上方的托马斯和蒂莫西的照片介绍起来。

埃迪立刻辨认出埃克塞特校园中广为人知的一处地标——主教学楼。已故的两个男孩站在主教学楼门口，大门上方的尖顶山墙上刻着一句拉丁语铭文。在气派的砖构建筑和两扇墨绿色大门的映衬下，雕凿文字的白色大理石并不起眼。铭文看上去是这样的：

HVC VENITE PVERI

VT VIRI SITIS

（显然，HUC、PUERI和UT里的字母U刻得很像字母V。）托马斯和蒂莫西身穿夹克衫，打着领带，他们就死在拍照的那一年。十七岁的托马斯已经很有成年人的样子——十五岁的蒂莫西则更像个小孩。主教学楼门口是无数埃克塞特人骄傲的、父母亲最钟爱的拍照背景，不知道曾有多少身心尚显稚嫩的学生穿过这座大门，从那句令人敬畏的邀请下方经过：

到这里来，男孩们

成为男子汉

然而，托马斯和蒂莫西没变成男子汉就死了。想到这里，埃迪惊觉，玛丽恩已经暂停了讲解，目光落在她自己的那件粉红羊绒开衫上，它正和淡紫色的背心还有内裤一起摆在床上。“我的天啊——不能把粉红和淡紫放一起！”她惊叫道。

“我没考虑颜色，”埃迪承认，“我喜欢那个……花边。”可他的眼睛背叛了他：他盯着背心的领口，却忘了“低领”怎么说，脑子里只想到和“低领”联系密切的“乳沟”，当然，他知道不能用“乳沟”这个词。

“低领花边？”玛丽恩反应迅速。

“是的。”埃迪低声说。

玛丽恩抬眼看着床铺上方的照片中她那两个快乐的儿子：Huc venite pueri（到这里来，男孩们）ut viri sitis（成为男子汉）。埃迪已经学了两年拉丁语，第三年的折磨正等着他。他想起一条常年流传在埃克塞特的老笑话：那句拉丁铭文翻译成“到这里来，男孩们，把你累趴下”更合适。但他感觉玛丽恩现在没心情听笑话。

望着站在成年的门槛上的两个儿子的照片，玛丽恩对埃迪说：“我都不知道他们活着的时候有没有性经历。”埃迪想起1953年埃克塞特年鉴里托马斯亲吻女孩的照片，猜想托马斯或许体验过了。“也许托马斯有过，”玛丽恩补充道，“他非常……受欢迎。但蒂莫西肯定没有——他太腼腆，而且只有十五岁……”她越说声音越小，目光又回到床上，继续凝视羊绒开衫和内衣裤。“你做过爱吗，埃迪？”玛丽恩突然问。

“没，当然没有。”埃迪告诉她。她朝他笑笑——同情的笑。见她如此，埃迪竭力想表现得没有那么可怜和不讨人喜欢，尽管他相信自己就是这样的。

“如果一个女孩没做过爱就死了，我会说她运气好。”玛丽恩继续说，“可对于男孩……老天，男孩不都想着做爱吗？男孩和男人都这样。”她又加了一句，“对不对？你们都是这么想的？”

“是啊。”十六岁的少年自暴自弃地说。

玛丽恩站在床边，拿起缝缀着华丽的低领花边的淡紫色背心，也拿起了与背心配套的内裤，但是把粉红羊绒开衫拨到床的另一头。“天太热了，”她对埃迪说，“希望你原谅我不穿毛衣。”

他定定地站在那里，心脏狂跳，看着她解开衬衫的纽扣。“闭上眼，埃迪。”她无奈地告诉他。他闭上眼睛，担心自己会晕过去，觉得身体左右摇晃，只有脚不动。“好了。”他听见她说。她穿着背心和内裤躺在床上。“轮到我闭眼了。”玛丽恩说。

埃迪笨拙地脱掉衣服，与此同时目不转睛地盯着她。她感到身旁的床垫因为他的体重陷了下去，就转过身来，面对着他。两个人的视线相触，埃迪觉得心头一阵刺痛。玛丽恩笑容里的母爱，多得超过了他最大胆的期盼。

他没有碰她，但当他开始抚摸自己的时候，她一把揽住他的脖子，把他的脸按在她的胸前。他刚才一直没敢看她的胸。玛丽恩抬起另一只手，抓住埃迪的右手，稳稳地放在她撞见埃迪自慰时他的右手抚摸的部位——她内裤的裤裆上。他蓦然惊觉自己射在左手掌心里——速度太快，他下意识地向后一缩，玛丽恩也惊讶地缩了一下。“我的天——还真快！”她说。埃迪左手贴在身前，兜起手掌，匆忙跑进浴室。

他把自己洗刷干净，回到卧室，发现玛丽恩仍旧躺在床的一侧，姿势几乎和他冲进浴室之前没什么两样。他迟疑片刻，在她身旁躺下。玛丽恩没动，也没看他，只说了两个字：“再来。”

他们躺在床上彼此对视，时间长得让埃迪觉得好像永远不会结束——至少他不会主动结束。他一辈子都将此时此刻奉为爱情的最高境界：不再想要更多，无欲无求，浸没在纯粹的圆满之中。没有比这更美好的感觉了。

“你懂拉丁语吗？”玛丽恩小声问。

“懂。”埃迪小声回答。

她朝上翻翻眼珠，向他示意床头照片上那条拉丁铭文，这句话对她的儿子们没有效果。“用拉丁语读给我听。”玛丽恩低语。

“Huc venite pueri...”埃迪轻声说。

“到这里来，男孩们……”玛丽恩轻声翻译。

“...ut viri sitis.”埃迪念完，发现玛丽恩拉着他的手，再次放到她的裤裆上。

“……成为男子汉。”玛丽恩咬着他的耳朵，又搂住他的脖子，把他的脸按在她的胸脯上。“刚才不算做爱，对吧？”她问，“不是真的做爱。”

埃迪抵着她香喷喷的乳房，闭上眼睛。“对，不是真的做爱。”他老实承认，说完又担心刚才的话听起来像抱怨，便赶紧补充，“可是我已经非常非常快乐了，我觉得圆满了。”

“我来告诉你，什么是圆满。”玛丽恩说。

棋子

论到性能力，十六岁的男孩当然会在短时间内就让三十九岁的玛丽恩印象深刻。“我的老天！”埃迪几乎无时无刻不在勃起的亢奋状态惹得她惊叹不已。“你不需要时间……恢复吗？”他真的不需要恢复，因为他既容易满足，又贪得无厌。

自从儿子去世，玛丽恩第一次觉得如此快乐。首先，这桩事让她累得要命，所以睡得比过去香甜许多；其次，她无须对特德隐瞒她的新生活。“他不敢和我抱怨。”她告诉埃迪，然而埃迪却担心特德敢和他抱怨。

可怜的埃迪对这段紧张刺激的婚外情提心吊胆。每次他们做爱弄脏了车厢房的床单，他就忙不迭地想去洗——生怕特德看到可疑的痕迹。可玛丽恩总是说：“让他猜猜是我还是沃恩夫人。”（如果污渍出现在科尔家大房子的主卧室床上，不可能归咎沃恩夫人时，玛丽恩就更简练地说：“让他猜。”）

至于沃恩夫人，无论她是否知晓玛丽恩和埃迪如火如荼的体力运动，她和特德相较而言更有节制的私通关系却发生了变化。虽然她曾经偷偷摸摸，既犹疑又匆忙地出现在科尔家门口（无论是刚来还是准备走的时候），可现在每次来做模特，她都像一条甘心挨打的狗一样顺从。她会蹒跚走出特德的作坊，麻木不仁地上车，她的自尊似乎被当天摆的姿势打败了，显然已经度过玛丽恩总结的“放纵堕落”阶段，进入最后的“羞愧内疚”阶段。

特德也会到沃恩夫人在南汉普顿的夏季别墅拜访她，但一周不会超过三次，而且现在去的次数更少，每次的时间也缩短很多。这一切埃迪都看在眼里，因为他是特德的司机。沃恩夫人平日在纽约上班。特德最喜欢夏天，因为大批年轻母亲会涌进汉普顿地区消夏，她们的丈夫则要留在家里上班。相比汉普顿本地的女性居民，他偏爱曼哈顿来的年轻母亲，消夏的人群在长岛待的时间也足够长——“恰好是一段外遇的完美长度。”玛丽恩告诉埃迪。

埃迪听后焦虑万分，忍不住去想，玛丽恩觉得她和他的外遇的“完美长度”有多长，又不敢直接问她。

特德在旅游淡季勾搭到的年轻母亲更不容易甩掉，她们并不都像蒙托克鱼店的老板娘那样一直都是好脾气（即使在被他蹬掉以后）。此前，埃迪只知道她是特德使用的墨鱼汁的忠实供应商。夏季结束时，沃恩夫人将回到曼哈顿——仿佛被特德甩出一百英里远。沃恩夫妇的夏季别墅在南汉普顿琴酒路，这个地址也很有讽刺意味，因为特德喜欢琴酒和豪华住宅区。

“我根本不用等他，”埃迪说，“每次我去接他，都会发现他已经走出一段路了。可她怎么支开孩子呢？”

“大概会安排他上网球课。”玛丽恩评论道。

但最近特德和沃恩夫人每次幽会的时间不会超过一个小时。“上星期，我只送他去过一次。”埃迪向玛丽恩报告。

“他们快分了，”玛丽恩说，“我总能看出来。”

埃迪猜想沃恩夫人住的是豪宅，但沃恩家的房子在琴酒路靠海的那一侧，四围都是高高的树篱，完全挡住了他的视线，门前伸出一条若隐若现的车道，上面铺的豌豆大小的石子最近才平整过。特德总是叫埃迪在车道入口处就停车让他下来，也许他喜欢踩着造价昂贵的石子路去幽会的感觉。

比之特德，埃迪·奥哈尔在勾搭有夫之妇方面半点经验也没有——纯粹的新手——但他很快便体会到，论愉悦程度，期待时的兴奋和做爱时的激动几乎一样。玛丽恩甚至觉得特德更享受期待时的兴奋。但埃迪在玛丽恩怀里的时候，还是觉得做爱时的快感更加难以想象。

他们几乎每天早晨都在车厢房做爱，轮到玛丽恩在那里过夜时，埃迪会陪她待到天亮。他们不在乎别人是否看到雪佛兰和奔驰一起停在外面的车道上，也不在乎每天晚上一块到东汉普顿的餐馆吃饭。玛丽恩会毫不掩饰地欣赏埃迪吃东西，还喜欢摸他的脸、手和头发，不管有没有人在看。她甚至陪他去理发店，亲自告诉理发师剪到多么短、什么时候停下剪刀。她还替他洗衣服。八月份，她开始替他买衣服。

有时候，埃迪睡觉时会露出几乎和托马斯或者蒂莫西一模一样的表情，玛丽恩会叫醒他，把他领到（埃迪还是半梦半醒）某张照片前——就为了让埃迪知道他刚才睡着时是什么模样，因为没有谁说得清什么样的面孔会触发人们对亲人的回忆，哪怕是一次皱眉、一个微笑、一缕散乱的头发都可能让他们在转瞬之间回到过去，也没有谁能够预知，“联想”这个功能在爱意迸发和追忆亡者的时刻会发挥多么强大的威力。

玛丽恩无法自控。不管为埃迪做什么，她都会想起自己过去为托马斯和蒂莫西所做的一切，也会把她认为儿子们没有享受过的乐趣提供给埃迪。尽管时间短暂，但埃迪·奥哈尔还是让她的儿子们死而复生了。

玛丽恩虽不在乎特德是否知道她和埃迪的关系，但特德一语不发的态度让她觉得奇怪，因为他肯定已经知道了。然而特德对埃迪一如既往地和蔼，最近还经常和他在一起。

特德整理出一大捆画，请埃迪开车送他去纽约。两人开着玛丽恩的奔驰跑了一百英里来到目的地，特德让埃迪把车开到他的画廊，埃迪不记得画廊是在汤普森街靠近布鲁姆街的转角附近，还是在布鲁姆街靠近汤普森街的转角附近了。送完画，特德带埃迪吃午餐，吃饭的地方他也领着托马斯和蒂莫西去过。（兄弟俩喜欢那里，特德说。）埃迪也喜欢那里，但在回程中，特德告诉他，他很高兴看到埃迪和玛丽恩成为好朋友，因为她一直不开心，能再次看到她的微笑，真是太好了。他的话让埃迪觉得很不自在。

“他是这么说的？”玛丽恩问埃迪。

“没错。”埃迪说。

“真奇怪，”玛丽恩评论道，“我还以为他会说些风凉话呢。”

可埃迪从特德的话里体察不到半点讽刺的意味。特德曾经提到过埃迪的身体状况，但埃迪无法看出特德究竟是否知道他和玛丽恩日以继夜地从事“体育锻炼”活动。

特德在作坊里的电话旁边贴了一张纸，上面有六个人的姓名和电话号码。这些人是他的壁球球友，也是仅有的男性友人（玛丽恩告诉埃迪）。一天下午，球友之一不能如约前来比赛，特德就邀埃迪和他打球。埃迪之前对特德说过他刚开始玩壁球，但也承认他的水平连入门都谈不上。

科尔家旁边的谷仓重新翻修过，主体是车库，有两个车位，阁楼上是个接近标准大小的壁球场，是按照特德自己设计的规格改造的。特德说，当地法规不允许他加高谷仓的屋顶，所以壁球场的天花板比标准球场的低。靠海的那面探出一道阁楼窗，所以球场一整面墙的形状都不规则，可用的击球面积不如对面的墙那边大，如此奇怪的布局让特德占尽主场优势。

其实，所谓的屋顶限高法规根本是子虚乌有，特德其实是为了省钱，而且，自创的古怪球场规格让他颇为自得：本地的壁球玩家只要进了科尔家的谷仓球场，没有一个不败给他的。那里夏季酷热（而且通风不良），冬季奇寒——谷仓里没有取暖设施，球冻得很硬，弹性跟石头差不了多少。

比赛时，特德警告埃迪当心球场的奇特之处，然而埃迪以前只打过一次壁球，对他来说，谷仓球场跟其他球场在难度方面没什么两样。特德把埃迪逼得满场绕圈，他自已则站在T形场地的中央位置，无论哪个方向来的球，只须挪动半步就能打到，埃迪跑得浑身是汗，气喘吁吁，连一分也没得到，特德却面色如常、气定神闲。

“埃迪，今晚你一定睡得很香，”打完五场比赛，特德告诉埃迪，“说不定还得补觉呢。”说着，他用球拍的顶端轻轻打了一下埃迪的屁股。这句话也许有点“讽刺”的意思，埃迪告诉玛丽恩，但玛丽恩也吃不准丈夫的意图。

更让她头疼的是露丝。1958年夏天，四岁的露丝睡眠习惯变得很奇怪，有时睡得很好，一觉到天亮，直到早晨还保持着晚上入睡时的姿势——被子也盖得好好的，有时候却会辗转反侧，身体紧挨着床边，以至于脚卡在双层床下铺的栏杆上，她会惊醒过来，哭着求助。更糟的是，她有几次因为脚卡进栏杆而做了噩梦，梦到有妖怪抓住了她的脚踝，结果被吓醒。这种时候，不仅要帮她把脚从栏杆里拿出来，还得把她抱到主卧室，只有在父母的床上，有玛丽恩或特德做伴，她才能抽泣着重新入睡。

如果特德把床栏杆拆下来，露丝就会掉到床下，虽然床边铺着地毯，不会摔疼，但她会迷迷糊糊地跑到走廊上。而且无论有没有床栏，她都会做噩梦。总之，埃迪和玛丽恩不能指望露丝安稳地睡到天亮，不去打扰他们的娱乐活动。这个小姑娘随时有可能尖叫着醒来，或者静静地出现在母亲的床边，所以，他们在主卧室做爱风险太大，埃迪也无法在玛丽恩的怀抱中安睡。可如果他们在他的房间做爱，那里和露丝的房间相距较远，玛丽恩担心她听不到露丝的叫声或哭声，还怕女儿走进主卧室以后，看到母亲没在会被吓到。

所以，在埃迪的房间乱搞的时候，两人会轮流跑到走廊上侦查露丝的动静，如果在玛丽恩的卧室做爱，只要主浴室传来露丝的脚步声，埃迪就得从床上跳下来藏好。有一次，他光着身子在床下靠里的一侧躺了半个小时，直到露丝终于在母亲身边睡着，才手脚并用地爬了出去，就在他敞开通往走廊的门，准备踮着脚尖回自己房间时，玛丽恩轻声对他说："晚安，埃迪。"冷不防露丝这时并未睡熟，埃迪听到她也（迷迷糊糊地）跟着母亲说了一句："晚安，埃迪。"

自那以后，总会出现埃迪和玛丽恩都听不到露丝的脚步声的时候。所以，露丝拿着毛巾出现在母亲卧室——因为她以为（根据声音判断）母亲在呕吐——的那个晚上，玛丽恩并不慌忙，加上当时埃迪骑在她身后，双手握着她的乳房，也根本无从掩饰，不过她还是忍住了呻吟。

看到露丝突然出现，埃迪的反应虽说堪比惊人的特技表演，动作却并不优美，看上去滑稽笨拙。他骤然从玛丽恩体内撤出，让她觉得既空虚又遭人遗弃，可她的臀部还在习惯性地摇晃。埃迪倒退着飞了一阵，但飞过的距离比较短，只在空中停留了片刻，而且没有及时清除床头灯这个障碍物，所以和灯一起落到地毯上，反应敏捷的十六岁少年立即揪住灯罩扣在下身，浑然不觉它是两头开口的——见到这一幕，玛丽恩几乎要笑出来。

尽管女儿也尖叫个没完，玛丽恩却明白，这件事给埃迪留下的创伤会比露丝还要持久，所以她才故意满不在乎地对女儿说："别叫啦，亲爱的，不就是埃迪和我嘛，快回去睡觉吧。"

埃迪惊讶地看到，露丝竟然听从了母亲的话。当他躺回玛丽恩身边的时候，听到她低声嘟囔（就像是在自言自语）："还不赖，对吗？我们现在不用担心这个了。"说完，她却翻了个身，背对着他，虽然她的肩膀微微颤抖，但没有哭——或者说她只是在心里面哭。无论如何，她都没再回应埃迪的碰触和亲近，他明白，最好还是不要打扰她了。

这件事让特德第一次做出了明确的回应，他虚情假意地选择在埃迪开车送他到南汉普顿的路上提起这件事。“我相信这是玛丽恩的错，”特德说，“但你俩谁都不应该让露丝看到这种场面。”埃迪什么也没说。

“我不是在威胁你，埃迪，”特德说，“但我必须告诉你，法庭可能传唤你做证。”

“做证？”十六岁的小埃迪问。

“我和玛丽恩争取露丝的监护权时，需要你做证，”特德说，“我就不会让她看到别的女人和我在一起，可玛丽恩却根本不考虑保护孩子……要是你被传唤指证发生了什么，我相信你不会说谎的——你肯定不会在法庭上说谎。”

“听起来你们是后入——当然，我个人对什么体位都没有偏见，”特德赶紧补充道，“不过，我觉得，在一个孩子眼里，这种类似狗爬背的姿势看起来一定很……野蛮。”埃迪的第一反应是，玛丽恩把这事告诉了特德，但他转念一想，不由得心中一沉——特德八成是和露丝谈过了。

听了埃迪的转述，玛丽恩推断，特德肯定从一开始就经常问露丝：你见过埃迪和妈妈在一起吗？他们在一起的时候是什么样的？想到这里，她心头的疑云瞬间消散。

“原来，这才是他雇用你的真实目的！”她叫道。特德早已料到玛丽恩会让埃迪做她的情人，而且埃迪绝对不会拒绝她。然而，特德千算万算，并没有算计到妻子竟然不会和他争夺露丝的监护权。玛丽恩早就知道露丝不愿跟她，她也从来没想过带露丝走。

“我来告诉你该怎么办，埃迪，”玛丽恩告诉小埃迪，“不用担心，特德什么都不会让你指证——不会闹到法庭的。他以为他了解我，但是我更了解他。”

他们整整三天没能做爱，因为玛丽恩被感染了——性交只会让她疼痛。不过，她还是躺在埃迪身边，把他的脸按在她胸前，让他自慰到满意为止。她还戏谑地问他，是不是在她身边自摸和与她做爱一样快乐——甚至感觉更好。见埃迪否认，玛丽恩继续逗他，说她怀疑埃迪将来找的任何女人都不会像她这样如此了解他的喜好，而她觉得这样很甜蜜。

然而埃迪提出异议：他无法想象自己会看上别的女人。“别的女人会看上你的，”玛丽恩告诉小埃迪，“但她们可能没有足够的安全感，不会让你自慰，只会和你做爱。我是以朋友的身份提醒你，像你这么大的女孩会觉得，只摸不插是不把她们当回事。”

“我永远不会看上像我这么大的女孩。”埃迪·奥哈尔悲愤地说，玛丽恩越来越喜欢他这种悲伤的语气了。而且，尽管他的这句话也照例被她取笑了一番，但埃迪一辈子真的从未看上过与他年纪相仿的女人。（虽然这要怪玛丽恩，但对埃迪来说并不是什么坏事。）

“你一定要信任我，埃迪，”她告诉他，“根本不用怕特德，我完全清楚咱们该怎么做。”

“好吧。”埃迪说。他躺在床上，脸贴着玛丽恩的乳房，心里清楚他和她的缘分到头了——难道不是吗？再过不到一个月，他就得回埃克塞特，寄宿学校的十六岁男生和三十九岁的情妇保持来往，简直是天方夜谭。

“特德把你当成他的棋子，埃迪。”玛丽恩告诉小埃迪，“可你是我的棋子，不是他的。”

“好吧。”埃迪说，可十六岁的埃迪·奥哈尔又怎能真正明白，成为一场持续了二十二年的不协调的婚姻濒临破裂时的棋子，究竟意味着什么？

露丝的右眼

作为棋子，埃迪脑袋瓜里的问题还真不少。待玛丽恩的感染好得差不多，他们又能做爱的时候，他问她到底得的是什么样的“感染”。

“就是尿路感染。”她告诉他。玛丽恩比她自己想象中保留了更多的母性，考虑到小埃迪脆弱的感情，没有向他点明感染是他需索无度引起的。

他们刚刚用玛丽恩最喜欢的姿势做过一次。她喜欢坐在埃迪身上——玛丽恩说这样是“骑着”他——她想看着他的脸，不仅因为埃迪的表情让她恍然觉得见到了托马斯和蒂莫西，也由于她想用这种方式和小埃迪说再见。这个男孩已经在不知不觉间打动了她。

当然，她知道自己对埃迪的影响更深，这让她不禁担忧。在看着埃迪以及和他做爱的时候——尤其是在做爱时看着他的时候——玛丽恩都能清醒地意识到她被一把猛火重新点燃的短暂性生活即将结束。

她没告诉过埃迪，在他之前，她只和特德做过爱，也没告诉他，儿子们死后她只和特德做过一次，而那一次完全是特德的意思，目的只有一个，让她怀孕。（她不想怀孕，但心情太差，懒得拒绝。）自从生了露丝，玛丽恩就对性失去了兴趣。至于和埃迪做，部分原因是她想善待这个男孩——她在他身上看到了儿子的许多影子，结果这段关系让她受益良多。尽管埃迪给她带来的兴奋和满足让玛丽恩感到惊讶，但并没有说服她改变计划。

她放弃的不仅是特德、露丝和埃迪·奥哈尔，也同时把一切形式的性生活甩在身后。玛丽恩就这样对性说了再见，尽管她到了三十九岁才体会到性的快乐。

如果说1958年夏天的玛丽恩和埃迪身高一致，那么玛丽恩清楚她的体重超过了小埃迪：他非常瘦。坐在少年身上的时候，她觉得自己的体重全部集中在臀部，把他牢牢压在下面。玛丽恩有时候甚至感觉是她插入了埃迪。因为从头到尾都是她在动屁股，埃迪没有强壮到在下方把她托举起来的程度，有时她不仅觉得自己进入了他的身体，还十分肯定她已经把他弄得浑身瘫软了。

当她看到埃迪屏住呼吸，马上要高潮的时候，就会伏在他胸前，抓紧他的肩膀，抱着他翻个身，让他在上面，因为她不忍看到他高潮时扭曲的表情——那是一种近似极端痛苦的模样，也不忍听他呻吟——而他每次都会呻吟，像是小孩子在陷入熟睡前、半梦半醒间发出的毫无意义的呜咽。她和埃迪的关系里，只有在这样的瞬间，玛丽恩才会产生一时半刻的动摇。听到眼前的这个男孩发出婴儿般的叫唤，她只觉得内疚。

事后，埃迪侧身躺下，脸贴着她的乳房，玛丽恩抬手抚摸他的头发。即便在这时，她也忍不住挑剔埃迪的发型，暗忖下次一定要让理发师把后面剪得更短一点，然后才想起夏天快要结束，不会再有“下一次”了。

这时，埃迪提出了当天晚上的第二个问题。“给我讲讲那次事故吧，”他说，“你知道发生的原因吗？是谁的错？”

一秒钟前，脑袋抵着玛丽恩胸口的埃迪还能用太阳穴感觉到她的心跳，可现在他觉得玛丽恩的心脏不动了。他抬头想看她的脸，岂料她的动作更快，早已转过去背对他了。这一次，她的肩膀没有半点抖动的迹象，腰板挺直，脊背僵硬。他转到床的另一侧，跪在她身旁，看着她的眼睛。她的眼睛是睁着的，眼神却很冷漠；她的嘴唇紧闭，抿成一条线，可她睡着以后嘴巴却是微微张开的，而且唇形很饱满。

“对不起，”埃迪小声说，“我再也不问了。”但玛丽恩没有反应——脸上仿佛戴了面具，身体像块石头。

“妈妈！”露丝的叫声传来，玛丽恩恍若不闻——眼睛都没眨。埃迪吓呆了，等着四岁小孩的脚步声出现在主浴室里。但露丝还在她的床上。“妈妈？”她叫道，语气比刚才犹豫，带着一丝担忧。没穿衣服的埃迪踮着脚走进主浴室，把一条浴巾围在腰上——比选择灯罩聪明多了。然后他尽可能不出声地往走廊的方向撤退。

“埃迪？”露丝问，声音低低的。

“哎。”埃迪自暴自弃地回答。他紧了紧腰上的毛巾，光着脚慢慢穿过浴室，往露丝房间走去。他不敢让小姑娘见到玛丽恩木雕泥塑般的样子，唯恐她更加害怕。

埃迪进门时，发现露丝静静地坐在床上。“妈妈呢？”她问。

“她睡觉呢。”埃迪撒谎说。

“哦。”小姑娘说。她望望埃迪腰上系的毛巾，“你洗澡了？”

“对。”他继续撒谎。

“哦，”露丝说，“可我梦见什么啦？”

“你梦见什么啦？”埃迪傻愣愣地重复道，“啊，我不知道。我又不是你。你梦见什么啦？”

“告诉我！”孩子命令道。

“可做梦的是你呀。”埃迪说。

“哦。”四岁的小姑娘说。

“你想喝水吗？”埃迪问。

“好吧。”露丝回答。埃迪跑出去拧开水龙头，等流出来的水变凉了，才接到杯子里端给她。

喝完水，把杯子还给他的时候，她突然问："脚去哪儿了？"

"在照片里，一直都在。"埃迪告诉她。

"它们怎么了？"露丝问。

"没怎么，都好好的呢。"埃迪向她保证，"你想看看它们吗？"

"好。"小姑娘说。她伸出胳膊，埃迪把她从床上抱起来。

他们穿过没开灯的走廊，两个人都清楚走廊两侧的墙上挂满了死去的两个男孩的照片，各种表情的都有，幸好现在光线昏暗，看不真切，走廊最远端，埃迪房间透出的明亮灯光宛如指路的烽火，灼灼燃烧。埃迪抱着露西走进客用浴室，两人默然无语，凝视玛丽恩在伏尔泰堤道酒店的照片。

过了一会儿，露丝说："这是早晨，妈妈刚睡醒，托马斯和蒂莫西钻进被子里了，爸爸拍的照片——在法国。"

"在法国，对。"埃迪说。（玛丽恩告诉过他，酒店在塞纳河畔，这是玛丽恩第一次去巴黎——她儿子们的唯一一次。）

露丝指指比较大的那只脚。"托马斯。"她说。接着指着小点的那只，等着埃迪说话。

"蒂莫西。"埃迪推断。

"对，"四岁的小姑娘说，"可你把它们怎么了？"

"我？没有啊。"埃迪又扯谎。

"好像是纸，小纸片。"露丝眼睛扫视着浴室说，又让埃迪把她放下来，检查废纸篓。但女佣已经打扫过很多次房间，埃迪也早就把纸片拿下来了。最后，露丝只得又朝他伸出胳膊，埃迪抱起她。

"可别再发生这种事了。"四岁小孩说。

"说不定根本没发生过，也许是个梦呢。"埃迪说。

"不对。"孩子说。

“我猜这是一个谜。”埃迪说。

“不对，”露丝说，“是纸。两片纸。”她愤怒地瞪着照片，看它敢不敢变成那天的样子——数年之后，露丝·科尔成为小说家，以现实主义著称，埃迪·奥哈尔对此毫不奇怪。过了一会儿，他问小姑娘：“你不想回去睡觉吗？”

“想，”露丝说，“可我要带着照片。”

他们又穿过走廊，这里比刚才还黑——主浴室的夜明灯在露丝房间投下的光线微乎其微。埃迪把小女孩箍在胸前，发现仅用一只胳膊抱着她有点沉，可他的另一只手得拿着照片。

埃迪把露丝送回她的床，把玛丽恩的巴黎照片摆在五斗橱上，面向露丝，但小姑娘嫌照片离床太远，看不清楚，他只好让照片斜靠着双层床头的脚凳，露丝这下心满意足，很快就睡着了。

回自己房间之前，埃迪又去看了玛丽恩一眼。她已经合上眼睛睡着了，双唇微启，身体放弃了可怕的僵硬姿势，被单横搭在臀部，上身赤裸，什么都没盖。夜里的温度并不低，但埃迪还是把被单往上拉了拉，盖住了她的胸，觉得这样她看上去才没那么放荡。

埃迪累极了，躺下就睡了过去，毛巾还裹在腰上。早晨，他被玛丽恩的呼唤吵醒——她在尖声叫喊他的名字，伴以露丝的号啕大哭。埃迪跑着穿过走廊（腰上还围着毛巾），发现玛丽恩和露丝在浴室里，围在沾满血污的水池边。到处都是血，孩子的睡衣、脸上、头发上全都是，所有的血都来自她右手食指的一道深深的伤口——创面在指头肚上，深可见骨，似乎是被什么东西垂直切了一道，割痕极细。

“她说是玻璃。”玛丽恩告诉埃迪，“可伤口里没有玻璃。什么样的玻璃，亲爱的？”玛丽恩问露丝。

“照片，照片！”孩子哀叫。

原来，露丝想把照片藏到双层床下面，结果相框撞到了床——也可能是脚凳，撞碎了里面的玻璃，照片倒没有弄坏，但亚光膜上星星点点地沾了很多血。

“这是怎么啦？”四岁的露丝不停地问。埃迪抱着她，让她妈妈换衣服；然后玛丽恩抱着露丝，让埃迪换衣服。

露丝已经不哭了，比起自己的手指，她现在更关心照片，玛丽恩和埃迪只好把贴着染血的亚光膜的照片从破碎的相框里扒出来，带着一起上了车，因为露丝希望照片能陪她去医院。玛丽恩安慰露丝，告诉她伤口可能需要缝起来，至少还要打一针。实际上，最后打了两针——缝合前打了麻醉剂，缝好后又打了一针破伤风。创口很深，却很干净，很细，玛丽恩相信顶多需要缝两三针，所以不会留下明显的疤痕。

“疤痕是什么？”露丝问，“我会死吗？”

“不，你不会死的，亲爱的。”玛丽恩向她保证。

然后话题转到照片的修复。等医院的事处理完，他们要把照片送到南汉普顿的镶框店，把它留在那里重新镶框。听到这里，露丝又哭了，因为她不想把照片留在商店里。埃迪解释说，必须给照片贴新的亚光膜，镶新相框，换新玻璃面。

“什么是亚光膜？”四岁小孩问。

玛丽恩把沾了血的亚光膜（但不是照片）拿给露丝看，露丝想知道为什么上面的血点不是红的，她母亲回答，血迹已经干了，变成褐色的了。

“我会变成褐色的吗？”露丝问，“我会死吗？”

“不会，你不会死，亲爱的。不，不会的。”玛丽恩不停地安慰她。

当然，打针和缝针的时候露丝都在尖叫——只缝了两针。见到如此完美笔直的伤口，连医生都惊叹不已：右手食指的指头肚被精确地在正中间划了一道，即便外科医生拿手术刀也未必切得出这样精准的效果。

照片送到镶框店之后，露丝乖乖地坐在母亲的腿上，埃迪开车载大家回萨加波纳克。清晨的阳光迎面射进车窗，玛丽恩放下副驾驶位置的遮阳板，但露丝太矮了，阳光直接照在她脸上，她只好扭过脸对着母亲。玛丽恩突然盯着女儿的眼睛研究起来——具体说是露丝的右眼。

“怎么啦？”埃迪问，“她眼睛里有东西？”

“没什么。”玛丽恩说。

孩子蜷缩着靠在母亲身上，玛丽恩抬手为她遮挡阳光。小姑娘哭累了，车还没到萨加波纳克时就睡着了。

“你看到了什么？”埃迪问玛丽恩，她又露出那种淡漠的眼神。（不如前一晚埃迪向她打听事故经过时那般淡漠。）“告诉我。”他说。

玛丽恩指指自己右眼虹膜上那块黄色的六边形斑点，就是埃迪时常赞叹的那块，他多次向玛丽恩表示，他喜欢这块斑点——如果碰对了角度和光线，它会把她的右眼由蓝色变为绿色。

尽管露丝的眼睛是棕色的，玛丽恩还是从女儿右眼的虹膜中看到了一抹六边形的亮黄，与她的斑点一模一样。如果露丝在阳光下眨眼睛，黄色六边形会把她的右眼由棕色变为琥珀色。

玛丽恩一直把熟睡的女儿抱在胸前，一只手保持着给她遮挡阳光的姿势，埃迪从未见过她对露丝表现出这种程度的关爱。

“你的眼睛非常……独特，”十六岁的少年说，“好像胎记一样，但更神秘……”

“这孩子真可怜！”玛丽恩打断了他，说，“我可不想让她像我一样！”

甩掉沃恩夫人

接下来的五六天，伤口拆线之前，露丝没有去海边。保持伤口干燥这件差事相当麻烦，所有保姆都失去了耐心。埃迪发现特德和玛丽恩的关系也愈发冷淡，他们原本就总是躲着对方，现在连话都懒得讲，彼此看都不看。如果一方想向另一方提意见，则需要埃迪转达。例如，特德认为玛丽恩应该为露丝受伤负责，尽管埃迪多次告诉他，是他把照片给露丝的。

"这不是关键，"特德说，"关键是，你一开始就不应该到她的房间去——那是她母亲的职责。"

"我告诉过你，玛丽恩当时已经睡着了。"埃迪说谎道。

"我不相信，"特德说，"我怀疑'睡着了'这个词没法形容玛丽恩的状况，'人事不知'更合适。"

埃迪不明白特德的意思，他说："可她没喝醉，你是说她喝醉了吗？"

"我没说她喝醉了——她从来不醉，"特德说，"我说她'人事不知'，难道不是这样的吗？"

埃迪不知道该说什么，他把这件事报告给玛丽恩。

"你告诉他为什么了吗？"她问埃迪，"你告诉他你问了我什么问题没有？”

埃迪愣住了。“没，当然没有。”十六岁的少年说。

“告诉他！”玛丽恩大声说。

于是，埃迪告诉特德他问过玛丽恩车祸的事。“我猜，是我让她人事不知的，”他解释道，“我早就告诉你了——都是我的错。”

“不，这是玛丽恩的错。”特德坚决地说。

“哎呀，管它是谁的错，又有谁在乎呢？”玛丽恩对埃迪说。

“我在乎，”埃迪说，“是我把照片放在露丝房间的。”

“这和照片没关系——别傻了，”玛丽恩告诉十六岁的小埃迪，“跟你一点关系都没有，埃迪。”

虽然觉得很受打击，但埃迪知道她说得对。埃迪·奥哈尔被迫卷入他人生中最重要的一段感情纠葛，可特德和玛丽恩之间发生的事情完全与他不相干。

另外，露丝每天都会问送去镶框的照片送回来没有，他们只好每天给南汉普顿的镶框店打电话催，然而现在是生意旺季，店老板不会优先考虑给十英寸长、八英寸宽的单张照片贴亚光膜和镶框的。

新的亚光膜上面会有血点吗？露丝问。（不，不会的。）新相框、新玻璃面和旧相框、旧玻璃面是一样的吗？（差不多一样吧。）

每个白昼和夜晚，露丝都会拉着保姆、母亲、父亲或者埃迪巡视房子里的照片，还不停地问问题：如果她摸了那张照片，会不会被玻璃割破手？如果她把这张照片掉到地上——这张也有玻璃面吗？玻璃也会碎吗？为什么玻璃会碎？既然玻璃会伤人，为什么还要把玻璃放在家里？

不过，早在露丝冒出这么多问题之前，八月就已经过去了一半，晚上明显凉爽许多，连在车厢房过夜都挺舒服。一天晚上，埃迪和玛丽恩睡在那里，玛丽恩忘记往天窗上钉毛巾了，两人一大早就被一群低飞的野鹅吵醒。玛丽恩说了句：“已经往南飞了？”然后一整天都没和埃迪或者露丝说过话。

特德大幅度修改了《不想发出声音时发出的声音》。连着一个礼拜，他每天早晨都会给埃迪一份几乎完全重写过的草稿，埃迪当天就要把手稿打出来。第二天早晨，特德又会把新出炉的重写内容交到他手里。可惜埃迪刚找到担任作家助理的感觉，修改过程就结束了。《不想发出声音时发出的声音》正式出版之前，他再没有见过它。虽然特德的书里面露丝最喜欢这本，可它从来不是埃迪的最爱，看厌了不计其数的修改稿，他对定稿也失去了兴趣。

露丝的伤口即将拆线之前，埃迪收到了父亲寄来的邮件：一只大信封，里面是汉普顿地区的每一个还活着的埃克塞特人的姓名和地址。其实这就是埃迪来长岛时丢在轮渡上的那个信封，有人发现了信封外面压印的菲利普-埃克塞特高中的回信地址，还有老奥哈尔工整手书的姓氏——可能是保洁员、轮渡船员或者某个爱管闲事的家伙在翻腾垃圾箱的时候发现的，无论这个白痴是谁，他或者她原封不动地把信封寄给了薄荷·奥哈尔。

“你应该告诉我你把这个给丢了，”埃迪的父亲在信中写道，“我本可以把通信录再誊写一遍寄给你的。幸亏有人明白它的价值，真是伟大的人类善举——现在已经很少见了，无论这个人是谁，是男是女，甚至不曾向我索要邮票钱！一定是埃克塞特的校名——信封上印着的——起了作用。我总是说，绝对不能低估学校的良好声誉……”薄荷还在通信录中增添了一个人名和地址，并告诉埃迪：不知怎么，上次誊写时漏掉了一位住在温斯科特附近的埃克塞特校友的联系方式。

这段日子特德也不好过。露丝说，伤口上的缝线让她做噩梦，而且她的噩梦总在轮到特德陪她过夜的时候出现。一天晚上，露丝不停地哭着找妈妈，只有她妈妈——和埃迪（这给特德火上浇油）——才安慰得了她。特德只好给车厢房的玛丽恩和埃迪打电话，让他们赶紧回来。处理完露丝的问题，埃迪又开车把特德送回车厢房，他忍不住担心，自己和玛丽恩在床上留下的痕迹一定非常明显（说不定还带着两人的体温呢）。

回到科尔家，埃迪发现二楼灯火通明，玛丽恩正抱着露丝巡视各处的照片，只有这样，才能让小姑娘安静下来，于是他自告奋勇，想代替玛丽恩充当导游，让她回房睡觉，可玛丽恩看上去乐此不疲。其实，她知道这恐怕是自己最后一次抱着女儿察看死去的儿子们的照片、回顾它们的历史了，所以，她尽量拖延在每张照片前驻足的时间。后来埃迪在他的房间里睡着了，但他没关通向走廊的门，因此听到了露丝和玛丽恩的一些对话。

根据露丝的提问，埃迪判断她们在看蒂莫西号啕大哭、满身泥巴的那张照片（就在走廊中间的那个客房里）。“蒂莫西怎么啦？”尽管对故事的了解不逊于玛丽恩，露丝还是问母亲。现在连埃迪都知道了所有照片的故事。

“托马斯把他推进水坑里了。”玛丽恩告诉女儿。

“蒂莫西沾到泥巴那会儿几岁呀？”露丝问。

“他和你一样大，亲爱的。”她母亲说，“只有四……”

下一张照片什么样，埃迪也知道：托马斯穿着冰球服，刚在埃克塞特溜冰场打完比赛，他站在母亲身边，一只胳膊搂着她，好像她看比赛的时候一直觉得冷似的——但被儿子搂着，她看上去也非常骄傲。托马斯虽已脱掉冰鞋——他穿着冰球服，脚上是一双和衣服不搭调的篮球鞋，鞋带散着——却仍比玛丽恩高。露丝喜欢这张照片的原因是托马斯笑嘻嘻的，牙齿还咬着一只球饼。

埃迪快要睡着的时候，听到露丝问母亲：“托马斯嘴里叼着那个东西的时候几岁啦？”

“他和埃迪一样大，”埃迪听见玛丽恩说，“才十六岁……”

早晨七点来钟的时候，电话响了，玛丽恩还没起来，在床上接的电话。话筒另一端的沉默让她猜到来电者是沃恩夫人。“他在另一座房子。”玛丽恩说，随即挂了电话。

早餐时，玛丽恩告诉埃迪：“我和你打个赌，不等露丝拆线，他就会和她分手。”

“不是星期五就要拆线吗？”埃迪问。（两天后就是星期五。）

“那我就赌他今天和她分手。”玛丽恩说，“至少今天他会试一试，如果她不好对付，可能还需要再等几天。”

沃恩夫人当然不好对付。也许是考虑到了分手的难度，特德决定派遣埃迪去沃恩夫人那里，代他提出分手。

“我去干什么？”埃迪问。他和特德站在作坊里面最大的一张桌子旁边，特德整理出一摞沃恩夫人的肖像画放在桌上，大约有一百来张，画太多，好容易才扣上画夹子，这是他最大的那个画夹子，棕色皮面上印着他名字的烫金缩写：T.T.C.（西奥多·托马斯·科尔）。

“你把这些给她，但把画夹子拿回来，把画给她就行了，我要留着画夹子。”特德嘱咐埃迪。埃迪知道，画夹子是玛丽恩送给特德的礼物。（他听玛丽恩说的。）

“可是，你今天不去见沃恩夫人了吗？”他问特德，“她不是在等你吗？”

“告诉她，我不去了，但我希望她把画收下。”特德回答。

“她会问我你下次什么时候去的。”埃迪说。

“告诉她，你不知道。把画给她就行了。尽量少说话，能不说就不说。”特德告诉小埃迪。埃迪匆忙跑去报告玛丽恩。

“他派你去找她提分手——胆小鬼！”玛丽恩说，像往常一样慈爱地摸摸埃迪的头发。埃迪几乎敢肯定，她又准备对他的发型表示不满，可她却说：“最好早点去——趁她还在打扮的时候，这样她就不好意思邀请你进屋了。你不想让她问你一大堆问题吧？最好是按响门铃，把画给她，然后走人，就这样。要是你进去，等她把门一关，你就麻烦了——相信我，别以为她不敢杀了你。”

埃迪·奥哈尔谨记在心，一大早就来到琴酒路。来到铺设昂贵鹅卵石的车道入口，他把车停在水蜡树篱笆前，首先从皮革画夹中取出沃恩夫人的一百多张肖像画——因为他担心，一旦瘦小黝黑的沃恩夫人发起火来，自己会没有胆子把画给她，更不用说要回画夹了。可他错估了风向：当他把肖像画转移到后座的时候，一阵风钻进车窗，把画纸吹得乱七八糟，他只好关紧雪佛兰的门窗，钻到后排整理那堆画，这下想不看它们都难了。

最上面几张画的是沃恩夫人和她愤怒的儿子。母亲和儿子同时紧闭的小嘴让埃迪惊叹冷酷的性格也能遗传。母子俩的眼神也都既紧张又不耐烦，他们并排而坐，双手握拳，不自然地搁在大腿上。坐在母亲膝上的小男孩似乎很想又踢又打，挣脱她的怀抱，他母亲则似乎很想把他掐死在自己怀里。还有二三十幅类似的画，每一幅都充满阴郁不安的张力。

然后埃迪翻到了沃恩夫人的单人像——最初衣着整齐，但骨子里透着孤独。埃迪甚至立刻为她难过起来。如果说沃恩夫人给他的第一印象是贼头贼脑，后来是听天由命和绝望麻木的话，那他从未见过画中的她无可救药的忧愁神态。这个女人脱掉衣服之前，特德·科尔的画笔已然捕捉到了她“不快乐”这个特点。

从那些裸体画里，也能看出沃恩夫人的悲哀是不断发展的。最初，她的拳头还是紧握着搁在紧绷的大腿上，脸朝侧面坐着，经常用一边或两边的肩膀遮挡小小的乳房。到了最后，她终于肯面向画家——毁灭她的人——的时候，却还是圈起胳膊挡住胸部，膝盖紧紧并拢，把私处遮了个严实，只露出细线一样的几缕稀疏的阴毛。

在封闭的车厢里看到沃恩夫人最近的几幅裸体画，埃迪不禁哀叫起来——她摆出最坦然的姿态，像尸体一般无所顾忌，胳膊松垮地垂在身体两侧，仿佛狠狠摔过一跤，肩膀都脱了臼。裸露的乳房软垂在胸前，一边的乳头似乎比另一边的大，颜色更深，更耷拉，双膝没有合拢，腿部好像失去了知觉——要么是骨盆受了伤。就如此瘦小的女人而言，她的肚脐眼太大，阴毛太多。阴户敞开，形态松弛。

最后的那张裸体画，是埃迪·奥哈尔有生以来见到的第一件色情作品，虽然他还无法完全理解这幅画的色情含义，但觉得恶心，后悔看到它，它似乎把沃恩夫人简化成了她身体中心的那个洞，甚至还不如她在出租屋枕头上留下的浓烈体味。

雪佛兰的车轮碾过通向沃恩家的车道，与形状完美的鹅卵石摩擦，发出嘎吱嘎吱的声音，听起来像小动物的骨头断裂一般。埃迪经过圆形车道中央的喷泉，看到楼上有扇窗户的窗帘一闪。按门铃时，他差点把抱在胸前的画掉到地上。他静候那个瘦小黝黑的女人出现，等了很久很久。

玛丽恩说得对。沃恩夫人还没打扮好，或者说，她仍然处于需要衣冠不整地诱惑特德的阶段。她的头发湿润稀疏，上嘴唇好像被搓肿了，一边的嘴角残留着除毛膏的痕迹，像只画好一半的小丑的微笑，她擦拭除毛膏时一定很匆忙。沃恩夫人身上的睡袍也是仓促选好的，因为站在门口的她仿佛歪斜着套在一条巨大的白毛巾里，这条“毛巾”很可能是她丈夫的睡袍，下摆的一角悬垂在她细瘦的脚踝上方，另一角却一直拖到门槛上。她光着脚，右脚拇指上涂的指甲油还没干，脚背上沾了一些，看上去像割伤了脚，鲜血流出来一样。

“你想干什么？”沃恩夫人问，说完，她朝埃迪身后的特德的汽车望过去。埃迪还没来得及回答，她就问：“他呢？他没来吗？怎么回事？”

“他没法来，”埃迪说，“但他想让你留着……这些。”风太大，他不敢松手，只好仍旧笨拙地把画抱在胸前。

“他没法来？”她重复道，“这是什么意思？”

“我不知道，”埃迪撒了谎，“可我带来了这么多画……我能把它们放下吗？”他恳求道。

“什么画？噢……那些画！噢……”沃恩夫人说，仿佛肚子被人捣了一拳，她向后踉跄几步，绊在长长的白色睡袍上，差点摔倒。埃迪跟着她向里走，感觉自己就像处决她的刽子手。光亮的大理石地面倒映出天花板上的水晶吊灯，远处敞开的双扇门后面，另一盏水晶吊灯悬挂在饭厅的桌子上方。整栋房子如同一座美术馆，远处的饭厅和宴会厅一样大。埃迪走到（他感觉就像跋涉了一英里）餐桌旁，放下画，这才发现沃恩夫人一直悄无声息地紧跟在他身后，像个幽灵。看到最顶上的那幅画——《母与子》——时，她倒吸一口凉气。

“他把它们给我了！”她叫道，“他不想要了吗？”

“我不知道。”埃迪哭丧着脸说。沃恩夫人迅速翻动画纸，看到第一张裸体画后就停了手，直接把纸堆倒扣过来，拿起原先最底下的那张画——现在它变成了第一张。埃迪开始往后退，他清楚那一张画什么样。

“噢……”沃恩夫人说，听上去好像又挨了一拳。“他什么时候能来？”她追在埃迪身后问，“他星期五来，对吗？我星期五全天都可以见他——他知道我一天都有时间。他知道！”埃迪拼命稳住步子向前走，他听到她的光脚在大理石地面上急速拍打——她在他身后跑了起来，终于在庞大的水晶灯底下撵上了他。“等等！”她喊道，“他星期五来吗？”

“我不知道。”埃迪重复，身体往门外挪移，风却使劲把他往门里面刮。

“不，你知道！”沃恩夫人尖叫道，“告诉我！”

她跟着他来到外面，差点被风吹倒，睡袍也吹开了，她竭力想要合拢衣襟。埃迪永远记得她当时的模样——他最不想看到却冷不防瞥见了沃恩夫人的裸体——记住了她松弛下垂的乳房和乱蓬蓬的阴毛三角带。

“等等！”她又叫起来，但车道上的碎石阻挡了她追赶的脚步，她弯腰抓起一把小石头，悉数掷向埃迪，大部分都砸在雪佛兰车上。

“他给你看这些画了吗？你看过了吗？该死——你看了，对吗？”她大喊。

“没有。”埃迪撒谎道。

沃恩夫人又弯下腰，抓起一把小石子，这时，一阵狂风袭来，她被吹得左摇右晃。如同一声枪响，她身后的房子大门砰然关闭。

“我的天。我被锁在外面了！”她对埃迪说。

“别处的门有没有没上锁的？”他问。（这种豪宅，肯定有十来个出入口！）

“我以为特德会来，他喜欢所有的门都锁着。”沃恩夫人说。

“你没在外面藏一把应急钥匙？”埃迪问。

“我让园丁回家了，特德不喜欢园丁在周围。”沃恩夫人说，“园丁有应急钥匙。”

“你就不能给园丁打电话吗？”

“用什么打？”沃恩夫人咆哮道，“你得破门进去。”

“我？”十六岁的小埃迪说。

“你知道怎么破门，对吧？”瘦小黝黑的女人问，“可我不知道！”她哀号起来。

因为室内开了空调，窗户都是关着的。沃恩家装空调是为了保护房子里收藏的艺术品，窗户常年不开。后院的花园倒是连着一道法式双扇玻璃门，但沃恩夫人警告埃迪，门上安的是特制的厚玻璃，里面嵌着铁丝网，几乎坚不可摧。

埃迪脱下T恤，包住一块石头奋力挥舞，终于砸开门上的玻璃，又去找来园丁的工具，在铁丝网上弄出足够大的破口，伸进手去打开门锁。砸玻璃用的石头是花园里的鸟浴盆的中心摆件，他的T恤不仅被这玩意弄脏了，还让碎玻璃割破了，他决定丢弃T恤，把它和石头留在门口的玻璃堆里。

可没穿鞋的沃恩夫人坚持让埃迪从法式门把她抱进房子里，因为她不想被玻璃碴伤了脚。赤膊的埃迪只好抱起她走进房子，还得注意手不要放在她的睡袍偏短的那一边。沃恩夫人轻若无物，几乎只比露丝重一点。虽然只抱了她一会儿，埃迪已经差点被她浓烈的体味熏晕，那种气味根本无法形容，他只觉得喘不动气。被他放下时，沃恩夫人感觉到了埃迪毫不掩饰的厌恶。

“你好像觉得讨厌，”她说，“你竟敢——竟敢讨厌我？”埃迪现在站在一个陌生的房间里，不知道怎么从这里走到有水晶吊灯的大门口，当他回身寻觅通向花园的法式门时，却发现自己刚才七扭八拐地穿过了无数道门，已经深陷在各种门廊组成的迷宫中，连来路都找不到了。

“我怎么出去？”他问沃恩夫人。

“你竟敢讨厌我？”她重复道，“你自己又有多高尚？”沃恩夫人问。

“求求你了……我想回家。”埃迪告诉她。语毕，他才意识到自己嘴上说的和心里想的“家”都是新罕布什尔的埃克塞特，不是萨加波纳克。埃迪想回他真正的家。他有个一辈子都没能摆脱的弱点：喜欢在年纪比自己大的女性面前哭，他曾当着玛丽恩哭过——现在又开始当着沃恩夫人哭。

沃恩夫人二话没说，抓住他的手腕，领他穿过美术馆一般的豪宅，来到悬挂水晶吊灯的前厅。她冰凉的小手抓过来的时候，就像鸟的爪子，他觉得手腕上似乎擎着一只虎皮鹦鹉。沃恩夫人打开前门，把埃迪推进风中，狂风钻进门缝，房子里传来一扇扇的门依次关闭的声音，回身道别的时候，埃迪看到一阵旋风把特德的那些可怖的画作从餐桌上卷了起来。

他惊得说不出话来，沃恩夫人也无法言语。听到画纸在身后拍打飘动，她如临大敌般急忙转身，就在那些画几乎攻到她身前的时候，大门第二次发出枪响一样的声音，砰然关闭，把它们挡在房子里面。当然，沃恩夫人也不会否认，在某种程度上，她曾经允许这些画攻击过自己。

“她朝你扔石头？”玛丽恩问埃迪。

“不过是些小石子——大部分都砸车上了。”埃迪说。

“她让你抱着她？”玛丽恩问。

“她赤着脚，”埃迪再次解释，“地上全是碎玻璃！”

“你把T恤扔在那儿了，为什么？”

“T恤破了——不过是件衣服而已。”

特德和埃迪的对话则略有不同。

“她是什么意思——星期五‘一天’都有空？”特德问，“难道她想让我和她待上一天？”

“我不知道。”十六岁少年说。

“她为什么会觉得你看过那些画了？”特德问，“你——你看过了吗？”

“没有。”埃迪撒谎。

“老天，你肯定看了。”特德说。

“她露肉给我看了。”埃迪告诉他。

“天啊！她怎么了？”

“她不是故意的，”埃迪说，“但确实露了，是风刮的——把她的睡袍吹起来了。”

“我的老天爷……”特德说。

“她把自己锁在门外了，因为你，”埃迪告诉特德，“她说你想让门都锁着，而且不喜欢园丁在周围。”

"她告诉你的？"

"我只好帮她破门——用鸟浴盆上的石头把法式玻璃门砸碎了，还得抱着她从碎玻璃上走过去，"埃迪抱怨道，"我的T恤也没法穿了。"

"谁在乎你的T恤？"特德吼道，"我星期五可不能和她待上一天！你星期五上午把我送过去，但是，四十五分钟以后，你必须回去接我。不——半个小时一过就去接我！我没法和那个疯娘们儿耗上四十五分钟。"

"你一定要信任我，埃迪，"玛丽恩告诉他，"我完全清楚咱们该怎么做。"

"好吧。"埃迪说，那幅最可怕的裸体画一直在他脑子里阴魂不散，他想给玛丽恩讲讲沃恩夫人的体味，可又没办法描述。

"星期五上午，你把他送到沃恩夫人家。"玛丽恩开始阐述她的计划。

"我知道！"小埃迪说，"半个小时之后去接他！"

"不，别管什么半个小时，"玛丽恩告诉十六岁的小埃迪，"你直接把他留在那里，不要回去接他。没有车，他几乎需要一天时间才能回家，我敢打赌，沃恩夫人可不会开车送他回来。"

"可他怎么办？"埃迪问。

"不用担心他，"玛丽恩提醒埃迪，"他还能怎么办？南汉普顿他就认识莱昂纳迪斯大夫。"（大卫·莱昂纳迪斯是特德的壁球球友。）"首先，他得花上一个小时或者四十五分钟走到莱昂纳迪斯大夫的办公室，"玛丽恩说，"然后，他又能怎么办？他得等上一整天，等莱昂纳迪斯大夫的病人们都回家了，才能搭他的车回家——除非病人里面有特德认识的人，或者碰巧有人要开车来萨加波纳克这边。"

"特德会气疯了的。"埃迪提醒她。

“你只需要信任我就行了，埃迪。”

“好吧。”

“你送特德到了沃恩夫人家，就直接回来接露丝，”玛丽恩继续说，“带露丝去医生那里拆线。然后，我想让你带露丝去海滩，让她玩玩水——庆祝拆线成功。”

“抱歉问一下，”埃迪打断她，“为什么不是保姆带露丝去海滩？”

“星期五保姆都不会来，”玛丽恩告诉他，“那天我需要独自在家，你得帮我争取时间。”

“你想干什么？”埃迪问。

“我会告诉你的，”她重复道，“你一定得信任我，完全信任。”

“好吧。”他说，但他第一次意识到自己并不信任玛丽恩——不是完全信任。毕竟，他只是她的棋子，他已经多少体验过当棋子是什么感觉了。

“我看过沃恩夫人的肖像画。”他向玛丽恩坦白。

“仁慈的老天爷。”她对他说。他不想再流泪，但任凭玛丽恩把他的脸按在她的胸脯上，在他努力地描述自己的感受的时候，让她抱着他。

“那些画里，她不光是裸体。”他开口道。

“我知道。”玛丽恩小声说，亲了亲他的头顶。

“不只有她的裸体，”埃迪强调，“好像可以看到她是怎么屈服的，在折磨中一步一步地屈服。”

“我知道，”玛丽恩又说了一遍，“我很抱歉……”

“而且，风把她的睡袍吹开了，我看到里面了，”埃迪脱口而出，“她只暴露了一秒，但我似乎已经看透了她。”然后他想起沃恩夫人的体味。“抱起她的时候，”埃迪说，“我闻到了她的味道——跟枕头上的一样，只不过更浓，我觉得喘不动气。”

“那她闻起来像什么？”玛丽恩问。

“像死了的东西。”埃迪回答。

“可怜的沃恩夫人。”玛丽恩说。

才上午十点，有什么好慌张的?

星期五早上八点不到，埃迪开车到车厢房接特德，送他去南汉普顿的沃恩夫人家，赴他的半小时之约。埃迪紧张极了，不仅因为担心沃恩夫人落到特德手中时间越长，受到的折磨就越多，还因为玛丽恩已经替他安排好了一天的计划，他必须记住很多东西。

当他和特德顺路到萨加波纳克的便利店喝咖啡时，埃迪心中十分清楚店门口停着的那辆搬家卡车是怎么回事。车上有两个身强力壮的搬家工人，正在喝咖啡、读晨报。埃迪从沃恩夫人家回来——带露丝去拆线——的时候，玛丽恩会来这里找这两个工人，他们像埃迪一样接到了玛丽恩的指示：在便利店门口等着，等她过来找他们。特德和露丝——还有三个保姆，他们都已经被玛丽恩支开了——不会看到搬家工人去他们家搬东西。

等特德从南汉普顿想方设法回到家，搬家工人（和玛丽恩想要带走的东西）应该早就不见了。玛丽恩把这些计划提前告诉了埃迪，请他向特德解释原委。去南汉普顿的路上，埃迪不停默诵玛丽恩为他写的台词。

“可谁给露丝解释这一切呢？”埃迪问过玛丽恩，结果，她的脸庞再次笼上一层淡漠的光辉，和上次听到他提出车祸问题时的反应一模一样。显然，她没有考虑过“如何向露丝解释”这部分剧本该怎么写。

“如果特德问你我去哪儿了，你就说不知道。”她告诉埃迪。

“可你准备去哪儿？”埃迪问。

“你不知道。”玛丽恩重复道，“如果他不满意你的回答，你就说我的律师会联系他。我的律师会告诉他一切。”

“噢，真是太棒了。”埃迪说。

“如果他打你，你就打回去。顺便提一句，他不会动拳头——顶多扇你耳光。但你应该先用拳头打他。”她给埃迪出主意，“直接打他的鼻子，鼻子一挨揍他就老实了。”

可露丝怎么办？关于露丝的计划很模糊。如果特德嚷嚷起来，露丝能听到多少？如果埃迪和他打起来，露丝能看到多少？保姆们不在，露丝就得跟着特德或者埃迪，或者他们两人一起照顾她，她能愿意吗？

“如果在露丝那边遇到难处，你可以给爱丽丝打电话，”玛丽恩建议道，“我告诉过爱丽丝，你或者特德可能给她打电话。其实，我已经嘱咐她在下午三点左右给这里打个电话——看看你是否需要她。”爱丽丝是下午班的保姆，就是那个自己开车的漂亮大学生。埃迪提醒玛丽恩：三个保姆中，他最不喜欢她。

“你最好能喜欢她一点，”玛丽恩回答，“如果特德把你赶走——我觉得他不可能让你留下——就得有人开车送你去奥连特岬角。特德不能开车，你知道。即使能开，他也不愿意送你。”

“特德会赶我走，我必须请爱丽丝开车送我。”埃迪机械地重复了一遍玛丽恩的嘱托。

玛丽恩什么也没说，只是亲了亲他。

约定的时间很快就到来了。埃迪把车停在沃恩夫人家门口——琴酒路的隐蔽车道上，特德说：“你最好在这里等我。我不会和那个女人待半小时的，最多二十分钟。也许十……”

“我出去转转就回来。”埃迪说谎。

“别超过十五分钟。”特德告诉他。然后，他看到那些自己熟悉的画纸被撕成了长条——他送给沃恩夫人的画已经变成碎片，在风中飞舞，水蜡树篱笆上面挂了很多，一小部分飘散到街上，花花绿绿的纸条像小旗子，在树篱上迎风招展，像是一群任性的婚礼宾客用随便找来的碎纸片充当彩纸，胡乱扬在沃恩家的院子里。

特德不情愿地沿着纸条狂舞的车道挪移脚步。埃迪下车窥探他的一举一动，甚至跟着他走了一小段。院子里到处散落着色情作品的残骸，喷泉被泡透的纸卷堵住，池子里的水变成近似墨鱼汁的棕褐色。

“墨鱼汁……”特德大声说。埃迪掉头往回走，快要上车的时候，他看到园丁踩着梯子，正在摘树篱上的纸条。园丁愤怒地来回扫视埃迪和特德，但特德没看到园丁，也没发现梯子，污染喷泉的墨鱼汁完全俘虏了他的注意力。埃迪离开时，还听到特德念叨着“哎呀，天哪”。

连园丁穿的都比特德讲究，特德在衣着方面总是漫不经心、不修边幅：牛仔裤、T恤下摆塞进裤子里、敞开的法兰绒衬衫在风中上下翻飞。今天早晨他连胡子都没刮，一心想给沃恩夫人留下最坏的印象。（无论如何，他本人和他的画已经给沃恩夫人的园丁留下了最坏的印象。）

“五——五分钟！”特德对埃迪叫道。可这一天的任务太多，埃迪无心注意他说了什么。

他开车回到萨加波纳克，玛丽恩已经收拾好一大包东西，给露丝带着去海滩。露丝也在短裤和T恤里面穿好了她的游泳衣。沙滩包里装着毛巾和两套替换衣服，包括长裤和一件运动衫。“她想去哪儿吃午饭，你就带她去哪儿，”玛丽恩告诉埃迪，“她只吃烤奶酪三明治和炸薯条。”

“还得加上番茄酱。”露丝说。

玛丽恩拿出一张十美元的钞票，准备交给埃迪买午餐。

“我有钱。”埃迪告诉她，但当他转过身去，帮助露丝坐进雪佛兰汽车的时候，玛丽恩把钞票塞到他牛仔裤的右后口袋里，这个动作让埃迪想起她第一次把手指——指关节贴着他光裸的腹部——伸进他牛仔裤的裤腰，把他拉到她身边（随后解开他牛仔裤的扣子，拉开拉链）时的感觉。这感觉他回味了五到十年，每当给自己脱衣服的时候都会想起来。

“记住了，亲爱的，”玛丽恩对露丝说，“大夫给你拆线的时候，不要哭。我保证一点都不疼。”

“我能留着线不拆吗？”四岁的小姑娘问。

“我想……”玛丽恩沉吟道。

“当然可以留着。”埃迪告诉露丝。

“再会，埃迪。”玛丽恩说。

她穿着网球短裤和网球鞋，但不是出去打网球的，上身那件肥大的法兰绒衬衫也并不合身，衬衫是特德的。她没戴胸罩。早些时候，埃迪出发到车厢房接特德之前，玛丽恩抓起他的一只手，塞进她的衬衫下面，按在自己无遮无拦的胸部，可当埃迪凑过去亲她的时候，她却退到一旁，只给埃迪的右手留下她乳房的触感，这感觉他回味了十到十五年。

“拆线是怎么回事呀？”露丝问埃迪，他不得不转过身去看她。

“大夫拆线的时候，你几乎不会有什么感觉。”埃迪说。

“为什么没有感觉？”孩子问。

右转弯之前，埃迪从后视镜中最后看了玛丽恩和她的奔驰一眼。她不会跟着他的车向右转的，他知道——搬家工人在正前方的路上等候她。上午的阳光穿过奔驰车的窗户，照耀着玛丽恩的左脸，车窗没有关，埃迪看到风吹起她的头发。在他转弯的那一刻，玛丽恩对他（和她的女儿）挥了挥手，就好像埃迪和露丝返回时，她会在家里等着他们似的。

“为什么拆线的时候不疼？”露丝又问埃迪。

“因为伤口愈合了——皮肤又长到一起了。”他告诉她。

玛丽恩从他的视野里消失了。就这样吗？埃迪想。“再会，埃迪。”这就是她对他说的最后一句话？“我想……”反正这是她对女儿说的最后一句话。埃迪不相信一切就这样戛然而止：奔驰车的窗户敞开着，玛丽恩的头发在风中飞舞，胳膊伸出窗外挥动。她只有半张脸被阳光照亮，另外半张藏匿在阴影之中。他又怎能知道，此后的三十七年，他和露丝都不会再见到玛丽恩。这么多年来，他一直好奇，她是如何摆出一副云淡风轻的样子离开的。

她怎么能这样？将来，埃迪会这样想——后来，露丝也会这样想。

只缝了两针，拆线过程迅雷不及掩耳，露丝连哭都没来得及。比起指头肚上完美愈合的疤痕，四岁的小姑娘对拆下来的缝线更感兴趣：线体又白又细，稍微沾染了碘酒（或其他消毒药水）的黄褐色痕迹。医生告诉露丝，她的手指现在又可以沾水了，手上的药水痕迹很容易洗掉。但露丝更关心那两条缝线，它们分别被截成了两段，她把四段细线放进信封保存——这样，连凝结在其中一段线头上的那块小痂都不会遭到破坏。

“我想把缝线给妈妈看，”露丝说，“还有我的痂。”

“我们先去海边吧。”埃迪建议。

“我们先给她看痂，再给她看缝线。”露丝说。

“再说吧……”埃迪说。他突然想到，莱昂纳迪斯医生的办公室在南汉普顿，从那里走到琴酒路的沃恩夫人家连十五分钟都不用，现在是上午九点四十五，如果特德还在沃恩夫人家——他已经和她待了一个多小时，更有可能的情况是，他现在已经离开她家了，如果他出来后找不到埃迪，说不定会想起露丝今天拆线，直接步行到医生办公室找他。

“我们去海边吧，”埃迪对露丝说，“快点儿。”

“先给妈妈看痂，再看缝线，最后去海边。”孩子说。

“等上了车再商量吧。”埃迪提议。他没法和四岁小孩直接谈判，当然，说服她也许不难，可无论如何都得消耗时间。

“我们是不是忘记照片啦？”露丝问埃迪。

“照片？”埃迪说，“什么照片？”

“脚！”露丝叫道。

“噢，那张照片——还没镶好框呢。”他告诉她。

“这样可不好！”孩子叫道，“我的缝线都拆了呢，我的伤口都好了。”

“没错。”埃迪附和道。他想出一个转移四岁小孩注意力的办法，好让她不要老想着先给妈妈看痂和缝线再去海边，“我们去镶框店看看，让他们把照片还给我们。”埃迪说。

“还要把照片修理好！”露丝补充道。

“说得对！”埃迪喊道。他觉得，特德永远想不到他们会去镶框店，那里几乎和海边一样安全。他的打算是，先大张旗鼓地讨要照片，这样露丝就会忘记给玛丽恩看她的痂和缝线了。（趁露丝专注地观察停车场里的一条狗挠痒痒，他偷偷把收藏着宝贵的痂和缝线的信封塞进储物柜。）然而，镶框店并没有他设想的那么安全。

特德并不记得露丝当天上午要去拆线，沃恩夫人根本没有给他想起多少事的机会。来到她家门口不到五分钟，他就被她追得满院子跑，最后狼狈地窜到琴酒路上，沃恩夫人在后面挥舞着面包刀，尖声咒骂他是“恶魔的化身”。（特德隐约想起，“恶魔的化身”是沃恩夫妇收藏的那堆糟糕艺术品里面的一幅糟糕画的名字。）

沃恩夫人家的园丁刚才怒视着“画家”（园丁这样尖酸刻薄地称

呼他）特德犹疑迟缓地蹩进大门，现在又看到他脚底抹油、慌不择路地穿庭过院，差点被持刀追砍他的沃恩夫人撵进脏乎乎的喷泉。画家以闪电般的速度掠出车道，冲到街上，他曾经的模特儿紧随其后，穷追不舍。

园丁害怕他们两人撞上自己的梯子，这架竖起来十五英尺高的梯子正摇摇晃晃地搭在高高的树篱上。占据高度优势的园丁早就判断出，特德·科尔绝对比沃恩夫人跑得快，果然，追到琴酒路和韦恩丹奇路的交叉口，沃恩夫人就停住了脚步。路口转角处又有一片高大的树篱，园丁分析，特德不是躲进了树篱中，就是头也不回地向北拐上了韦恩丹奇路。依然处于狂暴状态的沃恩夫人口中的咒骂并未停歇，她一边嘟囔着“恶魔的化身”返回自家车道，一边无意识地（反正园丁觉得她是无意识的）挥动面包刀，对着空气劈砍戳刺。

沃恩家的豪宅和琴酒路暂时恢复了宁静。特德正困在水蜡树篱深处，被枝丫叶片纠缠得动弹不得，想看表都抬不起胳膊。浓密的树篱像个迷宫，连小巧灵活的杰克罗素梗都钻不进去。他的两只手和脸都划出了血，但与面包刀的杀伤力相比，几根树枝实在不算什么，所幸他已暂时躲过了沃恩夫人的致命攻击。可是，埃迪在哪里？特德在树篱中眼巴巴地等候他的1957年款雪佛兰出现。

特德来到这里一个小时前，园丁就已经开始清理他的雇主和她儿子的肖像画碎片，而且早就不再窥探画的内容，因为虽是零星残片，那些纸条上的东西依然具有令人不安的魔力。园丁已经熟知雇主的外貌，比方说她的眼睛、小小的嘴巴、不自然的表情、手和肩膀的紧张姿态，但他宁愿自己想象沃恩夫人的乳房和阴户的模样，因为纸上画的裸体半点吸引力都没有。另外，他需要抓紧时间干活——他虽然知道沃恩夫人希望尽快处理这些画，却想不通她究竟是发了什么疯，非要在这样狂风肆虐的天气敞开所有的门，把画都扯碎，让满是色情内容的纸片漫天飞舞。房子靠海那一面的玫瑰篱笆上卡了许多碎纸，沃恩夫人和她儿子的肖像碎片甚至沿着小径，一路被风扬到了海滩上。

园丁不太喜欢沃恩夫人的儿子，他是个傲慢的小孩，有一次往鸟浴盆里撒尿，撒完就不承认。但早在这小混蛋出生之前，园丁就一直是沃恩家的忠实雇员，他觉得应该为街坊邻居的眼球负责，因为他认为无论是谁，看到沃恩夫人私处的特写，都不会特别享受。不过，他的清理速度也受到了思考的影响：他一直在琢磨“画家”到底去了哪里，是仍旧躲在邻居家的树篱里，还是已经跑到市区了呢？

上午九点半，埃迪·奥哈尔已经迟到了一个小时，特德·科尔爬出琴酒路的树篱，警觉地穿过沃恩家的车道，好让埃迪看到他——如果（不论出于什么原因）埃迪已经跑到琴酒路西端和南大街的交叉路口等他的话。

园丁却觉得特德这样做相当不明智，甚至是铤而走险。沃恩夫人可以从她家三楼转角处的窗户那里俯瞰整片树篱，如果这位满腹委屈的女士恰好站在那扇窗前，琴酒路上无论什么风吹草动都逃不过她的眼睛。

不出园丁所料，沃恩夫人果然躲在三楼观察情况，特德走过她家车道（然后开始沿琴酒路快步向前）不到几秒钟，园丁就听见她的车轰鸣起来，那是一辆闪闪发光的黑色林肯，箭一般冲出车库，由于速度太快，在院子里的石头地面上侧滑了一下，差点撞进黑水荡漾的喷泉，就在眼看要撞上喷泉的前一秒钟，沃恩夫人向树篱急转弯，林肯车蹭到园丁的梯子，吓得他赶紧攀住树顶。“快跑！”园丁朝特德大喊。

特德今天能活着逃出去，一定要归功于他平日在奇形怪状的谷仓壁球场中的勤奋训练。四十五岁的特德·科尔依然能跑，他大步跨过几丛玫瑰，疾速横穿一处草坪，把站在那里给游泳池抽水的人惊得目瞪口呆。接着，一条狗窜出来追他，幸好这狗体形不大，胆子也小，他顺路揪下晾衣绳上的女式泳衣，对着狗脸乱挥，把它赶跑了。当然，逃命的路上，他也收获了不少园丁、女仆和家庭主妇的大呼小叫，但他不为所动，一连翻过三道篱笆和一堵相当高的石头墙（只踩坏两块花床）。

刚才，他并没有看到沃恩夫人的林肯车已经从琴酒路拐上南大街，在狂热的追逐中碾倒一块路牌，但透过陶尔森路的木篱笆，他瞥见了灵车般的黑色林肯，汽车和他平行前进，与他一起经过两块草坪、一院子的果树和一个貌似日式花园的地方——在那个花园里，他一脚踩进浅浅的金鱼池，鞋和牛仔裤全泡透了（水没到膝盖）。

特德转身溜回陶尔森路，但不敢过马路，因为他看到黑色林肯的刹车灯闪了闪。他担心沃恩夫人从后视镜看到了他，也准备开回陶尔森路。可她没看到他——他把她甩掉了。他进入南汉普顿市区，衣服看上去乱七八糟，精神头却没减，他壮着胆走上店铺林立的南大街，如果不是一心搜寻着可能随时出现的黑色林肯，他也许会发现自己那辆1957年款雪佛兰就停在南大街的镶框店外面，而实际上他浑然不觉地从自己的车旁边走了过去，进了马路斜对面的一家书店。

书店里的人认识他，当然，每家书店的人都认识特德·科尔，但他经常拜访这家书店——定期在库存的他所有作品上签名。书店老板和店员还不习惯看到浑身脏兮兮的科尔先生，但他们见过他不刮胡子的模样——他经常穿成大学生或者工人的样子，根本不像什么畅销书作家和知名童书插画家。

让人感到最新鲜的是他身上的血——在拥有百年历史的树篱中爬进爬出，他的脸和手都划破了，书店老板门德尔松（是的，这就是他的姓）立刻猜想特德也许遇到了什么事故。这个门德尔松和那位德国作曲家菲利克斯·门德尔松并无亲戚关系，但他要么太爱自己的姓，要么太讨厌自己的名字，以至于没人知道他的名字叫什么，只能以姓称呼他。（特德曾经问过他的名字，门德尔松的回答是：“反正不是菲利克斯。”）

这个星期五，不知是见到特德的血令他兴奋，还是特德的牛仔裤上滴下的水——他每走一步，鞋子都会向四面八方飙水——刺激到了他，门德尔松一把揪住特德敞开的、已经从裤腰里扯出来的脏兮兮法兰绒衬衫的下摆，用过于响亮的声音叫道：“特德·科尔！”

“没错，我是特德·科尔，”特德说，“早上好，门德尔松。”

“真是特德·科尔——真的，真的！”门德尔松重复道。

“抱歉，我流血了。”特德从容地告诉他。

“噢，别傻了——有什么好抱歉的！”门德尔松喊道，他转头看着旁边的一名目瞪口呆、表情既崇敬又恐惧的女店员，命令她给科尔先生拿把椅子来。“你看不见他流血了吗？”门德尔松对她说。

不过特德没有坐下，而是表示想用洗手间。他严肃地说，自己遇到了事故，然后就钻进那个只有水池和马桶的小隔间，关上了门。他一面对着镜子评估自己的伤情，一面编造——这是作家的本能——能够简单解释他遇到了何种“事故”的故事。邪恶的树篱划伤了他的一只眼睛，泪水汩汩外流，前额上的血水则来自一道更深的划痕，脸颊上的另一条划痕流血虽少，但似乎更难长好。他洗了手，手掌上的伤口刺痛，但手背出的血已经止住了。他脱下法兰绒衬衫，把沾满烂泥的袖子——其中一条衣袖还在金鱼池里浸过水——系在腰上。

趁此机会，他还欣赏了一下自己腰部的线条：虽然已经四十五岁，但身材保持得不错，即使穿上牛仔裤，把T恤塞进裤腰，视觉效果依然悦目。然而，白色T恤的左肩和右胸被青草染成了绿色——他至少在两块草坪上摔倒过——牛仔裤膝盖以下湿漉漉的，还在不停地往灌满水的鞋子里滴水。

他努力保持镇定，走出洗手间，再次受到只有姓氏可以告人的门德尔松先生的热烈欢迎，门德尔松已经为他在一张桌子旁边摆好了椅子，桌子上搁着十几本等待特德签名的书。

特德依旧没有坐下，而是表示他想打个电话。实际上要打两个电话。他先打给车厢房，看能否找到埃迪，但没人应答。又打给家里，也没有人接——为了今天，玛丽恩排演过多次，当然不会让他有打通电话的机会。难道埃迪撞车了？那个只有十六岁的小子今天早晨慌慌张张地开车走了，难保不会出事……他准是被玛丽恩把脑子给操坏了！特德得出结论。

无论玛丽恩为了这个星期五安排得如何周密，她都犯了一个关键错误：以为特德只能步行到壁球球友莱昂纳迪斯大夫家，请他开车送自己回萨加波纳克，或者求助于他的病人。大卫·莱昂纳迪斯的办公室远在南汉普顿另一头的蒙托克公路上，而书店则更靠近沃恩夫人家——特德显然会来这里求援。而且，特德·科尔无论走进世界上的哪家书店，都可能有人自愿送他回家。

所以，坐下来准备给书签名的同时，他马上就提出了这样的要求。

“简单点说就是，我需要搭车回家。”著名作家说。

“搭车！”门德尔松叫道，“行，当然可以！没问题！你住在萨加波纳克，对吧？我亲自送你！嗯……我得先给我老婆打个电话，她可能去买东西了，但很快就会回来。你知道吧，我的车送修了。”

“但愿别送到我修车的那家店，”特德告诉门德尔松，“我刚从那里把车开回来，但他们忘了把转向柱装回去了。就像我们都看过的那个动画片——我手里握着方向盘，但方向盘没跟车轮子连着。我往东开，车轮子朝西拐，幸好我撞到的是水蜡树——一大片树篱，我从车窗户爬出来，被树枝划了，后来又踩进一个金鱼池。”他解释道。

书店里的人现在都听他讲。门德尔松在电话旁边凝神静听，一动不动，忘记了打给他老婆。刚才目瞪口呆的那位女店员微笑起来。特德虽然不是特别中意她这种类型，可如果她愿意送他，说不定可以发生点什么。

女店员大概刚从大学毕业，没化妆，没烫头，皮肤也没刻意晒黑，她是未来十年的时尚风向标。她长得也不漂亮——平淡普通——但苍白的肤色让特德品味出一种性感的坦率，他意识到，朴实无华的外表说明她对自己所认为的“创造性”体验持开放态度，所以，她是那种需要用“知性”来诱惑的年轻女子。（特德眼下邋遢不堪的仪容或许正中她下怀，让她对他高看一眼。）至于性接触，鉴于这名女子年纪不大，对性的新鲜感可能还没消失，或许会把性爱视为“真诚”的体验——尤其是和著名作家做爱。

遗憾的是，她没车。“我骑自行车，”她告诉他，“否则我一定送你回家。”

真可惜，特德想，但他用理智说服自己，她的下嘴唇太薄，上嘴唇太厚，上下差距太夸张，他不会真的喜欢的。

门德尔松有点着急，因为他的老婆还没回来。他向特德保证，他会不停打电话，她很快就能回来。一个讲话口齿不清的男孩——这天早晨书店里仅有的两名店员中的一个——走过来，抱歉地说，他把自己的车借给一位想去海边的朋友了。

特德只好坐在那里慢慢给书签名。才上午十点。如果玛丽恩知道他现在在哪儿，而且很有可能马上就搭上回家的汽车的话，或许会惊惶失措。如果埃迪·奥哈尔知道特德就在镶框店——埃迪怂恿露丝今天势必去那里讨回“两只光脚”的照片——斜对面的书店里签名售书的话，一定也会惊惶失措的。

但没有什么原因会让特德本人惊慌，他不知道妻子甩了他——他还在盘算如何甩了她。另外，他现在远离街道，坐在幽深的店堂中，沃恩夫人再怎么飙车也撞不到他。即使门德尔松的老婆一直不回来，也有可能在书店遇到喜欢他的书的读者，而且对方很可能是个女的，他只需要为她买下一些自己签名的书，她就能开车送他回家。如果她又长得漂亮，谁知道接下来会发生什么呢？才上午十点，有什么好慌张的？他想。

他当然想不出来。

作家的助手是如何成为作家的

与此同时，书店附近的镶框店里，埃迪·奥哈尔找到了他内心的声音。起初，他并不知道自己发生了巨大的变化，他以为自己只是生气，他的愤怒不是没有原因的：女店员对他态度很差，年纪却比他大不了多少。她显然认为，要求给8×10英寸的单张照片贴亚光膜和镶框的十六岁小男孩和四岁小女孩，重要性无法与本店的目标客户——南汉普顿地区那些有钱的艺术爱好者同日而语。

埃迪要求见经理，但女店员不同意，她重申，照片还没有修理好。“下次再说吧，”她告诉埃迪，“我建议你来之前先打电话。”

“你想看我的缝线吗？”露丝问她，“还结痂了呢。”

女店员——毋宁说看店的女孩——显然没有小孩，对露丝视若无睹，埃迪的怒火又蹿高了一丈。

“给她看你的疤，露丝。”埃迪对四岁的小姑娘说。

“听着……”看店女孩又开口了。

“不，你给我听着。”埃迪说，仍然没意识到自己的口才变好了。他以前从未这样对别人说话，现在，他突然张开嘴就停不下来。他内心的声音继续说：“对我粗鲁的人，我或许能忍，对孩子粗鲁的人，我忍不了。就算经理不在，一定还有其他管事的——我是说真正干活的，后面肯定有贴膜和镶框的工作间，所以，除了你，这儿一定还有别的人，拿不到照片，我就不走，我不会再和你废话了。”

露丝看着埃迪。“你生气了？”她问他。

“是的，我生气了。”埃迪说，他甚至连自己是谁都不清楚了，但看店的女孩永远猜不到埃迪·奥哈尔曾经是个犹疑畏缩的少年。在她眼里，他非常自信——自信到可怕。

她一言不发地退到埃迪提到的“后面”的房间，实际上，这家镶框店后面有两个房间，一间是经理办公室，另一间是跟特德的“作坊”类似的工作间。经理是南汉普顿地区的交际花，离异，名叫佩妮·皮尔斯，还有一个负责贴膜镶框的男孩，两个人现在都在店里。

粗鲁的看店女孩报告说，埃迪的脾气与他温文尔雅的外表完全相反，非常凶，佩妮·皮尔斯知道特德·科尔是谁——她还清楚地记得玛丽恩，因为玛丽恩长得很美——但不知道埃迪·奥哈尔何许人也。至于那个小女孩，她推测，可能就是特德和玛丽恩生出来弥补儿子空缺的那个女儿。

皮尔斯女士也清楚地记得科尔夫妇的两个儿子——他们的死曾给镶框店带来一笔大生意。玛丽恩一下子送来几百张照片，请他们贴膜镶框，而且选的尽是昂贵的材料。佩妮想起，那单生意给店里带来数千美元进账，所以，他们必须马上修好现在这张染血的照片，说不定还应该免去修理费，皮尔斯女士想。

不过，那个小毛孩是谁？他怎么有胆子说“拿不到照片就不走”？

“他很凶。”愚蠢的看店女孩重复道。

佩妮·皮尔斯从离婚律师那里学了一招：跟生气的人多说无益——让他们把气话写下来才有用处。她把这条策略运用到了镶框行业，这家店就是前夫按照写在离婚协议里的某些条款为她买下的。

出去见埃迪之前，皮尔斯女士指示工作间的男孩立即放下手头的事，先给玛丽恩在伏尔泰堤道酒店的照片重新贴膜镶框。佩妮·皮尔斯有五年没见过这张照片了，她记得那一年玛丽恩把儿子们的生活照全拿来了，有些底片都刮花了。佩妮·皮尔斯揣测，男孩们活着的时候，科尔一家大概没怎么留意保存老照片，结果兄弟俩死去之后，他们的几乎每一张生活照都被玛丽恩视为值得放大和镶框的财富——无论有没有刮花。

因为熟知科尔兄弟的故事，皮尔斯女士忍不住把每张照片都审视过一遍。“噢，是这张啊。”看到照片上的玛丽恩和男孩们的脚，她了然地说。无论何时看到它，玛丽恩在照片中明显表现出来的快乐——外加她无与伦比的美丽——都会让佩妮·皮尔斯感慨万千。现在，玛丽恩美貌依旧，快乐不再，世间的任何女性都会对如此变迁心生触动。虽然美貌和快乐并没有完全抛弃佩妮·皮尔斯，但她觉得自己永远都不会如玛丽恩过去那般，体验到这两样事物的极致。

皮尔斯女士从办公桌抽屉里拿出十多张信纸，带着去见埃迪。“我知道您很生气，非常抱歉。”她客气地对十六岁的小埃迪说，暗忖他的长相跟“凶狠”丝毫不沾边。（我该雇个更有眼力的店员，佩妮·皮尔斯边说边想，她显然小看了埃迪。她越是细看，越觉得他太漂亮了，不能算英俊。）“顾客生气时，我会请他们把投诉的内容写下来——如果您不介意的话。”皮尔斯女士客气地补充道。十六岁的小埃迪看到镶框店经理把纸笔递过来。

“我为科尔先生工作。我是作家助理。”埃迪说。

“那您一定更不介意写出来啰，对吧？”皮尔斯女士说。

埃迪拿起笔。皮尔斯女士微笑着鼓励他——她并非十分美丽，也不特别快乐，但她不缺乏魅力，脾气也挺好。不，我不介意写出来，埃迪想。这正是他需要的，长久以来困在他内心深处的那个声音需要。他想写。毕竟，这正是他寻找这样一份工作的原因。可他一直没怎么得到写字的机会，他得到的反而是玛丽恩。现在，反正他都要失去她了，何不拾回这个夏天开始前自己来长岛的初衷呢？

特德并没有亲自教过他什么，埃迪·奥哈尔只是从他的书里面学到一些东西，如同一个作家从任何其他作家的作品里面学几个句子那样简单。《老鼠爬墙缝》里，埃迪只从两句话中提炼出一点心得。第一句是书的开头："汤姆醒了，可蒂姆没醒。"第二句是："就是那种声音，衣柜里的声音，好像妈妈的衣服活了，想从衣架上爬下来。"

如果说，因为第二句话，露丝·科尔毕生都对衣柜和衣服产生了异样的感觉，那么，埃迪·奥哈尔能听到衣服活了的声音、从衣架上爬下来的声音，就像他听过的任何声音一样清楚，睡梦中，他甚至能看到滑溜溜的衣服在半明半暗的衣柜里移动。

他觉得《地板上的门》开头同样写得不坏："有一个小男孩，他不知道自己愿不愿意出生。"1958年夏天过去之后，埃迪·奥哈尔才真正体会到这个小男孩的感受。还有一句："他的妈妈也不清楚该不该把他生下来。"遇到玛丽恩，他才明白书中这位母亲的心情。

那个星期五下午，在南汉普顿的镶框店，埃迪·奥哈尔突然产生了一个改变他一生的领悟：如果说他这个作家助理成了作家，那么，一定是玛丽恩让他发现了自己的声音。正是在她的怀中——在她床上、在她体内——他第一次感觉自己像个男人，而正是失去她，让他有话要说。想到自己的未来不会再有玛丽恩，埃迪·奥哈尔就获得了写作的力量。

"你记得玛丽恩·科尔长什么样吗？"埃迪写道，"我是说，你能不能在脑海中描绘出玛丽恩的模样？"他把开头两句给佩妮·皮尔斯看。

"是的，当然——她很漂亮。"经理女士说。

他点点头，然后不停地写，内容如下："好吧。我虽然只是科尔先生的助手，但我今年夏天一直和科尔夫人睡觉。我估计，玛丽恩和我大约做过六十次爱。"

“六十次？”皮尔斯女士惊叫，她从柜台后面绕出来，站在埃迪身后仔细观瞧。

埃迪写道：“我们连做了六七个星期，通常一天两次，往往超过两次。但有一次她得了感染，我们不能做。如果再加上例假……”

“我知道了——大约六十次，然后呢，”佩妮·皮尔斯说，“继续写呀。”

“好吧，”埃迪写道，“玛丽恩和我做情人的时候，科尔先生——他名叫特德——他有个情妇，其实是他的模特。你知道沃恩夫人吗？”

“琴酒路的沃恩家？他们家有很多……收藏品。”镶框店经理说。（要是能给他们家收藏的画镶框就好了！）

“没错——就是那个沃恩夫人。”埃迪写道，“她有个儿子，一个小男孩。”

“是的，是的，我知道！”皮尔斯女士说，“请继续。”

“好的，”埃迪写道，“今天早晨，特德——科尔先生——和沃恩夫人分手了。我也觉得他们的婚外恋不会有好结果。沃恩夫人似乎很不高兴。这时候，玛丽恩正在收拾东西——她要走了。特德不知道她要走，但她就是要。还有露丝——就是这个露丝，她只有四岁。”

“我知道，我知道！”皮尔斯女士插话道。

“露丝也不知道他母亲要离开。”埃迪写道，“等露丝和她父亲回到他们在萨加波纳克的家，才会发现玛丽恩已经走了，还带走了所有的照片，你们镶过框的那些照片——除了放在你们店里这张。”

“是的，是的——我的天，你说什么？”佩妮·皮尔斯说。露丝怒视着她，皮尔斯女士竭力朝她挤出一个微笑。

埃迪写道：“玛丽恩带走了所有照片。露丝回家时，会发现她母亲和照片都不见了，她死去的哥哥们和她母亲都会消失。每一张照片背后都有个故事——总共有几百个故事，露丝知道每一个故事，她都能背出来。”

“那你想从我这儿得到什么？”皮尔斯女士叫道。

“就是有露丝的母亲的那张照片，”埃迪大声说，“她在旅馆客房的床上，在巴黎……”

“是的，我知道那张照片——你当然可以拿走！”佩妮·皮尔斯说。

“那就好。”埃迪说。他接着写：“我只是觉得，这孩子今天晚上很可能需要把什么东西放在她的床头，而其他照片都没有了——她曾经习惯去看的那些照片。我想，如果能有她母亲的照片，特别是……”

“可对那两个男孩来说，这不是什么好照片，只有他们的脚在上面。”皮尔斯女士打断他。

“没错，我知道，”埃迪说，“但露丝特别喜欢那两只脚。”

“脚好了吗？”四岁的孩子问。

“是的，好了，亲爱的。”佩妮·皮尔斯关切地对露丝说。

“你想看我的缝线吗？”露丝问经理，“还有……我的痂？”

“信封在车上，露丝——放在储物柜里。”埃迪说。

“哦，”露丝说，“什么是储物柜？”

“我去看看照片好了没有。”佩妮·皮尔斯宣布，“应该快好了。”她焦躁地抄起柜台上的信纸，但埃迪还拿着笔，她还没来得及走掉就被埃迪抓住了胳膊。

“对不起，”他把钢笔给她，“笔是你的，但我能拿回我写的东西吗？”

“是的，当然！”经理回答。她把手中的纸一股脑儿塞给埃迪，连空白的也一起给了他。

“你刚才干吗了？”露丝问埃迪。

“我给这位女士讲了个故事。”十六岁的小埃迪说。

“给我也讲讲吧。”小姑娘说。

“我会在车上给你讲另一个故事，”埃迪向她保证，“等我们拿到你妈妈的照片以后。”

“还有脚！”四岁的小姑娘坚决地说。

“还有脚。”埃迪保证。

“你要给我讲什么故事呀？”露丝问他。

“我不知道。”小埃迪承认，他必须再想一个，可奇怪的是，他根本不怕编故事，觉得自己一定想得出来，他也不再担心该对特德说些什么。他会告诉特德玛丽恩让他说的一切——再加上他脑子里冒出的每句话。我能做到，他相信。他有这样的力量。

佩妮·皮尔斯也相信他有。当她再次出现在柜台后面的时候，不仅拿来了重新贴膜镶框的照片，给人的感觉也与刚才判若两人，她没有换衣服，却喷了新的香水，态度变得近乎谄媚，埃迪觉得她好像在诱惑他——而此前他甚至没真正意识到她是女人。

她的头发本来是梳上去的，现在放下来了，妆容也有改变。他不难看出皮尔斯女士究竟做过哪些修整。她的眼线描得更深，眼睛的轮廓更突出，唇色更暗。她的脸即使没有变年轻，脸色也明显红扑扑的。她敞开了西装外套的纽扣，推高了袖子——衬衫最上面的两颗扣子也解开了。（之前只有最高处的那颗扣子没扣。）

皮尔斯女士弯下腰，向露丝展示修理好的照片，恰好给埃迪看到了她的乳沟——他惊讶地发现她竟然有乳沟。直起身后，她小声对埃迪说：“这张照片不收钱，应该的。”

埃迪点头微笑，可佩妮·皮尔斯不打算就此作罢。她拿出一张信纸给他看，她有问题问他——而且需要写出来，因为皮尔斯女士永远不会当着一个孩子的面大声说出这样的问题。

“玛丽恩·科尔也和你分手了吗？”佩妮·皮尔斯写道。

“是的。”埃迪回答。皮尔斯女士安慰地捏了一下他的手腕。

“很抱歉。”她低声说。埃迪不知道该说什么。

“血都弄掉了吗？”露丝问。修复一新的照片在四岁孩童眼中简直是奇迹，因为这张照片，她手上还留下疤了呢。

“当然，亲爱的——像新的一样！”皮尔斯女士告诉她，“小伙子，”见埃迪拉起露丝的手，经理补充道，“如果你以后想找工作……”埃迪一手拿着照片，另一手牵着露丝，空不出手来接佩妮·皮尔斯给他的名片，她反应敏捷地把名片塞进他牛仔裤的左后口袋，他立刻想起玛丽恩把那张十美元钞票塞进他右后口袋的动作。“也许明年夏天，或者后年夏天——我每年夏天都会请人来店里帮忙。”经理说。

埃迪又不知道该说什么，只好再次点头微笑。这家镶框店是个优雅考究的场所，橱窗布置得品位不俗，摆了许多顾客定制的画框。夏季总是流行招贴画，比如三十年代的电影海报——葛丽泰·嘉宝饰演的安娜·卡列尼娜、玛格丽特·苏利文在《三个战友》里扮演的死后变成鬼魂的女人。烈性酒和葡萄酒的广告也是受欢迎的招贴画题材：面目危险的女人小口品尝金巴利苏打，英俊堪比特德·科尔的男人啜饮品牌合宜、分量适当的苦艾酒调制的马丁尼。

沁扎诺[①]，埃迪差点大声说出来——他差不多用了一年半，才意识到佩妮·皮尔斯不仅想要给他提供一份工作。新发现的“力量”对埃迪·奥哈尔来说尚感陌生，他也不清楚自己的力量究竟有多么强大。

① 意大利知名苦艾酒品牌。

《圣经》故事

书店里，特德·科尔笔走龙蛇，书法水平不知不觉间升华到又一重境界。他的笔体堪称完美，运笔缓慢、精雕细琢般刻写而出的签名本身即是艺术品。特德的作品大都很短——因为他很少写作——所以，他有很多时间研究如何签名，视其为不求酬劳的乐事。（“满足自恋的乐事。”玛丽恩曾对埃迪这样形容特德苦练签名的行为。）在那些经常抱怨作者的签名凌乱潦草、如同难以辨认的医生处方的书商心目中，特德·科尔就是签名界的王者。他连签支票都舒缓从容，一丝不苟，字体工整漂亮，如同书上印刷的斜体字，不像手写的。

特德很挑剔笔，门德尔松无奈，在店里上蹿下跳，搜寻完美的签字笔——必须是钢笔，笔尖软硬适中，墨水要么纯黑，要么红色——但要红得恰如其分。（“比消防车的红更接近血红。”特德告诉店老板。）至于蓝色，无论深浅，特德一概深恶痛绝。

埃迪·奥哈尔走运了：他领着露丝钻进雪佛兰的时候，特德还在不紧不慢地签名——而且他明白，每一位跑来要签名的读者，都是潜在的司机人选，可以送他回家，但他也挑剔司机，并不想随便选个什么人载他回家。

例如，门德尔松介绍了一个住在温斯科特的女人——希肯卢珀太太，她表示愿意把特德送到萨加波纳克的家门口，不怎么需要绕路。但她还得到南汉普顿买点东西，一个多小时后回来。特德告诉她不必麻烦了，他觉得不用一个小时就能找到更合适的司机。

“但我真的不介意。”希肯卢珀太太说。

我介意！特德心想。他和蔼可亲地朝女人挥挥手。她拿着一本签过名的《老鼠爬墙缝》离开了——他煞费苦心地在这本书上依次写了希肯卢珀太太的五个小孩的名字。她应该买五本的，特德想，但他还是尽职尽责地在同一本书的同一页上写下五个名字，而且那一页的空白本来就不多，需要发挥因地制宜的功夫。

“我的孩子们现在都长大了，”希肯卢珀太太告诉他，“但他们小的时候肯定喜欢过你。”

特德只是笑笑。希肯卢珀太太快五十了，大屁股像骡子一样，体格农妇般壮硕，至少从外表判断，她喜欢侍弄花园——穿一条肥大的牛仔裙，膝盖磨得红红的，还沾着泥土。“不跪下就除不干净草！”特德听到她告诉书店里的另一个人，那家伙显然也是园艺爱好者——他们在比较各种园艺书。

特德看不起园艺工作，这显然失之狭隘，毕竟他还欠着沃恩夫人家的园丁一条命——如果不是勇敢的园丁警告他快跑，他或许早就成了黑色林肯的轮下冤魂。无论如何，希肯卢珀太太并非特德·科尔中意的司机。

然后，他盯上了更有希望的候选人：一位神情淡漠的年轻女子——虽然年轻，但达到了获取驾照的年龄。她刚才曾经犹豫要不要过来请他签名，又用羞涩与好奇交织的目光打量这位著名作家暨插画家，特德判断，露出这种表情的女孩往往处在通向成熟的阶段，再过几年，她的迟疑会演变成算计，甚至虚张声势。她起码有十七岁，但肯定不到二十；性格活泼，但有点笨手笨脚，不太自信，却渴望自我证明，举止轻佻，然而胆大无畏。大概是处女，特德想，或者至少显得毫无经验——这一点他很肯定。

“你好。”他说。

冷不防得到他的关注，漂亮女孩——几乎可说是女人——吓了一跳，一时无言以对，脸也明显红起来，浓淡程度恰好处于血红和消防车红之间。她的朋友——一个貌似愚拙的大众脸女孩——立刻爆发出爽朗的笑声。特德这才发现，他刚才并未发现漂亮女孩还带着一位丑陋朋友，不禁困惑地想，为什么每个比较容易得手的美女身边，总少不了一个先需要他取悦的平庸同伴呢？

然而他并不惧怕美女的同伙碍手碍脚，顶多视其为有趣的挑战，即使她的存在意味着今天暂时泡不到美女，他也会研究从长计议的可能性。玛丽恩就曾告诉埃迪，比起俘获目标，特德更喜欢等待目标上钩的过程，勾到之后反而不如勾到之前兴致勃勃。

“你好。”漂亮女孩终于开口了。

她那位体形像梨的朋友却克制不住自己，说了句让美女尴尬的话：“她大一期末的英语论文写的就是你！”

“闭嘴，艾菲！”漂亮女孩说。

原来她是大学生，特德想，猜测她会喜欢《地板上的门》。

“你的论文题目是……”他问。

“《论〈地板上的门〉中的恐惧遗传原型》，”漂亮女孩明显有些不好意思地回答，“你知道的，小男孩不确定自己愿不愿意出生——母亲不确定想不想生下他，这很像原始部落，原始部落的恐惧就代代相传，它们的神话传说里也到处是魔法门、孩子消失、因为恐惧而一夜白头之类的意象。还有很多动物能随意变化大小的神话传说——比如蛇——蛇也跟部落有关，当然……”

“当然，”特德表示赞同，“这篇论文有多长？”

“十二页，”漂亮女孩说，“不包括脚注和参考书目。”

不包括插画——只算正文，双倍行距——的话，《地板上的门》

篇幅只有一页半，却能作为一整本书出版，大学生竟然还可以根据它写期末论文。真可笑！他想。

他喜欢这个女孩的嘴唇，她的嘴又圆又小，乳房也很饱满——几乎可称为肥硕。过不了几年，她就得和超重搏斗，但现在她丰满得恰到好处，而且仍有腰身。特德喜欢按体形评价女人，相信自己猜得出大部分女人未来的体形走向。他预测，眼前这位生过孩子后就会变水桶腰，而且屁股有越来越大的危险，可现在她的性感全在屁股上。三十岁之后，她也会追随那位朋友，获得梨形身材。他心里这样想着，嘴上却问："你叫什么名字？"

"葛洛莉——结尾不是y，是i-e，"漂亮女孩回答，"这是艾菲。"

我来让你见识见识真正的原始，葛洛莉，他在心里说。原始部落里不是经常有四十五岁的男人和十八岁的女孩配对的情况吗？我让你瞧瞧什么是部落，特德·科尔心想，但他说的是："我觉得你们应该不是开车来的，说出来你们可能不信，我需要搭个便车。"

说出来你们可能不信，沃恩夫人明明自己把特德跟丢了，竟然无理取闹，把气撒在勇敢却手无寸铁的园丁身上。她把林肯车——车头向外，引擎没关——停在自家车道入口处，发动机罩黑色的鼻子和银光闪烁的格栅伸出车道，直戳进琴酒路。沃恩夫人握紧方向盘，坐了近半个小时（直到林肯车的汽油烧完为止），等待1957款黑白相间的雪佛兰从韦恩丹奇路或是南大街拐上琴酒路。她估计特德不会走太远，应该还在附近，因为她和特德都不明就里，以为玛丽恩的小情人——"漂亮男孩"（沃恩夫人心里这样称呼埃迪）——仍然是科尔家的司机。所以，她调大收音机的音量，准备守株待兔。

音乐在车厢内部轰然响起，低音部分尤其震撼，结果就是沃恩夫人察觉不到林肯车烧光了油。要不是车身猛地抖了一下，她说不定会一直等到她儿子上完网球课回家为止。

更重要的是，多亏林肯车没了油，她的园丁才免于惨死。这个可怜人脚下的梯子早就被汽车碰倒了，他一直困在冷酷无情的树篱中，林肯车排出的一氧化碳尾气先是让他觉得头晕恶心，然后差点闷死他。就在园丁头昏脑涨，半睡半醒，只知道自己快要完蛋的时候，汽车引擎突然停止了运转，一阵清新的海风吹来，挽回了他的性命。

刚才，园丁想从树篱顶上爬下来，右脚后跟却卡进了水蜡树扭曲的树杈，试着拔脚的过程中，身体失去平衡，仰面朝天跌进浓密的树篱——靴子后跟与树杈契合得更加紧密。跌倒的时候，他的脚踝狠狠地扭了一下，脚后跟插在树篱中，身体倒挂，他想收腹抬起上身去够靴子，好把它脱掉，却拉伤了腹肌。

作为拉美血统的小个子，园丁爱德华多·戈麦斯并不熟悉倒挂在树篱上仰卧起坐这种奇特的运动形式。他的靴子是高帮的，盖住了脚踝，虽然他不停挣扎着弓起上身，想解开鞋带，但肌肉实在疼痛难忍，而脚也没有主动从靴子里滑出来的迹象。

这时的沃恩夫人不可能听到爱德华多的呼救，车载收音机的音量实在太大。悲惨的园丁脑袋冲下，清醒地意识到林肯车排出的尾气聚集在密不透风的树篱中，很可能把这片水蜡树篱变作他的安息之地。爱德华多·戈麦斯即将成为另一个人欲望的牺牲品，死在被这家伙抛弃的怨妇手上。垂死的园丁也没有错过这件事的另一层讽刺意味——雇主的裸体画碎片是这起树篱毒杀案的导火索。如果林肯车没有烧光汽油，他可能已经成为南汉普顿有史以来第一个死于色情作品的受害者——但显然不会是最后一个。在饱含一氧化碳的氤氲烟气中，爱德华多神思逐渐昏沉，中了毒的脑子反复只想到一点：特德·科尔才活该以这种方式死去，怎么也轮不到他这个无辜的园丁。

沃恩夫人可不觉得园丁无辜，她清楚听到了他喊的那声“快跑”。而提醒特德就是对她的背叛！如果那个挂在树上、形容猥琐的爱德华多能管住他的嘴，特德·科尔就不会抓住那几秒钟的宝贵机会，赶在黑色林肯冲上琴酒路之前拔足狂奔，而是乖乖等她像碾平南大街拐角的那个路牌一样把他碾平。是园丁这个叛徒放跑了特德·科尔！

因此，意识到林肯车烧完汽油，沃恩夫人从车上下来（甩上车门又打开，因为她忘记关掉可恨的收音机），一听到爱德华多微弱的呼救，顿时横下心来，踏着院里的碎石循声而去，差点被翻在地上的梯子绊倒。她不仅看到了那个一只脚插在树篱中、身体倒吊的姿态可笑的叛徒，还进一步发现这个叛徒并没有把裸体画的碎片清除干净，接着她又逻辑混乱地想到，园丁一定看到了画上的裸体（他怎么可能看不到？），总之这让她更对爱德华多·戈麦斯恨得牙根发痒——达到了她恨埃迪·奥哈尔的程度，因为他也见过她的……裸体。

“拜托，夫人，”爱德华多恳求她，“如果你能把梯子扶起来，让我抓住它，我也许就能下来。”

“你！”沃恩夫人对他喊道。她抓起一把小石头，丢进树篱，园丁闭上眼睛，但水蜡树篱深邃密实，一块石头都没沾到他。“你提醒他了！你这个卑鄙的小矮人！”沃恩夫人尖声叫嚷，又投出一把石子，石块同样没近他的身。想到自己连一个动弹不得、大头朝下的园丁都收拾不了，她气不打一处来。“你背叛了我！”她号叫道。

“你要是杀了他，就得坐牢。”爱德华多试着和她理论，但她已经趾高气扬地走开了，即使脑袋朝下，他也看得出她打算回屋里去，迈着意志坚定的小碎步……摇晃着紧实的小屁股。她还没跨进门，他就知道她进去后会把门猛然关上。爱德华多早就看透了沃恩夫人：她是个坏脾气女人，最擅长摔门——好像摔出来的那一声巨响能弥补她身材的矮小似的。园丁向来害怕小个子女人，总是觉得她们的脾气与身材不相称。而他自己的大块头老婆就恰好相反，是那么的性情温柔、心地善良、慷慨宽容。

“把那堆破烂收拾了！然后滚蛋！明天不用来了！”沃恩夫人朝

爱德华多吼道，他挂在那里一动不动——似乎因为不敢相信而瘫痪了一样，“你被炒了！”她补充道。

“可我下不去呀！”园丁轻声呼唤她，但他开口之前就料到，大门会在他说话时砰然关闭。

尽管腹肌拉伤了，爱德华多还是找到了战胜痛苦的力量——他要公平。他又试着做了一个倒挂仰卧起坐，这次忍痛的时间足够长，终于解开了鞋带，被卡住的那只脚滑出靴子，但接着他就头朝下，直冲着树篱的中心掉落下去，爱德华多急忙挥舞双臂和双腿，这才得以四肢先着地，他爬进院子，吐出嘴里的树枝和树叶。

因为吸了很多尾气，他仍然恶心、头晕、没精打采，上嘴唇还被树枝割破了。他想站起来走路，结果很快又趴回地上。他以这种野兽的姿态爬到堵塞的喷泉边，忘记了水里的墨鱼汁，把头伸了进去，水里一股臭鱼味，园丁撤回脑袋，拧掉头发上的水，脸和手全部染成了棕褐色。爱德华多爬上梯子，拿回靴子，这么一折腾，他差点没吐出来。

然后，头昏脑涨的园丁一瘸一拐，漫无目的地在院子里溜达——他已经被炒了，（按照沃恩夫人的要求）完成收拾色情画碎片的任务又有什么用呢？而且，这个女人不仅解雇了他，还把他丢在树篱中等死，为她做事可不怎么明智，园丁决定还是一走了之，他这才意识到没油的林肯车堵住了车道。爱德华多总把他的卡车停在不碍眼的地方（工具室、车库和盆栽棚后面），有林肯车挡路，他没法把卡车开出院子。园丁必须从除草机的油箱里抽点汽油出来，加给林肯车，将它开回车库。可惜，这一系列的大动作没有逃过沃恩夫人的注意。

她来到院子里，与爱德华多四目相对，两人中间只隔一个喷泉，喷泉里的水如同淹死了一百只蝙蝠的鸟浴盆那样肮脏。沃恩夫人举起手中的一样东西——那是一张支票——失魂落魄的园丁谨慎地盯着她，同时跛着脚向侧面滑动，让喷泉尽量留在两人中间，因为沃恩夫人已经开始沿着黑黢黢的泉池朝他这边绕了过来。

“你不要这个了？你的最后一笔工资！”邪恶的女矮子问。

爱德华多犹豫了。如果她愿意付钱，也许他就该留下，把扯碎的裸体画清理干净。毕竟，多年来他的主要收入来源就是维护沃恩家的产业。园丁虽说是有自尊的人，不甘受这瘦小婊子的羞辱，但他觉得，既然这是她给他的最后一笔工资，或许数目尚可一观。

想到这里，他伸出手来，小心翼翼地绕过黑水喷泉，慢慢挪向沃恩夫人。她站在那里没动，待他挪到快要够到她的距离，她迅速把支票折了几下——大致弄成一艘小船的形状——放在黑暗的水面上，往前一推。支票驶向水池的中心，爱德华多必须蹚进去才能够到它，他颤抖着迈出了腿。

“捞鱼去吧！”沃恩夫人尖起嗓子喊道。

爱德华多把支票从水里拨弄上来，纸上的字迹已经被水泡花，看不出金额，沃恩夫人的签名更是写得古怪难懂。跨出腥臭的水池之前，他也料到（根本不用看到她远去的傲慢身影）沃恩家的大门势必发出第二声巨响。被炒的园丁把毫无价值的支票贴在裤子上吸干水分，塞进钱包收好，但他也不明白自己何苦要费这个事。

尽职尽责的爱德华多把梯子搬回原处——盆栽棚旁边，看到了自己本来打算修理的耙子，他想了想，把耙子放到工具室的工作台上。接下来就该回家了——他已经开始一瘸一拐地朝卡车走去，却突然瞥到那三只本该盛落叶的大垃圾袋，袋子里装满了他先前捡回来的裸体画碎片。他曾经估计过，还没捡的碎片会装满另外两只垃圾袋。

爱德华多·戈麦斯提起三只垃圾袋中的第一只，把里面的东西一股脑儿倒在草坪上。风马上把其中一部分纸片吹得到处都是，但园丁还不满意，他蹒跚着蹚进地面上的纸堆，抬脚向它踢去，像个狂踢树叶堆的顽皮小孩。细长的纸条飘散在庭院中，有的耷拉在鸟浴盆上。院子后面的玫瑰篱笆和蜿蜒其间的通向海滩的小路就像磁铁一样，吸走了大部分的纸片纸条，它们缠绕贴附着沿途经过的每一个地方，仿佛圣诞树上的彩带。

园丁拖着剩下的两大袋东西，瘸着腿走进庭院，第一袋倒进喷泉，庞大的纸堆吸饱了黑水，好似一坨不可动摇的巨型海绵。第二袋里恰好有沃恩夫人胯下部位的最精彩特写（虽然大部分都已损毁），爱德华多的想象力如虎添翼，他举起敞着口的袋子放在头顶，踉跄地在院子里转起圈来。

袋子就像一只不肯高飞的风筝，但里面无数的色情画碎片却纷纷升空，飘向树篱——英勇的园丁先前刚把它们从那里摘下来——接着又越过了树篱。仿佛是为了奖赏爱德华多·戈麦斯的勇气，一阵强大的海风把沃恩夫人乳房和阴部的特写播撒到了琴酒路的两端。

南汉普顿警方后来接到报告，两个男孩骑车时瞥见了疑似沃恩夫人生理构造解剖图的残片，发现的位置远在福斯特耐克路——这侧面证明了风的强度，竟把绘有沃恩夫人的乳头、漫无边际的乳晕的画片吹过了阿格瓦姆湖。（这两个孩子是兄弟，他们把色情画的碎片带回了家，父母发现后报警。）

阿格瓦姆湖比池塘大不了多少，将琴酒路和福斯特耐克路隔开。爱德华多在琴酒路放飞特德·科尔的画作时，画家本人正在湖对面勾引一名轻微超重的十八岁女孩。葛洛莉带特德回家见她妈妈——主要因为她自己没车，需要征求母亲同意，借用家里的车。

从书店走到福斯特耐克路的葛洛莉家并不需要多久，可特德对女大学生的含蓄求爱却多次被她梨形身材的朋友打断。艾菲远不如葛洛莉那样喜欢《地板上的门》，更没有以特德·科尔书中的什么恐惧原型为题写期末论文，尽管人长得不经看，艾菲可不像葛洛莉那样败絮其中。

艾菲也不像特德那样满腹狗屎，这个胖妞其实很有见地：步行到葛洛莉家这段短短的时间里，她已经敏锐地对这位著名作家产生了反感，还识破了特德勾引葛洛莉的居心。葛洛莉——如果她意识到特德在干什么的话——却没怎么抗拒。

特德竟然也对葛洛莉的母亲产生了兴趣（性欲方面的），连他自己都吃惊。据他以往的口味，葛洛莉年纪有点小，缺少经验——而且体重险些超标，她母亲则年纪过大，超过了玛丽恩，这种类型的女人通常会被他忽略。

蒙齐耶夫人身形奇瘦，丈夫最近突然去世，她茶饭不思。她显然深爱丈夫，并且仍旧处于哀恸阶段——这一点明显得连特德都看得出。总之，她是那种不会被任何人诱惑的女人，但特德·科尔可不是随便什么人，而且他也忍不住被她吸引。

葛洛莉的丰腴或许遗传自祖母或更远的亲戚，蒙齐耶夫人则属于弱不禁风的古典美女，玛丽恩虽说美得独一无二，但蒙齐耶夫人或许可以暂时充当她的仿冒品。玛丽恩没完没了的忧伤让特德倒尽胃口，而蒙齐耶夫人货真价实的悲哀点燃了他的欲火，可他对她女儿的兴趣也丝毫未减——他一下子同时想要她们两个人！遇到类似的情况，大多数男人可能认为“鱼与熊掌无法兼得”，但特德·科尔信奉的是“一切皆有可能”。一石二鸟的机会实在难得！他想。蒙齐耶夫人说要给他做三明治，特德接受了，毕竟已经到了中午；葛洛莉坚持要帮他把湿透的蓝牛仔裤和鞋放到烘干机上，他也同意了。

“过十五到二十分钟就干了。”十八岁的姑娘向他保证。（其实鞋子至少需要半小时才会干，可他着什么急呀？）

特德穿着蒙齐耶先生的浴袍吃了午餐，刚才蒙齐耶夫人指给他看浴室在哪儿，他就进去换上了。把亡夫的浴袍递给特德时，她的脸上充满了特别吸引人的那种忧伤。

特德从来没有试过勾引寡妇——更不用说还是同时勾引寡妇和她的女儿。这个夏天，他只顾着给沃恩夫人画肖像画，尚未完成的《不想发出声音时发出的声音》的插图已经搁置很久，他还没开始构思底稿。然而现在，在福斯特耐克路这座舒适的房子里，给一对母女画肖像的宝贵机会从天而降——他知道必须尝试一下。

蒙齐耶夫人午饭都没吃，正午的光线打在她消瘦的脸庞上，愈显脆弱暗淡，她可能偶尔才会吃点东西，或者无论吃什么都咽不下去。她特意在黑眼眶上涂了粉——和玛丽恩一样，蒙齐耶夫人每次睡眠时间很短，只在疲劳不堪时休息片刻。特德注意到蒙齐耶夫人的左手大拇指不停触摸无名指上的婚戒，但她根本觉察不到自己的动作。

看到母亲摸结婚戒指，葛洛莉捏了捏她的手，蒙齐耶夫人既感激又歉疚地看着女儿，同情与安慰如同门缝间塞进塞出的信，在两人中间传递。（第一幅画里，特德会让女儿握着母亲的手。）

“说起来真是巧，”他开口道，“我一直在找母女肖像画的模特——下一本书要用。”

“还是童书吗？”蒙齐耶夫人问。

“按分类讲是童书，”特德回答，“但我不认为我的书是真正给孩子看的。首先，需要母亲把书买给孩子，而且，一般来说，母亲是第一个把书大声读出来的人，识字之前，孩子得先听别人读。他们长大了，还会经常重读我的书。”

“我就是这样的呀！”葛洛莉叫道。闷闷不乐的艾菲翻了个白眼。

除了艾菲，每个人都被取悦了。作为母亲，蒙齐耶夫人的首要作用得到了肯定。葛洛莉也知道自己不再是个小孩，连著名作家都承认她长大了呢。

“你想画什么样的画？”蒙齐耶夫人问。

“嗯，首先，我希望把你和你的女儿在一起的样子画下来，”特德回答，“这样的话，等我给你们分别画像的时候，不在画上的另外那个……也好像在上面一样。”

“哇哦！你愿意吗，妈妈？”葛洛莉问。（艾菲又翻了个白眼，但特德不会特别注意没有吸引力的人的。）

“我不知道。需要多长时间？”蒙齐耶夫人问，“或者我们两个你想先画谁？我是说分开画，等你画完我们两个在一块之后。”（连欲火正盛的特德都感慨，这寡妇真是受了不小的刺激，都有点语无伦次了。）

“你什么时候回学校？”特德问葛洛莉。

“九月五号吧。”葛洛莉说。

“是九月三号。”艾菲纠正她，“而且劳工节长周末你要在缅因过，和我一起。”她补充道。

“那我先画葛洛莉好了，”特德告诉蒙齐耶夫人，“首先画你们两个人在一块，然后单独画葛洛莉。等她返校了，再单独画你。”

“噢，我不知道。”蒙齐耶夫人说。

“求你啦，妈妈！一定很好玩！”葛洛莉说。

“嗯。”特德又“嗯”了一句，这是他的口头禅。

“你嗯什么？”艾菲毫不客气地问他。

“我的意思是，你们不必今天就决定，”特德告诉蒙齐耶夫人，“可以先想想。”他又对葛洛莉说。他看得出葛洛莉已经在想了，她比较好对付。然后……今年的秋冬两季是多么的令人期待呀！（特德想象着他以缓慢得多但乐在其中的节奏诱惑悲伤的蒙齐耶夫人——说不定需要好几个月，甚至一年呢。）

说服母女两个一起送他回萨加波纳克是个技术活。蒙齐耶夫人主动提出送他，但她随即意识到这样伤了女儿的感情，因为葛洛莉一心想开车送著名作家暨插画家回家去。

“噢，好了——那么你去送吧，葛洛莉。”蒙齐耶夫人说，“我不知道你这么想去。”

如果她们吵起来，就更难办了，特德想。“请原谅我的自私，”他说，同时朝艾菲露出迷人的微笑，“如果你们两个一起来，我会感到万分荣幸。”虽然他的魅力对艾菲不起作用，但母女两个立刻和好了——至少暂时如此。

在决定母女俩谁来开车的过程中，特德又扮起和事佬。“我个人认为，”他笑着对葛洛莉说，“你这个年龄的人开车技术应该比父母好。但话又说回来，”他又对蒙齐耶夫人笑着说，“我们这个年纪的人也不甘心坐在后排，忍不住想要指挥一下司机。”特德看着葛洛莉：“让你妈妈开车吧，这是避免她当后排指挥的唯一办法。”

虽然特德看似对艾菲频频翻动的白眼无动于衷，这次他却没忘记她，他转过身去，也朝她翻了个白眼，只是为了让她知道他可不是没看见她。

无论谁看到他们，都会以为这是再普通不过的一家四口。蒙齐耶夫人开车，旁边坐着因醉驾被吊销执照的知名作家，后排是两个孩子。不幸生得丑的那个难怪面有愠色——因为她的“姐妹”比她漂亮。艾菲坐在特德身后，愤怒地盯着他的后脑勺。葛洛莉俯身向前，恰好填满蒙齐耶夫人墨绿色萨博车前排靠背的空隙。特德一转头就能欣赏到蒙齐耶夫人迷人的侧脸，还能顺便瞥见她虽算不得美丽但年轻活泼的女儿。

蒙齐耶夫人是个好司机，一直都专心看路。她女儿则一直专心看特德。今天的起头虽然非常糟糕，可“塞翁失马，焉知非福”！特德看了看手表，惊讶地发现已经到了下午，两点前他就能到家——有足够的时间趁着光线好领母女俩参观他的作坊。真是没法根据开始时的情况判断一天的运气，蒙齐耶夫人载着他们绕过阿格瓦姆湖，从邓恩路拐上琴酒路的前一秒，特德想。

“哦，走这条路……”他低声说。

“说话那么小声干吗？”艾菲问他。

在琴酒路上，蒙齐耶夫人不得不减速慢行，像蜗牛一样。街上到处是碎纸，很多挂在树篱上，车子经过时，纸条跟着打旋。有一条直接粘到了挡风玻璃上。蒙齐耶夫人打算停车。

“别停！”特德告诉她，“用雨刷刷掉吧！”

“还说别人喜欢指挥司机……”艾菲评论道。

特德宽慰地看到，雨刷很管用，鲁莽的纸条飞走了。（他匆匆瞥了一眼就看出上面画的是沃恩夫人的腋窝，画风还算保守，沃恩夫人只是躺在那里，双手交叉在脑后。）

“这都是些什么啊？”葛洛莉问。

“不知是谁家的垃圾，我猜。”她母亲回答。

“是啊，”特德说，“可能是谁家的狗把垃圾翻出来了。”

“真乱。”艾菲说。

“不管是谁，都应该罚款。”蒙齐耶夫人说。

“是啊，”特德附和道，“就算罪魁祸首是一条狗——也要罚狗的款！”每个人都笑了，只有艾菲没笑。

快要开出琴酒路的时候，许多幽灵般的碎纸片聚集起来，围绕移动的汽车转圈，仿佛沃恩夫人凝结在画中的屈辱不让特德离开似的。但车子终究还是转了弯，前方的路一片清净。特德心头涌上一阵狂喜，但他不想表现出来，反而破天荒地开始反省：今天的遭遇简直像《圣经》里的故事一样，他这个该遭报应的人竟然奇迹般逃脱了沃恩夫人的追杀，又梦幻般地遇到了蒙齐耶夫人和她的女儿。特德·科尔思维过载的大脑不停地重复着一句话，像在念诵一篇连祷文：色生欲，欲生色，色欲生色欲，欲生——周而复始，不断循环，皆因如此，他才难以自拔。

文字的力量

露丝会永远记得埃迪在车上给她讲的故事，即使暂时遗忘，只要看到右手食指上那条细小的疤痕，就能想起来。（她四十岁的时候，疤痕变得非常小，只有她自己或其他知情者刻意去找才看得见。）“从前有一个小女孩。”埃迪开始讲故事。“她叫什么名字？”露丝问。“露丝。”埃迪回答。“好，”她表示同意，“接着讲。”“她的手指头让碎玻璃划破了，”埃迪继续讲，“手指上的血流啊流啊流啊不停地流，她怎么也想不通，为什么一根手指头里面会有这么多血，所以，这些血一定是从全身各个地方流过来的。”

“没错。”露丝说。

“可她去了医院，只需要打两针，再缝两针。”

“三针。”露丝数了数缝线，提醒他。

“噢，是的，”埃迪说，“露丝非常勇敢，根本不在乎缝完针后将近一个星期不能游泳，洗澡时也不能把手弄湿。”

“我为什么不在乎？”露丝问他。

“好吧，说不定你还是有点在乎的，”埃迪说，“可你没抱怨。”

“我勇敢吗？”四岁小孩问。

“你那时——你一直很勇敢。”埃迪告诉她。

“勇敢是什么意思？”露丝问他。

“勇敢就是不哭。”埃迪说。

“我哭了一小会儿。”露丝指出。

“一小会儿没关系，”埃迪告诉她，“勇敢就是接受发生在你身上的事——把它尽力做到最好。”

“再给我讲点伤口的故事吧。”孩子说。

“拆掉缝线以后的疤痕又细又白，是一条完美的直线。”埃迪说，“以后你如果需要勇敢起来，看看这条伤疤就够了。”

露丝盯着伤疤。“它会永远在这里吗？”她问埃迪。

“永远在，”埃迪回答，“虽然你的手会长大，手指也跟着长大，但疤痕的大小是不变的。等你长成大人，它甚至会显得很小，因为你身体上别的地方都长大了——只有它没长。它也不会那么显眼了，所以就越来越难找，你得把手举到亮的地方，别人才看得到，你还得问他们：‘你能看到我的疤吗？’他们只有靠得很近，才能看出来那里有个疤。而你却总能看到它，因为你知道往哪儿看。当然，按指纹的时候，它也总会显出来。”

“什么是指纹？”露丝问道。

“在车上很难给你解释。”埃迪说。

来到海边，露丝又问他指纹是什么，但即使在潮湿的沙滩上，她的指头肚也太小（抑或是沙粒太粗），无法留下清晰的指纹。露丝在浅水里玩了一阵，海水冲刷干净了她手上黄褐色的药水痕迹，但指头上的疤痕依旧是一道明亮的白线。直到他们去了一家餐馆，她才弄明白什么是指纹。

埃迪往她的烤奶酪三明治和炸薯条盘子里挤了一摊番茄酱，捏起她的右手食指，蘸了点番茄酱，然后在纸巾上轻轻一按，在右手食指的指印旁边，他又让她按了个左手食指的指印，教她透过玻璃杯底观察纸巾，杯子底把指印放大了，露丝看到两个完全不同的旋涡纹路，右手食指的纹路中央是一条笔直的细线，放大后的尺寸是原来的两倍。

“这些都是你的指纹——别人的指纹永远不会和你的一样。”埃迪告诉她。

“我的疤会永远在上面吗？”露丝又问他一遍。

“你的伤疤会永远成为你的一部分。”埃迪向她保证。

在布里奇汉普顿吃过午餐，露丝想带走印着指纹的纸巾，埃迪把纸巾放进装着她的缝线和痂的信封，他看到痂已经皱起来，缩成了瓢虫的四分之一大小，但颜色仍像瓢虫：黄褐色底，缀着黑斑点。

下午两点一刻左右，埃迪·奥哈尔开着车拐上萨加波纳克的帕森尼奇路，离科尔家的大门口还有一段距离，放眼望去，周围并没有搬家卡车和玛丽恩的奔驰车的踪影，他刚刚松了一口气，却看到一辆陌生的车——墨绿色萨博——停在车道上。他放慢车速，驱动雪佛兰如蜗牛般缓缓靠近，发现本性难移的好色之徒特德·科尔正在跟萨博里的三个女人依依惜别。

特德已经带着他未来的两位模特——蒙齐耶夫人和她女儿葛洛莉——参观了他的作坊，艾菲却拒绝离开汽车后座。可怜的艾菲生早了时代：她是一位兼具正直、洞察力和智慧的年轻女性，外貌却为大多数男性忽略甚至嫌弃；在这个星期五下午的这辆墨绿色萨博上，只有她独具慧眼，识破了特德·科尔如同有洞的安全套那样坑蒙拐骗的人渣本质。

埃迪的心脏差点停跳，他起初以为萨博车驾驶座上的人是玛丽恩，但等他拐进车道，才发现蒙齐耶夫人不过是和玛丽恩十分相像而已，其实，在某个瞬间，他的内心深处是希望玛丽恩回心转意的。她不想离开露丝了——或是不想离开我，他想。然而，蒙齐耶夫人并非玛丽恩，她的女儿葛洛莉长得像爱丽丝——露丝的大学生美女保姆，就是埃迪鄙视的那个。（他刚才也错把葛洛莉看成爱丽丝。）现在，他意识到这帮女人不过是送特德回家而已。小埃迪想知道特德这次又对谁动了心——当然不可能是后座上的那位。

墨绿色萨博驶出车道，埃迪立刻根据特德茫然中略带疑惑的表情判断出，他不知道玛丽恩走了。

“爸爸！爸爸！”露丝叫道，“你想看我的缝线吗？有四段呢。而且我还有个痂。给爸爸看痂！”她告诉埃迪，埃迪把信封递给特德。

“这些都是我的指纹。”孩子对父亲解释道。特德盯着餐巾纸上的番茄酱渍。

“小心，别让风把痂吹跑了。”埃迪警告他。这块痂是如此之小，特德凝视着它，没敢把它从信封里抠出来。

“真是太棒了，露西，”露丝的父亲说，“所以说……你们去了医生那里，给她拆了线？”他问埃迪。

“我们去了海滩，我们吃了午饭，”露丝告诉父亲，“我吃了一个烤奶酪三明治，还吃了炸薯条和番茄酱。埃迪给我看了我的指纹。我要永远留着我的伤疤。”

“很好，露丝。”特德看着埃迪从雪佛兰里拿出沙滩包，上面还有一叠南汉普顿镶框店的信纸——埃迪写给佩妮·皮尔斯看的1958年夏季故事。看到信纸，埃迪灵机一动，走到后备厢旁，拿出重新贴膜镶框的玛丽恩在巴黎的照片。特德注视着他的一举一动，愈发不安起来。

“照片可算是修好了。”特德说，

“我们拿回脚啦，爸爸！照片修好啦。”露丝说。

特德抱起女儿，亲亲她的额头。“你头发里有沙子，还有海水，你得洗个澡，露西。”

“我不用洗发精！”露丝叫道。

“嗯，露西——要用洗发精。”

“可我讨厌洗发精——我会流眼泪！”露丝叫道。

“嗯。”特德像往常一样，话说一半就闭上嘴巴。他一直紧盯着埃迪不放，终于忍不住开口问："今天上午我等了你很久，你去哪儿了？"

埃迪把他给佩妮·皮尔斯写的东西递给特德。"镶框店的女士让我写了这个，"他说，"她希望我给她解释解释——要写在纸上——为什么我今天拿不到照片就不离开她的店。"

特德没接那几张纸，而是放下露丝，打量自己的房子。

"爱丽丝呢？"他问埃迪，"爱丽丝不应该下午在这的吗？保姆呢？玛丽恩呢？"

"我来给露丝洗澡。"埃迪说。十六岁的少年再一次把信纸递到特德手中。"最好读一下。"他告诉特德。

"回答我，埃迪。"

"你先读读那个。"埃迪说着抱起露丝，肩上挂着沙滩包，朝房子里面走去。他一手抱着露丝，另一手拿着玛丽恩和两只脚的照片。

"你没给露丝洗过澡，"特德在他身后叫道，"你不知道怎么给她洗澡！"

"我试试看，露丝可以教我，"埃迪叫道，"读读那个。"他又重复了一遍。

"好吧，好吧。"特德说。于是，他大声读了起来："'你记得玛丽恩·科尔长什么样吗？'嘿，这是什么？"

"这是我今年夏天写出来的唯一的好东西。"埃迪回答，说完便抱着露丝走进房子。一进门，他就犯了愁——该把露丝领进哪间浴室洗澡呢？怎么才能不让她发现死去的哥哥的照片都不见了呢？

电话铃在响。埃迪希望这是爱丽丝打的，他没放下露丝就在厨房拾起听筒。厨房里的托马斯和蒂莫西的照片从来没超过三四张，他希望露丝不会注意到这里的照片不见了。而且，由于电话在响，他可以名正言顺地抱着她跑过前厅，她可能来不及发现墙纸上的深色方块，光秃秃的墙上还有玛丽恩没带走的画钩呢。

的确是爱丽丝的电话。埃迪叫她马上过来，然后就把露丝扛到肩上，抓紧她冲上楼梯。“现在我们来个浴缸赛跑！”他说，“你想跑到哪个浴缸？妈妈和爸爸的浴缸，我的浴缸，还是别的……”

“你的浴缸！”露丝尖叫。

埃迪改变方向，转进二楼的长走廊，他惊讶地发现，两面墙上的画钩是那么显眼，有黑色的，金色的，还有银色的，可都莫名其妙地难看，房子里仿佛遭到了一大群金属甲虫的攻击。

“你看见那个了吗？”露丝问。

但埃迪还在跑，一直抱着她冲进走廊尽头的客房——又钻进他的浴室，把玛丽恩在伏尔泰堤道酒店的照片挂在这个夏天开始时它所在的地方。

埃迪拧开水龙头，帮露丝脱掉衣服，脱衣过程比较艰难，因为给她脱T恤的时候，露丝老是想看浴室的墙。除了玛丽恩的巴黎旅游照，墙上什么都没有，别的照片不翼而飞，赤裸的画钩看上去比那些照片的数量还多。埃迪觉得，画钩似乎是在墙壁上爬行的甲虫。

“别的照片呢？”他把露丝抱进放满水的浴缸的时候，小女孩问。

“你妈妈可能把它们挂到别的地方了，”他告诉她，“瞧瞧你——脚指头缝里全是沙子，头发里、耳朵里也有！”

“我的屁股缝里也有——老是这样。”露丝说。

“哦，好吧……”埃迪说，“真该洗澡了，来吧！”

“不要洗发精。”露丝强调。

“可你头发里有沙子。”埃迪告诉她。浴缸有个欧式设计——装着活动花洒，他摘下花洒，往尖叫的小姑娘身上喷水。

“不要洗发精！”

“就用一点点，”埃迪说，“闭上眼就没事。”

“它也会往我耳朵里钻！”小女孩叫道。

“我还以为你是个勇敢的孩子，你怎么不勇敢啦？”他问她。冲掉洗发精之后，露丝不叫了。埃迪把花洒给她玩，结果她朝他喷水，他只好没收花洒。

“妈妈为什么把照片拿走了？”露丝问。

“我不知道。”埃迪承认。（这天晚上，甚至不用等到天黑，他就会把这四个字说上很多遍。）

“妈妈也把走廊里的照片拿走了吗？”孩子问。

“是的，露丝。”

“为什么？”孩子问。

“我不知道。”他重复。

露丝指着浴室的墙壁说：“可是，妈妈没把那些东西拿走，那些东西叫什么？”

“画钩。”埃迪说。

“妈妈为什么不把它们拿走？”露丝问。

“我不知道。”他又重复。孩子站在正在排水的浴缸里，浴缸底部积了很多沙子，埃迪抱起她，放到防滑垫上，露丝马上发起抖来。

给她擦身体时，他盘算着如何理好小女孩的头发，她的头发很长，打了很多结。然后他又忍不住逐字逐句地回想写给佩妮·皮尔斯读的东西，还试着想象特德读到某些句子时会有什么反应。比如这句：“我估计，玛丽恩和我大约做过六十次爱。”还有后面的：“露丝回家时，会发现她母亲和照片都不见了，她死去的哥哥们和她母亲都会消失。”回忆到这篇故事的结尾，埃迪很想知道特德会不会同意他的看法——“我只是觉得，这孩子今天晚上很可能需要把什么东西放在她的床头，而其他照片都没有了——她曾经习惯去看的那些照片。我想，如果能有她母亲的照片，特别是……”

他把露丝裹进浴巾，这时才发现特德站在浴室门口。埃迪抱起孩子，交给她父亲，特德把埃迪写的东西还给他。整个过程中，两人一句话都没说。

“爸爸！爸爸！“露丝说，“妈妈把照片都拿走了！但没拿那些……那些叫什么来着？”她问埃迪。

“画钩。”

“对，”露丝说，“她为什么这样做？”小女孩问父亲。

“我不知道，露西。”

“我得赶快冲个澡。”埃迪告诉特德。

“没错，你需要快点儿。”特德告诉埃迪。他抱着女儿进了走廊。

“你看那些……什么东西来着？”露丝问特德。

“画钩，露西。”

洗完澡，埃迪才发现，特德和露丝把玛丽恩的照片从浴室墙上拿走了，他们一定是把它拿到露丝房间里了。自己写的东西居然成真了，他觉得很奇妙。他想单独和特德谈谈，告诉他玛丽恩教给他说的每件事——再加上他自己的补充。他想尽可能地列举各种事实伤害特德，但同时又想对露丝说谎，保护她不受事实的伤害。此后的三十七年，他一直想对露丝说谎，对她说他能想出的所有安慰的话。

埃迪穿好衣服，把写了故事的信纸装进旅行袋。他准备马上收拾行李，得先把手稿收好——他一定要带走它。这时，他惊讶地发现，旅行袋底部还有别的东西：玛丽恩的粉红羊绒开衫在里面，她还没忘记放上淡紫色真丝背心和配套的内裤——虽然她也觉得粉色和紫色不搭配，但她知道埃迪喜欢背心的低领（和花边）。

他把旅行袋翻了个遍，想找到更多的东西——也许玛丽恩会给他留封信，结果发现了与玛丽恩的衣服一样让他吃惊的东西：在他登上来长岛的轮渡前，他父亲拿出来的那只被压扁的面包形包裹——给露丝准备的礼物。包裹在旅行袋底部待了一个夏天，蹂躏得更扁更破了。无论里面是什么东西，他都不觉得现在是送给露丝的好时机。

他突然想到，写给佩妮·皮尔斯的故事还有另外一个用途：当爱丽丝过来时，不妨也把故事给她瞧瞧，让她了解目前的情况。他折好信纸，塞进裤子的右后口袋。牛仔裤有些潮湿，因为和露丝离开海边时，他把牛仔裤直接套在了湿泳裤的外面。玛丽恩给他的十美元纸钞跟着变潮湿了，佩妮·皮尔斯的名片也湿了，名片上还有她手写的家庭电话。他把钞票和名片一起收进旅行袋，它们都属于1958年夏天的纪念品，他已经意识到，这个夏季是他人生的分水岭，他要像露丝珍视她的伤疤那样把这两件东西带在身边。

可怜的孩子，他想，她不知道今年夏天也是她的分水岭。十六岁的埃迪·奥哈尔已然摆脱了青少年只为自己考虑的习惯，学会了关心别人。他答应自己，今天剩下的时间里，他的所言所行都必须为了露丝。他沿着走廊朝她的卧室走去。特德已经在露丝房间墙上无数的空画钩中选了一个，把玛丽恩和两只脚的照片挂起来了。“看，埃迪！”孩子指着她母亲的照片说。

“我看见啦，”埃迪告诉她，“挂在这里很不错。”

楼下传来一个女人的叫声。“有人吗！有人吗？”

“妈妈！”露丝喊道。

“玛丽恩？”特德叫道。

“是爱丽丝。”埃迪告诉父女俩。

埃迪拦住楼梯上到一半的爱丽丝。

“有件事你需要知道，爱丽丝，”他告诉女大学生，把那几张信纸递给她，“最好读读这个。”

啊，文字的力量。

没妈的孩子

四岁的小孩对“时间”这个概念理解得有限。在露丝看来，母亲和死去的哥哥们的照片只是消失了而已，消失就是消失，于她而言并没有什么隐藏的含义，而且，她很快就想知道母亲和那些照片什么时候回来。

然而，连这个四岁的小姑娘都隐约有一丝预感，玛丽恩消失之后，可能再也不会出现了。那个星期五的下午，一向在海岸边长久流连的暮色似乎都比平常多徘徊了一阵子，仿佛夜晚再也不会降临似的。而赤裸裸的画钩——更不用说褪色的墙纸上那些扎眼的深色方块——更加让人感觉那些照片是一去不复返了。

如果玛丽恩连画钩也摘下来，什么都不留在墙上反而更好，成排的画钩就像受人喜爱却惨遭破坏的城市的地图。露丝大部分的人生记忆都是由托马斯和蒂莫西的照片背后的故事组成的，当然，她的记忆里还有《老鼠爬墙缝》这本书的故事原型。可她问了那么多问题，换来的只有一句她最不满意的回答。

“妈妈什么时候回来？”这个问题的答案是“我不知道”，露丝听她父亲和埃迪说了无数遍，后来连貌似受到惊吓的保姆爱丽丝也这样搪塞她。读过埃迪简短的文字说明，爱丽丝竟然一时无法恢复往常的自信，只能用几乎听不见的耳语重复这句毫无价值的“我不知道”。

但四岁小孩的嘴巴可不是轻易就能堵住的。“那些照片呢？上面的玻璃会破吗？妈妈什么时候回来？”

鉴于露丝对时间的有限理解，怎样回答才能安慰她呢？“明天就回来”也许会起作用，然而“明天”一过，玛丽恩仍不见回来，这个答案就不再有说服力。至于“下周”或者“下个月”，对四岁的孩子来说，都跟“明年”没什么两样。如果把真相告诉她，别说安慰不了她，说不定她连听也听不明白。真相就是，她的妈妈不会回来了——未来的三十七年里都不会。

“我猜，玛丽恩是不打算回来了。”当两人终于单独面对面的时候，特德对埃迪说。

“她就是这么说的。”埃迪告诉他。他们在特德的作坊里，特德为自己倒了一杯酒，打了个电话给莱昂纳迪斯医生，取消了他们的壁球赛。（“我今天不能打球，大卫——我老婆离开我了。”）埃迪感觉有必要，就把玛丽恩相信他会搭莱昂纳迪斯医生的车从南汉普顿回家的事告诉了特德。特德说，他没去医生那里，而是去了书店，在那里遇到了愿意载他的司机，听到他的话，埃迪头一次产生了宗教体验一般的感觉，仿佛见证了神迹。

此后的七八年（一直到读完本科，不包括研究生时期），埃迪·奥哈尔表面看来并不虔诚，内心却十分相信上帝或某种神秘力量的存在，正是这种力量让特德那天没有看到他的雪佛兰就停在书店对面，而当特德待在书店里的时候，埃迪和露丝正在佩妮·皮尔斯的镶框店讨价还价。（如果这都不算神迹，那什么才算？）

“那，她去哪儿了？”特德摇晃着酒杯里的冰块问埃迪。

“我不知道。”埃迪回答。

“你还想骗我！”特德吼道。他没放下手中的酒杯，扬起空着的那只手，扇了埃迪一个耳光。按照玛丽恩的事先安排，埃迪攥紧拳头——带点犹豫，因为他以前没打过人——直捣特德的鼻子。

“天哪！”特德叫道。他原地转了好几圈，杯子里的酒跟着洒出来。他举起冰凉的玻璃杯，贴在鼻子上。“我的天，我只是扇了你一下——不过是用手掌碰你一下——你竟然用拳头捶我的鼻子。老天爷！”

“玛丽恩说，这样你才会停手。”埃迪告诉他。

“‘玛丽恩说’，”特德重复道，“老天，玛丽恩还说什么了？”

“我这不正在告诉你吗，”埃迪说，“她说，你不用记住我说的话，因为她的律师还会再对你说一遍。”

“如果她以为她有什么狗屁资格得到露丝的监护权，最好还是再想想！”特德咆哮道。

“她不指望得到露丝的监护权，”埃迪说，“她根本没打算争取。”

“她告诉你的？”

“我和你说的每一句话都是她告诉我的。”埃迪说。

“什么样的母亲连孩子的监护权都不要了？”特德嚷道。

“她没告诉我这个。”埃迪承认。

“老天……”特德又开始嘟囔。

“关于监护权，只有一个条件，”埃迪打断他，“你得少喝酒，不能再醉驾了——如果再被逮到，可能失去露丝的监护权。玛丽恩希望露丝坐你的车时保证安全……”

“她算什么东西，敢说我对露丝不安全？”特德吼起来。

“我相信律师会解释的，”埃迪说，“我只是转述玛丽恩的话。”

“她和你混了一个夏天，谁还会听她胡说八道？”特德问。

“她料到你会这么说，”埃迪告诉他，“她说，如果闹到那一步，沃恩夫人肯定愿意出庭做证，但她没打算要露丝的监护权。我不过是提醒你，要少喝酒。”

“好吧，好吧，”特德一口喝干杯子里的酒，说，“老天！她为什么要带走所有照片？拿底片不行吗？可以自己冲印啊。”

“她把所有的底片也拿走了。”埃迪告诉他。

“这是人干的事？！”特德吼道。他旋风般冲出作坊，埃迪只好跟在后面。底片是和原来的生活照放在一起的，用一百来只信封分别装着，收在厨房和饭厅之间那道墙凹中的掀盖式书桌肚里，玛丽恩总是坐在那张书桌前算账。他们两个发现，连掀盖式书桌都不见了。

“我忘了这一茬了，”埃迪对特德承认，“她说那是她的书桌——是她唯一想要的家具。”

“我不管什么该死的书桌！”特德说，“她不能把照片和底片一起拿走。儿子也是我的！”

“她知道你会这么说的，”埃迪告诉他，“她说，你要露丝，她不要，所以，你可以留下露丝，她得把儿子带走。”

“我有权得到一半的照片，看在上帝的分上，”特德说，“老天……露丝怎么办？难道她不应该得到一半的照片吗？”

“玛丽恩没说这个。”埃迪老实承认，“我相信律师会解释。”

“玛丽恩走不远，”特德说，“连她开的车都在我名下——两辆车都写的我的名字。”

“律师会告诉你奔驰车在哪儿的，”埃迪告诉他，“玛丽恩把钥匙寄给律师，律师告诉你车停在哪儿，她说她不需要车。”

“她会需要钱的。”特德阴险地说，“她怎么弄钱？”

“她说，律师会告诉你她需要多少钱。”埃迪说。

“上帝！”特德说。

“反正你们早就打算离婚了，对吧？”埃迪问他。

“这个问题是玛丽恩问的还是你问的？”特德问。

“我问的。”埃迪说。

“你只把玛丽恩的话告诉我就可以了，埃迪。”

“她没让我去拿照片，”埃迪告诉他，“是露丝想拿，我也想。露丝先想到的。”

“干得不错。”特德坦言。

“我是为露丝着想。”埃迪说。

“我知道你是——谢谢你。”特德说。

他们沉默了一两秒，听到露丝正在缠着保姆问问题，爱丽丝的情绪似乎比露丝还崩溃。

“那这张呢？告诉我！”小女孩命令道。特德和埃迪知道，露丝一定是指着画钩，让保姆给她讲原来挂在上面的照片背后的故事。爱丽丝当然记不住原来的照片什么样，更不知道它们背后的故事。“告诉我！这张呢？”露丝又问。

“对不起，露丝，我不知道。”爱丽丝说。

“这张是托马斯戴着高帽子，”露丝气愤地告诉她，“蒂莫西想去够托马斯的帽子，可他够不着，因为托马斯站在一个球上。”

“哦，你还记得呀。”爱丽丝说。

露丝还会记得多长时间？埃迪想。他看着特德又给自己倒了一杯酒。

“蒂莫西踢了球一下，托马斯跌倒了。”露丝继续讲，“托马斯气坏了，他们打了起来。托马斯每次都打赢，因为蒂莫西个子小。”

“他们在照片里打架吗？”爱丽丝问。

问错了，埃迪在心里说道。

“不，傻瓜！”露丝尖叫，“照完相他们才打的架！”

“哦，”爱丽丝说，“对不起……”

“你想喝一杯吗？”特德问埃迪。

“不，”埃迪回答，“我们应该开车到车厢房去，看看玛丽恩是不是在那里留了东西。”

“好主意，”特德说，“你开车。”

他们来到车库顶上的阴惨惨的出租屋，起初什么都没找到，玛丽恩把她放在那里的几件衣服全拿走了，但埃迪知道——并且永远感激——她的粉色羊绒开衫、淡紫色背心和内裤都进了他的旅行袋。玛丽恩还拿走了出租屋里原本就不多的照片，只留下一张——床头上兄弟俩的合照：即将成人的托马斯和蒂莫西站在埃克塞特高中的主教学楼门口，那是他们在埃克塞特的最后一年。

HVC VENITE PVERI

VT VIRI SITIS

“到这里来，男孩们……”玛丽恩曾经轻声在他耳边翻译，“……成为男子汉。”

这张照片标志着埃迪的性启蒙。玻璃面上贴着一张便条，玛丽恩的字迹明白无误：

给埃迪。

“给你？”特德吼道，他一把扯下纸条，顺便用指甲抠去玻璃上残留的胶带。“这个可不能给你，埃迪。他们是我的儿子——他们的照片我只剩下这一张了！”

埃迪没有争辩。没有照片，他也清楚记得那句拉丁文，他还要在埃克塞特待两年，还会无数次从这句铭文底下经过，他也不需要托马斯和蒂莫西的照片，不需要记住这兄弟俩，没有他们，他照样能想起玛丽恩，他只认识失去了儿子之后的玛丽恩，尽管他也承认，死去的两个男孩其实一直存在。

“当然，这是你的照片。”埃迪说。

“用不着你他妈的废话，”特德正告他，“她是哪根筋不对头，怎么能把照片给你？”

“我不知道。”埃迪撒了谎。短短一天里，“我不知道”已成为一切问题的答案。

就这样，托马斯和蒂莫西在埃克塞特的照片归了特德，这似乎比露丝房间里只挂着他们的两只脚强多了。特德将在主卧室中挂起儿子们的照片，墙上有无数现成的画钩供他挑选。

两个人离开破旧的公寓，埃迪带走了他的几件东西——他打算收拾行李。他等着特德告诉他离开，特德果然没有负他所望，在回萨加波纳克的车上就开了口。

“明天是星期几——星期六？”他问。

“对，是星期六。”埃迪回答。

“我希望你明天就离开这里，最晚星期天走。”特德告诉他。

“好的，”埃迪说，“我只需要搭车去码头。”

“爱丽丝可以送你。”

埃迪觉得，还是不要告诉特德玛丽恩已经料到爱丽丝是送他去奥连特岬角的最佳人选的好。

他们回到科尔家，露丝已经哭着睡着了——还拒绝吃晚饭——爱丽丝也在二楼走廊无声地哭泣。身为大学生，她的反应似乎有点过于慌乱，埃迪实在无法多么同情她，而且，以前她就看不起他，觉得高他一等。（她唯一超越他的地方是年龄，只比十六岁的他大了几岁。）

特德扶着爱丽丝下楼，给她一条干净手帕擤鼻涕。“很抱歉让你卷进这种事，爱丽丝。”特德告诉她，但她还是哭个不停。

“我父亲在我小的时候就离开了我母亲，”爱丽丝抽着鼻子说，“所以，我不干了，就这样——我不干了。如果你还有道德的话，也别干了。”她对埃迪说。

“辞职对我来说太晚了，爱丽丝，”埃迪说，“我已经被炒了。”

“我还不知道你是这么高尚的一个人，爱丽丝。”特德告诉她。

“爱丽丝今年夏天一直表现得比我高尚。”埃迪对特德说。他不喜欢自己内心的新变化，除了找到了写作的力量和自己的声音，他的心里还多了些过去从来没有的残忍。

“我的道德比你高尚，埃迪——至少这一点我敢保证。”保姆告诉他。

“道德高尚，”特德重复道，“了不起！你觉得自己道德高尚吗，埃迪？”

“和你相比，我当然高尚。”小埃迪回答。

“听见没有，爱丽丝？”特德问，“每个人都觉得自己比另一个人‘道德高尚’！”埃迪没意识到特德已经醉了。

爱丽丝哭着离开了。埃迪和特德目送她开车远去。

“我明天要搭的车跑了。”埃迪这才反应过来。

“我还是希望你明天就走。”特德告诉他。

“好，”埃迪说，“但我没法走着去奥连特岬角，你也没法开车送我。”

“你是个聪明孩子——总会找到别人送你的。”特德说。

“你才是最擅长搭便车的人。”埃迪说。

他们这样拌嘴可以拌上一宿——而且现在天还不算黑。露丝睡得有点早。特德担心地大声说，他应该叫醒露丝，劝她吃点晚饭。等他踮着脚尖走进露丝房间，却发现女儿正在画架前忙活，她要么是被他吵醒了，要么刚才装睡骗过了爱丽丝。

就四岁的孩子而言，露丝的画明显成熟，至于这是出于她本身的才华，还是她父亲教导她如何画某些东西——以脸为主——的成果，下结论还太早。毫无疑问，她清楚如何画脸，实际上她也只画过脸。（成年后，她就不再画画了。）

露丝正在画一些她不常画的内容，是比较正常的四岁孩子（而非训练有素的艺术家）可能会画的那种简单线条组成的笨拙而不成形的涂鸦：纸上有三个类似人的东西，“身体”七零八落，没有脸，椭圆形的“头部”像西瓜一样单调。这些东西的上方——或许是后方（无法根据透视法则判断它们的位置）——立着几个大土堆，像山一样。然而，露丝是在马铃薯田和海边长大的，四周地势平坦，没有山。

“那些是山吗，露西？”特德问。

“不是！”孩子尖叫。她想让埃迪也过来看她画画。特德去叫他。

“那些是山吗？”看到画以后，埃迪问。

“不是！不是！不是！”露丝哭喊道。

“露西，亲爱的，别哭。”特德指着那些线条组成的面无表情的人形说，“这些人是谁，露西？”

“死的人。”露丝告诉他。

“你是说死了的人吗，露西？”

“是的，死的人。”孩子重复道。

“我明白了，他们是骨头架子。”她父亲说。

“他们的脸呢？”埃迪问四岁的小女孩。

“死的人没有脸。”露丝说。

“为什么没有，亲爱的？”特德问她。

“因为他们被埋了，在地底下。”露丝告诉他。

特德指着那些不是山的土堆问：“这些是地，对吗？”

“对，”露丝说，“死的人在下面。”

“我明白了。”特德说。

露丝指着中间那个长着西瓜头的人形，说：“这个是妈妈。”

“但你的妈妈没死，亲爱的，”特德说，“妈妈不是死的人。”

“这个是托马斯，这个是蒂莫西。”露丝继续指着其他的骨头架子说。

“露西，妈妈没有死——她只是走掉了。”

“这个是妈妈。”露丝指着中间的骨头架子重复道。

“要不，我们来一份烤奶酪三明治和炸薯条怎么样？”埃迪问露丝。

“还得加上番茄酱。”露丝说。

“好主意，埃迪。”特德对十六岁的小埃迪说。

薯条得化冻，烤箱要预热，特德喝得醉醺醺的，找不到他专门做烤奶酪三明治的那只平底锅；不过三个人还是凑合着吃了一顿糟糕透顶的晚餐——番茄酱帮了大忙。饭后，埃迪去洗碗，特德哄露丝睡觉。相对目前的情况而言，晚餐吃得还算文明，听着露丝和她父亲一边在二楼转悠，一边互相讲述消失的照片的故事，埃迪心里这样想着。他觉得有的故事是特德胡诌的——至少他嘴里说的那张照片埃迪没见过——可露丝不介意，她自己甚至也编造了一两个并不存在的照片的故事。

将来有一天，当露丝忘记了大部分照片的模样，她会虚构一切。忘记几乎所有照片之后很久，埃迪也会开始虚构它们的故事。唯独玛丽恩不需要想象托马斯和蒂莫西。当然，露丝也会很快学会想象她的母亲。

埃迪收拾东西的时候，露丝和特德还在不停地回忆那些照片——真实与想象掺杂，搅得埃迪无法集中精神思考他眼前的问题：谁来开车送他去奥连特岬角？他突然想起那份迄今为止生活在汉普顿地区的每一位埃克塞特校友的名单，新近加入名单的校友是1946届的珀西·S.威尔莫特，住在温斯科特附近。

威尔莫特先生从埃克塞特毕业时，埃迪才和露丝一样大，但威尔莫特先生也许记得埃迪的父亲。就算没见过薄荷·奥哈尔，每个埃克塞特人都起码听说过他！可仅凭同是埃克塞特校友的交情，能否让他搭上便车呢？埃迪心存疑虑，但他觉得可以给珀西·威尔莫特打个电话试试，至少教育一下他的父亲——哪怕挖苦薄荷一番也好，告诉他："听着，我给汉普顿地区每一个活着的埃克塞特校友打了电话，恳求他们送我去码头，可他们全都拒绝了我！"

到楼下的厨房里准备打电话时，埃迪扫了一眼厨房里的时钟，发现已经接近半夜了，最好还是早晨再打给威尔莫特先生，但他毫不犹豫地打给了父母——只有趁薄荷处于半睡半醒的状态，埃迪才有发表几句意见的机会，他也希望只和父亲简单地说几句，因为即使在半睡眠状态，薄荷仍然很容易打开话匣子。

"一切都很好，爸爸。不，没什么事，"埃迪说，"我只是希望你或者妈妈明天能守着电话，我可能会打给你们。如果我搭上便车去码头，我会在出发前给家里打电话。"

"你是不是被炒了？"薄荷问。埃迪听到父亲对母亲低语："是爱德华——我觉得他被炒了！"

"不，我没有被炒，"埃迪撒了谎，"我的工作完成了。"

薄荷自然抓住机会啰唆个没完——表示他不相信这种工作竟然有"完成"的时候，还计算了他从埃克塞特开车到新伦敦的时间，说他比埃迪从萨加波纳克开车到奥连特岬角要多花三十分钟。

"那我就在新伦敦等着你，爸爸。"

埃迪知道，即便事先没有准备，薄荷也会争取比他早到新伦敦，在码头上等着他，还会带他母亲同去，让她当"向导"。

打完电话，埃迪信步踱进院子，他需要躲避楼上的喁喁低语——

特德和露丝还在背诵消失的照片的历史，在他们的记忆和想象中四处挖掘。凉爽的庭院里，父女俩的声音被蟋蟀和树蛙的鸣叫，以及远处传来的海浪拍岸的轰隆声掩盖。

就在这片宽敞却无人整治的庭院中，埃迪听到过特德和玛丽恩的一次争吵，也是他唯一听过的一次。玛丽恩说院子“没有完工”，确切地讲，院子的开发工程是进行到一半就停止了，原因是意见分歧和犹豫不决：特德想要个游泳池，玛丽恩则表示游泳池会惯坏露丝，甚至有淹死孩子的危险。

“那么多保姆看着她，不会出事的。”特德争辩道，然而在玛丽恩听来，他的话仿佛是指责她无法尽到母亲的责任。

特德还想盖一座户外淋浴间——在谷仓壁球场运动完，冲澡特别方便，而且旁边就是游泳池，孩子们从海滩回来，如果想进泳池玩，可以先到淋浴间把身上沾的沙子冲干净。

“什么孩子们？”玛丽恩问他。

“进屋之前更应该冲掉沙子。”特德兀自补充道。他讨厌屋里有沙子，自己也从来不去海滩，但冬季时暴风雨过后除外——他喜欢察看风浪把哪些东西卷上了沙滩，有时还会带点新鲜玩意回家，当作绘画的素材。（奇形怪状的漂流木；马蹄蟹的壳子；脸长得像万圣节面具、尾巴上有尖刺的鳐鱼；死掉的海鸥。）

玛丽恩只在露丝想去——而且恰逢周末（或者没有保姆带孩子）——的时候去海滩，她不喜欢晒太阳，总是提前穿好长袖衬衣，戴上棒球帽和太阳镜，所以没人知道她是谁。她会坐在水边看着露丝独自玩耍。“没有当妈的样，倒像个保姆。”玛丽恩这样对埃迪描述海边的自己，“在关心孩子方面，甚至连一个好保姆都不如。”她自我评价道。

特德想在户外淋浴间多装几个喷头，这样，他和壁球球友们就能一起淋浴——“就像在更衣室里，”特德说，“孩子们也可以一起冲澡。”

“什么孩子们？”玛丽恩又问。

“露丝和她的保姆，她们也能用。”特德回答。

无人整治的院子里有块草坪，已经面目全非，长满高草和雏菊。特德希望扩大草坪的面积，再用篱笆圈起来，游泳时可以防止邻居偷窥。

“什么邻居？”玛丽恩问。

“哦，以后会有很多邻居的。”特德告诉她。（这点他说对了。）

然而，玛丽恩想要另一种风味的庭院。她喜欢高草和雏菊，野花多多益善。她喜欢不事雕琢的天然园林，葡萄架可以有，但葡萄藤的生长不能受限。人工草坪越小越好，花要多，但娇贵的花不要。

“‘娇贵……’”特德轻蔑地说。

“游泳池就属于娇贵难打理的东西，”玛丽恩说，“而且要是草坪太大，就会像个运动场，我们要运动场干吗？难道露丝会和一整支球队结伙投球、踢球吗？”

“如果儿子们还活着，你就想着要大草坪了，”特德告诉她，“他们喜欢玩球。”

然后争吵就结束了。院子还是老样子——叫它“未完工”也好，“尚待开发”也没错。

埃迪在黑暗中静听蟋蟀和树蛙的鸣叫，还有远方的涛声，想象着院子以后会变成什么样。忽然，他的遐思被冰块在酒杯里晃荡的哐啷声打断，接着他先看见了特德，然后特德才看见他。

一楼没亮灯，只有二楼客房和主浴室的灯光透进院子——埃迪没关他的卧室灯，主浴室里的夜明灯总是为露丝开着。想到特德竟能在黑灯瞎火的厨房里给自己倒酒，埃迪心生佩服。

“露丝睡着了吗？”他问特德。

“好不容易睡着了，”特德说，“可怜的孩子。”他继续摇晃杯里的冰块，不时抿上一口。他第三次问埃迪要不要喝，埃迪再次拒绝。

“起码来瓶啤酒吧，看在上帝的分上，”特德说，“天哪……瞧瞧这院子。”

埃迪决定喝啤酒。十六岁的他还没尝过啤酒，他父母只会在特殊场合喝点葡萄酒，也允许他跟着喝，但他不喜欢葡萄酒。

啤酒冰凉适口，可味道发苦——埃迪觉得他喝不完。去冰箱拿啤酒时，特德打开了厨房的灯（而且没有关掉），不知怎么，他突然想起了玛丽恩，忘记了院子。

“真不敢相信，她连亲生女儿的监护权都不要了。”特德说。

“我不知道能不能这么说，”埃迪回应，“不是玛丽恩不要露丝，而是她不想当坏母亲——她觉得自己当不成好母亲。”

“什么样的母亲会抛弃自己的孩子？”特德问小埃迪，“这样做本身就够坏的了！”

“她说她想当作家，曾经想当。”埃迪说。

“玛丽恩就是个作家——只不过还没动笔写而已。”特德对他说。

玛丽恩告诉过埃迪，儿子的死让她分神，无法专注于自己内心深处的想法。埃迪谨慎地对特德说：“我认为，玛丽恩虽然想写作，但唯一能写的只有儿子的死，我的意思是，这个主题不断浮现在她脑子里，可她又没法写出来。”

“我试着复述一下你的意思，埃迪，”特德说，“嗯……玛丽恩拿走了孩子们仅剩的所有照片——外加全部底片——是因为她想当作家，因为儿子的死是她脑中不断浮现的唯一主题，但她又没法把它写出来。哎呀……”特德说，“这样说还真有道理，对吧？”

“我不知道。”埃迪说。无论别人怎样去理解玛丽恩，得出的推论总有漏洞，大家对她的看法和说法不可能与现实完全一致。“我不够了解她，因此没有资格评判她。”他告诉特德。

“你知道吗，埃迪，”特德说，“我也不够了解她，没有资格评判她。”

埃迪相信特德的这句话，但他不打算表现出来，给特德自鸣得意的机会。“别忘了——她真正想抛弃的人是你，”埃迪告诉他，“我猜，她十分了解你。”

“你是说了解到足够评判我的程度？那是当然！”特德表示同意。他的酒已经喝掉了一大半，现在他开始小口嘬酒，每嘬一口之前，都会先把杯子里的冰块吸到嘴里咂一下，再吐回去。“可她也抛弃了你，不是吗，埃迪？”特德问十六岁的少年，“你不会觉得她还能打电话约你出来吧？”

“不，我不指望。”埃迪承认。

“嗯……我也不指望。”特德说，他又往杯子里吐了几个冰块。“老天，这酒真难喝。”他说。

“你有玛丽恩的画吗？”埃迪突然问，“你画过她吗？”

“很久很久以前画过，”特德说，“你想看？”即使在半明半暗——唯一的灯光来自厨房窗户——的院子里，埃迪都能看出他的不情愿。

“当然。”埃迪说。他跟着特德进了屋。特德打开前厅的灯，然后他们来到作坊，与院子里的昏暗相比，头顶的日光灯明亮得反常。

玛丽恩的画总共不过十几张，而且看上去不自然，埃迪起先还以为是灯光的原因。

“我只保留了这些。”特德戒备地说，“玛丽恩从来不喜欢当模特。”埃迪心下明白，玛丽恩也不愿意脱掉衣服——画里面没有一张裸体的。（反正特德保留的作品里面没有。）有的画的是她和托马斯和蒂莫西坐在一起，那时她一定非常年轻——因为两个孩子年纪很小——但埃迪认为她的美不受年龄局限。除了美貌，特德真正捕捉到的只有她的冷漠，尤其是独坐的时候，她显得遥不可及，甚至冷若冰霜。

接着，埃迪看出了特德给玛丽恩画的像与给别人画的像——最明显的例证是沃恩夫人的画像——的不同：玛丽恩的画像里，丝毫感觉不到他（作为画家）那永远难以安分的欲望。从画像中玛丽恩的年龄来看，特德那时已经对她失去了兴趣。所以，他把玛丽恩画得不像她了——至少不像埃迪心目中的她，埃迪对玛丽恩的渴求是无限的。

“你想要一张吗？挑一张吧。”特德说。

埃迪不想要。没有一张上面有他认识的那个玛丽恩。“还是留给露丝吧。”

“好主意。你的好主意可真不少，埃迪。”

这时，他们都注意到了特德那杯酒的颜色，杯底仅剩的液体像沃恩夫人家的喷泉一样黑。原来，在厨房里摸黑倒酒时，特德拿错了冰盒，把墨鱼汁冻成的冰块扔进了威士忌，杯子里的墨水冰块已经化了一半，他的嘴唇、舌头、牙齿全都染成了棕黑色。

玛丽恩肯定乐于见到这一幕：特德跪在前厅厕所的马桶前，呕吐的声音直抵作坊里埃迪的耳膜。“老天爷……”特德边吐边说，“烈性酒见鬼去吧——我以后只喝葡萄酒和啤酒了。”他半句没提墨鱼汁，埃迪听了觉得奇怪：让他恶心的可是墨鱼汁，不是威士忌。

埃迪并不在乎特德发什么誓，不过，无论有心还是无意，戒掉烈性酒也符合玛丽恩对他饮酒方面的要求。特德·科尔再也没因为醉驾违法犯罪，尽管他开车时未必滴酒不沾，但至少在车上有露丝的时候，他是不会喝酒的。

遗憾的是，饮酒方面的节制只会促使他变本加厉地追求女人，最后的结果说明，对特德而言，贪恋异性比贪恋杯中物危险得多。

漫长而艰难的一天在这一刻结束似乎再恰当不过：特德·科尔双膝跪地，抱着马桶连番呕吐。埃迪居高临下地向他道了晚安，自顾不暇的特德当然没法回应。

埃迪还去看了露丝，可他没有想到，短暂地看过安然熟睡的露丝一眼之后，再过三十多年，他才又见到她。他也没有料到，明天不等她醒来，他就得动身离去。

埃迪的设想是，到了早晨，他会先把父母的礼物拿给露丝，亲亲她，跟她说再见。但他太喜欢想当然，虽说从玛丽恩那里学到不少，可他仍然是个十六岁的孩子，低估了情绪在这种时刻的威力——他毕竟从未经历过这种时刻。而且，站在四岁小孩的房间里看她睡觉，很容易让他产生“一切都会好起来”的错觉。

除了熟睡的小孩子，似乎并没有多少东西逃脱得了真实世界的摧残。

腿

故事发生在1958年夏天，八月份的倒数第二个星期六。凌晨三点左右，风向由西南转为东北，昏暗的卧室中，埃迪·奥哈尔没有再听到海浪的声音，只有偏南风才能把波涛声吹送到离岸较远的帕森尼奇路一带。埃迪明白现在刮的是东北风，因为他觉得冷。暑期工作本就应该结束于秋凉时节，所以，离开长岛前的最后一夜，这股寒意来得理所应当。但埃迪睡得迷迷糊糊，懒得爬起来关上卧室窗户，只是裹紧了单薄的被子，缩成一团，两手捂着嘴巴，对着手掌哈气，想睡得踏实一点。

不知过了几秒钟，还是几分钟，他梦见玛丽恩仍然睡在自己身旁，而且恍惚觉得她起身去关窗户。他伸出胳膊，想要感受她躺过的地方留下的温暖，却发现床是冷的。可他不仅听到了关窗的声音，还有拉上窗帘的声音，他从来不拉窗帘，也说服玛丽恩不拉窗帘。他喜欢端详她在晓色熹微中熟睡的模样。

即便在夜深人静、暗沉死寂的凌晨三点，埃迪的卧室里平时也会有些许微弱的光线，至少隐约分辨得出紧凑地摆在一起的那些家具的轮廓。床头柜上的鹅颈灯在床头板上投下暗影，卧室的门总是半掩着——好让玛丽恩听到露丝的呼唤，一道深灰色的光钻进门缝，别看它一点都不耀眼，却来自遥远的主浴室的夜明灯，这道光硬是穿过漫长的走廊，顽强地抵达这个最偏远的角落，因为露丝房间的门总是开着的。

然而，今晚有人关掉了窗户，拉起了窗帘，埃迪睁开眼睛，见到的是异于往常的一片漆黑——这个人把他卧室的门也给关了。埃迪屏住呼吸，然后听到另一个人的呼吸。

很多人十六岁的时候，只看到事物的阴暗面，他们眼中的阴霾永远不散，埃迪·奥哈尔却倾向于寻找事物的光明面，哪怕现在卧室里黑成一团，他的第一个念头却是：玛丽恩回来找我了。

“玛丽恩？”小埃迪低声说。

“我的天……你还真是乐观！”特德·科尔说，“我差点以为你睡死过去了。”他的声音弥漫在暗影之中，埃迪听不出它从哪边来。他坐起身子，摸索床头灯，但不习惯在半点光都没有的环境里找灯，所以根本摸不到。“别开灯了，埃迪，”特德告诉他，“这个故事还是在黑暗中讲比较好。”

“什么故事？”埃迪问。

“你想听的故事。”特德说，“你说你让玛丽恩给你讲，可她没法讲，哪怕想到这件事，她都会变成石头，还记得你提了一个问题就把她变成石头那一次吗——埃迪？”

“是的，我记得。”埃迪说。原来是那个故事啊。特德想给他讲讲那次事故。

埃迪本想让玛丽恩亲自告诉他，但如此高难度的要求，十六岁的孩子应该怎么开口去提？可他又的确需要知道这个故事，尽管并不想从特德的口中听到。

“那就说说吧。”小埃迪竭力装出满不在乎的语气说，他看不见特德在哪儿，不知道他是站还是坐——但这些无关紧要，因为只要是特德讲的故事，在黑暗中听就必定没错，黑暗会无限放大他的叙述的感染力。

就风格而论，托马斯和蒂莫西的车祸的故事与《老鼠爬墙缝》和《地板上的门》（更不用说埃迪眷写过多次的《不想发出声音时发出的声音》了）有许多共同点，换言之，它们都是特德·科尔式的故事，他讲起来最得心应口，如果让玛丽恩以她的方式处理这种类型的故事，效果就会大打折扣。

首先——埃迪马上察觉到——特德加工过这个故事，要是玛丽恩也像他那样把亲生儿子的死亡经过详细考究出来，一定痛不欲生；其次，假如玛丽恩讲起这个故事，绝对不会添油加醋，只恨不得越简单越好。与她相反，特德却要刻意把故事复杂化，甚至加以捏造，否则他就讲不出来。

特德·科尔的大部分故事编排得相当巧妙。托马斯和蒂莫西的车祸经过是以第三人称讲述的，但旁白者并不是特德。特德·科尔不是故事中的“我”，而是里面的“特德”和“他”，更不是什么关键角色，只是个配角而已。

假如讲故事的人换成玛丽恩，她一定会过于身临其境，越讲精神越失常，最后变得比致使她抛弃自己唯一活着的孩子的那种疯狂还要疯狂。

“好吧，故事是这样的，”特德说，“托马斯有驾照，可蒂莫西没有。汤米十七岁——已经开了一年车，蒂米十五岁，刚开始跟他父亲学车。特德以前教过托马斯开车，他觉得蒂莫西比托马斯学得更用心，但这并不是说托马斯车开得不好，他警觉自信，反应异常敏捷，而且经验丰富，甚至在蹩脚的司机做决定之前，他就已经预见到他们会怎么做。‘无论什么时候，都要把其他司机当成蹩脚司机’，特德告诉他，托马斯很相信这句话。

“特德认为，蒂莫西的车技在一个重要的方面超过了托马斯，他有潜力成为更好的司机。这个方面就是耐心，蒂莫西更有耐心。比如，他有耐心认真观察后视镜，汤米却不屑一顾。又比如，左转弯对司机耐心的考验最微妙也最特殊——当你停车准备左转，对面却有车开来的话，千万不要提前左打方向盘，万万不能——永远不行！

“不管怎么说，”特德继续讲，“托马斯都是那种耐不住性子的年轻人，等待左转弯时，车还没动，方向盘却已经打好了，他的父亲、母亲——甚至弟弟——磨破了嘴皮子劝他都不管用。你知道为什么不能提前向左打方向盘吗，埃迪？”特德问。

“如果方向盘是正的，一旦你后面的车来不及刹车，与你的车追尾，你的车也不至于窜到左边车道撞上对面的车，”埃迪回答，“只会沿着原来的车道往前冲。”

“谁教你开车的，埃迪？”特德问道。

“我爸爸。”埃迪说。

“很好！替我告诉他，他教得很好。”特德说。

“好吧，”埃迪在黑暗中说，“接着讲……”

“嗯。刚刚讲到哪儿了？噢，当时我们在西部。放春假时，东部的人总喜欢跑到西部滑雪，因为东部的雪不够多，如果你想在三四月份滑雪，最好去西部。所以……一群东部人来到陌生的西部，当时不只埃克塞特放春假，还有无数的大中小学都放春假，很多来滑雪的外地人不仅不熟悉西部的山区和道路，连自己开的车都不熟悉——车是租来的。科尔一家就租了一辆车。”

“我能想象出来。”埃迪说，他明白，特德要让他有时光倒流、身临其境的感觉，既早有预料，又仿佛措手不及地真切目睹了那场事故。

“这一天，他们滑了一天的雪，潮湿沉重的雪也下了一整天，如果气温再高一两度，”特德说，“雪就会变成雨。特德和玛丽恩并非铁杆滑雪迷，他们的两个儿子却是，可以一直滑个不停。如果和父母比试滑雪，十七岁的托马斯和十六岁的蒂莫西能让四十岁的老爸和三十四岁的老妈输得脱裤子。所以父母经常比他们早退场。那一天，特德和玛丽恩就早早离开，跑到景区的酒吧里坐着，等他们滑完最后一轮，两人（觉得）等了很久很久，兄弟俩却滑完最后一轮再来一轮，男孩子一般都这样——总是玩不够，父母只好等着……”

“我知道——你那时肯定喝醉了。”埃迪说。

“跟特德和玛丽恩吵的那一架比起来，喝醉了其实不算什么。”特德告诉埃迪，“玛丽恩说特德醉了，特德说他没醉。玛丽恩虽然没醉，喝得却比平时多。托马斯和蒂莫西在酒吧里找到了父母，立刻看出他们眼下没法开车——尤其是租来的车。况且，托马斯有驾照，没喝酒，司机非他莫属。”

“所以，托马斯开车。”埃迪插嘴道。

“打虎捉贼亲兄弟，蒂莫西自然坐在托马斯旁边，至于特德和玛丽恩，只能和多数父母一样，永远占据后排，永远都在吵架，吵架的原因永远是鸡毛蒜皮——比方说，特德只清理了挡风玻璃上的雪，没管后窗上的，玛丽恩就坚持要他清理后窗。特德反驳说，车子开动后，温度一高，雪会自己滑下来。虽然事实如此——车还没达到高速公路最低时速，后窗的雪就掉了——玛丽恩和特德还是继续争吵，只是话题换成了别的鸡毛蒜皮。

“他们待在一个缺乏特色的城镇，这里唯一的特点就是属于滑雪区，主干道是一条三车道公路，中央车道用于左转弯，可总有不少白痴分不清楚转向车道和超车车道，你明白我的意思吧，我恨三车道公路，埃迪——你呢？”

埃迪拒绝回答他。这是个特德·科尔式故事：总会提示你应该在什么地方害怕，让你知道可怕的东西越来越近。可问题是，你不知道别的东西什么时候来。

“不管怎么说，”特德继续讲下去，“尽管路况恶劣，但托马斯处理得很好。雪仍在下，现在天也黑了——他们觉得本来就不熟悉的地方更陌生了。特德和玛丽恩开始争论回酒店的最佳路线，这很蠢，因为没有什么最佳路线，整个城区就分布在三车道公路两侧，所有的酒店、汽车旅馆、加油站、饭店和酒吧都在公路两旁，只要确定他们住的地方是在公路这边还是公路那边就够了。托马斯心中有数，他知道酒店在公路那边，应该左转弯，早转晚转都没有关系，可他的父母非要亲自决定在哪里转弯。比方说，托马斯可以到了酒店门口直接左转——特德就同意这个办法，也可以经过酒店之后，到下一组红绿灯前，当绿灯亮起就向左掉头，顺向驶到酒店门口，玛丽恩觉得这样更安全，因为有红绿灯，而酒店门口没有红绿灯。”

“好啦！好啦！”埃迪在黑暗中尖叫道，“我明白！我明白！”

“不，你不明白！”特德对他喊道，“故事不讲完，你永远都不明白！难道你想让我闭嘴吗？”

“不，请你继续讲。”埃迪回答。

“所以……托马斯移动到中央车道，就是转向车道——不是超车用的，他打开了左转向灯，却不知道两组尾灯上都覆盖着又湿又黏的雪，因为他父亲没走到车后清理后窗的雪，所以没发现尾灯上也有雪，后面的车看不到他的左转信号，连倒车灯和刹车灯都看不见。对从后面开过来的车而言，这辆车几乎隐形——只有在撞到它的前一秒才会看到它。

“这时候，玛丽恩说：‘别在这里转弯，汤米——在前面转更安全，到红绿灯那里去。’

“‘你想让他违规掉头吃罚单吗，玛丽恩？’特德问妻子。

“‘我不在乎他挨不挨罚，特德——在红绿灯底下转弯更安全。’玛丽恩说。

“‘别吵了，你们两个，’托马斯说，‘我不想吃罚单，妈妈。’他补充了一句。

“‘好吧——那就在这里转弯吧。’玛丽恩告诉他。

“‘快点儿，汤米——别等了。’特德说。

“‘你们坐后排的指挥得真不错。’蒂莫西评论说。然后，蒂米发现他哥哥在停车等待转弯机会的时候就向左打了方向盘，‘方向盘打早了。’蒂姆告诉他。

“‘这是因为我本来想转，可又不能转了，混蛋！’托马斯说。

“‘汤米，不许叫你弟弟混蛋，拜托。’玛丽恩告诉她儿子。

“‘至少别当着你妈的面叫。’特德补充。

“‘不——那可不是我的意思，特德，’玛丽恩告诉她丈夫，‘我的意思是，他不应该叫他弟弟混蛋，什么时候都不能。’

“‘听见没有，混蛋？’蒂莫西问他哥哥。

“‘蒂莫西，拜托……’玛丽恩说。

“‘你可以在那辆扫雪车后面转。’特德告诉他儿子。

“‘爸爸，我知道。我是司机。’十七岁的托马斯说。

“突然之间，车厢里被照得雪亮——后面上来的车开了大灯，那是新泽西大学的学生们乘坐的旅游大巴，他们第一次来科罗拉多，从大巴跑在路上的那副德行来看，新泽西州的转向车道和超车车道显然是没有任何区别的。

“总之，大学生们以为他们是在超车道，不知道（直到撞上的前一秒才知道）前面的车实际上在等候左转——等迎面而来的扫雪车开过去就转。就这样，托马斯的车被大巴追尾了，因为他提前左打了方向盘，车被顺势推到了左侧车道上，以大约四十五英里的时速，直冲着庞然大物般的扫雪车撞上去。后来，大学生们说，他们估计旅游大巴那会儿的时速是五十英里左右。”

“老天爷……”埃迪说。

“扫雪车几乎把托马斯的车切成两半，”特德继续道，“托马斯被方向盘挤死了——胸腔都挤碎了，当场死亡。特德在后座上困了二十分钟，他坐在托马斯的后面，看不到托马斯，但他知道汤米死了，因为玛丽恩能看见他，虽然她绝对不会用‘死’这个字，但她不

停地对丈夫重复：‘噢，特德——汤米走了，汤米走了，你能看见蒂米吗？蒂米没走，对吗？你能看见他走了没有吗？’

“因为玛丽恩被困在蒂莫西后面——困了半个多小时——她看不到坐在自己正前方的蒂莫西，但特德可以清楚地看到小儿子，蒂莫西的头撞在挡风玻璃上，不省人事，但没有马上送命，特德看到他还在喘气，但他没看到铲雪车把他们的车劈开的时候，也切断了蒂米的左大腿。救护车和救援队艰难地把他们从夹在铲雪车和旅游大巴中间、挤成手风琴一样的汽车中拉出来的时候，蒂莫西·科尔已经因为股动脉切断，失血过多而死。

“特德眼睁睁看着小儿子死去，感觉像过了二十分钟，实际上还不到五分钟。救援队先救出了特德，十分钟后才救出玛丽恩……特德只折断了几根肋骨，别的地方没受伤……他看到医护人员从车上移走蒂米的尸体（但他的左腿不见了）。当救援队终于把玛丽恩从后座上解脱出来时，男孩的断腿还卡在前座那里。玛丽恩只知道她的托马斯走了，还以为她的蒂莫西没死，已经被救出车外，可能送到医院去了，因为她不停地问特德：‘蒂米没走，对吧？你看到他走了吗？’”

“然而，特德是个懦夫，他不敢回答妻子的问题——一直都没敢。他请一位救援者用油布盖住蒂米的腿，不让玛丽恩看到。玛丽恩安全地站在车外面时……她确实是站着的，虽然有些一瘸一拐，后来才发现她的脚踝扭伤了……特德本想告诉妻子，她的小儿子和大儿子一样死了来着，但总是说不出口，在他能开口之前，玛丽恩看到了蒂米的一只鞋，她根本不知道——怎么都想不到——那只鞋还和蒂米的腿连在一起，她以为那只是一只鞋。所以她说：‘噢，特德，看——他会需要这只鞋的。’没人来得及拦她，玛丽恩一瘸一拐地走到汽车残骸旁边，弯腰捡起了鞋子。

“特德当然希望拦住她，可是——他也变成了石头一样，觉得自己的身体在那一刻完全瘫痪了，根本动不了，甚至无法说话，所以，他又眼睁睁地看着妻子发现儿子的鞋连在一条腿上，这时玛丽恩才意识到蒂莫西也死了。就这样……”特德·科尔说，完全忠于他的风格，“故事讲完了。”

“你给我出去，”埃迪告诉他，“这是我的房间，至少今天晚上是。”

“已经快天亮了。”特德告诉小埃迪，他拉开窗帘，让埃迪看到低沉的夜幕泛出朦胧的微光。

“你给我出去。”埃迪重复。

“别以为你了解我，或者了解玛丽恩，”特德说，“你不了解我们，尤其不了解玛丽恩。”

“好吧，好吧。”埃迪说。他看到卧室的门开了，熟悉的深灰色光从走廊里钻进来。

“露丝出生后，玛丽恩才和我说话，”特德接着说，“我是说，露丝出生前，关于事故，她没和我说过一个字。但露丝出生后，有一天，玛丽恩走进我的作坊——你知道，她平时连作坊周围都不靠近——对我说：‘你怎么能让我看见蒂米的腿？你怎么能？’我只能告诉她，我当时身体动不了——像瘫了一样，变成了石头。但她只对我重复这四个字：‘你怎么能？’后来我们再也没谈过这件事，我试过，但她不愿说了。”

“请离开这里。”埃迪说。

特德离开时，说：“早晨见，埃迪。”

特德拉开的那片窗帘透进的光线不够，黎明前的天色也过于黯淡，埃迪连几点了都看不清楚，只看到手表和手腕——还有他的胳膊和手——泛起病态的银灰色，像尸体一样。埃迪翻转手背，掌心的颜色也是灰蒙蒙的，和手背没什么两样，其实，他的皮肤、枕头和皱巴巴的床单都是一体的死灰。他清醒地躺在床上，等候真实的晨曦，窗外夜色渐褪，日出前不久，天空短暂地变成了一个星期都没有消失的瘀青的那种颜色。

埃迪知道，玛丽恩一定经常像他这样凝视拂晓前的天色，此时此刻极有可能也在看——因为无论她身在何处，必然难以入眠。他终于明白她在清醒的时候总会看到什么样的场景：潮湿的雪在潮湿的黑色公路上融化，路面倒映着灯光；带有食物、饮料和住宿（甚至娱乐）标志的霓虹灯招牌；各种车辆的大灯川流不息，人们开车缓缓靠近，因为大家都想看一眼事故现场；旋转的蓝色警车灯、救援拖车的黄色双闪灯、救护车的红灯。然而，即使在一片混乱中，玛丽恩还是看见了那只鞋！

“噢，特德，看——他会需要这只鞋的。”她会一直记得，自己一边这样说着，一边跛着脚走到撞毁的汽车旁，弯下腰。

那是一只什么样的鞋？埃迪想。因为缺少细节，他想象不出那条腿的样子，腿上的鞋是滑雪后穿的保暖靴，还是不怕湿的旧网球鞋？它究竟是什么样的呢？这个疑问让他思维停滞，无法继续想象蒂莫西的腿。

埃迪是幸运的，玛丽恩就没那么幸运了，她怎么也忘不了那只浸透了血的鞋，鞋的每一处细节都让她更清楚地想起那条腿。

为科尔先生工作

那只鞋是什么样的呢？埃迪百思不得其解，最后睡了过去。醒来时，低斜的阳光已经穿过敞开窗帘的那扇窗户投射进来，窗外碧空如洗，晴朗无云。埃迪打开窗，感受外面的温度有多低——反正轮渡上会很冷，如果他能搭上车，赶到奥连特岬角的话——发现车道上有辆陌生卡车，是客货两用的皮卡，车斗里装着一台可乘式割草机和一台手扶式割草机，几把耙子、铁锹、锄头和各式各样的洒水器喷头，还有一条整齐盘好的长水管。

特德·科尔平日都是自己修剪草坪，而且只在草现出蔫相或者有空闲的时候浇灌它。鉴于他和玛丽恩的对峙，科尔家的院子停滞在半完工状态，更没有必要雇用全职园丁，而坐在皮卡车里的那家伙看起来倒像个全职园丁。

埃迪穿戴整齐，下楼走进厨房，因为从厨房的一扇窗户往外看，可以更仔细地观察卡车里的男人。他发现特德竟然也在厨房里，而且精神出奇地清醒，甚至已经煮好一壶咖啡，他早已先埃迪一步，隐在那扇窗户后面，偷窥——对埃迪来说——神秘的园丁：特德认识园丁，不觉得他神秘。

“这是爱德华多，”他低声告诉埃迪，“可爱德华多来这里干什么？”

埃迪这才发觉，特德口中的“爱德华多”是沃恩夫人的园丁，虽然他只见过园丁一次——仅是短暂地打个照面——当时爱德华多·戈麦斯正站在梯子上，居高临下地怒视他，因为他不得不完成那个倒霉的任务：收集沃恩夫人的色情画碎片。

“也许沃恩夫人雇他来杀你。”埃迪推测。

“不，爱德华多干不出杀人的事！”特德说，“你看得见她吗？她既不在车厢里，也没藏到车后面。”

“也许她躺在车底下。”埃迪又猜。

“我没开玩笑，看在上帝的分上。”特德告诉小埃迪。

“我也没有。”埃迪说。

他们都有理由相信沃恩夫人下得了狠手杀人，但爱德华多·戈麦斯显然是独自前来，而且老老实实坐在他的卡车里，什么都没做。特德和埃迪看到他端起保温瓶，倒了一杯咖啡，瓶口冒出热气，他正在礼貌地等待科尔家的人醒来。

“要不，你去问问他有什么事？”特德问埃迪。

“别找我，”埃迪说，“我已经被解雇了，不是吗？”

“看在上帝的分上……那和我一起过去行吗？”特德对小埃迪说。

“我最好在这里守着电话，”埃迪说，“如果他有枪，开枪打你，我就报警。”

然而爱德华多·戈麦斯手无寸铁，他唯一的武器是一张看上去并不会伤人的纸条，是从他钱包里拿出来的。他把纸条给特德看，它正是沃恩夫人扔进喷泉里的那张支票，字迹已经模糊，辨认不出了。“她说，这是我最后一笔工资。”爱德华多告诉特德。

“她炒了你？”特德问园丁。

“因为她打算开车撞你的时候，我警告了你。”爱德华多说。

“哦，”特德说，目光没有离开毫无价值的支票，“根本看不清楚，”他告诉爱德华多，“说不定本来就是空白的。”支票在喷泉里转过一圈，表面挂上一层掺了很多水的墨鱼汁的颜色。

“这不是我唯一的工作，”园丁解释说，“但是我最主要的收入来源。”

“哦。”特德说，他把深棕色的支票递还园丁，园丁郑重地塞回钱包。“你听听我是不是明白了你的意思，爱德华多，”特德说，“你认为你救了我的命，并且因此丢掉了工作。”

“我确实救了你的命——也确实为此丢了工作。”爱德华多·戈麦斯说。

特德的虚荣心里面，还包括他对自己奔跑速度的无边自信，所以，他毫不怀疑自己上一秒还傻乎乎地站着，下一秒就能迅速拔腿起跑，并且瞬间跑出甩掉沃恩夫人的林肯车的速度，但他无法否认园丁表现勇敢的事实。

“你要多少钱？”他问。

“我不要你的钱——我不是来讨施舍的，”爱德华多告诉他，“我希望你能给我一份工作。”

“你想要工作？”他又问。

“如果你有工作给我做的话。”爱德华多回答，他绝望地打量着肮脏杂乱的院子，连丁点儿大的草坪似乎都无人护理，需要施肥，而且明显缺水。没有花丛、没有多年生植物、没有一年生植物——反正爱德华多一样都没看见。沃恩夫人曾经告诉他，特德·科尔既有钱又有名。（我猜他不愿意把钱花在园林绿化上，爱德华多想。）“可你似乎不需要我。”他告诉特德。

“等一下，”特德说，“我领你去看看我想建游泳池的地方，还有别的一些东西。”

埃迪在厨房窗户里看到两人绕着房子走了一圈，感觉园丁不像是来取特德性命的，于是决定去院子里听听他们聊什么。

“我想要个简单的、长方形的游泳池——不用像奥运会上的那么大，”特德告诉爱德华多，“一头深、一头浅——有台阶，不要跳水板，我觉得跳水板对小孩有危险，我有个四岁的女儿。”

“我有个四岁的孙女，我同意你的看法，”爱德华多告诉特德，“我不会建游泳池，但我认识建游泳池的人。当然，我会维护游泳池，比如排污和加清洁剂，你知道吧，这样水才不会浑——否则你的皮肤会变绿。”

“听你的，”特德说，“你说了算。我就是不想要跳水板，池子周围必须种点东西——防止邻居和路过的盯着我们看。”

“我建议你堆一圈护坡——护坡实际上有三层，”爱德华多说，“顶层固沙保土，可以种些沙枣，沙枣在本地长得很好，叶子也漂亮——银绿色，开黄花，有香味，结的果实像橄榄，所以又叫野橄榄。”

“听你的，”特德告诉他，“你说了算。还有这块地的边界问题——我觉得看不出明显的分界。”

“那就种上水蜡树标出边界。”爱德华多·戈麦斯回应道。想到水蜡树，这个小个子男人似乎哆嗦了一下，可能是忆起倒挂在树篱中呼吸汽车尾气的经历。

无论如何，爱德华多相当擅长培育水蜡树：在他的照看下，沃恩夫人的树篱每年平均蹿高十八英寸。“你只需要给它施肥、浇水，但别忘了修剪。”园丁补充道。

“当然——那就水蜡树吧。”特德说，“我喜欢树篱。”

“我……也是。”爱德华多撒谎。

“我要扩大草坪，”特德说，“清掉那些白痴雏菊和高草，高草里没有蜱虫才怪。”

“当然有。”爱德华多说。

“我要运动场那样的草坪。”特德恨恨地说，一副大仇得报的样子。

“你想在上面画跑道？”园丁问。

“不，不！”特德叫道，“我是说，我想要运动场那样大的草坪。”

“噢，”爱德华多说，“那要种很多草，经常修剪，安很多洒水器……”

“木匠活呢？”特德问园丁。

“什么？”爱德华多问。

“我是说，你会干木匠活吗？我想盖一座户外淋浴间——多加喷头。”特德解释道，“不是太复杂的木匠活。”

“当然，我能干。”爱德华多告诉他，“管道活我不会干，但我认识一个……”

“行啦，听你的，”特德又说了一遍，“都是你说了算。你老婆呢？”他补充道。

“她怎么了？”爱德华多问。

“嗯，我是说，她上班吗？她是干什么的？”特德问他。

“她做饭，”爱德华多回答，“有时候看孙女——有时也帮别人看孩子，还帮人家打扫房子……”

“说不定她会愿意打扫这座房子，”特德说，“也许还愿意给我做饭，照顾我四岁的女儿，她是个可爱的小女孩，名字叫露丝。”

“当然，我问问我老婆，我想她肯定愿意。”爱德华多说。

埃迪觉得，玛丽恩要是知道了这些，一定会疯掉。她离开还不到二十四小时，丈夫已经找全了替代她的人（起码他认为玛丽恩可以被替代），一口气雇好了园丁、木匠、看守和杂工——爱德华多的妻子很快还会来做饭、照顾露丝！

“你老婆叫什么？”特德问爱德华多。

“肯奇塔——可不是香蕉啊。”爱德华多告诉特德。

不久，肯奇塔真的来给特德和露丝做饭了，她不仅是露丝的主要保姆，特德外出的时候，肯奇塔和爱德华多还住进帕森尼奇路的科尔家照看露丝，就像她的母亲和父亲一样。戈麦斯夫妇的孙女玛利亚和露丝同岁，成了露丝童年的玩伴。

被沃恩夫人解雇，对爱德华多来说只意味着快乐和好运气，特德·科尔很快成为他和肯奇塔的主要收入来源，事实证明，与做男人相比，特德·科尔做起雇主来可爱多了，也更可靠。（埃迪·奥哈尔的打工经历是个例外。）

“你什么时候可以开始工作？”1958年8月的那个星期六早晨，特德问爱德华多。

“随你的意。”爱德华多回答。

“嗯。你今天就可以开始，爱德华多。”特德告诉他。他看都没看站在一旁的埃迪，就对爱德华多说：“先开车送这孩子去奥连特岬角的码头怎么样？”

“当然可以。”爱德华多说。他礼貌地朝埃迪点点头，埃迪也朝他点了点头。

“你可以马上就走，埃迪，”特德对小埃迪说，“我的意思是，早餐前。”

“好，”埃迪说，“我去拿我的东西。”

就这样，埃迪·奥哈尔没跟露丝道别就走了，他不得不在露丝醒来之前离开，只能匆忙打个电话告诉家里，昨天半夜他刚把父母叫醒，今天早晨不到七点又需要再吵醒他们一遍。

“如果我先到了新伦敦，就在码头等你，”埃迪对父亲说，“小心开车。”

“我会去的！我们码头见！我和你妈都去，埃迪！”薄荷激动地对儿子说。

至于汉普顿地区的校友通信录，埃迪差一点把它放进包里，但最后改了主意——他把每一页都撕成细长条，再团成球，丢进客房的废纸篓。他走了以后，特德会偷偷检查这个房间，发现纸团，误认为它是情书，费劲巴拉地拼好碎纸之后，他才意识到，埃迪或者玛丽恩是绝对创作不出如此离奇的“情书”来的。

埃迪已经把奥哈尔家族收藏的那本《老鼠爬墙缝》摆在小皮箱的最上层，薄荷希望科尔先生在这本书上签名，但埃迪实在开不了口（在目前情况下）向著名作家暨插画家索要签名，所以他偷来特德的一支钢笔，特德签名时最爱选用这种笔尖的笔。埃迪打算在轮渡上苦练特德·科尔的笔迹，模仿他在书上签名，但愿父母不会看出其中的差异。

在车道上，他们没有什么告别语可说——正式的和非正式的都没有。

“嗯，”特德沉吟半晌，好容易才开口，“你是个好司机，埃迪。”然后伸出手。埃迪伸出右手和他握了握，左手小心翼翼地递出那个面包形状的破烂包裹——给露丝的礼物，这东西只能交给特德了。

“这是给露丝的，但我不知道里面是什么，”埃迪说，“我父母送的，在我的旅行袋里搁了一夏天。”他解释道。特德察看变了形（几乎散开）的包装纸的时候，埃迪看出了他的厌恶。礼物仿佛在恳求人们将它拆开，哪怕摆脱这层可怕的包装也好。埃迪固然好奇里面是什么，也害怕礼物现了原形后会令他尴尬，不过，他发现特德也想拆开包装。

“我能拆开吗，还是让露丝拆？”特德问埃迪。

“你为什么不能拆呢？”埃迪说。

特德拆开一看，原来是件衣服：一件小T恤衫。四岁小孩能对衣服感兴趣？如果真让露丝来拆，发现不是玩具或者书，她大概会很失望。而且，这件小T恤对她来说已经太小，到了明年夏天穿T恤衫的时节，以露丝那时的个头，根本套不进去。

特德把T恤完全展开，举起来给埃迪瞧，衣服上的埃克塞特校徽当然吓不倒小埃迪，迄今为止，十六年的人生中，他就过了三个月的每天不把“埃克塞特”挂在嘴边的日子。灰色的小T恤的前胸还印着一行深红色的字：

埃克塞特 197–

特德把薄荷附上的赠言卡片也给埃迪看了。他父亲写道：“在我们的有生之年，埃克塞特恐怕都不会招收女生，然而，同为埃克塞特校友，我想，您一定乐于见到令嫒进入埃克塞特就读，感谢您给予犬子第一份工作！”落款是“乔·奥哈尔，1936届”。真有讽刺意味，埃迪想，因为1936年不但是他父亲毕业的时间，特德和玛丽恩也是在那年结的婚。

更有讽刺意味的是，露丝·科尔后来真的进了埃克塞特——尽管薄荷（以及其他许多本校教工）相信这座历史悠久的老派学院不会搞什么男女同校，1970年2月27日，学校董事会还是宣布，当年秋季，埃克塞特将招收女孩入学。于是，那一年恰好满十六岁的露丝离开长岛，来到新罕布什尔州这所古老的寄宿学校读书，十九岁毕业，成为1973届校友。

1973年，埃迪·奥哈尔的母亲多事西·奥哈尔给儿子写了一封信，告诉他，他的前雇主的女儿从埃克塞特毕业了——与她一起毕业的还有另外46个女孩和239个男孩。多事西还向儿子承认，女孩的实际数目可能比她估算的还要少于男孩，因为她错把几个男孩认成了女孩——谁叫那么多的男生都留长头发呢！

这是真的：埃克塞特高中的1973届毕业班里，男孩流行长发，女孩流行中分长直发——露丝也未能免俗，她顶着这样的发型进了大学，直到终于能够主宰自己的头发之后，才将它剪短，她一直想留短发，不仅仅是为了跟父亲对着干。

1973年夏天，埃迪·奥哈尔短期返乡探望父母，简单浏览过露丝所在毕业班的年鉴照片。（还是薄荷把这本1973年的埃克塞特年鉴硬塞给他看的。）

“我觉得她长得像她母亲。”薄荷告诉埃迪，他不过是信口乱说而已。薄荷从未见过玛丽恩本人，充其量在报纸或杂志上（科尔兄弟去世后）看过她的照片，但他的话引起埃迪的注意。

见到露丝的高中毕业照，埃迪认为她更像特德，不仅是发色深，她的方脸盘、宽目距、小嘴巴、大下巴，无一不像父亲，人长得虽然漂亮，但更偏向俊朗，是男性气质的那种好看。

校壁球队合影中的露丝更有阳刚气。她毕业后第二年，埃克塞特才成立女子壁球队，所以，1973年，十九岁的露丝获准加入校男子壁球队，成为实力排名第三的球员。单看合影，露丝很容易被误认作男孩。

露丝在1973年埃克塞特年鉴中的最后一次露脸，是与班克罗夫特女生宿舍楼的舍友合影，她站在这群女孩的正中央，笑容恬静，看上去心满意足，但也透着落落寡合的孤寂。

匆匆翻完露丝在埃克塞特年鉴中的照片，埃迪更加认定她还是1958年夏天那个“可怜的孩子”，他上次看到她时，她还在睡觉呢。二十二年后，二十六岁的露丝出版了她的第一部小说，时年三十八岁的埃迪·奥哈尔读到这本书，方才承认露丝的内心更像玛丽恩，不那么像特德，而直到露丝本人四十一岁的时候，他才恍然大悟：露丝实际上更像她自己，不管是玛丽恩还是特德，都没有对她产生本质上的影响。

然而，现在，1958年夏天，埃迪·奥哈尔可无法从一件小T恤衫上预见未来，而且这件衣服露丝已经没法穿了，眼下的小埃迪只想回家，汽车已经在等着他了。十六岁的少年钻进皮卡车厢，坐在爱德华多·戈麦斯旁边，园丁把车倒出车道。埃迪纠结是否要向特德挥别，因为他还站在车道上。如果他先朝我挥手，我就朝他挥手，少年决定。就在他眼看着特德马上要挥起小T恤衫来的那一刻，对方忽然想起了比挥手更重要的事情。

爱德华多还没来得及驶离车道，特德就跑上前来，拦住了卡车。清晨的风带着寒意，反穿着埃克塞特运动衫的埃迪却不在乎，他曲起胳膊肘，架在敞开的车窗上。特德一把捏住埃迪的胳膊肘，说："关于玛丽恩——还有件事你应该知道，即使在事故发生前，她也是个别扭的女人，我是说，如果不出事，玛丽恩也很难相处。你明白我的意思吗，埃迪？"

特德捏着他的胳膊肘，一直没松劲，但埃迪既没把胳膊撤回去，也没说话。特德·科尔拦住卡车，告诉他玛丽恩是个"别扭女人"，埃迪思索。连只有十六岁的他都觉得用"别扭"这个词形容她是不对的，由这个关键点可以判断，特德的这番话其实很假。"别扭"更像男人对女人的偏颇看法，男人含蓄地贬损前妻的时候，往往会用这个词，言外之意是女人不合他的意，或者在某种程度上让他难以接近。说这种话的男人，总是另有所图，困扰他的问题根本不在"别扭"上。无论如何，男人嘴里的这个词往往带有贬义，可埃迪却想不出话语来回应。

"忘记说了——还有最后一件事，"特德告诉小埃迪，"关于那只鞋……"如果埃迪现在还能动弹，他肯定会赶紧捂起耳朵，可他根本动弹不了——仿佛变成了一根盐柱，他现在可算是理解玛丽恩为什么一听到"事故"就会变成石头一样了。"那是一只篮球鞋，"特德说，"蒂米叫它'高帮鞋'。"

特德要说的就是这些。

皮卡经过萨格港时，爱德华多说："我就住在这里，我的房子能卖不少钱，但如果目前的形势继续下去，不久以后即使拿出这么多的钱也买不起房子了，至少在这附近买不到。”

埃迪朝园丁点头微笑，可他说不出话，他的胳膊肘依旧架在副驾驶一侧的窗沿上，已经被冷空气冻麻了，但他怎么用力都收不回来。

他们搭乘第一班小轮渡，登上牛尾洲，又驾车横穿该岛，乘上另一班从牛尾洲北端开往格林波特的小轮渡。（多年以后，露丝总是把这一连串的小轮渡视为离家返回埃克塞特的前奏。）

到了格林波特，爱德华多·戈麦斯对埃迪·奥哈尔说：“我要是把萨格港的房子卖了，可以在这里买到一座非常不错的房子，但是在格林波特当园丁可赚不了多少。”

“对，我想是这样。”埃迪终于能说话了，但他还是觉得舌头不像自己的，话也好似不是自己说的。

两人来到奥连特岬角，海面上并不见轮渡的影子，暗蓝色的海水翻起白色泡沫般的浪花。由于今天是周六，许多计划一日游的人在等轮渡，大都是去新伦敦购物的徒步旅行者。这群乘客与六月时埃迪在奥连特岬角下船时邂逅的那一群不同，而且，当时那群人里，站着玛丽恩，而且，她正在等他。（“你好，埃迪，”玛丽恩说，“我还以为你怎么都看不见我呢。”说得好像他没看见她似的！好像他会错过看她的机会似的！）

“好吧，再见了，”埃迪对园丁说，“谢谢你送我来。”

“如果你不介意，我想问问，”园丁诚恳地说，“为科尔先生工作究竟怎么样呢？”

离开长岛

跨海轮渡的上层甲板异常寒冷，埃迪跑到操舵室的背风面躲避寒风，顺便在他的写字簿上练习特德·科尔的签名。大写的字母T和C模仿起来简单，特德写得像线条圆润均匀的无衬线字体，而模仿小写字母比较难，它们不仅个头小，而且是花哨的斜体，倾角完美划一。在本子上试过二十多次后，埃迪还是发现自己的运笔习惯会无意识地在仿写过程中显露出来，担心非常熟悉自己笔迹的父母会怀疑签名是伪造的。

全神贯注的他并未注意，曾经与他在那个命中注定的六月天一道跨越海湾的蛤蜊车司机也在船上。除了星期天，蛤蜊车司机每天都搭轮渡往返奥连特岬角和新伦敦，他认出了埃迪，便跑来坐在少年身边的长椅上，发现他正在苦练一个签名，联想到埃迪不久前找了个奇怪的工作——他们还就何为“作家助理”讨论过几句——蛤蜊车司机猜测，这孩子不厌其烦地重写同一个名字，必定是为了完成他的古怪工作。

“最近怎么样啊，小伙子？”蛤蜊车司机问，“你还挺努力的嘛。”

未来的小说家埃迪·奥哈尔——即使算不得最成功的一位——也是个善于审时度势的年轻人，正因如此，在这个节骨眼上见到蛤蜊车司机，他喜出望外，立刻说明了自己的难处：他“忘记”请特德·科尔在书上签名，但不想让父母失望，只好勉力模仿，可仿得又不像。

“我来试试。”蛤蜊车司机说。

于是，在寒风凛冽的轮渡上甲板，操舵室的背风面，一位驾驶卡车运送蛤蜊的司机，成功模仿出了畅销书作家的签名，字体形神兼备，无可指摘。

他只在本子上试过五六次，就直接在书上动了真格，埃迪也不反对，欣然允许情绪酝酿到兴奋的司机在奥哈尔家传的《老鼠爬墙缝》上信笔挥洒。一挥而就之后，大叔和男孩躲在暖和无风的角落，满意地欣赏书上的签名。为了表示感谢，埃迪要把特德·科尔的钢笔赠予司机。

“你开玩笑的吧。”蛤蜊车司机说。

“拿着——归你了。”埃迪告诉他，“我真的不想要了。”他说的是真心话，蛤蜊车司机开心地接过钢笔，别在脏风衣内侧的口袋里，他身上一股热狗、啤酒和蛤蜊的混合味道——蛤蜊味儿在没风的时候闻起来尤其明显。司机提出请埃迪喝啤酒，被少年拒绝，遂又问他明年夏天会不会还到长岛当“作家助理”。

埃迪并不这么认为。不过，说实话，埃迪·奥哈尔一生中从未真正离开长岛——至少他的心若即若离——尽管明年夏天他将在埃克塞特的家中度过（在学校招生办帮忙，为有意来埃克塞特读书的学生及其家长做校园导游），但第三年的夏天一到，他便重返长岛。

从埃克塞特毕业那年（1960年），因为急于在远离家乡的地方找一份暑期工作，加之进一步确定自己对年纪大的女性特别有感觉——她们也格外喜欢他——埃迪想起他一直保留的佩妮·皮尔斯的名片。直到面临毕业之际——佩妮·皮尔斯早在一年半前就邀请他到南汉普顿的镶框店工作——他才恍然觉悟，皮尔斯女士给他的远不只是一份工作。

所以，埃克塞特的毕业生给南汉普顿的离异人士写了一封措辞恳切的信，直抒胸臆：嗨！你可能不记得我了。我给特德·科尔当过作家助理。上次我去你店里，你说要给我一份工作。你想起我是谁没有？对，我曾经是玛丽恩·科尔的情人，虽然时间不长！

佩妮·皮尔斯的回复也不客气：嗨你个头。不记得你？六七个星期搞了六十次——谁还能把你忘了？想要暑期工作？来吧！

当然，除了在镶框店打工，埃迪还得给皮尔斯女士做情人。1960年的夏天一开始，他就进驻皮尔斯女士在福斯特耐克路的新家，暂居客卧，待找到合适的住处再搬过去。但是，在他找到这样的地方之前——甚至还没开始找，他们就成了情人。佩妮·皮尔斯很高兴埃迪能在空荡荡的大房子里与她做伴，而且房子里也需要一些活泼的室内装饰。

然而，要消除房子里的悲惨气氛，仅凭换个墙纸、重新装潢可不够：不久前，一位名叫蒙齐耶夫人的寡妇在这所房子里自杀了，她的独生女很快便把房子卖掉，这个女孩还在上大学，据说，蒙齐耶夫人寻短见时，母女俩的关系已经疏远。

埃迪不会知道，蒙齐耶夫人就是出现在科尔家的车道上、被他错认为玛丽恩的那位女士，更不清楚特德在这对母女的不幸遭遇背后扮演何种角色。

1960年夏天，埃迪没联系过特德——也没见到露丝，但他见了露丝的几张照片。照片是爱德华多·戈麦斯拿到佩妮·皮尔斯的店里去镶框的。佩妮告诉埃迪，自两年前玛丽恩卷走儿子们的照片后，科尔家送来镶框、聊以填充墙壁空白的照片屈指可数。

这些照片都是露丝的，而且——和埃迪在1960年见过的那六七张照片一样——拍照时摆的姿势都不自然，感染力压根及不上托马斯和蒂莫西那几百张率真随性的日常抓拍。相片里的露丝冷静严肃，双眉紧锁，怀疑地望着镜头，偶尔的几个笑容也显然是在别人的劝说下挤出来的，绝非发自内心。

短短两年，露丝长高了，头发更黑更长，经常梳着辫子。佩妮·皮尔斯告诉埃迪，露丝的辫子编得很专业，辫稍处的发带打的结子也很精致，明显不是特德的手艺，佩妮指出——六岁的小孩当然也没有这样的本事。（辫子和发带结出自肯奇塔·戈麦斯之手。）

“她是个可爱的小女孩，”皮尔斯女士评价露丝，“但恐怕不会出落得像她母亲那么漂亮——还差得远呢。”

1958年夏天和玛丽恩做过大约六十次爱的埃迪·奥哈尔将近两年没有性生活。高三这一年，他有资格选修英文创意写作课，这门课的老师是哈夫洛克先生，在他的指导下，埃迪写了一个年轻人在比他年纪大很多的女性怀抱中获得性启蒙的故事。在此之前，对于1958年夏天的经历，他只把替特德·科尔送画给沃恩夫人的经过改写成了一个超长的短篇故事。

在埃迪的故事中，“作家助理”这个人物送的并不是画，而是色情诗，人物的设定也很像他本人，是沃恩夫人怒火的无辜受害者。沃恩夫人的角色没怎么变化——只是名字改成了“威尔莫特夫人”（因为埃迪只记得汉普顿地区的埃克塞特校友中有个姓“威尔莫特”的）。自然，威尔莫特夫人的拉美裔园丁相当有同情心，义不容辞地担负起捡拾挂在树篱上和泡在环形车道中心的喷泉里的色情诗碎片的重任。

色情诗人的角色却并不太像特德，他是个瞎子，所以需要雇用助理——而且他还缺个司机。在埃迪的故事中，诗人没有结婚，他和有夫之妇威尔莫特夫人（他那堆语不惊人死不休的色情诗要么是写给她的，要么是写她的）的风流事被归咎到女方身上，盲诗人则完全是个令人同情的无辜小天使，一而再、再而三地被丑陋女人引诱和抛弃。

作家助理在剧情中起到穿针引线的作用，诗人对邪恶的威尔莫特夫人的爱坚定不移，备受虐待的作家助理甘冒牺牲工作的风险，向盲诗人揭发威尔莫特夫人的真面目，忠言逆耳，诗人一怒之下解雇了他，后来，年轻人的肺腑之言终于将诗人从他对威尔莫特夫人这种女性的自毁式迷恋中解放出来。（“丑陋”的主题欠缺提炼，甚至并不成熟，虽然埃迪指的是心灵的丑陋，但故事给读者留下的主要印象是威尔莫特夫人外表的丑陋与不顺眼。）

坦率地说，这是一个糟糕的故事，但作为小埃迪初次写作的尝试，还是给哈夫洛克先生留下了足够的印象，他也因此批准埃迪选修创意写作课，在一群有志成为作家的年轻人中间，埃迪开始尝试描写那个更诱人的主题——母子恋。

他自然不好意思把最早期的作品拿给同学们看，这些故事他只偷偷请哈夫洛克先生掌过眼，哈夫洛克先生也只把它们给自己的妻子看过，他妻子正是那位名声在外的不剃腋毛、不穿胸罩的哈夫洛克太太，埃迪最早的性幻想对象。哈夫洛克太太对埃迪的母子恋写作主题表现出十分积极的兴趣。

其实，比起埃迪的平铺直叙，哈夫洛克太太对他选择的题材更感兴趣，这也难怪，她是个三十好几却没有孩子的已婚妇女，更是封闭的校园之内、近八百名男性学生唯一可见的性幻想目标。她虽不曾受到其中任何一个男生的色诱，却难免不会注意到他们对她垂涎三尺，连设想一下这种关系的可能性都让她感到恐惧。她的婚姻幸福美满，从来只觉得男孩子……不过是孩子罢了。所以，十六岁男孩和三十九岁女人之间的性关系——埃迪作品中反复出现的主题——激发出她不可抑制的好奇心。哈夫洛克太太生在德国，到苏格兰做交换生的时候认识了她的丈夫——哈夫洛克先生是英国人——然后一步踏入这个全是男生的美国精英寄宿学校，常感迷惘沮丧。

尽管埃迪的母亲说她“玩世不恭”，但哈夫洛克太太本人并没有做过色诱任何男学生的事。她是个好妻子，尽可能地为取悦丈夫而打扮——是哈夫洛克先生喜欢她不剃腋毛和不穿胸罩，甚至苦苦求她刀下留毛，因为他最崇尚天然美，哈夫洛克太太却觉得这样做有点老土，而且，那些性欲旺盛的男孩为此对她产生的更为不羁的幻想令她惊惶失措、无地自容。

安娜·哈夫洛克的娘家姓是“雷纳”，每次她从教工公寓出来，都会让游荡在宿舍楼里的男孩们脸红心跳，有的甚至直接撞到房门或者墙壁，因为他们的眼珠子就像粘在她身上一样，根本拿不下来。她每次给丈夫叫到家里来辅导功课或点拨创意写作的学生端上咖啡和甜甜圈，他们都会张口结舌地说不出话来——已然被她迷走了三魂七魄。哈夫洛克太太是个非常理智的人，对此深恨不已，央求丈夫带她回英国或德国去，因为根据以往的经验，她知道在那些地方自己可以不受打扰地生活。然而她的丈夫亚瑟·哈夫洛克却热爱埃克塞特的生活，他是个精力充沛的教师，深受学生的爱戴和同事的喜欢。

埃迪·奥哈尔把他令人困扰的故事——他与玛丽恩·科尔的肉体纠缠——带进了哈夫洛克太太基本算是美满的婚姻（存在争议的问题只有上面这一个）。当然，埃迪在故事中隐去了自己和玛丽恩的影子，故事的男主角并不是什么著名童书作家暨插画家的助理。（因为薄荷·奥哈尔不厌其烦地四处吹嘘他儿子的暑期工作经历，弄得埃克塞特高中的英语教学组没有人不知道埃迪为特德·科尔工作过。）

埃迪的故事中，一位十六岁的少年在南汉普顿的镶框店找到了暑期工作，玛丽恩的角色是以佩妮·皮尔斯为原型捏造的，出自他对佩妮并不完善的记忆。因为他记不清皮尔斯女士的相貌，女主角的外表是玛丽恩的漂亮脸蛋和佩妮·皮尔斯微胖身材的别扭组合——佩妮的身材并不与玛丽恩的脸庞相配。

与皮尔斯女士一样，埃迪故事中的女主角已经离婚，并且十分享受离异后的生活，男主角则充分把握住了这次性启蒙的机会，夏天还没过完，就已经和女主角做了六十次爱，这个情节让哈夫洛克先生和哈夫洛克太太看得目瞪口呆。男主角也享受到了女主角所获大笔离婚安置费的好处——他住在镶框店老板的南汉普顿豪宅中，房子和沃恩夫人在琴酒路的豪华住所极为相像。

虽然哈夫洛克太太被埃迪故事中的性描写深深吸引，陷入烦乱之中，哈夫洛克先生——不负良师之名——却更关心埃迪的写作质量。他确定了埃迪早先的一项猜测：他的故事有些地方写得比其他地方更加真实，比如性方面的细节、男孩与对他意味着一切的女人（可他觉得自己对她没那么重要）的夏季恋情、他对这段关系终将随季节结束的阴沉预知——以及他对性的不懈期待（期待过程几乎与做爱本身一样激动人心）……这些内容读来确切可信，就像真的一样（埃迪清楚，它们就是真的）。

但其他细节不太有说服力，比如埃迪笔下的盲诗人，这个人物塑造得并不完整，他的色情诗既无诗意，也不够色情——不过，沃恩夫人的角色的愤怒、她对色情诗和给她送诗的倒霉的作家助理的反应……却是上好的描写，听起来也很真实。（埃迪明白，这本来就是真的。）

盲诗人、色情诗、玛丽恩和佩妮·皮尔斯混合而成的女主角的外貌都是埃迪编造出来的。哈夫洛克先生和太太告诉他，女主角的形象不够鲜明，他们“看”不到她。

虽然故事是自传性质的，埃迪完全可以处理得真实可靠，但他也试图想象——去虚构、去创造——结果却总是不如记忆中的情节有说服力，这对小说家而言是个严重的限制！（当时他还是埃克塞特的学生，意识不到究竟有多严重。）

最终，他的作品虽然名气不大，但以文学性著称，并凭借这一点赢得了尊敬。然而，他永远没能像露丝·科尔那般撼动美国读者的心灵，没能具备她那样的驾驭语言的能力，创设出庞杂丰富的人物与情节——行文的气势则更不如她。

即便如此，埃迪还是可以靠写小说为生，不能因为他不像切斯特顿评价的狄更斯那样，具备“无须任何文化、传统、宗教、哲学或重要外国学派的熏染助力，自然迸发出的纯粹的天才之火”，就全然否定他作为小说家的价值。

尽管埃迪·奥哈尔绝非狄更斯那种不世出的天才（拿切斯特顿的评语来赞美露丝·科尔也是过誉），至少他的作品能够出版。

关键在于：埃迪只写他熟悉的自传体小说——翻来覆去都是围绕同样的主题说事，而且，虽然下笔谨慎（文风简洁明晰），对于时间和地点绝对忠诚（人物的真实虚假一看便知），但他的作品缺乏想象力，或者说，如果他放松了约束想象力的缰绳，小说的可信度就会打折扣。

他的第一部小说获得了普遍的好评，却没有摆脱他的好老师哈夫洛克先生早就指出的毛病。这本书的名字就叫《暑期工》，基本上是他在埃克塞特时写的故事的另外一个版本。（书出版于1973年，露丝·科尔恰好在那一年由曾经的全男校埃克塞特毕业。）

《暑期工》里，盲诗人变成了聋诗人，他雇用男主角也不是为了给自己配备助理，原因更接近特德雇用埃迪的目的：酒鬼需要司机。男主角和聋诗人之间的关系固然可信，聋诗人的“色情”诗却名不副实——要粗俗不粗俗，说色情不色情。这个诗人既是聋子又是酒鬼，还有个脾气不好的情人（以沃恩夫人为原型，仍然叫“威尔莫特夫人”），故事对威尔莫特夫人的丑陋刻画得颇有技巧，可诗人苦大仇深的妻子——玛丽恩的角色——既不像玛丽恩，也不像佩妮·皮尔斯。

埃迪想把她塑造成一个性格最难捉摸但真实有说服力的中年妇女，可她在故事里的形象十分虚幻，让读者觉得作家助理的恋爱对象不太可能是这样一个面目模糊的人物，她选择埃迪做情人的动机也不充分，读者搞不清楚她究竟看上了只有十六岁的小埃迪的哪一点。埃迪没在《暑期工》里面提到玛丽恩的两个死去的儿子，他的小说里没有他们的位置，也没有引入露丝的角色。

读到《暑期工》，特德·科尔的心情是愉悦的，他自以为是地觉得这是一部无甚价值的虚构作品，但也感激三十一岁推出处女作的埃迪对事实的改动。露丝长大后，听到父亲告诉她，埃迪·奥哈尔曾经是她母亲的情人，也感激埃迪没有在小说中写到她自己。她没刻意在女主角身上寻觅玛丽恩的影子，只知道母亲仍旧下落不明。

1958年8月的那个星期六，与蛤蜊车司机一同跨越长岛湾的埃迪·奥哈尔对未来一无所知，更料不到自己会成为小有名气——却有一群忠实追随者——的小说家，有时候，他也会因为忠实读者大多是些中老年妇女（还包括少数年轻男性）而感到困扰，他尽管笔耕不辍，却从未放弃自己的正式工作——大学教书匠，而且把这份工作做得尽心尽力、光明磊落，也正因如此，虽然在教学方面并未表现出什么天赋，照样受到学生和同事的尊敬——但不是崇拜。

蛤蜊车司机问他："不当作家助理，那你想干吗？"埃迪毫不犹豫地回答这个浑身散发着臭鱼烂虾味道的直率男子："我要当作家。"

十六岁的小埃迪自然想象不出，当作家偶尔也得伤害别人，他会无意识地伤害到哈夫洛克夫妇——更不用说佩妮·皮尔斯，其实他有点故意要伤害她。可哈夫洛克夫妇对他那么好！哈夫洛克太太喜欢埃迪——部分原因是，她觉得埃迪不像那些垂涎她的男生，水平比他们高，她能看出，埃迪曾经爱过什么人，而且她没过多久就忍不住盘问他这件事。哈夫洛克夫妇两个都知道，埃迪的想象力不够，编造不出年轻男人和年长女性之间如此露骨的性爱情节，而且太多的细节都是那么的恰到好处。

因此，埃迪向哈夫洛克夫妇承认了他与玛丽恩历时六七周的恋情，也把他写不出来的那些可怕故事告诉了他们。起初，哈夫洛克太太以为是玛丽恩强奸了埃迪，认为她有罪，占了"未成年男孩"的便宜。但埃迪说服哈夫洛克太太相信，事实根本不是这样的。

拥有与年长女性打交道天赋的埃迪很容易在哈夫洛克太太面前哭出来，她的毛腋窝和不受拘束的跳脱乳房依然令他难以忘怀，向他发出往昔的呼唤。哈夫洛克太太就像他的前女友，偶尔让他心猿意马一阵，虽然达不到全情投入的状态，他还是甘愿暂时沉浸在她温暖的母性关怀之中。

遗憾的是，他还是要写到她，就在他那本“逊于往常水平”的“第二部小说”里——这本书是他最糟糕的作品，继处女作《暑期工》之后，第二部小说是他创作生涯的低谷，这之后，他的文学声誉会略有提高，然后在稳定、庸常的道路上走下去。

他显然对罗伯特·安德森的剧本《茶与同情》深有研究，这部剧后来拍成电影，黛博拉·蔻儿饰演里面的年长女性，无疑给埃迪·奥哈尔留下了不可磨灭的印象。《茶与同情》在埃克塞特校园特别出名，因为编剧罗伯特·安德森是1935届的毕业生，正因如此，当埃迪的第二部小说《咖啡与甜甜圈》出版时，哈夫洛克太太感到格外尴尬。

《咖啡与甜甜圈》里，一位埃克塞特的学生被他最喜欢的英语老师的妻子迷得神魂颠倒。这位师娘——因为不戴胸罩而双乳下垂、腋毛葱茏勃发，一看便知是哈夫洛克太太——恳求丈夫带她远离埃克塞特的影响范围，原因是成为那么多男生的性幻想对象，她深感耻辱，而且，有一个男孩县全被她无意中散发出来的性感搞得精神崩溃了，她觉得十分抱歉。

这些内容都太接近“身边事”了，后来，薄荷·奥哈尔这样告诉他的儿子。《咖啡与甜甜圈》出版后，连多事西·奥哈尔都同情地看待深受打击的安娜·哈夫洛克。埃迪一度天真地认为，这本书是对《茶与同情》的致敬——也是对哈夫洛克夫妇的致敬，感谢他们曾经的帮助。然而在小说中，哈夫洛克太太的角色与被她迷住的痴情高中生上了床，因为这是她说服反应迟钝的丈夫带她离开这所全校上下都视她为自慰幻想对象的高中的唯一手段。（至于埃迪·奥哈尔怎么会将印着这种情节的书视为向哈夫洛克夫妇致敬的方式，众人百思不得其解，谁也讲不清楚。）

对哈夫洛克太太而言，《咖啡与甜甜圈》的面世至少让她实现了一桩心愿：按照她的要求，丈夫带她回了英国。亚瑟·哈夫洛克最后跑到苏格兰教书去了，那里是他和安娜初次相识的地方。虽然《咖啡与甜甜圈》里哈夫洛克夫妇的角色有一个美好的结局，但现实中的他们并没有为此感谢埃迪写了这本令人尴尬的书，事实上，他们此后再也没搭理过他。

唯一欣赏《咖啡与甜甜圈》的人大概只有那个假冒罗伯特·安德森的家伙，他以1935届校友、《茶与同情》作者的口吻给埃迪写了一封文绉绉的信，表示他感受到了埃迪的敬意和在营造喜剧效果方面的苦心。（埃迪读到最后，骇然发现信末“罗伯特·安德森”的署名后面紧跟一副圆括号，内书“逗你玩儿的！”几个大字。）

那个星期六，和蛤蜊车司机站在跨海轮渡的甲板上，埃迪闷闷不乐，仿佛已经预知他和佩妮·皮尔斯未来的某年夏天会搞到一起，而且读了《暑期工》之后，她还会写信骂他。佩妮当然不会喜欢小说中玛丽恩的角色，并且只觉得这位女主角影射的是她自己。

其实，皮尔斯女士在读到《暑期工》之前，早就对埃迪失望了。1960年夏天，她和埃迪睡了三个月，几乎是埃迪与玛丽恩睡觉时间的两倍，然而埃迪和皮尔斯女士做爱的次数却远远不到六十次。

“你知道我还记得什么吗，小伙子？”蛤蜊车司机说。为了吸引埃迪的注意，司机把啤酒瓶伸到操舵室的防护墙外面，瓶子被风一吹，发出呜呜的声音。

“不知道，你记得什么？”埃迪问司机。

“跟你在一块儿的那个娘们，”蛤蜊车司机说，“穿粉红毛衣来接你的那个，开着骚包的小奔驰，你不会是给她当助理吧？”

埃迪犹豫了一下。“不是，我是她丈夫的助理，”他说，“她丈夫是作家。”

“他可真幸运！”蛤蜊车司机说，“你可别想歪了啊，我只喜欢看女人，不乱搞。我都结婚快三十五年啦——老婆是我高中时候的女朋友。我们过得很快活，反正我觉得是这样的。她长得不怎么漂亮，但好歹是我老婆，跟蛤蜊差不多。”

“你说什么？”埃迪问。

“我是说，老婆跟蛤蜊……差不多，虽然不是最中看的，可最实在。”蛤蜊车司机解释道，“我想自己跑运输，起码卡车得是自己的，我不愿意给别人开车。运蛤蜊以前，我拉过各种货——都太麻烦，后来我发现还是倒腾蛤蜊更简单，混饭吃够用。”

“我明白了。”埃迪说。老婆，蛤蜊……这个比喻挺晦涩，无论怎么表述，都不太容易理解，未来的小说家想。如果说埃迪·奥哈尔像司机选择运蛤蜊一样，选择当作家是为了混饭吃，还是有失公允的，他并没有差劲到那个地步。

蛤蜊车司机又把啤酒瓶往墙外面探了探，瓶子里的酒现在被他喝光了，呜呜声变得更低沉。轮渡减慢速度，向码头靠近。

埃迪和司机走到上层甲板的船头位置，迎风而立，发现自己的父母站在码头上，正朝着船发疯似的挥舞手臂，家教良好的他连忙也向父母招手致意。薄荷和多事西都在抹眼泪，抱在一起，抢着给对方擦脸，仿佛埃迪刚从战场平安归来。埃迪却并未像平时那样感到尴尬，见到父母如此，他甚至半点都不觉得丢人，他这才意识到，自己是多么爱他们，而这样的父母，露丝·科尔见都没有见过，单凭这一点，他就比她幸运。

接着传来铁链的拖拽声，轮渡跳板颤悠悠地放下，装卸工人的叫嚷在喧闹中此起彼伏。“很高兴和你聊天，小伙子！”蛤蜊车司机喊道。

埃迪最后瞥了一眼（他认为是最后一眼）长岛湾波浪汹涌的水面，他并不知道，有朝一日，往返长岛湾会变得和进出埃克塞特主教学楼的大门、从召唤他成为男子汉的拉丁铭文下穿过一样成为他的家常便饭。

“爱德华！我的爱德华！”他的父亲号啕大哭，他母亲哭得连话都说不出来。埃迪只看了他们一眼，就明白他永远不可能把暑假的经历全部告诉父母。在这个非常时刻，他很可能已经认识到自己作为小说家的局限性：有本事编谎，却没本事把谎编圆。比方说，他既不敢把自己和特德、玛丽恩、露丝的关系向父母老实招认，又想不出令人满意的完美谎言。

埃迪说谎主要靠避重就轻，他简单地告诉父母，这个夏天他过得并不高兴，因为科尔先生和科尔太太打算离婚，现在玛丽恩已经撇下特德和小女儿一走了之，就是这样。所以，当母亲发现儿子的衣柜里挂着一件粉红色的羊绒开衫时，他迎来了更具有挑战性的磨炼说谎技术的机会。

老实说，比起他的作品中那些缺乏想象力的情节，埃迪平日里的谎言更自然、更有说服力。他告诉母亲，有一次，他陪同科尔太太出门买东西，在东汉普顿的一家精品店里，玛丽恩指着这件毛衣告诉他，她早就看中了这件衣服，希望丈夫买给她，可现在他们准备离婚了，她的丈夫大概不会愿意浪费钱给她买了。

埃迪说，后来他回到商店，买下这件昂贵的毛衣。然而，还没来得及送给科尔太太，她就走了——抛家舍业，连女儿都不要了。他告诉母亲，他想留着毛衣，有机会遇到玛丽恩的话再送给她。

儿子的善良让多事西·奥哈尔颇感骄傲，她时常把毛衣拿出来给教工朋友们展示——埃迪对郁郁寡欢的科尔太太的体贴成为多事西活跃家宴气氛的首选话题——弄得他很尴尬。他撒的谎还有进一步的副作用：1960年夏天，埃迪没能完成和佩妮·皮尔斯做爱六十次的暑期工作指标的时候，多事西·奥哈尔结识了埃克塞特一位教工的妻子，发现她的身量穿这件毛衣正合适，所以，等埃迪第二次从长岛回家，他的母亲已经把玛丽恩的粉色羊毛开衫送人了。

不幸中的万幸，他母亲从来没发现玛丽恩的淡紫色吊带背心和配套内裤，因为埃迪把它们埋藏在存放他的运动护裆和壁球短裤的抽屉最深处。假如多事西·奥哈尔把玛丽恩的内衣也翻出来，恐怕就不会认为儿子给科尔太太买下这种东西是出于“体贴”了。

新伦敦的码头上，1958年8月的那个星期六，埃迪给父亲的那个坚定的拥抱中的某些东西说服薄荷把车钥匙交给儿子，他也没再说什么前方的交通状况“和埃克塞特的不一样”之类的话。老奥哈尔毫不担心，因为他发现埃迪已经成熟懂事了。（“乔——他完全长大啦！”多事西也小声对丈夫说。）

薄荷把车停在新伦敦火车站的月台附近，距码头有一段路。多事西和他在路上略微争执了一下（两人都想坐副驾驶，给埃迪当“向导”），然后就像满怀信心的孩子一样坐进车里，完全听儿子的。

离开火车站停车场的时候，埃迪才发现，玛丽恩的深红色奔驰就停在离月台几步远的地方，车钥匙现在很可能已经寄给她的律师了，律师会把玛丽恩的要求转告特德。

这么说，她大概没去纽约，埃迪波澜不惊地想。即使玛丽恩把车留在新伦敦的火车站，也不一定意味着她要返回新英格兰——她可能已经开始继续北上了。（也许目标是蒙特利尔。他知道她会讲法语。）

可她到底是怎么想的？埃迪很纳闷，他还会继续纳闷三十七年，不停琢磨玛丽恩的想法。她在干什么？她到哪里去了？

第二部

1990年秋天

四十八岁的埃迪

九月的某个星期一傍晚，天下着雨。埃迪·奥哈尔浑身僵硬地站在纽约运动俱乐部酒吧间的吧台前，他已经四十八岁了，原先的深棕色头发多半变成了银灰色。他正趴在台面上读着什么，一大绺头发不时滑下前额，挡住眼睛，他只好伸出梳子齿一样的细长手指，不停把头发向后拢。埃迪出门从不带梳子，头发总像刚洗过一样，蓬松狂野，其实，他整个人从头到脚，也就是发型还有点野性。

埃迪又高又瘦，无论坐下还是站着，都会不自然地挺起肩膀，他几乎像个军人，总是刻意地挺直身体：因为他常年遭受下背部疼痛的困扰。他刚刚和一个叫作吉米的秃顶矮个男人连打三场壁球，三次都输给了吉米。埃迪永远记不住吉米姓什么，只知道他已经退休——传言说他已经七十多了——而且每天下午都来纽约运动俱乐部，等着和那些被球友放鸽子的年轻壁球玩家临时凑对打球。

正在喝健怡可乐（他只喝这玩意儿）的埃迪以前就输给过吉米，自然，他也被人放过鸽子。他在纽约有几个亲近朋友，但没人玩壁球。三年前（1987年）他才成为这个俱乐部的会员，那一年他出版了自己的第四部小说《六十次》。虽然这本书评价不错（也有点不温不火），但俱乐部会籍委员会之中唯一读过它的那位成员却没有被打动，该委员会的另一位成员私下告诉埃迪，他被批准入会的原因，不是因为他的那些小说，而是他的姓氏。（自创立以来，纽约运动俱乐部有过许多姓奥哈尔的会员，不过没有一个是埃迪的亲戚。）

尽管觉得俱乐部是在挑三拣四，埃迪还是乐于成为会员：来纽约的时候，在这里打发时间可以省钱。自他的第三本小说《离开长岛》出版，近十年来，埃迪经常到纽约来——但可能只待一两天。1981年，他在布里奇汉普顿买下自己的唯一一处住房，距特德·科尔在萨加波纳克的房子五分钟车程。虽然已经在萨福克县做了九年的纳税居民，埃迪一次都没有开车从特德在帕森尼奇路的家门口经过。

埃迪的房子在枫树路，附近就是布里奇汉普顿的火车站，赶火车的时候不用开车，走过去都来得及，可他很少坐火车。埃迪讨厌火车，火车每天都从他家旁边的铁道上开过去，他有时甚至觉得自己就住在一列火车上。房地产经纪人也亲口向他承认，枫树路这个地段的房子唯一的优点就是实惠，出租也容易。埃迪讨厌七八月份待在汉普顿，索性到了夏天就把房子短期租出去，结果赚到不少的租金。

有了写书和夏天出租房子的收入，埃迪可以每个学年只教一个学期的课。他常年走马灯一般在各大高校担任驻校作家，同时出席形形色色的作家会议，每到夏季还得寻找租金比出租布里奇汉普顿的住宅便宜的临时住处。然而埃迪从不抱怨自己的处境，驻校作家圈的人都喜欢他，因为他从不和学生乱搞，至少不会选择比他年纪小的学生。

埃迪·奥哈尔没有违背三十二年前他对玛丽恩发表的宣言，他从来没睡过与自己同龄或比自己年轻的女人。许多参加作家年会的写作班学生都是年纪比较大的女性——离婚妇女和寡妇，视写作为心理治疗——没人觉得这些女性天真无辜，或者在遭受驻校作家性骚扰的时候需要得到保护。另外，就埃迪而言，总是大龄妇女先骚扰他，因为人们都知道他好这一口。

所以，埃迪几乎从不树敌。也就是在感觉自己被他写到的时候，某些大龄妇女才会生气，可她们只是误把埃迪小说中的老女人当成了自己，他不过是借用了她们的身体、头发、姿态和表情等特征。埃迪笔下的每个年轻男人对年长女性的永恒爱慕，都是他对玛丽恩的迷恋的投射，曾经沧海的他再也没有遇到能与玛丽恩相提并论的女人。

出于小说家的职业习惯，他自然会借鉴大龄妇女们衣食住行的细节，比如有时会把她们客厅里的沙发“搬”到小说里，有一次，他把一位独居的图书管理员的床单和枕套上的玫瑰花图案写进了小说，但没有写到她本人。（确切地说，他只借用了她左胸上的一颗黑痣。）

就算得罪了少数坚持认为被他写进了四本小说中的一本或几本的老女人，埃迪仍然和很多大龄妇女成为长久的朋友——包括曾经和他睡过的若干位。一个女人曾经告诉他，她不信任那些愿意和前女友继续保持友谊的男人，言外之意一定是，埃迪算不得她的前男友，或者只能称得上一个“好人”。埃迪·奥哈尔早就不在乎做“纯粹的好人”，不计其数的女人对他说过，当好人没有什么不好。（她们表示，因为好人实在太少，物以稀为贵。）

埃迪再次把挡住右眼的头发拨开，抬起头来，借着阴雨的黄昏朦胧的天光，端详酒吧间镜子中的自己：神色疲惫的高个子男人，现下这一刻，他的自信降到最低点，比身高矮出一大截。他把注意力转回柜台上的手稿，呷了一口健怡可乐。稿子是打出来的，接近二十页纸，他用红笔在上面做了许多修改。埃迪称红笔为“老师的最爱”。手稿第一页上还有他刚才记下的与吉米三局球赛的比分：15–9、15–5、15–3。每次惨败给吉米，他都觉得仿佛再次输给了特德·科尔。埃迪算了算，特德现在应该快八十岁了，跟吉米年龄差不多。

住在布里奇汉普顿的九年里，他是故意不从特德家门口经过的，而布里奇汉普顿枫树路和萨加波纳克的帕森尼奇路相隔很近，要想一连九年都绕着帕森尼奇路走，必须每次出门都小心谨慎。令埃迪吃惊的是，他从来没在鸡尾酒会或布里奇汉普顿的IGA超市偶遇过特德——他应该（却没有）猜到，科尔家的购物由肯奇塔·戈麦斯（她现在也应该快八十了）全部包办，特德从来不自己买东西。

至于为什么鸡尾酒会上没有特德的影子：因为埃迪和特德是两代人，两人参加的根本不是同一种鸡尾酒会。此外，尽管特德·科尔的童书仍有很多读者，他本人（七十七岁）的知名度却在不断下降——至少在汉普顿地区是这样。想到特德不如他的女儿有名，埃迪觉得很高兴。

然而，就算特德·科尔的名气溜走了，对埃迪来说，他在壁球方面的霸权——尤其是在地势奇崛的谷仓球场比赛时——却和吉米一样难以撼动。1990年的秋天，虽然已经七十七岁，特德还是能像1958年夏天那样完败埃迪。因为埃迪的球技实在太烂了，动作笨拙迟缓，从来预估不出对手的球路，接球很慢，还经常接不住，即便接到了，也不得不匆忙打出去。他相对最拿手的是高吊球，可到了特德的谷仓里却没有用武之地——谷仓的天花板比标准壁球场低，距地面不足十五英尺。

露丝的球技在埃克塞特男子壁球队排第三，已经算是高手，然而到了她父亲的主场——气得人干瞪眼的谷仓球场——却只能铩羽而归，高吊球同样是她的必杀技。1990年秋天，露丝三十六岁，她回家的唯一动力就是趁父亲还没死，在他的谷仓里打败他。可七十七岁的特德·科尔硬是一点要死的迹象都没表现出来。

中央公园南街和第七大道的拐角处，雨点倾泻在纽约运动俱乐部门口乳白色的遮阳篷上，如果埃迪知道已经有很多会员在那里排成长龙等候出租车，他会很早之前就离开酒吧间过来排队，可他一直在重读和修改冗长凌乱的稿件，只担心发言稿准备得不好，却不晓得更应该担心的是自己或许会迟到，甚至迟到很久。

埃迪身在五十九街和第七大道的交叉口，目的地“92Y[①]”位于九十二街和列克星敦大道的交叉口，步行过去当然太远——天还下着雨，他既没穿雨衣，也没带雨伞。他早该料到纽约的雨天出租车是多么抢手，尤其在傍晚的交通高峰期，但他一直担心发言稿有瑕疵，忘记了这回事，埃迪总是受到失败主义倾向的折磨，现在他恨不得自己当时没有信口答应在今天的活动上发言。

他悲哀地想，我算老几，竟然给露丝·科尔做引言人？

酒保把埃迪从过度的担心中拉回了现实，他问：“再来一罐健怡可乐，奥哈尔先生？”埃迪看了看手表。如果玛丽恩在此时此刻走进酒吧间，看到他的表情，一定会觉得这位前情人还像十六岁那样喜欢摆出一张苦瓜脸。

现在是晚上七点二十，埃迪希望在十分钟内赶到92Y，乘出租车到列克星敦大道和九十二街的交叉口至少需要十分钟，前提是他一踏出俱乐部大门，立刻逮到一辆出租车，可他不得不和一群牢骚满腹的会员一起排队候车。乳白色的遮阳篷上，雨水流过血红色的俱乐部标志——一只带翅膀的脚——不停滴落。

埃迪晃了晃手中笨重的棕色公文包，里面是他的几本书和发言稿。如果继续在这儿等出租车，势必会迟到。他做好了全身湿透的准备，其实就算不淋雨，他的衣着也像大学教授中常见的那样不修边幅，虽然他按照俱乐部的规定穿了西装，打了领带，而且从小就在以正装和领带为主流的环境中长大——他毕竟是个埃克塞特人——俱乐部的门卫却总是盯着他的衣服看，好像他违反了这里的着装要求似的。

埃迪无计可施，只好沿着中央公园南街跑了起来，恰在此时，雨势增强，倾盆而下。他隐隐盼望能在跑到圣莫里茨酒店和广场饭店门口的时候，发现一大串等候客人的出租车，然而，现实情况却是，两

① 92街犹太青年活动中心的缩写。

个酒店门口各有一大串等候出租车的客人。

埃迪冲进广场饭店，直奔前台，请服务员帮他换零钱——他拿出的是一张十美元纸币，能换很多零钱，他打算到麦迪逊大道搭公车。可还没等他咕哝出自己的意图，前台的女人就问他是不是本店的客人，有时候埃迪能自然地随口说谎，但当他特别想说谎的时候，却说不出来了。

“不，我不是客人——我只是需要坐公交车的零钱。”他老实承认。女人摇摇头。

“如果你不是客人，我会惹上麻烦的。”她说。

他只得沿着第五大道跑到六十二街，拐上麦迪逊大道，寻到一处咖啡馆，准备进去买一罐健怡可乐，然后就能得到些零钱。他把健怡可乐留在了收银台，还有一笔（与出售给他可乐的举手之劳相比）大方得夸张的小费，可收银台后面的女人却认为小费太少，她觉得，除了卖给埃迪可乐，她还要费事帮他把可乐处理掉，这要求太过分，简直不可理喻。

“你是来找麻烦的吧！”她在埃迪身后吼道。找给埃迪那么多零钱，她显然很不痛快。

埃迪在雨中等候麦迪逊大道的公交车，他已经湿透了，而且迟到了五分钟。现在是七点三十五分，活动八点开始。露丝·科尔读书会的组织者希望埃迪和露丝在后台见个面，聊聊天，“互相了解一下”，而不是“重新了解”，至少埃迪和露丝不会这么说。（如何通过三十六岁的成年人“重新了解”昔日的四岁小女孩呢？）

等公交车的其他人都知道，要离马路远一些，可埃迪就站在马路牙上，公交车还没停稳，就已经把排水沟里的脏水溅到他的前胸和肚子上。现在他不仅浑身湿透，而且脏乱不堪，公文包的底部也溅了许多脏水。

埃迪准备送露丝一本他签了名的《六十次》，尽管这本书三年前就出版了，如果露丝愿意读，肯定早就读过。埃迪经常想象特德·科尔会如何对他女儿评价《六十次》，“一厢情愿”，他可能这样说，或者“纯粹是夸张——你妈妈根本不认识这个人”。其实，特德对露丝说的话更有意思，而且一点都没说错。他的原话是：“这个可怜的孩子怎么也忘不了和你妈妈上床那件事。”

“他已经不是孩子了，爸爸，”露丝说，“我都三十多岁了，埃迪·奥哈尔应该四十多了吧？”

“他还是个孩子，露西，”特德告诉她，“埃迪永远都长不大。”

确实，挣扎着挤上麦迪逊大道的公交车的时候，多次受到苦恼和焦虑折磨的埃迪就像一个四十八岁的大男孩。他站在车门口磨磨蹭蹭，不知道该给多少车费，而且，虽然他的裤袋里鼓鼓囊囊装着一大把零钱，但裤子太湿，每次只能掏出一个钢镚，惹恼了司机。站在他身后的人——大部分都被他挡在车门外淋雨——也对他没有好脸色。

然后，他又往外倒公文包里的脏水，水流到一个不懂英语的老人的鞋面上，积成褐色的水坑，埃迪不明白老人和他说了什么，也不知道对方使用的是哪种语言。车厢里乱哄哄的，司机偶尔嘟囔几句，但埃迪根本听不清楚，不知道他说的是街道名、即将抵达的站名，还是后面几站的名称。

他之所以听不清司机报站，是因为靠过道的一处座位上坐着个年轻的黑人，腿上搁着一台巨大的便携式收录机，喇叭里正大声播放一首淫荡下流的歌曲，响彻整个车厢，埃迪就能听明白一句反复念叨的歌词，大概是：“你能看清狗屁的真相，哥们儿，如果她就坐在你的脸上？”

“对不起，”埃迪对年轻人说，“你不介意把声音关小点儿吧？我听不清司机说话。”

年轻人露出迷人的微笑，说：“我听不清你说什么，哥们儿，因为这个盒子太他妈能吵吵了！”

不知是出于紧张还是真正的心领神会，周围的几个乘客笑起来。埃迪往邻座的一位中年黑人妇女那边倾倾身子，用手掌抹了抹窗玻璃上的哈气，这样也许就能看到他想去的那个交叉口。可他笨重的棕色公文包——肩带和他的衣服一样湿——从肩膀上滑下来，击中了中年妇女的脸。

湿漉漉的公文包把女人的眼镜都砸掉了，幸运的是，她并拢膝盖，夹住了眼镜，可动作太猛，一只镜片脱框而出。她茫然地抬头看着埃迪，似乎已经被失望和悲哀刺激得精神错乱了。“你为什么要找我的麻烦呀？”她问。

轰然作响的《真相与坐脸之歌》应声而止，过道对面坐的年轻黑人一下子站了起来，挂在胸前的大收录机像一块巨石。

“那是我妈。”黑人少年说，他个子不高——头顶只到埃迪的领带结——可脖子和埃迪的大腿一样粗。“你为什么要找我妈的麻烦？”强悍的年轻人问。

自从离开纽约运动俱乐部，埃迪这是第四次听到“麻烦”这个词，这也是他从来没打算住在纽约的原因。

“我就想看看到站了没有——我下车的站。”埃迪说。

“你现在就下去吧。”野蛮的男孩告诉他，说着拉了一下信号绳。公交车来了个急停，埃迪没站稳，公文包再次滑下肩膀，不过这回没砸到人，因为他两只手紧紧抓住了它。“就这儿，快下去。”矮胖的年轻人说。他母亲和另外好几个乘客都表示赞同。

哦，好吧，埃迪边下车边想——说不定已经快到九十二街了。（他目前在八十一街。）公交车继续开动之前，他听到有人说：“可走了！”

几分钟后，埃迪来到八十九街，沿着这条街跑到公园大道的东侧时，瞥见一辆空出租车，他没有多想——现在只需向东跑一个街区，再向北经过三个街区，就到了目的地——就拦下车，钻了进去，告诉出租车司机去哪里。

“九十二街和列克星敦大道交叉口？”司机说，“天哪，你应该走过去——反正你都已经淋湿了！”

“可我迟到了。”埃迪虚弱地辩解道。

“人人都会迟到。”司机说。车费少得可怜，埃迪想把一口袋零钱都给司机作为补偿。

“老天！”司机喊道，“我要这么多零钱干吗？”

至少他没说“麻烦”这个词，埃迪边想边把零钱塞进外套口袋，他钱包里的纸钞都是湿的，出租车司机也嫌弃。

“你比迟到和淋雨还糟糕，”司机告诉埃迪，“你他娘的就是麻烦的化身。”

“谢谢。”埃迪说。（薄荷·奥哈尔曾经告诉儿子一条哲理：千万别瞧不起他人对你的称赞，你可能还不如人家夸的那样好。）

就这样，浑身泥水的埃迪·奥哈尔走进92Y，来到穿梭在前厅拥挤的人群中收票的年轻姑娘面前。“我来参加读书会。我知道有点晚了……”他说。

“你的票呢？”姑娘问他，“现买可不成，我们的票卖完了，早卖完好几个星期了。”

卖完了！埃迪很少见到92Y的考夫曼音乐厅门票售罄的盛况。他来这个音乐厅参加过好几个著名作家的读书会，甚至还给其中两三位担任过引言人。当然，埃迪自己也在这里办过读书会，但都是与别人合作，从来没有只朗读自己的作品。只有露丝·科尔这样的知名作家才开得起个人读书会。上一次他在考夫曼音乐厅朗读的时候，读书会的名字叫“世态小说朗读之夜”——还是“世态滑稽小说之夜”或者“滑稽世态小说”来着？埃迪记不清了，只记得另外两位与他搭伙的小说家表现得比他有趣得多。

“哦……”埃迪对收票的姑娘说，“我不需要门票，因为我是引言人。”他在湿乎乎的公文包里掏来掏去，翻找准备送给露丝的《六十次》，想给女孩看书封上的作者照片，证明他的身份。

“你是什么？”女孩问，接着便看到他拿出一本泡烂了的书，递给她看。

《六十次》

虚构作品

艾德·奥哈尔

（只有在自己写的几本书上，埃迪才能得偿所愿，自称“艾德”。他父亲还是叫他爱德华，其他人则喊他埃迪。即便见到不好的书评，只要里面提到“艾德·奥哈尔”这个名字，他仍然会感到高兴。）

“我是引言人，”埃迪又对收票的女孩说了一遍，“我是艾德·奥哈尔。”

“噢，我的天！”女孩叫道，“你是埃迪·奥哈尔！他们一直在等你，快要等疯了，你迟到很久了。”

“对不起……”他刚开口道歉，女孩已经拉着他穿过了人群。

卖完了！埃迪想，好多人啊！他们可真年轻！多数看着像大学生，并非平时光顾92Y的常客，但他发现人群中也有“主流观众”，他所谓的“主流观众”是指神情严肃的文学圈人士，还没听到朗诵就预先皱起了眉头。但埃迪·奥哈尔读书会的观众并不属于这个圈子，他的观众基本上是些弱不禁风的中老年妇女，总是独自前来，或是携带一位愁眉苦脸的女伴，此外也不乏心理受过刺激、神经兮兮的小伙子，埃迪觉得他们的容貌过于漂亮，甚至有些娘炮。（他就是这么看自己的：过于漂亮，娘炮的那种漂亮。）

上帝老天爷！我来这里干什么？他绝望地想。为什么同意做露丝·科尔的引言人？他们为什么要邀请我？难道这是露丝的意思？

音乐厅的后台潮湿憋闷，埃迪不晓得自己衣服上的水渍是汗还是雨——当然还有几块巨大的泥巴印。“演员休息室后面有个洗手间，”女孩说，“如果你想……呃，清理干净的话。”

我现在一副熊样，仪容不整，而且说不出什么有趣的话来，埃迪想。多年来，他经常想象再次见到露丝的情景，但从来没料到会在这种情况下见她，他设想中的会面更私密，也许是和她共进午餐或晚餐。露丝肯定也偶尔想过与他见面。毕竟，特德不得不给女儿讲她母亲的事情，告诉她1958年夏天的情况，特德·科尔总是克制不住他对这种事情的叙述欲。他的叙述中也肯定少不了埃迪，即便埃迪并非造成玛丽恩失踪的罪魁祸首，如果不提到他，故事就不完整。

可以想见，埃迪和露丝将有许多可以谈论的话题，哪怕两人的共同兴趣主要是玛丽恩，也有很多话要说。毕竟，他们都是写小说的，虽然写出来的东西天壤之别——露丝是文坛巨星，埃迪是……老天，我是什么？埃迪暗忖。相比于露丝·科尔，我什么都不是，他总结道。也许我应该以无名小辈的姿态发表引言。

然而，受邀为她引言的时候，埃迪曾经头脑发热地相信，他有最好的理由接受邀请：六年来，他一直保守着一个秘密，想要与露丝分享。六年来，他一直保留着揭示这个秘密的证据。如今，在这个悲惨的夜晚，他把证据带在了身边，就在那个笨重的棕色公文包里，就算有点湿又怎么样？

他的公文包里还有一本书，比起他签好名的《六十次》，这本书对露丝而言更重要——至少埃迪是这么认为的，他甚至想以匿名的方式提醒露丝注意这本书，可后来他看到露丝接受了一个电视采访，她在采访中说的一些话让他放弃了这个打算。

露丝没有多谈她的父亲，也没表示是否想要写童书。采访者问，特德在写作方面是否指点过她，露丝回答："他教给我如何讲故事和打壁球。但是，关于写作……不，他并没有教给我什么关于写作的东西，真的。"采访者向露丝打听她的母亲——她母亲是不是仍旧"失踪"，小的时候，被"抛弃"的经历是否对她造成过很大的影响（无论是作为作家或作为女人）——露丝对这个问题表现得相当冷漠。

"是的，可以说我的母亲仍旧'失踪'，但我不会去找她。如果她想找我，早就找到我了。既然她自己想走，我绝不会逼她回来。如果她愿意找我，我比她更好找。"露丝这样回答。

就是这个电视采访让埃迪六年前放弃了联系露丝的想法，采访者想从作家个人的角度解读露丝·科尔的小说。"但是，在你的书中——你所有的书里——都没有母亲的角色。"（"也没有父亲的角色。"露丝回应。）"是的，但是……"采访者继续说，"书里的女性人物有女性朋友、男朋友——恋人——但她们与自己的母亲没有任何联系。我们很少见到她们的母亲出场。你不觉得这样……嗯，不正常吗？"采访者问。（"如果你没有母亲，就不会觉得不正常。"露丝回答。）

露丝不想了解她的母亲，看过节目之后，埃迪猜测，所以他把那件"证据"留在自己身边，没有交给露丝。但后来他接到邀请，到92Y参加露丝·科尔的读书会，做她的引言人，埃迪转念一想，露丝当然希望了解她的母亲！于是接受了邀请。那本神秘的书就装在他潮湿的公文包里，六年前，他差点把这本书交给露丝。

埃迪·奥哈尔相信，这本书是玛丽恩写的。

已经过了晚上八点。音乐厅里的庞大观众群像铁笼里焦躁的野兽，表现出明显的不耐烦——尽管埃迪看不到他们。收票的女孩扯着他湿漉漉的衣袖，横穿一个散发霉味的阴暗大厅，登上一道螺旋楼梯，经过昏暗的舞台后方高悬的幕布，在那里，埃迪看到一位舞台助理坐在凳子上。这个年轻人相貌阴险，目不转睛地盯着电视监控屏；摄像机已经对准了舞台上的讲桌。埃迪看到讲桌上的水杯和麦克风，暗暗提醒自己不能喝杯子里的水，水是为露丝准备的，轮不到他这个卑微的引言人。

接着，埃迪被推进演员休息室，明晃晃的化妆镜和刺眼的化妆灯将这里映照得亮如白昼。埃迪早就排练过和露丝见面时该说什么——“我的天，你都长这么大了！”作为滑稽小说家，他却不善于开玩笑，但他只想这么说。他湿乎乎的右手松开了一直抓紧的公文包肩带——可迎上来招呼他的那个女人不是露丝，也没有握住埃迪已经伸过去的右手。这位热情善良的女士是92Y的活动组织者之一，埃迪见过她好几次，她总是非常友好和真诚，使出浑身解数，想让埃迪觉得自在放松——然而这是不可能的。她叫梅丽莎。梅丽莎亲了亲埃迪的湿脸颊，对他说：“我们很担心你！”

埃迪说：“我的天，你都长这么大了！”

显然没再长个子也没有怀孕的梅丽莎吓了一跳，但她的心地就是这样好：听了埃迪的话，她非但没有生气，反而担心起他的精神状况来。埃迪自己却觉得，如果他是梅丽莎，听到这话一定会哭出来。

这时，有人握住了埃迪还没收回去的右手，那个人的手很大，很有劲儿，不像是露丝·科尔的，所以埃迪克制住了想要再说一遍“我的天，你都长这么大了！”的冲动。和他握手的人是卡尔——92Y温特贝格诗歌艺术中心的活动主管，同样是个好人，还是诗人，非常聪明，和埃迪一般高，总是对他很亲切。（正是好心的卡尔邀请埃迪参加了92Y的许多活动，即便有些活动埃迪觉得自己没资格参加——比如今天晚上的读书会。）

“下……雨了。”埃迪告诉卡尔。休息室里塞了六七个人，埃迪的这句话一出，大家哄堂大笑，埃迪·奥哈尔的书里面净是这种老式的冷幽默，他只是不知道还能说些什么别的话，只好不停地和别人握手，像狗一样抖掉身上的水。

来自兰登书屋的贵宾——露丝·科尔的编辑也在场。（露丝前两本小说的编辑是女的，最近去世了，现在接手的是个男编辑。）埃迪见过他三四次，但想不起他的名字。不管他叫什么，反正这位编辑总是不记得自己曾经见过埃迪，前几次埃迪都没当回事，可这一次他却产生了异样的感觉。

休息室的墙上挂满了世界上最重要的作家的照片，埃迪仿佛被一群拥有国际地位和声誉的名流包围，他先是认出了露丝的照片，才发现她本人也来到了他的面前。她的照片和几位诺贝尔奖得主的照片摆在一起，丝毫不显得突兀。（埃迪永远不会在诺贝尔奖得主的照片中间里寻找自己的尊容，就算真的去找也不会找到。）

其实，正是露丝的新编辑把她推到埃迪面前的。兰登书屋来的这个男人有股精力充沛、咄咄逼人的劲头，喜欢展现长者风范。他伸出大手，亲热地搭住露丝的肩膀，把她从房间的角落推出来，可她显然更愿意躲在角落里。埃迪看过许多她的电视采访，明白她不是个腼腆的人，可当面见到她——两人成年后的第一次见面——之后，他发现露丝·科尔故意表现得不起眼，她似乎愿意做一个卑微矮小的人。

实际上，她并不比麦迪逊大道公交车上的那个恶棍矮。尽管露丝和她父亲一样高，在女人里不能算矮，她的身高还是赶不上玛丽恩。可她营造出来的矮小感觉与身高无关；与特德一样，她像运动员般结实，穿着招牌式的黑色T恤，埃迪一眼看出她的右臂肌肉更加发达，右前臂和肱二头肌比左臂粗壮很多。经常打壁球或网球的人常有这种身材。

埃迪打量了露丝一眼，推测她大概能在壁球赛中把特德打得屁滚尿流——如果放在标准尺寸的壁球场上来看，他的推测是正确的。可他根本想象不出露丝多么希望父亲输得屁滚尿流，也猜不到特德·科尔那个老家伙仗着谷仓球场的不公平优势，占了好勇斗狠的女儿的上风。

“你好，露丝——我一直期待见到你。”埃迪说。

“你好……又见面了。”露丝说，握了握他的手。她的手指和她父亲一样粗短。

“噢，”兰登书屋的编辑说，“我都不知道你们两个以前见过。”露丝的苦笑也和她父亲一模一样，她的笑容让埃迪说不出话来。

“你想先去洗手间吗？”她问埃迪。编辑慈祥的大手又伸过来，过于亲热地搭在埃迪的肩膀上。

“好的，没错——让奥哈尔先生快去整理一下吧。”露丝的新编辑说。

直到独自进了洗手间，埃迪才意识到需要整理的地方并非一点半点。他现在可不只是又湿又脏：一片貌似从烟盒里钻出来的玻璃纸死死黏在他的领带上；一团口香糖包装纸——如果仔细看，你会发现里面包着一块嚼过的口香糖——粘在他的裤子门襟上；衬衫全泡透了。对着镜子，他愣是把自己的乳头也当成了口香糖，想把它们搓掉。

他脱下外套，拧干衬衣和领带里的水，再穿回去，却发现布料上全是拧出来的褶子，白衬衣上出现了浅粉色的条纹——被他手上的红墨水（来自那支他称为“老师的最爱”的改错笔）印迹染的，埃迪不用打开公文包就知道，里面红笔修改过的发言稿经水一泡，肯定也从红色变成了浅粉色。等他真的把发言稿拖出来一看，果不其然，那些手写的红色字迹有的被抹掉了，有的模糊难辨，白纸变成了粉红纸，打印出来的内容也不像白纸黑字的时候那么清晰了。

外套口袋里的那团硬币沉甸甸的，把衣服都坠歪了，埃迪找不到垃圾桶，于是干了一件愚蠢得登峰造极（相较他今天做过的所有傻事而言）的事儿：把钢镚全都倒进了马桶。冲水之后，他遗憾地发现所有的二十五美分硬币都留在马桶的底部，一股熟悉的无奈感再次袭上心头。

埃迪出来后，露丝进了洗手间。跟着她穿过后台的时候（那时其他人都已经坐到了观众席），露丝突然回头对他说：“把那里当成许愿池可有点奇怪，不是吗？”过了一两秒，他才意识到她指的是抽水马桶里面的硬币，当然，他看不出她知不知道那是他的钱。

然后，她更直截了当——不像开玩笑——地说：“活动结束后，我们去吃个饭，我希望——和你谈谈。”

埃迪的心跳加快了，她的意思是两人单独吃饭吗？但他觉得不太可能，饭桌上一定还有卡尔、梅丽莎，更少不了慈祥的兰登书屋新编辑——和他那双过于亲热的大手。埃迪可能和她单独相处一小会儿，如果没有这样的机会，他也许应该提议下次单独见个面。

他傻笑起来，紧盯着她俊朗的面孔，有些人会说这张脸漂亮。露丝的上唇薄薄的，像玛丽恩，乳房丰满，微微下垂，也像她的母亲。然而，她没有玛丽恩那样修长的腰身，所以胸部显得太大，与身体的其他部分不成比例，她的腿像她父亲一样粗短。

露丝的黑T恤是高级货，很合她的身。料子像真丝的——总之比棉织品精细，埃迪想。她的牛仔裤看上去也比大多数牛仔裤要好，也是黑色，同样很合身。埃迪看到她把外套递给她的编辑，那是一件量身定做的黑色羊绒外套，与黑T恤和黑牛仔裤格外搭配。她不想在读书会上穿外套，她的粉丝希望见到黑T恤，埃迪推断。喜欢她的人可不止书迷，露丝·科尔有粉丝。埃迪很害怕和他们说话。

他发现卡尔正在对观众介绍他，就选择不去听。相貌阴险的舞台助理把他的凳子让给了露丝，但她选择站着，身体晃来晃去，重心在两脚间切换——好像正准备打壁球，而不是朗诵作品。

“我的发言……”埃迪对露丝说，“我不是很满意，墨水全都洇了。”

她举起一根粗短的手指，抵在嘴唇上。等他停止了嘟囔，她身体前倾，在他耳边低语：“谢谢你没在书里写到我。我知道你可以写的。”埃迪张口结舌。直到听到了她的耳语，他才意识到，露丝继承了她母亲的声音。

然后，露丝推着他走向台前。因为没有听卡尔的介绍，埃迪不知道卡尔和观众——露丝·科尔的观众——都在等他。

露丝一辈子都在等着见埃迪·奥哈尔。自从听说埃迪和玛丽恩的事情，她就想见他。现在，目送他走上舞台，她有点受不了，因为他和她拉开了距离。她只好挪移视线，在电视监控屏上看他。从摄影机的角度看，她仿佛坐在观众席上，埃迪正在向她走来，他面对观众，面对人群。他终于过来见我了！露丝想象着。

可我的妈妈到底看上了他的哪一点？露丝思索。这个人多么可怜、多么不幸！在电视监控器的小屏幕上，她研究着黑白色块组成的埃迪。粗糙的画质让他显得年轻了不少，她仿佛看到了过去那个漂亮的男孩。可是，男人的漂亮只具有暂时的吸引力。

埃迪·奥哈尔开始谈论她本人和她的作品，露丝却有点走神，想起一个困扰自己很久的问题：男人的哪些品质可以永远吸引她？

三十六岁的露丝

男人必须自信，露丝想，毕竟，他们的天性就是争强好胜。然而，自信、争强好胜的男人的吸引力却让她陷入过几段成问题的恋爱关系。她绝不容忍身体暴力，到目前为止，不曾有男人对她拳脚相向，但她的朋友遭遇过身体方面的虐待，露丝告诉朋友们，对于这种情况，她们自己至少负有一部分责任。尽管露丝不喜欢也不信赖自己对男人的直觉，可她却意外地相信，自己能够仅凭一次约会就判断出男性对女性施暴的倾向程度。

在错综复杂的两性世界，这也是露丝引以自豪的为数不多的几件事情之一，但她的好友汉娜·格兰特却多次表示，她只是很幸运而已。（“你只是没有遇到对的人——我是指真正的坏家伙，”汉娜告诉露丝，“你根本没和这种人约会过。”）

男人应该尊重我的独立性，露丝相信。她从不隐瞒自己不相信婚姻，更不相信生儿育女能让女人获得幸福的态度。然而，那些承认她所谓独立性的男人却经常让人感觉不值得信赖。露丝不会容忍不忠，甚至要求刚刚开始交往的男朋友对她忠贞不二。难道是她的做法过时了吗？

为此，汉娜常常嘲笑露丝，说她“自相矛盾”。三十六岁的露丝从未与男人同居过，却要求不和她住在一起的男友对她忠诚。“我怎么看不出哪里矛盾？”露丝告诉汉娜，但汉娜觉得自己在男女关系方面看得比露丝清楚，更有发言权。（大概是因为汉娜交过的男友更多吧，露丝想。）

根据露丝的标准——甚至按照比她更宽松的性标准——汉娜·格兰特在男女关系上比较随便。眼下，露丝正在92Y等候朗读自己的新书，汉娜迟到了。露丝原本希望汉娜在活动开始前到演员休息室与她碰头，现在她开始担心汉娜或许来得太晚，被拒绝入场——尽管观众席上为她保留了座位。汉娜总是这样——她很可能遇上了一个男人，和人家聊得停不下来。（除了聊天，当然还要干点别的。）

露丝的注意力转回电视监控器的黑白小屏幕，想听听埃迪·奥哈尔说了些什么。她在各种场合下被人介绍过多次，却没有被她母亲的前情人介绍的经验，这自然让埃迪显得与众不同，可他的发言却并没有什么与众不同之处。

“十年前。”埃迪说，露丝低下头，这一次，当年轻的舞台助理把凳子让给她的时候，她接受了。既然埃迪要从头说起，她最好还是坐下来听。

“1980年出版，她只有二十六岁，”埃迪缓慢庄重地说，“露丝·科尔的第一部小说《还是那家孤儿院》，故事背景设置在新英格兰的一处乡村，那里以支持另类的生活方式闻名。当地兴起过一个社会主义公社和一个女同性恋公社，但最终解散了。还出现过一所入学标准奇怪的大学，也是昙花一现，它的存在只是为了给不想参加越战的年轻人提供拖延四年再入伍的机会。越战一结束，大学就关门了。众所周知（至少在当地很有名），六十年代和七十年代初，早在1973年最高法院的‘罗诉韦德案’判决宣告堕胎合法化之前，村里就有一家小孤儿院，在堕胎尚属违法的那些年里，孤儿院的医生给妇女们提供堕胎服务。”

讲到这里，埃迪暂停了一下。观众席的灯光很暗，看不清广阔人海中任何一张单独的面孔，他不假思索地端起给露丝准备的水杯，抿了一口。

“罗诉韦德案”判决出炉的同一年，露丝从埃克塞特毕业。在她的小说中，两个埃克塞特女孩怀孕了，学校没调查谁是胎儿的父亲就开除了她们——实际上，两个女孩的男朋友是同一个人。二十六岁的作者曾经在一次采访中开玩笑说，《还是那家孤儿院》写作时的暂定名是《还是那个男朋友》。

虽然埃迪·奥哈尔命中注定只会写自传体小说，但他还没笨到以为露丝也是在写自传体小说的程度，第一次读到她的作品，他就明白露丝写的不是她自己，她的本事比他大多了。不过，在好几次采访中，露丝承认，在埃克塞特读书的时候，她有过一位密友——她甚至可以和这位女性朋友共享一个男朋友。埃迪不知道露丝的室友和在埃克塞特的最好的朋友就是汉娜·格兰特——也不知道汉娜会参加今天的读书会，她以前参加过很多场露丝的读书会，今天的读书会之所以对她（和露丝）如此特别，是因为两个朋友经常在一块谈论埃迪·奥哈尔。汉娜一直想见见埃迪。

至于两个好朋友在埃克塞特共享一个男朋友那件事，埃迪并不知晓详情，但他猜测——而且猜对了——露丝不会在埃克塞特参与性活动。其实——这在七十年代并不容易——露丝整个大学期间都没有过性行为。（汉娜当然没有这样的定力，她在埃克塞特有过多次性经历，毕业前还堕过一次胎，这是她第一次堕胎。）

露丝的小说里，被埃克塞特开除后，共享男友的两个女孩被其中一个女孩的家长送到了新英格兰的那家孤儿院。女孩甲在孤儿院生下了孩子，但她不忍心把孩子送人，决定自己抚养。女孩乙进行了非法堕胎。把她俩肚子搞大的那个埃克塞特男生后来毕业了，他和留下孩子的女孩甲结了婚，为了孩子，夫妻俩努力维持他们的婚姻，最后还是离婚了，只坚持了十八年！选择流产的女孩乙在快四十岁的时候遇到了离婚后的前男友，她当时恰好独身，就和他结婚了。

整本小说中，埃克塞特女生之间的友谊一直都在经受考验。是堕胎还是把孩子生下来交给别人收养？诸如此类的两难选择和随同时代变迁的道德风气始终困扰着她们。虽然露丝在写作中对两位女主人公都是一样的同情，但她个人认为，女性有权选择是否堕胎，这是她们的自由，为此她得到了女权主义者的赞同。而且，尽管这是一本含有说教成分的小说，《还是那家孤儿院》还是被译成二十五种以上的语言，受到了全世界的欢迎。

当然也有反对的声音。小说结尾处，两个女人的友谊以痛苦结束告终，不是每个女权主义者都喜欢这样的结尾。选择堕胎的乙和前男友结婚后一直没能怀孕，露丝并没有暗示这是她堕过胎的缘故，可一些支持堕胎自由选择权的女权主义者却抓住这一点，讥讽这本小说是一部“反对堕胎的神话故事”。“也许她无法怀孕是因为她已经三十八岁了。”露丝在接受采访时说。有些号称“为四十岁以上仍然具有生育能力的女性代言”的妇女对此嗤之以鼻。

这本小说并非那种八面玲珑、四处讨好的作品。《还是那家孤儿院》中，离婚的女人甲——被埃克塞特开除后选择生下孩子的那位——愿意使用前夫的精子，再生一个孩子，把孩子送给女人乙，然而女人乙拒绝了，她宁可没有孩了。小说中，女人甲甘愿代孕的动机值得怀疑，但毋庸置疑的是，少数引领时代潮流的代孕母亲抨击这本书歪曲了她们的形象。

二十六岁的露丝·科尔却并无年轻人的冲动，根本不打算费力气与批评者们战斗。“听好了——这是一本小说，”她说，“人物都是我写的——我想让他们干什么，他们就得干什么。”对于那些非要给这本书加上限定词的行为（比如声称它是“关于”堕胎的），她同样不屑一顾。“这只是一本小说，”露丝重复，“不是‘关于’什么什么东西的。它是个好故事，讲述的是两个女人的选择如何影响了她们的余生。做出了选择，就要承受选择对我们的影响，不是吗？”

露丝承认，她从来没有堕过胎，结果打击了好些热心读者。有些堕过胎的读者认为，“只凭想象”描写堕胎是对她们的侮辱。“我当然不反对自己堕胎，也不反对别人堕胎，”露丝说，“我只不过是没有遇到需要堕胎的情况。”

露丝也知道，汉娜·格兰特后来又堕过两次胎。高中毕业时，她们申请的大学都是一样的——而且只申请最好的，可大部分学校都没有录取汉娜，于是她们去了米德尔布里学院。两人的最大心愿（起码她们嘴上是这么说的）是能够待在一起，即使这意味着在佛蒙特州待上四年。

现在回想起来，露丝不明白为什么汉娜会希望和她“待在一起”。在米德尔布里学院读书时，汉娜大部分时间都和一个戴活动假牙的冰球手厮混。冰球手两次搞大她的肚子，和汉娜分手后，他又想勾搭露丝，直接导致露丝和汉娜约法三章，推出一份“友谊守则”。

“什么守则？”汉娜问，“朋友之间还需要规矩？”

“朋友之间最需要规矩，”露丝告诉她的朋友，“比方说，我不会和曾经约过你的人约会——也不和先约了你的人出去。”

“反之亦然？”汉娜问。

“嗯。（露丝继承了父亲的这个习惯）那是你的选择。”她告诉汉娜。汉娜从来不敢以身试法——至少露丝没发现过。露丝本人则更是以身作则，严守规矩。

可汉娜今天迟到了！露丝盯着电视监控屏，埃迪·奥哈尔还在磕磕绊绊地演讲，她知道那个鬼鬼祟祟的舞台助理正在看她。汉娜会觉得舞台助理这种类型的男人“可爱”，毫无疑问，她还会和他调情。但露丝很少调情，而且他也不是她喜欢的类型——如果她有喜欢的特定类型的话。（她当然有，可这件事让她十分困扰，宁肯不去谈论。）

露丝看了看表，埃迪还没讲论完她的第一部小说，还有两本书呢，我们要在这里耗一晚上了！看到埃迪又喝了一口给她准备的水，露丝心想。如果他感冒了，会传染给我的。

露丝正打算提醒埃迪一下，抬起头来却发现舞台助理色眯眯地盯着她的乳房。她觉得，大多数男人最愚蠢的一点，就是自以为女人意识不到有男人正在看她的胸部。

“我可不怎么讨厌男人的这个缺点。”汉娜曾告诉露丝。汉娜的胸其实挺小——至少她自己是这么觉得的。“见到你这样的大胸，男人还会往哪儿看？”她问露丝。

然而，露丝和汉娜在一起的时候，男人们一般先看汉娜。汉娜个子高挑、金发碧眼、身材性感。反正比我性感，露丝想。

“其实只是我的衣服——我的衣服比你的性感。”汉娜告诉露丝，“如果你打扮得女性化，男人可能更关注你。”

“他们只注意到我的胸就够烦的了。”露丝说。

或许，她们之所以能够成为完美室友，并且多次成功结伴旅行（好旅伴比好室友还要难找），正是因为不会——实际上是不能——穿同样的衣服。

在没有母亲的环境中长大并非露丝·科尔穿男人衣服的原因。小时候，肯奇塔·戈麦斯总是把她打扮得很女孩子气，送露丝去埃克塞特上高中时，肯奇塔甚至给她收拾了一大箱小女孩式样的短裙和连衣裙，露丝痛恨这些玩意儿。

她喜欢牛仔裤，或者说喜欢像牛仔裤那样合她的身的长裤。她喜欢T恤、男孩或男人穿的正装衬衫——高领衫免谈，因为她的脖子短，几乎等于没脖子。毛衣也不行，太臃肿，显得她胖。其实她不胖，只是看上去矮。无论如何，露丝在埃克塞特选择了遵守男生的着装规则，从那时起，男装已成为她的风格。

当然，现在她穿的外套——即使是男式的——特地剪裁得贴合她的体形。在正式场合，她会穿女式无尾西装，也是定做的。她不是没有所谓的“标准黑色礼服裙”，但从来不穿连衣裙（夏天最热的时候除外）。为了替代连衣裙，她常穿一条深蓝色的细纹长裤，这是她去鸡尾酒会和高档餐厅的首选，也是参加葬礼时的标准行头。

露丝在衣服上花了不少钱，可样式总是千篇一律。她在鞋上花的钱更多，因为她喜欢稳当牢固的低跟鞋——让她的脚跟就像穿着壁球鞋一样安稳踏实——她的鞋看起来也都是一模一样的。

露丝请汉娜帮她选择理发店，但汉娜建议她把头发留长一点，她却不听。除了涂点润唇霜和无色唇膏，露丝不用化妆品。此外还有适合她的肤质发质的保湿乳、洗发水和香体露——就这么多。她还请汉娜帮她买内衣。“老天爷，让我给你买天杀的34D，想活活气死我？”汉娜总是这样抱怨，“你一个罩杯装得下我两个奶！”

露丝觉得自己太老了，不适合做缩胸手术，但十几岁的时候，她可是求过父亲让她做这种手术。她不仅嫌自己胸太大，还嫌胸太沉，下垂的大乳头和乳晕更是让她绝望。她的父亲却充耳不闻，认为这种手术没道理，妄想“毁伤上帝赐予的好身材”。（他特德·科尔就绝对不会嫌女人胸大。）

噢，爸爸，爸爸，爸爸！露丝愤懑地想，舞台助理的目光一直死死盯住她的乳房。

她察觉到埃迪·奥哈尔对她的夸赞言过其实了。他提到了一些关于她的广为人知的说法，比如“露丝·科尔不写自传体小说”什么的。可埃迪还没有讨论完她的第一本书！简直是全世界最长的引言！等轮到她上台，观众们大概早就睡熟了。

汉娜·格兰特告诉过露丝，别再吹嘘什么她不写自传体小说了，“看在上帝的分上，难道我不是你的自传吗？”汉娜问她，“你总是写我！”

“我是借用你的经验，汉娜，”露丝回应，“你毕竟比我经验多。但我向你保证，我写的不是你，书里的人物和故事都是我自己编的。”

“你编出来的很多人物都跟我一样，”汉娜争辩道，“那也许是你眼中的我，但本质上还是我——总是我。你的小说比你自己想的还像自传，宝贝儿。”（露丝讨厌汉娜随便瞎叫“宝贝儿”。）

汉娜是个记者，她觉得所有小说本质上都是自传。露丝是小说家，她认为自己的作品全部是她一手创造发明出来的。汉娜却用“去伪存真”的眼光打量露丝的书，只在意她认为“真实”的东西——即她自己在小说中的各种变体和投射。（其实这些变体也属似是而非，“真实”只存在于诸多变体之间。）

露丝的小说中，总有一个类似冒险家的女性人物——汉娜称其为“汉娜角色”，还有另外一个喜欢劝冒险家不要冒险的女性人物——露丝称之为“胆小角色”，汉娜称其为“露丝角色”。

汉娜的胆大让露丝又敬又怕。汉娜则既尊重露丝，又老是想批评她。她尊重露丝的成功，同时却认为好友的小说本质上是非虚构作品。露丝对汉娜在“露丝角色”和“汉娜角色”方面的解读十分敏感。

露丝的第二本小说《西贡陷落前》（1985年出版）描写了越战期间的故事：“露丝角色”和“汉娜角色”是室友，在米德尔布里学院读书。“汉娜角色”胆大泼辣，与自己的男朋友做了一个交易：她会嫁给他，给他生个孩子，这样，等他毕业后无法以学生身份推迟服役的时候，可以凭“已婚有子女”的条件（3A）免除兵役。她让他承诺，如果婚姻失败了，他会主动提出离婚——按照她的要求来（孩子的抚养权归她，他支付孩子的抚养费）。问题在于，她无法怀孕。

“你怎么能叫她‘汉娜角色’？”露丝再三质问汉娜，“你在大学里一直避免怀孕，却分分钟干着可能怀孕的事！”但汉娜说，那个角色的“冒险能力”完全是她自己的风格。

小说中，不能怀孕的女主角（“汉娜角色”）达成一项新协议，这次是和她的室友（“露丝角色”）。“汉娜角色”说服“露丝角色”，让她和“汉娜角色”的男友睡觉，怀上他的孩子，然后和他结婚，这样他的兵役义务就会免除，等越战结束（或征兵结束），室友（履行协议之前，她还是处女）就和“汉娜角色”的男友离婚，男友立即与“汉娜角色”结婚，与她一起抚养“露丝角色”的孩子。

听到汉娜叫那个处女室友“露丝角色”，露丝很生气，她可没有在大学失去童贞，更不会怀上汉娜男朋友的孩子！（露丝的朋友里，汉娜·格兰特是唯一一个知道她是如何、何时失去童贞的人，不过这是另一个故事了。）但汉娜说，室友“担心失去童贞”——完全是露丝的风格。

小说中，“露丝角色”自然鄙视室友的男友，他们之间仅有的一次性行为给她造成了精神创伤，这位男友却爱上了女友的室友，越战结束后，他不愿与她离婚。

1975年4月，西贡陷落——这是小说结尾的历史背景。“露丝角色”（同意为室友的男友生孩子的那位）无法舍弃孩子，但她厌恶孩子的父亲，她提出的离婚条件是离婚后双方共同抚养孩子。“汉娜角色”（唆使男友和她最好的朋友生孩子的冒险家）既失去了男友，也没得到孩子——她和前室友的友谊也结束了。

这是一场性闹剧，但剧中人物都尝到了苦果，故事里的喜剧成分被人物之间的阴暗隔阂抵消了，这种隔阂象征着整个国家被越战和年轻人（露丝这代人）的反战情绪撕裂。“女人想出来的逃避兵役的怪点子。”读了这本小说，一位男评论家如是说。

汉娜告诉露丝，她和这位评论家睡过几次，还知道他是怎么逃避兵役的：男评论家声称他和自己的母亲发生了性关系，心理受到伤害，他母亲表示儿子的声明是真的。其实母子俩都在说谎，主意是做母亲的想出来的。用这个办法，评论家最终成功躲过了征兵，后来甚至真的和母亲发生了关系。

“我猜，他提到‘怪点子’的时候，绝对是有感而发。”露丝说。看到负面的评论，露丝不会像汉娜那样言辞激烈地反驳，汉娜很不理解。“评论是免费的宣传，”露丝喜欢这样说，“坏的评论也是。”

露丝·科尔的国际地位和声誉从欧洲国家对她第三本小说的热切期待可见一斑，这本书已经被翻译成了两种外语，将与英国版和美国版同时推出。

92Y的读书会结束后，露丝会在纽约待一天，接受好几个采访，进行一些相关的宣传，然后到萨加波纳克和她父亲待上一天一夜，接着去德国参加法兰克福书展。（在法兰克福宣传完第三本书的德文版，她得去阿姆斯特丹，这本书的荷兰语译本刚刚出版。）

露丝很少去萨加波纳克拜访父亲，但她明显很期待这一次探望。毫无疑问，父女俩会在谷仓球场赛上几局，同时进行无休止的舌战——不管谈到什么话题，他们都能辩论起来——也许还会休息一下。汉娜曾答应陪她一起去萨加波纳克，露丝实在不想与父亲单独相处，有朋友在场居间调和——哪怕是露丝偶尔心血来潮选中的不靠谱的男朋友——她会觉得好过一点。

可汉娜喜欢和特德打情骂俏，这让露丝很头疼。她怀疑汉娜故意这么做，只是为了惹怒她。而除了乱搞，特德不懂得其他与女人相处的方式，所以，面对汉娜的挑逗，他只能挑逗回去。

正是汉娜以粗俗直白的方式如此评论露丝的父亲勾引女人的能力：“我发誓，你都能听到那些女人的内裤滑到地上的声音。”

汉娜第一次见到特德·科尔的时候，对露丝说：“那是什么声音？你听见没有？”然而，露丝缺乏感应笑话的能力，她潜意识里觉得每个人都是严肃认真的。

"什么声音？不，我没听见。"露丝回答，环顾四周。

"噢，就是我的内裤滑到地板上的声音。"汉娜告诉她。后来这句话成了她们的暗号。

每当汉娜把她的多名男朋友之一介绍给露丝的时候，如果露丝喜欢这个人，她会问汉娜："你听见那个声音没有？"如果露丝不喜欢他——这种情况比较常见，则说："我什么都没听见，你呢？"

露丝不愿意把她的男友介绍给汉娜，因为汉娜总是说："那是什么鬼动静！伙计，是湿东西掉到地上了吗？还是我幻听了？"（"湿"这个字被汉娜收进了她的性字典，这次收录的历史可以追溯到埃克塞特时期。）露丝自己也觉得她选的男朋友拿不出手，不想让任何人见到他们，但她和每一位男朋友交往的时间都不长，没等汉娜见到他们就掰了。

现在，露丝坐在凳子上，忍受着舞台助理对她的胸部灼热的注视，还有埃迪介绍她生平作品的长篇大论（可怜的埃迪正迷失在她的第二本小说里），恼火地想到，汉娜竟然迟到了，说不定根本就不会来了。

她们之前还兴奋地谈论过与埃迪·奥哈尔的见面，除此之外，露丝也希望汉娜见见她的现任男友，甚至非常希望汉娜见他。这一次，她很想听听汉娜的意见——尽管过去有很多次，她都宁愿汉娜管好嘴巴，少发表意见。现在，我需要她的时候，她在哪里？露丝想。用汉娜自己的话说，大概是"把脑子给操晕了"吧。

露丝不由得深深地叹了一口气，她知道，自己叹气时胸部的起伏绝对又能让白痴舞台助理畅想一番，她几乎听得到那个小流氓也跟着叹了一口气。埃迪可真能啰唆。出于无聊，露丝开始和年轻的舞台助理对视，直到他把目光收回去为止。他留着稀稀拉拉的半部络腮胡，下颌的山羊胡尚未成型，唇髭星星点点，像沾了一层煤灰。要是我少给嘴唇上面脱几次毛，长出来的小胡子肯定比他的像样得多。

她又叹了口气，想看看小流氓敢不敢再瞄一眼她的胸，可那个胡子拉碴的年轻人仿佛转瞬间改邪归正，再也不盯着她了。所以，露丝开始集中精力看他，但看了一阵就失去了兴趣。他的牛仔裤膝盖上有个口子——他很可能专门在公众场合穿这种裤子，咖啡色高领衫的胸口有一块像是食物油渍的污点，高领衫已经被他拉扯得变形了，衣袖的肘部还有网球大小的两团凸起。

然而，当露丝把注意力转回拖沓冗长的读书会的时候——就在她翻开自己的新小说，挑出一段准备读的那个瞬间——舞台助理野性的目光再次落到她的胸部。露丝认为他的眼神迷茫：虽然警觉，却稀里糊涂，有点像狗——奴隶般忠诚，近乎摇尾乞怜。

露丝改变了主意，没读她选好的那一段，而是从第一章开始。坐着舞台助理让出来的凳子，她弓起身子，把打开的书举在胸前，像捧着赞美诗准备唱诵，这样他就看不到她的胸了。

埃迪终于要介绍她的第三部（也是最新的）小说了，露丝如释重负。“这本书仍旧脱不开科尔女士常写的女性友谊变化的主题。”埃迪说。

诡辩！露丝想。但埃迪的评论不全是无稽之谈，露丝也听汉娜做过类似的分析。“所以……这一次，”汉娜对她说，“‘露丝角色’和‘汉娜角色’一开始是敌人，最后，我们成为朋友。我猜是有点和以前不同，但不是非常不同。”

露丝的新小说里，“露丝角色”刚死了丈夫，她是个小说家，名叫珍妮·达什。这是露丝第一次写到作家，她想朝自己讨厌的自传体方向上走走看。

小说一开始，“汉娜角色”埃莉诺·霍尔特是达什夫人的敌人，到了结尾，她却和寡妇化敌为友。这两个女人一直彼此仇视，子女长大后，她们的人生被迫产生了交集：两人的儿子和女儿相爱结婚了。

新郎的母亲珍妮·达什和新娘的母亲埃莉诺·霍尔特不得不一起抚养孙辈，因为她们的儿子和女儿死于飞机失事（为了庆祝结婚十周年，夫妻俩打算再来一次蜜月旅行）。飞机失事时，达什夫人已经守寡——她始终没有再婚——埃莉诺·霍尔特和第二任丈夫离婚了。

这部小说是露丝第一本有着乐观结局的作品（尽管不是皆大欢喜），对于她和埃莉诺·霍尔特的友谊，珍妮·达什仍有顾虑，因为“埃莉诺的性格变化太大，与过去十分不一样”。汉娜很肯定，埃莉诺就是“汉娜角色”，她对书中的这句话颇有微词。

“什么叫‘变化太大’？你觉得我的性格有什么变化？”汉娜要求露丝回答，“你不必总是赞同我的行为，但我的性格有什么前后矛盾的地方吗？”

“你并没有什么‘前后矛盾’的地方，汉娜，”露丝告诉她的朋友，“你的性情比我还要稳定，我没发现你的性格有变化——丁点儿都没有，没往好的地方变，太大的改变更是没有。”

汉娜说，她没听明白露丝的回答，但露丝没有正面给她解释，只是说，很明显——性格变化就是证据——埃莉诺·霍尔特并不是什么“汉娜角色”。露丝和汉娜的冷战就这样结束了——反正露丝邀请汉娜来她的读书会，她的邀请与小说的关系不大，因为汉娜早就读过这本书，她们其实更想见见埃迪·奥哈尔。

汉娜想见的另一个人就是露丝所谓的“现任”男友，实际上，他只是露丝的“准男友”，用汉娜的话说，就是“男友候选人”。这位候补男友正是露丝的新编辑——兰登书屋的贵宾、成功地运用长辈风范让埃迪看不顺眼的那个家伙，而且，他永远不记得曾经见过埃迪。

但是，露丝告诉汉娜，他是她合作过的最好的编辑，她从未遇到过如此聊得来的男人，除了汉娜，没有人这么了解她。他不仅性格豪爽坚强，而且“以各种积极的方式”向露丝提出了挑战。

“什么是‘积极的方式’？”汉娜问。

“噢，等见到他，你就知道了。”露丝告诉她，“他还是个绅士。”

“年纪一大把，当然是绅士，”汉娜回应，“我的意思是，他恰好生在崇尚绅士精神的那个时代。老实说，他到底比你大多少？十二岁？十五岁？”（汉娜正在看“绅士”的照片。）

“十八岁。”露丝平静地说。

“确实是绅士，没错，”汉娜说，“他有孩子吧？我的天，孩子们多大了？可能和你差不多大呢！”

“他没有孩子。”露丝说。

“他不是结婚很多年了吗，”汉娜说，“为什么不要孩子呢？”

“他的妻子不想要孩子，她怕生孩子。”露丝说。

“听起来有点像你。”汉娜说。

“艾伦想要一个孩子，他的妻子不同意。”露丝承认。

“这么说，他还是想要孩子。”汉娜总结。

“我们谈过这件事。”露丝供认。

“我猜，他还和前妻有联系吧？但愿他这一代人死光了之后，不再有男人喜欢和前妻保持联系。”汉娜轻蔑地说。出于记者的习惯，她认为每个人的行为方式都与他们的年龄、教育背景和性格类型有关。这种思维方式还真是气人，但露丝忍住没有发火。“那么，”汉娜豁达地补充了一句，“我想在性方面……你觉得很满意？”

“我们还没做过呢。”露丝承认。

“是谁在磨蹭？”汉娜问。

“我们都不着急。”露丝说了谎。其实，艾伦是不着急，她却是“磨蹭”的那个。她很担心自己会不喜欢和他做爱，所以一拖再拖，不想因为这方面的问题拒绝一个好男人。

“可你说过，他向你求婚了！”汉娜叫起来，“他想和你结婚，却没和你做过爱？这可不是普通的代沟！他的观念属于他爸爸那一辈，不对，属于他爷爷那一辈的！”

“他想让我知道，我不仅是他的女朋友。”露丝告诉汉娜。

“你根本连他女朋友都算不上！”汉娜说。

“我觉得这样很甜蜜，”露丝说，“他还没和我上床就爱上我了，我认为这样很好。”

“是挺与众不同的，”汉娜承认，“那你还怕什么？”

“我什么都不怕。”露丝撒谎。

“你一般不会让我见你的男朋友。”汉娜提醒她。

“这个人特殊。”露丝说。

“特殊到你还没和他睡过。”

“他打壁球能赢我。”露丝弱弱地补充道。

“你爸也能赢你。他多大年纪了？”

“七十七，”露丝说，“你知道我爸的年龄。”

“我的天，真的啊？看着没那么老。”汉娜说。

“我刚才在说艾伦·奥尔布赖特，不是我爸。”露丝气愤地说，“艾伦·奥尔布赖特才五十四岁。他爱我，想和我结婚，我想，和他在一起生活，我会快乐的。”

“你说你也爱他了吗？”汉娜问，“我刚才怎么没听见。”

“我没说，”露丝承认，“我不知道爱不爱他，那种感觉说不上来。”她补充。

“说不上来就代表你不爱他。”汉娜说，“而且，他不是出了名的……喜欢拈花惹草吗？对吧？”

“是的，他过去是这样的。”露丝慢吞吞地说，“他亲口向我承认过，说他已经改了。”

“啊——哦——”汉娜说，“男人会改吗？”

“我们会吗？”露丝反问。

“你想改，不是吗？”汉娜说。

“我受够了不靠谱的男朋友了。”露丝坦承。

“你当然可以挑挑拣拣，”汉娜告诉她，“可我觉得，正因为不靠谱，你才选了他们，因为你知道他们迟早会离开，有时候，甚至没等你说，他们就先走了。”

“你也选过一些不靠谱的男朋友。”露丝说。

“当然，我经常选到这样的，”汉娜承认，“但我也遇到过好的——可惜留不住。”

“我认为艾伦留得住。”露丝说。

“那是自然，”汉娜说，“这么说，你是担心你自己留不住，对不对？”

“没错，”露丝终于承认了，“就是这样。”

“我想见见他，”汉娜说，“我能看出来你会不会留下，一看到他我就能判断出来。”

现在她竟然放我鸽子！露丝想。她猛地合上小说，把书抱在胸前，有点想哭，汉娜把她气得不轻。然而，当她看到猥琐的舞台助理被她的动作吓了一大跳，又幸灾乐祸起来。

“观众能听到后台的动静。”猥琐男小声对她说，还高深莫测地笑了一下。

露丝想了想才低声回应他，她说的每一个字都经过了斟酌。“告诉你吧，是34D。”

“什么？”助理小声问。

他太蠢了，根本听不明白。露丝想。说不定他也没听清楚——观众们正在起劲地鼓掌，露丝意识到，这说明埃迪终于讲完了。

她走上台，和埃迪握了下手，来到讲桌前。埃迪傻乎乎地走向后台，没去观众席找给他预留的座位，到了后台，他又不好意思再去观众席，只能无助地看着冷漠的舞台助理，但他并不打算把凳子让给埃迪。

露丝耐心等候热烈的掌声平息下来，她端起桌上的空水杯，又马上放下。噢，天哪，我喝了她的水！埃迪才发现。

“好大一对奶，是吧？”舞台助理低声问埃迪，埃迪没做声，面有愧色。（他没听清舞台助理的话，还以为他说的是那杯水。）

在今晚的读书会上，舞台助理不过是个小角色，此时此刻，他突然觉得自己比平时还要渺小，“一对奶”几个字刚出口，这个肤浅的年轻人立刻明白了刚才著名小说家轻声对他说的那句话的意思。她的胸罩尺寸是34D！反应迟钝的傻瓜想。可她为什么要告诉我？难道她对我有意思？

掌声终于逐渐减弱，露丝说：“请把观众席的灯光调亮一些好吗？我想看到我的编辑的脸。如果他表情难看，我会知道肯定是我忘说了什么——或者他漏听了什么。”

众人大笑，效果正如预期，但露丝这样说并不是为了看到艾伦·奥尔布赖特的脸，她不需要，他的脸已经印在她的脑海里了。她的真正目的是盯着艾伦旁边的空位子，那是预留给汉娜·格兰特的。其实，艾伦身旁有两个空位子，因为埃迪困在后台，但露丝只注意到汉娜的缺席。

该死的，汉娜！露丝想，可她已经在台上了，只好眼睛盯着翻开的书页，很快便被自己写出的文字完全吸了进去：从外表看，她是那个一贯镇定的露丝·科尔，当她开始朗读，原本可能不那么镇定的内心也跟着安静下来。

她也许不知道该拿男朋友们怎么办——特别是想和她结婚的那种男朋友，也许不清楚如何处理与父亲的关系——她对父亲的感情太复杂，也许不明白是否该埋怨最好的朋友汉娜——还是应该原谅她，但面对自己的作品，露丝·科尔就是自信与专注的化身。

她是如此全神贯注地朗读第一章——这一章叫“红蓝充气床垫”——甚至忘记告诉观众新书的名字。没有关系，大部分人早已知道了书名。（半数以上的观众读过全书。）

第一章有个特别的来历。德国《南德意志报》的杂志部门曾经邀请露丝为他们的年度小说专刊写一篇短故事。露丝很少写短故事，她脑子里总在构思长篇小说——哪怕还没开始写。但她觉得《南德意志报》的活动规则很有趣：在杂志上的发表的每篇短故事都被称为“红蓝充气床垫”，而且每个故事中都应该至少出现一次红蓝充气床垫。（充气床垫必须在故事中具有足够的重要性，足以成为故事的标题。）

露丝喜欢规则，大多数作家却喜欢嘲笑规则。但露丝也是壁球运动员，她热爱比赛。她认为，安排充气床垫在故事的何处、如何出现正是这条规则带来的乐趣所在。她已经选好了故事的人物：新近守寡的珍妮·达什、达什夫人当时的敌人埃莉诺·霍尔特。

“所以，”露丝告诉92Y的观众，“我能写出第一章，多亏了那张空气床垫。”观众们又笑了，不由自主地对“红蓝充气床垫”的故事心向往之。

据埃迪·奥哈尔观察，连好色的舞台助理都很期待听到红蓝充气床垫的故事。露丝·科尔的新书在美国本土出版前，第一章就在德国以德文*Die blaurote Luftmatratze*（红蓝充气床垫）为标题出版了，那时，她的庞大读者群都还没有读到英文原版！这进一步证明了她作为国际作家的影响力。

露丝告诉观众：“我想把这场读书会献给我最好的朋友，汉娜·格兰特。”总有一天，汉娜·格兰特会意识到她错过了今天的场合，观众里肯定有人会把露丝的话告诉她。

露丝开始读第一章的时候，音乐厅里寂静一片，真是连一根针掉到地上都听得见。

红蓝充气床垫

珍妮·达什已经守寡一年了，可她还是很容易陷入“洪水泛滥般的回忆”之中，想起她醒来后发现丈夫死在她身边的那个早晨。她是个小说家，并不打算写回忆录，对传记也不感兴趣，尤其不愿写自传。但她很想让过往的记忆得到控制，寡妇们都得克服这个困难。

达什夫人最讨厌曾经做过嬉皮士的埃莉诺·霍尔特，埃莉诺总是让她想起过去。这个女人似乎能从别人的不幸中汲取乐趣，寡妇对她的吸引力最大。达什夫人认为，根本没有什么天道轮回、因果报应，埃莉诺·霍尔特就是个明证。连普鲁塔克都无法说服珍妮·达什，让她相信埃莉诺·霍尔特迟早会受到应得的惩罚。

普鲁塔克写的那本书叫什么来着？珍妮觉得书名好像是《为什么神总是最后才惩罚恶人？》，但她也记不真切了。总之，尽管和埃莉诺·霍尔特隔着好多个世纪，普鲁塔克的脑子里绝对装着她这样的人。

达什夫人的丈夫生前曾说，埃莉诺总是活在需要自我修正的压力之下。（珍妮认为这句评语简直太客气了。）第一次结婚时，埃莉诺·霍尔特到处炫耀她的婚姻生活多么幸福，甚至到了离婚的女人都切齿痛恨她的程度。而当她离婚后，埃莉诺又开始宣扬离婚的好处，惹得婚姻美满的人恨不得杀之而后快。

六十年代，不出大家所料，她成为一个社会主义者，七十年代变身女权主义先锋。住在纽约的时候，她认为汉普顿是“乡下”，只适合在天气晴朗的时候过去度周末，只有乡巴佬和蠢货才会长居汉普顿，或者在天气不好的时候到那里去。

后来她离开曼哈顿，到汉普顿住了一年（为了第二次婚姻），又宣称城市生活只适合色狼和寻求刺激的人，这类人与她相比，明显缺乏自我认知的能力。（在布里奇汉普顿居住多年后，埃莉诺还是认为长岛的南岔地区粗野荒蛮，因为她根本没有享受到真正的田园生活。她在马萨诸塞的一所女子学院读过书，虽然觉得校园生活让她很不自在，但埃莉诺从未把学校所在地归类为城市或乡村。）

埃莉诺曾经当众焚烧她的胸罩，就在纽约中央火车站停车场的一个小型集会上，可整个八十年代她却是活跃的共和党人——据说是受到第二任丈夫的影响。多年来，她一直尝试怀孕，终于在匿名捐精者的帮助下怀上了唯一的孩子，并因此成为反对堕胎的中坚力量——大概是受到了达什夫人的亡夫所谓的“神秘精子”的影响。

二十年间，埃莉诺·霍尔特从什么都吃变为严格的素食主义者，然后又回到什么都吃。她那个通过精子捐赠得来的总是愁眉苦脸的女儿，也被迫跟着母亲今天吃肉明天吃素。埃莉诺还毁掉了女儿六岁那年的生日派对：她自作主张，给参加派对的孩子们播放了女儿出生过程的现场录像。

珍妮·达什的独生子就是在那次派对上受到精神刺激的儿童之一，这件事也让达什夫人受到了不小的刺激，因为她不想让儿子过早了解人类的裸体。她的丈夫生前倒是经常在家里光着身子走来走去——当然也裸睡——但珍妮觉得无所谓，因为丈夫和儿子都是男的，而她总是把自己的身体捂得严严实实。这下可好，儿子参加了一次霍尔特小姐的生日派对，就观摩到活生生的女人生孩子——而且是埃莉诺·霍尔特像本打开的书一样劈着腿生孩子！

多年来，埃莉诺经常逼可怜的女儿看她的出生录像，却并非为了让她学习生理知识，而是强调她埃莉诺·霍尔特的重要性，让女儿知道，至少她妈妈在生她的时候遭了很大的罪！

她女儿的性格则与母亲截然相反，不知道她的这种个性是后天发展的还是天生的，也不清楚是因为看多了自己出生时的血腥画面，或是受到了“神秘精子”的影响，她处处与母亲对着干，一心让她下不来台。她的乖僻促使埃莉诺更加积极地进攻可能威胁到女儿的因素——却从来不反思自己，因为不管出了什么事，埃莉诺·霍尔特都不会觉得她有错，更不会自责。

达什夫人永远记得埃莉诺·霍尔特带领反色情纠察员小队围攻色情书店的那一次。色情书店位于长岛里弗黑德郊区，与汉普顿相距甚远，也并没有引诱年轻人或天真纯洁的读者上门光顾。店面在一座低矮破旧的建筑中，窗户很小，屋顶是单坡的，外面的招牌上写得很明白：

限制级书刊杂志，未成年人谢绝入内！

埃莉诺和一小撮愤怒的中年妇女刚踏进店门，就立刻撤退出来，脸臊得通红。（“这是典型的恃强凌弱！”埃莉诺告诉当地记者。）色情书店的主人是一对老年夫妇，早就厌烦了长岛沉闷阴郁的冬天，被这件事一闹，他们顺势把房子卖给了公民关怀组织（该组织的发起人就是埃莉诺）。但充满关怀心的公民们不仅支付了过高的房价，还接收了色情书店的……全部（据达什夫人估计）库存。

作为小说家和利益相关方，珍妮·达什自告奋勇估算这些存货的价值。此前，她婉拒了埃莉诺请她参与扫黄行动的邀约，理由是她是一个作家，原则上是反对任何出版物审查制度的。埃莉诺却不死心，她告诉珍妮，“你首先是个女人，然后才是作家”，珍妮的回应让埃莉诺吃了一惊，连她自己都觉得惊讶。

达什夫人的回应是这样的："我首先是个作家。"

她获准利用闲暇时间审查这批色情读物。撇开价格不谈，达什夫人发现它们的内容令人失望，粗制滥造已在预料之中——显然埃莉诺·霍尔特没有这样的预见。但很多人不计较粗劣，粗俗原始和色情荒淫颇能激发各色人等的幽默感。达什夫人庆幸自己与他们不同，她希望更多的人接受更好的教育，也相信她遇到过的多数人所受的教育在很大程度上都浪费掉了。

关门大吉的色情书店的违禁品库存中，并没有涉及兽交或儿童性行为的内容，达什夫人认为，这说明曼哈顿的堕落风气还没有蔓延到萨福克县——至少并未以杂志或书籍的形式出现，这令她略感欣慰。她发现，这些作品无非喜欢刻意夸张女性性高潮时的表现，男性角色（他们的性器官总是大得匪夷所思）则对无休止的床上运动这件事乐此不疲，毫不厌倦。角色无论男女，行为与思想完全脱离现实，珍妮·达什得出结论。不过，她也承认，近距离观察形态各异的无数女性生殖器……呃，具有临床医学方面的教育性。她以前从来没有见过别的女人的这个见不得人的部位。

别人问她这批货值多少钱，她表示，它们是毫无价值的垃圾——除非公民关怀组织愿意减价卖给某些好奇的本地人。可如果在里弗黑德的马路边摆个地摊搞大甩卖，岂不是把公民关怀组织变成了色情书贩子。所以，他们只好把这批书和杂志烧掉，一本也没剩。

达什夫人又以"我首先是个作家"为由，拒绝参加焚书集会，一眼都不想看。当地报纸敏锐地用镜头捕捉到一群人数不多却洋洋得意的妇女围着一个火堆欢呼的场景，一队忧心忡忡的消防员在附近待命，免得那些干柴烈火的激情画面和生殖器的特写图片引发真正的火灾。

六年过去了，萨福克县再没发生过性道德领域的公众示威。匿名捐精者的女儿已经十二岁，她把埃莉诺的假阳具——电池供电的震动棒——带到布里奇汉普顿中学（该校采取非传统的教学方法），拿着它在课堂上进行“展示与讲述”（“展示与讲述”这门课显然是美式教育欠缺考虑的那一面的典型表现）。继在六岁女孩的生日派对上观看妇女生产的现场录像之后，珍妮·达什的儿子又一次近水楼台，窥见了埃莉诺的私密生活片段。

幸运的是，十二岁的霍尔特小姐演示工具操作的时候并不熟练，目瞪口呆的老师迅速夺下她手里的东西。这玩意除了尺寸惊人，并没有什么别的看头。达什夫人虽没有亲眼目睹，但根据儿子的描述，她判断这件产品超出真正的男性器官的尺寸太多，明显失实。男孩说，那支震动棒“有点像导弹”，而且启动开关之后，会发出类似导弹发射的声音。当然，那其实是震动棒在震动。尽管老师眼疾手快地夺走了假阳具，关掉开关，但十二岁的孩子们却受到了震动声的惊吓。

“究竟是什么样的声音？”珍妮问她的儿子。

“嗞！嗞！嗞！”男孩说。像蜂鸣器的警报，达什夫人想。自此之后，这种声音就成功入侵了她的小说家头脑，怎么赶也赶不走。

因为这个声音让她想到了死去的丈夫。过去，每当她和丈夫看到埃莉诺·霍尔特——晚宴上、超市里、送女儿上学——的时候，他都会在她耳朵边上说“嗞”，以巧妙的方式警告她“要小心”。

达什夫人最难忘的就是达什先生的这种幽默，所以，以后哪怕只是见到埃莉诺·霍尔特这个人，她都会痛苦地想起自己失去了丈夫。

五年之后，珍妮依然记得假阳具引发的闹剧，简直历历如昨。见到埃莉诺·霍尔特的时候，达什夫人脑子里都会默想震动棒的声音，原因有两个：她迫切需要亡夫的幽默感重新出现在自己的生活中；她很清楚，如果不给自己点警告，她很可能会把埃莉诺·霍尔特写进小说，后果更不可想象。作为小说家，达什夫人鄙视把真人写进书里的作者，认为那是想象力的失败——因为任何名副其实的小说家，都应该有能力创造出比真人更有趣的人物。而把埃莉诺写进小说，哪怕是为了嘲笑她，也在无形中恭维了她一把。

而且，达什夫人的默想也是意外形成的习惯，完全出于偶然——与珍妮·达什的小说恰好相反，根本不是有计划的行为。故事发生在她儿子中学的一次年度野餐会上，采取非传统教学法的学校，连每个学年结束前都会举办的野餐会也不同凡响。学校想在初夏选一个适合游泳的好天气组织活动，因为大西洋的海水直到六月底还是寒冷刺骨，如果把活动时间拖到七月，公共海滩会人满为患，到处都是为了消夏来本地小住的人。

达什夫人不打算在八月之前下海游泳，她也从不在学校野餐会时游泳，连丈夫活着的时候都不会这样。因为她儿子已经中学毕业了，所以，他（和他母亲）更像是来野餐会和校友叙旧的，丈夫去世后，达什夫人很少在布里奇汉普顿地区参加公众活动，所以有人见到她觉得奇怪，可埃莉诺·霍尔特不这么想。

“好样的，”埃莉诺对珍妮说，“你也该出来和外面的世界接触一下了。”大概就是这些话带跑了达什夫人的思路，她不认为区区中学野餐会就是什么“外面的世界”，也不想要埃莉诺·霍尔特的赞美。

为了转移注意力，珍妮开始愉快地观察她的儿子：他真是长大了呀！他的老同学们……呃，也长大了。连埃莉诺的惹祸精女儿都长成漂亮姑娘了，而且性格随和开朗——她在读一所寄宿学校，不在家里住，再也不用看到母亲分娩的血腥录像和导弹一样的娱乐用品了。

珍妮还通过观察更小的孩子的方式分散注意力：很多小孩她都不认识，一些年轻的父母也不认识她。当年夺下假阳具的那位老师走过来，在达什夫人身边坐下。珍妮没听清老师说了什么，她的小说家脑袋里充满了问号，她很想问老师，却不敢开口。（“你抓到那个东西的时候，它震得有多厉害？像搅拌机还是食物处理器？也许……比较温和？”）达什夫人自然问不出这样的问题，只好朝着老师微笑。最终，老师走开了。

黄昏渐至，天色变暗，年幼的孩子开始冻得打哆嗦。海滩变成了蛋壳一样的褐色，海水变成灰色。达什夫人和儿子把野餐篮、毛巾、沙滩毯塞进他们的汽车后备厢，发现停车场里也有些打寒战的孩子。埃莉诺·霍尔特和她女儿的车就停在母子俩的车旁边。珍妮讶异地看到了埃莉诺的第二任丈夫，他是个酷爱打官司的离婚律师，很少出席社交活动。

一阵寒风吹过，那几个冷得发抖的孩子呻吟起来。风掀起一片彩色的东西——它就像一艘轻巧的小筏子，飘离了一个小男孩的手，降落在埃莉诺·霍尔特的车顶上。离婚律师伸手去抓，可它又飘走了。珍妮·达什在半空中逮到了它。

那是一张半瘪的充气床垫，红蓝两色，小男孩跑到达什夫人面前。“我想给它放气来着，”他说，“要不然放不进车里去。风把它刮过来了。”

“好了，现在我来教你一招。”达什夫人告诉男孩。她看到埃莉诺·霍尔特弯下腰，半跪在地上系鞋带。她的诉讼狂丈夫大喇喇地坐在驾驶座上，她借来神秘精子所生的女儿绷着脸，自个儿坐在后排——毫无疑问，这次老同学聚会让她仿佛回到了恐怖的童年时代。

珍妮在停车场里找到一块大小合适的鹅卵石，拧开红蓝充气床垫的气阀，将鹅卵石堵在阀门口，鹅卵石把阀针压了进去，空气嘶叫着喷射出来。

“把鹅卵石往里压就可以了。”达什夫人说。她给小男孩演示了一下，“像这样。”床垫里猛然喷出一大股气，“而且……要是你用力抱住床垫，像这样，气跑得更快。”

“嗞！嗞！嗞！”红蓝充气床垫发出说话一样的声音。小男孩面露喜色，显然觉得这声音相当美妙。但埃莉诺·霍尔特的脸上却突然露出秘密被揭穿的表情。她丈夫也循声转过脸来，一副想要打官司的表情。连两度被迫观摩埃莉诺·霍尔特私生活的珍妮·达什的儿子都好奇地倾听着这惊心动魄的声音。

埃莉诺瞪着达什夫人，又惊恐地盯着迅速变得更瘪的充气床垫，宛如在一群暴徒面前被脱光衣服的女人。

“看来，我真的该出来和外面的世界接触一下了。”珍妮向埃莉诺承认。

然而，说到“外面的世界”——以及“外面的世界”究竟是什么，还有一个寡妇如何才能安全地重新踏入外部世界——红蓝充气床垫只能向她发出一声警示：“嗞！”

五十四岁的艾伦

露丝故作严肃，板着脸读完第一章，她最后的那声“嗞”似乎吓到了某些观众。埃迪把这本书读了两遍，很爱第一章的结尾，但有的观众等了一会儿才开始鼓掌，因为他们不知道第一章已经结束。愚蠢的舞台助理张着大嘴盯着电视监控屏，好像打算给这一章加个后记，却一个字都说不出来，连“好大一对奶”这种他最拿手的评论都忘到九霄云外去了。

艾伦·奥尔布赖特第一个鼓掌，比埃迪反应都快。作为露丝·科尔的编辑，他自然清楚“嗞”是第一章的最后一个字。随后而来的掌声十分热烈，持续的时间足以让露丝仔细研究一遍水杯底部仅存的那个冰块，冰块已经化得差不多了，她可以一口吞掉，不会觉得太凉。

朗读完后的问答环节令人失望。埃迪为露丝感到难过：表演性十足的朗读结束后，她必须忍受观众的无聊提问，这活动搞得简直是虎头蛇尾。整个问答环节中，艾伦·奥尔布赖特频频对露丝皱眉，似乎她有义务把问题的智商提高上去一样！她朗读的时候，艾伦老在观众席做鬼脸，把她气得不轻——好像他的作用就是在朗读过程中逗她笑！

第一个问题很有攻击性，结果给后面的问题设定了基调，陷入恶意问答的循环。

“你为什么老是重复已经写过的东西？”一个年轻男人问作者，“还是说，你是无意的？”

露丝估计他不到三十岁，观众席灯光不够亮，看不清他的表情——他坐在音乐厅的后排——但从他的语气判断，毫无疑问：他是在嘲笑她。

写过三本小说之后，露丝已经听惯了外界的指责，说她的人物在几本书中“循环”出现，而且这些人物总有一些“招牌式的怪癖”。我创造的人物的确有很大的局限性，露丝心想。但是，根据她的经验，指责作者重复的人，通常是因为他们最初就不喜欢某个特定的细节。毕竟——阅读文学作品亦是如此——如果你喜欢某样东西，肯定不会反感它重复出现。

“我想你指的是假阳具。”露丝对指责她的年轻人说。她的第二本小说中也出现了假阳具，但假阳具没在第一本书里露过头（可以这么说）——毫无疑问是个疏忽，露丝想。她说：“我知道，你们很多年轻人感受到了假阳具的威胁，但真的不用担心，你们是不会被假阳具彻底取代的。”她顿了顿，等观众笑完，随后补充道：“这根假阳具确实不是上一本的那一根，不属于同一类产品，我小说里的假阳具全部都是独一无二的，大家都明白，世界上没有完全相同的两根假阳具。”

“你重复的可不只是假阳具。”年轻人说。

“没错，我知道——还有‘女性友谊的变质’‘失而复得’什么的。”露丝说，她意识到（说完之后才意识到），这些话来自埃迪·奥哈尔刚才的引言。后台的埃迪起初感到非常高兴，接着又怀疑露丝是在嘲笑他。

“坏男友。”执着的年轻人补充道。（这次说到了点子上！）

“《还是那家孤儿院》里面的男朋友是个不错的人。”露丝提醒这位反对她的读者。

“母亲永远不出现！”观众席上的一个老妇人喊道。

“父亲也没出现。”露丝反驳。

艾伦·奥尔布赖特双手扶额，他一直反对露丝回答观众的提问。他告诉露丝，如果她容忍不了那些敌对意见或者故意引诱她说错话的评论——无法采取“不干涉”的态度，就不应该答观众问。读者批评一句，你就马上反咬回去，这样做不适当。

“可我喜欢反咬。”露丝告诉他。

“可你不应该在第一次受到冒犯时就反咬，第二次的时候也不应该。”艾伦提醒她。他的座右铭是“好人不过三”。露丝原则上同意这句话，但她觉得难以践行。

艾伦的观点是，忽略了第一次和第二次的冒犯之后，如果再有人给你放诱饵，甚至直接攻击你，你可以给他点颜色看看。也许他的策略太“绅士”了，露丝做不到。

露丝很厌烦艾伦双手扶额的动作，认为他是故作姿态。她为什么总愿意挑他的毛病呢？其实，艾伦的许多习惯——至少就工作习惯而言——赢得了露丝的赞赏，她毫不怀疑他对她产生了良好的影响。

比起小说的编辑，露丝·科尔更需要一个人生的编辑。（连汉娜·格兰特都会同意这句话。）

“下一个问题？”露丝问。她尽量装出愉快的语气，甚至还想表现得有魅力，然而，她的声调却明显透露出厌烦：她不是在邀请观众提问，而是向他们发出了挑战。

“你的点子是从哪里来的？”一个天真无邪的声音问。露丝看不见提问者，大厅的茫茫人海中，这个声音听上去很奇怪，分辨不出性别。艾伦翻了个白眼。这个问题是艾伦所谓的“购物式问题”：假定小说是一道菜，去超市转一圈，买齐了材料，就能做出这道菜来。

“我的小说不是点子——我没有任何点子，”露丝回答，“我先从人物开始，然后根据人物的性格构想出他们可能遇到的问题，最终形成故事——每次都是这样写的。”（埃迪在后台听着，觉得他应该做个笔记。）

“据说你从未有过工作，一份真正的工作？”刚才那个问露丝为何自我重复的无礼年轻人又开口了，他是不请自来，露丝并没有点到他提问。

她确实从来没做过“真正”的工作，但没等她回应这个旁敲侧击的钓鱼式问题，艾伦·奥尔布赖特就站起来，转身向后，显然是要对坐在后排的那个不文明的年轻人发话。

“当作家就是真正的工作，你这混蛋！”艾伦说。露丝知道他一直在计数，根据他的统计，他已经容忍了两次冒犯。

艾伦的爆发激起了中等规模的掌声，当他转脸面向舞台，面对露丝的时候，向她发出一个具有他性格特点的暗号——右手拇指像刀子一样划过他的喉咙，意思是：快下台。

“谢谢大家，再次感谢。”露丝对观众们说。往后台走的时候，她停了一下脚，转身朝观众挥手，他们的掌声依然热烈。

“你怎么不给书签名？别的作家都给书签名！”那个恶毒的年轻人穷追不舍。

她还没来得及继续走，艾伦就又站起来，转过身去。露丝不必看他就知道，艾伦朝那个家伙竖了中指，艾伦特别爱对别人竖中指。

我是真的喜欢他——他很会照顾我，她想。然而，她也无法否认，艾伦经常惹她生气。

回到演员休息室，艾伦又惹恼了她。他对她说的第一句话是：“你从来没有提过这本书的名字！”

“我只是忘了。”露丝说。他怎么什么时候都忘不了当编辑。

“我没想到你会读第一章，”艾伦补充道，“你不是告诉我，你觉得第一章太喜剧性了，不能代表整部小说。”

“我改主意了，”露丝告诉他，“我决定搞笑。”

"回答问题的时候，你可不像在搞笑。"他提醒她。

"起码我没叫别人'混蛋'。"露丝说。

"我忍他两次了。"艾伦说。

一位老妇人提着一购物袋的书混进后台——她骗过了想拦住她的人，谎称自己是露丝的母亲。她还想对埃迪说谎，埃迪当时站在休息室门口，一向优柔寡断的他一半身子在门里，另一半在门外。老妇人以为他是管事的。

"我要见露丝·科尔。"她告诉埃迪。埃迪看到她手上的购物袋里装着书。

"露丝·科尔不给书签名，"埃迪提醒老人，"她从来不签名。"

"让我进去。我是她的母亲。"老太太撒谎。

埃迪——尤其是他——根本不用靠近了看，就知道她不是露丝的母亲，他只觉得这个老太太和玛丽恩年纪相仿。（玛丽恩现在应该七十一岁了。）

"夫人，"埃迪对老太太说，"你不是露丝·科尔的母亲。"

然而露丝已经听到老太太自称是她的母亲，她推开艾伦，来到休息室门口，老太太一把抓住她的手。

"我从利奇菲尔德大老远把这些书带过来，想请你签名，"老人说，"康涅狄格州的利奇菲尔德。"

"你不应该撒谎说是别人的母亲。"露丝告诉她。

"我的每一个孙子孙女都想要一本你签名的书。"老太太兀自念叨着。她的购物袋里有六七本露丝的小说，但没等她把书从袋子里拿出来，艾伦出现了——他的大手放在老人的肩膀上，轻轻地把她往门外推。

"都已经宣布了——露丝·科尔不给书签名——就是不签。"艾伦说，"我很抱歉，但是，如果她给你签了名，对别人不公平，不是吗？”

老太太不理他，她没有放开露丝的手。“我的孙子孙女们喜欢你写的所有东西，”她告诉露丝，“只浪费你两分钟。”

露丝像冻住了一样站在原地。

“求你了。”艾伦对老人说，但老太太以惊人的速度放下袋子，打掉了艾伦放在她肩膀上的手。

“你敢推我？”老妇人说。

“她不是我的妈妈，对吧？”露丝问埃迪。

“不，当然不是。”埃迪告诉她。

“听着——我想让你给我的孙子孙女签名！这些都是你自己的书！”老太太对露丝说，“我买的这些书……”

“夫人，请你……”艾伦对老人说。

“你这个人到底怎么回事？”老太太问露丝。

“去你的，去你的孙子孙女。”露丝告诉她。老太太露出仿佛被人扇了耳光的表情。

“你敢再说一遍？”老太太说。汉娜会把老人的蛮横霸道称为“老一辈人的特点”，但露丝认为这是财富和地位养成的坏脾气，当然，老太太的粗鲁也有倚老卖老的成分。

露丝把手伸进购物袋，拿出一本她自己的小说。“你有笔吗？”她问埃迪，埃迪从潮湿的外套里摸索出一支红笔——他的“老师的最爱”。

露丝一边在老妇人的书上写字，一边大声把她写下的内容念出来：“去你的，去你的孙子孙女。”她把书放回袋子里，去拿另一本——她打算在所有的书里都写上同样的内容，唯独不签她的名字——不过老太太把购物袋夺走了。

“你怎么敢这样？”老妇人叫道。

“去你的，去你的孙子孙女。”露丝面无表情地重复道，正是她刚才朗读时的语调。她往休息室里面走，经过艾伦身边的时候，她说："去你的好人不过三，连一次都他妈的不能忍。"

埃迪刚才一直后悔自己的引言太长、太学究气，现在他发现了弥补的办法。无论这个老太太是谁，她都和玛丽恩年龄差不多，但埃迪没觉得这个年龄"老"。她们只是年龄大一点，但并不老——至少他是这么认为的。

他发现露丝刚才写字的那本书的内页夹着一张藏书签，上面印着书主人的名字：

伊丽莎白·J. 本顿

"本顿夫人？"埃迪问老妇人。

"什么？"本顿夫人问，"你是谁？"

"艾德·奥哈尔，"埃迪说，他朝老人伸出手，"你的胸针真好看。"

本顿夫人凝视着她紫红色西装外套的翻领，她的胸针是一片银色的扇贝壳，镶嵌着珍珠。"是我母亲的。"老人告诉埃迪。

"你说巧不巧，"埃迪说，"我母亲也有一只这样的胸针——而且她就是戴着这只胸针下葬的。"埃迪撒谎道。（他母亲多事西·奥哈尔仍然活蹦乱跳，健康得很。）

"噢……"本顿夫人说，"我很遗憾。"

埃迪修长的手指悬停在老太太奇丑无比的胸针上方。本顿夫人把胸脯朝埃迪的手掌那边挺了挺，允许他触摸银色的贝壳，贝壳上的珍珠碰到了他的手指。

"我从来没有想到，我会再次看到这样的胸针。"埃迪说。

"哦……"本顿夫人说，"你和你妈妈感情很好吧？你们一定很亲近。"

"是的。"埃迪撒了谎。（为什么我就不能在写书的时候这么自然地撒谎？他想。谎言到底是怎么来的？为什么我在需要时无法召唤它们？他似乎只能等待适当的谎言出现在适当的时机。）

几分钟后，埃迪亲自把老太太送出后门。外面的雨下得不急不慢，一小群意志坚定的年轻人正在外面等着看露丝·科尔一眼——还要请她给他们买的书签名。

"作者已经走了，她从前门走的。"埃迪又撒了个谎。想起刚才他还没法对广场饭店前台的女人说谎，埃迪自己都觉得很诧异。如果他能骗到她，就可以早点坐上公交车，说不定还能幸运地赶上更早一班的车。

本顿夫人比埃迪·奥哈尔更擅长驾驭骗术，哄得埃迪多陪了她一会儿，然后愉快地和他道了晚安，再三感谢他的"绅士行为"。

埃迪主动提出要帮她弄到露丝·科尔的签名，说服她把装着书的购物袋留给他，包括那本被露丝"毁了"的书。（本顿夫人觉得这本书毁了。）埃迪知道，就算他要不到露丝的签名，也能以假乱真伪造出来。

他暗自赞赏本顿夫人的勇气，尽管她胆敢冒充露丝的母亲，但她对待艾伦·奥尔布赖特的方式让他佩服。她的紫水晶耳环的风格也十分大胆前卫——甚至过于新潮。她的耳环与暗紫色的套装不太相配，右手中指上还松松地套着一只过大的戒指……也许更适合戴在右手无名指上。

他也对本顿夫人这种单薄消瘦的身形情有独钟，他看得出她仍然觉得自己是个年轻女子。她当然可以认为自己更年轻，埃迪被她打动也无可厚非。而且，如同大部分作家一样（特德·科尔除外），埃迪·奥哈尔认为，一个作家的亲笔签名本质上是不重要的。为什么不为她做点他力所能及的事呢？

那么，露丝为什么如此坚定地拒绝了本顿夫人签名的要求？她为什么不喜欢公开签名售书？因为她讨厌给一大群人签名时那种被公开展示的感觉。总有人盯着她看，而且这类喜欢围观的家伙往往站在等签名的队伍外面，手里一般没有书。

她曾在赫尔辛基把上述原因告诉过公众，但她在那里给自己的芬兰语版的书签了名，因为她不会讲芬兰语：在芬兰或其他许多国家，除了给书签名，她也没有别的事情可做。但在她自己的国家，她宁愿读给观众听，或者只是与读者对话，也不想签名。但她其实也不喜欢与读者对话，从今天她在92Y的读书会上回答问题时的焦躁就能看出来。露丝·科尔害怕她的读者。

也有人秘密跟踪她。跟踪者通常是些令人毛骨悚然的年轻男人，自以为对她了如指掌，因为他们痴迷地阅读过她的所有作品，认为自己对她有好处——经常觉得可以当她的情人，或者志同道合的文学笔友。（当然，他们中许多人想成为作家。）

跟踪者里面还有少数是女的，她们比那些年轻男人更让露丝心烦，因为她们常常希望她把她们自己写进故事里，自认为属于露丝·科尔的小说。

露丝想要隐私。尽管经常旅行，无论在宾馆还是各种租来的房屋和公寓里，在别人的照片、家具和衣服的环绕下——甚至还为别人照顾着宠物的时候，她都能开心地写作。露丝只拥有一处自己的住宅——佛蒙特州的一个旧农庄，但她没怎么整修。她买下这个农庄，只是为了有地方歇脚，而且农庄原本就有个看管，不用现找。看管农庄的人是个不知疲倦的男人，和妻子家人住在附近的农场。夫妻俩生了一大群孩子，多得似乎数也数不过来。露丝出门的时候，就给他们安排很多零工，还让他们“重修”她的农庄——每次修葺一个房间。

在米德尔布里学院的四年，露丝和汉娜常抱怨佛蒙特的与世隔绝——冬天尤其荒凉，因为她俩都不滑雪。而现在露丝爱佛蒙特，也爱这里的冬天。她喜欢住在乡下，但也愿意往外跑。如果有人问她为什么不结婚不生小孩，她就以“经常旅行”为借口搪塞一下。

聪明透顶的艾伦·奥尔布赖特当然不接受她的搪塞，他们多次探讨过露丝对婚姻和小孩说不的复杂原因，此前，除了与汉娜讨论这些东西，露丝从未跟别人提起过。她特别遗憾的是没有和父亲谈过这些话题。

埃迪回到演员休息室，露丝感谢了他对本顿夫人的及时接待和干预。

“我好像比较擅长与她这个年龄段的人打交道。”埃迪承认——露丝感觉他并不是自嘲。（她还发现埃迪把本顿夫人的那袋书拎回来了。）

虽然艾伦不善于夸奖别人，但他十分赞赏埃迪阻止了不依不饶要求签名的本顿太太的英勇行为。

“干得好，奥哈尔。”艾伦由衷地感叹道。他是那种喜欢虚张声势的男人，遇到别的男人的时候，总爱叫人家的姓。（汉娜如果在场，会把他这种爱称呼别人姓氏的习惯也归为“一代人的烙印”。）

雨终于停了。他们从后门离开，露丝感谢了艾伦和埃迪。

“我知道你们两个都尽了全力挽救我的错误。”她告诉他们。

“你没有什么需要挽救的错误，”艾伦对露丝说，“全是混蛋们的错。”

不，是我本人需要拯救，露丝想，但她只是微笑着看着艾伦，同时拧着他的胳膊。埃迪没说话，他觉得露丝本人和混蛋们都需要拯救——大概也需要把她从艾伦·奥尔布赖特手中拯救出来。

提到混蛋们，恰好有一个混蛋在八十四街和八十五街之间等着露丝。他一定是猜到了他们打算去的餐馆，或者是狡猾地跟着卡尔和梅丽莎，一路循迹而来。这家伙正是那个坐在音乐厅后排、专门提攻击性问题的无耻之徒。

“我想道歉，”他对露丝说，“激怒你不是我的本意。”他的语气里没有多少歉意。

“你没激怒我。”露丝告诉他，她的话也不怎么诚实，“每次参加公众活动，我都会生自己的气，我不应该来公众场合的。”

“那是为什么？”年轻人问。

“你问的问题已经够多的了，伙计。”艾伦告诉他。如果艾伦叫某个人“伙计”，那一定是想打架了。

“每次在公众场合被人参观，我都生自己的气。”露丝说。她突然又说了一句：“噢，老天——你是个记者，是吧？”

“你不喜欢记者，对吗？”年轻的记者问。

露丝没理他，把他晾在餐馆门口，径自走了进去。记者在门口又和艾伦没完没了地争论起来。埃迪看了他们一小会儿，然后走进餐馆找露丝，发现她和卡尔、梅丽莎三人已经坐下了。

“他俩不会打起来的，”埃迪向露丝保证，“如果他们想打架，早就动手了。”

原来，那个记者想第二天采访露丝，结果被拒绝了，所以怀恨在心。显然兰登书屋的公关人员觉得他是无名小卒，而且露丝总是限制采访的次数。

“你不必接受什么采访。”艾伦告诉她，但她还是向公关人员做出了让步。

在兰登书屋，艾伦不配合公关部门工作是出了名的。他认为，小说家——甚至露丝·科尔这样的畅销小说作家——就应该待在家里写作，其他的事不需要管。与艾伦合作的作者最欣赏他的一点就是，他不会像常见的出版商那样给作者设置很多不必要的负担。他忠于作者，有时候甚至比作者本人还忠于他们的作品。露丝从不怀疑，她爱的正是艾伦这一点。至于他不怕批评她（各方面都批评）的作风，她却不是全心全意地赞同。

艾伦仍然在人行道上和年轻记者理论。露丝迅速地在本顿夫人的书上签好了名字，包括那本她“毁了”的书。（在这本书上，她打了个括号，里面写着“对不起！”）随后，埃迪把购物袋藏到桌子底下，因为露丝告诉他，如果艾伦见到她给那个张牙舞爪的老太太的书签了名，一定很失望。埃迪从她的话语中觉察到，艾伦对她的兴趣超越了编辑与作者合作的范围。

艾伦终于加入饭局，埃迪开始警惕地验证他刚才的推论。其实，露丝也怀疑艾伦对她别有用心，想要得到验证。

第三本小说的编辑过程中——包括他们激烈争论该取什么样的书名的时候——露丝并没感觉到艾伦对她有意思，他的工作态度很严肃，绝对专业。她当时也没预见到，他会从一开始讨厌她起的书名，到对她个人产生兴趣。关于书名，她寸步不让，根本不去考虑他的建议，正是这种坚决的态度对他产生了奇怪的影响。他甚至为此满腹怨念，一再提及此事，活像个和妻子过了一辈子，但总愿意提起那些解不开的疙瘩的唠叨丈夫。

她给第三本小说起的名字是《少儿不宜》。（这书确实少儿不宜。）“少儿不宜”是书中的扫黄纠察队青睐的口号，是达什夫人的宿敌（最后与她化敌为友）埃莉诺·霍尔特提出来的。然而，随着小说情节的铺陈，这句口号从冲锋枪变成了反思语。为了抚养和关爱两人共同的孙辈，埃莉诺·霍尔特和珍妮·达什意识到，必须放下歧见，因为她们多年来的对立也是“少儿不宜”的。

艾伦希望叫这本书《为了孩子》。（他说，两个对手是“为了孩子”才成为朋友的，就像关系不好的夫妇“为了孩子”忍耐着不离婚一样。）然而露丝希望把书中人物反对色情作品的立场体现在书名里，所以“少儿不宜”最合适。她也希望书名反映她本人对待色情作品的政治立场：虽然她很讨厌色情作品，但更痛恨出版物审查制度。

至于保护孩子不受色情作品侵害，每个人都有责任，这是常识，却不能升级为审查制度，不能依靠不合理的制度去“保护”儿童免受任何不适当内容的侵害。（在好几次采访中，露丝说：“这些内容也包括露丝·科尔的所有小说。”）

露丝原则上讨厌与人争吵，这让她想起与自己父亲的争吵。如果她让父亲赢，他会用一种非常幼稚的方式提醒女儿“我是正确的”。可如果她吵赢了父亲，特德要么坚决不认输，要么变得气急败坏。

“你老是点芝麻菜。”餐馆里，艾伦对露丝说。

埃迪觉得他们说起话来像一对老夫老妻，他想和露丝谈谈玛丽恩，但不得不等待时机。他甚至假装要上厕所，盼着露丝也能去厕所，然后能和她聊上几句，哪怕在走廊里也行。可露丝一直没离席。

“我的天，”埃迪离开后，艾伦说，“为什么找奥哈尔当引言人？”

“我觉得他挺好的。”露丝撒谎。

卡尔解释说，他和梅丽莎经常请埃迪·奥哈尔做引言人。因为他可靠，卡尔说。而且他从不拒绝做任何人的引言人，梅丽莎补充道。

听到这里，露丝微微一笑，但艾伦说：“我的天——‘可靠’？他都迟到了！看上去像被公交车碾过了一样！”

他是有点过分，卡尔和梅丽莎没否认，他们以前从没听说埃迪·奥哈尔做过什么出格事。

“可你为什么同意让他当引言人？”艾伦问露丝，“你告诉过我，你喜欢这个主意。”（其实，这个主意正是露丝想出来的。）

是谁说过，只有被一群陌生人包围的时候，才能更好地认识自我？（这是露丝在《还是那家孤儿院》里写的一句话。）

“嗯。”露丝意识到，卡尔和梅丽莎在这件事上是“陌生人”。“埃迪·奥哈尔曾是我母亲的情人，”她宣布，“当时他十六岁，我母亲三十九岁。四岁之后我就没见过他，但我一直很想再见到他。你们能理解吧……”她等待着大家的回应。

可没人回应一个字。露丝知道艾伦一定很受伤——因为她以前没告诉他这件事，现在终于告诉他了，却要当着卡尔和梅丽莎的面。

“请问，”艾伦一本正经地说，“埃迪·奥哈尔的小说里面那些上年纪的女人，是不是都是你母亲呢？”

“不，我父亲不这么认为。”露丝回答，“但我相信，埃迪真心爱我母亲，他把自己对这个大龄妇女的爱，倾注在他的全部作品中。”

“我明白了。”艾伦说。他已经亲自伸出手指，拣出了露丝沙拉盘里的芝麻菜。作为一名绅士——以及土生土长的纽约人和成熟男性——艾伦的餐桌礼仪却糟糕透顶：他习惯从每个人的盘子里拣菜吃，而且吃过之后，很可能告诉你不好吃。各种食物还很喜欢往他的牙缝里钻，它们总有办法粘在牙缝里不走。

露丝瞟了他一眼，估计现在他那超长的犬齿附近可能贴着一条芝麻菜权当警示标志。他的鼻子和下巴也很长，组合起来却显得挺优雅，然而扁平的宽额头和深棕色板寸又联合起来抵消了这份优雅。五十四岁的艾伦·奥尔布赖特并没有秃顶的迹象，也没有一根白头发。

除了犬齿太长，显得有点像狼之外，他几乎算个帅哥。虽然他又高又瘦，吃起东西来却狼吞虎咽，偶尔也会喝多，露丝有些担忧。她最近好像总在评估他——而且有点吹毛求疵。我应该和他上床，早点做决定，她想。

接着，她想起汉娜·格兰特放她鸽子。她本打算搬出汉娜作为今晚不和他上床的理由，她想告诉艾伦，汉娜和她是老朋友，总是通宵不睡地聊天。

露丝逗留纽约的时候，如果出版商不承担她的住宿费，她通常会和汉娜一起过夜。

然而，今晚汉娜不在，艾伦会建议露丝到他的公寓去，或者要求参观她在斯坦霍普酒店的套房——兰登书屋为她订的。艾伦知道露丝不愿和他睡觉，但他一直非常耐心，甚至把她的不情愿解释为她对他的感情极其认真——她的确很认真，可他没有想到的是，她的不情愿是因为担心和他上过床后觉得不喜欢，她的担心跟他吃别人盘子里的菜的习惯以及龙卷风般的吃相不无关系。

露丝不计较艾伦过去曾泡在女人堆里，他已经对她坦言，如果遇到了“合适的女人”——显然指的是她，他就会改变习惯。她没有理由不相信他。她也不介意他的年龄，他的身材比很多年轻人都好，看上去也不像五十四岁，而且很能振奋她的心智。最近有一次，他们整晚没睡——以前都是汉娜和露丝一起熬夜——给对方读自己喜欢的格雷厄姆·格林作品段落。

艾伦送给露丝的第一份礼物是诺曼·谢利的《格雷厄姆·格林传》三部曲的第一部。她刻意放慢速度阅读，既为了仔细品味，也害怕发现格林也有她不喜欢的一面。阅读喜欢的作家的传记时，她的心情总是很矛盾，宁愿不知道他们也有不可爱的地方。她认为，到目前为止，谢利给格林作的传是最中肯的。艾伦尽管对她在性方面的不情愿很有耐心，看到她读传记的速度太慢，却表现得很不耐烦。（他认为，没等露丝读完第一部，诺曼·谢利就会推出三部曲的第二部。）

现在，汉娜不在，露丝意识到她可以让埃迪成为今晚不和艾伦上床的理由。没等埃迪从厕所回来，她就说：“晚饭后——希望大家都不要介意——我想和埃迪单独谈谈。”卡尔和梅丽莎等待艾伦表态，但露丝继续说下去，“我根本想象不出来，我母亲究竟看上他哪一点。当然，他十六岁的时候肯定非常漂亮。”

“奥哈尔现在照样‘漂亮得要命’啊。”艾伦嘟哝。露丝想：噢，老天爷，别告诉我他要吃醋了！

露丝说：“他很在意我母亲，可能超过了我母亲在意他的程度。读了他的书，连我父亲都说，埃迪一定很崇拜我母亲。”

“恶心。”艾伦·奥尔布赖特说。每次读完埃迪·奥哈尔的书，他都忍不住这样说。

“请不要嫉妒，艾伦。”露丝说，她又使用了朗读时的那种冷酷语气，板起脸来。艾伦像被虫子蛰了一样。露丝突然觉得恨自己。今天晚上，她对一个老太太说“去你的”，还顺便骂了她的孙子孙女，现在又开始伤害自己唯一可能会嫁的男人。

“无论如何，”露丝告诉在座的人，“我相当期盼和埃迪·奥哈尔私下聊聊。”

可怜的卡尔和梅丽莎！她想。但他们什么样的作家没见识过，就算目睹比这更过分的行为，也不会被吓到。

“你母亲离开你父亲，显然不是为了奥哈尔。”艾伦说，措辞比往常小心多了。他想约束自己。他是个好人。露丝发觉她的脾气让他害怕，因为这一点，她更恨自己了。

“那肯定是真的，”露丝说，同样小心翼翼，“但不管什么女人，都有正当理由离开我的父亲。”

“你母亲也离开你了。”艾伦插话道。（他们之前当然讨论过这个话题。）

“那也是真的，”露丝说，“我正打算和埃迪谈谈这件事。我已经从我父亲那里听到了他对我母亲的评价，可我父亲不爱她，我想听听爱她的人怎么说。”

“你觉得埃迪·奥哈尔还爱你母亲？”艾伦问。

“你读过他的书了。”露丝回答。

“恶心。”艾伦重复道。他自觉高人一等，真可怕，露丝想。但她偏偏喜欢高傲的人。

然后埃迪就回来了。

“我们在说你呢，奥哈尔。”艾伦傲慢地表示。埃迪神色慌张。

“我把你和妈妈的事告诉他们了。”露丝对埃迪说。

埃迪想要故作镇静，可湿漉漉的羊毛外套像裹尸布一样缠在他身上。在烛光下，他看到露丝右眼虹膜闪耀的黄色六边形，每当烛火跳动，或是她的脸微微向右转的时候，她的右眼都会变颜色——从褐色到琥珀色——就像玛丽恩虹膜上的黄色六边形会把她的右眼由蓝变绿那样。

“我爱你的母亲。”埃迪从容地说。只需想着玛丽恩，他就能恢复镇定。因为一连输给吉米三局壁球，此前他的镇定已经吓得不知躲到哪里去了，直到现下这一刻才回来找他。

在艾伦惊讶的注视下，埃迪叫来侍者，索要番茄酱和餐巾纸，可这里不是那种供应番茄酱和餐巾纸的大众饭馆。艾伦立刻表示愿意帮忙，这是他讨人喜欢的素质之一。他出门来到第二大道，很快找到一家廉价餐厅，五分钟不到就拿着半打餐巾纸和番茄酱瓶（瓶里还剩不到四分之一的番茄酱）回来了。

“希望这些够用。”他说。为了买下这瓶快用光了的番茄酱，他花了五美元。

“足够了，对我来说。”埃迪告诉他。

“谢谢你，艾伦。”露丝亲切地说。他彬彬有礼地给她一个飞吻。

埃迪往他的黄油碟里倒了点儿番茄酱。侍者一脸嫌弃地在旁边看着。

“把你的右手食指伸进番茄酱里面。”埃迪对露丝说。

“我的手指头？”露丝问他。

“拜托，”埃迪对她说，“我只是想看看你还记得多少。”

“我还记得多少……”露丝说。她伸出手指在番茄酱里蘸了蘸，还皱着鼻子——像个小孩。

“现在按一下餐巾纸。”埃迪告诉她，说着把餐巾纸推到她面前。露丝犹豫不决，但埃迪已经拉起她的右手，握住她的食指，轻轻地在餐巾纸上按了一下。

露丝舔掉手指上剩余的番茄酱，看着埃迪把餐巾纸压在她的水杯底下，玻璃杯底把她的指纹放大了。它就在那里——永远都在：她右手食指上那条笔直的竖线，透过杯底，看上去比原来粗长了两倍。

“你还记得吗？”埃迪问她。露丝右眼里的黄色六边形被泪水弄模糊了，她说不出话来。“别人的指纹永远不会和你的一样。”埃迪对她说，她母亲离开她那天，他就这样对她说过。

“我的疤会永远在上面吗？”露丝问他，三十二年前，她四岁的时候，也这样问过他。

“你的伤疤会永远成为你的一部分。”埃迪向她保证，那时他就向她保证过。

“是的，”露丝小声说，“我还记得。我几乎什么都记得。”她流着泪告诉他。

后来，独自一人坐在斯坦霍普酒店的套房，露丝想起埃迪在她哭的时候握着她的手，想起艾伦奇迹般的善解人意，他什么都没说（与平时判若两人），拉着卡尔和梅丽莎——最重要的是他自己——坐到了别的桌：他坚持要领班把他们安排到远离露丝和埃迪、听不到他们谈话的座位上。露丝根本不知道艾伦、卡尔和梅丽莎什么时候离开餐馆的。最后，她和埃迪争着埋单的时候——露丝喝掉一整瓶红酒，埃迪一口没喝——侍者打断他们，说艾伦已经把所有的账都付了。

露丝想打电话感谢艾伦，但他很可能已经睡了，差不多凌晨一点了，她却因为和埃迪的交谈兴奋得睡不着，有点担心和艾伦说话之后心情变坏——经常会这样。

艾伦的体贴已经打动了她，但埃迪刚才一直在说她的母亲，她现在满脑子都是这些。虽然不需要再喝更多的酒，她还是敞开客房小冰箱，从里面的小瓶烈性酒中选了一瓶干邑白兰地打开。她靠在床上，呷着烈酒，想在日记里写点什么，希望记下的实在太多。

最重要的是，埃迪告诉她，她的母亲爱她。（都可以根据这个写一本书了！）露丝的父亲三十二年来一直想让她相信这一点，可他总是讥笑玛丽恩，所以女儿不信他。

露丝自然听说过两个哥哥的死剥夺了她母亲爱另一个小孩的能力，也有人认为玛丽恩不敢爱露丝，因为担心灾祸会像夺走儿子那样把她的女儿夺走。

然而，埃迪把玛丽恩发现露丝的眼睛里有一块亮黄色六边形时的反应告诉了她，她母亲眼睛里也有一块这样的斑点。他告诉露丝，玛丽恩害怕得哭出来，因为这块斑点意味着露丝可能像她，她不希望女儿像她一样。

露丝觉得自己突然之间体会到了很多母爱——根据母亲不希望自己的不幸也遗传到女儿身上这个细节——简直有点承受不了。

她和埃迪讨论她更像母亲还是父亲。（越是听露丝说话，埃迪越觉得她像玛丽恩。）露丝很在意这个问题，因为假若她会变成坏母亲，不如不要小孩。

“你妈妈就是这么说的。”埃迪告诉她。

“可是，最坏的做法难道不是抛弃自己的孩子吗？”露丝问他。

“你爸爸就是这么说的，他也对你说过吧？”埃迪问她。

露丝告诉埃迪，虽然她父亲“性方面很不检点”，但作为一个父亲，他“大体上合格”，从来没有忽视她。作为女人，她讨厌他，小的时候，她依恋他——至少他没离开她。

“如果你哥哥们还活着，他一定会对他们产生很坏的影响。”埃迪告诉她。露丝立刻表示同意。“所以你的母亲早就想着离开他——我是说，在你哥哥们出事之前。”埃迪补充道。

露丝还不知道母亲早有打算，想到父亲竟然没告诉她，她显得很痛苦，但埃迪解释说，特德不可能告诉她，因为他也不知道玛丽恩早就想走。

他们谈了很多，露丝都不知道日记怎么开头，埃迪甚至说玛丽恩是他一生的“性的起点和性的巅峰”。（露丝倒是把这句话写下来了。）

在开往坦霍普的出租车上，抱着老太太的那袋子书，埃迪对露丝说：“你嘴里那个‘可怕的老女人’，她和你母亲年纪差不多，所以，对我来说，她不是‘可怕的老女人’。”

露丝觉得不敢相信，一个四十八岁的男人，仍然迷恋着一个现在已经七十一岁的女人！

“等到我母亲九十岁、你六十八岁的时候，你还会爱她吗？”她问埃迪。

“肯定爱。”埃迪告诉她。

露丝·科尔在日记里写，埃迪·奥哈尔是他父亲的对立面。七十七岁的特德·科尔现在热衷追求的是露丝这个年纪的女性，但成功率每况愈下，他比较拿手的还是勾引快满五十岁的妇女——年纪与埃迪相仿！

如果露丝的父亲活到九十岁，可能会收收心，追追与自己外表接近的女人——就是那些“只有”七十多岁的老太太！

电话铃响了，艾伦打来的，露丝不禁感到失望。拿起听筒时，她希望电话那头是埃迪，他说不定又想起了什么！她满心期盼地想。

“你还没睡吧？”艾伦说，“你一个人吧？”

“没睡，一个人。”露丝回答。他为什么要用吃醋的口吻破坏刚刚在她心里留下的好印象？

“聊得怎么样？”艾伦问她。

她突然觉得很累，懒得告诉他细节。他打来电话几分钟前，她还沉浸在兴奋之中。

“今晚对我来说很特殊，”露丝说，“我的母亲不再只是一张照片——我更了解她，也更了解自己了。”她补充道，“也许我不应该担心自己会是个糟糕的妻子，也许我不会成为坏母亲。”

“我早告诉你了。”艾伦提醒她。他怎么就不能在她准备接受他的观念的时候心怀感激、废话少说呢?

想到这里，露丝决定第二天晚上也不和艾伦做爱——先和他睡一次，然后跑到欧洲去待上两个多星期——近三个星期，这有什么意义?（她想，要判断到底该不该嫁给他，只睡一次和一次不睡一样，都不具备参考价值。）

“艾伦，我非常累——脑子里需要消化的东西太多。”露丝说。

“我听着呢。”他说。

“我不想明天晚上和你一起吃晚饭了——从欧洲回来之前，我都不想见到你。”她说，有点希望他能劝阻她，但他什么都没说，连他的耐心都让她觉得恼火。

“我听着呢。”他说，因为她也沉默了。

“我愿意和你上床——我一定和你上床。”露丝让他放心，“但要等我出国回来之后，我还得先去看我的父亲。”她补充道，但明白这些话没有说服力，“我需要和你分开一段时间，好好考虑我们的关系。”最后，她只好这样解释。

“我明白。”艾伦说。他的确是个好人，但未必适合她，思虑及此，她觉得很痛苦。“分开一段时间”能帮助她做决定吗?她需要多和艾伦相处才能弄清楚。

可她却说:“我知道你理解。”

“我非常爱你。”艾伦告诉她。

“我知道。”露丝说。

她辗转反侧，试着不去想她的父亲。尽管特德·科尔已经把她母亲和埃迪·奥哈尔的婚外情告诉了女儿，可并没告诉她这件事是他策划的。当埃迪告诉她，她父亲是故意把他和玛丽恩撮合到一起的时候，露丝很震惊。当听说特德故意让玛丽恩觉得她不是个好母亲的时候，她并不惊讶。露丝吃惊的原因是，她父亲竟然想让女儿完全归他所有，那么希望做她的父亲！

三十六岁的露丝一向对父亲既爱又恨，现在，得知父亲如此爱她，她却只觉得苦恼万分。

三十五岁的汉娜

露丝无法入睡。干邑白兰地——加上她对埃迪的坦白——是她失眠的罪魁祸首，她今晚告诉埃迪的事情，有些连汉娜都不知道。在人生的每个重要阶段，露丝都盼望母亲会联系她。例如从埃克塞特毕业的时候，可什么都没发生，又比如她从米德尔布里毕业的时候，仍不见玛丽恩的音信。

尽管如此，露丝依然期待母亲联系她——尤其是在1980年，她的第一部小说出版时。后来她又出了两本小说，第二本1985年出版，第三本现在出版——1990年秋天。这也是发现本顿夫人冒充她母亲的时候，露丝勃然大怒的原因。多年来，她一直幻想着玛丽恩能以本顿夫人这种突然造访的方式出现在她面前。

“你觉得，她还会露面吗？”露丝在出租车上问埃迪。

他让她失望了。今天晚上和埃迪的交谈令她激动不已，埃迪的表现使她改变了初见他时形成的偏颇印象，可听到这个问题，他却不知道怎么回答。

“呃……”他说，“我猜，你母亲必须先与自己和解，然后才能……呃，嗯，重新进入你的生活。”他顿了顿，仿佛很希望出租车现在就开到斯坦霍普酒店门口。“呃……”他又说，“玛丽恩也得斗败她面前的恶魔——她的心理阴影，我猜——她必须先想办法对付它们，然后才能联系你。”

“她是我妈，看在上帝的分上！”露丝在出租车上喊起来，“我就是她需要对付的恶魔！”

埃迪支吾了半天，最后却说：“我差点忘了！有一本书——其实是两本书——我想送给你。”

她刚刚问了他一个她人生中最重要的问题：是否应该等着母亲来联系她——玛丽恩会主动联系她吗？然而埃迪却兀自在潮湿的公文包里乱摸，最后掏出两本被水泡过的书。

其中一本是向给他带来性爱巅峰体验的玛丽恩致敬之作《六十次》，另一本呢？他不知道该如何介绍这本书，只好把它丢在她的腿上。

“你说你要去欧洲，”埃迪说，“这本书是很好的飞机读物。”

他本该回答露丝提出的那个至关重要的问题，却顾左右而言他，抛出一本“飞机读物”。然后出租车就停在斯坦霍普酒店门口，埃迪用他有史以来最笨拙的姿势和露丝握手，她亲了他一下，自然，他的脸红了——像个十六岁的大男孩！

“等你从欧洲回来，我们必须再见个面！”埃迪坐在徐徐开动的出租车里说。

也许他不擅长告别。坦率地说，用“可悲”和“不幸”形容埃迪并不公正，因为他已经把谦虚之道升华成了艺术。“他把自我贬抑当成荣誉勋章佩戴，”露丝在她的日记中写道，“他身上没有半点卑劣狡猾的成分。”（露丝多次听父亲说埃迪是个小滑头。）

今晚刚坐下开始聊，露丝就发现埃迪有个特点：从来不抱怨。她母亲除了欣赏他的漂亮和文弱之美，可能还看上了埃迪对她的痴情以外的品质：尽管外表文弱，埃迪·奥哈尔非常勇敢，他接受了玛丽恩的一切。露丝想象得出，1958年夏天，她母亲的心情不会太好。

露丝半裸着身体，在斯坦霍普酒店的套房里翻阅埃迪给她的“飞机读物”。因为她觉得自己喝了太多酒，这时候看《格雷厄姆·格林传》是暴殄天物，而她已经读过了《六十次》，确切地说，她读了两遍。

令她沮丧的是，“飞机读物”似乎是某种形式的犯罪小说，一看书名，她更觉得反感：《跟踪——从飞翔的食物马戏团回家》，作者和出版商她也都没听说过，她仔细看了看，发现出版商是加拿大的。

连作者的照片都很神秘，那个女人——神秘的作者是女的——侧脸对着镜头，因为是逆光拍的，看不清五官，她还戴着顶帽子，侧脸上的那只眼睛也给遮住了，只能看出她鼻子挺精致，下巴轮廓分明，颧骨高耸。她的头发——从帽子里掉出来的那些——大概是金色，也可能是灰色，或者接近白色。她的年龄无法确定。

这是一张惹人生气的照片，不出露丝所料，作者用的是笔名，把脸都藏起来的女人当然不会用真名。所以，这就是埃迪所谓的“飞机读物”。露丝还没读就已经失去了兴趣。小说开头的水平也大致符合她对这本书的初始判断（根据封面推测的）。

露丝读道：“一个女售货员——她还兼职做饭店服务员——被人发现死在她的公寓里，公寓在杰拉德街南边的贾维斯街上。她的收入租不起这样的公寓，但还有两个女售货员与她合租。三个姑娘都在伊顿百货公司卖胸罩。”

侦探小说！露丝啪的一声合上书。贾维斯街和杰拉德街都在哪儿？伊顿百货公司又是什么玩意？卖胸罩的女孩关她露丝·科尔什么事？

她终于睡了过去——已经两点多了——却被电话铃吵醒。

“你一个人吗？能谈谈吗？”汉娜在电话里小声问她。

“绝对一个人，”露丝说，“可我为什么要和你谈谈？你这个叛徒。”

“我知道你生气了，”汉娜说，“我本来不想打电话。”

“你想道歉吗？”露丝问她最好的朋友。她从来没有听过汉娜道歉。

“遇到点事。”汉娜低声说。

“是事还是人？”露丝问。

“有什么区别吗？”汉娜说，“别人约我出城。”

“你为什么这么小声？”露丝问她。

“还是别吵醒他的好。”汉娜说。

“你是说，你现在和别人在一起？”露丝问，“他在你旁边？”

“不完全是，”汉娜小声说，“我只能到另一间卧室睡觉，因为他打呼噜。真没想到，他竟然打呼噜。”

露丝忍着不发表意见。汉娜经常把她和性伴侣的亲密互动播报给露丝。

“你没来，我很失望。”露丝最后说。然而，她这样说的时候，心里却想，汉娜绝对不会让她和埃迪单独在一起。汉娜对埃迪太好奇了——甚至可能独占埃迪！“可我又一想，”露丝告诉她的朋友，“你不来反而更好，我就能和埃迪·奥哈尔独处了。”

“这么说，你没和艾伦干那个。”汉娜低声说。

“今晚的重点是埃迪，”露丝回应，“我头一次如此清楚地认识我的母亲。”

“可你什么时候和艾伦干那个？”汉娜问。

“等我从欧洲回来，大概吧，”露丝说，“你不想听听我母亲的事吗？”

“等你从欧洲回来！”汉娜低声说，“什么意思？一去两三个星期？老天，没等你回来，他说不定就勾上了别的人！还有，你自己呢？连你都可能勾上别人！”

“假如艾伦或者我遇到了别人，”露丝说，“那就太好了，因为我们还没睡过。”话一出口，露丝才发觉，比起担心失去艾伦这样的丈夫，她更担心失去他这样的编辑。

“快给我讲讲埃迪·奥哈尔。”汉娜小声说。

“他很温柔，”露丝开始讲了，“也很古怪，但主要是温柔。”

“他性感吗？”汉娜问，“我是说，你能想象出他和你妈在一起的画面吗？你妈那么美……”

“埃迪·奥哈尔也挺美的。”露丝说。

“你是说他女人气？”汉娜问，“我的天——他不是同性恋吧？”

“不，不——他不是同性恋，也不女人气。”露丝告诉汉娜，“他就是很文雅，长得很精致。”

“他不是挺高的嘛。”汉娜说。

“又高又精致。”露丝说。

“我怎么想象不出来——你把他描述得很古怪。”汉娜说。

“我刚才就说他古怪，”露丝告诉她，“古怪、温柔、精致。他依然爱我母亲，我的意思是，如果有可能，他明天就会和她结婚！”

“真的吗？”汉娜小声说，“可你妈妈多大年纪来着？七十多岁了吧？”

“七十一岁，”露丝说，“埃迪才四十八岁。”

“确实古怪！”汉娜小声说。

“你难道不想听听我母亲的事吗？”露丝又问。

“等一下。”汉娜告诉她。她走开了一阵，又回到电话旁。“我还以为他和我说话，原来是呼噜声。”

“那我下次再给你讲吧，既然你不感兴趣。”露丝冷冷地说。（很像她朗读时的语调。）

“我当然感兴趣！”汉娜小声说，“我猜，你和埃迪谈到你死去的哥哥了。”

“我们谈了我哥哥们的照片。”露丝告诉她。

“我也希望你们谈这个！”汉娜说。

“说来也怪，有些照片他记得，我却不记得，有些我记得，可他忘了。最后我们的结论是，我们两个一定是无中生有，虚构出一些原本不存在的照片，而那些我们都有印象的照片，就是真的。我们虚构出来的照片比记得的还多。”

“‘真实’和‘虚构’什么的，”汉娜评价道，“是你最喜欢的话题……”

尽管讨厌汉娜这种意兴阑珊的样子，露丝还是继续讲下去。

“托马斯假装医生给蒂莫西包扎膝盖的照片——那一张绝对真实存在，”露丝说，“托马斯个子比我母亲高，牙咬着一只球饼的照片——我们也都记得。”

“我记得你母亲在床上，还有你哥哥们的脚的那张照片。”汉娜说。

汉娜会记得这张照片，其实并不奇怪：露丝去埃克塞特上学时带着它，去米德尔布里时也带着，现在这张照片就挂在她在佛蒙特农庄的卧室里。（埃迪没告诉露丝，他曾经把照片上的脚挡起来，然后对着上面的玛丽恩自慰。露丝回忆起照片上好像贴着“小纸片一样的东西”的时候，埃迪说，他不记得脚被什么东西挡住过。“那也一定是我虚构的了。”露丝说。）

“我记得你哥哥们在埃克塞特照的那张，就在那句屁话‘到这里来，男孩们，成为男子汉’底下，”汉娜说，“老天，他们可真帅。”

露丝第一次带汉娜去萨加波纳克的科尔家的时候，给她看了这张照片。那时她们是米德尔布里学院的学生。照片总挂在特德的卧室里，露丝把汉娜领进父亲的卧室，她父亲当时正在谷仓球场打壁球。汉娜那时候也是这么说的——他们可真帅。这正是汉娜记得那照片的原因，露丝想。

“埃迪和我记得厨房里的主题特色照片——两个男孩吃龙虾，”露丝继续说，“托马斯像科学家一样，轻松冷静，按照生理构造把龙虾大卸八块，一脸若无其事的表情。可蒂莫西是大战龙虾，结果被龙虾打败了！我觉得这是我记得最清楚的照片，这些年来，我一直想知道它是不是我虚构的，埃迪说，对于这一张，他也记得最清楚，所以它肯定是真的了。”

“你问过你爸爸照片的事吗？”汉娜问，“他一定比你和埃迪记得都清楚。”

“我妈把照片都带走了，他很生气，不愿意提它们。”露丝回答。

“你对他太苛刻了，”汉娜告诉她，“我觉得他很迷人。”

“他的‘迷人’我见多了，”露丝告诉汉娜，“而且，他也就会迷惑人——特别是看到你的时候。”汉娜居然一反常态，没反驳露丝的话。

汉娜的理论是，许多认识玛丽恩的女人（哪怕只是通过一张照片认识的），如果得到了特德的注目，一定会觉得受宠若惊——因为他的妻子玛丽恩很美。对于汉娜的理论，露丝的回应是：“我敢肯定，如果我妈听到你的推测，一定高兴极了。”

现在，露丝不想再给汉娜解释为什么今天晚上她与埃迪的会面如此重要，汉娜根本不明白，解释也没用。

“可埃迪没说做爱吗？说了没有？”汉娜问。

她就知道做爱！露丝想，露丝最怕谈到性，因为汉娜迟早会把话题绕回她什么时候和艾伦“干那个”上。

“你记得很清楚的那张照片，”露丝说，“我的帅哥哥们在主教学楼门口照的那张……”

“它怎么啦？”汉娜问。

“埃迪告诉我，我母亲和他在那张照片下面做爱，”露丝说，“那是他们第一次做。我母亲把照片留给埃迪，但我父亲把它拿走了。”

“他把它挂在自己的卧室里！”汉娜低沉的音调中带了点冷酷，“有意思！”

“你的记忆力太好了，汉娜，”露丝说，“居然还记得这张照片挂在我父亲的卧室里！”然而汉娜没有回应，露丝又想：我厌倦这样的对话了。（最重要的是，她厌倦了汉娜从不道歉的习惯。）

露丝有时会想，如果她没有出名，汉娜会不会仍然是她的朋友。其实汉娜在杂志界也是名人，她最早是以写个人生活的杂文出名的。她还写幽默日志，内容大都是性方面的探索心得。但她很快厌烦了自传体风格，宣告“毕业”，开始描写死亡和苦难。

在这个病态的时期，汉娜采访了各种濒死者，研究终末期疾病患者的生活，曾经一连十八个月持续关注罹患绝症的儿童，后来又写了烧伤病房和麻风病院的专访。她也会前往爆发战争的地区和闹饥荒的国家采访。

接着，汉娜再次“毕业”了，撇下死亡与苦难的主题，转投乖张和光怪陆离的世界。她报道过一个据说可以永远勃起的AV男明星，圈子里人送外号“铁先生”；采访过一位七十多岁的比利时老太太，她曾经出演过三千多部真人色情秀，唯一的搭档就是她丈夫。一次表演之后，丈夫去世了，悲痛的寡妇自那以后再也没有过性行为，她不仅在结婚的四十年里一直忠于丈夫，不搞外遇，而且婚姻的最后二十年中，夫妻俩只在观众面前做爱。

然而，现在汉娜又改变了风格。她目前的兴趣是研究名人，在美国，名人主要指影视明星、体育明星和特别有钱却特别古怪的巨富。汉娜从来没采访过作家，不过她曾经表示要“面面俱到”（也许她的原话是“秘密全都要”）地采访一下露丝。

露丝一直相信，自己唯一有趣的地方就是会写小说。汉娜说要采访她，露丝觉得很警惕，因为相比她的作品，汉娜对她的私生活更感兴趣。在露丝的小说里面，汉娜比较感兴趣的是跟作者个人有关的内容——就是她所谓的“真实”的东西。

汉娜很可能讨厌艾伦，露丝忽然想到。艾伦曾坦言，露丝的名声对他来说是一种负担，让他厌烦。他给许多著名作家编过书，但只有在“不公开传播”他的言论的前提下，才会接受采访。艾伦很重视隐私，甚至不同意作者们把书题献给他。一位作者曾经非要这么做，艾伦说：“那就请用我的名字缩写，书里只能出现我的名字缩写。”所以，这本书的题词是：献给A.F.A.。露丝看到后，怎么也想不起F是什么的缩写了，觉得对不起艾伦。

“我得挂了——他好像醒了。”汉娜小声说。

“你不会也不陪我去萨加波纳克吧？”露丝问，“我还指望着你救我摆脱我父亲呢。”

“我会去的，我一定想办法去。”汉娜小声说，“我觉得是你爸爸需要人帮忙摆脱你——真是个可怜人。”

她父亲什么时候又成了“可怜人”？但露丝累了，没有反驳汉娜。

挂了电话，露丝重新考虑她的计划。因为第二天晚上不用和艾伦吃饭，最后一个采访结束后，她就能去萨加波纳克，比原计划提早一天，然后她得和父亲单独待一晚，只是一个晚上，也许还能忍受。第二天汉娜就会去，他们一起过夜——只有他们三个人。

露丝迫不及待地想告诉父亲，她有多么喜欢埃迪·奥哈尔——而且埃迪给她讲了许多玛丽恩的事。趁汉娜过去之前，露丝可以告诉父亲，埃迪说，玛丽恩在儿子们出事之前就考虑离开特德了。露丝不想让汉娜听到她和父亲谈论这些，因为汉娜总是站在特德那边——也许只是想惹恼她。

露丝仍然生汉娜的气，所以不怎么睡得着，她清醒地躺在床上，不由自主地想起了她失去童贞的那一次。这场小事故也有汉娜的“贡献”。

虽然比露丝小一岁，汉娜看起来却总是比露丝年龄大，不仅因为她在露丝失去童贞前就流过三次产，而且丰富的性经历也赋予她更成熟世故的气质。

露丝十六岁的时候认识了十五岁的汉娜——当时汉娜在性方面就比她更自信。（而且她还没有失去童贞！）在日记里，露丝曾这样描述汉娜："她还没有见识过世界，就散发着老于世故的气息。"

汉娜的父母婚姻美满——她却认为他们"无聊""古板"——汉娜是独生女，一家三口住在马萨诸塞州剑桥市布拉特尔街一栋漂亮的老房子里。汉娜的父亲是哈佛法学院的教授，很有贵族风范，他的举止让人觉得无论面对什么事，他都想做个局外人。汉娜认为，这个特点对于娶了一个有钱且完全不思进取的女人的男人来说，是再合适不过的了。

露丝一直喜欢汉娜的母亲，她的脾气好，极为善良和蔼，还读了很多书——无论什么时候都捧着书，格兰特夫人曾经告诉露丝，她之所以只要一个孩子，是因为汉娜出生后，她非常怀念过去可以自由阅读的日子。汉娜告诉露丝，她母亲恨不得女儿快些长大，可以"自娱自乐"，这样她就能早点与她的书做伴。汉娜确实做到了"自娱自乐"。（她读书时浅尝辄止、缺乏耐心的习惯说不定也和她母亲有关系。）

虽然露丝觉得汉娜有这样一个忠于妻子的父亲是幸运的，汉娜却说，如果她父亲风流一点，说不定就不会那么古板无聊了，她认为这样更有趣，而父亲的淡漠性格是在哈佛法学院任教多年的结果，在理论层次上对法律进行的抽象思考，致使他对法律的实际运用丝毫不感兴趣，非常看不起律师。

格兰特教授曾敦促女儿学习外语，他对汉娜的最大期望是她能从事国际金融业。（他在哈佛法学院的最优秀、最聪明的学生都从事这个行业。）

他父亲还很鄙视记者。尽管她在米德尔布里学院修习的是法语和德语，汉娜还是决定成为记者，与露丝从小就想成为小说家一样坚定，她坚信不疑地宣称自己会去纽约，在杂志界闯出一片天地。为此，大学一毕业，她就要求父母送自己到欧洲游学一年，她在那里练习法语和德语、记日记，认为这样可以“锻炼”她的“观察能力”。

露丝当时已经申请修读爱荷华大学的创造性写作研究生课程（而且被录取了），汉娜却邀请她同去欧洲，这让露丝颇感意外。“假如你打算成为作家，必定需要写作素材。”汉娜告诉她的朋友。

露丝知道事情并非如此简单——至少对她而言不会奏效，对于写作，她唯一需要的是时间；至于写什么内容，她早就已经想好了。然而她还是推迟了研究生入学的时间，反正她父亲负担得起，和汉娜在欧洲待上一年也肯定很好玩。

“而且，”汉娜告诉她，“这是找人上床的好机会，如果你跟着我，就一定不缺人睡。”

这样的机会并没有出现在她们的旅途第一站——伦敦，但露丝和御庭酒店的吧台小哥勾搭了一下，她在国家肖像画廊观看她喜欢的几位作家的肖像时遇见了他，年轻人请她去剧院看戏，又带她到斯隆广场的一家昂贵的意大利饭馆用餐，他是个住在伦敦的美国人，父亲从事外交工作，在露丝约会过的男孩中，他是第一个有信用卡的，虽然露丝怀疑那些卡是他父亲的。

他们没能上床，反而在御庭酒店的酒吧喝得烂醉，因为当露丝终于鼓起勇气带着年轻人回到旅馆房间时，汉娜正在“使用”她们的房间，她当时正和一个她在银行兑换旅行支票时遇到的黎巴嫩人做爱。（“这是我在国际金融界处理的第一笔业务，”她在日记中写道，“我父亲一定会以我为荣的。”）

欧洲之旅的第二站是斯德哥尔摩。出乎汉娜预料，并不是所有瑞典人都是金发。来接汉娜和露丝的两个小伙子是黑头发帅哥，虽然还在上大学，但非常自信，其中之一——后来跟露丝在一起的那个——英语说得很流利，更帅一点的那个几乎不会讲英语，却立刻和汉娜好上了。

分给露丝的那个年轻人开车把大家送到他父母的房子，那里距离斯德哥尔摩一小时四十五分车程，他父母出门度周末了。

房子很现代，采用了大量浅色木料，与露丝配对的男孩叫佩尔，他用小茴香煮了三文鱼，他们配着新鲜土豆、水田芥、煮蛋和细洋葱制作的沙拉吃掉了鱼，汉娜和露丝喝了两瓶白葡萄酒，男孩们喝啤酒，然后那个更帅一点的男孩带着汉娜进了其中一间客房。

露丝并非第一次听汉娜做爱，可这次有些不同，汉娜的床伴不会说英语，整个过程中，汉娜一直在哼哼唧唧。露丝和佩尔在外面洗碗。

佩尔不停地说："你的朋友这么开心，我非常高兴。"

露丝则不停地向他解释："汉娜总是很开心。"

露丝希望有更多的碗要洗，可她也知道不能再拖了，所以她终于开了口："我是处女。"

"你还想当处女吗？"佩尔问她。

"不，但我很紧张。"她警告他。

佩尔还没开始脱衣服，她就塞给他一个安全套，汉娜的三次怀孕让露丝得到了教训，尽管有些晚，汉娜也得到了教训。

不过，见到露丝塞过来的安全套，这个瑞典年轻人很吃惊。"你确定你是处女？"佩尔问她，"我从来没和处女做过。"

佩尔差不多和露丝一样紧张，露丝挺满意。他还喝了太多啤酒，做到一半，他趴在露丝耳边说："奥尔（Öl），"露丝误以为他说他快要高潮了，然而他的实际意思是啤酒延缓了他的高潮。（Öl是瑞典语"啤酒"的意思。）

可没有经验的露丝无法进行比较，在她看来，他们做爱的时间既不长也不短。她的主要目的是获取经验，只要（终于）做了就行了，她什么感觉都没有。

所以，误以为“奥尔”是瑞典人做爱礼节的露丝也对他说“奥尔”，尽管她根本没有高潮。

佩尔从她身体里退出来，只见到一点血，似乎很失望，他以为处女会流很多血。露丝猜，他对这次经历也感到失望。

于她而言，情况绝对出乎预料，不好玩、没激情，甚至也不疼，什么感觉都不强烈，也让她搞不懂汉娜·格兰特这些年来在床上一直哼唧个什么劲。

露丝·科尔在瑞典学到的主要经验是，性交的后果通常比性行为本身更令人难忘，汉娜却从不认为每次性交的后果都有记忆的必要，哪怕三次堕胎也没能吓退她对床笫之欢的追求，她显然认为性行为本身比其后果重要得多。

然而，到了早晨，佩尔的父母提前回了家——比原计划早很多，结果发现露丝光着身子躺在他们的床上，佩尔的母亲走进卧室对露丝说瑞典语时，他正在洗澡。

露丝既听不懂这个女人说什么，也找不到她的衣服——而且佩尔也没听到他母亲高分贝的喊叫，因为淋浴的水声更大。

接下来走进卧室的是佩尔的父亲。虽然佩尔对露丝流血太少感到失望，但露丝看到她事先铺在床上的毛巾上有血（为了不弄脏佩尔父母的床单，她煞费苦心做了防范），当她急匆匆地用这块染血的毛巾裹住自己的身体时，方才意识到佩尔的父母会同时见到她的裸体和她的血。

佩尔的父亲看上去是个严厉的男人，他完全说不出话来，然而他瞪视露丝的目光和他妻子歇斯底里的喊叫一样锲而不舍。

最后，还是汉娜帮助露丝找到了衣服。汉娜还贴心地敞开了浴室门，大声告诉佩尔别洗了。“告诉你母亲，不许她对着我朋友大喊大叫！”她又大声告诉佩尔的母亲：“冲你儿子喊去，别冲她喊——你这个老傻逼！”

然而，佩尔的母亲依旧对着露丝吼叫，佩尔又太懦弱——抑或是耳根子软，被他母亲一号，也相信自己和露丝做了错事——不敢反抗他的母亲。

至于露丝，她根本无法动弹，而且语无伦次，只好默默地让汉娜帮自己穿上衣服，像个孩子一样。

“可怜的宝贝，”汉娜对她说，“你的第一次还真倒霉，一般都不会这样的。”

“做爱还不错。”露丝嘟囔道。

“只是‘不错’？”汉娜问她。“听见没有，懦夫？”汉娜对佩尔吼道，“她说你只是‘不错’而已。”

然后，汉娜发现佩尔的父亲仍然盯着露丝，就朝他喊：“嘿，你——王八蛋！看什么看！”

“我给你和你朋友叫辆出租车？”佩尔的父亲用英语问汉娜，他的英文比他儿子还好。

“既然你听得懂我的话，”汉娜对他说，“告诉你那个爱骂人的婊子老婆，别再朝我朋友嚷嚷了——要骂就骂她那个不要脸的儿子吧！”

“小姐，”佩尔的父亲说，“我老婆很多年前就不听我的啦。”

比起懦弱的佩尔，瑞典老男人的哀伤表情给露丝留下了更深刻的印象，当佩尔的父亲凝视她的裸体时，她并没有从他的眼睛里看到欲望，看到的反而是他对儿子的好运的妒忌。

在回斯德哥尔摩的出租车上，汉娜问露丝：“哈姆雷特的父亲也是瑞典人吧？还有他那个婊子母亲和坏叔叔？那个把自己淹死的笨丫头就更不用说了……他们都是瑞典人，对不对？”

"不，他们是丹麦人。"露丝回答，发现自己流了血，虽然只是一点点，她还是有种冷酷的满足感。

"瑞典人、丹麦人——没什么区别，"汉娜说，"都是王八蛋。"

然后汉娜又说："你觉得只是'不错'吗？那太遗憾了——我可是很享受，他那玩意儿是我见过的最大的，迄今为止。"

"为什么越大越好？"露丝问，"我没看佩尔的，"她老实承认，"应该看一下吗？"

"可怜的宝贝，别担心，"汉娜告诉她，"下次记得看就好了。无论如何，感觉最重要。"

"感觉还不错，我猜，"露丝说，"只是和我想的不一样。"

"比你想的更糟还是更好？"汉娜问她。

"我对更糟和更好的感觉都挺期待的。"露丝回答。

"你会体验到的，"汉娜告诉她，"没问题：有更糟的，也肯定有更好的。"

这一点汉娜倒是没说错。露丝终于又能睡着了。

七十七岁的特德

他看上去顶多五十七岁，这是自然，壁球让他得以保持健康的体态。尽管拥有与父亲同样结实瘦削的身材，露丝却很困扰，因为她觉得这是男性的标准体形。特德很注意控制饮食（艾伦·奥尔布赖特却总喜欢吃别人盘子里的食物，所以他比露丝理想中的男性高很多，也重一些）。

对于父亲不显老这件事，露丝有自己的一套解释，她觉得这和他的运动习惯以及体形没关系，而是因为特德的前额没有皱纹，也没有眼袋，鱼尾纹甚至不比露丝的多，他的皮肤极为光滑干净，简直可以媲美刚长出胡子来的小男孩，或者那些一周只需要刮两次脸的天生丽质的男士。

自从玛丽恩离开——以及往马桶里吐过乌贼墨——之后，特德就戒掉了烈性酒（只喝啤酒和红酒），并且因此睡得像个孩子。尽管两个儿子的死（而且后来又失去了他们的照片）很是折磨他，从表面看他却已经摆脱了忧伤，也许他最令人心理不平衡的天赋就是能睡，无论发生什么事，他都能睡得很好，睡眠时间也长。

露丝认为，她的父亲没有良心，也没有正常的焦虑感，感觉不到压力。玛丽恩曾说他什么也不干，作为童书作者和插画家，他获得的成功已然超越了他的野心（早在1942年便已如此），他已经很多年没写东西，也不必写，露丝怀疑他从来不是出于主动而创作的。

《老鼠爬墙缝》《地板上的门》《不想发出声音时发出的声音》……全世界的书店（拥有像样的儿童读物书架的）库房里几乎都有特德·科尔的著作，市面上也有相关的音像制品，他还给动画绘制底稿。现在他做的事情只有画画。

虽然特德在汉普顿地区的影响力已经消退，但在别的地方仍旧吃香。每年夏天去加州、科罗拉多和佛蒙特参加那些走过场的作家会议时，他都要至少勾引一位母亲。他还很受大学的欢迎——尤其是地处偏远的州的州立大学，虽然如今的大学生思想幼稚，但即便是不显老的特德也很难勾引到他们，幸而，那些受到丈夫冷落、孩子已经长大离家的教职员工的妻子数量一直在稳定增长，她们对特德来说仍然属于年轻女性。

奇怪的是，三十二年来，频繁参加作家会议和校园活动的特德·科尔却从未偶遇过埃迪·奥哈尔，埃迪同时也在尽量躲避他，他每次都打听客座教师和访问讲师里都有谁，如果听到特德的名字，就拒绝参加。

鱼尾纹给露丝带来的最大困扰就是让她显得比父亲还要老，更糟的是，她非常担心父亲的婚姻悲剧可能会影响到她的婚姻观。

露丝三十岁生日时，和特德、汉娜来到纽约庆祝，她一反常态，以轻松的语气提起了自己之前的几段短暂恋情。

“爸爸，”她对他说，“你可能觉得，如果我现在结婚了，你就可以不用担心我了。”

“不对，露西，”他告诉她，“你结婚了我才应该开始担心你呢。”

“没错，为什么要结婚呢？”汉娜说，“你想要什么样的男人没有啊。”

“所有的男人都不可靠，露西。”特德说，这话他以前就对她说过——那时她只有十五岁，还没进埃克塞特学院！——但他每隔半年都要找机会重复一遍。

“可是，如果我想要个孩子……”露丝说。她知道汉娜对于孩子的看法，汉娜并不想要孩子，露丝也深知她父亲的观点：有了孩子之后，你就得为他们担惊受怕一辈子，正因如此，露丝的母亲被他评为“不称职的母亲”。

“你想要小孩吗，露西？”特德问。

“我不知道。”露丝承认。

“那就保持单身啊。”汉娜说。

可露丝已经三十六岁了，如果想要孩子就得抓紧，她刚对父亲提起艾伦·奥尔布赖特，特德·科尔马上说：“他？比你大十二岁还是十五岁来着？对不对？”（他父亲认识出版界的每一个人，虽然已经停止写作，他却一直关心着写作这个行当。）

“艾伦比我大十八岁，爸爸，”露丝老实承认，“但他和你挺像，很健康。”

“我不管他健不健康，”特德说，“既然他比你大十八岁，他会死在你前面的，露西，假如他给你留下一个年幼的孩子，让你独自抚养怎么办？什么都得靠你自己……”

想到这一幕，露丝有些恐惧，她知道她和父亲是多么的幸运，实际上，是肯奇塔·戈麦斯将她抚养长大的，爱德华多和肯奇塔与她父亲年纪相仿，却不像特德那样不显老，如果露丝不赶紧生个孩子，肯奇塔恐怕会老态龙钟得无法帮她带孩子，而且肯奇塔也未必愿意帮忙，因为戈麦斯一家仍然在为她的父亲工作呢。

像往常一样，谈到结婚生子的问题，露丝就会本末倒置，先讨论生小孩，然后再讨论和谁结婚，最后才考虑到底要不要结婚，而且她只能和艾伦讨论这些问题，因为她最好的朋友不想要孩子——汉娜就是这样——她父亲……更不用提。现在的露丝甚至比小的时候还想和自己的母亲谈谈。

为什么偏偏是她！露丝恨恨地想，她很早就决定不去寻找她的母亲了，是玛丽恩自己选择离开的，所以她要么自己回来，要么就算了。

可是，什么样的男人会没有男性朋友呢？露丝想，她也曾当面这样控诉自己的父亲。

“我有男性朋友！”特德抗议道。

“说出几个来听听，一个就够了！”露丝挑衅地说。

令她吃惊的是，特德说出了四个人的名字，这些人她都不熟悉。特德大胆地列举了他目前的壁球球友，他的球友隔几年就要换一次，因为他们会变老，再也打不过他。他现在的球友年龄和埃迪差不多，甚至还有比埃迪小的，其中那个最年轻的露丝还见过。

特德的游泳池是他一直梦寐以求的，还配有户外淋浴设施，1958年夏天，玛丽恩离开后的那个早晨，他对爱德华多和埃迪描述过自己对泳池和淋浴间的构想——木质的淋浴间里并排安装两个喷头，“就像更衣室那样。”特德说。

露丝是看着裸男长大的，包括她父亲的裸体——他经常光着屁股从户外淋浴间里跑出来，直接跳进泳池，没有性经验的时候，露丝就已经见过不少阴茎，大概正是因为见多了父亲和各种陌生男人一起冲澡和裸泳，露丝才会怀疑汉娜所谓的“越大越好”理论是否正确。

去年夏天，露丝见到了她父亲的那个最年轻的壁球球友，对方是个年近四十的律师——好像叫什么斯科特。当时她打算去泳池边晾浴巾和泳衣，恰好看到特德和他的年轻球友一丝不挂地站在那里，不知道是刚打完壁球还是刚冲完澡。

“露西，这是斯科特。这是我女儿，露丝……”特德说，但斯科特一看到她就扎进了游泳池。“他是个律师。”她父亲补充道，斯科特这时还在水底下，随后他就从深水区那头浮了上来，脚下踩着水。他的头发是金红色的，身材像她父亲。他的那玩意是中号的，露丝暗忖。

“很高兴见到你，露丝。”年轻律师说，他的卷发短短的，脸上有雀斑。

“很高兴见到你，斯科特。”露丝说，然后就回屋里去了。

她父亲仍然赤身裸体地站在池边，她听见他对斯科特说：“我不知道要不要下去，水凉吗？昨天就很凉。”

“是挺凉的，”露丝听到斯科特说，“不过下来了就能适应。”

就是这种不断变换的壁球球友——他们竟然是特德仅有的男性朋友！而且他们的球技都不怎么样，因为她父亲不喜欢输。最常跟他打球的那些人的共同特点是田径项目很强，但相较而言在壁球方面是新手。冬天的那几个月，特德会找来一大群想要练习网球的人和他对打，他们虽然已经掌握了球拍运动的门道，但壁球和网球的击球不一样——壁球的发力点在手腕。到了夏天，当他们回到网球场上的时候，会发现网球技术退步了很多，因为你没法用手腕打网球，这样特德就有可能获得新的壁球球友——他一手培养出来的背叛了网球的人。

她父亲挑选球友就像选择情妇那样自私，精于算计，也许他们的确是他仅有的朋友，不知道他们是否请她父亲到家里吃过饭？他会勾引他们的妻子吗？她父亲会守规矩吗？露丝很是好奇。

露丝现在站在第四十一街的南侧——列克星敦大道和第三大道之间，等待小型公共汽车把她带到汉普顿，等到了布里奇汉普顿，她会打电话让特德来接她。

她已经试着给他打过电话，但她父亲可能出门了，要么就是不想接电话，答录机也是关着的，露丝的行李很多——准备在欧洲穿的所有衣服，她考虑给爱德华多和肯奇塔·戈麦斯打电话，请他们来接她，除了替她父亲跑腿或者去她父亲家干活之外，他们一般都在家，所以，当她父亲的那个最年轻的壁球球友顺着第四十一街的人行道朝她走来的时候，露丝的脑子里想的就是这些琐碎事。

“你要回家？”斯科特问她，“你是露丝·科尔，对不对？”

露丝已经习惯了被人认出来，起初她误以为他是她的读者，然后她注意到了他孩子气的雀斑和短而卷曲的头发，而且她认识的金红头发的人也不多，最重要的是，他拎着一只小手提箱和一个健身包，拉链半开着，一副壁球球拍从包里探了出来。

“啊，游泳高手。”露丝说，发现他脸红了，她有种莫名其妙的得意。

那天气温挺高，阳光灿烂，正是秋季里的小阳春，斯科特脱掉了他的西装外套，挂在他健身包的背带上，他的领带松开了，白衬衫的袖子卷到了胳膊肘上面，露丝发现他左胳膊的肱二头肌比右边的发达，尽管和她握手时他伸出来的是右手。

“我是斯科特，斯科特·桑德斯。”他提醒露丝，握了握她的手。

“你是左撇子，对吗？”露丝问他，她父亲就是左撇子，露丝不喜欢和左撇子打球，她最擅长把球打到左半边的球场，左撇子可以轻松地接住她的球。

“你带了壁球球拍？”承认自己是左撇子之后，斯科特·桑德斯问她，他已经注意到了她那一大堆行李。

“我带了三只球拍，”露丝说，“已经打包好了。”

“准备回去陪你爸爸住几天？”律师问。

“只住两宿，”露丝说，“然后我要去欧洲。”

“噢，”斯科特说，“出差？”

“去宣传译本——没错。”

她知道他们会一起坐巴士，说不定他还在布里奇汉普顿停着一辆车，那样他就可以开车载她（还有她所有的行李）去萨加波纳克，他妻子说不定会去接他，他们不会介意顺路送她回家——那天在游泳池里踩水时，他的结婚戒指反射着下午的阳光。可当他们在巴士上坐下后，露丝却没看到他的婚戒，露丝的恋爱信条里面，其中一条神圣不可侵犯：不和已婚男人交往。

巴士经过拉瓜迪亚机场时，一架飞机从头顶掠过，露丝说："让我猜猜，我父亲让你从打网球改成了打壁球，从你的肤色看……你的皮肤很白，一定非常容易晒伤……壁球有利于保护你的皮肤，不用晒太阳。"

他的微笑邪恶而诡异，可能是常年打官司养成的老谋深算的习惯，斯科特·桑德斯不是什么好人，露丝很肯定这一点。

"其实，"他说，"我是离婚后才放弃网球改打壁球的，根据离婚协议，乡村俱乐部的会员卡归我前妻，这对她意义重大。"他又大度地补充道，"而且孩子们都在那里上游泳课。"

"你的孩子们多大了？"露丝随口问道。

很久以前汉娜就告诉过她，遇到离婚的男人，这个问题首先得问。"谈论孩子让离婚的男人觉得他们是好父亲，"汉娜说，"而且，如果你对他有意思，肯定也想知道你将来要和三岁的小孩还是十几岁的青少年打交道——这两种孩子可是不一样的哦。"

巴士往东开的时候，露丝已经忘记了斯科特的孩子们的年龄，她对斯科特和他父亲的壁球球技孰高孰低更感兴趣。

"噢，一般是他赢，"律师承认，"他先赢完三四局之后，有时也会让我赢一两次。"

"你们每次都打很多局？"露丝问，"五六局有吗？"

"我们每次至少打一个小时，经常是一个半小时，"斯科特说，"多少局倒没数过。"

要是跟我打，你肯定坚持不了一个半小时，露丝笃定地想，她父亲毕竟上了年纪，不过她嘴上还是说："那你一定喜欢跑步啰。"

"我的身材很好。"斯科特·桑德斯说，他的身材看上去确实非常好，但露丝没有接话，而是望着窗外，她知道他正利用这个机会评估她的乳房（她从车窗反射的倒影中看见的）。“你父亲说你球打得很好，比大多数男人都强，”律师补充道，“但他说他还是比你好——而且未来几年内你都不会超过他。”

“他错了，”露丝说，“他并不比我好，只是很狡猾，尽量避免和我在正规的球场比试而已，他那个谷仓有猫腻——他从来不在别的地方和我打球。”

“但也不能否认他在心理素质方面的优势。”律师说。

“我会打败他的，”露丝说，“然后我可能就不打球了。”

“我们俩找时间打几个回合怎么样，”桑德斯说，“我的孩子们只在周末过来，今天是星期二……”

“你星期二不工作？”露丝问。

斯科特故作神秘地一笑——仿佛希望你察觉到他有秘密，却永远不会把这个秘密告诉你。“我正在放离婚假，”他说，“我愿意什么时候休息就什么时候休息。”

“真的有‘离婚假’这种东西啊？”露丝问。

“反正我是这么叫的，”律师说，“我的工作我说了算。”他像夸自己的身材好那样炫耀道，不过听的人可能要么觉得他刚被解雇，要么认为他是个相当成功的律师，自主权很大。

怎么又这样？露丝想，她觉得自己总被不合适的男人吸引，原因恰恰是他们没有长期发展的潜力。

“我们可以打循环赛，”斯科特建议，“就是我们三个人，你和你父亲打，你父亲和我打，然后我和你打……”

“我不玩循环赛，”露丝说，“我只玩一对一，时间很长，每次两小时左右。”她补充道，故意盯着窗外，让他有机会研究她的胸。

“两个小时……”他重复道。

“我开玩笑的。”她告诉他，然后微笑着转过脸看着他。

“噢……”斯科特·桑德斯说，“也许我们可以明天玩玩，就我们两个。”

“我想先打败我父亲再说。”露丝说。

她知道艾伦·奥尔布赖特才应该是下一个和她上床的人选，但为什么她必须时刻提醒自己想起艾伦——还有她应该做什么——呢？根据经验判断，斯科特·桑德斯才更符合她的口味。

金红色头发的律师把他的车停在布里奇汉普顿的棒球场附近，所以他和露丝不得不拖着她的行李走了大约两百码。他开车时敞着车窗。他们拐进萨加波纳克的牧师巷，向东行进，车身在前方投下长长的影子，南边是被斜阳映成翡翠绿色的马铃薯田，淡蓝色天空下的海洋蓝宝石般深邃璀璨。

无论人们如何夸大或贬损汉普顿的景色，初秋的黄昏在这里仍然美得令人心醉，给露丝一种这片土地已经得到救赎的感觉——但也仅限于这个瞬间。她父亲可能刚打完壁球，也许正和他的手下败将洗淋浴，或者在游泳池裸泳。

1958年爱德华多种植的马蹄形水蜡树篱现在已经足以荫蔽整个游泳池，完全遮挡傍晚时分的夕照，树篱相当浓密，只有最纤细的日光才能穿透，光点像钻石的碎片漂浮在水中，宛如磷火和不会下沉的金币，池边铺的木板朝水面上方探出一截，每当有人游泳，池水会拍打木板，发出湖水拍击码头一样的声音。

来到科尔家的房子，斯科特帮露丝把大包小包拿进前厅，特德唯一的车——那辆海军蓝色的沃尔沃——停在车道上，这说明他并没有出门，可她父亲为什么不接她的电话呢？

“爸爸？”

离开之前，斯科特说：“他大概在游泳池里——现在这个时间。”

“有道理，”露丝说，“谢谢你！”她在他身后叫道。噢，艾伦，救救我！她想。她真希望再也别见到斯科特·桑德斯——或者任何他那种类型的男人了。

她带来三件行李——一个大旅行箱，一只衣物袋，还有一个小一点的行李箱，她坐飞机时会把这个小箱子带在身边。她开始把衣物袋和小箱子往楼上搬。许多年前，大概是九岁或者十岁的时候，她就从和她父亲的主卧室共用浴室的儿童房搬到了最大最远的客房里，埃迪·奥哈尔1958年夏天曾经住过那间客房，露丝喜欢那里，因为它离父亲的卧室远，而且自带浴室。

主卧室的门半开着，但特德没在里面——经过虚掩的房门时，露丝又叫了一声："爸爸？"这时，二楼长廊里的那些照片再次吸引了她的注意力。

墙上那些曾经空荡荡的画钩——它们给露丝留下的印象比她哥哥们的照片还要深——现在挂满了照片，足有几百张，都是露丝的生活照，从童年到少女时代的都有，有些上面还有她父亲，但通常他是摄影师。肯奇塔·戈麦斯经常和露丝一起出现在照片里，还有无数水蜡树篱的照片，这些画面见证了她的成长，每逢夏季，露丝和爱德华多都会站在坚强的树篱前面来一张表情严肃的合影，树篱总是比她长得快，一直长到爱德华多的两倍高才停住。（在其中的许多张照片里，爱德华多看上去似乎有些害怕水蜡树。）当然后来也有露丝和汉娜的合影。

露丝赤脚踩着铺了地毯的楼梯往下走，这时她听到泳池里的水声，泳池在房子后面，从楼梯上看不到那边，从楼上的卧室也看不到，为了欣赏海景，所有的卧室窗户都朝南。

露丝没看到车道上还有别的车，只有她父亲的沃尔沃，但她猜想也许是他的新球友住得近，可以骑自行车来，自行车比较不起眼。

斯科特·桑德斯的勾引让她有点魂不守舍，她今天不想再看到别的男人，虽然她觉得父亲的其他球友不太可能比桑德斯还要有魅力。

来到前厅，她抓紧那个大旅行箱，开始往楼上拖，刻意不往游泳池那边看——经过饭厅时可以看到游泳池，楼梯爬到一半时，水声消失了，等她拆开行李整理好之后，那个不知名的家伙大概也该走了，然而经常旅行的露丝很快就整理好了东西，换上了泳衣，她打算等父亲的球友离开后去游个泳，在城里待久了，这是很好的休闲方式，然后她就给父亲做顿好饭，陪他聊聊。

她赤着脚走到楼上的大厅，经过父亲的卧室门口时，一阵海风把卧室门吹得关上了，她想找本书或者找只鞋顶着门，让它保持半掩状态，于是敞开了主卧室的门——她第一眼看到的是主卧室里的一只高跟鞋，鞋子是鲑鱼的那种漂亮的粉色，露丝把它捡起来，发现它的皮质很高级，是米兰制造的，她发现床没有整理，凌乱的床单上丢着一副黑色的小号胸罩。

这么说……和她父亲待在泳池里的不是什么壁球球友，露丝仔细看了看那副胸罩，发现它还带聚拢效果，似乎很昂贵，虽然露丝本人根本没必要穿聚拢内衣，但泳池里的那位女士显然认为她需要这种胸罩，所以她的胸一定很小——眼前这副胸罩的尺寸是32B。

这时露丝才注意到卧室地板上的那个敞开的棕色真皮手提箱，箱子很旧，显然经常被人使用，配有许多实用的口袋和束带——这是汉娜的随身行李箱，自打露丝认识她开始，汉娜就一直带着这只箱子旅行。（“汉娜还没成为记者之前，这只箱子就让她看上去像个记者了。”露丝曾在日记中这样写过，但她忘了是哪一年写的了。）

露丝呆呆地站在父亲的卧室里，就好像汉娜和她父亲正一丝不挂地躺在她面前的床上一样，海风又顺着卧室窗户吹进来，关上了她身后的门，她觉得自己仿佛被锁在了壁橱里面，要是再被什么东西（比如挂在衣架上的衣服）轻轻碰到的话，她会吓得晕过去或者尖叫起来。

露丝挣扎着想要恢复写小说时的平静状态，她把小说看成宏伟却凌乱的宅邸，自己的工作就是收拾这座豪宅，让它变得可以住人，或者至少让它显得有条理，只有在写作的时候，她才无所畏惧。

如果感到害怕，露丝会呼吸困难，恐惧让她瘫痪，小的时候，连突然接近的蜘蛛都会吓得她动弹不得。有一次，一条狗在门后朝她吠叫，她死死握住门把手，就是松不开手。

现在，夺走她呼吸的是她父亲和汉娜，露丝必须鼓起极大的勇气才能重新动弹，起初她的动作非常慢，她把黑色的小胸罩叠起来，放进汉娜的手提箱，她找到了汉娜的另一只鞋——在床底下——把两只鲑鱼粉色的鞋并排放进手提箱里显眼的地方，她知道一场混乱难免发生，因此不希望属于汉娜的任何性感物品留在这里。

离开父亲的卧室之前，露丝看到了她死去的两个哥哥在主教学楼门口照的那张相片，想起之前和汉娜打过的那个电话，她就知道汉娜的记忆力没有那么好。

所以……汉娜放我的鸽子是因为她睡了我父亲，露丝想，她走进二楼大厅，边走边脱掉身上的泳衣，看了看两间较小的客房，两间房的床都是铺好的，但其中一张上面有个浅浅的人形印迹，显然曾经有个身量瘦削的人在这儿躺过，几只枕头斜靠在床头板上，平时搁在床头柜上的电话跑到了床边，汉娜一定是在这间卧室给她打的电话，为了不吵醒她的父亲，她刻意压低了声音——在她把他睡了之后。

露丝现在光着身子，她拖着泳衣走进自己的房间，换上一身更有特点的衣服：牛仔裤、汉娜给她买的众多胸罩中的一副、一件黑T恤，因为考虑到自己即将要做的事，她认为还是换上她的专属“制服”比较好。

然后露丝就下楼来到厨房。汉娜虽然懒得做饭，但烹饪水平还不赖，她似乎打算炒菜，一只碗里放着切好的彩椒和西兰花，菜有点出水，露丝尝了一片黄彩椒，发现汉娜在菜上撒了盐和糖，露丝想起来，这一招是她俩在佛蒙特过周末时她教给汉娜的，那次她们还互相抱怨了各自的男朋友。

汉娜还切了一块姜，摆好了炒锅和花生油，露丝发现冰箱里面摆着一碗腌虾仁，她知道汉娜要做什么样的菜，因为她给汉娜做过这道菜，汉娜的那些各式各样的男朋友也跟着吃过许多次，唯一没准备好的就是米饭。

冰箱门里有两瓶白葡萄酒，露丝拿了一瓶出来打开，给自己倒了一杯，她穿过饭厅，拉开纱门，来到露台。听到纱门关闭的声音，汉娜和她父亲迅速从对方旁边游开，但两人不约而同地进了深水区，刚才他们都蹲在浅水区——确切地说，是露丝的父亲蹲在水里，汉娜坐在他的腿上。

在蓝幽幽的深水区，他们的脑袋显得异常小，汉娜的金发也没那么亮了，浸水后发色明显变深，露丝父亲的头发也变深了，他那头浓密的卷发原本是夹杂着大片白发的金属灰色，但在暗蓝色的池水中几乎变成了黑色。

汉娜的脑袋看上去和她的身体一样光滑，露丝觉得她看起来像一只老鼠，小乳房随着她踩水的节奏起起伏伏，很像一条仅有一只眼睛的小鱼。

“我来早了。”汉娜说，但露丝打断了她。

“你昨天晚上就来了，你睡了我父亲之后又给我打电话，我应该早点告诉你他睡觉打呼噜的。”

“露西，别……”她父亲说。

“你才是那个有上床恐惧症的人，宝贝。”汉娜告诉露丝。

“汉娜，别……”特德说。

“大部分文明国家都有法律，”露丝告诉他们，“大部分社会也都有规矩……”

“够了！”汉娜对她喊道，小脸上的表情不再像平时那样自信，但这也许只是因为她的游泳技术不佳，她踩水的动作看上去并不自然。

“大部分家庭都有家规，爸爸，”露丝告诉她父亲，“朋友之间也有规矩。”露丝又对汉娜说。

“好吧，好吧——我就是无法无天的化身。”汉娜对她的朋友说。

“你从来不道歉，对吧？”露丝问她。

“好吧，对不起，”汉娜说，“这样行了吗？”

“我们只是偶然碰到的——绝对没有提前预谋。”特德告诉女儿。

“偶遇对你来说肯定很刺激，爸爸。”露丝说。

“我们在城里遇见的，”汉娜说，“我看到他站在第五大道和五十九街的交叉口，在荷兰雪梨酒店门前等着过马路。”

“我不需要知道细节。”露丝告诉他们。

“你老是觉得自己高人一等！”汉娜叫道，然后她开始咳嗽，“我得在淹死之前离开这个王八蛋游泳池！”

“顺便离开我的家，”露丝告诉她，“拿上你的东西滚蛋吧。”

特德的游泳池没有梯子——他认为梯子破坏美感，汉娜不得不游到浅水区，从露丝旁边的台阶那里上岸。

“什么时候这里成了你的家了，”汉娜说，“我还以为是你父亲家呢。”

“汉娜，别……”特德又说。

“我也希望你离开这里，爸爸，”露丝告诉父亲，“我想一个人待着，我回家是为了看你，而且是和我最好的朋友一起回来，”她补充道，“不过现在我希望你们两个都走。”

“我依然是你最好的朋友，看在上帝的分上。”汉娜对露丝说。她用一条毛巾把自己包起来——皮包骨头的小老鼠，露丝想。

“我也还是你的父亲，露西，什么都没变。”特德说。

“变了的是我，我不希望看到你们，我不想和你们中的任何一个在同一座房子里睡觉。”露丝说。

“露西，露西……”她父亲说。

“我告诉过你——她觉得自己是公主、女王，”汉娜对特德说，“起初是你宠坏了她——现在整个世界都在宠她。”这么说，他们在背后议论过她。

“汉娜，别……”露丝的父亲说，但汉娜走进了房子里，用力关上纱门，特德还在深水区踩水，他可以这样踩上一天。

“我本来打算好好和你聊聊的，爸爸。”露丝告诉他。

“我们当然还可以聊，露西，什么都没变。”他重复道。

露丝已经喝干了她的酒，她看了一眼空杯子，然后对准她父亲在水中上下起伏的脑袋，把杯子丢了过去，不过因为离得远，并没有砸中，酒杯落进水里，没有破，像只芭蕾舞鞋那样舞动着沉到了深水区的池底。

“我想一个人待着，”露丝又对父亲说了一遍，“反正你想和汉娜睡觉——现在你们可以一起走了，去吧，带上汉娜！”

“对不起，露西。”她父亲说，但露丝也走进了房子里，只留下他在那里踩着水。

露丝站在厨房里，淘米和筛米的时候，她的膝盖有点打战，她知道自己失去了胃口，庆幸的是，她父亲和汉娜都没再来找她说话。

露丝听到汉娜的高跟鞋声从前厅传来，她能想象出那双鲑鱼粉色的鞋穿在一个苗条的金发女人脚上会有多么完美，然后她听到特德的海军蓝色沃尔沃宽大的车胎碾过砾石车道的声音。（1958年夏天，科尔家的车道还是沙土的，但爱德华多说服特德铺上了碎石，他显然借鉴了沃恩夫人家那条臭名昭著的车道。）

露丝站在厨房里，听着沃尔沃向西拐进了牧师巷，也许她父亲会带汉娜回纽约，也许他们会留在汉娜的公寓，但他们应该不好意思再一起过夜了，露丝想，不过，她父亲虽然可能胆子小，却从来不知道什么叫不好意思——而且汉娜又是个从来不会感到抱歉的人！他们大概会一起去萨格港的美国饭店，晚些时候再给她打电话——两个人都打，但在不同的时间。露丝想起她父亲的答录机是关着的，她下定决心不接电话。

然而只过了一个小时电话就响了，露丝认为可能是艾伦打来的，于是接了起来。

“我一直在想，什么时候能和你打壁球。”斯科特·桑德斯说。

“我没心情打壁球。”露丝撒谎道，她想起他微微泛着金光的皮肤，还有沙滩色的雀斑。

“真想把你从你父亲那里偷走，”斯科特说，“明天晚上一起吃饭吧？”

露丝没把汉娜处理好的食材下锅烹饪，她知道自己吃不下。“对不起——我没心情吃晚饭。”她告诉律师。

“也许明天你就改主意了呢。”斯科特说，露丝想象得出他说这句话时露出的自命不凡的笑容。

“也许吧……”露丝坦诚地说，不知怎么，她鼓起勇气挂断了电话。

她不会再接电话了，尽管它几乎响了大半夜，每次电话铃响，她就祈祷不要是艾伦打来的，觉得自己要是打开父亲的答录机就好了，不过她敢肯定，大部分电话都是汉娜和她父亲打的。

虽然不想吃东西，她还是喝光了两瓶白葡萄酒，她用保鲜膜把切好的蔬菜包起来，把洗好的米盖住，放进冰箱，腌虾仁还在冰箱里，放一晚应该没问题，但为了保险，露丝又往碗里挤了些柠檬汁，留着第二天晚上吃，如果她有心情的话。（也许可以和斯科特·桑德斯一起。）

她确信她的父亲会回来，甚至有点希望早晨在车道上看到他的车，特德喜欢苦肉计，他可能会想让露丝以为他在沃尔沃里过了一夜。

然而早晨她并没看到沃尔沃，七点时电话又开始响，露丝还是不接，她在找父亲的答录机，可它不在他的工作室，平时它都放在工作室，也许它已经坏掉，特德送去维修了。

露丝后悔进了父亲的工作室，他现在只用来写信的写字台上方钉着一张他目前的壁球球友的姓名和电话号码清单，第一个就是斯科特·桑德斯。噢，上帝——我又这样了，她想。桑德斯有两个电话号码：纽约的和布里奇汉普顿的，她拨了布里奇汉普顿的那个，现在还不到七点半，从他的声音判断，她一定是把他吵醒的。

"你还想和我一起打壁球吗？"露丝问他。

"还早呢，"斯科特说，"你打败你父亲没有？"

"我想先和你打。"露丝说。

"你可以试试，"律师说，"打完球一起吃饭吧？"

"先看看打得怎么样。"露丝说。

"什么时候？"他问她。

"平常的时候，你跟我爸爸打球的那个时间。"

"那么下午五点见。"斯科特说。

这样露丝可以有一整天时间做准备，跟左撇子打球必须先练习几种特殊的发球和扣球技术，她父亲就是左撇子里面撇得最厉害的那个，过去和他打球前，露丝从来没有充分准备过，所以她希望先和斯科特·桑德斯练练手，作为挑战父亲之前的热身。

她开始给爱德华多和肯奇塔打电话，因为她不希望他俩到房子里来，所以先和肯奇塔道了歉，说不方便见她，像平时和露丝说话时那样，肯奇塔又哭了起来，露丝向她保证，从欧洲回来后就去看她，但她怀疑自己可能不会再来萨加波纳克拜访父亲了。

露丝告诉爱德华多，她打算写作一整天，为了安静，他最好不要来修剪草坪、树篱或者清理游泳池什么的，还说如果明天她父亲来不及赶回来送她去机场，她会给爱德华多打电话，她准备搭乘周四傍晚的航班去慕尼黑，下午两三点就得离开萨加波纳克。

露丝·科尔喜欢把一切安排得井井有条，就像给她的小说理清结构那样。（“你总是觉得自己可以应付任何意外。”汉娜曾经对她说，露丝认为自己当然有这个能力，或者说她应该可以做到。）

然而她没有做到一件该做的事：给艾伦打电话，反而让电话响个不停，根本不接。

两瓶白葡萄酒还不至于让她早晨醒不了酒，但是她嘴里发酸，她的胃也压根不想见到桌上的那些固体食物，露丝找出一些草莓、一个桃子和一只香蕉，把这些水果放进搅拌机，掺上橘子汁和三大勺她父亲最喜欢的蛋白粉，虽然搅出来的液体就像放凉了的麦片粥，但喝下之后，她又有了充足的体力，这正是她需要的。

她武断地认为，打壁球主要有四种基本姿势。

上午她练习了后弹射和远射，谷仓前面有个死角——中间靠左一点的墙只有大腿那么高，远低于发球线，她父亲偷偷地用彩色粉笔在那里做了个记号，她练习的就是往那个死角里打球，无论用多大力气击球，球只要飞到那里，谁都没法接，它会直接顺着墙滑到地上，她还打算改进自己的大力发球技术，也许午餐后还需要拿冰敷敷肩膀，在泳池的浅水区里坐一阵。

下午她练习了短扣球，她还有两招角球绝技——一种是在中场扣球，另一种是在靠近边墙处扣球，她很少打反向角球，因为觉得胜算太低，而且有点投机取巧，她不喜欢投机取巧。

她还练了轻发球，在低矮的谷仓里根本打不起高吊球，但她的高球最近一直在进步。截球时，如果她往前面墙壁的低处打——在接近发球线的高度——球会飞到边墙的底部，平着弹到地板上。

露丝一大早就顺着梯子爬到谷仓二层——天冷时她父亲把她的车停在底层，推开头顶的活板门，（活板门一般是关着的，这样黄蜂什么的虫子不会飞到谷仓顶部，跑到壁球场捣乱。）谷仓（那里曾经是干草仓库）二层的壁球场外面有一大堆球拍和球，还有腕带和护目镜。球场的门上钉着露丝在埃克塞特校队的照片，是特德从她1973年的毕业年鉴上影印下来的，露丝站在前排最右端，和男子校队的成员在一起，他父亲为此十分自豪，把它挂在了球场的门上。

露丝把照片从门上扯下来揉成一团，走进球场，做了一阵拉伸——首先拉大腿筋，然后是小腿，最后是右肩。她总是先面对左侧的场地边墙开始练习反手球，练完截击和穿越球之后是扣球，在训练的最后半小时，她已经做到了把球扣到她想要它落在的任何地方。

去你的，汉娜！露丝想，球从前面的墙上弹开，仿佛活的一样，去你的，爸爸！她挥着拍子自言自语，球像黄蜂一样在场地里飞舞，不过比黄蜂快多了，她想象中的对手绝对无法截住这样的球，只能给它让路。

直到右胳膊感觉快要掉下来的时候，她才停止训练，脱下所有衣服，坐在泳池浅水区的台阶上享受冰敷，小阳春的日光暖烘烘地照在脸上，清凉的池水包裹着她的身体，只露出双肩，右边肩膀虽然被冰冻得有些难受，但几分钟后就会变得麻木，这正是她想要的。

用尽全力击球的好处是，练完之后头脑一片空白，不必去想斯科特·桑德斯，也无须考虑和他打完壁球以后做些什么，不用想该拿她的父亲怎么办，露丝甚至暂时忘记了艾伦·奥尔布赖特，她本应给他打电话的，她也忘记了汉娜——而且压根就没有想到她。

在阳光下的泳池里——后来连冰块的存在都会淡忘——露丝的生活仿佛消融在四周的环境中（好像夜幕降临或是白昼驱走黑夜那么自然），电话铃声反复响起时，她也根本没去在意。

如果斯科特·桑德斯看到露丝上午是怎么练球的，他会建议打网球——或者只是和她吃晚饭，如果露丝的父亲见到她练习时打的最后那二十个球，他会吓得不敢回家，如果艾伦·奥尔布赖特知道露丝已经到了浑然忘我的境界，他一定会非常担心，如果汉娜·格兰特——

她依旧是露丝·科尔最好的朋友，至少是最了解露丝的那个人——亲眼目睹朋友的精神和身体状态，她必然会猜出斯科特·桑德斯——那个金红色头发的律师——即将度过多么艰难的一天，远非几局速战速决的壁球比赛那么简单。

露丝想起了她学开车的时候

那天下午，练完短打之后，露丝坐在泳池的浅水区，拿冰块冷敷肩膀，读《格雷厄姆·格林传》。

她喜欢格雷厄姆学会说话后讲出的第一句话——据他自己说是“可怜的狗”，是指着他姐姐的狗说的，这只狗在街上被车撞死了，格林的保姆把死狗放进了格林的婴儿车里，格林也在车上。

对于格林的这段往事，他的传记作者写道：“虽然年幼，从身边的尸体、气味、血迹和对着死亡咆哮时露出的牙齿判断，他一定也会本能地意识到狗已经死了，无助地和一只死去的狗待在婴儿车的狭小空间里，他难道不会觉得越来越恐慌和恶心吗？”

还有更糟的呢，露丝·科尔想。“小时候，”格林本人写道（在《恐怖内阁》中），“我们生活在永恒的光明中——天堂就在身侧，像海滩一样真实，上帝仁善，成年男女知道每一个问题的答案，世上存在真理这种东西，正义是可以衡量的，而且像时钟一样准确。”

露丝的童年却并非如此，母亲在她四岁时就离开了她，上帝似乎不存在，父亲不和她说实话，也不回答她的问题。至于正义，她父亲睡过许多女人，露丝数都数不过来。

就童年而言，露丝更认可格林在《权力与荣耀》中的说法：“童年时，总有一个时刻，门会敞开，未来会走进来。”噢，没错——露丝同意，可有时她也会提出反对，认为这种时刻不止一次，因为未来不止一个，比方说，1958年夏天，所谓的“门”打开过，所谓的“未来”也进来过，而1969年春天，父亲教十五岁的露丝开车时，门也曾经为未来敞开过。

十余年来，她一直询问父亲托马斯和蒂莫西的车祸经过，但特德拒绝回答，“等你长得足够大了，才能讲给你听，露西——等你学会开车的时候。”他总是这么说。

他们每天都开车，有时开车是早晨的第一件事，即便在夏季的周末也是如此，那时的汉普顿人满为患。她父亲希望她习惯那些蹩脚的司机。那年夏天，到了星期天的晚上——那时蒙托克公路的西行车道会开始堵塞，度周末的人群随之表现得极度不耐烦，有些人死都要赶回纽约（这是真的）——特德会开着那辆老旧的白色沃尔沃带露丝出门，寻找“乱成一团糟”的地方——路上堵得水泄不通，某些白痴已经开上了软路肩，打算从右侧超车，或者想要从排成长队的汽车中强行突破，掉头回他们的夏季别墅，只为了在那里等上一两个小时再走，或者先喝个痛快再说——练车。

“这里看上去已经乱成一团糟了，露西。”她父亲会说。

这时露丝会和他换座位——有时，看到这一幕，他们背后的司机会愤怒地狂按喇叭，当然也可以抄近道，所有的捷径露丝都熟，她会在蒙托克公路上缓缓前进，然后拐到和公路平行的小道上，一连超过许多辆车，再返回拥挤的大路，特德会看看身后，说：“你似乎超过了七辆车，要是那辆蠢别克就是我刚才看到的那辆的话。”

有时她会一直开上长岛高速路，这时她父亲会说：“今晚就这样吧，露西，再往前就是曼哈顿了！”

在某些星期天晚上，交通堵塞可能特别严重，她父亲会觉得只要女儿能顺利掉头、开车回家就算通过驾驶技能测试了。

他要求她一定要随时盯住后视镜，她也知道停车等候左转时，绝对不能先往左打方向盘。“千万不能——永远不行！”第一堂驾驶课上，父亲就这样告诉她，但他仍然没告诉她托马斯和蒂莫西的故事，露丝只知道出事时托马斯在开车。

“耐心，露西，耐心。”她父亲反复强调。

“我很有耐心，爸爸，”露丝会告诉他，“毕竟我还在等着你告诉我那个故事呢，对不对？”

“我是说开车时要耐心，露西——一定要做有耐心的驾驶员。”

那辆沃尔沃——和特德从六十年代开始买的所有沃尔沃一样——是手动挡的（特德告诉露丝，永远不要信任开自动挡车的男孩）。“当你坐在乘客座，我在开车时，我永远都不会看你——不去管你说了什么，或者你有什么感觉，哪怕你喘不动气我也不能管。”特德说，“我开车时可以和你说话，但不能看着你——绝对不行，当你开车时，你也不能看我，不能看任何乘客，除非你已经把车开到路旁停好了，明白吗？”

“明白了。”露丝说。

“假如你出去约会，男孩开车，如果他看你，无论出于什么原因，你都要阻止他，否则你宁愿下车步行，或者请他让你来开车，明白吗？”她父亲问。

“明白，”露丝说，“告诉我托马斯和蒂莫西的事吧。”

可她父亲却说：“如果你开车时心情不好——比如突然想起了不开心的事，忍不住哭了起来——看不清路，因为你流出了眼泪……无论出于什么原因……”

“好的，好的——我明白！”露丝告诉他。

“好吧，如果你遇到这种情况，哭得看不清路，那就把车停在路边。”

“那次意外呢？”露丝问，“你也在场吗？你和妈妈也在车里吗？”

在泳池的浅水区，露丝感到冰块在肩膀上融化，涓细的冰水顺着她锁骨的线条流下来，流过她的胸脯，淌进温暖的池水中，太阳已经落到了高大的水蜡树篱后面。

她想起格雷厄姆·格林的父亲查尔斯·格林，那个小学校长，他经常给爱戴他的老学生们提出奇怪的建议，但提建议的方式却魅力十足。“记得忠于你未来的妻子。”1918年，他对一名即将参军的学生说，而另一名男生参加坚信礼之前，查尔斯却告诫他：“有一大批女人是依靠男人的色欲过活的。”

这“一大批女人”去了哪里？露丝怀疑，汉娜就是从这群女人里面走失的一个。

从露丝记事起——比她开始读书要早，在她父亲第一次给她讲故事的时候——书和其中的人物就走进了她的生活，甚至依然留在那里，地位比她的父亲和她最好的朋友还要稳固，更不用说她生命中的那些男人了，他们和特德、汉娜一样不可靠。

格雷厄姆·格林在他的自传《一种人生》中写道，“我一辈子都在听从自己的直觉，放弃那些我没有天赋的东西。”拥有这样的直觉固然很好，但如果露丝也听从直觉，她这辈子就别想再和男人打交道了，她认识的男人里面，似乎只有艾伦令人钦佩、为人忠诚，当她坐在泳池里，准备测试斯科特·桑德斯的时候，脑海里浮现的却是艾伦的犬牙，还有他手背上的汗毛……那里的毛实在有点多。

她不喜欢和艾伦打壁球，他是个优秀的运动员和训练有素的壁球球手，然而块头太大，在狭小的球场中跑动时显得格外危险，但艾伦永远不会试图伤害或者恐吓她，虽然输给他两场，可露丝毫不怀疑她会赢回来，只要学会不挡着他的路就行——同时还要不害怕他的反手球。那两次她之所以会输，是因为没守住T形区，下一次，如果有下次的话，她决心一定不把球场的有利位置让给他。

享受最后一点没化完的冰块时，露丝暗忖：大不了眉毛缝上几针，或者碰断鼻梁，而且如果艾伦不小心用球拍打到她，一定会觉得很过意不去，这样他就会把有利位置让给她，所以不管是否被他打到，她都能轻易击败他，不过露丝又想：为什么一定要打败他呢？

她怎么会打算放弃男人呢？无论如何，比起男人，她更不信任女人。

在泳池里坐得太久，傍晚的寒意和融化的冰块让她打起了哆嗦，体验到十一月小阳春寒冷的一面，她不由得想起1969年11月的那个夜晚，她父亲给她上了所谓的“最后一节驾驶课”，还有“倒数第二次驾驶考试”。

第二年春天她才满十六岁，那时就可以申请学习驾照——然后轻松地通过考试——但那年11月，从来不把学习驾照当回事的特德提前警告露丝：“为了你好，露西，希望你再也不会遇到比这次更难的驾驶考试，我们上路吧。”

“去哪儿？”她问，当时正是感恩节长周末的星期天晚上。

为了过冬，泳池已经盖了起来，果树的果实和叶子已经掉光了，连水蜡树也光秃秃的，像骨架一样在风中僵硬地摆动，北方的地平线隐隐泛光：那是已经堵在蒙托克公路西行车道的汽车长龙的大灯，车上坐的是打算回纽约度周末的人。（一般情况下开回纽约只需要两小时，最多三小时。）

“今晚我想看看曼哈顿的灯光，”特德告诉女儿，“看看公园大道的圣诞装饰是否已经布置好了，我还想去斯坦霍普的酒吧喝一杯，我在那里喝过一次1910年的雅马邑白兰地，当然我没再喝雅马邑白兰地，但我想再来点跟它一样好的东西，哪怕是一杯真正够味的波特酒，我们走吧。”

“你想今晚开车去纽约，爸爸？”露丝问，除了劳动节或者国庆日的周末（也许还可以算上阵亡将士纪念日的周末），一年中的这天晚上大概是最不适合去纽约的时候了。

“不，我不想开车去纽约，露西——我不能开车去纽约，因为我喝了酒，喝了三杯啤酒和一整瓶红酒，我答应过你母亲再也不酒驾了，至少不会在你也在车上的时候酒驾，我的意思是你来开车，露西。”

“我从来没开车去过纽约。”露丝说。如果她开车去过纽约，这也算不得什么考试了。

当他们终于在马诺维尔上了长岛高速路，特德说：“到超车道上去，露西，保持限速，别忘了观察后视镜，如果有车从你后面过来，你又有足够的时间移动到中央车道，车道上也有足够的空间的话，那就移过去，但是，如果后面的车像疯了一样冲过来，那就让他从你右边超车好了。”

“这不是违法的吗，爸爸？”露丝问，她觉得学驾驶应该遵守一定的限制——比如不能在晚上开车，或者不能开到以她家为圆心、十五英里为半径的范围之外什么的，却不知道没有学习驾照就开车已经违法了。

“你没法通过循规蹈矩学到你需要学会的东西。”父亲告诉她。

露丝必须专心开车，所以这一次她没有像往常那样跟父亲打听托马斯和蒂莫西的事，等他们快到法拉盛草原的时候，特德才毫无预警地开始对她讲述两个儿子的故事，而且叙事方式和当年他给埃迪·奥哈尔讲故事时一模一样——特德·科尔是第三人称，似乎他本人只是故事里的一个不起眼的小角色。

讲到他和玛丽恩喝了很多酒，所以只能由托马斯开车——因为他是唯一头脑清醒的人——的时候，特德指挥露丝离开超车道，换到最右边的车道。“你得从这儿上中央公园大道，露西。”他漫不经心地说，虽然不得不以非常快的速度变道，但她还是设法做到了这一点，谢伊体育场很快便出现在右侧的视野中。

讲到他和玛丽恩争论在哪里左转弯最好的时候，特德又中断了讲述，指挥露丝开上北大道，穿过皇后区。

她知道堵车时的走走停停会使这辆老沃尔沃引擎过热，但当她提出这个问题时，特德却说：“挂空挡就行，露西，开不动的时候你就挂空挡，踩住刹车，尽量松开离合器，记得观察后视镜。”

这时她已经哭了起来，因为特德讲到了铲雪车撞上了汽车，她母亲知道托马斯死了，但不知道蒂莫西也死了，玛丽恩一直问特德蒂莫西是不是没事，特德没法告诉她真相——只能看着蒂米死去，说不出话来。

他们穿过皇后区大桥，进入曼哈顿，这时特德正讲到蒂莫西的左腿——铲雪车把他的大腿切成两半，当他们试着移走尸体时，必须把腿留在原地。

“我看不见路了，爸爸。”露丝告诉他。

“嗯，也没有地方停车，对吗？”特德问她，“你只能向前开，不是吗？”然后他继续给她讲玛丽恩是如何发现她哥哥的鞋的。（“噢，特德，看——他会需要这只鞋的。”玛丽恩说，并没有注意到蒂莫西的鞋仍然连着他的腿……）

露丝沿着第三大道朝上城区开去。

“我会告诉你什么时候拐到公园大道上去，”父亲告诉她，“公园大道上有个地方的圣诞装饰特别漂亮。”

“我哭得太厉害，看不清前面的路，爸爸。”露丝再次告诉他。

“但这是考试，露西，考验的就是当你没有地方停车——或者没办法停车的时候，能不能找出一条路来继续向前开，明白吗？”

“明白了。”她说。

“所以，”她的父亲说，“现在你什么都知道了。”

露丝后来才意识到，她还通过了父亲没有提到过的一项考验：她始终没有看他，仿佛副驾驶座上根本没有人，他父亲讲述整个故事的过程中，露丝一直盯着路面和后视镜。这也是考试的一部分。

1969年那个11月的夜晚，她父亲让她开上公园大道，一路上对那里的圣诞装饰评头论足，到了第八十几街，他指挥她拐进第五大道，来到大都会博物馆对面的斯坦霍普酒店，这是她第一次听到大都会博物馆的旗帜在风中劈啪作响，特德让她把车钥匙交给门童，他的名字叫曼尼，令露丝印象深刻的是，门童认识她父亲。

不过，斯坦霍普酒店里的人都认识她父亲，他一定是常客，这就是他带女人鬼混的地方！露丝意识到。“要住就住在这里，露西，如果你负担得起的话，”她父亲告诉她，“这是家很好的酒店。”（从1980年开始，她就能负担得起了。）

那天晚上他们去了吧台，但她父亲改了主意，没喝波特酒，而是点了一瓶上好的波马特酒代替，他喝光整瓶酒的时候，露丝还在喝浓缩咖啡，因为她知道自己还要把车开回萨加波纳克，他们在酒吧坐着，露丝恍惚觉得她还在握着方向盘，虽然在酒吧里可以看她父亲——只有开车时不能看他——但她还是没法去看他，好像他还在对她讲述那个可怕的故事似的。

午夜过后，特德指挥她开上麦迪逊大道，来到第九十几街之后，又叫她往东拐，沿罗斯福路上三区大桥，然后由中央公园大道到长岛高速路，之后她父亲就睡着了，露丝记得她可以在马诺维尔出口下高架桥，所以不用叫醒父亲，问他回家的路。

路上的车几乎全是回纽约度假的——头灯不停地刺激着她的眼睛——同向的车道则空空荡荡，她几次把油门踩到底，想看看这辆老沃尔沃究竟能跑多快，结果两次达到了时速八十五英里，一次九十英里，然而这样的速度会导致车身前部震动，所以她大部分时间都保持限速，想着哥哥们死去的经过——尤其是她母亲想要捡回蒂米的鞋子的那一段。

汽车穿过布里奇汉普顿的时候，她父亲才醒。“你怎么没走小路？”他问。

“我喜欢让那些灯照着，别的车的头灯。”露丝说。

“哦。”她父亲说，似乎又睡着了。

“那是只什么鞋？”露丝问。

“那是只篮球鞋，蒂米最喜欢的。”

“高帮的？”她猜测道。

“对。”

“明白了。”露丝拐上撒格大街，虽然那时沃尔沃四周没有别的车，露丝还是打开了转向灯，在距离转弯处还有五十码的地方，她就让转向灯闪了起来。

“开得很好，露西，”她父亲说，“假如你遇到比今晚还糟糕的情况，我相信你也不会忘记学到的东西。”

从泳池里上来时，露丝全身发抖，她知道应该先热身再和斯科特·桑德斯打壁球，但回忆学车的过程和《格雷厄姆·格林传》已经让她的心情低落下来，虽然并非诺曼·谢利的错，但这部传记写到了一个令她反感的转折点，谢利先生相信，格雷厄姆·格林小说里的每一个主要人物都在现实生活中有对应。接受《泰晤士报》采访时，格林本人曾告诉V. S. 普利切特“我不能发明人物”，然而，在同一个采访中，虽然承认他的人物是“真人的混合体”，格林却否认他笔下的人物是根据现实创造的。“真人太受限制了，会被想象中的人物排挤的……”可谢利先生却用了大量篇幅讨论“真人”。

露丝尤其为格林早年的感情生活难过，他的传记作者说，他把“难以自拔的爱”献给了最终成为格林妻子的那位“狂热的天主教徒”，而这正是露丝对于喜欢的作家所不想知道的一面。“作家的心中有一块碎冰。”格林在《一种人生》中写道，但在年轻的格雷厄姆写给未婚妻薇薇安的日常信件中，露丝却看到一个被迷得神魂颠倒的男人在以她熟悉的可悲方式追求女人。

露丝就从来没有因为爱情神魂颠倒过，也许她不情愿接受艾伦的求婚是因为她知道艾伦被她迷得神魂颠倒。

《格雷厄姆·格林传》读到第338页的时候，她没有接着往下读，这里是第二十四章的开头，章节名称是“终于结婚了”，可对露丝而言，停下不读是个遗憾，因为如果她坚持读到这一章的末尾，她对格雷厄姆·格林及其新娘的印象可能会产生些许改观，当两人终于结婚并且去度蜜月的时候，薇薇安交给格雷厄姆一封没有拆开的信，信是她母亲给她的，据说里面写的是“性行为指导”，但薇薇安没看就给了格林，而他读了之后立刻把信撕了，所以薇薇安从来没有读过信的内容，如果读到这里，露丝大概会欣赏格林夫人的果决和自信——相信自己无须母亲的建议就能应付各种人生问题。

那为什么这一章的标题“终于结婚了”让露丝郁闷了呢？是因为她想起自己也逃不过婚姻的掌控吗？无论如何，露丝·科尔绝对不会写出这种标题，甚至连读也不想读。

露丝觉得还不如重新读读格雷厄姆·格林的小说，她确定自己再也不想知道任何有关格林本人的事情，她又想起汉娜指出的她“最喜欢的主题”——不知疲倦地分析“真实”与“虚构”的关系，然而单是想起汉娜这个人也会把她送回眼下的情境中。

她不想让斯科特·桑德斯看到她光着身子坐在泳池里，至少不是现在。

她走进屋里，穿上打壁球的干净衣服，在短裤的右前口袋里装了一些爽身粉，这是为了让握球拍的那只手保持干燥光滑，不会磨起水泡。她冰好了白葡萄酒，又把米放进电饭锅——过一会儿只需要按下按钮，还摆好了饭厅的桌子，准备了两个人的餐具。

最后，她爬到谷仓二楼，先做拉伸，接着开始练球。

她的练习节奏很简单：朝墙壁打四个正手球，然后打响声板；四个反手球，再打响声板，打响声板需要低瞄，每次她都非常用力，让响声板发出很大的声音，但在实际的比赛中，露丝很少击中响声板，也许在艰难一些的对决中，她偶尔能击中一两次，然而她希望斯科特·桑德斯过来的时候听到她击中响声板的声音，他或许会想：对于一个所谓的非常优秀的球员来说，她的确能经常击中响声板，然后等他们开始比赛，他会惊喜地发现露丝几乎打不到响声板。

每当有人爬到谷仓二楼的球场，练球的人一定会感到楼板发颤，当露丝产生这种感觉时，她已经多打了五个球——第五次还击中了响声板，她可以轻松地连续扣杀五次，同时小声咒骂："爸爸和汉娜·格兰特！"

斯科特用他的球拍敲了两下壁球场的门，然后小心翼翼地推开了门。"你好，"他说，"希望你不是因为要和我打球才练习的。"

"噢，只是练一小会儿而已。"露丝说。

两个抽屉

露丝先让斯科特得了五分，因为她想看看他是怎么移动的，他的速度相当快，但挥拍时像个打网球的，不会扣手腕，而且只有一种发球姿势：冲着对手大力发球。这样打出来的球往往过高，她可以躲开正面攻势，接后墙反弹过来的球，而且斯科特接发球的技术比较弱，球会掉到中场的地板上，露丝一般可以用利用角球扣杀，逼得他要么从后墙跑到前面，要么从左侧跑到右侧。

露丝以15比8赢得第一局之后，斯科特才明白她有多优秀。他是那种容易高估自身能力的球员，输了的时候，他首先想到的是自己运气不好，直到第三、第四局的时候，他才意识到对手比自己强，但露丝希望在接下来的两局里面让比分更接近一些，因为她喜欢看斯科特跑。

她以15比6和13比9赢了第二局和第三局，虽然斯科特·桑德斯的体能很好，但第三局之后他也需要喝水了，露丝却没喝一口水，而且一直在场上跑的也是他。

第四局开始，他发第一个球时仍旧不在状态，露丝感觉得到他的无奈，就像一股出人意料的气味。“我不相信你父亲现在还能打赢你。”他喘着粗气说。

“噢，总有一天我会打败他，”她说，“也许下次就能。”

她15比5拿下第四局的时候，他还在追着她最后那个短扣球跑，最后被自己流到地上的一小摊汗水滑到了，而且屁股着地滑了一段，脑袋撞在响声板上。

“你没事吧？”露丝问他，“你想停下来吗？”

“我们再打一局吧。”他厉声对她说。

露丝不喜欢他的态度，最后一局她15比1获胜，斯科特的那一分还是在她试图（违反了她的正确判断）通过反向角球击中响声板的时候得的，这次尝试让她很生自己的气，因为它证明自己的命中率较低，如果不玩花样，她可以15比0大获全胜的。

然而15比1的战绩对斯科特来说已经够糟糕的了，露丝不清楚他是气得噘嘴还是因为大喘气的关系，嘴巴显得有些扭曲。两人离开球场时，一只马蜂顺着敞开的门飞进来，斯科特笨拙地拿球拍挥了过去，却没有打中，马蜂左摇右摆地沿着飘忽不定的路线朝天花板飞去，还没来得及降落，就被露丝用反手球的招式从半空中打下来，有人认为这是壁球中最狠的扣杀姿势：反手过头截球。球拍上的网线把马蜂的身体都割成了两半。

“好身手。”斯科特说，但他的表情却像是快吐了一样。

露丝坐在泳池边的木板上，脱掉鞋袜，把脚泡进水中降温，斯科特似乎不知道该干什么，以前这个时候，他都会脱掉所有衣服，和特德一起走进户外淋浴间冲澡，而现在只有露丝去洗澡，他才能跟着去。

她站起来，脱下短裤，把T恤也脱了，有点担心汗水湿透的运动胸罩像往常一样很难脱下来，不过这次她没怎么费力就脱掉了氨纶质地的胸罩，最后，她脱掉了内裤，走进淋浴间，没有看斯科特。他也走进淋浴间拧开花洒的时候，她已经全身打好了肥皂，开始冲水了，冲洗头上的洗发水泡沫的时候，她问他是否对虾过敏。

“不，我喜欢虾。”他告诉她。她闭着眼睛冲头发，猜测他一定在打量她的胸部。

“很好，因为我们晚饭吃虾。”露丝告诉他。她关掉自己这边的花洒，走到泳池边的木板上，一头扎进深水区，当她浮出水面时，斯科特仍然站在木板上，望着她身后的某个地方。

“池底有一只酒杯吗？”他问，“你最近在家开派对了啊？”

“没，我父亲最近开过一个派对。”露丝踩着水回答。斯科特·桑德斯的那玩意比她预想中的大。只见律师潜到深水区的池底，把酒杯捞了上来。

“肯定是个狂野派对。”斯科特说。

“我父亲就喜欢狂野的。”露丝说。她仰躺在水面上，汉娜这样做的时候，连乳头都没法露出水面。

“你的胸很美。”斯科特告诉露丝，他踩着水来到她旁边，舀了一杯水，浇在露丝的乳房上。

“我母亲的胸很可能更美，”露丝说，“你知道她的事吗？”

“不怎么知道——只听说过一些传言。”斯科特说。

“传言很可能是真的，”露丝说，“你对她的了解可能跟我一样多。”

她游到浅水区，他跟在后面——还拿着酒杯，要是他手里没有这个蠢东西的话，早就开始摸她了。露丝出了泳池，裹上一条毛巾，看着斯科特仔细地擦干他的身体，然后才走进房子——毛巾系在腰上，胸部依旧露着。

“如果你现在把衣服放进烘干机，吃完饭之后就干了。”她告诉他。他跟着她走进室内——腰上也系着毛巾。“要是冷就告诉我，”她说，“你可以穿我父亲的衣服。”

“我觉得包着毛巾就挺暖和。”他说。

露丝启动电饭锅，开了一瓶红酒，给斯科特和她自己分别倒了一杯，她腰上系着毛巾、袒胸露乳的样子很漂亮。“我觉得包着毛巾也挺好。”她告诉他，然后允许他捧着她的一只乳房吻了她。

“我可没想到会这样。”他对她说。

别开玩笑了！露丝想。如果只是等着她看中的男人来勾引她的话，她会无聊死的，她已经四五个月没碰男人了，她不喜欢等待。

“给你看点东西。”露丝对斯科特说。她领他走进她父亲的工作室，拉开特德那张所谓的“写字台”最底部的那个抽屉，抽屉里全是黑白的拍立得相片——有好几百张——还有十来筒拍立得相片保护膜，整个抽屉和所有照片都有一股保护膜的怪味。

露丝递给斯科特一叠照片，什么也没说。那是特德给他的模特照的，作画前后都拍了照，他告诉模特们有必要拍照，因为他可以在她们回家以后修改作品，以照片为“参考”，实际上，他从来没做什么修改，只是想要照片而已。

斯科特看完照片，露丝又给他拿了一叠，这批照片像大部分低劣的色情图片那样拍摄得十分业余，模特也并非专业模特，摆出的姿势中透出一种尴尬和对性的羞耻感，而且还能看出摄影师的草率和粗心。

“你为什么给我看这些？”斯科特问露丝。

“你看了兴奋吗？”她问他。

“你才让我兴奋。”他告诉她。

“我猜它们让我父亲兴奋，”露丝说，“这些都是他的模特——每个人他都睡过。”

斯科特匆匆翻了一遍照片，并没有仔细看，旁边有人的时候，你是没法认真看这种照片的。“好多女人啊。”他说。

“昨天，还有前天，我父亲和我最好的朋友睡了。”露丝告诉他。

“你父亲和你最好的朋友睡了……”斯科特若有所思地重复道。

“我们就是社会学专业的白痴所谓的那种‘不健全家庭’。”露丝说。

“我就是社会学专业的。”斯科特·桑德斯老实承认道。

“你学到了什么？”露丝问他。她把照片放回最底部的抽屉，保护膜的怪味足以让她作呕，就某种程度而言，它比乌贼墨还难闻。（露丝十二岁的时候第一次在这只抽屉里发现了她父亲的照片。）

“我决定去法学院——这就是我从社会学系学到的东西。”金红色头发的律师说。

“你听说过我的两个哥哥吗？”露丝问他，“他们都死了。”

“有所耳闻，”斯科特回答，“是不是很久以前的事了？”

“我给你看他们的照片——他们长得都不错。”露丝拉起斯科特的手。

她领着他登上铺有地毯的楼梯，两人的光脚走在上面悄无声息，电饭锅的盖子咔咔作响，烘干机也在响——因为里面的东西在敲打滚筒。

露丝领着斯科特走进主卧室，大床依然没有收拾，她几乎分辨得出她父亲和汉娜的身体在凌乱的床单上留下的纠缠成一团的印迹。

“那上面就是他们。”露丝指着哥哥们的照片对斯科特说。

斯科特斜眼看去，辨认着照片中门廊上方的拉丁铭文。

“我猜你们社会学专业不学拉丁文。”露丝说。

“法律里有很多拉丁文。”他告诉她。

“我的哥哥都长得很好看，不是吗？”露丝问他。

“是的，没错，”斯科特说，“venite是‘来’的意思吧？”

“到这里来，男孩们，成为男子汉。”露丝为他翻译。

“这可有点难！”斯科特·桑德斯说，“我更喜欢当小孩。”

“我父亲一直都是个小孩。”露丝说。

“这是你父亲的卧室？”斯科特问她。

“看看最上面的抽屉，床头柜抽屉，”露丝告诉他，“对——打开它。”

斯科特面露犹豫，他大概以为抽屉里还是拍立得相片。

“别担心，里面没有照片。”露丝说。斯科特拉开抽屉，发现里面是包装五颜六色的各种安全套，还有一大管润滑剂。

“所以……我猜这是你父亲的卧室。”斯科特紧张地看着周围。

“那个抽屉里全是男孩的东西，要是我没记错的话。”露丝说，（她快十岁的时候发现了这只装满安全套和润滑剂的抽屉。）

“你父亲呢？”斯科特问。

“我不知道。”她说。

“他今天不回来吗？”斯科特问。

“如果让我猜，我觉得他明天上午才能回来。”露丝说。

斯科特·桑德斯看着抽屉里的安全套。“上帝，我从上大学开始就没戴过套。”

“你现在得戴。”露丝告诉他。她解下腰间的毛巾，光着身子坐在没铺的床上。“要是你忘了安全套怎么用，我可以提醒你。”她说。

斯科特挑了一只蓝色包装的安全套，亲了她很长时间，舔她的时间更长，她不需要她父亲床头柜抽屉里的润滑剂，他进去几秒钟之后她就高潮了，过了一会儿，她也感觉到他的高潮。露丝盯着父亲卧室敞开的门，以为楼梯上或者楼上的大厅里会传来他的脚步声，然而只听到烘干机滚筒中单调的撞击声。（电饭锅的盖子没再咔咔响，因为饭已经做好了。）斯科特进入她的时候，她知道自己会高潮，而且几乎是马上就高潮了——一切都太快了——露丝想：现在就回家吧，爸爸！到楼上来看看我！

然而特德并没有在他女儿希望他回来看她的时候回家。

在陌生的地方感受到的疼痛

汉娜在调味汁里加了过多的酱油，而且泡了二十四小时的虾已经失去了鲜味，连虾本身的味道都尝不出了，但露丝和斯科特吃掉了所有的虾、整锅米饭和炒青菜——甚至还有几天前剩下的黄瓜酱。他们喝了两瓶白葡萄酒，为了配奶酪和水果，露丝又开了一瓶红酒，他们把这瓶酒也喝了。

两人连吃带喝，腰上缠着毛巾——露丝挑衅一般露着乳房，她希望她父亲此时能走进饭厅，可他没有，尽管她肆意地和斯科特大吃大喝，两人做起爱来也很激烈，但饭桌上的空气有些紧张，斯科特告诉露丝，他是“友好”离婚，而且他喜欢和前妻保持“友好的关系”，作为刚离婚的男人，谈论前妻的次数实在有点多，如果真是“友好”离婚，为什么还要反复唠叨这件事呢？

露丝问斯科特他从事什么样的法律业务，但他说自己的工作跟房地产有关，没什么意思，他还承认自己没有读过她的小说，他尝试过她的第二本书《西贡陷落前》，因为他以为那是本战争小说——他年轻时为了不参加越战吃了不少苦头，翻开书后，他才发现这是他所谓的“女性小说”。像往常一样，这种名词让露丝想到了各种各样的女性卫生用品。“是关于女性友谊的，不是吗？”他问，但他前妻读过露丝·科尔的全部作品。“她是你最忠实的粉丝。”斯科特·桑德斯说。（又是他前妻！）

然后，他问露丝是否在“和别人约会”，她想告诉他关于艾伦的事，但不提及任何人的名字，对她而言，婚姻和艾伦是截然分开的两码事。露丝告诉斯科特，结婚对她很有吸引力，然而同时又让她恐惧得不知所措。

“你是说，比起害怕，你更喜欢它？”律师问。

“乔治·艾略特的那段话是怎么说的来着？我曾经很喜欢，还把它写下来了，”露丝告诉他，“‘还有什么比两个灵魂的交融更好的事情呢……’，但是……”

“他一直没离婚吗？”斯科特问她。

“谁？”露丝问。

“乔治·艾略特，他一直没离婚吗？”

说不定我要是起来洗盘子，他就会觉得无聊，然后回家了，露丝暗想。

可当她把盘子放进洗碗机的时候，站在她身后的斯科特开始抚摸她的乳房，她觉得他硬起来的地方透过两个人腰上的毛巾戳着她。“我想这样上你，从后面。”他说。

“我不喜欢这样。”她说。

“我不是说进另一个洞，”他粗鲁地告诉她，“还是那个洞，但是从后面进。”

“我知道你的意思。”露丝告诉他。他坚持不懈的抚摸让她很难把碗碟上层的酒杯摆进洗碗机，“我不喜欢从后面来——就这么简单。”露丝补充道。

“那你喜欢怎么样？”他问她。

很明显，他想再来一次。“我会告诉你的，”她说，“等我把洗碗机装好。”

露丝故意没锁前门也没关灯，楼下和楼上的灯都没关，她还让父亲的卧室门开着，依旧希望她的父亲能回来，发现她在和斯科特做爱，然而这似乎是不可能的。

露丝在斯科特身上骑了很长时间，甚至都快把自己摇晃得睡着了。（他们两个都喝多了。）当她听到他屏住呼吸，意识到他要高潮的时候，就扳住他的肩膀，把他换到上面去，因为大多数男人高潮时的脸是她无法忍受的。（当然，她不知道——也不会知道——这也是她母亲和埃迪·奥哈尔喜欢的做爱姿势。）

露丝躺在床上，听斯科特把安全套扔进主卧室的马桶里冲走，斯科特回到床上后——他几乎立刻便睡着了——露丝又躺着听洗碗机的声音，这应该是最后一遍冲洗，听上去有两只酒杯好像纠缠在了一起。

斯科特·桑德斯刚睡着时左手握着她的右乳房，露丝非常不舒服，但现在他睡熟了，开始打鼾，手也松开了，两只沉重的手掌搭在她身上，好像睡着的大狗的爪子。

露丝试着回忆乔治·艾略特那段关于婚姻的话还说了什么，她甚至不知道这段话出自女作家的哪部小说，尽管很久以前她曾经完整无误地把这段话默记在日记本里。

睡着之前，露丝想到埃迪·奥哈尔或许知道这段话来自哪本小说，至少这个问题可以给她一个联系他的理由。（实际上，就算她给他打了电话，他也不知道这段话的出处——埃迪不是乔治·艾略特的粉丝，他会给他父亲薄荷·奥哈尔打电话，虽然老头已经退休了，但他应该知道乔治·艾略特的这段话出自她的哪本小说。）

“……以彼此的努力互相支持……”露丝低声对自己背诵着记忆中的段落，她并不担心吵醒斯科特，而且他的呼噜声很大，洗碗机里的酒杯继续在一起厮磨，电话铃很长时间都没响了，露丝觉得全世界大概都在呼呼大睡，那些一直打电话的人也放弃了。“‘……在悲伤中互相安慰……’”乔治·艾略特是这样看待婚姻的，“‘……在痛苦中互相帮助，’”露丝背诵道，“‘直至最后离别的时刻，在无言的回忆中融为一体……’”对终于在一个她并不熟悉的男人身边（这个男人的鼾声好似铜管乐队的演奏）睡着的露丝·科尔来说，这听上去是个很美的主意。

露丝听到电话铃声的时候，电话已经响了十多次，斯科特·桑德斯直到她接起电话时才醒，她感觉他的爪子又握住了她的乳房。

“你好。”露丝说，睁开眼睛时，她花了一秒钟才认出那个数字时钟是她父亲的，斯科特的爪子袭向她的胸时，她又花了一秒钟才想起自己身在何方、发生了什么事，还有她为什么不希望接电话。

“我一直很担心你，”艾伦·奥尔布赖特说，“我不停地打电话。”

“噢，艾伦……”露丝说，现在刚过凌晨两点，洗碗机已经停了，烘干机早在洗碗机之前就停转了，她胸前的爪子又变成了人手，坚定地捧着她的乳房。“我在睡觉。”她说。

“我还以为你死了呢！”艾伦告诉她。

“我和我父亲吵架了——所以没接电话。”露丝解释道，那只手放开了她的乳房，她看到同一只手越过她的身体，拉开了床头柜最上面的抽屉，选了一只安全套，又是蓝色包装的，还把那管润滑剂也拿出来了。

“我试着给你的朋友汉娜打电话来着，她不是应该和你一起过去吗？”艾伦问，“但她那边一直是答录机的声音，我甚至不知道她是不是听到了我的留言。”

“别问汉娜——我也和她吵架了。”露丝告诉他。

“这么说你一个人在那里？”艾伦问她。

“是的，我一个人。”露丝回答。她想并紧腿躺着，然而斯科特·桑德斯很强壮，把她拉起来跪着，往安全套上涂了足够的润滑剂，轻而易举地进入她的身体，那个瞬间，她的呼吸暂停了。

“什么？”艾伦问。

“我不舒服，”露丝告诉他，“我早晨再给你打电话。”

“我可以过去。”艾伦说。

“不！”露丝说——这个字是同时对艾伦和斯科特说的。

她用手肘和前额支撑着身体，想把肚子搁在床上趴平，可斯科特用力拽着她的屁股，所以对她来说还是跪着更舒服。露丝的脑袋不断撞击床头板，她想和艾伦说晚安，但她的呼吸很急促，而且斯科特一直缠着她，她没法把话筒放回床头柜的机座上。

“我爱你，”艾伦告诉她，“抱歉。”

“不，该抱歉的是我。”露丝勉强说道，然后斯科特就抢过话筒挂了回去，他双手兜住露丝的两个乳房，揉得她感觉到了疼，像狗那样从后面顶她——埃迪·奥哈尔也曾这样顶她的母亲。

幸运的是，露丝对多年前那个关于灯罩的小插曲记忆并不深刻，然而仅存的那点记忆足以让她永远不会对这种姿势产生好感，她不得不用全身力量把斯科特向后推，否则她的头还会一直往床头板上撞。

她今晚是朝右侧睡的，而且右肩因为打壁球出现了酸痛感，可肩膀的疼痛程度比不过斯科特给她带来的痛苦，包括这种姿势本身给她的心理造成的痛苦，斯科特抓着她乳房的方式也超出了她喜欢的那种粗鲁程度。

“请停下。”她告诉他，然而感觉到她的屁股向后推的时候，他却向前顶得更起劲了。

他完事后，露丝朝左侧躺着，面向空旷的床铺，她听到斯科特又冲走一个安全套，起初她以为自己流血了，但只是因为润滑剂用得太多，斯科特回到床上时，又想碰她的胸，露丝把他的手推到一边。

“我告诉你我不喜欢那样的。”她对他说。

“我又没弄错洞，不是吗？”他问她。

“我告诉过你，我不喜欢从后面来——就这么简单。”她说。

“得啦，你的屁股都在动，你喜欢这样。”斯科特说。

露丝知道自己不得不动屁股的原因是为了避免撞到床头板，但她只是说：“你弄疼我了。”

“得啦。”斯科特说，他又伸手来摸她的乳房，她又推开他的手。

“当一个女人说‘不’——还有她说‘请停下’的时候……如果男人不肯停，这算是什么意思呢？”露丝问，“是不是有点像强奸？”

他翻身上了床，背对着她。“得了吧，你是在跟一个律师说话。”他告诉她。

“不，我在和一个混蛋说话。”她说。

“所以……是谁打的电话？”斯科特问，“重要的人？”

“比你重要。”露丝告诉他。

“鉴于目前的情况，”律师说，“我猜他没有那么重要。”

“请你离开这里，”露丝说，“走吧。”

“好吧，好吧。”他告诉她，可当她从浴室回来时，他却又睡着了，身体躺在他那一边，两条胳膊摆在她那边，占据了整张床。

“起来！滚出去！”她吼道，但他要么真的睡熟了，要么是假装睡熟了。

后来回想起来，露丝可能应该多加考虑再做出接下来的决定：她打开安全套抽屉，拿出润滑剂，把里面的东西挤进斯科特露在外面的左耳朵里，润滑剂流出来的速度比她想象的快很多，像水一样，斯科特·桑德斯立刻醒了。

“该走了。”露丝提醒他，完全没有料到他会打她，左撇子的动作通常是你难以预知的。

斯科特只打了她一下，但打得很结实——上一秒他还用左手捂着左耳朵，下一秒已经跳到了床下，面对着她，一记左直拳捣在她右颧骨上，露丝倒在地毯上，大约就在汉娜放行李箱的位置，她意识到汉娜又说对了：露丝仅仅是自认为拥有在第一次约会时就能鉴别出男人是否对女人有暴力倾向的直觉，其实她根本没有这样的直觉，汉娜告诉她，那只是因为她幸运。（“你不过是没遇到过那样的男人而已。”汉娜曾经这样警告她。）现在露丝遇到了这种男人。

等到头不晕了，她才尝试移动身体，她又以为自己流血了，但那是斯科特捂耳朵时抹在左手上的润滑剂。

她以胎儿的姿势侧躺着，膝盖顶着胸口，右颧骨上的皮仿佛紧绷在骨头上，脸上有种不正常的潮热，眨眼的时候，她看到了星星，当她睁大眼睛，星星会在几秒钟后消失。

她又被关在了衣柜里，从小到大她都没有这么害怕过，她看不见斯科特·桑德斯，但她朝他喊道：“我去给你拿衣服，它们还在烘干机里。”

“我知道烘干机在哪儿。”他愤愤地说，她觉得自己的身体好像不属于她了，眼睁睁看着他从她身上跨过去，听到他下楼时楼梯的吱吱声。

爬起来的时候，她头晕了一阵，觉得想吐，她带着这种简直要把胃吐出来的感觉下了楼，直接穿过饭厅，来到黑暗的露台，夜晚的凉风很快让她恢复了精神。小阳春结束了，她把脚趾浸在泳池里，心想，如丝般光滑的水比空气还要温暖。

等一下再进泳池，现在她还不想光着身子。她在户外淋浴间附近的木板上找到了先前换下来的球衣，衣服上混合着冷下来的汗水和露水——湿漉漉的T恤穿在身上，她打起哆嗦，她没去管内裤、胸罩和袜子，只是穿上T恤、短裤和鞋就足够了。她伸展了一下酸疼的右肩，肩膀的状态也符合她现在的需要。

斯科特·桑德斯的壁球拍斜靠在户外淋浴间的外面，手柄朝上，大头朝下。对她来说这支拍子太沉，手柄也太大，可她又不打算用它打全场比赛，简单用用还是没有问题的，露丝想，然后她走进房子。

她在洗衣间找到了斯科特，他懒得穿内裤，只穿上了短裤，把内裤塞在右前裤袋里，把袜子塞在左前裤袋里，鞋已经穿上了，但鞋带没系，露丝走进去，挥起球拍，照着他的右腿膝盖反手抽上去的时候，他正往头上套T恤。斯科特勉强把头从领口伸出来，过了大概半秒钟不到，露丝的第二拍正中他的面门，他慌忙双手捂脸，但露丝已经把球拍大头指向了他的侧面，猛击他的两边手肘——一边反手，另一边正手，抽得他两条胳膊都麻了，没法抬起来保护脸，一侧的眉毛那里已经流血了。她又照着他的两条锁骨敲了两下，第一下就敲断了好多根球拍线，第二下球拍的大头和手柄被她震得脱开了。

手柄依然是一件非常趁手的武器，她不停挥动手柄砍向他，照着他露出来的地方招呼，他想四肢着地爬出洗衣间，然而右膝盖撑不住身体的重量，左锁骨也断了。因此连爬也没法爬。打他的同时，露丝还不断念叨着壁球赛的比分羞辱他："15比8、15比6、15比9、15比5、15比1！"

当斯科特以歪斜着祷告的姿势躺倒在地，双手捂脸的时候，露丝才住了手，虽然她没有扶他，但允许他自己站起来，因为右膝盖受了伤，他走路跛着脚，断掉的左边锁骨势必也让他疼得不轻，他眉毛上的那道割痕血流如注。露丝保持着安全距离，跟着斯科特走到他的车那里，手里还拿着他球拍的手柄，手柄的重量对她来说刚刚好。

她担心了一秒钟斯科特的右膝盖——只是因为怕他开不了车，然后她发现他开的车是自动挡，可以用左脚控制油门和刹车，这让她更加郁闷，因为她鄙视开自动挡车的男人，鄙视的程度几乎和她鄙视打女人的男人一样。

上帝，看看我——真是有其父必有其女！露丝想。

斯科特走后，露丝在洗衣房里发现了他球拍的大头，把它和手柄一起扔进垃圾桶，然后开始洗衣服——她的球衣和几件内衣，还有她和斯科特用过的毛巾，主要因为她想听听洗衣机的声音，空荡荡的房子太安静了。

接着，她喝了几乎一夸脱水，再次脱光衣服，拿着一条干净毛巾和两袋冰来到泳池，在户外淋浴间洗了很长时间的热水澡，往身上打了两遍肥皂，头发也洗了两遍，然后她坐在泳池浅水区最底下的那级台阶上，把一只冰袋搁在右肩膀，另一只搁在脸上，盖住颧骨和右眼，虽然没照镜子，但她知道自己右边的颧骨和眼睛已经肿了，右眼只能睁开一条缝，到了早晨，那只眼就完全睁不开了。

洗过热水淋浴后，她起初觉得池水很凉，但如丝般光滑的水比晚间的空气暖和得多。那是一个晴朗的夜晚，天上大概有几百万颗星星，露丝希望第二天晚上也这样晴朗，那时她就坐飞机去欧洲了，但她实在太过疲惫，对于即将到来的旅行，她只能想到这里，只能用冰块麻痹自己。

她纹丝不动地坐着，以至于一只小青蛙径直朝她游过来，她一只手握住青蛙，把它放到池边的木板上，青蛙跳跃着离开了，总有一天，泳池里的氯会杀死它，露丝在水底下搓了搓手，洗掉青蛙带来的黏腻感，青蛙的黏液让她想起刚才和她亲密接触的润滑剂。

听到洗衣机停止转动，她离开泳池，把洗好的衣服放进烘干机，然后回自己房间睡觉，躺在她的干净床单上，听着水龙头熟悉的滴水声和烘干机一圈又一圈转动的声音。

可是后来，当她不得不下床去卫生间的时候，她觉得小便时有些疼，斯科特·桑德斯戳到了她身体内部某个陌生的地方，那里也有些疼，不过是钝痛，就像痛经，可她不在经期，疼的位置也和痛经时不一样。

早晨，她在艾伦去上班之前给他打了电话。

“要是我不打壁球了，你还会像以前那样爱我吗？”露丝问他，

"我觉得打不动了，当然，我会先打败我父亲的。"

"我当然会像以前那样爱你。"艾伦告诉她。

"你对我有点太好了。"她警告他。

"我告诉过你，我爱你。"他说。

上帝，他一定真的很爱我！露丝想，但她只是说："我会再给你打电话的，从机场打。"

露丝检查了乳房上的指痕，她的臀部和腰上也有手捏出来的瘀青，但因为只有左眼能睁开，她只能看到一部分伤痕，她仍然不拿镜子照脸，因为她不用看就知道应该继续冷敷右眼，就像她现在做的那样，她的右肩又僵又疼，但她不想再冰敷肩膀了，因为太累，而且她还有别的事要忙，她刚刚收拾完，她父亲就回家了。

"我的上帝，露西，谁打的你？"

"打壁球受的伤。"她撒谎道。

"你和谁打的？"她的父亲问。

"主要是和我自己。"她告诉他。

"露西，露西……"她父亲说。他看起来很疲惫，但看上去并没有七十七岁，露丝觉得他像六十来岁，她喜欢他粗短光滑的方块形手背，而且不由自主地盯着他的手看了起来，因为她没法直视他的眼睛——至少肿着一只眼是没法直视的。"露西，我很抱歉，"她父亲说，"关于汉娜……"

"我不想听，爸爸，"露丝告诉他，"你就是管不住你的那玩意，就像他们说的——本性难移。"

"可是汉娜，露西……"他又尝试着说。

"我连那个名字都不想听。"露丝告诉他。

"好吧，露西。"

她看不下去他这种扭捏胆怯的样子，她已经知道他爱她胜过爱任何人，更糟的是，露丝知道她也爱他，比爱艾伦还要爱，当然也超过了爱汉娜的程度。露丝·科尔对任何人的爱与恨都不会超过她对父亲的爱与恨，但她对他只说了一句话："去拿你的壁球拍。"

"你那只眼睛能看见吗？"她父亲问她。

"我可以用另外一只眼睛看。"露丝告诉他。

露丝给父亲上驾驶课

虽然小便时还会疼，但露丝试着不去想这件事。她迅速换上打壁球的衣服，她希望趁父亲还没准备好，先进场地热一下身，顺便擦掉球场前方墙壁死角那里的蓝色粉笔点，她不需要这个记号就知道死角在哪里。

当她发觉地板在微不可察地颤抖——她父亲爬上了谷仓二楼——时，已经热身得差不多了，她冲刺到前方墙壁，又转身冲到后墙，然后才听到她父亲拿球拍敲了两下门，推门走进来，露丝觉得被斯科特·桑德斯戳过的那个陌生的地方还是有点疼，但如果她跑的时候别太用力就感觉不到。

不能用右眼看东西是个更大的问题，有时候她会暂时发现不了父亲的位置，特德从来不在球场里到处跑，只在必要的时候移动，他动的时候也是滑过去的，如果看不见他，就不会知道他的方位。

露丝知道关键在于赢得第一局，特德在比赛中段最难斗。如果我幸运的话，露丝想，他需要打完一局比赛才能找到死角的位置，当他们还在热身时，她发现父亲朝着前方的墙壁跑过去，寻找被她擦掉的那个蓝色的粉笔记号。

第一局她以18比16险胜，但那之后她父亲就找到了死角，露丝经常错失他的发球——尤其是当她站在左侧球场时，因为右眼看不到，她只能转过脸去看他发球，露丝输掉了接下来的两局，12比15和16比18，但是——虽然他领先一局，第三局比赛结束后，需要喝水的只有她父亲。

露丝15比9拿下第四局，她父亲击中了响声板，输掉了最后一分，这是两个人里面第一次有人击中响声板，现在双方各赢了两局，打成平手，过去她也和父亲打平过，但最后总是她输，有许多次，就在第五局开始前，她父亲都说："我想你要打败我了，露西。"然后他会打败她，但这次他什么都没说，露丝喝了一小口水，用没受伤的那只眼睛久久地凝视着他。

"我猜这次我会打败你了，爸爸。"她告诉他。她15比4赢了第五局，她父亲再次击中响声板，输掉最后一分，后来的四五年里，球打在响声板上的那一声还会时常在她的脑海中响起。

"干得好，露西。"特德说。他离开球场去拿水瓶，露丝不得不小跑着跟上去，在他出门时拿球拍打了一下他的屁股。其实她想给他一个拥抱，但他连她那只好眼睛都不肯看，他可真是个怪人！她想。随后她想起埃迪·奥哈尔想把硬币扔进马桶里冲走，也许所有男人都很怪。

她一直不明白父亲为什么那么心安理得地在她面前赤身露体，从她胸部发育开始，在他面前裸体时她会感觉不自在，但是在户外淋浴间洗澡、一起在泳池裸泳……这些不都是再正常不过的家庭活动吗？毕竟天气炎热，这些活动都非常受欢迎，尤其是打完壁球之后。

然而，输球之后，他父亲看上去又老又疲惫，露丝甚至不忍看到他的裸体，她也不想让他看到她乳房、臀部和腰上的指印，她父亲也许相信她的黑眼圈是打壁球受的伤，但他比谁都清楚做爱时受的伤是什么样的，她不希望再让他受到打击。

特德当然不知道自己受到了女儿的保护，当露丝告诉他，她想回屋里泡个热水澡，而不是洗淋浴然后游泳时，他感到很失望。

“露西，我们就不能暂时忘掉关于汉娜的那一段不愉快的插曲吗？”

“我们以后再讨论汉娜，爸爸，也许等我从欧洲回来以后。”

二十年来，露丝一直试图在壁球场上战胜父亲，现在她终于如愿以偿，却发现自己在浴缸里抹眼泪，尽管她希望能从胜利中体会到得意的滋味，哪怕只有一丝一毫，然而想到父亲把她最好的朋友贬低成“一段插曲”，她还是忍不住哭了起来，也许她伤心的理由还包括汉娜——她宁愿冒着结束她们多年来的友谊的风险，也要和她父亲放纵一番。

噢，别想了，还是把这一段忘掉吧！露丝告诉自己，就算是他们两个联手背叛了她——那又怎么样呢？

出了浴缸，她逼着自己照了照镜子，她的右眼很恐怖——这样参加书展还真是令人印象深刻！右眼肿得睁不开，颧骨那里也肿了，但最吓人的地方无非是皮肤的颜色——拳头大小的那么一块地方变成了深紫红色，好像暴风雨前的晚霞，鲜艳的主色点缀着黑色，显得既悲惨又可笑，在德国的十天她或许都得顶着这块瘀青了，肿胀的地方会缩小，瘀青最后会变成蜡黄色，但接下来在阿姆斯特丹的那一周，还是能看出那里受过伤。

她故意没带打壁球的衣服，也没带球鞋，故意把她的球拍留在谷仓里，这是放弃壁球的好时机。她的德国和荷兰的出版商为她安排了比赛，它们将不得不取消，她的借口显而易见——告诉他们她的颧骨受了伤，医生不许她在伤口愈合前打球。（斯科特·桑德斯很可能打断了她的颧骨。）

她的黑眼圈看上去不像是打壁球受的伤，如果球友的拍子真的不小心打到了她，留下的会是割伤——要缝针——而不是瘀伤，所以她会谎称球友的手肘碰到了她，因为她站得离球友太近——从后面撞到了他，在这样的情况下，露丝的虚拟对手必须是个左撇子——这样才能击中她的右眼。（为了编造一个可信的故事，作为小说家，她知道必须保证细节正确无误。）

她能想象出自己到时候可以如何在采访中插科打诨："我好像总是和左撇子有仇"，或者"左撇子的动作总是出人意料"。（比方说他们会从后面干你，而且是在你告诉他们你不喜欢那种姿势之后，你让他们滚回家去，他们会拿拳头揍你——还会干你最好的朋友。）

想到这里，露丝觉得自己非常了解左撇子，所以她有信心编出一个完美的故事。

当他们的车开上交通繁忙的南部州际公路、不远处即是拐向机场的岔道时，露丝发觉打败父亲并不让她完全满意。十五年来，每当他们一起坐车出去，通常都是露丝开车，但今天不同，在萨加波纳克时，帮她把三个包放进后备厢后，他父亲自告奋勇："不如让我来开车，露西，我两只眼睛都能用。"

露丝并没有争辩。如果她的父亲开车，她随便和他说什么都可以，而他却不能看她——起码在他开车的时候不能看。

露丝告诉他，她是多么喜欢埃迪·奥哈尔，而且在两个儿子去世前，她母亲就打算离开她父亲了，埃迪并没有怂恿她母亲离开，露丝告诉特德，她知道他一手策划了她母亲和埃迪的外遇，他给他们挖了陷阱，他知道玛丽恩对像他儿子的男孩没有抵抗力，而且他也料到埃迪会无可救药地爱上玛丽恩。

"露西，露西……"她的父亲开始说。

"睁大眼睛看路，还有后视镜，"她告诉他，"如果你想看我，还不如停到一边去，让我来开车。"

"你母亲有严重的忧郁症，她自己知道。"她父亲对她说，"她知道她会对你产生可怕的影响，对小孩子来说，父母患有忧郁症是很危险的。”

和埃迪谈话对露丝而言意义重大，然而埃迪告诉她的每句话对她父亲没有丝毫意义，特德已经对玛丽恩本人以及她离开他的原因形成了固定的看法，的确，露丝和埃迪的会见未能使她父亲有所触动，很可能因为如此，露丝头一次非常想要伤害她父亲的感情，于是她决定告诉他斯科特·桑德斯的事。

她是个聪明的小说家，会通过误导的手段让她父亲进入故事，先从她在等车时遇到斯科特讲起，然后讲到他们在壁球场打比赛。

“这么说，你的黑眼圈是他弄的！”她父亲说，“我不觉得意外，他喜欢在球场上乱跑，反手球动作幅度很大——像在打网球。”

露丝按部就班地讲着故事，讲到她给斯科特看她父亲工作室抽屉里的拍立得相片时，她开始用第三人称指称自己，特德不知道女儿清楚这些照片的存在——更不知道她早就对他床头柜抽屉里的安全套和润滑剂了如指掌。

露丝讲到她和斯科特第一次做爱——她告诉特德，她多么希望她父亲能在斯科特舔她的时候回家看到这一幕，所以她故意敞着主卧室的门——的时候，她父亲的眼睛暂时离开了路面，瞥了她半秒钟。

“你最好停下来，让我开车，爸爸，”露丝告诉他，“一只眼睛看路也比没有眼睛看路好。”

他注视着道路和后视镜，听她继续讲述：虾尝起来不太像虾，她不想和他做第二次，她的第一个大错误是骑在斯科特身上的时间太长，她告诉特德的原话是“露丝把他的脑子都操了出来，让他失去了理智”。

她讲到电话铃响起，斯科特·桑德斯从后面进入她——可她告诉过他，她不喜欢这样——的时候，她父亲又把视线从路上移开了，露丝怒道：“听着，爸爸，要是你没法集中精力，就不适合开车，停到一边去，我来开。”

“露西，露西……”特德说不出别的话来，他哭了。

“如果你心情不好，看不清路的话，那更得把车停到一边了，爸爸。”

她描述了她的脑袋是如何一直往床头板上撞的，还有她别无选择，只能用屁股向后推他，后来他又打了她——不是用壁球球拍打的。（“露丝觉得那是一记左直拳，但她没看清他出拳。”）

她蜷在地上，希望他不要一直打她。然后，当她的头不那么晕了，她就到楼下去找到了斯科特的球拍，第一下打中了他的右膝盖。“那是个下盘反手球，”她解释道，“拍子自然是侧着挥过去的。”

“你先打了他的膝盖？”她父亲插话道。

“先是膝盖，然后是脸、两个胳膊肘、两边的锁骨——按照这个顺序。”露丝告诉他。

“打得他不能走了？”她父亲问。

“不能爬，”露丝说，“他可以走，瘸着腿走。”

“上帝，露西……”

“你看见肯尼迪机场的牌子了吗？”她问他。

“是的，我看见了。”他说。

“你看上去就像没看见一样。”露丝告诉他。

然后她告诉他小便时的疼痛，还有她体内那个不熟悉的地方的痛感。“我敢肯定那感觉会消失的，”她补充道，这时她放弃了第三人称的形式，“只要以后别再用那种姿势做爱就可以了。”

“我要杀了那个杂种！”她父亲告诉她。

“何必呢？”露丝问，“你仍然可以和他打壁球——当他又能跑来跑去的时候，虽然他球技不是很好，但你可以和他一起健身——他是个不错的陪练。”

“他实际上强奸了你！还打了你！”她父亲吼道。

“可一切都没改变，”露丝说，“汉娜还是我最好的朋友，你还是我父亲。”

“好吧，好吧，我明白了。”她父亲对她说，他想用旧法兰绒衬衫的袖子擦去脸上的眼泪，露丝特别喜欢这件衣服，因为她父亲在她很小的时候就穿着它，尽管如此，她还是很想告诉他，两只手都不能离开方向盘。

她告诉父亲航班号，让他找到正确的候机楼。“你能看到，对吗？”她问，“达美航空。”

“我能看到，我能看到，我知道是达美，”他告诉她，“我明白你的意思——我明白，我明白。”

“我不觉得你能明白，”露丝说，“别看我——我们现在还没停车！”她不得不告诉他。

“露西，露西，对不起，对不起……”

“你看到‘出境’的标志了吗？”她问他。

“是的，我看见了，”他说，“干得好，露西。”露丝想起，在那个该死的谷仓被她打败之后，他也对她说过这三个字。

当她父亲终于把车停下，露丝说：“开得好，爸爸。”如果她那时知道这会是她和父亲的最后一次谈话，她可能会试着和他言归于好，但她也意识到自己这次真的打败了他，简单的几句安慰并不能让她父亲重新振奋起来，更何况她体内的那种陌生的疼痛感还在纠缠她。

回想起来，露丝认为自己当时哪怕记得亲吻父亲、和他道别，也会让她心里好受一点。

登机之前，在达美航空的贵宾室，露丝给艾伦打电话，他听起来很是担忧，又像是有什么事瞒着她，这让她紧张起来，如果让他知道斯科特·桑德斯的事，不知道艾伦会怎么想。（艾伦永远不会知道斯科特的事。）

汉娜已经接到了艾伦的留言，给他回了电话，但他只是简单地和她说了几句，他告诉汉娜一切都好，他和露丝说过话了，露丝也“很好”，汉娜提议他们出来吃午饭，或者喝一杯——“只是谈谈露丝”——但艾伦告诉她，他期待着见到她和露丝两个人，当露丝从欧洲回来的时候。

“我从来不和别人谈论露丝。”他告诉她。

听到这里，露丝差点对艾伦大叫“我爱你”，但她能从他的语气里听出一些担忧，作为她的编辑，他可瞒不过她。

“有什么事不对劲吗，艾伦？”露丝问。

“嗯……”他嘀咕道，听起来有点像她的父亲，“没什么，真的，可以等你回来再说。”

“告诉我。”露丝说。

“你的读者来信里，有一封比较奇怪，我们一般会把它们转到佛蒙特州，不会拆开来读，可这封信是给我的——收件人写的是你的编辑，所以我就读了，但我发现这封信其实是写给你的。”

“是骂我的吗？”露丝问，“那很正常，还有别的吗？”

“我猜就是这个意思，可它让人不舒服，我觉得你应该看看它。”

“我会看的——等我回来以后。”露丝告诉他。

“也许我可以把它传真到你的旅馆。”艾伦建议。

“写信的人威胁我了吗？他是跟踪狂吗？”露丝问，“跟踪”这个词总会让她起鸡皮疙瘩。

“不，写信的是个寡妇——愤怒的寡妇。”艾伦告诉她。

“噢，这样啊。”露丝说，她想到过这种情况，当她没堕过胎却写了堕胎时，她就收到过那些堕过胎的人的辱骂信，当她没生过孩子却写了生孩子的经过（没结/离过婚却写了结/离婚）的时候……总有亲历者写信来骂她，人们总觉得想象出来的东西不真实，或者坚持认为想象不如个人经历真实，总之就是那套老观点。“看在上帝的分上，艾伦，”露丝说，“如果再有这种信，请你不要再担心了，好吗？”

“这封信有点不一样。”艾伦说。

“好吧，把它传真给我。”她告诉他。

“我不想让你担心。”他说。

“那就别传真给我！”露丝说，然后她又补充了一句，“这个寡妇喜欢跟踪还是骂人？”因为她突然产生了这个疑问。

“听着，我会传真给你的。”他告诉她。

“你需要把这封信交给联邦调查局吗？——它是不是那种信？”露丝问他。

“不，不——不需要。我不这么认为。”他说。

“那就传真吧。”她告诉他。

“等你到旅馆就能看见了，”艾伦承诺道，“一路顺风！”

为什么个人生活被触及的时候，女人就成了最糟糕的读者？露丝想，是什么让一个女人觉得她被强奸（她堕胎、她结婚、她离婚、她失去孩子或丈夫）的那次才是全宇宙唯一真实的经历？还是说露丝的读者大都是女人，而且这群喜欢给小说家写信、把自己的悲惨经历讲给她听的女人恰好是世界上最不幸的那批女人？

露丝坐在贵宾室里，端着一杯冰水冷敷她的黑眼圈，可能因为她恍惚的神情和吓人的伤势，同机的一位旅客——一个喝醉了的女人——过来找她说话，这个女人和露丝年纪相仿，脸色苍白憔悴，表情却很坚毅，她瘦得过分，嗓音嘶哑，似乎是个老烟枪，讲话南方口音，喝醉后吐字更加含糊不清。

“不管他是谁，亲爱的，你最好甩了他。”女人告诉露丝。

“是打壁球受的伤。”露丝说。

“他用壁球打你？”女人嘟囔道，“妈的，那得多狠心！”

“确实狠心。”露丝微笑着承认。

在飞机上，露丝很快喝掉两杯啤酒，当她不得不去小便时，她发现痛感有所减轻，除了她，头等舱只有三个乘客，没人坐她旁边，她告诉乘务员不用给她送晚餐，到了早餐时叫醒她就可以了。

露丝斜靠在椅子上，盖着薄毛毯，尽量让自己在小枕头上躺得舒服一些，她只能仰躺或者朝左侧躺，因为右脸太疼。睡着之前，她最后一个念头是：汉娜又说对了，我对我父亲太苛刻了。（毕竟就像歌里面唱的那样，他只是个男人而已。）

然后露丝就睡着了，她会一路睡到德国，同时徒劳地抵御着各种梦境的入侵。

守寡的余生

全都是艾伦的错。如果艾伦没告诉她有一封愤怒的寡妇写来的奇怪的信，她就不会整夜梦见自己收到辱骂信或者碰见跟踪狂了。

曾经有段时期，读者来信她每封必回，虽然信件数量非常多——尤其是她第一本小说出版后——但她都尽量回复。至于那些不要脸的辱骂信，她根本不在意，只要看出来信的语气有一点不对劲的地方，露丝就把它扔到一边不予理睬。（比如，“总体而言——尽管你有些句子写得并不完整——我还是有些喜欢你的书的，但你对逗号的滥用和对‘但愿如此’这个词的误用最终还是拖垮了我的耐心，读到385页时我放弃了，你购物清单般的流水账写作风格让我决定去读行文比你更好的作者的书”。）谁会勤快到回复这样的信呢?

在提出反对意见的信中，更常见的是对她小说内容的投诉。（“我讨厌你的书，因为你以耸人听闻的手法处理一切，而且你会极力夸大那些不体面的内容。”）

至于所谓“不体面的内容”，露丝知道这些东西对于她的一些读者而言是种冒犯，更何况她夸大了这些内容，露丝·科尔其实也不确定自己是否夸大了那些不体面的地方，她最担心的是，“不体面”已经变得司空见惯，以至于无法加以夸大。

真正令露丝烦恼的是，她习惯了回复那些“好信件”，可正是这些好信件需要你仔细判断究竟是否应该回复，尤其危险的是那些写信人声称自己喜欢露丝·科尔的书，而且其人生也被她的书改变的信。

对于这种情况，存在一种常见的模式：写信者总是宣称自己对露丝的某一本或某几本作品爱不释手，通常还对其中的一个或几个人物有一定的自我认同感。露丝会在回信中感谢这位读者的来信，然后写信者第二次来信，提出一些要求，还经常会附上一部书稿（“我喜欢你的书，我知道你也会喜欢我的书的”），提议和露丝见面。第三封信往往是他们表示自己受到伤害的抱怨信——因为露丝没有回第二封信。无论露丝是否回复第三封信，第四封信必定是骂人的——甚至后面一连跟着好几封辱骂信。

露丝认为，就某种意义而言，她的前粉丝——那些因为没法与她建立私交而感到失望的粉丝——比一开始就讨厌她的读者更可怕。小说的写作要求小说家的隐私得到保障，需要小说家几乎孤立地存在于人群之外。相比之下，一本书的出版则需要大张旗鼓地公开宣传，露丝从来不擅长应付这种情况。

“早上好，”空乘在露丝耳边低语道，“早餐……”露丝被乱七八糟的梦搞得精疲力尽，不过她肚子饿了，难以抵抗咖啡的香味。

过道对面，有位绅士在刮胡子，他面前摆着早餐，手里拿着小镜子，电动剃须刀的声音像昆虫翅膀刮动纱门。这群吃早餐的人下方就是巴伐利亚，随着云层的不断上升，巴伐利亚显得越来越绿，第一缕曙光蒸发掉了晨间的薄雾，夜里下过了雨，飞机在慕尼黑降落时，停机坪仍然是湿的。

露丝喜欢德国，也喜欢她的德国出版商。这是她第三次来德国，一如既往，邀请方事先给她详细解释了行程安排，采访她的记者都读过她的书。

旅馆前台早就知道她要来，已经为她准备好了房间，出版商也送来了鲜花——还有书评的影印件，评价很不错。露丝的德语并不好，但她至少能读懂书评，在埃克塞特和米德尔布里，德语是她修习过的唯一一门外语，她试着讲德语时，德国人似乎很高兴，尽管她说得并不怎么样。

因为这是第一天，她强迫自己保持清醒，坚持到中午，然后打个盹，两三个小时的睡眠应该足以应付时差，晚上她要去弗赖辛参加第一场读书会，周末接受采访后，邀请方派车送她去斯图加特。一切都安排得很清楚。

甚至比她在国内时还清楚！露丝想。这时前台的女服务员对她说："噢，你有一份传真。"她才想起那个愤怒的寡妇的辱骂信，她差点忘了这事儿。

"欢迎来德国！"露丝转身跟着行李员走进电梯的时候，前台的女人对她叫道。

"亲爱的，"在信的开头，愤怒的寡妇这样写道，"这一次你太过分了，也许那篇书评对你的评价是真的，你确实拥有'在一本书中编排大量社会弊病和人类弱点的讽刺天赋'，或者'为了展示我们这个时代的各种道德灾难，你把它们都安排在单个人物的一生之中'。但并非生活中的每件事都可以作为喜剧素材，有些悲剧是无法用幽默的视角来解读的，你太过分了。

"我结婚五十五年了，"寡妇说，（她已故的丈夫可能从事殡仪行业，露丝猜想。）"我丈夫去世时，我的人生仿佛停止了，他就是我的全世界，失去了他我就失去了一切。而你自己的母亲呢？你觉得她会调侃你哥哥们的死吗？你认为这个女人抛弃你和你的父亲，只是为了和生活开个玩笑吗？"（她怎么敢这么说？露丝·科尔想。）

"你写过堕胎、分娩和收养，但你从来没怀过孕，你写过离婚者和寡妇，但你也从来没结过婚，你说寡妇重新回到这个世界是安全的，然而现实中只守一年寡是不可能的，比如我本人就会守一辈子寡！

“霍勒斯·沃波尔曾写道：‘用理性看世界，世界是一出喜剧，用感性看世界，世界是一出悲剧。’但对那些兼具理性和感性的人来说，现实世界是悲剧，只有那些幸运的人才会觉得它是喜剧。”

露丝翻到信的末尾，然后又翻到开头，没发现回信地址，愤怒的寡妇甚至没有署名。

她的信是这样结束的：“我能做的只有祈祷，我也会为你祈祷，以你现在的年纪竟然还没有结婚，这是怎么回事？我会祈祷你早日结婚，至于生不生孩子随你的便，我丈夫和我十分相爱，但我们从来没想过要孩子，孩子可能破坏婚姻。更重要的是，我会祈祷你真的爱你的丈夫——然后你会失去他，我祈祷你以寡妇的身份度过你的余生，然后你就知道你对现实世界的描写是多么的不现实了。”

在应该署名的地方，来信者的落款是“一个用余生守寡的女人”，还有一句令露丝不寒而栗的附言：“我有很多时间祈祷。”

露丝给纽约发传真，让艾伦查看原来的信封上有没有愤怒的寡妇的名字或地址——哪怕能查到寄信的城镇也好。

结果，查到的信息像信件本身一样令人捉摸不透：这封信是有人送到兰登书屋东十五街的办公楼的，前台忘记了送信人的模样，也不记得对方是不是个女人了。

如果这个喜欢祈祷的寡妇已经结婚五十五年，她至少应该七十多岁了，说不定已经有八九十岁，她或许真的有许多时间祷告，不过她的人生应该时日不多了。

露丝几乎睡了一下午，寡妇的来信并没有给她造成多大的困扰，也许这样很正常，如果一本书确实有可取之处，必定会让某些人有挨了耳光的感觉，不能让一位愤怒的老太太的来信毁了我的旅行，露丝想。

她打算散个步，寄几张明信片，然后写日记。除了在法兰克福书展上不太可能休息之外，她决定在逗留德国的其余时间里养精蓄锐，从她的日记和明信片的内容来看，在某种程度上，她确实做到了这一点，甚至在法兰克福的时候也不例外！

露丝的日记和明信片内容选录

弗赖辛的读书会还不错，但无论是我自己还是观众的状态都没有我想象中的好，气氛比较沉闷，此后的晚餐是在一座昔日的修道院（有拱顶）吃的，我喝多了。

每次来德国，在四季饭店这种地方，我都会发现这样的对比：衣着华贵的酒店客人（一本正经的商业阶层）和刻意不修边幅的记者（仿佛故意惹父母不高兴的青少年），这是一个自相矛盾的丑陋社会，与我们的社会相似，比我们复杂，甚至比我们堕落。

不知道是因为时差还是又产生了新的创作灵感，我读不进任何连续性的内容，比如客房服务菜单、酒店的设施清单，还有诺曼·谢利的《格雷厄姆·格林传》，我本来没打算带这本书，一定是无意中塞进了我随身携带的包里。我能读下去的只有那些看上去重要的段落的最后几句，段落当中的某些句子偶尔会跳出来，让我眼前一亮，然而我没法连续着读什么东西，思维总是不断跳跃。

谢利这样写格林："对粗鄙、肮脏、色情和下流的追求开拓了他的广度，从他的日记中也能看出这一点。"我怀疑从我的日记中也能看出这一点，希望如此吧。社会竟然期望（甚至接受）男作家追求粗鄙、肮脏、色情和下流，我觉得恶心。作为作家，如果我也有勇气追求粗鄙、肮脏、色情和下流，对我也肯定有好处，但别人要么会迫使追求这些东西的女人觉得自己可耻，要么嘲笑她们的自我辩护荒唐聒噪，仿佛她们在吹牛一样。

就算我付钱给一个妓女，让我看她如何接客，记录那些见不得人的秘密交易的种种细节……这也是作家分内的事，然而人们却给女作家设下种种限制，好比一个男作家可以有各种风流往事，这些历史甚至使他显得更有魅力，情史丰富的女作家却最好保持沉默，否则就要被人指指点点。

我的潜意识一定在构思一部新小说，时差不是我心烦意乱的原因，我打算描写一位女作家，她比我还要极端——比任何作家、任何女人都极端，她尽一切努力来观察一切，吸纳每一个细节，她没必要非得保持单身，但她相信婚姻会限制她，她并不需要亲身经历各种事情——也不想在性方面冒险——但她愿意做一个旁观者。

假设她付钱给一个妓女，让她观察她接客的过程，假设她不敢一个人做这件事——比如带上了她的男朋友（当然，这是个“坏男朋友”），结果因为观察妓女的生活，这个男人做出一些非常可耻的事，让女作家决心改变自己的人生。

虽然描写了卑鄙下流的事件，但这部小说的主要目的是展示性别的不平等：女性作家在观察生活的过程中偶遇突发事件，以致引火烧身，而这件事——跟妓女有关——如果发生在男作家身上，则根本不会引发当事人的羞耻感，他也不会被人指责为堕落。

格林的传记作者诺曼·谢利指出，“小说家有权——也需要——利用自己或他人的经历。”谢利先生认为，小说家可以冷酷无情地运用这项“权利”，为了满足“需要”，可以不择手段，然而观察和想象之间的关系并非只有单纯的残酷那么简单，必须想象出好故事，细节必须逼真，为了做到这一点，可以引入真实的细节，这样做固然高估了个体经验，但观察是绝对有必要的。

所以，我的反常绝非时差所致，而是因为一部小说即将成形，它从雇用妓女开始，传统观念认为这样做是可耻的——不，应该从描写那个坏男朋友开始！我当然会把他写成左撇子，而且头发是金红色的……

汉娜老是告诉我，我不应该仅仅因为生物钟的时间到了而结婚，结婚（或不结婚）需要“正确”的理由，不应该听从身体的指挥，因为你的身体不过是想要个孩子，我受够了这种说法了。汉娜也许天生不受生物钟的影响，但除了生小孩，她对自己的身体的其他要求可都是唯命是从。

露丝寄给汉娜一张印有慕尼黑市场摊位上陈列的各种香肠的明信片，并在留言中写道：我原谅你，可是你太容易原谅你自己了，你总是这样。爱你的露丝

从慕尼黑乘车到斯图加特的旅程；Schwäbische Alb的发音；种植红蓝绿卷心菜的农场。我在斯图加特住的旅馆位于席勒大街，那是一家有许多玻璃的现代化酒店。Schlossgarten的发音。

斯图加特的读书会结束后，年轻观众提出的问题都是关于美国社会的，因为他们认为我的书抨击了美国社会，他们请我尽情表达他们所谓的我的反美立场（采访我的人也曾这样鼓励我），因为东西德国迟迟不统一，他们还想知道我对德国人的看法，比如：“美国人一般怎么看德国人？”“美国人希望德国统一吗？”

我告诉他们，我宁愿谈论怎么讲故事，可他们不同意，我只好说，我对他们感兴趣的事情不感兴趣，他们不喜欢我的回答。

在新小说里，妓女的年纪应该比较大——不会让女作家觉得畏

惧，她的坏男朋友却想要比这个妓女更年轻、更漂亮的女人，读者虽然知道这个男朋友不是什么好人，但女作家暂时看不到这一点，她专注于观察妓女的生活——不只包括她的客人、机械的性交动作，还应该有房间内部的各种细节。

故事应该发生在阿姆斯特丹，因为：首先，那里的妓女是合法的；其次，我要去那里；第三，因为我的荷兰出版商是个好人，我可以说服他陪同我观察妓女。

不，你真蠢——观察妓女这种事，你只能一个人做。

我喜欢艾伦的哪些方面：主要是他的侵略性（我也喜欢他的适可而止），还有他的批评，至少是对我写作的批评，和他在一起，我可以做我自己。他容忍我、原谅我（也许过于容忍）。和他在一起，我有安全感，我可以做更多的事、读更多的书、从他那里得到更多。他不会强迫我。（他从来都没有强迫过我。）他会是一个好父亲。

我不喜欢艾伦的哪些方面：他会打断我，但他谁都会打断，他的吃相让我难堪，使我进一步怀疑他的做爱习惯也让人恶心，还有他手背上的毛——啊，不能再想了！

在寄给艾伦的一张明信片（印的是1885年戴姆勒在斯图加特的梅赛德斯–奔驰博物馆的照片）上，露丝写道：你需要一辆新车吗？我想和你开车出远门。爱你的露丝

从斯图加特飞到汉堡，从汉堡乘车到基尔，沿途有很多牛，我们在石勒苏益格–荷尔斯泰因州，荷斯坦奶牛的老家。司机是出版商的销售代表。我总能从销售代表那里学到东西。这位销售代表解释说，德国读者希望我更“政治化”，他还告诉我，因为社会评论都是政治化的，所以我的小说也很政治化，他说：“你的书很政治化，你却不是政

治化的人！”

我不知道这样说是批评我还是客观陈述事实，但我认为他说得对，在基尔艺术馆的读书会上，观众们就提出过这样的问题，这批观众很不错。

但我没有回答，反而试图转移话题，谈谈如何讲故事。我告诉他们：“我就像一个制作家具的工人，所以我们还是谈谈怎么做桌子和椅子吧。”从他们的表情中，我看出他们希望听到更复杂、更有象征意义的阐释。“我准备写一本新小说，”我说，“讲一个女人决定结婚，不是因为她遇到了真心想嫁的人，而是因为她厌烦了交往各种坏男朋友。”只有少数的观众笑了，于是我又用德语说了一遍，笑声多了起来，但我怀疑他们是在嘲笑我的德语。

“这可能是我的第一部以第一人称进行叙述的作品。”我告诉他们。这时我发现他们彻底失去了兴趣，无论我讲英文还是德文都无济于事。“我打算叫这本书《我的最后一个坏男友》。”（把书名转换成德语后，我发现效果很可怕：Mein letzter schlimmer Freund，观众们不但没笑，反而很失望，因为它听起来就像是一本讨论青少年问题的书。）

停下来喝水的时候，我看到有观众离开了会场，后排的走得尤其多，留下来的人也在痛苦地等待我讲完，我没有信心告诉他们我打算写一位作家，因为这样恐怕会彻底打消他们的兴趣，而且我已经讲了太多关于叙事技巧和视角的内容，连我自己都厌烦通过谈论自己的本职工作来取悦他们了。

从我在基尔的酒店房间可以看到海湾里的轮渡，它们往返于瑞典和丹麦，也许有一天，我可以和艾伦去坐坐那些轮渡，也许有一天，我可以和丈夫、孩子一起旅行，还得带个保姆照顾孩子。

关于我要写的那位女作家：她真的相信婚姻意味着她再也不能自由地观察世界了吗？如果她已经结婚，可以和丈夫一起找妓女谈谈啊！对于一位女作家，丈夫可以给她带来更多自由观察的便利，也许我要写的这位女性并没有意识到这一点。

不知道艾伦会不会拒绝和我一起观察妓女接客。他当然不会拒绝的！

然而我真正需要邀请的同伴应该是我的父亲。

在寄给她父亲的明信片（印的是汉堡红灯区的妓女在窗口拉客）里，露丝写道：想你，爸爸。对你说了那样的话，我很抱歉，那太恶毒了。我爱你！露西

从汉堡飞往科隆，从科隆驱车前往波恩，庄严宏伟的大学。

观众中第一次有人问起我的眼睛。（所有采访我的记者都问过我。）提问的是个年轻女人，看上去像个学生，她的英语几乎称得上完美。

"谁打的你？"她问。

"我父亲。"我告诉她。观众们全都安静下来。"用他的胳膊肘，我们当时在打壁球。"

"你父亲很年轻？可以跟你一起打壁球？"年轻女子问。

"不，他没那么年轻，"我告诉她，"但他的身体很好。"

"那你接下来一定打败了他。"学生说。

"是的，我打败了他。"我说。

然而读书会结束后，那个女人给我一张纸条，上面写着："我不相信你，是别人打的你。"

我也喜欢德国人的这一点：他们会自己得出结论。

当然，如果我写一本关于女作家的第一人称小说，那些书评人难免会给它贴上“自传”的标签，以此宣扬他们的结论：我是在写我自己。但我不能因为担心作品出版后会引起某种反应而回避特定的写作方式。

艾伦很可能会抱怨我连写两本关于女作家的小说，但他也说过，编辑不能建议作者写什么或者不写什么，我当然要提醒他这一点。

对于这部新小说，更重要的是：坏男朋友到底做了什么，才会让女作家在观察妓女接客后产生了羞耻感？究竟发生了什么事，使她下决心要改变自己的人生？

看过妓女接客之后，男朋友可能一时兴起，想和女作家做爱，结果让她觉得他做爱的时候想的是别人，不过这无非是一次令人不快的性经历而已，刺激她的必须是更可怕、更羞辱的事件。

在某种程度上，比起实际写作，我更喜欢小说构思的阶段，因为存在各种可能性，而等我敲定了细节和语言之后，选择的机会就没有了。

究竟要不要寻找我的母亲？希望有一天她会来找我。我的人生中还剩下哪些重大事件？我的意思是，这些人生大事可能会促使她来找我——我父亲去世、我的婚礼（如果我结婚的话）、我的孩子出生（如果我生的话）。（即便我想生孩子，也会只生一个。）也许我应该公开宣布我要和埃迪·奥哈尔结婚，这样或许能引起她的注意，不知道埃迪是否愿意配合——但他肯定也希望见到她！

在寄给埃迪·奥哈尔的明信片（科隆大教堂的壮丽穹顶）上，露丝写道：与你见面和交谈……迄今为止，那是我人生中最重要的一夜。我希望很快再次见到你。你诚挚的，露丝·科尔在寄给艾伦的另一张明信片（莱茵河畔的宏伟古堡）上，露丝写道：亲爱的编辑，请帮我从中选择一个书名：《她的最后一个坏朋友》还是《我的最后一个坏男友》？无论选哪个我都会喜欢。爱你的露丝

又及：为我买下这栋房子，我就会嫁给你。但我觉得无论怎样我都会嫁给你！

从波恩到法兰克福的火车上，我又想出一个新小说的标题，也许它比《我的最后一个坏男友》更有吸引力，但这只是因为使用这个题目，我可以继续用第三人称写书。《她见到的和她不知道的》——我猜它有点长，而且太直白，也许在中间加个分号更准确：《她见到的；她不知道的》，我猜得出艾伦会怎么看待加了分号的标题，他不喜欢我用分号，“现在没人知道分号是什么意思了，”他说，“如果你不经常读十九世纪的小说，说不定会以为逗号上面那个点是印刷错误——分号只会让读者分心。”尽管如此，我还是想和他结婚！

从波恩到法兰克福用了两个小时，我在法兰克福待的时间最长，要忙的事也最多。只有两场读书会，但有好几场访谈，在书展上还要参加小组讨论，这正是我所纠结的，因为讨论的主题是德国的统一。

“我是小说家，”我无疑会在某个时刻抛出这句声明，“我只是个讲故事的。”

从名单来看，参加小组讨论的人包括其他书的作者，他们都是来书展宣传作品的，其中一位是个有名的美国男作家，自认为智商很高，还有一位美国女作家，没那么有名，但也没那么自命不凡，可她的观点应该属于“色情作品侵犯了我的公民权利”那一类。（她很可能已经写过《少儿不宜》这本书的评论，而且很可能抨击了它）。

还有一位年轻的德国小说家，他的作品在加拿大被禁了，因为

有人指控书中存在淫秽内容——其实很可能没有那么严重。这位小说家书中的一个人物喜欢和鸡发生关系，结果在豪华酒店里被人撞见了——酒店工作人员听到他的房间里传出可怕的鸡叫声，清洁女工还在现场发现了很多鸡毛。

和小组的其他成员比起来，这位德国小说家算是有趣的了。

“我是个幽默小说家。”我也会在某个时刻抛出这一句，我总是这样。半数观众（以及半数以上的小组成员）会认为我的意思是“我不是个严肃小说家”，幽默的风格不是经过选择得来的，你可以选择情节，也可以选择没有情节，可以选择人物，但幽默不是个选择，是自然流露的东西。

另外一位小组成员是个英国女人，她写了一本关于找回记忆的书——找回她的记忆。有天早晨，她醒来时突然“想起”自己曾经被父亲强奸过，她的哥哥、叔叔们，甚至她爷爷也强奸过她！每天早晨醒来时，她都会“想起”某个人曾经强奸过自己。她的日子一定过得很累吧！

无论小组讨论多么热烈，年轻的德国小说家脸上总是挂着淡漠的表情——似乎正在思考什么宁静浪漫的主题，很可能跟鸡有关。

“我只是个讲故事的，”我会再说一遍（还会重复很多遍），“我不擅长总结概括。”

可能只有那个恋鸡癖理解我，他会给我一个友好的眼神，甚至还有点色眯眯的，仿佛用眼睛告诉我：要是你身上长着红棕色的羽毛，看上去会漂亮很多。

我在法兰克福黑森州酒店的小房间里喝了一杯不算太凉的啤酒，午夜一过，日历翻到了十月三日：德国统一了。我在电视上观看了波恩和柏林的庆祝活动，在这历史性的时刻，我独自待在酒店房间里，对于德国统一，我又能说些什么呢？无论说什么，这件事都已经发生了。

我咳嗽了一整夜，今早给出版商打了电话，又给宣传方打电话，不去参加小组讨论让我觉得有些不好意思，但我必须保护自己的声带，为读书会做准备。出版商送来更多的花，宣传方给我一包咳嗽药——“从瑞士高山药草中提取的精华”，现在我在采访中咳嗽时，可以闻到我呼出的气息有着柠檬和野生百里香的味道，我以前咳嗽的时候可从来没有这么幸福过。

在电梯上，我遇到了那个可怜的英国女人，从她的模样看，她今早醒来时一定又想起了某个强奸者的名字。

在黑森州酒店吃午餐时，德国小说家坐在另一桌，有个女人在采访他，她今天上午采访了我。午餐时采访我的是个比我咳嗽得还厉害的男人。当我一个人坐着喝咖啡时，年轻的德国小说家循着咳嗽声看向我——似乎我的喉咙里有根羽毛。

我真的很爱我的咳嗽，我可以借机长时间泡澡，想想我的新小说。

在电梯上，那个自视智商甚高的小个子男人——他的身材好似一只鼓胀的氦气球——咄咄逼人的美国男作家不满地看着我，仿佛我这样的人走进电梯就是对他的冒犯。

“你没参加小组讨论，他们说你病了。”他告诉我。

“是的。”

“来这里的人都会生病——这是个可怕的地方。”

“是的。”

“但愿你不要传染我。”他说。

“但愿不要。”

“我可能已经生病了，我在这里已经待得够久了。”他补充说。像他的书一样，他说的话也含糊不清，他是说自己在法兰克福待了很久，还是说在电梯里待了很久——以至于受到了我的传染？

新小说里的女作家应该和她金红色头发的男朋友在法兰克福书展

上相遇，坏男朋友也是个小说作家——而且非常保守，只出版过两本短故事集——故事经不起推敲，已经被人遗忘，销量也很少，但因为经常被默默无闻的蹩脚书评家吹捧，他找回了一定的自信。

女作家应该是写那种“大”小说的人，其作品是对那些所谓的智慧谚语的恶搞，她和男朋友互相受不了彼此的作品，两人之间的互相吸引的地方只有性。

他应该比她年轻。

他们在法兰克福相识，他跟着她去了荷兰，她要在荷兰宣传她的书的荷兰语译本，他没有荷兰出版商——而且在法兰克福时远远没有她引人注目，虽然她没有注意到这一点，但他注意到了。他在学生时代来过阿姆斯特丹（夏令营），以后再也没来过，他记得这里有妓女，他想带她去看妓女，也许还可以看到现场色情表演。

“我不想看什么现场色情表演。”女作家说。

付钱给妓女、让他们看她接客可以是他的主意，“这样我们就能看到专场色情表演。”他说，而且故意表现出心不在焉的样子，以此暗示她可能比他更感兴趣。“作为作家，”他说，“我们看这个是为了做研究。”

当他们来到阿姆斯特丹，他护送她穿过红灯区，一直表现得很轻松很无所谓，“我不想看她做那种事——因为她看起来有点像性奴。”虽然嘴上这么说，男朋友会让她觉得观看妓女接客只是为了找乐子，没什么大不了的，让她以为最困难的问题无非是如何控制他们的笑——因为他们当然不能在偷看妓女接客时笑出声来，被客人发觉。

但我想知道的是，妓女要怎么把他们藏起来才能不被别人发现？

我会研究这个问题，我可以请我的荷兰出版商和我一起去红灯区转转——毕竟游客们也会这样做，他接待过的所有女作家很可能都向他提出过这样的要求：我们都希望有人陪我们参观那个肮脏、下流、色情、离经叛道的地方。（上次我去阿姆斯特丹的时候，一位记者和我到红灯区散过步，而且那是他的主意。）

所以我可以看看那些女人，我记得她们不喜欢女人看她们，但我相信我会找到一两个不会被我吓到的女人——然后我可以一个人回去找她们，对方必须讲英语，或者至少能说一点德语。

找到一个这样的妓女可能就已经足够了，只要她喜欢和我说话。我能想象出那幅情景。此外，最重要的是我笔下的女作家的遭遇，她在躲藏时遇到了什么？假设她男朋友那时想和她做爱——或者就在躲藏的地方当着她的面自慰——而她既不能反对，又无法躲开他，否则就会被妓女的客人发现。（假设是这样，他是怎么自慰的？这又是个问题。）

也许讽刺之处在于，虽然遭人利用，妓女至少得到了报酬，女作家却是花钱被人利用，所以作家必须脸皮厚——这话绝对不是讽刺。

艾伦打来电话。我故意咳嗽给他听，虽然我们现在没法做爱——我们中间隔着大西洋——但我觉得就像和他做爱一样。女人真是变态！

我没告诉他新书的构思，一个字也没提，否则我那些明信片就白寄了。

在另一张给艾伦的明信片（法兰克福书展的航拍照片，据说有来自100多个国家的5500多名书商参展）上，露丝写道：再也不愿离开你。爱你的露丝

在从法兰克福飞往阿姆斯特丹的荷兰皇家航空公司的航班上，我的咳嗽和黑眼圈几乎同时消失了，只是喉咙后面有点痒，右眼和右颧骨稍微有点黄绿色，已经完全消肿了，不仔细看不会发现我受过伤，就像我的咳嗽一样微不可察。

这副形象找妓女正合适，我可以借题发挥编造故事，同时不会引

起太多注意。

手上的阿姆斯特丹旅游指南告诉我，红灯区又称“小围墙区”，十四世纪的时候就合法了，文献记载，那里的“女孩穿着暴露，在店铺窗口搔首弄姿”。

为什么大多数关于肮脏、污秽、色情和下流的描写都带有一种令人难以置信的优越感呢？（调侃打趣的语气其实和冷漠一样，体现了一种居高临下的姿态。）我认为，针对“不体面”现象的任何调侃或者冷漠的态度通常都是装出来的，因为人们要么被这样的现象吸引，要么不赞成，或是二者兼有，然而我们却故意通过假装调侃或冷漠来贬低那些“不体面”的现象，反衬自己的高尚。

“每个人都有性怪癖，至少有一种。”汉娜曾经告诉我。（但如果汉娜也有一种性怪癖的话，她从来没告诉过我那是什么。）

在阿姆斯特丹，我也要完成许多责任，但我有足够的自由时间做我需要做的事情，阿姆斯特丹毕竟不是法兰克福，没有哪里比法兰克福更糟的了，而且，老实说，我迫不及待地想和我的妓女见面！这项研究中的羞耻元素恰恰是最令人兴奋的东西，不过，我当然是以客户的身份去见她，我已经准备好了——我等不及要把酬金给她了。

在又一张给艾伦的明信片（露丝是从史基浦机场把它寄出的，所以和前面的几张不一样，她寄给父亲的那张明信片上的妓女是德国的，这张明信片上印的是阿姆斯特丹的红灯区：酒吧和性商店的霓虹灯倒映在运河中，男人们穿着雨衣，照片前景那扇被灯光染成紫红色的窗户里有个只穿内衣的女人……）上，露丝写道：忘记早前的问题吧，我决定叫它《我的最后一个坏男友》，第一人称叙事。没错，她又是个女作家。不过请相信我！爱你的露丝

第一次见面

露丝·科尔第三次前往阿姆斯特丹，本来是为了给荷兰语译本的《少儿不宜》做宣传，但她现在觉得，为她新书中的妓女故事搜集素材才是此行的主要目的，但她还没来得及把自己的新计划告诉荷兰出版商马丁·舒霍顿，她亲切地称呼他“名字里有两个a一个e的马丁”。

露丝第一次来是给《还是那家孤儿院》的荷兰语译本做宣传——虽然她连荷兰语的书名都不会读，那时她住在王子运河旁边的一家破败但迷人的旅馆里，在房间里发现了一个藏有很多大麻的小抽屉，她本想把内裤放进那个抽屉的。大麻很可能属于以前的客人，但初来乍到的露丝却怀疑大麻是坏心眼的记者为了捉弄她而栽赃在这里的。

前面提到的马丁向她保证，在阿姆斯特丹，拥有大麻并不犯法，也没有必要因此尴尬。露丝很快就爱上了这座城市：运河、桥梁、所有的自行车、咖啡馆和餐馆。

第二次来访是为了宣传荷兰语的《西贡陷落前》，这一次露丝终于学会了读荷兰语书名，她觉得很高兴。她住在城市另一个区的水坝广场上，旅馆离红灯区很近，一位记者自告奋勇，带她去看窗户里的妓女，她永远忘不了那些只穿胸罩和内裤的女人在大中午就开始叫嚷着招揽客人的样子，还有成人用品店里展示的“特价SM玩具”。

露丝记得那家商店的天花板上用红色吊袜带挂着橡胶做的仿真女性器官，如果没粘那撮假阴毛的话，很像一只吊起来的煎蛋饼，还有鞭子、用皮绳拴在假阳具上的铃铛、各种尺寸的灌肠器和橡胶拳头。

但这都是五年前的事了，露丝尚不确定这里是否有所变化，她现在住在另外一家酒店里，既不时髦，服务也不到位，比如，露丝所在的楼层有一间客人使用的早餐室，但里面的咖啡是冷的，橙汁却是温的，羊角包一碰就碎，只适合拿到附近的运河旁边喂鸭子。

酒店在一楼和地下室设有健身房，有氧健身操教室播放的音乐，楼上几层的客房都能听到——浴室管道的传音效果很好，还能跟着超重低音发出震动。露丝估计，荷兰人在运动的时候大概很喜欢听吵闹而缺乏变化的摇滚乐，她将其归类为无节奏说唱乐，歌手通常是欧洲男性，讲英语时外国口音浓重，不停地重复着某个短句，比如有一首歌就反复唱道：“我想和你碎。”另外一首歌则强调：“我想碎你。”

看了一眼健身房之后，露丝健身的兴趣全无，那里简直是个打着健身旗号的单身酒吧，她也不喜欢那种有意识的枯燥健身方式：动感单车、跑步机、爬楼梯机。对面就是有氧健身教室，无论你在哪里，都能看到跳有氧操的人在镜子的包围中上蹿下跳，让你不由得幸灾乐祸地期待他们最好扭伤脚踝或者心脏病发作。

露丝决定去散个步。酒店周围的区域对她来说很新奇，她实际上比想象中更接近红灯区，然而她散步的方向与红灯区相反，先是穿过了第一条水道，然后转到一条漂亮的小街上——科西普街——在那里，她惊奇地发现了好几个妓女。

在一个看上去很整洁的住宅区里，敞着五六扇窗户，窗子里站着只穿内衣的性工作者，全是白人女性，虽然不都是美女，但她们看上去日子过得还不错，大多数比露丝年轻，可能其中的两个和她年龄差不多，露丝呆愣地站在那里，一位妓女忍不住笑了起来。

当时已经快到中午了，露丝是这条街上唯一的女性行人，另外三个男人都在各自打量着他们感兴趣的妓女，露丝没想到她会在一个不像红灯区那么肮脏下流卑鄙的地方邂逅妓女，这个发现鼓励了她。

她又来到贝尔格街，再一次出乎意料地见到了更多妓女，那条街非常安静整洁，最初的四个女孩年轻漂亮，根本不在意她。露丝注意到一辆缓缓行驶的汽车，司机在专心打量窗户里的妓女，然而露丝这次并非唯一的女性行人，她前面还有一个女人，穿得和她差不多：黑色牛仔裤、黑色坡跟麂皮鞋，她也和露丝一样穿着男性化的皮夹克，不过夹克是深棕色的，还戴着一条真丝的涡纹围巾。

露丝走得很快，差点超过那个女人。女人挎着一只帆布购物袋，里面有一只大号矿泉水瓶和一条面包，她漫不经心地回头看了露丝一眼，温和地直视她的眼睛。这个女人没有化妆，甚至也没涂口红，大约不到五十岁的样子，经过妓女们的窗口时，她朝每一个人挥手微笑，快要走到贝尔格街尽头时，那儿有一扇拉着窗帘的窗户，女人突然站住，打开了窗户旁边的门，进去之前，她本能地看看身后，好像已经习惯被人跟着了，这时她又看了露丝一眼——这次的眼神更好奇，甚至还带着一丝嘲弄和挑逗，这个女人也是妓女！看来她要工作了。

露丝又回到科西普街的妓女那边，她发现街上的男人多了起来，但没有人看她，他们也不会互相看，其中的两个她竟然还认识：他们也是从贝尔格街兜回来的，露丝想知道他们会这样来回挑选多少次，这也是她需要收集的信息。

虽然在这样一条令人愉快、没有威胁的街上单独采访妓女对她来说更容易，露丝还是觉得她小说中的人物——那个女小说家和她的坏男朋友——最好还是到红灯区的破房子里找妓女，毕竟只有那种可怕的经历才会让她觉得堕落和羞耻，这样的事发生在肮脏龌龊的地方才更有气氛。

这一次，科西普街的妓女们记住了露丝，有人甚至朝她微微点头，方才取笑过露丝的那个女人向她投来不友好的冷酷目光，但只有一个妓女朝她做出指责的手势，她的年纪和露丝差不多，但胖了不少，金发是染的，她伸出食指指点着露丝，凶巴巴地眯着眼睛，有点像生气的小学女老师，但这个胖女人的假笑里还有些揶揄的成分——她可能以为露丝是个女同性恋。

再次转回贝尔格街，露丝慢慢向前走着，希望那个老一点的妓女能有时间打扮好——或者干脆脱掉碍眼的衣服，就像其他只穿内衣裤的妓女那样，在窗户里摆好姿势。一个比较年轻漂亮的妓女公开朝露丝抛了个媚眼，这种嘲弄的招呼方式让她莫名其妙地兴奋起来，以至于走到那个老妓女眼前时都没能认出她来，这也难怪，那个女人已经完全换上了工作时的行头，与几分钟前那个挎着购物袋的普通妇女判若两人。

只见她站在敞开的房门里面，一头红发，神色快活，酒红色的唇膏搭配着深紫色的胸罩和内裤，手上戴着一只金表，脚蹬三英寸的黑色细带高跟鞋，现在她显得比露丝高了。

窗帘是拉开的，露出屋里的一只黄铜底座的老式吧台凳，底座擦得光灿灿的，但妓女却没有坐在上面，反而在搞卫生，她刚刚扫走门口的一片黄叶，继续拿着扫帚寻找更多的落叶，见露丝过来，妓女仔细地从头到脚打量着她，仿佛露丝才是贝尔格街的站街女，而她是个衣着保守、忙于家务的家庭主妇，这时露丝才意识到自己已经停住了脚步，眼前的红发妓女正在朝她点头，露出欢迎的微笑，然而由于露丝一直没有勇气开口，妓女的表情变得疑惑起来。

“你会说英语吗？”露丝不假思索地问。

妓女似乎被她逗乐了。“说英语没问题，”她说，“同性恋也没问题。”

“我不是同性恋。”露丝告诉她。

“那也没关系，”妓女说，“这是你第一次和女人做吗？我知道该怎么办。”

“我什么都不想做，”露丝连忙澄清，“我只想和你谈谈。”

妓女变得不自在起来——仿佛“谈谈”属于一种极端变态的行为，她必须和这种行径划清界限。“你必须多付钱，”红头发女人说，“谈话可能需要很长时间。”

看来性行为比谈话更受欢迎，露丝有些不知所措，“噢，我当然会为你的时间付钱。”她告诉红头发，红头发小心翼翼地研究着露丝，不过不是评估她的身材，而是在猜测她的衣服值多少钱。

“每五分钟七十五荷兰盾。”红头发说，她已经确定，露丝的衣服虽然单调乏味，但价值不菲。

露丝拉开提包，拿出她不熟悉的钞票，七十五荷兰盾是不是大约等于五十美元？谈五分钟就要花这么多钱！（可是就妓女通常情况下提供的服务而言——和谈话的耗时一样多——这些钱似乎也不算多。）

“我叫露丝。”露丝紧张地说，她伸出手，但红头发只是笑了笑，没和她握手，而是拽着她的夹克袖子，把露丝拉进她的小房间里，两人都进去以后，妓女锁上门，拉好窗帘，在这个狭小的空间里，她身上浓郁的香水味和她近乎全裸的身体一样具有强烈的冲击力。

房间里的装饰全是红色的，厚重的窗帘是红褐色的，宽幅地毯是血红色，还有淡淡的地毯清洁剂的气味，单人床上整齐地铺着印有玫瑰花瓣图案的老式床罩，唯一的枕头套着粉红色的枕套，一条和枕套深浅不同的粉红色浴巾对折铺在床中央，显然是为了保护床罩的，床边的椅子上摆着一叠这样的浴巾，看起来很干净，也有点破旧——就像这个房间一样。

红色小房间里挂了一圈镜子，像酒店的健身俱乐部一样讨人嫌，屋里灯光昏暗，以至于露丝迈步的时候都无法通过影子看出自己是向前走还是向后退。（当然，镜子里面也有红发妓女的无数个倒影。）

红头发妓女看也没看就一屁股坐在床上，恰好落在那条浴巾中央，她交叉着脚踝，拿高跟鞋的鞋跟支撑着双脚，双手搁在大腿上，身体前倾，这个姿势一看就很老道，可以凸显她形状漂亮的乳房，让客人顺着紫色的低胸胸罩边缘瞥见她的乳沟和小小的紫色乳头，她的比基尼式内裤在她的胯部勾勒出一个狭长的V形轮廓，露出她小腹上的妊娠纹，她显然生过孩子，至少生过一个。

红头发指了指一张表面凹凸不平的安乐椅，示意露丝坐下，然而椅子太软，露丝几乎陷在里面，向前倾身的时候，膝盖会碰到胸部，她需要双手紧握扶手才能不掉进坐垫里面。

“这张椅子很适合干口活，”妓女告诉她，“我叫德洛丽丝，”她又补充道，“但朋友们都叫我罗伊。”

“罗伊？”露丝重复道，试着不去琢磨红头发在这张表面开裂的椅子上究竟干过多少次口活。

“就是‘红色’的意思。”罗伊说。

“我明白了，”露丝说，慢慢移到口活椅的边缘，“其实我是想写一部小说。”她刚开始表明意图，妓女就从床上跳了起来。

“你没说你是记者，”罗伊-德洛丽丝说，“我不和记者说话。”

“我不是记者！”露丝叫道，（这样的指控让她很伤心。）“我是小说家，我写书，就是那种编造出来的故事书，我需要考察一些细节。”

“什么细节？”罗伊问，她不打算坐回床上，而是在屋子里踱步，她的动作让小说家有更多的机会看清楚妓女工作场所的布置：里间的墙上有个小洗手池，旁边是个坐浴盆，（当然，镜子里有许多个坐浴盆的倒影。）坐浴盆和床之间的一张桌子上，放着一盒纸巾，还有一卷手纸，一只貌似医疗用具的白色搪瓷托盘里摆着各种或熟悉或陌生的润滑剂，还有一只超大号的假阳具，旁边有个白色的垃圾桶，盖子是通过踩踏板打开的，也很像医院用的东西，透过一扇虚掩的门，露丝看到黑乎乎的厕所，马桶上安着木头垫圈，拉动铁链冲水。口活椅和顶着猩红色灯罩的落地灯旁边有张小桌子，上面摆着干净的空烟灰缸和盛满安全套的柳条筐。

这些都是露丝需要了解的细节，还有房间里那个没装满的衣橱：里面歪斜地挂着几件连衣裙和睡袍、一件皮背心，衣架胡乱搭在一起，仿佛它们也是以各种姿势吸引客人的妓女。

连衣裙和睡袍——更不用说那件皮背心——显然更适合比罗伊年轻的女人，但露丝根本看不出来，因为她本人很少穿连衣裙，睡觉时喜欢穿内裤和超大号的T恤。（至于皮背心，她永远不会考虑穿这种东西。）

露丝开始讲述她的故事。“假设一男一女来找你，他们想付钱看你接客，你会不会同意？你这么做过吗？”

“所以这就是你想要的，”罗伊说，“你为什么不直接告诉我呢？我当然会同意——当然也做过，你怎么不把男朋友带来呀？”

“不，不——我没和男朋友一起来。”露丝说，“我不想看你接客——我能想象出来。我只想知道你会怎么安排这种事，还有这种事常不常见，我是说，有多少人向你提出过这样的要求？我猜单身男人比情侣更有可能要求你这么做，至于单身女人就更……更少见了。”

“没错，”罗伊说，“大部分是男人，一个人来的，也有情侣——每年只有一两对。”

“单身女人呢？”

“如果你希望这样，我当然同意，”罗伊说，“我偶尔也会遇到这样的女人，但不经常，大多数男人不在乎是否有别的女人参观，倒是参观的那个女人不希望被人看见。”

房间里又热又闷，露丝想脱掉皮夹克，但在目前的情况下，只穿一件黑色真丝T恤似乎有些无耻，所以她只拉开了夹克的拉链。

罗伊走到衣橱前，衣橱没有门，木钉上挂着一块印花棉布帘子——图案是秋天的红叶。罗伊拉上帘子，挡住里面的衣服，只有鞋子露出来：她摆了六双高跟鞋，尖头全部朝外。

“你可以站在衣橱里，鞋尖朝外，和这些鞋一样。”罗伊说，她躲到门帘后面，露丝只能看到她脚上的鞋，很难看出它们和衣橱里的其他鞋子有什么区别，必须找到罗伊的脚踝才能分辨得出。

“我明白了。”露丝说，她想站到衣橱里，试试能不能看见床，透过门帘的窄缝，也许很难看到床。

罗伊仿佛读懂了她的心思，她从帘子后面走出来。“你过来试试。”

露丝不得不擦着红头发的身体走过去，钻到帘子后面，房间太小了，两个人同时移动时，根本无法避免身体接触。

露丝站在两双高跟鞋中间，透过门帘的窄缝，她可以清楚地看到床铺中央的粉色浴巾，从正对这边的镜子里，露丝还能看见衣橱，她必须仔细端详才能辨认出自己的鞋子，而且根本看不到她自己——连门帘缝隙里的眼睛都看不见，更不用说她的脸了，除非她活动，就算是活动了，外面的人也看不出衣橱里有动静。

不用扭头，只需转动眼珠，露丝就能看到水池和坐浴盆，还有医用托盘里的假阳具（以及各种润滑剂），但口活椅的扶手和靠背挡住了她的一部分视线。

“有观众在场的时候，如果客人想口交，我可以在床上给他做，”罗伊说，“你是在想这个问题吧……”

露丝在衣橱里待了还不到一分钟，她没有注意到自己的呼吸变得急促起来，也没觉得旁边衣架上的那件金色连衣裙搔得她脖子发痒，她只知道喉咙有点不舒服——大概是想咳嗽，或者感冒了。当一件珍珠灰色的睡衣从衣架上滑下来的时候，她吓得心跳差点停了，甚至觉得自己从小的想象成了真：死在衣橱里。

“要是你愿意继续待在里面，”罗伊说，“我就拉开窗帘，坐在窗户前面，但现在这个时候的客人比较少，大概需要半小时才能招来一个，也许最多需要四十五分钟，当然，你还得另外付我七十五荷兰盾，刚才已经占用了我很多时间了。”

露丝踉踉跄跄地钻出衣橱，急忙叫道：“不！我不想看！我只想写个故事！是关于一对情侣的。女的和我年纪差不多，男的说服她来做这种事——她交了个坏男朋友。”

露丝尴尬地发现，她把红头发的一只鞋子踢到了房间对面，罗伊捡回那只鞋，跪在衣橱前面，把六双鞋子依次摆好，尖头朝外。

“你真是个怪人。”妓女说。两人尴尬地站在衣橱旁边，仿佛在欣赏刚刚摆好的鞋子。“你的五分钟结束了。”罗伊指着手腕上的金表说。

露丝再次拉开提包，从钱夹里拿出三张二十五盾的钞票，但罗伊站得很近，足以看清露丝的钱夹内层，她眼疾手快地抽出一张五十盾的纸钞。“另外五分钟只收你五十盾好了，”红头发说，“省着你的小票吧，”她告诉露丝，“你说不定还想回来……你可以考虑考虑。”

罗伊的动作很快，露丝始料不及，只见红发妓女迅速挨近，在露丝的脖子上撮了一口，露丝还没来得及反应，罗伊又轻轻地握了一下露丝的一边乳房，然后转过身去，坐回床中央的浴巾上。“香水很好，就是味道太淡，”她评价道，“奶子不错，挺大的。”

露丝红着脸缩进口活椅，但没有松开椅子扶手，“在我的故事里……”小说家开口道。

“你的故事的问题在于什么都没发生，”罗伊说，“就算那对情侣付钱给我做那个，那又怎么样？这有什么新鲜的，接下来会发生什么？还是说故事就这么简单？”

“我还不确定接下来发生了什么，但故事就是这样的，”露丝回答，“交了坏男朋友的那个女人受到了羞辱，她觉得这段经历很丢人，不是因为她看到的东西，而是因为她男友，他让她觉得丢人。”

“这也没什么新鲜的。”妓女告诉她。

“这个男的可能会在看人做爱的时候自慰。”露丝说。罗伊知道她在征求自己的意见。

“这种事也不新鲜，”红头发妓女重申道，“那个女人为什么要大惊小怪？”

罗伊说得对。而且还有另一个问题：露丝不知道故事会如何发展，因为她还没确定人物的性格和他们的关系，她并非第一次遇到这种情况，但她是第一次当着别人（还是个陌生人和妓女）的面发现这个问题。

“你知道一般会发生什么吗？”罗伊说。

“不，我不知道。”露丝承认。

“看人做爱只是个开始，”妓女告诉她，“尤其是情侣——他们看完后还会有新的想法。”

“你的意思是……”露丝问她。

“他们还会回来，这次不想看了——而是打算做点什么。”罗伊说。

“我不觉得我小说里的人物会回来。”露丝说，但她考虑了一下这个可能性。

“有时候，看完别人做爱，那些情侣会希望马上做点事——当场开始。”罗伊说。

“做什么事？”露丝问。

“什么事都有，”罗伊说，“有时候男的想看我和女的做——他想看我把女的撩拨起来。更常见的是我先和男的做，女的在一边看。”

“你先和男的……”露丝说。

“然后再和女的。”罗伊说。

“真有这种事？”露丝问。

“什么事都有。”妓女回答。

露丝坐在绯红色的灯光下，整个小房间都被猩红灯罩的落地灯映得红彤彤的，床上的粉红浴巾——罗伊坐着的那条——颜色显得更深了，除了窗帘缝隙透进来的一点日光和临街的门口那盏昏暗的顶灯，没有其他光源。

红发妓女就着灯光俯身靠过来，乳房仿佛要从低胸乳罩里滑出来，露丝紧紧抓住口活椅的扶手，罗伊轻轻地伸手盖住露丝的手，“你回去想想后面的情节，然后再来找我？”

“好的。”露丝说，她不由自主地压低了声音，而且也不敢把手抽回去，如果这样就彻底陷进口活椅的破坐垫里了。

“别忘了——什么事都有，”罗伊告诉她，“你想怎么样就能怎么样。”

“好的。”露丝再次低声说。她盯着妓女裸露的胸部，因为这样总比盯着对方那双聪明的眼睛安全多了。

“说不定你看过我和别人——我是说你一个人看——你就有灵感了。”罗伊对露丝耳语道。

露丝摇摇头，但她知道这个动作没什么说服力，还不如直接告诉对方：“不，我不这么认为。”

“大多数独自来看我做爱的女人都是些年轻姑娘。”罗伊提高了声音，略带轻蔑地说。

露丝吃惊地看着罗伊。“为什么是年轻姑娘？你是说她们想知道做爱是什么样的吗？她们还是处女？”

罗伊松开露丝的手，坐回床中央，笑道：“她们怎么会是处女？她们是些想当妓女的年轻姑娘——想看看妓女是怎么回事！”

露丝惊呆了，她连发现汉娜睡了她父亲的时候都不曾如此震惊过。

罗伊指指她的手表，几乎和露丝同时站了起来，露丝必须拧着身子才能不碰到她。

红头发妓女敞开前门，正午的阳光射进来，突然的光亮刺激让露丝意识到自己低估了刚才房间里的暗度，罗伊转回身，挡住露丝的去路，在露丝脸颊上亲了三下——先是右脸颊，然后是左边，再回到右边。“荷兰人的礼仪——亲三次。”妓女快活地说，仿佛露丝是她的老朋友。

露丝当然曾经被人这么亲过——马丁和马丁的妻子西尔维娅在跟她见面和道别的时候都这么亲她，但罗伊的亲吻时间稍微有点长，还把她温暖的手掌按在露丝的肚子上，露丝本能地收紧了腹肌。“你的肚子怎么会动呀，”妓女问，“你怀孕了吗？”

“不，没有。”露丝说，罗伊仍旧堵在门口。

“我生过一个孩子。”罗伊说，她把大拇指伸进内裤裤腰里勾了勾，露出一点肉，“遭了不少罪。”妓女补充道，她给露丝看剖腹产留下的刀疤，露丝并不吃惊，因为她已经注意到罗伊的妊娠纹，但她意外地发现罗伊的阴毛是剃掉了的。

罗伊松开裤腰，松紧带“啪嗒”一声弹了回去。露丝想：要是她知道我宁愿回去写小说也不愿意留在这里浪费时间，不知会怎么想，她毕竟是个妓女，大概宁愿接客也不想和我调情，但她很喜欢让我不安，露丝现在有点烦她，想从罗伊身边挤过去，离开这里。

“你会回来的。”罗伊说，但她放过了露丝，没再触碰她的身体，她朝已经逃到街上的露丝喊道（所以贝尔格街上的行人和邻近的妓女都听见了）：“在这种地方，你最好把提包的拉链拉好。”

露丝的包确实开着，但钱夹和护照都在原位，她瞥了一眼，发现其他东西也在：口红、无色唇膏、防晒霜和润唇膏。

露丝还带了一只她母亲的粉盒，粉会让她打喷嚏，盒里的粉扑也早就不见了，然而露丝时常希望能透过粉盒的小镜子看到母亲的面容，她拉上拉链，罗伊嘲弄地对她笑了笑。

当露丝对罗伊回以微笑的时候，刺眼的阳光让她偏了偏头，罗伊伸出手，碰了碰露丝的脸，十分好奇地盯着露丝的右眼看起来，露丝误以为罗伊发现了她眼睛里面的那块六边形斑点，而不是她眼圈上的伤。

“我天生就……”露丝解释道。

但罗伊说：“谁打的你？”（露丝以为她脸上的瘀青已经消失了。）“看起来像一两个星期前受的伤……”红头发妓女猜测道。

“坏男朋友。”露丝承认。

“这么说，真有这样一个男朋友。”罗伊说。

“他没来，我一个人来的。”露丝说。

“下次来找我之前，都不许你找别人哦。”妓女说，她的笑只有两种含义：要么是讥讽，要么是勾引，现在她的笑容绝对是勾引。

露丝不知该怎么回应，只好说：“你的英语怎么这么好？”然而这句话并没有起到夸赞对方的效果，反而让罗伊露出复杂的表情。

她不再是刚才那副自鸣得意的模样，仿佛想起了什么悲伤的往事，变得无精打采。

露丝差点就要向她道歉，但还没等她开口，红发妓女就黯然地说：“我认识一个说英语的人——曾经认识。”然后罗伊-德洛丽丝就走进她的房间，关上了门。露丝等了一会儿，但那道窗帘始终没再拉开。

除了她，狭窄的贝尔格街上只有一个行人——那是个低眉敛目的老头，他不看任何妓女，却在经过露丝身旁时目光锐利地瞥了她一眼，她也扭头看他，但老头的视线已经回到了石子路面上，只顾低头向前走。

露丝也走开了，她的专业自信还在，但个人信心已经出现了动摇，虽然她相信自己能够想出最有可能发生的好故事，但对于故事的人物尚未考虑周全，她失去的是道德方面的自信，这是她作为女性的核心，无论它该是什么样子的，露丝都感受到了它的缺席。

她会再回去找罗伊，但这件事并不令她烦恼，她不想和妓女有性方面的瓜葛，罗伊虽然刺激了她的想象，但并没有刺激到她的欲望，而且露丝依然相信，无论作为作家还是女人，她都没有必要真的观看妓女接客的过程。

让露丝烦恼的是，她竟然需要再去找罗伊——只是为了看看故事接下来的进展，这意味着罗伊是主导。

小说家快步走回她下榻的酒店，在那里——接受今天的第一个采访前——她简单地在日记中写道：“传统观念认为，卖淫是有偿强奸，实际上，卖淫可能是世界上唯一的女性占据主导的行业。”

午餐时露丝接受了第二个采访，午餐后是第三个和第四个，此后她本该休息一下，因为傍晚时有一个读书会，然后还有签售会和饭局，她却坐在房间里写了起来，她接连构思了好几段情节，但总觉得可信性不足，如果要让那个女作家在看完妓女接客后觉得耻辱，这段性经历就应该发生在她自己身上，是她自己的亲身体验，否则她又怎么会觉得可耻呢？

露丝写得越投入，就越想回避现实，她头一次体会到了书中人物的感觉，不再只是置身事外（却主导一切）的小说家，露丝自己也成为故事中的一个角色，她仿佛看到这个不属于自己笔下的角色重访贝格尔街。

她体验到作为读者的兴奋，期待知道接下来的情节，她知道自己躲不开罗伊，她无法抑制自己的好奇，罗伊会提出什么建议？露丝又会如何容忍她？

即使只是一瞬间，如果小说家不再扮演创造者的角色，她会变成什么？因为她只有故事的创造者和故事中的人物两种选择。露丝从来没有这么期待过，她觉得她完全不想控制接下来发生的事情，交出控制权令她兴奋不已，她很乐意不去扮演小说家，这个故事虽然不是她的作品，却使她欣喜若狂。

露丝更改故事

读书会和签售会之后，露丝和签售会的赞助商共进晚餐。第二天晚上，在乌得勒支大学办完读书会后，她又给一些书签了名，马丁和西尔维娅协助她在为读者签名时拼写那些荷兰人名。

男孩请露丝在书上写的是“乌特、海恩、汉斯、亨克、吉拉德、耶伦”之类，女孩则是“埃尔斯、萝丝、米艾斯、玛丽叶柯、耐尔（只有一个l）[①]”什么的，都是露丝不熟悉的名字，有的读者还希望露丝写上他们的姓氏（欧佛比克、范–德·默伦斯、范–穆尔斯、布洛克乌斯、维尔德乌泽斯、吉克斯特拉斯、德–格鲁特、斯密茨……），让刚参加完读书会的露丝头疼不已。

幸好乌得勒支和它那座历史悠久的大学非常美丽，读书会开始前，露丝和马丁、西尔维娅、两人已经成年的儿子们提前吃了晚餐，露丝还记得男孩们幼年时的样子，现在他们已经比她高了，其中一个还留着络腮胡，而三十六岁的露丝依然没有孩子，认识有小孩的夫妇，难免被其子女成长速度惊到。

在返回阿姆斯特丹的火车上，露丝告诉马丁和西尔维娅，她和

① “耐尔”的英文拼写是“Nel”。

两人的儿子们年纪差不多的时候，对同龄男孩缺少吸引力。（那年夏天，她和汉娜去欧洲玩，那些帅小伙总是更喜欢汉娜。）

“可现在正好反过来了，真是不好意思，你们儿子这种年龄的男孩都喜欢我。”

“你很受年轻读者欢迎。”马丁说。

“露丝不是这个意思，马丁。”西尔维娅告诉他，露丝羡慕西尔维娅，她聪明漂亮，有个好丈夫，还有个幸福的家庭。

“噢。”马丁说。他很拘谨，脸都红了。

“我不是说你们的儿子对我有那方面的兴趣，”露丝赶紧告诉他，“我指的是某一些和他们年龄差不多的男孩。”

“我觉得我们的儿子大概也对你有那方面的兴趣。”西尔维娅告诉露丝，看到丈夫吃惊的样子，她哈哈大笑，马丁没注意到两场签售会中露丝身边簇拥着许多年轻男性。

年轻女性也为数不少，但她们把露丝视为人生榜样——既是成功作家，又是个有过好几个男朋友的未婚女性，并且仍然独自生活。（为什么这样会显得有魅力，露丝想不明白。如果她们知道她多么不喜欢这种生活的话，不知会怎么想。）

在那些年轻男性里面，总会有一个——至少比露丝小十岁，有时甚至比她小十五岁——笨拙地想要讨好她。（“那种笨拙简直令人心碎。”露丝对马丁和西尔维娅说。）作为同龄男孩的母亲，西尔维娅明白露丝的意思，作为父亲，马丁更关心自己的儿子，对环绕着露丝的那群年轻人并不在意。

这次她遇到一个挺特别的男孩，阿姆斯特丹和乌得勒支的读书会之后，他两次站在队伍里等待露丝给他买的书签名，这两场读书会上，露丝朗诵的都是同样的内容，但这个年轻人好像不介意，阿姆斯特丹那次，他带来的是一本经常翻阅的老旧平装书，乌得勒支那次，他拿来的是一本精装的《少儿不宜》——两本都是英文版。

“我叫维姆，字母W开头。”第二次签名的时候，他告诉她，因为也有V开头的“维姆”，第一次露丝把他名字里的W写成了V。

“噢，又是你啊！”她对男孩说。他长得过于漂亮，而且明显被她迷得神魂颠倒，因此她很难忘记他。“早知道你要来，我会挑别的段落朗诵的。”他垂下眼皮，仿佛跟她对视会刺痛他的眼睛似的。

“我在乌得勒支读大学，但我父母住在阿姆斯特丹，我是在那里长大的。”（好像这样就足以解释他两场读书会都参加的原因。）

“我明天是不是还要在阿姆斯特丹演讲？”露丝问西尔维娅。

“没错，在阿姆斯特丹自由大学。”西尔维娅告诉年轻人。

“是的，我知道——我会去的，”男孩说，“我会带另一本书给你签名。”

露丝继续签名，那个被她迷住的男孩站在一边，期待地看着她，在美国，露丝·科尔几乎不办签售会，因为年轻人崇拜的凝视让她害怕。但在欧洲，露丝通常会答应给读者签名，因为她从没觉得欧洲年轻人爱慕的眼光有什么威胁感。

在国内害怕，出了国反倒不怕了，这里面的逻辑实在难以理解，但毫无疑问的是，露丝把欧洲年轻人对她的崇拜浪漫化了，他们好像一群完美无瑕的天使，讲着外国口音的英语，读过露丝写的每一个字，把她幻想成比自己年长的情人，他们现在也成了她的幻想对象——在返回阿姆斯特丹的火车上，露丝不无幽默地这样告诉马丁和西尔维娅。

对她而言，这段旅途实在太短，没法把新小说的一切全都告诉马丁夫妇，在调侃那些年轻人的同时，露丝意识到她想要更改小说的设定，女作家在法兰克福书展上遇到的男人不应该也是作家，而应该是她的粉丝——他想成为作家，也会成为她的情人。女作家想要结婚，就像露丝那样，有个她非常喜欢的年长男人向她求婚了，她在偶遇的年轻人和老男人之间犹豫不决。

那个叫维姆的男孩美貌不可方物，露丝很难不去想他，要不是刚刚经过斯科特·桑德斯那场闹剧，她可能会考虑和维姆发生一点什么，毕竟现在机会难得，她独自在欧洲旅行，回国后结婚的可能性很大，遇到这种年轻人，放纵一下才不会有遗憾，而且这孩子比她年轻很多……那些准备和比自己大的老男人结婚的老女人不是经常做这种事吗？

露丝告诉马丁和西尔维娅，她想要参观红灯区，因为这是她的新小说的情节需要：一个年轻男人说服年长一些的女友付钱给妓女，看妓女接客，结果后来发生的事让这位女友觉得受到了羞辱，于是她决定改变自己的人生。

“那个女人之所以同意，是因为她觉得自己有控制权——还因为这个年轻人是她年轻的时候勾不到手的帅哥，可她不知道这个男孩有能力给她带来痛苦——至少我是这么设想的，”露丝补充道，“但主要取决于妓女那边发生的事情。”

“你想什么时候去红灯区？”马丁问。

露丝装出一副她刚刚有此打算，并不曾仔细考虑过的样子，说：“看你什么时候方便了……”

“老女人和年轻人什么时候去找妓女？”马丁问。

“大概在晚上，”露丝回答，“他们有点喝醉了，我觉得她只有喝酒之后才敢这么做。”

“我们现在就可以去，”西尔维娅说，“转一圈再去你的酒店，从车站到那边不过是五到十分钟的路。”

露丝很惊讶，西尔维娅竟然考虑和他们一起去，他们的火车抵达阿姆斯特丹时已经过了十一点，接近午夜了。“这么晚了，不会有危险吗？”露丝问。

“那边一直都有很多游客，”西尔维娅厌恶地说，“唯一的危险就是扒手。”

“大白天的都能被偷。”马丁说。

在老城区里游荡的人比露丝预想中的要多，有吸毒成瘾的和醉酒的年轻人，小街上还能看到别的类型的人：有很多对情侣，大部分都是游客（有些是来看现场色情表演的），甚至还有一两个旅行团，如果时间再早一些，露丝都敢一个人来，所谓的色情表演无非是不知疲倦地展示人类的肮脏龌龊，和多数游客一样，她只是过来看热闹的，至于那些专门来挑妓女的嫖客，他们那鬼鬼祟祟却很久都拿不定主意的贪婪模样在人群中显得特别扎眼。

露丝觉得，在这样嘈杂混乱的环境，她小说里的那对男女可能一时难以找到合适的机会接近妓女（不过根据她和罗伊接触的经验，只要走进妓女的房间，外面的杂音似乎全都会消失），所以两位人物可以在后半夜过来碰运气——那时除了真正的吸毒者（和性瘾者）之外，大家都会去睡觉——傍晚或者白天的时候来也行。

自露丝上次访问阿姆斯特丹以来，红灯区发生了一定的变化：出现了许多不是白种人的妓女。有条街上几乎全都是亚洲女人——很可能是泰国的，因为附近的泰国按摩院特别多。马丁告诉她，她们确实是泰国人，他还说，其中一些泰国妓女以前是男的，据说在柬埔寨做了变性手术。

莫伦街和老教堂广场一带的姑娘都是棕色皮肤的，马丁告诉露丝，她们是多米尼加和哥伦比亚人，六十年代末从苏里南来阿姆斯特丹的那批女人现在都走了。

布罗尔德街上的有些女孩看起来像男人，个子很高，手特别大，还有喉结，马丁告诉露丝，这些人大部分是厄瓜多尔的异装癖，出了名的喜欢揍客户。

白人妇女也是有的，但不全是荷兰人，她们都在圣安能街和杜尔比金奈街附近。还有一条街，露丝宁愿马丁和西尔维娅没带她去过——特龙佩特街不仅比小巷还窄，宽敞程度都赶不上楼梯间，空气不流通，尿骚味和香水味混在一起，形成一股很像烂肉的味道，还有妓女的吹风机烤焦头发的气味，与这条街的潮湿不太相称，因为这里在不下雨的时候也是湿乎乎的——少得可怜的风永远没法把人行道上的水洼吹干。

肮脏潮湿的墙壁在男人们的衣服前胸和后背上留下污迹——因为他们不得不贴着墙才能擦身而过，窗户（或者门洞）里面的妓女近在咫尺，很容易闻到摸到，满眼尽是一个接一个的妓女面孔，还有浏览妓女的男人的丑陋嘴脸，他们对妓女伸进巷子里招来摇去的手特别警惕，特龙佩特街是买方市场，卖家招揽生意的方式非常直接。

露丝意识到，在老城区，根本不需要付钱给妓女看她们接客——主意肯定是那个年轻人想出来的，或者说女作家的性格使然，两人的关系必定存在某种问题，或者缺失了什么东西。毕竟，在“色情表演中心”就有观看淫秽录像的小房间，广告上写着“都是最好的”，各种现场色情表演也保证说是“真刀真枪”，因此窥淫狂的需求很容易在这里得到满足。

小说的发展总是比刚开始看起来的复杂，其实，小说的发展本就应该比它一开始看起来复杂得多。

让露丝欣慰的是，成人用品店里的“特价SM玩具”还是老样子，橡胶仿真器官依旧挂在天花板上，像一只煎蛋饼，只不过挂着它的红色吊袜带现在换成了黑色的，拴着铃铛的假阳具还没卖出去，鞭子和各种尺寸的灌肠器都也还在，连橡胶拳头都经历了时间的检验留存下来，像往常一样无人问津……至少露丝是这么猜想的。

马丁和西尔维娅十二点半把露丝送回酒店，露丝仔细记住了他们回来的路线，在酒店大厅，她和两人亲吻道别：荷兰人的礼仪——亲三次，但比罗伊亲她的速度更快、更形式化。然后露丝回到房间，换上一条褪色的旧牛仔裤和一件海军蓝色的运动衫，运动衫穿在她身上显得很大，但足以隐藏她的大胸，她还穿了一双随身带来的最舒服的黑色麂皮便鞋。

她在房间里等了十五分钟才出了酒店，再过一刻钟就是凌晨一点，不过她离最近的几条妓女街只有不到五分钟的路程，露丝不打算在这个时候去拜访罗伊，但她想到罗伊的窗口看一眼，也许我可以观察她如何勾引客人，露丝想，她可以明天或者后天再正式登门。

根据迄今为止与妓女接触的经验，露丝·科尔得到一个教训：她对妓女世界的事态发展的预测能力，远不及写小说的能力。她也多少清楚自己实际上搞不懂从事娼妓行业的女人——因为露丝发现，贝尔格街上，原本属于罗伊的那扇窗户后面，坐着个比罗伊粗鄙也年轻许多的女人。露丝认出她身上穿的是罗伊衣橱里的那件皮背心，衣服是黑色的，领口钉着银扣子，可女孩太丰满，扣子没法完全系上。她深邃的乳沟下面是松弛的肚皮，黑色的半截衬裙已经破了，腰带也被撕坏了，露出白色的松紧带，和黑色的衬裙、蜡黄色的肚皮形成鲜明的对比。这个年轻妓女说不定怀着孕，但她眼睛下面的黑眼圈说明她的身体有问题，不太可能怀孕。

“罗伊呢？”露丝问。肥胖的年轻妓女从凳子上下来，把门敞开一条缝。

“去找她女儿了。”女孩疲惫地说。

露丝正要走开时，听见窗玻璃上传来沉闷的敲击声，不是她听过的那种妓女拿指甲、钥匙或者硬币敲玻璃的声音，她回头一看，原来是那个女孩拿着一只粉红色的大号假阳具敲玻璃，这只假阳具正是露丝在罗伊的医疗用具盘里见过的那个，见露丝回头，女孩把假阳具的一头放进嘴里，略带凶狠地咬了起来，然后她面无表情地冲露丝点点头，又耸了耸肩，好像在说，虽然她已经很累了，但她可以和罗伊一样尽力让露丝快乐。

露丝摇头表示拒绝，但她友好地朝年轻的妓女笑了笑，作为回报，可怜的女孩拿着假阳具不停地拍打手掌，仿佛在给一段只有她听得到的音乐打拍子。

那天晚上，露丝做了一个和那个叫维姆的漂亮荷兰男孩有关的极为亢奋的梦，尴尬地醒来之后，她觉得新小说里的那个坏男友不一定非得是金红色的头发，她甚至怀疑这个男朋友不一定非得是“坏”的，如果那个年长的女作家将要经历迫使她改变人生的羞辱事件，那么坏人应该是她自己才对，别人的坏无法迫使你改变人生。

露丝不会轻易相信“女人是受害者”这种说法，或者说，她认为女人自受其害和被男人伤害的几率一样高，以她最熟悉的女人——她自己和汉娜——为例，这绝对是千真万确的。（虽然露丝不了解自己的母亲，但她怀疑玛丽恩很可能是她父亲伤害过的受害者之一。）

再者，既然已经报复了斯科特·桑德斯，为什么还要把他——或者说金红色头发这个特征——扯进她的小说呢，在《少儿不宜》中，寡妇小说家简·达什的决定就很正确：绝对不会把她的敌人埃莉诺·霍尔特写进小说。而这是露丝亲笔设定的情节！（“作为小说家，达什夫人鄙视把真人写进作品，她认为这是想象力的失败——名副其实的小说家应该有能力发明出比真人更有趣的人物，把埃莉诺·霍尔特变成小说人物，哪怕只是为了嘲笑她，都太抬举她了。”）

我应该实践我曾经提出的观点，露丝告诉自己。

鉴于早餐的剩菜非常令人不满，当天唯一的采访又安排在午餐时，露丝吞下半杯微温的咖啡和一杯温度差不多的橙汁，径直前往红灯区，反正上午九点逛红灯区，是不宜吃得过饱的。

穿过瓦莫斯街的时候，她看到了此前不曾注意到的警察局，而最先把她的视线吸引过去的是一个有毒瘾的年轻站街女——蹲在恩吉柯克街的街角，年轻的瘾君子难以保持平衡，双手按在道旁石上，以免跌倒。“五十盾，男人对你做的我都能做。”女孩对露丝说，露丝没理睬她。

九点的时候，老教堂广场上只有一扇窗户后面有妓女在工作，这妓女乍看很像露丝前一晚看到的多米尼加人或者哥伦比亚人，但她的肤色更暗，很黑很肥，极其自信地站在敞开的门口，似乎老城区的街上挤满了男人，其实这里的街道很空旷，只有一位清洁工在收拾前一天的垃圾。

沿路的小房间里空荡荡的，许多清洁女工正在忙碌地打扫，吸尘器的噪音盖住了她们偶尔的闲谈声，连露丝无意造访的狭窄的特龙佩特街上都有一辆清扫车，车里是水桶、拖把和成瓶的清洁剂，车头在室内，车尾在街上，还有一只装着脏毛巾的洗衣袋和套在废纸篓里面的塑料袋，袋子鼓鼓囊囊的，毫无疑问丢满了安全套、手纸和纸巾。在照亮一切的晨光中，只有初降的新雪才能让这个街区显得干净一些——还是得在没有妓女工作的时候（这好像是不可能的）。

在泰国妓女的大本营斯托弗街，只有两个女人站在门口拉客，她们和老教堂广场上那个女人一样，很黑很肥，在用露丝没听过的语言聊天——见露丝过来，她们停下来，像邻居一样朝露丝礼貌地点点头，这让露丝鼓起勇气，问她们是从哪里来的。

“加纳。”其中一个女人说。

“你是从哪儿来的？”另外一个问露丝。

“美国。”露丝回答，两个非洲妇女激动地嘀咕起来，捻着两根手指头，这是全世界通用的要钱的手势。

“需要我们为你做什么吗？”其中一位问露丝。

“你要进来吗？”另一个问。

然后她们放声大笑，根本不相信露丝会有兴趣和她们做爱，只不过是美国的财富让她们忍不住想要拉拢露丝这个顾客而已。

“不用，谢谢你们。”露丝对她们说，她依然礼貌地微笑着走开了。

只有清洁女工出现在厄瓜多尔男妓曾经勾引顾客的地方，在莫伦街，昨夜主要被多米尼加人和哥伦比亚人占据的窗户后面出现了一个非洲面孔的妓女——这一个很瘦削——旁边的房间里则只有清洁女工。

此地有种一直以来始终存在于露丝脑海之中的荒凉，象征着不被人需要的性，总比夜晚时分红火的色情旅游业顺眼得多。

凡事都好奇的露丝逛进一家性用品商店，如同传统的音像店，这里的每类商品都占据一条走道，分为“打屁股”、口交和肛交等类别，露丝没有去看所谓的“排泄物”系列，发现“看片室”门口上方的红灯亮着，她急忙走出商店，以免撞上从里面出来的顾客，至于对方脸上挂着什么样的表情，她只能想象一下了。

有那么一阵子，她觉得好像被跟踪了，有个穿蓝牛仔裤和肮脏跑鞋的壮汉总是在她身后——哪怕她已经绕着整个街区转了两圈，他面相凶狠，胡子大概两三天没刮，神情憔悴烦躁，上身是一件宽松的棒球夹克式样的风衣，看上去似乎嫖不起妓女，却一直跟着露丝，仿佛把她当成了妓女，最后他终于消失了，露丝这才松了一口气。

她在附近转了两个来小时，十一点时，几个泰国妓女回到了斯托弗街，非洲人已经走了，老教堂广场那个肥胖的黑女人（大概也是从加纳来的）被十多个苗条一些的棕皮肤女人取而代之——又是哥伦比亚人和多米尼加人。

露丝不小心拐进一条死胡同，街道倏然变窄，巷子尽头只有两三扇妓女做生意的窗户，旁边是一扇门，敞开的门洞里，一个大块头、棕皮肤、多米尼加口音的妓女一把拽住露丝的胳膊，房间里还有个清洁女工在干活，另外两名妓女在一面长条形化妆镜前梳妆打扮。

“你找谁？”大块头妓女问露丝。

“不找谁，”露丝说，“我迷路了。”

清洁女工依旧沉默地干活，但那两个化妆的妓女——还有大块头妓女——哈哈大笑。

“我看你也像迷路了。”大块头妓女说，她拉着露丝的胳膊把她领出巷子，手掌在露丝身上越掐越紧，好像在给她按摩，又像是爱抚般的揉捏一块面团。

“谢谢你。”露丝说，好像她真的迷了路，也真的得救了一样。

“不客气，亲爱的。”

这一次，当露丝再次穿过瓦莫斯街时，她注意到了警察局，两名身穿制服的警察正在和跟踪过她的那个壮汉说话，哈，很好——他们把他逮捕了！露丝想，然后她又猜测那个凶巴巴的家伙是便衣警察，他好像在对两个制服警察发号施令，露丝觉得有些羞愧，急匆匆地走开了，仿佛犯了罪一样，老城区的面积不大，在这里转了一上午的她显得非常可疑。

虽然露丝觉得老城区的上午比晚上顺眼多了，但她也怀疑新书中的角色恐怕很难在这个时间找到合适的妓女，然后付钱看她接客，因为妓女们可能需要等一上午才能拉到第一个顾客！

等到露丝穿过老城区，来到贝尔格街时，已经接近中午了，罗伊已经坐在了窗户后面，但和上次相比稍微有些变化，红头发少了一些橘色，多了一点古铜，更偏向赤褐色，低胸胸罩和比基尼内裤则是米白色的，像象牙一样，衬得罗伊的皮肤更加白皙。

罗伊不用下高脚凳，只需要俯过身来就能开门，所以露丝探头进去窥视时，她可以一直坐在窗前（露丝不打算跨进门去）。“我现在没时间和你多聊了，”露丝说，“但我会再来的。”

“好的。”罗伊耸耸肩，她的冷漠让露丝感到惊讶。

“昨晚我来找过你，但这儿坐的是别人，”露丝继续道，“她说你陪你女儿过夜了。”

“我每天晚上都和我女儿在一起——每个周末也是，”罗伊说，

“她上学的时候我才会在这里。”

露丝努力想要表现得友好，她问：“你女儿多大了？”

“听着，”妓女叹了口气，“只跟你聊天的话，我是不会发财的。”

“对不起。”露丝像被人推了一下似的退出门来。

俯身过来关门之前，罗伊说：“等你有时间了就过来看我吧。”

露丝觉得自己像个傻瓜，竟然对妓女有如此高的期望，罗伊心里当然想着钱——只想着钱，露丝却试图把妓女当朋友，而她们两人的第一次谈话还是露丝付钱买来的！

没吃早餐，又走了这么多路，露丝午餐时胃口大开，她感觉采访被她搞得很乱，所有关于《少儿不宜》还有她前两部小说的问题，她一个都回答不上来，还不断把话题转到正准备写的新书上：以第一人称写的第一本小说，非常令人兴奋；一个女人因为一时的判断错误导致备受屈辱，最终决定改变人生，开始全新的生活。然而谈论这些的时候，露丝不由自主地想到：我在骗谁呢？这个人物不就是我吗？我难道没做过错误的决定吗？（至少最近的那个决定是相当错误的……）我难道不打算开始全新的生活吗？还是说艾伦只是我用来逃避我应该却害怕追求的那种人生的替代品？

下午，在阿姆斯特丹自由大学的演讲上（这是她唯一的一次演讲），她不停修改讲稿，但主要内容没什么变化——她觉得自己的演讲听起来很虚伪，在台上宣扬所谓“纯粹的想象力”，认为想象是记忆的反义词，声称捏造的细节比单纯的自传好，赞美完全通过想象创造出来的人物，反对把亲戚朋友——“老情人，以及那些现实生活中的充满局限、令人失望的人们”——填充进小说里面，然而这样的演讲竟然再次大获成功，观众们喜欢它，露丝和汉娜之间的辩题被身为小说家的露丝所用，为她提供了很大程度的帮助，此次演讲奠定了露丝的创作信条。

她断言，最好的细节是虚构的细节，而非来自记忆之中——因为虚构的真相不同于观察得来的真相，后者充其量是一种新闻报道，最好的虚构细节应该能够定义人物、情节和风格，虚构的真相是故事中应该发生——但不一定实际发生过的事情。

露丝·科尔的创作信条无异于对自传式小说发起了挑战，她本人却觉得惭愧，因为她清楚自己准备写一本最具自传性质的小说，汉娜本就一直指控她总会在作品中加入一个“露丝角色”和一个“汉娜角色”，而现在她露丝·科尔打算写的又是什么？一言以蔽之，就是“露丝角色”做出了“汉娜角色”经常做出的那种错误决定！

因此，对露丝而言，坐在餐馆里听阿姆斯特丹自由大学的赞助人赞美她是非常痛苦的，虽然他们都是出于善意，但大部分人是学术出身，更青睐叙事理论和技巧，而非组成叙事的具体元素，露丝痛恨自己为他们提供了一套现在连她自己都十分怀疑的虚构理论。

小说不同于辩论，故事的成败取决于本身的优缺点，细节是真实的还是想象的并不重要，重点在于，细节应该看上去真实，而且应该是具体环境下最好的细节，虽然这并非什么成形的理论，但露丝当时只能想到这么多，是时候丢掉刚才的演讲稿了，忍受别人对她已经摒弃的旧创作理念的赞美，本身就是一种惩罚。

又要了一杯红酒（代替甜点）之后，露丝才意识到自己喝得太多了，在那一瞬间，她想起演讲大获成功后，并没有在等候她签名的队伍中看到那个漂亮的荷兰男孩维姆，他不是说过他要来吗？

露丝不得不承认，她期待再次见到年轻的维姆——也许可以和他聊聊，她并不打算和他调情，而且已经决定不会和他睡觉，她只想约他出来单独坐坐——比如上午时喝杯咖啡，看看他对她的哪些方面感兴趣，把他想象成她的仰慕者或者情人，从这个美丽的荷兰男孩身上多汲取一些现实的细节，可他竟然没有露面。

我猜他终于厌倦了我，露丝想。如果他真是这么想的，她完全能理解，她也从来没有如此厌倦过自己。

露丝谢绝了马丁和西尔维娅送她回酒店，前一天晚上她已经占用了他们太多时间，晚上大家都需要休息，于是他们把她送上一辆出租车，给司机指了路。乘出租车来到酒店门口时，露丝发现维姆站在街对面的路灯下——仿佛一个在人群中和母亲走散了的迷路男孩，而现在人群已经散去，只剩下他自己。

仁慈的上帝！露丝这样想着，然后便穿过马路把他领回了酒店。

并非母子

她至少没和他做爱——只是睡在一张床上而已。噢，当然，他们接吻了，拥抱了，她还允许他摸她的乳房，但他过于兴奋的时候，她阻止了他。而且，她穿着内裤和T恤睡了一夜，并没有和他一起裸睡，虽然他脱掉了所有衣服，但这并不是她的错。她不过是去浴室刷了个牙，换了内裤和T恤，等她回到卧室的时候，他已经脱得精光，爬到床上去了。

他们不停地聊天，他的全名是维姆·容布勒德，读过她作品中的每一个字，而且不止一遍。他想成为她那样的作家，可当他听完她在阿姆斯特丹自由大学的演讲之后，却没去找她，因为她的违心之言使他备受打击：他不知疲倦地写了很多自传性质的日记，并且一辈子都没“想象”过任何故事或者人物，他所做的只是记录自己那些苦不堪言的渴望和琐碎平庸的生活，离开演讲会场后，他曾想要自杀，但最后没有去死，反而回家毁掉了所有的日记，把它们扔进了运河里，然后他给阿姆斯特丹的每一家高级旅馆打电话，终于找到了露丝的住处。

他们坐在旅馆的酒吧聊天，一直聊到酒吧打烊，然后她领他回到她的房间。

“我充其量不过是个记者而已。”维姆心灰意冷地说。

听到别人说出自己说过的话，露丝不禁皱了皱眉，这句话来自她的演讲。她的原话是："要是你编不出故事来，那就不过是个记者而已。"

"我不知道怎么编故事！"维姆·容布勒德抱怨道。

他可能也写不出足以拯救他的灵魂的像样句子，但露丝觉得自己应该为他负全责，况且他那么美：浓密的深棕色头发、深棕色的眼睛，睫毛也是她见过的最长的，光滑的皮肤、精致的鼻子、结实的下巴、心形的嘴唇，虽然他的身材对露丝来说有些瘦削，但他的肩膀和胸膛都比较宽厚——而且依旧处于长身体的阶段。

她开始给他讲自己的新小说打算怎么写、情节是如何不断变化的，以及故事就是这样编造出来的，讲故事的技巧无非是一种更高级别的常识而已（露丝不记得在哪里读到的这句话，但她确定它不是她想出来的）。

露丝甚至承认，她把维姆"想象"成小说里的那个年轻人，但这并不意味着她要和他发生性关系，实际上，她希望他理解她为什么不会和他做爱，因为对她来说，只是幻想已经足够了。

维姆告诉她，他也幻想了她很多年，他曾经对着她印在书封面上的照片自慰。听到这里，露丝走进浴室刷牙，换上干净内裤和T恤，当她走出来，发现他已经光着身子躺在了她的床上。

她一次都没有碰过他的阴茎，虽然他们拥抱时她感觉了到他的勃起，拥抱这个男孩的感觉非常不错，他自慰时也很有礼貌，至少第一次的时候是这样，"我忍不住要那个了，"他告诉她，"可以吗？"

"没关系。"她说，然后背朝着他。

"不，我想看着你，"他恳求道，"求你了……"

她翻了个身面对他，当她亲吻他的眼睛、鼻尖，却避开他的嘴唇时，他目不转睛地凝视着她，以至于让露丝觉得她好像回到了像他那么大的年纪，也让她更容易理解她母亲和埃迪·奥哈尔当年的关系。

埃迪没告诉她这方面的细节，但露丝读过埃迪的所有小说，她很清楚书里的那些自慰场景并非埃迪发明出来的，可怜的埃迪什么都发明不出来。

维姆·容布勒德高潮时，眼皮会抖个不停，那个时候，露丝才吻了他的嘴唇，但没吻多久，尴尬的男孩就跑进浴室洗手了，小跑着回到床上之后，他很快就睡着了，脑袋贴在她胸前，她想：我也想用手试一下！

然后她又庆幸自己没有自慰，否则岂不是相当于和他做爱了吗？露丝觉得讽刺的是，她竟然需要给自己设置规矩，不知道她母亲和埃迪在一起时是否也需要自我克制，如果玛丽恩不曾离开她，露丝又会不会遇到今天这样的情况呢？

她只掀开了一次被单，看了看熟睡的男孩，虽然可以一整夜都这么看着他，露丝还是克制自己不去多看，而且把这当成告别，就这种情况而言，也算是融入了极为纯真的情感。她下定决心再也不让维姆上她的床，到了清晨，维姆的行为让她更加坚定了这个决心——他以为她还在睡，就再次在她旁边自慰，这一次他把手偷偷伸进她的T恤里面，紧握住她的一只乳房，他跑进浴室洗手时，她假装继续沉睡，这个小色鬼！

早上，她带他去咖啡馆吃早餐，然后他们去了运河边一家他所谓的"文学"咖啡馆——又喝了更多咖啡。恩格贝瓦德咖啡馆光线昏暗，有条爱放屁的狗在桌子底下睡觉，五六个英格兰队的球迷坐在唯一一张看得到窗外景色的桌子旁边喝啤酒，他们闪闪发光的蓝色球衣上印着某个英国牌子的淡啤酒广告。当另外两三个英格兰队的球迷晃进来加入他们的时候，为了表示欢迎，他们会猛然唱起一段旋律激昂的歌曲，但即便如此也无法惊醒那条狗，或者让它停止放屁。（如果这就是维姆心目中的"文学"咖啡馆，露丝简直不敢想象他眼中的低俗咖啡馆该是什么模样。）

早晨的维姆似乎不再那么担心自己的写作前途，露丝相信，她已经让他足够开心，可以请他协助进行一些研究工作了。

“你想要什么类型的‘研究助理’？”年轻人问年长的女作家。

“听着——”

露丝还记得自己读到格雷厄姆·格林在牛津上学时就玩俄罗斯轮盘赌——拿左轮手枪玩的自杀游戏——时的震惊，因为她一直相信格林是个自制力惊人的作家，玩那场危险的游戏时，格林正和他妹妹的家庭教师恋爱，对方比他大十二岁，而且已经订婚了。

露丝·科尔由此不难想象，作为她的年轻崇拜者，维姆·容布勒德甚至可以为了她玩俄罗斯轮盘赌，所以，对于她打算带维姆到红灯区，随便找个妓女，付钱看她接客的计划，看上去实在有些冒险，虽然露丝跟维姆解释过，这只是她的假设——她并非真的打算看妓女接客——然而两人咨询过的几位妓女却误会了他们的意思。

露丝对主宰老教堂广场附近的窗户和门洞的多米尼加和哥伦比亚妓女不感兴趣，因为她怀疑她们听不太懂英语，事实也的确如此，维姆还发现她们的荷兰语更糟糕，倒是有个站在门口的金发高挑妓女，但她不讲英语也不讲荷兰语，维姆说她是俄罗斯人。

最后他们终于在巴恩德街的一处地下室找到一个泰国妓女，她是个体格魁梧的年轻女子，乳房松弛，有个大肚子，但她的脸却圆得完美，嘴唇丰满，眼睛很漂亮，起初她的英语差强人意，她领着两人穿过地下室里兔子窝般的小房间，沿途的一大群泰国女人十分好奇地盯着他们看。

“我们只是和她聊聊。”维姆不确定地说。

胖妓女把他们带进一个昏暗的房间，里面只有一张双人床，橘红和黑色相间的床罩上印着一只咆哮的老虎，床罩中间虎嘴张开的地方搭着一条绿毛巾，毛巾上的几处地方已经漂白了，还有些起皱，胖妓女很可能不久之前在上面躺过。

地下室里所有房间的墙板都没有顶到天花板，比较亮房间里的光线顺着墙头蔓延进来，胖妓女放下一道竹帘挡住门口时，四面的墙都跟着颤动起来，透过帘子下方，露丝可以看到其他妓女光着脚在走廊里走来走去。

“你们谁想看？”泰国女人问。

“不，我们不看，”露丝告诉她，“我们想请你讲讲，男女客人付钱给你、看你接客的时候，你是怎么做的。”露丝发现房间里没有藏身的地方，于是又问：“你会让他们藏在哪里？”

魁梧的泰国妓女脱掉衣服，她穿着一件无袖的橙色外套，料子很薄，背后有拉链，她一下子拉开拉链，甩掉肩带，扭动几下身体，衣服便滑落在地，露丝还没来得及再说一个字，她已经一丝不挂了。“你可以坐在床这边，我和他去那边躺着。”

“不……”露丝说。

“你也可以站着，站哪里都行。”泰国人告诉她。

“要是我们两个都想看呢？”维姆问，但他的话让妓女更糊涂了。

“你们两个都要看？”她问。

“不完全是，”露丝说，“如果我们两个都要看，你会怎么安排？”

一丝不挂的妓女叹了口气，她仰躺在毛巾上，肥大的身体遮住了整条毛巾。“谁先看？”她问，“我想这应该多收钱的……”露丝已经付给她五十盾了。

大块头泰国女人对着两人张开双臂，可怜兮兮地问：“你们两个又要做又要看？”

“不，不！”露丝叫道，“我只想知道，以前是不是有人看过你接客，他们是怎么看的？”

困惑的妓女指着墙头说：“现在就有人在看我们——你们想到那边

看吗？”露丝和维姆望着双人床边的隔墙，发现靠近天花板的地方有条空隙，一个年纪比较大的小个子泰国女人在空隙后面居高临下地对他们咧着嘴笑。

“我的天哪！”维姆说。

“这样可不行，”露丝说，“这是语言问题。”她告诉妓女，她可以把钱留下，他们已经看了想看的东西。

“不看？也不做？”妓女问，“怎么回事？”

露丝和维姆穿过狭窄的走廊，一丝不挂的妓女跟在后头——问他们是不是嫌她太胖。这时，那个曾经出现在墙头上的小个子泰国女人挡住了他们的出路。

“你想来点不一样的吗？”她问维姆，她拿手指头碰碰他的嘴唇，男孩向后退去，小个子女人朝露丝眨眨眼，“你知道这孩子喜欢什么，我猜，”她伸手去摸维姆的裤裆，“噢！”小个子泰国女人叫道，“他那里真大——他想要什么都行！”维姆惊恐地一手捂住裤裆，另一手捂着嘴。

“我们要走了，”露丝坚定地说，“我已经付钱了。”小个子妓女鸡爪般的手伸向了露丝的胸，这时，一丝不挂的大块头妓女挤过来，钻到露丝和意图不轨的小个子妓女中间。

“她是我们这边最厉害的施虐狂，”大块头妓女对露丝解释道，“你们肯定不会想要这个吧？”

“当然不想。”露丝说，她感觉维姆紧贴着自己，好像吓坏了的小孩。

胖妓女对瘦妓女说了几句话，瘦妓女退到一个没开灯的房间里去了，但露丝和维姆还能看见她，两人快步朝温暖宜人的太阳底下走去时，她还朝他们吐舌头。

“你刚才勃起了？”安全地回到大街上，露丝问维姆。

“是。”男孩供认不讳。

很难有什么东西不会让他勃起的，露丝想，而且这个小色鬼昨天还自慰了两次！男人总是没完没了！但她又想起她母亲，玛丽恩一定很喜欢埃迪总是对她兴致勃勃的样子，所谓“六十次”的说法仿佛也有了全新的意义。

戈迪能街上的那个南美妓女告诉维姆：“给你和你母亲半价优惠。”至少她的英语还算不错，因为发现这个妓女的英语比荷兰语好，露丝负责和她沟通。

“我不是他母亲，而且我们只想和你聊聊——只是说话。”露丝说。

“价钱是一样的，不管你干什么。”妓女说。她穿着纱笼和与之匹配的低胸胸罩——印着热带花卉图案，她身材高挑，皮肤是咖啡和奶油色的混合，虽然高额头和突出的颧骨让她的面孔充满异国风情，但那些骨头也太突出了。

她领着维姆和露丝上了楼，来到转角处的一个房间，窗帘是透明薄纱，外面的光线透射进来，给没几件家具的室内带来一种田园风情，连床上的松木床头板和绗缝床罩都让人想起农舍的客房，然而大床上毫无意外地铺着他们预想中的毛巾，但没有坐浴盆、没有水池，也没有藏人的地方。

床的一侧有两把木头直背椅——只能把衣服放在这里，外国妓女脱下胸罩，放在椅子上，解开纱笼，然后只穿着一条黑色内裤坐在铺床的毛巾上，她拍拍床的两边，邀请维姆和露丝坐下。

“你不用脱衣服，”露丝告诉她，“我们只是和你说说话。”

“你想怎么样都行。”异国女子回答。

露丝坐在床沿上，维姆就没有她那么谨慎，一屁股坐在离妓女很近的地方，露丝可不喜欢这样。他很可能已经硬了！她想，那个瞬间，她一下子就知道小说的故事该怎么发展了。

如果年长女作家觉得自己对年轻人的吸引力不够怎么办？如果年

轻人好像不太愿意和她做爱怎么办？当然他还是会和她做，她知道他可以一天做上很多次，然而在她面前，他总是表现得不那么兴奋，如果她对自己的性吸引力没有信心，害怕把自己的兴奋表现出来（免得让自己显得像个傻瓜）怎么办？在这方面，那个年轻人当然和维姆很不一样，他是那种很聪明的家伙，不太像年长女作家可能会喜欢的那种性奴……

但当他们一起看妓女接客时，年轻人会逐渐刻意地让女作家知道他真的兴奋起来了，然后他会让她也兴奋起来，没法在衣橱里保持安静，一心希望妓女的顾客赶紧离开，那人走后，老女人就立刻缠着年轻人做爱——在妓女的床上，妓女在旁边不耐烦地看着，她还可能摸了老女人的脸、脚甚至胸，但激动的女作家顾不上那么多，只想欲望快点得到满足。

“我知道啦。”露丝大声说，维姆和妓女不明白她在说什么。

“知道什么啦？你想要什么？”妓女问，这个无耻的女人把手放在维姆的膝盖上。“摸摸我的胸，快点儿，摸一下。”妓女告诉男孩。维姆犹豫地看着露丝，好像征求母亲许可的孩子。碰了妓女一下之后，他立刻抽回手来，仿佛她的皮肤很凉或者很热，妓女哈哈大笑，笑声像男人那样沙哑低沉。

“你怎么回事？”露丝问维姆。

“你来摸摸！”男孩说，妓女邀请般地转身对着露丝。

“不必了，谢谢，”露丝告诉她，“我对胸不感兴趣。”

“我的胸可不一样，”妓女告诉她，“来吧，摸一下。”

小说家的好奇心被他们挑了起来，她小心地伸出一只手，放在妓女离她最近的那侧乳房上，发现它竟然和鼓起的二头肌或者拳头一样硬，这女人的胸部仿佛塞了棒球。（但她的乳房不比棒球大。）

妓女拍拍她的三角内裤，“你想看看这儿有什么吗？”惊慌的男孩不知所措地看着露丝，但这次并非为了碰触妓女而征求她的许可。

“我们可以走了吗？”维姆问露丝。

他们摸索着走下幽暗的楼梯，露丝问那名不确定性别的妓女是从哪里来的。

“厄瓜多尔。”妓女答道。

他们拐进布罗尔德街，那里的厄瓜多尔男妓更多，但他们比刚才那位美人块头更大，显得更男性化。

“你的勃起呢？”露丝问维姆。

“还硬着。”年轻人告诉她。

露丝觉得不再需要他了。现在她已经知道故事接下来怎么发展，而且厌倦了他的陪伴，他和她构思的那个人物也不一样，只不过还有一个问题：年长女作家和她的年轻情人在哪里接触妓女会觉得比较自在？也许不会在红灯区……

露丝本人更喜欢那些更繁华的城区，带维姆到科西普街和贝尔格街走走应该没什么坏处。（出于某种恶意的挑衅心理，她还想让罗伊看看这个漂亮男孩。）

他们需要经过罗伊在贝尔格街的窗口两次，第一次罗伊的窗帘是放下的，她一定是在接客，当他们又转到贝尔格街时，罗伊出现在她的窗口，然而她似乎没有认出露丝，只是盯着维姆——露丝也没朝她点头或者招手，甚至也没笑，她只是问维姆——故意做出漫不经心的样子——“你觉得她怎么样？”

“太老了。”年轻人回答。

露丝非常确定，他们两个结束了，可虽然她表示晚上有饭局，但维姆告诉她，晚饭后他会在卡登街的出租车站等她，就在她住的酒店对面。

“你不应该上学吗？”她问，“你不回乌得勒支上课了？”

“可我希望再次见到你。”他恳求道。

她警告他，她太累了，需要睡觉——真正的睡眠。

“我在出租车站等你吧。”维姆告诉她，他看上去像一只已经挨过打、却还想找打的狗。露丝那时却不知道，当她见到他在车站等候时，她心里会是多么的高兴，她根本不知道他俩还没有结束。

露丝在洛金街的健身房和马丁碰面，她想看看这里是否可以作为女作家和年轻人的邂逅地点，结果发现这里很完美——因为一点都不花哨，只有几个专心练举重的人，露丝心目中的那个年轻人比维姆更冷静超脱，是个热爱健身的人。

露丝告诉马丁和西尔维娅，她和一位年轻的崇拜者“过了一夜”，他很有用处，露丝说服他陪她到老城区“采访”了几位妓女。

“可你打算怎么摆脱他呢？”西尔维娅问。

露丝老实承认，她还没有最终摆脱维姆，而且晚餐后他还会在外面等她，马丁和西尔维娅都笑了，现在，如果他们晚饭后把露丝送回酒店，她就无须再解释维姆的事了，露丝觉得她的计划已经全部就位，就差再去拜访罗伊了，罗伊不是对她说过，任何事情都有可能发生的吗?

露丝没吃午饭就和马丁、西尔维娅去史普伊街的一家书店参加了签售会，她只吃了一根香蕉，喝了一小瓶矿泉水，之后，她有一下午的时间拜访罗伊，她唯一担心的是罗伊可能去学校接她的女儿。

签售会上发生了一段小插曲，露丝觉得这件事似乎在警告她不应该再见罗伊了。一个年龄和露丝差不多的女人挎着一只大购物袋来找她签名——显然把书房里的所有书都搬来了，购物袋里不仅有露丝的三本小说的荷兰文版和英文版，还有特德·科尔那些闻名世界的童书的荷兰译本。

“对不起——我不给我父亲的书签名，”露丝告诉她，“这些是他的书，不是我写的，我不应该在上面签名。”听了马丁的荷兰语转述，女人看起来很震惊。

“可我是为了我的孩子们把这些书拿来签名的！”女人告诉露丝。

噢，为什么不遂了她的意呢？露丝想，毕竟顺水推舟更容易，而且，给父亲的书签名时，她觉得其中一本就好像是她自己写的一样——正是那本在她的启发下写成的《不想发出声音时发出的声音》。

“这本书的荷兰语名字怎么读？”露丝问马丁。

“念出来很难听。”他告诉她。

“念给我听听。”她说。

“Het geluid van iemand die geen geluid probeert te maken.”哪怕这是荷兰语，露丝听后都打了个寒战。

她本应该把这件事当成一个警示，再三斟酌要不要拜访罗伊，然而她却看了看表。有什么好担心的？排队的人只剩不到十个了，露丝有很多时间找罗伊聊聊。

鼹鼠人

每年这个时候的下午三点左右，贝尔格街上都会只剩下小块的阳光，罗伊的房间在阴凉处，她在抽烟。“我无聊的时候才抽烟。”露丝进去时，罗伊晃了晃手中的烟卷。

“我给你带来一本书——你无聊的时候可以读读。”露丝说。她拿出一本《少儿不宜》的英文版，罗伊的英文很好，让她读荷兰语版是对她的侮辱，露丝本打算在书上留言，但她什么都没写——连名字都没签——因为她不知道如何拼写罗伊的名字。

罗伊接过书，把它翻过来，仔细端详着封底印的露丝的照片，然后她把书放到门边的小桌上（那张桌子是她放钥匙的）。“谢谢，”妓女说，“可你还是得付我钱。”

露丝拉开挎包，打开钱夹，她的眼睛尚未适应室内黯淡的光线，看不清钞票上的面额。

罗伊已经坐在了床中央的毛巾上，她忘记了拉上窗帘，抑或是她知道自己不会和露丝做爱，罗伊今天不再试图勾引露丝，认同了露丝只是来找她谈话的这个事实。

“你今天和一个很可爱的男孩在一起，”罗伊告诉露丝，“他是你男朋友还是你儿子？”

“都不是，”露丝回答，“他的年龄太大，不能做我儿子，除非我十四五岁就生了他。”

“又不是没有那种年纪生孩子的人。”罗伊说，想起窗帘没拉，她从床上站起来，“他的年龄适合给我当儿子。”妓女补充道。拉窗帘的时候，贝尔格街上的什么东西或者什么人吸引了她的注意，她只把窗帘拉上四分之三，就朝门口走去，走到露丝身旁时，她转过来低声说：“等一下……”然后她把门敞开一条缝。

露丝没坐在口活椅上，只是站在昏暗的房间里，一手搭着椅子扶手，这时她听到一个男人在街上讲英语。

“我该过一会儿再来吗？需要再等等吗？”男人问罗伊，他的英语里夹杂着一种露丝分辨不出的口音。

“等一分钟。”罗伊告诉他，她关上门，把窗帘完全拉上。

“你想要我离开吗？我可以以后再来……”露丝低声说，但罗伊站在她身边，捂住了她的嘴。

“现在是多么好的机会啊，”妓女也小声说，“帮我把鞋子摆好。”罗伊跪在衣橱边，把里面的鞋从鞋尖朝里转向鞋尖朝外，露丝呆呆地站在口活椅旁边，她的眼睛还没适应黑暗，依旧没法数钱给罗伊。

“你可以等会儿再付钱，”罗伊说，“快来帮我，他看起来挺紧张——说不定是第一次，他可不会等上一天的啊。”

露丝跪在妓女旁边，双手发抖，捡起一只鞋又掉了。“我来吧，”罗伊生气地说，“你钻进衣橱里，千万别动！只能动眼睛，”妓女补充道，“除了眼睛，哪里都不能动！”

罗伊摆好露丝脚旁的鞋，露丝本可以制止她，也可以提高声音的，但她连小声说话都做不到，后来她想——在此后的四五年里——她没开口是因为怕罗伊对她失望，就像小时候和同伴打赌，终于有一天，露丝意识到，因为害怕自己看上去像个懦夫而同意做任何事，其实是最糟糕的理由。

刚进衣橱她就后悔没有拉开外套拉链，里面十分闷热，但罗伊已经让客人进到这个红色的小房间里，露丝没敢动，而且拉拉链也会发出声音。

满墙的镜子似乎让那个男人十分不安，露丝只瞥了一眼他的脸就扭过头去，因为那张脸过于平凡，她不想看，只好看着罗伊来代替。

妓女脱掉胸罩，今天她戴了黑胸罩，正要脱内裤，男人阻止了她。“没必要。”他说，罗伊看上去很失望。（很可能是因为没法让我看到更多而失望，露丝想。）

“价钱是一样的，不管你是看还是摸，”罗伊告诉相貌平庸的男人，“七十五盾。”但她的顾客显然已经知道价格——手里拿着准备好的钱，他刚才一直把钱放在外套口袋里，一定是进门之前就把钱掏了出来。

“不摸——只看。”男人说。露丝觉得他的英语有德国口音，当罗伊去摸他的胯下时，他躲开了她的手，不让她碰自己。

他是个秃头，脸上没有胡须，显得脑袋像个鸡蛋，身材普通，并不魁梧，衣着也很普通，宽松的炭灰色长裤肥大得有些不合身，却熨烫得出奇地平整，黑色的外套穿在身上显得有些臃肿，好像大了一号，白衬衫最上面那颗扣子没系，领带也是松开的。

“你是干什么的？”罗伊问他。

“安保系统。”男人小声说。露丝好像听到他又补充了一句“SAS”，但她并不确定，他说的SAS是斯堪的纳维亚航空公司吗？“很好的公司。”露丝听见他说。“请你侧身躺着。”他告诉罗伊。

罗伊像个小女孩那样蜷缩在床上，脸朝着他，膝盖缩在胸前，抱着自己，仿佛觉得冷，卖弄风情地对着男人笑。

男人站在一旁，居高临下地看着她，把他那只看上去很沉的公文包放在口活椅上，露丝看不见那个包，它是那种教授和老师青睐的款式，已经变形了。

仿佛要膜拜罗伊蜷曲的身体，男人跪在床边的地毯上，外套拖到地上，突然，他长叹一声，露丝听到他呼哧呼哧的喘息，夹杂着支气管的鸣音。“请把腿伸直，”男人说，“手放到头上方，像做伸展运动那样，假装你早晨刚刚醒来。”他气喘吁吁地补充道。

罗伊舒展身体——露丝觉得她的姿态很动人——但患有气喘病的男人并不满意。“试着打打哈欠，”他建议道，罗伊假装打了个哈欠，“不，真打哈欠——闭着眼睛打。”

“对不起——我不能闭眼睛。”罗伊对他说。露丝意识到罗伊在害怕——就像因为感受到气流的变化才意识到门或者窗户开了那么突然。

“你能跪下吗？”男人问，喘息依旧没停。听说让她跪下，罗伊似乎松了口气，她跪在铺床的毛巾上，手肘和头靠着枕头，侧身看男人，她的头发滑下来一些，挡住了一部分脸，但还是能看到他，她一直没把视线从他身上挪开。

“没错！”男人狂热地喘着气，拍了两下手，跪在地上左摇右晃，“现在摇头！”男人告诉罗伊，“把头发朝两边甩！”

透过妓女的大床对面的镜子，露丝再次看到那个她不想细看的男人的脸，男人半闭着小眼睛，眼皮松弛地挂在眼眶上，好像鼹鼠的瞎眼睛。

露丝迅速把视线移到衣橱对面的镜子上，她害怕自己会看到衣橱的帘子下面有动静，比如说她脚上的鞋子在抖动，橱里的衣服像有生命一般聚集在她的周围。

罗伊按照男人的命令摇起头来，头发纷纷滑落，不到一秒钟——抑或是两三秒钟之后——她的头发完全把脸盖了起来，鼹鼠人等待的时机来了，他扑上去，胸口压在罗伊的脑袋和脖子上，下巴顶着她的脊柱，右胳膊箍住她的喉咙，左手握住右手腕，用力向后掰，同时慢慢站起来，罗伊的头和脖子紧贴着他的前胸——他的右前臂扣在她的喉咙上。

若干秒钟之后，露丝才意识到罗伊已经无法呼吸，她只听得到男人气管中的哮鸣，罗伊的瘦胳膊无声地在空气中抽动，一条腿蜷在身下，另一条朝身后直直地踢动，左脚的高跟鞋被甩到了厕所的门上，鞋子砸门的声音吸引了男人的注意力，他转过头去，仿佛认定了有人坐在厕所的马桶上，看到罗伊的那只鞋，他笑着松了一口气，继续勒紧妓女的脖子。

汗水如同溪流般从露丝的两乳之间淌下，她想冲出门去，但她清楚门已经锁住了，而且她根本不知道如何开锁，她能想象出那个男人会如何把她拖回来，手臂勒住她的气管，直到她的胳膊和腿变得像罗伊那样软弱无力。

露丝的右手无意识地握紧又张开（她后来想，要是当时手里拿着壁球拍就好了），然而恐惧剥夺了她的行动能力，她什么都没有做——露丝将永远无法忘记这个事实，也无法原谅自己。她仿佛是被罗伊衣橱里面的衣服拉住的。

现在罗伊停止了踢打，男人搂着她，仿佛在和她跳舞，她光着的脚踝拖在地毯上。他已经松开了她的喉咙，她的头向后仰在他的臂弯里，他的嘴和鼻子都贴在她的脖子上，拖着她的身体前后挪动，罗伊的双臂搭在身体两侧，手指蹭过光裸的大腿。鼹鼠人的动作相当轻柔，仿佛竭力避免吵醒一个睡着的孩子，他轻轻地把罗伊放回床上，再次跪倒在她旁边。

罗伊眼睛大睁，瞪视着衣橱门帘的狭窄缝隙，露丝觉得她仿佛在谴责自己。凶手显然也不喜欢罗伊的眼神，他用拇指和食指合上她的眼皮，然后从床头柜的盒子里抽出一张纸巾，好像害怕被传染疾病一样，垫着纸巾捏住妓女伸出来的舌头，塞回她的嘴里。

问题在于，死去的妓女不肯闭嘴，嘴唇根本合不上，下巴落到了胸口，男人不耐烦地把罗伊的脸扭到一边，拿枕头顶着她的下巴。然而这种不自然的姿态明显让他感到困扰，他恼怒地叹了口气，接着发出一声高亢、刺耳的喘息，试图把罗伊软绵绵的四肢摆正，却总也不能摆出他想要的样子，要么是胳膊滑下来，要么是腿歪到一边。终于，鼹鼠人怒火迸发，在罗伊赤裸的肩头咬了一口，牙尖撕破了皮肤，只出了一点血——罗伊的心脏已经停止了跳动。

露丝屏住呼吸，几乎一分钟过后，她突然意识到不该这么做，因为接下来她不得不大口吸气，不由自主地用力呼吸了几次后，她看到凶手僵硬地一动不动，知道他听到了奇怪的声音，可能就是她的呼吸声。凶手不再摆弄罗伊的身体，甚至连喘息也停了，他也屏住呼吸，仔细倾听，虽然露丝已经多日不曾咳嗽，现在她的嗓子却有痒起来的迹象。

鼹鼠人缓缓站起，检视房间中的每一面镜子，露丝很清楚他听到了什么：某个不想发出声音的人发出的声音。所以他才会屏住呼吸四处察看，他的鼻子抽动着，露丝觉得鼹鼠人在搜寻她的气味。

为了冷静下来，露丝没有看他，而是盯着衣橱对面的镜子，试图透过门帘的窄缝窥视镜子里的自己。在帘子下面的几双鞋尖朝外的鞋子里，她找出了自己的鞋子，过了一会儿，她又分辨出自己的黑色牛仔裤的裤脚，如果看得够仔细，还能看出鞋子里的她的脚，往上是脚踝和小腿……

突然，凶手开始咳嗽，他发出一种可怕的吸气声，整个身子都抽搐起来。等鼹鼠人停止咳嗽，露丝已经稳住了自己的呼吸。

保持身体绝对静止的秘诀是绝对的专注。“以后，你如果需要勇敢起来，看看这条伤疤就够了。”露丝小时候，埃迪·奥哈尔曾这样告诉她，但如果不移动头或者手，她无法看到自己的右手食指，所以她只能想着《不想发出声音时发出的声音》那本书的内容，对于她父亲写的故事，这是她背得最熟的一本书，书里也有一个鼹鼠人。

“有一只鼹鼠，身体是小孩的两倍大，但只有大人的一半大，这只鼹鼠站直了走路，就像一个人，所以大家叫他鼹鼠人，他穿着一条肥裤子和一双旧网球鞋，裤子很肥，可以把他的尾巴藏起来，网球鞋让他跑得又快又没有声音。”

这本书的第一幅插图，描绘的是露丝和她父亲跨进他们在萨加波纳克的房子大门，两人手牵着手穿过洒满阳光的前厅，他们没有发现，角落里的衣帽架后面，站着一只大鼹鼠。

“鼹鼠人的工作是猎捕小女孩，他喜欢把她们抓起来，带到地底下关一两个星期。小女孩不喜欢地下，鼹鼠人最后会放她们走，那时候，她们的耳朵里和眼睛里全是尘土，需要每天都洗头，一连洗上十天，才能把身上的蚯蚓味儿洗掉。”

第二幅图画的是鼹鼠人躲在饭厅的落地灯下面，露丝和她父亲在吃晚餐的情景。鼹鼠人的脑袋是弧形的，顶上有个尖，像是扑克牌里的黑桃，耳朵不外露，功能退化了的小眼睛凹进毛茸茸的脸，五根宽脚趾让他的爪子像蹼，他的鼻子很像星鼻鼹鼠的鼻子，是二十二根粉红色的触手般的触觉器官组成的。（除了鼹鼠人鼻子涂成粉色之外，特德·科尔的插画中只有棕色和黑色。）

“鼹鼠人是瞎的，他的耳朵很小，缩在脑袋里面，他看不见那些小女孩，但他能用星形的鼻子闻见她们——当小女孩独自一人的时候，特别容易被鼹鼠人闻见。他的毛皮像天鹅绒一样柔软，无论从哪个方向摸都很光滑，如果一个小女孩站得离他太近，她会忍不住去摸他的毛，然后，鼹鼠人就会知道小女孩在那里了。

“露西和她爸爸吃完饭之后，爸爸说：‘我们没有冰淇淋了，我去商店买冰淇淋，你能收拾一下桌子吗？’

“‘好的，爸爸。’露西告诉他。

“可是，这样的话，房子里就只有她和鼹鼠人了，爸爸出门后，露西才发现鼹鼠人在饭厅里。”

第三张插图画的是露丝把碗碟和餐具端进了厨房，她一直警觉地看着已经从落地灯底下钻出来的鼹鼠人，他星形的鼻子向前伸着、嗅着，搜寻露丝的气味。

“露西小心地不让刀叉掉到地上，因为声音太响亮，连鼹鼠人都能听到，虽然她能看见他，但她也知道鼹鼠人看不见她。露西走到垃圾桶旁边，把蛋壳和咖啡渣放到头发上，这样她闻起来就不像是小女孩了，可鼹鼠人听到了蛋壳碎裂的声音，而且，他喜欢咖啡渣的味道——味道像蚯蚓！鼹鼠人想，他的鼻子越来越靠近露西。”

第四幅图是露丝跑上铺着地毯的楼梯，咖啡渣和蛋壳从她的头发上掉到身后，鼹鼠人站在楼梯脚，伸着鼻子朝着她的方向闻，他已经抬起穿着旧网球鞋的脚，踏上了第一级楼梯。

“露西跑到楼上，她必须弄掉头发上的咖啡渣和蛋壳，她想让自己闻起来像她爸爸！于是她穿上他的旧衣服，把他的剃须膏抹到头发上，甚至用鞋跟擦了擦脸，可她马上想到这是个坏主意，因为鼹鼠喜欢尘土，她急忙把脸上的尘土刮掉，又抹了一些剃须膏，可她必须快一点——和鼹鼠人困在楼上相当危险，她慢慢走到楼梯上，想从鼹鼠人的身边溜过去。”

第五张插图：鼹鼠人站在楼梯中段的平台上，露丝穿着她父亲的旧衣服，头上涂着剃须膏——也在平台上，他们马上就要互相碰到了。

“鼹鼠人闻见一股大人的味道，他害怕大人的味道，但露西在鼻子上也涂了一些剃须膏，她很想打喷嚏，因为喷嚏声会很响，连鼹鼠人都能听见，所以露西一连忍住了三个喷嚏，忍喷嚏可不是闹着玩的——你的耳朵会很难受，而且露西每次发出一点小声音，鼹鼠人都能隐隐约约地听见，他的脑袋一直往露西这边凑。

“那是什么声音？他想。他真希望自己的耳朵能长得长一点！那个声音很像一个不想发出声音的人发出的声音。他继续听着，也继续闻着，露西吓得不敢动，只是站在那里，忍着不去打喷嚏，她还必须忍着不碰鼹鼠人，他的毛皮看上去多么像天鹅绒啊！

“那是什么味道？鼹鼠人想，天啊，这家伙真的需要换衣服了！不过，这个人倒是每天要刮三次胡子，可他怎么又去摸鞋底呢？还打破了鸡蛋、弄洒了咖啡？这家伙真能闯祸！鼹鼠人想。但是，他总能闻到一股孤零零的小女孩的味道——这是因为露丝擦了婴儿爽身粉。鼹鼠人想，这个小女孩洗完澡之后，在咯吱窝和脚趾头中间擦了爽身粉，他最喜欢擦爽身粉的小女孩了。

“他的毛看上去真软，我都快看晕了——而且很想打喷嚏！露丝想。”

第六幅插图画的是露丝和鼹鼠人待在楼梯中段的近景，鼹鼠人蹼状的爪子伸向小女孩，一根长脚趾马上就要碰到她的脸了，她的小手也伸向了他——正要抚摸鼹鼠人胸前天鹅绒般的毛。

“‘是我——我回家啦！’露西的爸爸喊道，‘我买了两种口味的冰淇淋！’

“露西打了个喷嚏，把一些剃须膏喷到鼹鼠人身上，他讨厌剃须膏，因为眼睛看不见，跑起来不方便，鼹鼠人跳到楼梯下段的栏杆上，还想藏到前厅的衣帽架下面，但露西的爸爸看到了他，揪住了他的肥裤子，他的尾巴就藏在里面——把他扔到大门外。

“然后露西得到了特别奖励，她一连吃了两种口味的冰淇淋，同时还洗了个澡，因为谁也不应该带着一身剃须膏、鸡蛋壳和咖啡渣的味道上床睡觉——而且只有一点爽身粉味。小女孩上床睡觉时应该浑身都是爽身粉味，不能有别的味道。”

第七幅插图——“一个星期七天，每天一张。”特德·科尔说——父亲送露丝上了床，而且让主卧室的门开着，这样她就能看到小夜灯。透过窗帘的缝隙，可以看到漆黑的夜幕和远处的月亮，在窗户外面的窗台上，鼹鼠人蜷缩着，像在地底下那样熟睡，脸藏在蹼状的爪子后面，只露出闪着微光的粉红色鼻子，二十二根粉红色的触手里面，至少有十一根是贴在露丝的卧室窗玻璃上的。

创作这本书的那几个月里，星鼻鼹鼠的尸体（特德的写生模特）把她父亲的工作室弄得比墨鱼汁还要难闻，有一次，露丝找冰棒的时候，还在冰柜里发现了一个塑料袋，里面装着一只星鼻鼹鼠。

只有爱德华多·戈麦斯看起来并不在乎这种事——因为这位园丁痛恨各类鼹鼠，为特德提供足够数量的星鼻鼹鼠的任务让他大为解气。

彼时正是露丝的母亲和埃迪·奥哈尔离开那年的漫长秋季。

1958年夏天，特德多次重写这个故事，插图完成得更晚，特德·科尔的所有出版商——以及翻译者，都求他更改书名，他们想让他叫这本书《鼹鼠人》，然而特德坚持认为，这本书应该叫《不想发出声音时发出的声音》，因为他女儿给了他写书的灵感。

现在——在狭小的红色房间里目睹罗伊被杀之后——露丝·科尔试图通过回忆这本书的情节（勇敢的小女孩露西和块头是她两倍的鼹鼠人周旋）冷静下来，最后，露丝终于敢活动她的眼睛了——但只是眼睛而已，她想看看凶手在干什么，他的喘息差点把她逼疯，她听到他四处走动，昏暗的房间变得更昏暗了一点。

凶手拧下了口活椅旁边那盏落地灯里的电灯泡，灯泡的瓦数非常低，拧下来之后，房间里只是没有先前那么红了，并没有变得更黑。（凶手还移走了猩红色的灯罩。）

然后，从口活椅旁边的大公文包里，鼹鼠人取出一只高瓦数的照明灯泡，装进落地灯的灯座里，罗伊的房间瞬间灯火通明，然而无论是这个小房间还是罗伊，似乎都没有因为照明的改善而显得好看一些，包括那个被照亮了的衣橱，透过门帘的缝隙，露丝可以清楚地从镜中看到自己的脚踝和脸。

幸运的是，凶手没再搜寻整个房间，他的主要目的是照亮妓女的尸体，他拿灯照着罗伊的床，不耐烦地拍了一下罗伊毫无反应的胳膊，因为胳膊没有待在他原先放置它的地方，罗伊变得松弛的胸部也让他失望，可他还能怎么办？他最喜欢她侧躺的姿势，只能看见一边的乳房。

灯光耀眼，凶手秃头上的汗珠泛起一片闪光，露丝这才注意到，他的肤色有点发灰，但他的喘息似乎有所和缓。

凶手显得放松了许多，就着灯光，他拿出相机，透过取景器仔细检视罗伊的身体，露丝认得那种相机：老式的大画幅拍立得——她父亲用这种相机给他的模特拍照，印出来的黑白照片必须用那种奇臭无比的拍立得保护膜保存。

迅速拍下一张照片后，凶手就不怎么在乎罗伊的姿势了，他粗鲁地把她翻过去，抽出她身下的毛巾，垫着毛巾拧下落地灯上的照明灯泡，放回公文包。（虽然只用了一小会儿，照明灯泡却已经变得很热。）凶手还用毛巾擦掉了他最初拧下来的低瓦数灯泡上的指纹，把灯罩上的指纹也擦掉了。

他不停地挥动正在显影的底片，底片大约有一只商务信封那么大，二十多分钟不到，凶手就心急地打开底片封套，来到窗前，在自然光下察看冲洗效果——对此他似乎非常满意。回到口活椅旁边，他把相机塞回大公文包，小心地给照片涂上臭烘烘的保护膜，然后挥动照片，在空气中风干。

凶手的喘息声已经变得很轻微，他甚至哼唱起一首不知名的曲子——悠闲得仿佛正在做三明治给自己吃一样。他一边挥动着已经干了的照片，一边走到临街的门口，试着打开门锁——门开了一条缝，他朝外面窥视了一眼。为了避免留下指纹，接触门锁和门把手时，他都是拿袖子垫着的。

关上门之后，凶手看到了露丝·科尔的那本《少儿不宜》——搁在妓女放钥匙的小桌上。他拿起书，翻过来，端详作者的照片，然后，把书从中间摊开（没读里面的一个字），把照片夹了进去，把露丝的小说放进他的公文包。当他从口活椅上拿起包时，包盖一下子弹开了，落地灯没开，公文包里的东西掉到地毯上时，露丝看不清那都是些什么，但凶手立刻趴到地上，把东西捡回包里，喘息声随着他的动作再次响起，最后，他终于站起来，紧紧地关上公文包。

凶手看了房间最后一眼，令露丝惊讶的是，他没有再看一眼罗伊，似乎妓女已经被他收进那张照片里面带走了。然后，几乎像刚才杀人一样迅捷，脸色灰败的鼹鼠人离开了。他打开临街的房门，没有去看街上有没有人（或者门口是否站着别的妓女）就走了出去，关门之前，他对着罗伊的门口鞠了一躬，仿佛罗伊本人就站在几英尺之外，触碰门把手时，他又用袖子包起了手掌。

露丝的右脚已经站麻了，但因为害怕凶手再次返回，她还是在衣橱里等了一两分钟才出来。她蹒跚着跨过衣橱里的鞋子走出来，不小心把挎包掉到了地上，包一如往常地没有拉拉链，她不得不在黑暗中摸索，捡拾可能从包里掉出来的东西。她凭借触觉确认，每一样对自己有重要意义的物品（以及上面有她的名字的东西）都还在包里，她的手在地毯上触到一件管状物，摸上去挺粗，不像是她的唇膏，但她还是把它放进挎包。

她后来引以为耻的那种懦弱——躲在衣橱里吓得不敢动弹——现在被另外一种懦弱取代：掩盖踪迹，假装从未来过这里。

露丝根本不敢看罗伊一眼，她将门敞开一条缝，向外窥视了一阵，直到看不见有任何妓女站在门口，街上也没有行人了，才迅速窜出去，走进午后的阳光之下。在萨加波纳克，她最爱这时的天光，而现在她只感到深秋的寒意，她想知道发现罗伊没去学校接她女儿的那个人会是谁。

她用了十多分钟时间试着说服自己这不是在逃跑，走到老城区警察局也恰好需要十多分钟的时间。回到红灯区时，露丝的脚步放慢了许多，她没有去找前两位出现在她视野中的警察——他们都高高在上地骑着马。来到警察局（瓦莫斯街48号）的门口，露丝迟疑着没有进去，而是回到了旅馆，她开始意识到，自己不仅是个懦夫，还是个不够格的目击证人。

这位以重视细节著称的世界闻名的小说家，在观察妓女接客时，竟然不曾捕捉到所有最重要的细节，以至于永远无法确定凶手，连描述他也几乎做不到，她甚至还给自己找了个不去看凶手的理由！他那双仿佛退化掉的小眼睛，虽然迫使她想起了鼹鼠人，却并非足以指认凶手的证据，露丝对凶手最深刻的印象莫过于他的平凡——没有任何特点。

这里究竟有多少带着大公文包、生意人模样的秃顶男人？当然，不是所有人都有气喘病，随身携带大画幅拍立得相机——现在，持有这种相机也算得是一种特征，露丝猜测，可能只有专业人士才会对这种相机感兴趣，可这又能把怀疑对象的范围缩小几成？

露丝·科尔是个小说家，小说家必须稳重行事，她认为必须先想好跟警察说什么再去找他们，最好是先把话写下来，但回到旅馆时，她突然意识到自己也很可疑：一位著名小说家、极为成功的女性，竟然躲在妓女的衣橱里，目睹妓女被杀的全过程。她还得说服警察（和公众）相信，她观察妓女是出于“研究”的目的——然而她在最近的发言中刚刚宣扬过，与纯粹的想象相比，真实的经验只能算二流的！

可想而知，人们会对这番说辞作何反应。虽然她终于找到了她一直在寻找的羞辱，但她绝对不会把这种羞辱诉诸笔端。

露丝泡了个澡，做好跟马丁、西尔维娅以及读书俱乐部的人吃饭的准备，还写好了她打算对警察说的话，但她在餐桌上始终心不在焉，深知见警察并不像写下证言那么简单，而且她认为自己应该对罗伊的女儿负责。马丁和西尔维娅开车送她回酒店时，露丝越来越觉得愧疚，因为她害怕向警方报案。

以小说家的身份详细描绘了工作中的妓女的房间之后，从衣橱中看到的罗伊房间里的细节会长时间留在露丝的脑海中，如同趴在露西窗外的鼹鼠人，星形的鼻子紧贴着窗玻璃，她父亲的儿童小说中的恐怖气氛也渗透进了露丝的成年生活。

“嘿，他来了——你那位没完没了的崇拜者。”看到守候在出租车站的维姆·容布勒德，马丁说。“噢，真没劲。”露丝故作疲惫地说，然而她从来没有见到谁时这么高兴过，她知道自己希望报警，但不知道如何用荷兰语告诉警察，而维姆知道怎么说，只要让这个傻小子以为他在做另外一件事就可以了。露丝和马丁、西尔维娅吻别，西尔维娅用问询的目光看着她。“不，”露丝低声告诉她，“我不会和他睡的。”

然而那个痴情的男孩有他自己的打算，他还带来一些大麻，露丝并不相信维姆真的能用这种东西勾引她上床。果不其然，她成功地让他吸了不少大麻，把他弄得昏昏沉沉的，又逗得他哈哈大笑。

“你们国家的语言真有趣，”她借机开口道，“说几句荷兰语给我听听吧，随便什么都行。”

男孩每说一句，露丝就跟着重复一句——就这么简单，她的发音让他歇斯底里地笑起来。

“你们怎么说‘狗吃了这个？’”她问，她编造了一些毫无意义的句子，把真正想让他说的报警内容掺杂在里面，“‘他是个秃顶，脸上的皮肤很光滑，脑袋是鸡蛋形状的，身材很普通——不是很魁梧。’我猜你没法一口气把这些话说出来。”她对维姆说，然后她又让他把这些话写出来，以便她自己练习着说。

“你们怎么说‘他没做爱？’”露丝问男孩，“你知道吧，和你一样。”她补充道，大麻吸得飘飘欲仙的维姆甚至笑了起来，他告诉了她怎么说，然后按照她的要求全部写下来，她不断提醒他要把单词拼对。

他仍旧以为等一下她会和他上床，可露丝已经得到了她想要的，去浴室小便时，她拉开挎包找唇膏，发现里面有个装拍立得相片保护膜的圆筒，显然是她不小心从罗伊房间拿回来的。它是从凶手的公文包里掉出来的，上面有他的指纹，也有她的，但她的指纹有什么要紧？这是留在罗伊房间里的唯一证据，必须把它交给警方。露丝走出浴室，继续哄骗维姆，她假装吸了一根大麻烟，然后对男孩说："'凶手掉了这个。'这句话该怎么说，把它写下来。"

最后拯救了露丝，使她得以不和维姆发生关系——并且成功阻止了他在她旁边自慰的是艾伦打来的电话。维姆听得出，艾伦是个重要人物。

"我特别想你，"露丝诚实地告诉艾伦，"我应该在离开前和你做爱的，我希望一回去就和你做爱——我后天就回去了，你知道吧，你会去机场接我的吧？"

尽管吸了大麻，维姆还是听明白了露丝的话，他茫然地看着整个房间，仿佛他的半辈子都错付在这里。他离开的时候，露丝还在和艾伦打电话，维姆本来可以大吵大闹的，但他不是个坏孩子——只是个普通小伙子而已。他唯一做出的愤怒举动就是掏出口袋里的安全套，丢在打着电话的露丝旁边，那个安全套还是带香味的——包装上写着"香蕉味"。露丝会把它带给艾伦，告诉他这是来自红灯区的小礼物。（她决定不把维姆或者罗伊的事情告诉艾伦。）

小说家坐起身，照着维姆写的句子抄了一遍，她极为仔细地誊写着这门外国语言，不希望出现丝毫错误。毫无疑问，警察会推断出现场有过目击者，但露丝不希望他们知道目击者不是荷兰人，用这种办法，可以让警察觉得目击者也是妓女——很可能是罗伊在贝尔格街的邻居。

露丝有一只稿纸规格的普通牛皮纸信封，是马丁给她装旅行日记的。她把给警察的证词和照片保护膜的圆筒装进这个信封，拿圆筒的时候，她只用拇指和食指捏着它的两端，她知道在罗伊房间的地毯上摸索时，她碰过整个圆筒，但她希望这样做不会破坏凶手的指纹。

露丝不知道任何一名警察的名字，但她认为可以直接写上警察局的地址——瓦莫斯街48号。次日一大早，她先跑到楼下的大厅，找门房买来邮票，然后出去买当天的报纸。

至少有两份阿姆斯特丹的报纸把这个案子登在了头版，她买了一份大标题下面有照片的报纸，那张照片是贝尔格街的夜景，不是很清楚：罗伊的门口拉了一条警戒线，线后面有个便衣警察模样的人在和两个妓女模样的人交谈。

露丝认出了那个警察，他就是穿着脏跑鞋和棒球夹克的那个壮汉，在照片里，他刮了胡子，但露丝毫不怀疑他就是那个在老城区跟踪过她一段路的人，贝尔格街和红灯区显然是他的管辖范围。

报上的大标题是：

MOORD IN DE BERGSTRAAT

露丝不需要懂荷兰语就明白它的意思。虽然并未提到妓女的昵称“罗伊”，文章说，被害者名叫德洛丽丝·德罗瑞特，四十八岁，此外只提到一个名字——那个便衣警察的，原来他叫哈利·胡克斯特拉，而且有两个头衔，一个是awijkagent，另一个是hoofdagent。露丝决定，先问问马丁和西尔维娅报纸上是怎么报道此事的之后，再给警察寄信。

她把报纸装进挎包里，带着去吃晚餐，这是她离开阿姆斯特丹之前和马丁他们吃的最后一顿饭，露丝事先演练过如何故作漫不经心地拿出报纸，给他们看上面的报道：“这是个什么新闻？我去过那条街呢！”

可没等她拿出报纸，马丁已经谈起这件事，他还把新闻从报纸上剪了下来，指着剪报问露丝：“你看过这篇报道吗？你知道上面说的什么吗？”露丝假装不知道，于是马丁和西尔维娅把所有细节都告诉了她。

露丝猜得没错，尸体是被晚上使用罗伊房间的那个年轻妓女发现的——就是她见过的那个穿皮背心的女孩，唯一令她惊讶的是，报道中没提到罗伊的女儿。

“什么是awijkagent？”露丝问马丁。

“在街上巡逻的管区警察。”他告诉她。

“那什么是hoofdagent？”

“那是他的警衔，”马丁说，“他是高级警员——大概等于你们的巡警。”

第二天，露丝·科尔乘坐临近中午的飞机，离开阿姆斯特丹，返回纽约。去机场的路上，她让出租车先带她去了邮局，在邮局把信寄给了哈利·胡克斯特拉，他是阿姆斯特丹警局第二分局的巡警，假如露丝知道第二分局的座右铭，一定会吃惊的，这句拉丁文就刻在警官们的钥匙环上：

ERRARE HUMANUM EST

犯错乃人之常情。露丝·科尔知道这句话。她的证言和那个拍立得相片保护膜的圆筒会告诉哈利·胡克斯特拉很多信息，远超露丝的预料。露丝在信里面用荷兰文写下了这些话：

1. 凶手掉了这个。

2. 他是个秃顶，脸上的皮肤很光滑，脑袋是鸡蛋形状的，身材很普通——不是很魁梧。

3. 他讲英语，我认为带着德国口音。

4. 他没做爱，他给尸体摆好姿势，拍了一张照片。

5. 他的眼睛眯着，几乎是闭起来的，看上去像一只鼹鼠。他喘气声很粗，也许有哮喘……

6. 他为SAS工作，是斯堪的纳维亚航空公司吗？他似乎是做安保工作的。

以上证言和那个装拍立得相片保护膜的圆筒是露丝掌握的全部信息，假如她听到一周之后哈利·胡克斯特拉和他同事的对话，可能会有些担心。

哈利不是警探，有七八名警探已经开始追查杀害罗伊的凶手了，哈利·胡克斯特拉只是个巡警，但他在红灯区和贝尔格街一带工作了三十多年，没有谁比他更熟悉老城区的妓女和她们的世界，而且，目击证人把信寄给了他，最初警方怀疑目击者认识哈利——所以她很可能是个妓女。

然而哈利·胡克斯特拉可不这么想，他也有自己的做事方式，警探们的工作是抓凶手，哈利承接了不那么重要的任务。当有人问起他对妓女被害案的调查进展时，哈利巡警会说："我的任务不是抓凶手，而是找目击者。"

跟踪——从飞翔的食物马戏团回家

如果你是个作家，可能会面临一个问题：当你希望暂时不去想你打算写的小说时，你的想象力却会不由自主地想着它，对此你是无能为力的。

露丝·科尔在返回纽约的飞机上就遇到了这个问题，她不由自主地构思起了小说的开场白。“我猜我应该感谢我的最后一个坏男友”，或者“虽然他很糟糕，但我要感谢我的最后一个坏男友”。快要飞到爱尔兰海岸上空的时候，露丝脑子里转着的就是这些东西。

她更喜欢待在陆地的上空，如果身下只有大西洋，她会情不自禁地想起她的新书，甚至产生更可怕的联想——罗伊的女儿会怎么样？她可能只有七八岁，或者和维姆一样大——不对，假如女儿已经那么大了，罗伊不会还去学校接她放学的！

现在谁来照顾她？妓女的女儿……小说家调动着她的想象力，仿佛在考虑新书的标题。

为了阻止自己进一步沉迷，露丝从随身携带的包里找东西读，她已经忘了自己把哪些书从纽约带到了萨加波纳克，然后又带到了欧洲。她已经受够了（目前来说是这样）《格雷厄姆·格林传》，而且，在现在的情况下，她也受不了埃迪·奥哈尔的《六十次》（仅凭那些自慰的场景就能让她抓狂）。因此她再度拿起埃迪给的那本加拿大犯罪小说，毕竟埃迪说过，这书挺适合在飞机上读。

虽然现在读关于凶杀的书打发时间有些讽刺意味，露丝还是打开了书，她需要读点什么来躲避想象力对她的折磨。

模糊的作者照片再一次惹恼了露丝，默默无闻的作者竟然用了笔名——艾丽斯·萨默赛特——这也让她生气，虽然这个名字对她来说没有什么，但如果特德·科尔见到它，一定会看看这本书——尤其是作者的照片，哪怕它非常模糊，也要仔细研究一番。

玛丽恩的娘家姓萨默赛特，艾丽斯是玛丽恩母亲的名字。萨默赛特夫人反对女儿嫁给特德·科尔。玛丽恩总是后悔自己疏远了母亲，还没等她设法解决，托马斯和蒂莫西出事之前，她母亲就去世了，此后不久玛丽恩的父亲也去世了，也死在她心爱的两个儿子之前。

在书的封底，关于作者的介绍只提到她五十年代末从美国移民到了加拿大，越战期间，她为躲避兵役跑到加拿大去的美国青年提供心理咨询。“虽然谣言传说萨默赛特女士是那本极具价值的著作《役龄移民加拿大指南》的作者，但她并不承认那是她的处女作。”简介说。

露丝对这个作者没有半点好感：装腔作势的简介、鬼鬼祟祟的照片、矫揉造作的笔名——更不用提书名了。露丝觉得，《跟踪——从飞翔的食物马戏团回家》听上去像她根本不想听的西部乡村歌曲的名字。

她并不知道，“飞翔的食物马戏团”是七十年代末多伦多一家很受欢迎的餐馆的名字，也不知道她母亲曾在那里做服务员，而且这是玛丽恩的一大成就：在那家只雇用年轻女人做女服务员的餐馆，年近六十的玛丽恩竟然找到了工作。（玛丽恩的身材还是那么美。）

露丝还不知道，她母亲这本小说处女作虽然不曾在美国出版，在加拿大卖得却不错，《跟踪——从飞翔的食物马戏团回家》也在英国出版了，艾丽斯·萨默赛特的另外两本小说的几种译本也很受欢迎

（尤其是德语和法语版——比英语版的销量高出很多）。

然而露丝必须读到《跟踪——从飞翔的食物马戏团回家》的最后一章，才会意识到艾丽斯·萨默赛特就是她那个小有成就的母亲——玛丽恩·科尔的笔名。

第一章

一个女售货员——她还兼职做饭店服务员——被人发现死在她的公寓里，公寓在杰拉德街南边的贾维斯街上。她的收入租不起这样的公寓，但还有两个女售货员与她合租。三个姑娘都在伊顿百货公司卖胸罩。

对于死去的女孩，能到百货公司工作算是进步，她之前在一家叫作“文胸吧”的内衣店卖货。她常说，文胸吧所在的艾文纽路太远，几乎要走到动物园去了，这是夸张，她还和室友开玩笑说，从动物园去文胸吧的顾客比从多伦多去文胸吧的顾客多，这当然也是夸张。

室友说，死去的女孩很有幽默感，她还兼职做饭店服务员，因为她常说，只卖胸罩不会遇到多少男人。五年来，她晚上在餐馆“飞翔的食物马戏团”做兼职，她被雇用的原因和其他姑娘一样——穿T恤好看。“飞翔的食物马戏团”女服务员的T恤是紧身低领的，领口正下方有个汉堡包的图案，汉堡包有两个翅膀，恰好盖住女服务员的两乳，室友发现女孩的尸体时，她身上只穿了这件T恤：紧身低领，胸部印着飞翔的汉堡包。另外，T恤是她被杀后有人给她穿上去的，因为虽然尸体的胸部被刺了十四刀，但没有一刀刺在飞翔的汉堡包T恤上。

被害人的两个室友都不相信女孩被杀前在和什么人交往，但公寓也没有被人闯入的痕迹——是女孩让凶手进来的，她还给对方倒了一杯酒，厨房桌子上放着两满杯红酒——两只玻璃杯上都没有唇印，都只有她一个人的指纹。刀刺的伤口里也没有纤维的痕迹——换言之，她是裸体被刺死的，她要么光着身子邀请别人进了公寓，要么在一番明显的挣扎之后被迫脱掉了衣服——也许是在被人用刀尖指着的情况下。假如说她曾经遭到强奸，但现场却没有任何反抗的痕迹，只能推断对方是通过持刀威胁达到目的的——否则她就是自愿与对方发生性关系，但看上去可能性不大。无论如何，在被杀前不久，她有过性行为。

强奸者没有戴套，女孩的室友告诉首先和她们交谈的女警官，死者有使用子宫帽的习惯，但这次她没用它。那件飞翔的汉堡包T恤说明嫌犯是在餐馆认识的被害人——在伊顿百货或者文胸吧认识她的可能性不大。毕竟，凶手并没有在刺死女孩之后给她穿上一件文胸。

调查谋杀案的两位警探最近才成为搭档，其中的男警官叫麦克·卡希尔，是从重案组调过来的，虽然卡希尔喜欢调查凶杀案，但他更适合重案组，因为他更倾向于分析物证——而不是人，他宁愿搜索地毯里的头发或者枕套上的精斑，也不愿和人说话。

卡希尔的女警官搭档恰好和他互补，她是巡警出身，塞在帽子里的齐肩长的红褐色头发已经开始变白。玛格丽特·麦克德米德警官擅长与人交谈，像真空吸尘器那样把他们知道的信息全部吸过来。

卡希尔警官发现浴帘上有一道凝结的血痕，他推断，杀死女售货员、给她穿上飞翔的汉堡包T恤之后，凶手不紧不慢地冲了个澡。卡希尔警官还在肥皂碟上发现一块血迹——是凶手的右手掌边缘蹭上去的。

与被害人的室友们谈话的是玛格丽特·麦克德米德警官，她的侧重点是飞翔的食物马戏团——无论谁来调查都会这么做。警官很肯定，主要嫌疑人是个男的，他对穿那种T恤的女服务员特别感兴趣——或者至少对其中一个女孩特别感兴趣，他也许是被害者的同事，抑或是与她熟识的常客，说不定还是她的新男朋友，但显然被害者不像她想的那样了解凶手。

从餐馆到女孩的公寓距离很远，步行是不太可能的，如果凶手从工作场所跟踪她，从而获知她的住址，他可能是开车跟在她乘坐的出租车后面——或者也叫了一辆出租车。（被杀的女服务员总是从餐馆打车回家，她的室友说。）

“给她穿上那件T恤时，凶手身上一定沾了很多血。”卡希尔告诉搭档。

“所以他要冲澡。”玛格丽特说。她越来越不喜欢办理凶杀案了，但原因并非卡希尔经常发表这种显而易见的评论，她很喜欢卡希尔，但她宁愿能和被杀的女孩聊聊。

比起凶手，麦克德米德警官总是对被害人更感兴趣——倒不是因为找到凶手无法令她满意，她只是希望能在女孩被杀前就有机会告诫她，不要随便让别人进门。玛格丽特清楚，对于凶杀组的警探来说，产生这些想法并不合适，至少也是不现实的，也许调到失踪人口组的话，她会更快乐，至少有机会在失踪者遇到危险前找到他们。

玛格丽特的结论是，她宁愿寻找潜在的被害人，也不想找凶手，当她把这些想法告诉卡希尔，卡希尔警官的反应很冷静，他说：“也许你应该去失踪人口组试试，玛格丽特。”

后来，在警车里，卡希尔说，看到那件浸透鲜血的飞翔的汉堡包T恤，他很想变成素食主义者，但玛格丽特不允许自己因为他这句评论分心，因为她已经想象自己到了失踪人口组，正在寻找和拯救别人，而不是抓捕凶手。她猜测，许多失踪者应该是年轻女性，其中的凶杀案受害者不在少数。

在多伦多，被拐走的女性最后很少是在城里找到的，她们的尸体会出现在401号公路附近，或者——待乔治湾的冰层崩解、森林里的积雪融化之后——人们会在帕里湾和巴瑞尔角之间的（或者靠近萨德伯里一带的）69号公路附近发现受害者的残骸。在美国，在城市里被拐的人，通常也会在同一个城市里被发现——尸体往往是在垃圾堆里或者失窃的汽车里，但在加拿大，适合抛尸的荒野多的是。

有些失踪的年轻女子可能是离家出走的，比如从安大略省的农村跑到多伦多，在那里很容易找到她们（不少人常会成为妓女）。不过，玛格丽特最感兴趣的失踪者是儿童，但她并不知道失踪人口组的主要工作——研究儿童的照片——需要耗费多少精力，也不知道多少失踪儿童的照片始终会困扰她，使她不得安宁。

照片是随同案件归档的，随着失踪儿童的长大，他们的相貌会和照片产生差异，玛格丽特要推测出他们当下的模样，因此，她知道需要出色的想象力才能在调查失踪人口的案件中取得进展。失踪儿童的照片固然重要，但上面的孩子处于成长期，寻人的警官和孩子的父母必须具备一种特殊却也折磨人的能力：根据六岁孩子的照片，想象出他们十岁或十二岁的模样，或者想象一个青少年二十多岁时会是什么样——过程非常折磨人，因为对父母而言，想象失踪的孩子长大后的模样是件痛苦的事，然而他们不得不这样做，麦克德米德警官发现她自己也不得不这样做。

如果说这样的能力有助于她的工作，那么同时它也破坏了她的生活。那些她无法找到的孩子成了她自己的孩子，当案子被失踪人口组搁置，她会把这些孩子的照片带回家。

其中两个男孩特别折磨她，他们是越战期间失踪的美国人，父母认为他们1968年跟着反对越战的人潮跨过边境，跑到了加拿大。那时他们分别是十七岁和十五岁，十七岁的那个还有一年就到了服役年龄，但因为是学生，他至少四年后才能被征召，他十五岁的弟弟跟他一起跑了——他们总是形影不离。

十七岁的哥哥离家出走的主要原因，很可能是为了逃避父母离婚给他带来的绝望。麦克德米德警官认为，与其说是越战的受害者，两个孩子更像是父母之间的恨意的受害者。

无论如何，这两个孩子的案子被失踪人口组搁置下来，如果他们今天还活着，大概已经接近三十岁了！但这件案子并没有被他们的父母和玛格丽特搁置。

男孩们的父亲自称“多少算是个现实主义者”，他曾经把孩子们的牙科门诊记录交给警方，他们的母亲把儿子的家居照寄给了麦克德米德警官。

玛格丽特没有结婚，也过了生育年龄，毫无疑问，见到照片里的两个英俊的男孩，她顿生好感，也很担心他们的处境。如果他们还活着，现在会在哪里？长成了什么样子？会有什么样的女人爱上他们？他们会生什么样的孩子？过怎样的生活？如果他们还活着……

一段时间之后，玛格丽特把钉着两个男孩照片的记事板从她公寓的起居室兼餐厅——经常有客人评论这些照片——挪到了卧室，只有她一个人能看到。

麦克德米德警官快六十岁了，虽然她的外表仍然显得年轻很多，短短几年内，她会随同那些被搁置的案件一起退休，而且她也过了邀请任何人参观自己卧室的年龄，从她的床上一眼就能看到那块挂着失踪男孩照片的记事板。

有几次夜间失眠时，她都后悔把男孩们的这许多照片挪到离她如此之近的地方，而且他们那时而焦虑时而悲伤的母亲还在给她寄照片，还会加上评论：“我知道他们现在不是这个样子了，但还是能从照片里看出威廉的性格。”（威廉是哥哥。）

或者这样写：“我知道这张照片上他们的脸不清楚——其实根本看不见脸，但亨利那个淘气的样子或许能帮助你寻找。”随信还寄来一张这位母亲自己年轻美貌时的照片。

她躺在某处旅馆房间的床上，从外观看，玛格丽特猜想这个旅馆在欧洲，年轻的母亲面带微笑，也许笑出了声，她的两个儿子也在床上——不过盖着被子，只能看到他们的脚。她觉得我能从脚认出他们！玛格丽特绝望地想。然而她无法不看这张照片。

她还很喜欢威廉小时候假装医生给亨利治疗膝盖的那张照片，还有两个孩子五岁和七岁时剥龙虾的照片——威廉剥得更熟练，吃得过瘾，亨利却束手无策。（母亲认为从中也可以看出孩子们的不同性格。）

但两个孩子最好的那张照片是在他们失踪前不久拍的（某次冰球比赛结束后，在学校里）：威廉比他母亲高——牙齿咬着冰球球饼——亨利仍旧比母亲矮，他们都穿着冰球服，但脚上已经换好了高帮篮球鞋。

玛格丽特在失踪人口组的同事们很喜欢这张照片（案子还在侦办时），不仅因为那位母亲很美，也因为两个穿冰球服的孩子很像加拿大人，但玛格丽特却看出了他俩的美国人特征——过于自信的淘气和不可阻挡的乐观——似乎两人都觉得自己的观点永远是对的，自己开的车永远不会走错路。

可只有在睡不着觉或者频繁凝视这些照片时，麦克德米德警官才会后悔从凶杀组调到失踪人口组。寻找穿飞翔的汉堡包T恤的女孩期间，她就睡得很好，然而他们始终没找到凶手和失踪的美国男孩。

每当遇到仍在凶杀组的麦克·卡希尔，作为同事，玛格丽特会询问他的工作情况——他也会问她，假如碰到难办的案子——这种案子本来就数不胜数——他们会以同样的方式表达自己的沮丧：“我正在处理一件飞翔的食物马戏团跟踪谋杀那样的案子。”

失踪人口

读完第一章，露丝完全可以停下不读，因为她已经能够确认，艾丽斯·萨默赛特就是玛丽恩·科尔，这位所谓的加拿大作家笔下的那些照片——以及它们对失踪人口组的女警官的折磨都是露丝再熟悉不过的。

母亲依旧执着于孩子们的照片，露丝对此毫不奇怪，她也能理解玛丽恩为什么想知道假如儿子们还活着会长成什么样、过着怎样的生活。最让露丝觉得吃惊的是，她母亲竟然能把最令她头疼的东西间接地写出来，并且因此成了个不错的作家。

露丝不得不读下去，当然后面还有更多的照片描写，露丝记得每一张的细节。这本所谓的犯罪小说中的案子只破了一个：两个失踪了的小女孩（姐妹俩）最后安全得救，绑架她们的人既不是性变态，也不是恋童癖，只不过是个与孩子疏远的离异父亲。

至于那个穿飞翔的汉堡包T恤的被害女孩，她成了悬而未决或无法解决的案件的象征——比如失踪的美国男孩案，到了小说结尾，兄弟俩的真实照片和想象中的模样依旧是折磨麦克德米德警官的梦魇，就此义而言，《跟踪——从飞翔的食物马戏团回家》的成就超越了普通的犯罪小说，指出寻找失踪的人口是一种心理状态——书中那个忧郁的主角永远处于这样的心理状态之中。

甚至在阅读玛丽恩的第一本小说之前，露丝就很想和埃迪·奥哈尔谈谈——因为她猜想（现在看来是正确的）埃迪了解玛丽恩的写作生涯。艾丽斯·萨默赛特当然写过不止这一本书，《跟踪——从飞翔的食物马戏团回家》出版于1984年，篇幅不长，露丝猜测，到1990年时她母亲应该又写出了两本书。

露丝很快就会从埃迪那里得知，她母亲的确还写过两本书，每一本都是以失踪人口组的案件为主题。取书名并非玛丽恩的强项，《失踪人口组的麦克德米德》有一定的韵律感，但《麦克德米德的里程碑》就显得有些别扭。

《失踪人口组的麦克德米德》详细讲述了麦克德米德警官寻找一位离家出走的妻子和母亲的故事。案件中的女子抛弃了她的丈夫和孩子，丈夫认为他妻子跑到了加拿大。在寻找这位女子的过程中，玛格丽特发现女子的丈夫有许多次外遇，而且女子的第一个孩子死于飞机失事，她悲痛欲绝，因为害怕自己也会失去第二个孩子（她认为自己无法忍受那样的痛苦），她逃走了。麦克德米德找到这名女子时，发现她曾在飞翔的食物马戏团做过服务员，女警官很同情她，让她溜走了，坏丈夫从来没能找到她。

“我们有理由怀疑，她在温哥华。”玛格丽特告诉女子的丈夫，她很清楚逃跑的女人在多伦多。（在这本小说里，那两个失踪的美国男孩的照片依旧挂在玛格丽特修道院般的卧室里的显眼位置。）

《麦克德米德的里程碑》中，玛格丽特——“年近六十，但她的外表看起来仍然年轻得多。”前两本小说都是这样描述她的——终于跨入六十岁的门槛，露丝马上明白了埃迪·奥哈尔为什么特别喜欢这本书：故事中写道，六十岁的女警官的一位老情人回来了。

玛格丽特·麦克德米德四十多岁时，曾经全力帮助逃避越战兵役来到加拿大的美国青年，为他们提供心理咨询服务，其中一个年轻人与她相爱了——不到二十岁的男孩爱上了四十多岁的女人！作者以露骨的情色语言描写了这段很快便结束了的恋情。

后来，玛格丽特六十岁时，她“年轻”的老情人回来找她——这次也是需要她的帮助，因为他的妻子和孩子失踪了，可能遭到了绑架。他现在三十多岁，麦克德米德警官很想知道他是否还觉得她有魅力。（“可他怎么可能还这么想？玛格丽特暗忖，我已经是个老太婆了。”）

“她仍然对我有吸引力！”埃迪告诉露丝。

“你去告诉她吧，别只对我说，埃迪。”露丝说。

故事的最后，警官的老情人幸福地和妻儿团聚，玛格丽特则继续孤单地待在她的卧室里，想象着两个失踪的美国男孩现在的生活，借此寻求安慰。

露丝觉得《麦克德米德的里程碑》书封上的一句推荐语很有趣：“在世的最好的犯罪小说作家！”（此话出自英国犯罪小说作家协会主席之口，虽然并未得到广泛认同。）《失踪人口组的麦克德米德》获得了所谓的“亚瑟最佳小说奖”。（加拿大犯罪小说作家协会以亚瑟·埃利斯的名义设立的奖项，亚瑟·埃利斯是加拿大人亚瑟·英戈利奇的化名，他在1913年至1935年担任刽子手，他叔叔约翰·埃利斯同一时期在英国做刽子手，后来加拿大的刽了手都采用“亚瑟·埃利斯”作为化名。）

然而，这样的成功在加拿大并不稀奇——哪怕法语和德语版的小说卖得好也无济于事——也并不意味着艾丽斯·萨默赛特会在美国获得相应的名气和销量。在美国几乎找不到她的书，一位与她的加拿大出版商合作的美国书商曾经尝试过以温和的方式宣传《麦克德米德的里程碑》，并没有成功。（玛丽恩的第三本小说是美国人唯一比较感兴趣的作品。）

埃迪·奥哈尔很羡慕艾丽斯·萨默赛特的书在国外卖得好，但他更感到骄傲的是，玛丽恩能把个人的悲剧和痛苦转化为小说作品。“你母亲真了不起，”埃迪告诉露丝，“她能把所有伤害过她的东西转化成侦探小说！”

然而埃迪并不确定他是不是玛格丽特·麦克德米德六十岁时重又见到的老情人的现实蓝本，说不定玛丽恩在越战期间找过别的美国青年做情人。

“别傻了，埃迪，”露丝告诉他，“她写的就是你，只有你。”

关于玛丽恩，埃迪和露丝有一条重要共识：他们不会主动寻找露丝的母亲，玛丽恩愿意失踪多久都可以。“她知道怎么找到我们，埃迪。”露丝告诉她的新朋友埃迪，但埃迪觉得玛丽恩可能不想再见到他，这是他心中永远的悲哀。

抵达肯尼迪机场，过了海关，露丝知道艾伦会来接她，然而她吃惊地看到艾伦和汉娜一起来了。就露丝所知，他们两个此前从未见过面，既然两人现在一同出现，她不得不猜疑发生了什么不好的事情——也许她去欧洲前就应该和艾伦上床，因为他现在很可能已经和汉娜睡过了！但这怎么可能？他们素不相识，然而今天却同时站在露丝眼前，好像一对情侣。

露丝之所以觉得他们看起来已经是“一对情侣”，是因为两人仿佛共同分享着什么可怕的秘密——看到她的时候，他们似乎懊悔不已，但也许只有小说家才会产生这样荒谬的联想（其实正是由于拥有这种什么都能胡乱联想出来的能力，露丝才没有想到最有可能发生的事情）。

“噢，宝贝，宝贝……”汉娜对她说，“全都是我的错！”汉娜握着一份揉皱了的《纽约时报》，报纸破烂不堪，仿佛被汉娜往死里掐过。

露丝站着等候艾伦亲吻她，可他却对汉娜说：“她不知道。”

“知道什么？”露丝惊恐地问道。

“你父亲死了，露丝。”艾伦告诉她。

“宝贝，他自杀了。”汉娜说。

露丝惊呆了。她没想到父亲能自杀，因为她一直觉得父亲不会因为任何事自责。

汉娜给露丝看《纽约时报》——更确切地说，是报纸的残骸。“讣告写得很烂，”汉娜说，“全部是对他的负面评价，我从来不知道有这么多人骂他。”

露丝麻木地读着讣告，这比和汉娜说话容易多了。

“我在机场遇到了汉娜，”艾伦解释道，“她作了自我介绍。”

“我看了报纸上的烂讣告，”汉娜说，“我知道你今天回来，就给萨加波纳克打电话，告诉爱德华多——是爱德华多发现的他，爱德华多把你的航班号告诉我了。”汉娜说。

“可怜的爱德华多。”露丝说。

“是啊，他很受刺激，”汉娜说，“我到了机场，就开始找艾伦，因为我猜想他会来，我见过他的照片……”

“我知道我母亲在做什么了，”露丝告诉他们，“她是个作家，写犯罪小说，但不只是犯罪小说。”

“她在逃避，”汉娜对艾伦解释道，“可怜的宝贝，”汉娜对她说，“全是我的错——都怪我！都怪我！”

“不是你的错，汉娜。爸爸根本没再想过你，”露丝说，“是我的错，我杀了他。我先是在壁球场上打败了他，然后杀了他，跟你没有一点关系。”

“她生气了——生气是好事，”汉娜告诉艾伦，“把火发出来，这对你有好处——否则你会憋坏了的。”

“滚你的吧！”露丝告诉她最好的朋友。

“没关系，宝贝，我是说真的——生气现在对你有好处。”

“我把车开来了，”艾伦告诉露丝，“我可以带你进城，或者直接去萨加波纳克。”

“我想去萨加波纳克，”露丝告诉他，“我想看看埃迪·奥哈尔，但我想先看看爱德华多，然后是埃迪。”

“听着——我今晚给你打电话，”汉娜告诉她，“你等一下可能想要发泄，我会打给你的。”

“等着我给你打，汉娜。”露丝说。

“当然，我们也可以试试这种方式，”汉娜表示同意，“你给我打电话，否则我就给你打了。”

汉娜需要叫出租车回城，出租车站和艾伦停车的地方不在一处，他们站在风中道别，那份《纽约时报》变得更加破烂，露丝不想留下那份报纸，但汉娜坚持让她拿着。

“等一下再读讣告。”汉娜说。

“我已经读了。”露丝说。

“你应该再读一遍，等你冷静下来之后，”汉娜劝说道，“你会真的很生气。”

“我已经冷静下来了，我已经生气了。”露丝告诉她的朋友。

“她会冷静的，然后她会真的生气，”汉娜小声告诉艾伦，“照顾好她。”

“我会的。”艾伦告诉她。

露丝和艾伦注视着汉娜插队拦出租车，他们上了艾伦的车之后，艾伦才吻了她。

“你没事吧？”他问。

“虽然挺奇怪的，但我确实没事。”露丝说。

是挺奇怪，对于父亲的死，她没有丝毫感觉，她一直想着那些从自己身边消失的人，却从没想到他也会位列其中。

“关于你母亲……”艾伦耐心地开口道。为了让露丝整理思绪，他已经沉默了一个小时，不声不响地开着车。他真的是最适合我的男人，露丝想。

当天快中午时艾伦才知道露丝的父亲去世了，他本可以给露丝打电话，那时正是阿姆斯特丹的傍晚，但考虑到露丝当天晚上、第二天坐飞机时可能一直都在想这件事，他决定先不告诉她。而且他猜想露丝在纽约落地前看到《纽约时报》的可能性不大，至于她会不会在阿姆斯特丹得知消息，他只能希望特德·科尔的名气没有那么大。

“埃迪·奥哈尔给我一本我母亲写的书，是小说，”露丝对艾伦解释道，“埃迪当然知道这书是谁写的——但他不敢告诉我，只说这本书是很好的‘飞机读物’，我觉得这么说也很对！”

“了不起。”艾伦说。

“现在无论什么事都不会让我觉得了不起了。”露丝告诉他，她顿了顿，又说，“我想和你结婚，艾伦，”又过了一会儿，她说，“没有什么比和你上床更重要。”

“听到你这么说，我真是高兴坏了。”艾伦说，这是去接机以来他第一次微笑，露丝也毫不费力地微笑着看他，她依然像一小时前那样对父亲的死没有感觉——真是既奇怪又意外！她更同情发现她父亲尸体的爱德华多。

现在，没有什么能够阻挡露丝和艾伦展开新生活了。他们还需要给特德举行悼念仪式，过程应该很简单，参加的人也不会多，露丝想。当然还要听爱德华多讲讲她父亲是怎么出事的。想到这里，她意识到父亲的确非常爱她，她是世界上唯一能让特德·科尔忏悔的女人吗？

僵局

爱德华多·戈麦斯是个虔诚的天主教徒，他并非不迷信，但他对命运的依赖完全控制在信仰允许的范围之内。于他而言，幸运的是，他从来没接触过加尔文派的教义——否则他会毫不犹豫地转投到该教派门下。到目前为止，天主教信仰始终在阻止他对自己的宿命产生稀奇古怪的幻想。

当年倒挂在沃恩夫人家的树篱中，吸着汽车尾气里的一氧化碳，爱德华多只能无助地等死，他认为，应该这样死去的人是特德·科尔才对——不应该是他这个无辜的园丁。在那个无助的时刻，爱德华多自视为别的男人色欲的受害者，似乎注定要成为那个家伙的替死鬼。

包括听他告解的神父在内，没人会责备爱德华多产生这样的念头，倒挂在树篱上的时候，这个不幸的园丁有充分的理由抱怨老天的不公正。然而，这些年来，爱德华多发现特德是个公正而慷慨的雇主，反倒对自己曾经那样想而感到愧疚起来。

因此，当不幸的园丁第一个发现特德·科尔死于一氧化碳中毒时，迷信的他惊慌失措，对宿命论更加深信不疑。

爱德华多的妻子肯奇塔首先闻到了奇怪的味道。她去萨加波纳克的邮局取信，然后来到特德家，因为这天是她一周中换床单、洗衣服和大扫除的日子。肯奇塔在爱德华多之前到达，她先把邮件搁到厨房桌子上，结果发现桌上有一满瓶单一麦芽苏格兰威士忌，酒瓶已经打开，却没有倒出过一滴，酒瓶旁边有只蒂芙尼水晶酒杯，杯子里很干净。

肯奇塔还注意到邮件里有露丝寄来的明信片，上面是赫伯特大街（位于汉堡的红灯区）揽客的妓女。她感到很不自在，认为女儿给父亲寄这种明信片不合适，却又埋怨欧洲寄来的明信片到得慢，因为上面的留言可能会让特德高兴起来——如果他读到的话。（想你，爸爸。对你说了那样的话，我很抱歉，那太恶毒了。我爱你！露西）

忧心忡忡的肯奇塔开始打扫特德的工作室，她以为特德可能还在楼上睡觉，虽然他平时习惯早起。特德的写字台最底下那只抽屉敞开着，里面是空的，旁边放着一只深绿色的大垃圾袋，特德把他的几百张黑白拍立得模特裸照都塞了进去，尽管袋口是扎起来的，拿吸尘器吸地的肯奇塔把它搬到一边时，仍然闻得到拍立得相片保护膜的臭味。袋子上贴的便条上写着：肯奇塔，露丝回家前，请把这些垃圾扔掉。

这让肯奇塔大惊失色，她停止吸尘，站在楼梯脚对楼上喊道："科尔先生？"无人应答。她来到楼上，主卧室的门开着，床没有人睡过，像前一天早晨肯奇塔铺好床离开时一样整齐。肯奇塔下了楼，穿过一楼大厅，来到露丝现在使用的那个房间，发现特德昨晚睡在露丝的床上，或者说他至少在上面躺了一会儿，露丝的衣柜和五斗橱的抽屉都是开着的。（她父亲想要最后看一眼她的衣服。）

肯奇塔非常担心，她觉得应该把爱德华多叫来——她在楼上时就已经给丈夫打了电话。等待丈夫过来的时候，她把特德工作室里的那只深绿色大垃圾袋拿到了谷仓。车库通往谷仓的那扇门上有密码锁，肯奇塔输入正确的密码，车库门打开时，她看到特德在谷仓地板上堆了几条毯子，封住了车库门下方的缝隙。她意识到特德的汽车没有熄火，而特德不在车里，那辆沃尔沃在车库里突突作响，喷着臭气。肯奇塔把垃圾袋丢在敞开的车库门口，跑到外面的车道上等爱德华多。

进去找特德之前，爱德华多关掉了沃尔沃的引擎。油箱里的油剩下不到四分之一——这辆车大概一宿都没熄火——特德用一只旧壁球拍轻轻压住了油门踏板。球拍是露丝的，他把拍网压在油门上，拍柄塞在前座底下，让引擎保持一定的速度空转，不至于熄火。

谷仓二楼壁球场的活门开着，爱德华多爬上梯子，几乎无法呼吸，因为汽车排出的废气大部分积存在谷仓顶部。特德死在壁球场的地板上，身上穿着球衣，也许他死前打了一会儿球，在球场上跑了几圈，后来觉得累了，就躺在地板上，恰好占据了T形区的位置。他总是告诫露丝，一定要死守T形区，因为这里是壁球场上最关键的位置，控制了这里，就等于控制了对手。

打开那个深绿色垃圾袋，看到里面的东西时，爱德华多后悔不迭。他还记得沃恩夫人的那些裸体画，虽然当年他看到的都是些描绘着沃恩夫人私处的碎纸片。黑白拍立得相片让园丁一下子想起特德·科尔对女人的堕落嗜好，顿觉反胃，他厌恶地把照片扔进了垃圾堆。

特德没有留下自杀遗言，除非那张嘱咐肯奇塔扔掉垃圾袋的便条也算遗言——肯奇塔，露丝回家前，请把这些垃圾扔掉。他也预见到爱德华多会使用厨房里的电话，因为他在那部电话旁边的记事本上给爱德华多留了条消息：爱德华多，给露丝的出版人艾伦·奥尔布赖特打电话。特德还写下了艾伦在兰登书屋办公室的电话号码，爱德华多立刻打给了艾伦。

虽然很感激艾伦的帮助，露丝还是不停地在萨加波纳克的房子里寻找她父亲可能会留给她的只言片语，却一无所获。她非常困惑，因为她父亲总是会不知疲倦地为自己的行为辩护。

特德也没有留话给汉娜，连她也觉得伤心，尽管她觉得自己答录机上那个没有留言就挂断的电话一定是特德打来的。

“要是他打电话时我在家就好了！”汉娜对露丝说。

“要是……”露丝说。

特德·科尔的悼念仪式是以即兴参加的方式举行的，地点在萨加波纳克公立小学。校董会、曾任和现任教师纷纷给露丝打电话，表示愿意提供场地，露丝这才知道，父亲一直给这所学校捐钱，两次为学校购买游乐设备，每年都捐赠美术材料给学生，他还是布里奇汉普顿图书馆儿童读物的主要捐赠人，萨加波纳克的学龄儿童都会使用这个图书馆。而且，特德经常给孩子们读故事，每个学年中有六七次，他会亲自到学校教孩子们画画。

于是，在儿童尺寸的桌椅和以特德·科尔的童书内容为主题的儿童画的环绕下，当地人为这位著名的作家和插画家举行了悼念仪式。本校的一位最受爱戴的退休教师在仪式上发言，深情地回忆了特德为娱乐儿童所做的贡献，尽管她把特德的几部作品搞混了，她以为鼹鼠人是躲在地板上的门下面的怪物，而不想发出声音的人发出的声音其实是墙缝里的老鼠弄出来的。墙上挂的那些儿童画里的形形色色的老鼠和鼹鼠人，露丝一辈子都看不完。

除了艾伦和汉娜，唯一引人注目的外地人是那个靠出售特德·科尔的原创画发了一笔小财的纽约画廊老板，特德的出版商不能来——他在法兰克福书展上传染了咳嗽，现在还没好（露丝觉得他的咳嗽似曾相识）。连汉娜都变得少言寡语——看到那么多小孩参加追悼会，他们都很惊讶。

埃迪·奥哈尔也在场，作为布里奇汉普顿的居民，埃迪不算是外地人，但露丝没料到他会来，后来她才明白他过来的原因——和露丝一样，埃迪猜想玛丽恩可能会来。毕竟，这是露丝想象中她母亲可能出现的场合，而且玛丽恩是作家，作家们不是都很关心结局吗？这里就有一场结局。然而玛丽恩没有出现。

那天天气恶劣，狂风大作，潮湿的气流从海面上奔涌而至，仪式结束后，人们没有在校园里徘徊，而是急忙钻进他们的汽车。只有一个女人——露丝觉得她和玛丽恩年纪相仿——穿一身黑衣服，甚至还戴着黑面纱，在她那辆闪光的黑色林肯车周围走来走去，风掀起她的面纱，露出的是一张面皮紧绷在颅骨上的脸。女人的骨架仿佛随时都会戳穿她的皮肤，她紧盯着露丝，露丝猛然想到，她一定是那个给她写过威胁信的愤怒的寡妇——那个声称要守寡一辈子的女人。露丝握住艾伦的手，要他注意那个女人。

“我还没失去丈夫，她就在我失去父亲的时候跑来幸灾乐祸了！”露丝对艾伦说，近处的埃迪·奥哈尔也听到了她的话。

“我来处理。”埃迪对露丝说，他知道这个女人是谁。

她不是愤怒的寡妇——而是沃恩夫人。当然，爱德华多是第一个看到她的人，他把沃恩夫人的到场视为宿命注定无法逃脱的另一个明证。（园丁躲在教室里，祈祷他的前雇主会奇迹般消失。）

沃恩夫人的骨头并不会刺穿她的皮肤——事实是，她的离婚赡养费中包括一大笔用于整容的款项，她整容整过了头。当埃迪拉着她的胳膊，扶着她往林肯车那边走的时候，她没有反抗。

“我认识你吗？”她问埃迪。

“是的，”他告诉她，“我年轻的时候认识你。”她鸟爪般的手指扣在他的手腕上，面纱后的眼睛热切地辨认着他的脸。

“你看过那些画！”沃恩夫人低声说，“你把我抱进了我家里！”

“是的。”埃迪承认。

“她长得很像她母亲，对不对？”沃恩夫人问埃迪。她当然是指露丝，可埃迪不同意，但他知道怎么和老年妇女打交道。

“在某些方面，没错，她确实像，”埃迪回答，“她有点像她母亲。”他帮助沃恩夫人坐上驾驶座。（看到黑色林肯车开走后，爱德华多·戈麦斯才会从教室里出来。）

“噢，我觉得她很像她母亲！”沃恩夫人告诉埃迪。

“我觉得她既像母亲又像父亲。”埃迪婉转地说。

“噢，不！”沃恩夫人叫道，“没人像她父亲！他是独一无二的！”

“没错，也可以这么说。”埃迪告诉沃恩夫人，他给她关上车门，屏住呼吸，直到林肯车发动，然后他去找艾伦和露丝。

“她是谁？”露丝问他。

“你父亲的前女友之一。”埃迪告诉她。听到他的话，汉娜带着记者的好奇注视着那辆远去的林肯车。

“真希望他的前女友们全都来参加他的悼念仪式，所有前女友。”露丝说。

其实，到场的还有特德的一位前女友，但露丝此前不知道她的存在。那是个超重的女人，仪式开始前，她找到露丝，做了自我介绍。她体态丰腴，五十多岁，神情懊悔。“你不认识我，”她对露丝说，“但我认识你父亲，其实，我母亲和我都认识他，我母亲也自杀了，所以我很抱歉——我知道你的感受。”

“你的名字是……”露丝握着女人的手说。

“噢，我娘家姓是蒙齐耶，”女人不好意思地说，“可是你不会知道我的……”然后她就溜走了。

“格洛莉亚——她好像说她叫这个名字。”露丝告诉埃迪，但埃迪不知道她是谁。（其实她叫葛洛莉，已故的蒙齐耶夫人的麻烦女儿，但她已经溜走了。）

艾伦坚持让埃迪和汉娜随同他和露丝去萨加波纳克的房子喝一杯。到那里时天下起了雨，肯奇塔也把爱德华多从教室里解救出来，带他回了萨格港的家。这一次（或者应该说再一次），萨加波纳克的房子里终于出现了比啤酒和红酒更烈的酒精饮料——特德买的那瓶上等单一麦芽威士忌。

“也许爸爸是为了这种场合才买的这瓶酒。”露丝说。他们坐在餐桌旁，在特德的故事中，一个叫露西的小女孩曾经和她爸爸坐在这里，附近的落地灯下面藏着个鼹鼠人。

埃迪·奥哈尔自1958年夏天起就没来过这里，汉娜自从睡了露丝的父亲之后也没来过。念及这些，露丝想说点什么，但是忍住了，虽然她的喉咙有点疼，但她没哭。

艾伦想给埃迪展示一下他的谷仓壁球场改造计划，因为露丝已经放弃了壁球，他打算把球场改建成他或露丝的办公室，他们中的另外一个可以在特德的过去的工作室工作。

发现自己没机会和埃迪独处，露丝很失望，因为她本可以整整一天都和他谈论她的母亲。（埃迪带来了艾丽斯·萨默赛特的另外两本小说。）不过，埃迪和艾伦在谷仓里的时候，露丝可以和汉娜独处。

“你知道我想问你什么，对吧，宝贝？”汉娜说。露丝当然知道。

“问吧，汉娜。”

“你们做过了吗？我是说你和艾伦。”汉娜说。

“没错，做了。”露丝说，她感受着上等威士忌温暖着她的口腔、喉咙和肚腹，她不知道自己什么时候可以停止想念父亲，也不知道她是否愿意停止想念他。

“所以呢？”汉娜问。

“艾伦的那东西是我见过的最大的。”露丝说。

“我怎么记得你说不喜欢大的，还是别人对我这么说过？”汉娜问。

“也不算太大，”露丝说，“对我来说正合适。”

“这么说你们现在很好？你们要结婚了？你会生孩子吗？来全套的，对不对？”汉娜问她。

“我很好，是的，”露丝说，“全套的，没错。”

“可到底发生了什么？”汉娜问她。

“你是什么意思，汉娜？”

“我的意思是，你看上去太平静了，一定发生了什么。”汉娜说。

“嗯，我最好的朋友睡了我的父亲，然后我父亲自杀了，我发现我母亲是个出了好几本书的作家，你是这个意思吗？”

“好吧，好吧，是我活该，”汉娜说，“可是你怎么了？你看上去不太正常，一定是遇到了什么事。”

“我把我最后一个坏男朋友甩了，如果你问的是这个的话。”露丝说。

“好吧，好吧，不愿说就算了，”汉娜说，“反正肯定发生过什么，我可不感兴趣，你就尽管保密好了。”

露丝给她朋友又倒了一杯单一麦芽威士忌，“这酒很不错，对不对？”露丝问。

“你是个怪人。”汉娜告诉她。仿佛触电一样，露丝想起罗伊在她第一次拒绝钻进衣橱里面的时候，就这么说过她。

“什么事都没有，汉娜，”露丝说谎道，“人的一生中，总有某些阶段，你会想要改变原来的生活方式，追求新生活，不是吗？”

“是吗……我怎么不知道，”汉娜说，“也许吧。但只有在遇到某些事之后，人们才会这么做。”

露丝的第一次婚礼

艾伦·奥尔布赖特和露丝·科尔的婚礼在感恩节的长周末举行，他们的感恩节是在露丝位于佛蒙特的房子里过的，汉娜和她的一个坏男朋友——还有埃迪都去度周末，埃迪·奥哈尔亲手把露丝交给了她未来的丈夫（汉娜是伴娘）。在薄荷·奥哈尔的帮助下，埃迪找出一段乔治·艾略特的关于婚姻的名言——露丝希望汉娜在婚礼上朗诵这段话。薄荷当然也忍不住简单介绍了他是如何找到这段话的。

“你瞧，爱德华，”薄荷告诉儿子，“一段这样的话，无论从内容还是风格来看，都相当于一种总结，所以应该放在一章的开始或结束，更有可能放在结束。而且因为它的深度，这种话更有可能出现在书的后半部分，不太可能出现在前半部分。”

“我明白了，”埃迪说，“这段话来自哪本书？”

“从那种讽刺的语气就能看出来，”薄荷摇头晃脑地说，“还有它苦乐参半的基调，像一首田园诗，又比田园诗深刻。”

“到底是哪本小说，爸爸？”埃迪央求父亲。

“嘿，就是《亚当·比德》，爱德华。”退休英语教师告诉他的儿子，“它很适合你朋友的婚礼，现在是十一月，亚当·比德本人就是在十一月和黛娜结的婚——‘在一个十一月底的上午，寒霜已经降下。’薄荷背诵道，“这是最后一章的第一句，后面还有‘尾声’。”退休英语教师补充道。

埃迪感到疲惫，但他已经确定了这段话的出处，这是露丝要他问的。

在露丝的婚礼上，汉娜以怀疑的语气朗读了乔治·艾略特的这段话，但露丝觉得其中的每一个字都是她想听的。

“还有什么比两个灵魂的交融更好的事情呢？感受他们的人生融为一体——以彼此的努力互相支持，在悲伤中互相安慰，在痛苦中互相协助，直至最后离别的时刻，在无言的回忆中融为一体。”

确实，还有什么更好的事情呢？露丝想不出来。她觉得她才刚刚开始爱上艾伦，她相信自己已经做好了比爱任何人（除了她父亲）都爱他的准备。

结婚仪式是当地治安官主持的，在佛蒙特州曼彻斯特市露丝最喜欢的那家书店举行。老板夫妇是露丝的老朋友，为了露丝的婚礼，在一年中最繁忙的购物周末，他们贴心地暂停营业几小时。婚礼结束后，书店重新开门，照常营业，门口等着买书的人特别多，其中不乏一些好奇者。奥尔布赖特太太（人们永远不会这样称呼露丝·科尔）挽着艾伦的胳膊离开书店，刻意不去看那些旁观者。

“要是里面有记者的话，我来应付他们。”汉娜低声告诉她。

埃迪在四下寻找玛丽恩，这是自然。

“她来了吗？你看到她了吗？”露丝问，然而埃迪摇摇头。

露丝也在寻找另外一个人，她觉得艾伦的前妻可能会出现，虽然艾伦对她的忧虑嗤之以鼻。艾伦和前妻主要因为生孩子的问题谈不拢，但离婚是两人共同的决定，艾伦说，他前妻绝对不会骚扰别人。

在那个拥挤的感恩节周末，他们不得不把车停在离书店较远的地方。经过一家比萨店和一个卖蜡烛的商店时，露丝意识到有人跟踪他们。虽然汉娜的坏男朋友模样像个保镖，这个婚礼小团体还是被人盯上了。艾伦挽着露丝的胳膊，沿着人行道快步向前走，停车场就在附近。汉娜不停回头瞪视跟在他们后面的那个老妇人，然而老妇人并不畏惧她凌厉的眼神。

“她不是记者。”汉娜说。

“去她的——不就是个老太婆嘛。”汉娜的坏男朋友说。

“我来处理。”埃迪·奥哈尔说，但老太婆似乎对埃迪的魅力完全免疫。

“我不跟你说话，我要跟她说话。”老太婆指着露丝对埃迪说。

“听着，女士——今天她结婚，别他妈的捣乱！”汉娜说。

艾伦和露丝停住脚步，转头去看那个气喘吁吁的老太太。“不是我前妻。”艾伦小声告诉露丝，但露丝十分清楚这一点，正如她可以肯定老太太不是她母亲一样。

“我想看看你的脸。”老太太对露丝说，她像杀害罗伊的凶手一样相貌平平，毫无特色，不过是个蛮横的老太太。想到这里，没等对方再开口，露丝突然猜到了她是谁，除了那个愤怒的寡妇，还有谁会这么蛮横呢？

“好了，现在你看到我的脸了，”露丝告诉她，“然后呢？”

“当你变成寡妇的时候，我想再看看你的脸。”愤怒的寡妇说，“我已经等不及了。”

“嘿，”汉娜告诉老太太，“她变成寡妇的时候，你早死了，你现在看上去就快死了。”

汉娜把露丝的胳膊从艾伦手里抽出来，把她拽向他们的车，“快点儿，宝贝——今天你结婚呢！”

艾伦瞥了老太太一眼，然后跟着露丝和汉娜上了车。汉娜的坏男朋友虽然外表凶悍，其实是个窝囊废，他磨蹭着看向埃迪。

埃迪·奥哈尔头一次遇到不被他的魅力打动的老太太，他打算再对愤怒的寡妇放一次电。老太太正紧盯着露丝的背影，似乎想要牢记这一刻。

“你难道不觉得婚礼应该是神圣的吗？”埃迪说，“我们应该永远记住这一天？”

“噢，没错，我同意！”老寡妇热切地说，“她一定会记住这一天。当她丈夫死了的时候，她会更加想念这个日子，我每时每刻都在怀念我结婚的那天！”

“我理解，”埃迪说，“我送你去你车上好吗？”

“不用了，谢谢你，年轻人。”寡妇告诉他。

埃迪被她的义正辞严击败了，只好转身离去，快步追赶同伴们。每个人都急匆匆的，或许因为现在是寒冷的十一月吧。

傍晚时有个小型的晚餐聚会，书店老板凯文·莫顿（他帮露丝看房子）和他妻子也来参加。艾伦和露丝没安排蜜月，露丝告诉汉娜，他们婚后打算经常待在萨加波纳克，减少待在佛蒙特的时间，等有了孩子，他们会在长岛和新英格兰之间作出最终选择（孩子长到上学的年龄之后，她会希望孩子住在佛蒙特）。

“你们打算什么时候要孩子？”汉娜问露丝。

“看我什么时候怀孕，也有可能不怀孕。”露丝说。

“可你们试过了吗？”汉娜问。

“新年过后我们就试。”

“这么快！”汉娜说，“你还真是不浪费时间。”

“我三十六了，汉娜，我浪费的时间够多了。”

婚礼当天，佛蒙特的房子里的传真机一直在响，露丝多次离席，跑到屋里看传真——大部分是她的外国出版商发来的贺信，其中有一封是来自马丁和西尔维娅的（维姆会心碎的！西尔维娅写道）。

露丝曾让马丁告诉她妓女被杀案的进展，马丁告诉露丝，现在还没有关于凶手的新闻，警方也没有提。

“她有孩子吗？”露丝早前曾经发传真问马丁，“我想知道那个可怜的妓女有没有孩子。”但也没有关于妓女的女儿的新闻。

露丝已经返回大洋彼岸，对她而言，遥远的阿姆斯特丹发生过的事仿佛云烟般消散，只有在夜晚无法入睡时，她才会想起罗伊的衣橱，想起衣架上的衣服触碰身体的感觉，还有皮背心的皮革味道。

“你怀孕时会告诉我的吧？”洗碗的时候，汉娜问露丝，“你不会也保密的吧？”

“我没有秘密，汉娜。”露丝又说谎了。

“你是我认识的最会保密的人，”汉娜告诉她，“我要是想知道你的情况，只能和其他人一样，读你的下一本书。”

“但我不会写我自己的，汉娜。”露丝提醒她。

“随便你怎么说。”汉娜说。

“我怀孕时当然会告诉你，”露丝换了个话题，“你会是艾伦之后第一个知道的。”

那天晚上，和艾伦上床后，露丝觉得有些不安，还感到疲惫。

“你没事吧？”艾伦问她。

“我没事。”露丝告诉他。

“你看起来很累。”艾伦说。

“我是很累。”露丝承认。

“你好像和以前不一样了，不知怎么回事。”艾伦告诉她。

“嗯，因为我和你结婚了，艾伦，”露丝说，“这就是不一样的地方，不是吗？”

1991年1月的第一周结束时，露丝会怀孕，那时的情况还会有所不同。“老天，这么快！”汉娜说，“你告诉艾伦，不是每个他这种年纪的男人都能打出真枪实弹的！”

1991年10月3日，格雷厄姆·科尔·奥尔布赖特——七磅十盎司——降生在佛蒙特州的拉特兰。男孩的生日恰好是德国统一纪念日，虽然讨厌开车，汉娜还是开车送露丝去了医院。露丝怀孕最后一周时，都是汉娜在陪她，因为艾伦要留在纽约上班，周末他才会开车到佛蒙特去。

当天凌晨两点，汉娜开车从露丝家出发，送露丝去拉特兰的医院，大约开了四十五分钟。出发前，汉娜给艾伦打了电话。婴儿直到上午十点才出生，艾伦赶到之后，又等了很长时间。

孩子的名字取自格雷厄姆·格林，艾伦说，他希望他的小格雷厄姆可不要像那位小说家一样喜欢光顾妓院。已经一年多没有继续读《格雷厄姆·格林传》上卷的露丝更担心儿子染上格林的另一个习惯：世界上哪里有麻烦，他就喜欢去哪里，亲身体验各种危险。露丝可不希望她的小格雷厄姆做这种事，她自己也绝不会再追求这种经验，毕竟她已经见识过妓女是怎么被嫖客杀死的，而且那个凶手至今尚未落网。

露丝的小说也有一年没动笔，她和孩子搬回了萨加波纳克，这意味着肯奇塔·戈麦斯会成为格雷厄姆的保姆，这样安排也方便艾伦前来度周末。他可以从纽约乘巴士或者火车到布里奇汉普顿，比从纽约开车到佛蒙特节省一半的时间，而且还可以在火车上工作。

在萨加波纳克，艾伦在特德的旧工作室办公，露丝嫌那个房间里有股墨鱼汁的臭味，也有可能是腐烂的星鼻鼹鼠的尸体味道——或者是拍立得相片保护膜的臭气。虽然那些照片已经扔掉了，可露丝说她还能闻到它们的气味。

然而，她却选择了谷仓的二楼——过去的壁球场——作为她的办公室，在那里她又会闻见（或者通过其他感官觉察到）什么味道呢？梯子和活门已经换成了正常的楼梯和普通的房门，露丝的新办公室墙板上装有暖气，原来的壁球场的死角那里开了一扇窗，当小说家坐在她那台老式打字机前面打字时，或者——她更喜欢这样——在黄色横格稿纸上用笔写作时，她再也听不到壁球飞到响声板上的撞击声，曾经的球场T形区（她父亲告诫她一定要死守到底的区域）上面已经铺了地毯，再也看不见了。

她时常还会闻到汽车排出的废气，因为谷仓的一楼依旧停着几辆车，然而她并不反感这个味道。

“你真是个怪人！”汉娜又对她说，“在这里工作，我会起鸡皮疙瘩的！”

可至少在格雷厄姆上幼儿园之前，萨加波纳克的房子对露丝而言相当合适，艾伦和格雷厄姆也喜欢这里。他们会去佛蒙特过夏天，因为那时的汉普顿人满为患，艾伦也不那么介意长时间开车往来于纽约和佛蒙特（从纽约开车到露丝在佛蒙特的房子需要整整四个小时）。露丝也会担心艾伦夜间开车时的安全——路上会遇到野鹿和醉驾的司机——但她的婚姻很幸福，而且她第一次觉得爱自己的人生。

像任何新妈妈一样——尤其是那些高龄的新妈妈——露丝担心她的孩子，她完全没有料到自己竟然这么爱他。但格雷厄姆是个健康的小孩，露丝对他的担忧完全出于她的想象。

比如说，到了晚上，她会莫名其妙地觉得格雷厄姆的呼吸很奇怪，当她听不见他的呼吸声时，她会从主卧室冲进育儿室（那里是她童年时代的卧室），躺在婴儿床旁边的地毯上睡觉。为了应付这种情况，她在格雷厄姆房间的柜子里放了一只枕头和一床被子。艾伦经常在早晨发现露丝睡在育儿室的地板上——母子俩都睡得很熟。

格雷厄姆不再睡婴儿床，能爬上爬下自己的床时，露丝会躺在主卧室，听着孩子光着脚穿过主卧室，朝她走来。露丝小时候也是这样穿过浴室，光着脚走到她母亲床边的……不，更多的是走向她父亲的床边，她让母亲和埃迪大吃一惊的那个难忘的夜晚除外。

看来这就是结局，如果有结局的话，小说家心想，这是一个完整的圆，既是结束也是开始。（埃迪·奥哈尔是格雷厄姆的教父，汉娜·格兰特是孩子的教母——出人意料的是，她竟然十分尽职尽责。）

而在那些蜷缩在育儿室地板上、听着孩子呼吸声入睡的夜晚，露丝·科尔会感谢她的好运气。杀害罗伊的凶手显然听到了不想发出声音的露丝发出的声音，却没有找到她。露丝常常想起他，想知道他在哪里，是不是杀害妓女的惯犯，也好奇他是否读过她的小说——因为她看到他带走了她送给罗伊的那本《少儿不宜》。也许他只想用那本书存放罗伊的照片，免得照片受到损伤。

在那些夜晚，蜷缩在格雷厄姆的婴儿床旁边（后来是他的床边），借着小夜灯的朦胧照明，露丝打量着昏暗的育儿室。透过窗帘的缝隙，她会看到熟悉的黑色夜空，有时上面星光点点，有时漆黑如水。

格雷厄姆的呼吸节奏有所变化的时候，露丝会跳起来仔细观察熟睡的儿子，然后她会透过窗帘的窄缝，看看鼹鼠人是否会出现在她预期的位置：蜷缩着睡在外面的窗台上，组成星形鼻子的一部分粉红色的触手抵着窗玻璃。

当然，她从不曾看到什么鼹鼠人，可露丝有时也会突然醒来，因为她敢肯定自己听到了鼹鼠人的喘息。（每次她都发现，声音来自格雷厄姆，他在睡梦中会发出一种奇怪的叹息声。）

然后露丝会接着躺下——想着她母亲为什么不露面，既然她父亲已经去世了。难道她不想看看孩子吗？露丝困惑地想，更不用说看我了！

这个念头让她愤怒，于是暂时不再去想。

露丝经常和格雷厄姆两个人待在萨加波纳克的房子里——比如艾伦留在纽约时——有时房子会发出奇怪的声音，比如老鼠爬墙缝的那种声音、不想发出声音的东西发出的声音，还有介于这些声音之间的各种声音——类似开门关门的声音，以及鼹鼠人屏住呼吸时发出的听不见的声音。

他就在那里，在某个地方，露丝知道；他还在等着她。在鼹鼠人眼中，露丝还是个小女孩。半梦半醒之间，露丝能看到鼹鼠人退化了的小眼睛——毛茸茸的脸上的两个毛茸茸的凹坑。

露丝的新小说也在等着她，等她不再是新妈妈的时候，就会继续写下去。到现在为止，《我的最后一个坏男友》只写了一百页左右，还没有写到男朋友说服女作家雇妓女看她接客——露丝还在构思这一段，这一段也在等着她。

第三部

1995年秋天

公仆

哈利·胡克斯特拉巡警不喜欢整理他的办公桌，他的办公室在警察局第二分局的二楼，俯瞰瓦莫斯街。虽然从来没有整理过办公桌，他却不放过街上的丝毫动静——因为和红灯区的其他地方一样，瓦莫斯街正在发生变化。作为一名想要提前退休的巡警，胡克斯特拉知道，哪怕是一丁点的变化，也逃不过他的耳目。

警察局对面曾有一家“杰米”花店，后来搬到了恩格柯克街的拐角，但还有一家“佩拉”餐厅和一个叫作“探戈”的阿根廷菜馆仍旧处于哈利的监控之下，当然也包括“杰米”花店的原址上开的那个“桑尼”酒吧。如果哈利真的像他的许多同事以为的那么有先见之明，他说不定会预见到，在他退休还不到一年的时候，桑尼酒吧会被名字猥琐的“龟公”咖啡馆取代。然而即便再优秀的警察，也不会预见到如此具体的未来细节，像许多选择了提前退休的人一样，哈利·胡克斯特拉相信他的辖区中的大部分变化只会变坏，绝对不会变好。

1966年，印度大麻首次大批输入阿姆斯特丹。20世纪70年代，海洛因来了，最初供货的是中国人，但到了越战结束时，海洛因的产地变成了东南亚的金三角，很多吸毒的娼妓都会把海洛因运进来。

如今，六成以上的瘾君子在卫生署有备案——荷兰警方派专人驻扎在曼谷，但红灯区七成以上的妓女是非法入境的外国人，对这样的人是无法备案的。

可卡因则来自哥伦比亚——用小飞机经苏里南运来，六十年代末七十年代初，苏里南人把它们带进了荷兰。苏里南娼妓倒没有什么问题，他们的皮条客制造的麻烦也不大，问题在于可卡因。现在，哥伦比亚人亲自上阵运输可卡因，但哥伦比亚妓女也不是问题，他们的皮条客比苏里南皮条客还要安分守己。

哈利·胡克斯特拉三十九年的阿姆斯特丹警察生涯中，有三十五年都是在老城区度过的，只有一次他曾被人用枪指着，指着他的人是苏里南皮条客麦克斯·波克，哈利立刻也掏出枪来指着麦克斯。如果比速度的话，哈利肯定输，因为是麦克斯先掏枪的，但亮出武器的主要目的是展示力量——这方面哈利自然是赢家，他的枪是九毫米口径的瓦尔特。

“这可是奥地利制造的，”哈利告诉苏里南皮条客，“奥地利人精通枪械，如果比较起来，这把枪在你身上开的洞肯定比你在我身上开的大，而且还会同时在你身上开出好几个洞来。”无论他是不是吹牛，反正麦克斯·波克把枪放下了。

然而，尽管胡克斯特拉巡警拥有和苏里南人打交道的经验，他还是相信未来只会更糟，不会更好。犯罪组织把前苏联阵营国家的年轻妇女运到西欧，数千名东欧妇女如今被迫在阿姆斯特丹、布鲁塞尔、法兰克福、苏黎世、巴黎等西欧城市的红灯区工作，为了抽取佣金，夜店、脱衣舞俱乐部、色情表演场所和妓院也成为娼妓买卖的大本营。

不过，大部分来自多米尼加、哥伦比亚、巴西和泰国的年轻妓女知道她们为什么来阿姆斯特丹，她们明白自己将要干什么，但来自东欧的女人常常误以为她们会到高级餐馆做女服务员，被骗到西欧之前，她们只是些学生、售货员和家庭主妇。

对于这些初到阿姆斯特丹的女人而言，成为橱窗妓女已经是最好的选择，然而现在站街女也开始抢橱窗妓女的生意，每个人都迫切需要工作，哈利认识最久的那些妓女要么已经退休，要么威胁说要退休——当然，她们动不动就这样威胁。哈利认为，这是个“目光短浅”的行业，因为妓女们总跟他说，她们“下个月”或者“明年”就不干了，还有一个女人表示：“不管怎样，我明年冬天就放弃。”

现在，越来越多的妓女告诉哈利，她们曾经怀疑自己接待了不该接待的客人。

这是因为形迹可疑的客人越来越多了。

胡克斯特拉巡警记得，一个俄罗斯女孩找了一份在安托万歌舞厅做服务员的工作。安托万歌舞厅可不是什么餐馆，而是妓院，妓院老板立刻扣留了女孩的护照，告诉她，就算顾客不想用安全套，也不能拒绝和对方做爱——否则就让她流落街头。不过她的护照也是假的，而且她很快找到一位看上去有同情心的顾客，对方是个老头，他很快就给她弄来另外一份假护照。妓院的人把她的名字改成了“弗拉特纳”，因为她的真名很难念，她头两个月的“工资”也没领到，因为妓院说她欠了他们钱，要从工资里扣，这笔“债务”包括中介费、税金、伙食费和房租。

妓院被警方突击检查后不久，弗拉特纳从老头那里借来一笔钱，他还给她租了一个带橱窗的房间，跟另外两个东欧女孩合用。至于借来的那笔钱，弗拉特纳一直都没还，貌似好心的老头成了她的特殊客户，经常来找她，她自然不会收他的钱。实际上，他成了给她拉皮条的，她却浑然不觉，不久，她就得把自己从其他客人那里赚到的钱分给他一半，哈利巡警后来才明白，这老头一直没安好心。

老头是个退休的公司主管，名叫保罗·德瓦利斯，他觉得为非法打工的东欧女孩拉皮条是一种娱乐和消遣。对他来说，这无非是个有趣的游戏：先是花钱嫖妓，后来免费嫖妓，最后她们还会给他钱——

而他仍然可以继续嫖妓！

一个圣诞节的早晨——哈利近几年很少在圣诞节休假——哈利骑自行车穿过刚下过雪的老城区，他想看看妓女们是不是还在工作，他的看法和露丝·科尔的有些类似：也许只有刚下过雪之后，红灯区才会显得干净一些。而且他今天比平时感情用事得多——为圣诞期间可能还在接客的妓女准备了简单的礼物，礼物很普通，也不贵，只是一些巧克力、一块水果蛋糕和几件圣诞小饰品。

哈利知道弗拉特纳虔诚信教，至少她是这么告诉他的，为了她——如果她还在工作的话——他特地买了件稍微贵一点的礼物，不过因为是在二手珠宝店买的，他只花了十盾。那是个洛林十字架，女售货员告诉他，这东西很受时髦的年轻人欢迎。（洛林十字架上有两条横杠，上面那条比下面的稍短一些。）

雪下得很大，老城区几乎看不见脚印，只有老教堂旁边的男士小便处周围有几条足印，弗拉特纳所在的伍德肯尼斯街更是人迹罕至。看到她没在工作——窗户里是黑的，窗帘拉着，红灯也没开——哈利这才放心，正准备带着圣诞礼物离开时，他发现弗拉特纳的房门没关好，雪已经飘进去不少，积雪让他很难帮她把门关上。

他没打算看她的房间，但他必须先敞开门才能把门关紧，他伸脚把门口的雪踢到一边——这种天气真的不适合穿跑鞋——这时，他看到弗拉特纳吊死在天花板的灯上，风雪顺着敞开的大门卷进室内，她的尸体在半空中荡个不停。哈利走进去，顶着风关上了门。

弗拉特纳是当天早晨上吊的，可能是天亮后不久的事，她只有二十三岁，穿着平时的旧衣——来荷兰应聘女服务员时的那身衣服，因为她没有像接客时那样打扮，哈利一开始没认出她来。她还戴上了所有首饰，再给她戴上洛林十字架似乎有些多余——她的脖子上挂了至少六七个十字架，每一个上面都有耶稣受难像。

哈利没有碰她，也没碰她房间里的任何东西。根据她喉咙上的勒痕——以及天花板墙皮的损坏情况——他推测，她在窒息之前有过剧烈的挣扎。弗拉特纳楼上的公寓租给了一位音乐家，正常情况下，他有可能听到女孩上吊时的动静——至少听见墙皮掉落和灯具摇晃的声音，然而音乐家每年圣诞都不在这边，哈利通常也会出城过节。

回警察局报告自杀案——因为他已经知道这不是谋杀——的路上，哈利只回头看了伍德肯尼斯街一眼：他在雪地上留下的自行车辙痕是小街上唯一的生命活动的迹象。

老教堂对面，只有一个橱窗妓女在圣诞节的早晨开门迎客，她来自加纳，是个肥胖的黑人妇女。哈利停下来，把所有礼物都给了她，她高兴地接过巧克力和水果蛋糕，但表示她用不着那些圣诞饰品。

至于那个洛林十字架，哈利自己保留了一段时间，甚至还为它配了一条链子，链子甚至比十字架还贵。后来他把十字架和链子送给了他那时的女友，可他不慎把整个故事告诉了女友。在这方面，他对女人的判断总会出错，他以为她会接受这件礼物，并且认为这是对她的赞美，毕竟，他曾经真心喜欢那个俄罗斯女孩，这个十字架对他具有情感价值。然而任何女人都不希望听到别人给她的礼物有多么便宜，或者本来是要送给别的女人的——更不用说对方还是个非法入境、在工作场所上吊自杀的俄罗斯妓女了。

哈利当时的那位女友把礼物还给了他，这东西对她来说没有丝毫情感价值。目前哈利没有女友，他也不打算把它送给别的女人——即使对方是他的女朋友。

哈利从来不缺女朋友，问题在于——如果这算是问题的话——他和女人交往的时间都很短。他并非放荡不羁，也从来不脚踩两条船——每次只专注交往一位女友，然而最后往往不是女人离开，就是他离开，总是难以长久。

现在，一反常态地开始清理办公桌的哈利——五十七岁，已经决定这年秋天他五十八岁时就退休——很想知道自己的感情生活会不会一直“定不下来”。当然，他对女人的态度，还有女人对他的态度，多多少少都受到他的工作的影响，至少这是他决定提前退休的部分原因所在——他希望测试一下退休后情况是否有所改观。

第一次到街上巡逻时，他只有十八岁，到了五十八岁，他就当了四十年警察了。如果他能坚持到法定退休年龄六十一岁再退下来，退休金会稍微多一点，然而作为一个没结婚也没孩子的男人，他并不需要那么多钱，而且他家族里的男人也不长寿。

虽然哈利现在非常健康，但他不会忽略遗传因素。他想旅行，想尝试在乡村生活。他读了不少旅行的书，也出去玩过几次，他喜欢读游记，但更喜欢读小说。

看着他不愿打开的办公桌抽屉，哈利巡警想：露丝·科尔该出新书了吧？《少儿不宜》已经出版了五年了，她什么时候才能写完新小说呢？

哈利读过露丝的小说的英文版，因为他的英文很好，在红灯区的大街小巷，英语逐渐成为妓女和嫖客的通用语——蹩脚的英语是老城区的标准语言。蹩脚的英语，哈利想，即将成为未来世界的通用语，决心在五十八岁开始新生活的他，即将退休的公仆，一定要把英语说好。

读者

哈利巡警的女人们经常抱怨他不喜欢刮胡子。他的低调作风或许能在一开始令女性动心，然而最终她们都会觉得，他的不修边幅是对她们的不重视。他总要等到脸上的胡茬快变成络腮胡的时候才刮脸，因为他讨厌络腮胡。有时候，他会隔天刮胡子，有时一个星期才刮一次，还有的时候，他会半夜起来刮胡子，和他在一起的那个女人第二天醒来时会看到一个“面目全非”的男人。

哈利对衣着也同样漫不经心。他的工作需要步行，所以穿的是结实、舒适的跑鞋，如果有必要，会一直穿牛仔裤。他的腿比较短，有点外八字，腹部平坦，屁股像小男孩一样瘦得几乎不存在。从腰部往下，他的体形很像特德·科尔——坚实有力，但上半身更发达。他每天都去健身房——胸肌练得像举重选手——不过，因为他老是穿宽松的长袖衬衫，不仔细看根本发现不了他有多健壮。

这些衬衫是他衣柜里仅有的五颜六色的东西。他的大多数女友都说，这些衣服颜色太鲜艳了，花里胡哨，可他却喜欢这种“热闹”的衬衫，反正他也从来不打领带。

他很少穿警服。老城区的人对他的熟悉程度不逊于工作资历最久的橱窗妓女。执勤的时候，不管白天黑夜，他都至少在红灯区巡视两三个小时。

他喜欢穿防风外套——或者防水夹克，而且永远是深色调的。他有件旧皮夹克，衬里是羊毛的，十分御寒，但所有夹克都和衬衫一样宽松，他不想让他那把插在肩带上的九毫米口径沃尔特把衣服顶起一块。只有下大雨的时候，他才会戴上棒球帽，他不喜欢帽子，也从来不戴手套。他的一位前女友说，他的穿衣风格“基本和罪犯一样”。

他的头发是深棕色的，但已经变灰了。和对待自己的胡子一样，他对头发同样漠不关心，索性剪得很短，再慢慢等它们长得很长。

至于那身警服，刚当警察的那四年，哈利经常穿它，当时他在阿姆斯特丹西边执勤，他的公寓还在那一带，不是因为他懒得搬家，而是由于他喜欢拥有两座壁炉的奢侈感——其中一座壁炉在他的卧室里。他最大的嗜好就是烤火和读书，喜欢在炉火旁阅读，因为藏书太多，如果搬家会特别麻烦。而且，他喜欢骑车上班，然后骑车回家，他觉得应该和老城区保持一定的距离，虽然他对老城区了如指掌，在那里没有不认识的人——因为老城区才是他真正的办公室，但本质上讲他是个离群索居的人。

哈利的女人们还抱怨他少言寡语，宁愿读书也不听她们说话。比起聊天，他宁可燃起炉火，躺在床上欣赏跳动的火焰透射在墙上和天花板上的影子。他还喜欢在床上看书。

哈利猜想女人们妒忌他的书，他认为这是她们最可笑的地方。怎么能妒忌书呢？而且连他在书店认识的女人都会犯这种错误，他觉得很荒唐。哈利在书店里结识了许多女人，其余的人则是在健身房遇到的，但近年来比较少。

哈利常去的健身房位于洛金街，就是露丝·科尔的出版商马丁带她去过的那家。对去健身房的大多数女人而言，五十七岁的哈利巡警有些老（二十几岁的年轻女人告诉他，就年龄而言，他的身材很棒，然而这种话并不会让他觉得高兴）。不过，最近他跟一个在健身房工作的女人约会，她是个有氧操教练。哈利讨厌有氧操，他只练习举重。他一天走的路比大多数人一星期甚至一个月走的还多，而且无论去哪儿他都骑自行车，根本不需要额外的有氧运动。

有氧操教练不到四十岁，是个有魅力的女人，但她对自己的职业怀有宗教般的狂热，无法让哈利接受她热爱的运动伤害了她的感情。在哈利的记忆中，也不曾有人如此痛恨他的阅读习惯。女教练不喜欢读书，而且——和哈利的所有前女友一样——不相信他没和妓女做过爱，最起码受过妓女的引诱。

当然，他一直在受“引诱”——但随着时间的推移，诱惑对他的影响越来越小。当了近四十年警察，他也曾多次面对杀人的“诱惑”，但哈利巡警从来没杀过人，也没和妓女做过爱。

尽管如此，他和橱窗妓女以及数量逐渐增长的站街女的关系总会令女友们不安。长时间在街头工作可能正是他喜欢在炉火旁读书的原因，将近四十年的巡逻生涯也是他渴望乡村生活的主要推动力，哈利受够了城市——任何城市。

只有一个女朋友像他一样喜欢阅读，但她读的书不对，而且，在所有和哈利睡过的女人中，她最常接触妓女。她是律师，为妓女权利组织义务提供法律援助，还是个自由派的女权主义者，她告诉哈利，她是“认同”妓女的。

那个妓女权利组织的名字叫“De Rode Draad”（红线会），哈利认识这位律师的时候，红线会和警方正试图合作，毕竟双方都很关心妓女的安全问题，哈利总觉得他们应该组成更稳固的联盟。

然而，从一开始，红线会的管理层就惹恼了他。除了态度激进的妓女和前妓女，这个组织里面还有许多像他的律师朋友那样不切实际的女权主义者，她们打算发起一场妓女解放运动。哈利相信，红线会应该多关注保护妓女的问题，降低她们的职业风险，但除了妓女和女权主义者，这个组织里还有一批更让他头疼的工会运动类型的人士，哈利认为他们“只会研究如何获得补贴金”。

律师名叫娜塔莎·腓特烈斯，红线会三分之二的成员是妓女或前妓女，在其会议上，非妓女（如娜塔莎）是不被允许发言的。红线会只给两个人发全薪，给四个人发半薪，其余的人都是志愿者，哈利也是志愿者。

八十年代末，警方和红线会的互动比现在多，因为红线会没有招募到外国妓女——更不用说非法黑工了——而且橱窗妓女里面的荷兰籍人士也相当稀少。

娜塔莎·腓特烈斯已经不再给红线会做志愿者了：她也感到幻灭（娜塔莎现在自称“前理想主义者”）。她和哈利是在每周四下午为新入行的妓女举办的集会中认识的，哈利觉得举行这种集会的主意很不错。

他坐在房间后面，别人问他问题的时候才说话。他被介绍给新妓女，介绍人说他是“同情妓女的警方人士”，并且鼓励新妓女在主要议程结束后和他交流，至于“主要议程”，通常是老妓女告诉新妓女应该注意什么。其中一位老妓女就是德洛丽丝·德罗瑞特，人称“罗伊”，哈利和红线会的人都这么叫她。罗伊起初是老城区的妓女，后来挪到贝尔格街，她做妓女的时间比娜塔莎做律师的时间长多了。

罗伊总是告诉新妓女，顾客一定要勃起，她可不是开玩笑。“假如男人进了你的房间——我是指从他进门那一刻开始——却没勃起的话，那是绝对不行的。”罗伊警告她们，如果男人没勃起，也许就不是为了嫖妓而来。“而且你们绝对不能闭上眼睛，”罗伊总是这样提醒大家，“虽然有些人喜欢你们闭着眼睛，但千万别听他们的。”

哈利和娜塔莎·腓特烈斯的肉体关系十分和谐，但哈利清楚地记得两人关于书籍的讨论。娜塔莎喜欢辩论，哈利却不愿辩论，但他愿意有个和自己一样爱读书的女友，哪怕她读的书不对路。娜塔莎爱读与“改变世界”有关的非虚构作品，还读各种小册子，字里行间渗透着一厢情愿的左翼思想，而哈利不相信世界（或者人性）能被改变，他的职业就是理解和接受现有世界，也许在他的努力下，世界变得安全了一点点——他喜欢这么想。

哈利读小说，是因为小说对人性刻画得最好。他喜欢的作家都擅长赤裸裸地展现最恶劣的人性，他们或许在道德上不赞同笔下的人物，但小说家并非世界的变革者，只是一群很会讲故事的人，故事中有令人信服的角色。哈利喜欢的小说，写的都是人物真实、情节错综复杂的故事。

他不喜欢侦探小说或者所谓的惊悚题材（要么看了开头知道结尾，要么人物不可信），他不会特地去书店寻找经典作品或者最新的文学小说，然而最后他读的大多是经典的文学小说——尽管它们的叙事结构相当传统。

哈利也不反感幽默故事，但如果作家只知道逗乐子（或者一味地讽刺），他会感到失望。他喜欢现实主义，但作家也要有想象力，写出有吸引力的情节，让他一直有兴趣猜测接下来会发生什么事。（假如一本小说写的是一个离婚的女人到度假旅馆度周末，遇到了她希望与之发生绯闻的男人——然而她却没有和这个男人发生什么，而是回家去了，这本书就无法让哈利满意。）

娜塔莎·腓特烈斯说，哈利喜欢“逃避现实”类型的小说，但他坚信逃避现实的是娜塔莎，因为她喜欢读理想主义的空谈作品，一厢情愿地想要改变世界。

在当代小说家中，哈利最喜欢露丝·科尔。相较其他作家，娜塔莎和哈利对露丝·科尔的看法分歧最大，自称“认同”妓女而到红线会做义工的娜塔莎认为露丝·科尔的故事“太奇怪”。这位为妓女权益奔走呼号却不能在红线会的会议中发言的律师表示，露丝·科尔小说中的情节“不现实”，而且她根本不喜欢“情节”这种东西，因为她觉得现实世界（她热切想要改变的世界）中根本不存在脉络分明的情节。

和哈利一样，娜塔莎后来也退出了红线会，因为这个组织代表的妓女人数还不到阿姆斯特丹全部妓女的二十分之一，曾经加入这种理想主义组织的她却指责露丝·科尔“不现实”。（哈利和娜塔莎都不再为红线会做志愿者的时候，每周四为新妓女举行的集会上出现的老城区的新妓女已经不到百分之五了。）

“露丝·科尔比你现实多了。”哈利告诉娜塔莎。

他们分手的原因是，娜塔莎说哈利没野心，甚至连警探都不想当——只想做个警察。诚然，哈利喜欢待在街上，如果整天坐在办公室里，他会觉得自己不像个警察。

警探们的办公室也在警局二楼，里面全都是电脑，他们大部分时间都趴在电脑上。哈利最好的朋友就是个警探，名叫尼克·扬森。尼克喜欢拿阿姆斯特丹新近的妓女谋杀案刺激哈利，这个案子的被害人就是贝尔格街的罗伊。尼克说他办公室的电脑在破案中立了大功，但哈利知道其实并非如此。

哈利知道，案件告破的主要原因是出现了一个神秘的证人，而他对证人的证言进行了详细的分析，然后尼克才能利用电脑搜捕嫌疑犯。

虽然他们见解不一，但仍然友好。尼克说，破案才是最重要的，但哈利一直对证人很感兴趣，证人溜走也让他挺失望。而且，更让他生气的是，他敢肯定自己曾经见过她——事实的确如此——可还是让她溜了！

哈利巡警拉开办公桌中间的抽屉，发现里面没有需要丢掉的东西，有十来支旧笔和几把他认不出来的钥匙，但接替他的人可能会猜测钥匙的用途，想到这里他觉得挺有趣。抽屉里还有一套开瓶器——

即便在警察局，这种东西也总是不够用——还有一把茶匙（虽然不怎么干净，但洗起来并不麻烦）。你永远都不知道自己什么时候会生病，吃药就得用茶匙，哈利想。

他刚要关上抽屉，不去翻动里面的东西，一件看上去非常有用的东西映入眼帘：最下层抽屉断掉的把手，只有哈利才知道这个小玩意多么趁手——刚好可以塞进球鞋鞋底的缝隙里，把里面的脏东西抠出来，但接替他的人未必知道这东西的妙处。

哈利拿出一支笔，开始给接替者留言，他会把这张便条留在中间的抽屉里。“不用修理最底下的抽屉，留着断掉的把手，很适合抠鞋底的脏东西。哈利·胡克斯特拉留”。

心情不错的哈利从上到下依次打开办公桌侧面的三个抽屉。第一个抽屉里有一篇他为红线会写的演讲稿，但从来没寄到红线会去，主题是未成年娼妓，他不情愿地同意了红线会的立场——认为卖淫的合法年龄是十六岁，而非十八岁。

“没人愿意见到未成年人卖淫，”哈利的讲稿开头这样写道，“但我更不愿见到未成年人在危险的地方卖淫，尽管这些未成年人总归会成为妓女。妓院老板根本不在乎她们只有十六岁。关键在于，这些十六岁的妓女也需要和年纪较大的妓女那样拥有享受社会服务和保健设施的权利，不必担心被警方逮捕。”

讲稿没有寄出去的原因并非哈利胆怯——他也曾反对过警方的立场，而是因为他觉得不能因为无法制止十六岁的女孩卖淫就允许她们卖淫。这不是真正意义上的面对现实，而是对现实的可耻妥协，连信奉现实主义的哈利都不认同这种观念。

他没有发表演讲的原因还在于，从长远来说，这样做对未成年妓女没有实际帮助——如同每周四下午的新妓女集会，对大多数新妓女并无裨益。有人不来，有人不想来，还有很多人根本不知道有这种集会，也根本不在乎。

但是，也许这篇讲稿可以给接替他的警察提供实际的帮助，哈利想，于是他把稿子留在原处。

看到三个抽屉的中间那个是空的，哈利起初吃了一惊，像在警察局里被打劫的人那样愤怒地盯着它，然后他才想起来，这个抽屉本来就是空的，由此可见，他已经多长时间没用过这张办公桌。其实，所谓的清理办公桌只是个幌子，他真正想做的是处理最底层抽屉里那件没做完的事，他认为那是应该在退休前完成的最后一个任务。

由于最下面的抽屉的把手已经折断，成为哈利抠鞋底的工具，所以他只能用小刀撬开抽屉——里面是德洛丽丝谋杀案的证人寄来的证言——只有薄薄的一页，但已经揉皱了，看得出他已经反复阅读了许多遍。

哈利喜欢复杂的情节，而且固执地偏爱按照时间顺序讲述的故事。“先抓到凶手再找证人”完全不符合他的审美要求，正经的故事都应该先找到证人才对。

想要找到露丝·科尔的这个人可不只是普通警察，他还是个观念相当传统的读者。

妓女的女儿

哈利初到红灯区当巡警那一年，罗伊开始在老城区做橱窗妓女，她比他小五岁，但他总是怀疑她虚报年龄。在她位于伍德肯尼斯街（弗拉特纳后来上吊的那条街）的第一间橱窗工作室里，德洛丽丝看上去还不到十八岁，可她确实已经十八岁了，并没有虚报年龄，哈利也确实是二十三岁。

在哈利眼中，“阿红”[①]德洛丽丝一般不说实话，她说的话至少有一半是假的。

最忙的时候，罗伊每天要在小房间里工作十到十二个小时，最多一连接待十五位客户。赚到了足够的钱，她就在贝尔格街买了一个底楼的小房间，空闲时租给另一位妓女。那时她的工作量已经减少到每周只做三天，每天五个小时，而且出得起每年度两次假的费用。她通常会去阿尔卑斯山的某个滑雪胜地度过圣诞节，每年四月或五月到暖和的地方生活一段时间。有一年她去罗马过了复活节，还去过佛罗伦萨、西班牙、葡萄牙和法国南部。

罗伊经常问哈利她该去哪儿度假，毕竟他读了很多旅行的书。虽

① 罗伊（Rooie）昵称“阿红（Red）”。

然哈利从来没去过任何一个罗伊想去的地方，但他会为她分析比较各种旅馆。哈利知道罗伊喜欢待在“中高档次”的地方，他还知道，虽然她很重视外出避寒，但圣诞滑雪给她带来了更多乐趣。虽然每年冬天她会参加私教滑雪课，但滑雪技术一直停留在初学者阶段，每次上完课，她会自己练习半天——直到遇到合适的人为止，罗伊总会遇到这样的人。

她告诉哈利，和不知道她是妓女的男人相处很有趣。有时她会遇到热爱滑雪但更热爱派对的富家子弟，但大多数男人都很安静，滑雪技术非常一般，性格很沉闷。她特别喜欢那些隔一年陪孩子过一次圣诞的离婚父亲。（一般来说，父亲比儿子更容易勾引。）

看到带孩子去餐馆的父亲，罗伊总会有所触动，那样的父子一般不说话，或者交流困难——只知道谈论滑雪或者食物。她看得出父亲脸上的落寞神色，虽然和她在贝尔格街上的同行脸上的落寞并不完全相同，却非常类似。

和带着孩子旅行的父亲谈恋爱必须低调保密，好在作为一个没怎么谈过恋爱的人，罗伊觉得这样更刺激，而且小心翼翼地瞒着孩子偷情也非常具有挑战性。

“你就不怕那些男人到阿姆斯特丹来找你？”哈利曾经问她（那年她去了采尔马特），但非要来找她的人只有一个，而且她通常都有办法阻止他们。

“你告诉他们你是干什么的？”有一次哈利又问她。（那时罗伊刚从蓬特雷西纳回来，在那里她遇到了一个跟儿子住在圣莫里茨巴德鲁特皇宫酒店的男人。）

罗伊对那些父亲们说的话总是真假参半，“我从卖淫行业中盈利，”罗伊首先会这样说，观察对方震惊的表情，“噢，我不是说我是个妓女！”她会补充一句，“我只是个把房子出租给妓女的房东。”

如果对方逼问，她会添油加醋地说谎：她父亲是泌尿科医生，他去世后，她把他的办公室改造成妓女的接客室，租给她们，虽然不如租给医生们开诊所赚钱，但这样的体验更加“丰富多彩”。

她还喜欢给哈利讲她编造的故事，博览旅游书籍的哈利从罗伊的罗曼史中又获得了一种特别的享受，他也知道罗伊的故事里为什么会出现泌尿科医生。

有位泌尿科医生一直迷恋罗伊，他也是最常来的客户，在这位医生八九十岁的时候，他死在了贝尔格街罗伊的房间。他对她的喜爱是真心的，甚至经常忘记做爱，罗伊也一直很喜欢这个可爱的老头。柏斯曼医生曾经告诉罗伊，他深爱自己的妻子、孩子和数不清的孙辈，还拿出全家福照片来给她看。

去世那天，他穿戴整齐地坐在口活椅上，抱怨午饭吃得太多——即使是星期天也不该吃这么多。他让罗伊给他调一杯苏打水，说，比起和她的“身体亲密”，他更希望马上满足自己对苏打水的需求。

罗伊一直很庆幸——医生在椅子上断气时，她恰好背对着他。当她调好苏打水，转身面对他时，发现柏斯曼医生已经死了。

然而撒谎的习惯给她惹来了麻烦。她打电话给哈利，告诉他一个老人死在她的小房间里，但她是把他从街上扶进去的，因为她看见他脸色不好，在贝尔格街上几乎走不动路，于是把他领进屋里，让他坐在椅子上，然后老人向她讨苏打水喝。

“告诉我的妻子我爱她！”这是老人说的最后一句话，罗伊告诉哈利，但没说死去的泌尿科医生是她年纪最大也最忠实的常客，因为她不想让柏斯曼医生的家人知道这一切——他们爱戴的老人竟然死在妓女那里。可哈利却不相信她的话。

在罗伊的口活椅上，柏斯曼医生离开得十分安详，罗伊对他的死表现得十分悲伤——这些本身就是明显的疑点。她以自己的方式爱着这位老人。

“他和你来往多长时间了？”哈利立刻问她，罗伊一下子哭了。

“他总是对我那么好！”罗伊哭道，“从来没有人对我那么好，连你都没有，哈利。”

哈利帮助罗伊完善了这个故事，基本上还是她最初撒的那个谎，但哈利给她纠正了许多细节，比如她在哪里看到了这位老人，发现他“走不动路”，她是如何把他扶进房间的？她是不是需要扶着他走到椅子那里？当濒死的医生请妓女告诉他的妻子他爱她的时候，他的声音是否微弱？呼吸是否困难？他死时是否痛苦？柏斯曼医生的妻子当然想要知道。

柏斯曼的遗孀非常感谢罗伊，柏斯曼医生的家人也都向她表达了深切的感激之情。后来，柏斯曼家的人甚至把罗伊当成了他们家庭的一员，他们会在圣诞节和复活节邀请罗伊吃晚餐，还会请她参加其他家庭聚会——比如婚礼和纪念日。

哈利常常想，罗伊对柏斯曼医生的家人的这套说辞应该是他帮人圆过的最完美的一个谎。“你的旅行怎么样？”每当妓女度假返回，他总会这么问她，其他时候他会问，“柏斯曼家最近怎么样？”

当德洛丽丝·德罗瑞特在她的橱窗房间被谋杀时，哈利直接通知了柏斯曼家，此外并没有需要通知的人，他相信那家人会埋葬罗伊。的确，柏斯曼夫人为罗伊办了丧事，支付了葬礼的费用，一大家人都参加了罗伊的葬礼，还有几个警察（包括哈利）和少数红线会的代表，哈利的前女友娜塔莎也在场，但最大的悼念群体当数罗伊所在的另一个家族——成群结队的妓女，罗伊在同行中的人缘很好。

罗伊过了一辈子真假参半的生活，她的一句谎言——哈利认为这是他介入过的最令他痛苦的一个谎言——在葬礼上引发了一段小插曲：妓女们纷纷把哈利拉到一旁，提出同样的问题——

“她女儿在哪里？”还有人打量着柏斯曼医生为数众多的孙辈们问，“哪一个是她？她女儿来了吗？”

“罗伊的女儿死了，”哈利告诉她们，“其实她死了很多年了。”只有哈利知道，罗伊的女儿还没有出生就死了，罗伊一直对此守口如瓶。

哈利最初听到罗伊提起那个英国人，是她从克洛斯特度假回来的时候。根据哈利的建议，她住在契莎葛雏纳酒店，在那里遇见了一个名叫理查德·斯迈利的英国人。斯迈利离婚了，与他六岁的儿子一起过圣诞节，男孩患有神经衰弱，斯迈利认为这全都怪孩子的母亲保护过度。罗伊被斯迈利父子打动了：孩子总是黏着父亲，他睡眠很浅，弄得理查德·斯迈利和罗伊不敢做爱。罗伊告诉哈利，他们经常“偷偷接吻”，同时“热烈地爱抚几下”。

她竭力阻止了斯迈利第二年到阿姆斯特丹看她。那年圣诞，轮到他的前妻陪伴神经衰弱的孩子，理查德独自回到克洛斯特。一年来，他通过信件和电话说服罗伊圣诞节到契莎与他见面——哈利警告罗伊，绝对不能开这个先例（这是她第一次回到同一个滑雪胜地过圣诞）。

回到阿姆斯特丹，罗伊告诉哈利，她和斯迈利相爱了，斯迈利想和她结婚，他希望罗伊给他生孩子。

“可这个英国人知道你是妓女吗？”哈利问，原来罗伊只是告诉斯迈利，她做过妓女，她只说了一半真话，希望这样就够了。

那年冬天，她把贝尔格街的小房间又分租给另外两个女孩，现在有三名租客付房租给她。这份进项抵得上她做妓女的收入，至少能满足她和斯迈利结婚前的需要——结婚后更是一笔可观的秘密收入。

然而当她在伦敦和斯迈利结婚后（同时搬到了伦敦），罗伊无法像过去那样照应阿姆斯特丹的房子。虽然她尽量避免租给瘾君子，但她无法监督房客对房子的使用情况，虽然哈利也在帮她注意，却阻止不了房客暗中搞鬼。不久，其中一个妓女把房间转租给第四个妓女，很快又出现了第五位租客——其中一个人还吸毒。后来她的一个老房客搬走了，等罗伊知道这件事的时候，她已经欠了两个月的房租。

回到阿姆斯特丹处理租客问题的时候，罗伊已经怀孕了。出于某种直觉，她没有卖掉这处房子，反而进行了整修——虽然赔了一些钱。英国人让她把房子卖掉，但罗伊找到两个做过妓女的荷兰女人，她们想重操旧业，她认为如果把房子租给她们就能维持开销。“赚钱是不用想了，”罗伊告诉哈利，“我只想留住这间房子，以防在英国待不下去。”

怀孕七个月时她已经有预感，自己在斯迈利那里“待不下去”。在伦敦生孩子时，一开始就不顺利，后来实施了紧急剖腹手术，孩子却是死胎。罗伊从没见过死去的女儿。此后斯迈利就开始歧视她，认为死胎是罗伊造成的，和她过去做妓女有关——肯定是因为她接客的次数太多了。

一天，没有事先通知，罗伊回到了她在贝尔格街的小房间。这时哈利才知道她的婚姻结束了，她的女儿也早没了。（那时罗伊的英语已经非常好了。）

第二年圣诞节，她又回到克洛斯特，住在契莎葛维纳酒店，但这是她最后一次在滑雪胜地度假。虽然斯迈利和他儿子都不在那儿，但关于罗伊的职业的传言已然散播出去，她经常冷不防被人指指点点，人们把她视为人老珠黄的妓女，而不是斯迈利的前妻。

她对哈利发誓说，乘坐滑雪缆车时，她听到有人低语：“斯迈利找的婊子。”在契莎——她每天晚上都独自用餐——有个穿天鹅绒西装的小个子秃头男人和她搭讪，让侍者给她送来一杯免费香槟，以及一张字条，上面用英文大写字母写着：多少钱？她把香槟退了回去。

最后一次访问克洛斯特后不久，罗伊周末时就不在窗口工作了。后来，她晚上也不工作了，下午时也经常离开贝尔格街——有人问起，就说是去学校接女儿放学。

贝尔格街的其他妓女有时会让罗伊给她们看她女儿的照片。她们自然理解为什么她女儿不会到贝尔格街这种地方来：大多数妓女都不会告诉年幼的子女她们的职业。

租用罗伊房间的那个妓女最是好奇，罗伊也经常给她看一张所谓的女儿照片——上面的小女孩大约五六岁，开心地坐在罗伊的膝盖上，两人貌似是在参加家庭聚餐——当然，女孩是柏斯曼医生的孙女，只有哈利知道照片是柏斯曼家复活节聚餐时照的。

葬礼之前，罗伊的女儿从未引起如此多的注意，有些妓女甚至都忘记了女孩的名字，只得问哈利，但那并不是一个普通的名字，哈利还记得它吗？

当然记得，她叫契莎。

葬礼结束后的聚餐也是柏斯曼夫人出钱，她认为这种仪式是必需的。参加聚餐的妓女多次提到罗伊死去的女儿，以至于柏斯曼夫人都好奇地问哈利："契莎是谁？"（哈利正在笨拙地处理一只他不想吃的煮鸡蛋，上面涂着某种鱼子酱模样的东西。）

哈利把整个故事告诉了她，柏斯曼夫人听后流泪了，但她也不是傻瓜。"我当然知道我亲爱的丈夫经常找妓女，"她告诉哈利，"但我认为她帮了我一个忙——没有让他死在大街上！"

遭到谋杀的几年之前，罗伊四五月份时就不常去温暖的地方度假了。最后几年的圣诞节她都是到柏斯曼家过的，每次过去她都会给柏斯曼家的众多孙辈们买礼物。"这也比去滑雪便宜。"她告诉哈利。她被杀之前的那个冬天，罗伊邀请哈利和她一起去度假，费用均摊。

哈利早就想和罗伊一起出门旅行，然而她的邀请让他既惊奇又尴尬，他首先想和她去的地方是巴黎。（想象一下，和一个妓女去巴黎！）

哈利开始在旅游书的空白处做笔记，把合适的旅馆的信息标注出来。伏尔泰堤道酒店是他的首选旅馆之一，特德正是在那里给玛丽恩和两个儿子的脚拍摄了合影，但这家酒店不如修道院酒店和圣西蒙公爵酒店受欢迎。哈利自己想住在圣日耳曼德佩的公寓式酒店，但他认为应该由罗伊来选择住处。

他带着他那几本满是笔记和标注的巴黎旅行指南去贝尔格街找罗伊。罗伊恰好有客人，他只好在街上晃悠，等着她完事。

“噢，哈利！”她叫道，“你想带一个老妓女去巴黎？四月份去巴黎？”

他们都没有去过巴黎。看起来肯定不行。哈利猜想罗伊会喜欢圣母院、杜伊勒里宫和他只在书上读到过的古董商店，他仿佛看到两人挽着手臂在卢森堡宫的花园中散步，可他想象不出她在卢浮宫会是什么模样，毕竟她连阿姆斯特丹的博物馆都没逛过！哈利怎么会想着带她去巴黎呢？

“其实，我觉得我可能走不开，”他迟疑道，“四月份老城区会忙得不可开交。”

“那我们三月去，”罗伊说，“要不就五月！这有什么关系？”

“我觉得我做不到，罗伊。”哈利承认。

妓女最熟悉的就是拒绝，而且十分擅长处理被拒绝的情况。

接到罗伊被杀的报警电话后，哈利跑到贝尔格街罗伊的房间找他的旅游书。罗伊一直没把书还给他，他发现那些书摞在厕所里的那张狭窄的阅读桌上。

他还注意到，凶手咬了罗伊，还粗鲁地把她的尸体推到床下，掩盖他精心准备的杀人预谋。她很像是被掐死的，但脖子上没有指印，哈利意识到，她可能是被胳膊勒死的。

当他看到衣橱里那些尖头朝外的鞋子时，发现其中一双鞋好像被人踢到了一边，这排鞋子中间还有个空隙，恰好还可以放进一双鞋。

该死！还有个目击者！哈利立刻得出结论。他知道善良的罗伊是甘愿为妓女新手展示如何接客的少数老妓女之一，也知道她会怎么做——她曾经让许多女孩藏进衣橱，这是他参加红线会的新妓女集会时听来的，但罗伊已经很久没参加这种集会了，他甚至不确定红线会是否还会为新妓女安排这种集会。

罗伊房间的门敞着，发现她尸体的那个女孩在啜泣，她叫安妮可·施密茨，吸过海洛因，后来戒掉了——至少她这样说服了罗伊。安妮可·施密茨没有换上拉客时的衣服，她平时穿的那件皮背心还挂在衣橱里。

坐在门口的安妮可看上去姿色平庸，神情阴郁，穿一件宽松的黑色毛衣，肘部磨得松松垮垮，牛仔裤的两个膝盖都扯破了，也没化妆，连唇膏都没涂，头发肮脏板结。平庸的外表中，唯一让人联想到野性的东西，就是她右手腕内侧的那个闪电文身了（这个文身也很小）。

“似乎当时有人站在衣橱里看着。”哈利说。

女孩哭着点点头。“看起来像是。”她说。

“她这是给新手帮忙吗？”哈利问安妮可。

“谁知道啊！”哭泣的女孩说。

哈利怀疑——甚至在露丝·科尔的证言寄到警察局之前——这个目击者看到了谋杀的全过程。

“噢，上帝！”安妮可突然叫道，“谁去学校接她的女儿啊？谁把这件事告诉她女儿？”

“有人已经去接了，”哈利说谎道，“也有人告诉她女儿了。”

但几天后他就透露了真相——他的警探朋友尼克·扬森私下找他谈话，哈利知道他要谈什么。

扬森的办公桌上摆着几本巴黎旅行指南，哈利在他的所有书上都写了名字。尼克·扬森打开其中一本，翻到圣日耳曼德佩的公寓式酒店的介绍那里，书页的空白处写着：圣日耳曼郊区的中心，位置很好。

“这是你的笔迹吧，哈利？”扬森问他。

“我的名字都在封面上呢，尼克，你没看到吗？”哈利反问朋友。

“你打算和她出门旅行吗？”扬森警探问，哈利当了三十多年警察，终于做了一次嫌疑人。

他解释说，罗伊经常旅行——他只是为她查找旅行资料而已，而且经常把旅行书借给她看，她已经习惯了向他咨询住在哪些旅馆、去哪里玩最好。

“可你和罗伊没有亲密关系吧，哈利？”尼克问，“你从来没和她一起旅行过，对不对？”

“对，从来没有。”哈利回答。

告诉警察真相的确是个好主意：哈利和罗伊没有亲密关系，他们也从来没一起旅行。这些都是真的，但警察不需要知道每一件事，没有必要告诉尼克·扬森他曾经对罗伊动过心，噢，那种诱惑真是令人难以自拔！

哈利·胡克斯特拉巡警寻找证人

哈利巡警只在红灯区的游客人满为患时穿上他的警服巡逻（在罗伊的葬礼上他也穿过）。每当需要导游，他都是第二分局的首选——不仅因为他的英语（和德语）比瓦莫街警察局的其他警官讲得好，还因为他是红灯区的万事通，而且他喜欢带别人去参观。

他曾经带一群修女参观老城区，而且多次向小学生们展示这座“城中之城”的风貌。橱窗妓女们会镇定地看着孩子们走过，但有一次，一个妓女突然把窗帘拉上了，后来她告诉哈利，那是因为她发现自己的孩子也在参观的队伍里。

需要应付媒体的时候，哈利巡警也是第二分局的首选，因为经常有冒充者自称凶手，所以他很快就学会了不把犯罪细节告诉记者，甚至会故意提供错误的细节——这样那些冒充的疯子很快就露了馅。在罗伊的谋杀案中，他告诉记者，被害者临死前曾经“剧烈挣扎”，结果拆穿了两个冒牌货。

这两个冒充者都宣称是自己勒死的罗伊，其中一位还说服妻子抓伤了他的脸和胳膊，另一位说服女友踢了他的小腿好几脚，两个人似乎都被“剧烈挣扎”的妓女伤害过。

警探把凶手杀害罗伊的真实手法输入电脑，把相关信息上传给德国威斯巴登的国际刑警组织，结果发现，五年前苏黎世的一个妓女曾经被人以这样的方式杀死。

罗伊的全部挣扎只是踢掉了她的鞋子，苏黎世的那个妓女则在短暂的挣扎中折断了一块指甲，被害人的指甲缝里有破碎的织物纤维，可能来自凶手的西装裤，除了裤子的料子很高级，警方无法推断出更多信息。

苏黎世妓女被杀案和罗伊的案子之间最令人信服的关联就是，苏黎世的妓女房间里也有落地灯，灯罩和灯泡也被取下来过，但没有遭到凶手破坏。苏黎世警方不知道凶手给被害人拍过照，因为他们没有目击证人，也没有人把沾有凶手右手拇指完整指纹的照片保护膜包装管寄给警方。

但警察从苏黎世妓女房间里采集到的指纹和阿姆斯特丹的凶手拇指指纹不符，威斯巴登国际刑警组织的数据库里也没查到相符合的指纹。包装管上还有一枚指纹，是一枚小小的、非常清晰的右手食指指纹，说明目击者用拇指和食指捏起了包装管。（目击者一定是个女人，因为指纹很小，比大概是凶手的拇指指纹小多了。）

罗伊衣橱里的一只鞋子上也有一枚又小又清晰的目击者右手食指的指纹，她还用这根手指摸过罗伊房门内侧的把手——显然是凶手离去后，证人开门到街上去时留下来的。无论她是谁，都不是左撇子，右手食指指纹的正中还有一道类似玻璃割过的细长疤痕。

然而国际刑警组织没有查到与证人指纹匹配的指纹记录——哈利也不认为他们会有。他敢肯定，证人不是罪犯，在红灯区调查了一周，和许多妓女谈过之后，他也确定证人不是妓女，很可能是来观看妓女工作的游客！

在不到一周的时间里，贝尔格街上的每个妓女都见过她，甚至不下五六次，安妮可·施密茨还和她说过话。这个神秘的女人有天晚上来找罗伊，安妮可——当时她穿着皮背心，手里拿着假阳具——告诉这位游客，罗伊晚上不工作，因为要“陪女儿”。

科西普街上的妓女们也见过这个神秘女人。其中一位年轻妓女告诉哈利，他的目击证人是个同性恋，但其他妓女不同意她的说法，只记得她们对这个女人很警惕，因为看不出她究竟想要什么。

对于那些在橱窗妓女面前走来走去的男人——总是东瞧西看、迫不及待却永远打不定主意——妓女给他们的外号是“种马”，而她们叫露丝“母种马”，因为母种马这种东西根本不存在，所以这个神秘女子令她们感到不安。

其中一位告诉哈利：“她看上去像个记者。”（记者们会让妓女十分不安。）

难道是外国记者？哈利巡警立刻否定了这个可能性，大部分来阿姆斯特丹、对娼妓行业感兴趣的外国记者都会先和他聊聊。

根据老城区妓女的说法，哈利发现这个神秘女子并非总是独来独往，还有个年轻男子和她做伴，可能是个大学生。哈利要找的证人三十来岁，只会讲英语，男孩绝对是荷兰人。

这回答了哈利巡警的一个疑问：如果那个消失的证人只会说英语，那为什么证言是用荷兰语写的？还有一个消息让事实更加清楚：哈利认识的一位文身师——他觉得此人是笔迹专家——看到证人写下的那份极为工整的证言后，断定这是誊写过的。

文身师名叫亨克，主要在红灯区的文身博物馆（所谓的“疼痛之家”）干活，他的专长是把诗句——顾客随便挑——组合成女人身体的形状，文在顾客身上。据他说，证人每写一个字母，都要停笔研究很久，只有在誊写不熟悉的外国语言时才会如此缓慢。“谁会费这么大的事才能避免拼错单词？”亨克问哈利，“当然是不懂这门语言的人。”

老城区的妓女不认为哈利的证人和那个荷兰男孩是炮友。“不仅年龄差距大，”露丝和维姆拜访过的那个泰国妓女说，“我还能看出他们从来没做过爱。”

“或许他们正打算这么干，”哈利说，“他们可能准备做爱。”

“我可不这么想，”泰国妓女说，“他们连想要什么都说不出来，只说要看看，却又不知道要看什么！”

另外一个泰国妓女（以虐待狂闻名的那个老妓女）也记得这对奇怪的男女。“那个荷兰男孩那里特别大！”她宣称，“他是真的想搞，但他妈不让。”

“那个男孩什么都想操，除了我以外，”厄瓜多尔异装癖男妓告诉哈利，“那个女的只是好奇，不打算做什么，她只想了解一下。”

哈利推测，如果荷兰男孩和神秘女子一起躲在罗伊的衣橱里，他们一定会想办法阻止谋杀。而且，几乎从一开始，哈利就怀疑目击者不是新手妓女，因为除非她是非法入境的，否则就连新手妓女也会亲自报警。如果她是非法入境的，那么谁又会帮她写下那么完美的荷兰语证言？

斯莱普街的一个牙买加妓女也记得露丝·科尔。“她身量不高，说她迷路了，”牙买加妓女告诉哈利，“我挎着她的胳膊领她走出巷子，她的右胳膊很壮，我挺吃惊的。”

这时，哈利巡警方才意识到，他见过这个神秘女子！他一下子想起那天早晨他在老城区跟踪过的那个女人，她走起路来像个运动员，个子矮小，但似乎很强壮，而且完全不像是“迷路”了，看起来有很明确的目标。哈利跟着她，不仅因为她看似与周围的环境格格不入，而且因为她很迷人（更不用说她非常眼熟了，哈利唯一没想起来的就是，这个女人的照片曾经出现在他的藏书上）。当他意识到她发现被人盯梢后，就回到了瓦莫斯街的警察局。

他最后和来自加纳的那两个胖妓女谈了谈，两人表示，神秘游客曾经在斯托弗街徘徊，还问她们来自哪里，她们也问对方从哪来的，她说她来自美国。（哈利由此得知，证人是美国人——后来他才发现这条信息非常重要。）

尼克·扬森的电脑调查进入了死胡同。那种装在有个蓝盖子的圆筒里的拍立得照片保护膜，在苏黎世和阿姆斯特丹都能买到。（神秘证人指出）凶手看上去像鼹鼠，还喘粗气，眼睛眯着……苏黎世找到的指纹和阿姆斯特丹的对不上号，这些信息又有什么用?

证人还说，凶手可能为SAS——斯堪的纳维亚航空公司——工作，这大概是误判，因为在该公司安保部门的男性中找不到匹配的指纹。

幸亏哈利的英文很好，德语也懂一点，才抓住了杀人犯。原来，证人提供的最重要的信息就是——凶手说的英文有德国口音。

尼克·扬森告诉哈利他调查进入死胡同的第二天，哈利重读了露丝的证词，突然他发现了自己曾经错过的要点——如果凶手的母语是德语，那他口中的SAS很可能不是英语里的SAS。德语和荷兰语中，字母A读作ah，而在德语中，字母E和英文字母A的读音相似，所以来自美国的证人可能把SES听成了SAS。凶手和斯堪的纳维亚航空公司并无联系，而是和一家叫作SES的安保公司有关系!

哈利不需要尼克·扬森的电脑就能查出SES是什么公司——国际商会很乐意帮助哈利寻找一家位于讲德语的城市的、缩写是SES的公司。不到十分钟，哈利就确定了凶手的雇主——位于苏黎世的史维泽电子安全系统公司（简称SES），公司为欧洲各地的银行和博物馆安装安全报警器。

在警探办公室找到尼克，哈利幸灾乐祸地看到警探们围着电脑显示器，被不自然的荧光映照得面无人色，还要忍受机器发出的不自然的轰鸣声的骚扰。“我有点东西给你喂电脑，尼克，”哈利说，“如果你愿意让我和你的苏黎世同事谈谈的话，我的德语比你好。”

苏黎世的警探名叫恩斯特·赫希特，马上就要退休了，他还以为自己永远不会找到六年前杀死苏黎世那名妓女的凶手。SES公司虽小，却是个重要的安保设备公司，出于安全考虑，每个曾为银行或博物馆设计或安装过报警系统的员工的指纹都已记录在案。

拍立得照片保护膜包装管上的那个拇指指纹属于SES公司的前雇员——安全报警系统工程师乌尔斯·梅瑟利。1990年秋天，梅瑟利曾前往阿姆斯特丹评估一处艺术博物馆的火灾和运动检测系统，他旅行时会随身携带一台使用4×5兰德底片的55型老式拍立得相机，SES的所有工程师都喜欢使用这种相机拍出的黑白照片，幅面大而且有底片。为了弄清楚博物馆需要多少火灾和运动检测设备，梅瑟利拍摄了七十多张照片。

乌尔斯·梅瑟利不再为SES工作，因为他病得很重，已经住院，大概会死于肺气肿相关的肺部感染，他患肺气肿已经十五年。（哈利推测，肺气肿患者的呼吸声可能很像哮喘。）

苏黎世大学医院以治疗肺气肿闻名，恩斯特·赫希特和哈利无须担心乌尔斯·梅瑟利在两人找他谈话前逃走，除非他不想活了——因为他大多数时间都要吸氧。

梅瑟利近期又遭不幸——在他躺在病床上等死的时候，与他结婚三十多年的妻子提出离婚，因为她在他家中的办公室发现了许多裸体女人的照片——入院后不久，他让妻子回家帮他找一份重要的遗嘱附件，结果梅瑟利夫人无意中发现了这些照片。

哈利飞到苏黎世时，梅瑟利夫人已经把裸照交给了她的离婚律师。她和律师都没意识到，照片上全都是死掉的妓女，他们唯一关心的是——照片上的女人没穿衣服。

在恩斯特·赫希特的办公室，哈利毫不费力地找到了罗伊的照片，赫希特也轻松地认出了苏黎世被杀妓女的照片。让两名警官吃惊的是，还有另外半打别的女人的照片。

SES公司曾把乌尔斯派往欧洲各地，他在法兰克福、布鲁塞尔、汉堡、海牙、维也纳和安特卫普都杀过妓女。当然未必使用同样的方式——因为有时会不管用，也不会总是拿出照明灯泡来观察尸体，但他总会把被害的妓女摆成类似的姿势：侧躺，闭着眼睛，膝盖蜷到胸口，仿佛害羞的小女孩，所以梅瑟利的妻子（及其律师）从来没发现这些裸女已经死了。

“你必须祝贺你的证人。”趁梅瑟利没死之前赶去医院的路上，恩斯特·赫希特告诉哈利——梅瑟利已经认罪了。

“噢，我会感谢她的，”哈利说，“等我找到她。”

如神秘证人所说，乌尔斯·梅瑟利的英语确实有口音——他的英语很流利，但带着德国腔。哈利选择和他讲英语——因为恩斯特·赫希特的英语也很好。

“在阿姆斯特丹，贝尔格街……”哈利说，“她的头发是赤褐色的，在同龄人中身材算很好的，但胸很小……”

“是的，是的——我知道！”乌尔斯·梅瑟利打断了他。

一个护士不得不拉下梅瑟利的氧气面罩，以便他能够说话。说完之后，他会发出吸吮的声音，护士再把面罩给他戴上。

梅瑟利的脸色比露丝看到他时还要晦暗，皮肤已经完全变灰了，因肺部肿胀形成的巨大空隙发出和他的哮喘声不一样的奇特声音，受到破坏的组织仿佛随时都会剥离下来。

“有人在阿姆斯特丹看到你作案了，”哈利告诉凶手，“你应该没发现她。”

梅瑟利仿佛退化的小眼睛第一次张开了——仿佛鼹鼠有了视觉，护士再次取下氧气面罩。

“是的，是的——我听到她的声音了！”

“确实有人在那儿！”乌尔斯·梅瑟利喘息道，“她发出的声音很小，我差一点儿就听出来了。”他突然剧烈地咳嗽起来，护士不得不再次拿面罩盖住他的鼻子和嘴。

“她在衣橱里，”哈利告诉梅瑟利，“所有的鞋尖头都朝外——她站在那排鞋里面，如果仔细看，你很可能会发现她的脚踝。”

听到这些，梅瑟利非常伤心，而且似乎很想见见证人——哪怕不杀她。

这次会面发生在1991年4月，罗伊被杀四个月后——哈利差点带罗伊去巴黎的一年后。当晚，在苏黎世，哈利非常后悔自己没能带罗伊去巴黎。虽然他没必要在苏黎世过夜，可以当晚直接飞回阿姆斯特丹，但他还是留了下来：哪怕只有一次，他想尝试一下过去只在旅游书中读到的事。

哈利拒绝了恩斯特的晚餐邀请，他需要独处。想起罗伊，他就不觉得那么孤单了，他甚至住进一家罗伊可能会喜欢的旅馆——尽管那不是苏黎世最贵的旅馆，但对警察来说已经很贵了。幸好哈利很少旅行，省下了许多积蓄，他也不指望第二分局为他报销住酒店的费用——哪怕只在斯托申酒店住一晚，可他就是想住在那里。这家充满浪漫气息的旅馆位于利马特河畔，哈利选的房间可以远眺河对岸灯火通明的市政厅。

哈利走到利马特河对面的皇冠餐厅吃晚餐，托马斯·曼曾在这里吃饭——还有詹姆斯·乔伊斯。两间餐室里挂着克利、夏加尔、马蒂斯、米罗和毕加索的原作。罗伊很可能不会在意这些，但她一定会喜欢格劳宾登风干肉和吕斯蒂碎牛肝。

哈利通常不喝比啤酒还要烈性的酒，但那天晚上在皇冠餐厅，他喝了四瓶啤酒和一整瓶红酒。回到酒店时，他已经醉了，没脱鞋就睡着了，直到尼克的电话把他吵醒，他才准备脱了衣服再睡。

“告诉我进展，”扬森说，“结案了，对吧？”

“我醉了，尼克，”哈利说，“我在睡觉。”

“告诉我吧，”尼克说，“那个杀了八个妓女的混蛋——每个都在不同城市，对吧？”

“没错，他再过几周就死了——他的医生告诉我的，”哈利说，“他有肺部感染，得肺气肿十五年，听起来像哮喘，我猜。”

“你听上去很开心。”扬森说。

“我醉了。”哈利重复。

“那你也是个开心的醉汉，哈利，”尼克说，“结案了，对吧？”

“可还没找到证人。”哈利说。

“你和你的证人，”扬森说，“放过她吧，我们不再需要她了。”

“可我看见过她。”哈利脱口而出。说出来之后，他才意识到，正因为见过她，所以忘不了她。她在那里干什么？她很可能不知道自己的证言多么关键，哈利想。但他只想对尼克说：“我希望祝贺她。”

“上帝，你真的醉了！”尼克说。

哈利想在床上看书，但他醉得厉害，无法理解读到的字句，手中的小说非常适合坐飞机时读，但对醉汉来说是个挑战。这是艾丽斯·萨默赛特的新作，她的第四本书，这将是玛格丽特·麦克德米德探案系列的最后一本，名叫《退休的麦克德米德》。

尽管平时看不上犯罪小说，哈利却是这位加拿大老作家的忠实书迷。（虽然埃迪·奥哈尔从不觉得七十二岁算老——1991年，艾丽斯·萨默赛特/玛丽恩·科尔七十二岁了。）

哈利之所以喜欢玛格丽特·麦克德米德探案系列，是因为他认为这位失踪人口组的警探拥有令人信服的、警察特有的忧郁气质。而且，艾丽斯·萨默赛特的书并不是真正意义上的“探案”小说，更像是对孤独女警内心世界的探索。对哈利来说，她的几部作品把麦克德米德警官在寻找失踪者的过程中受到的影响描写得异常真实。

虽然当时哈利还有四年半才能退休，但阅读退休女警官的故事并不能让他得到消遣——尤其因为书中强调，哪怕退了休，麦克德米德警官还是按照警察的方式思考。

她成为那两个永远失踪的美国男孩的囚徒，甚至做不到毁掉照片，尽管她知道那些孩子再也找不回来了。“总有一天她会鼓起勇气毁掉它们的，她想。”（这是小说的最后一句话。）

她想？哈利想。就这样？只是想想而已？妈的！这算什么结尾？郁闷得睡不着的哈利盯着作者的照片，发现根本看不清作者的模样。他的心情更坏了，为什么她要把脸侧过去，还一直戴着帽子？帽子最让他生气，用笔名也就罢了，怎么还要遮遮掩掩，她是罪犯吗？

艾丽斯·萨默赛特模糊的侧脸让哈利想起了他那位消失的证人——他也没有好好看过她的脸。自然，他注意到了她的胸，而且发现她全身上下都透着警觉，但他印象最深的是，她会观察每一样东西。这是他被她吸引的一部分原因。哈利知道，他想见她，不仅因为她是证人，还因为她是那种他想要认识的女人。

1991年4月，阿姆斯特丹的报纸刊登了杀害妓女的凶手落网的新闻，然而听说凶手即将病死，人们兴趣大减。梅瑟利再也没有走出苏黎世大学医院，当月他就死了。害死八名妓女的连环杀手本应造成轰动，然而这件事只占据了不到一星期的报纸头条，五月底的时候，它已经完全从公众的视线中消失了。

新闻报出来的时候，露丝·科尔的荷兰出版商马丁·舒霍顿正在意大利博洛尼亚参加儿童书展（意大利人并不重视这条新闻，因为被杀的妓女中没有意大利籍的）。每年马丁都会从博洛尼亚到纽约去，因为两个儿子已经成人，现在西尔维娅也会和他一起到这两个地方去。马丁和西尔维娅错过了罗伊案件告破的新闻，因此露丝也无从得知结果，她一直以为鼹鼠人仍旧逍遥法外——在某个角落里伺机而动。

四年半后，1995年秋天，五十八岁的哈利·胡克斯特拉即将退休，在斯普伊街的安台农书店里，他发现了露丝·科尔的新作，立刻买了一本。

“她也该出新小说了。”哈利对女店员说。

安台农书店的所有店员都认识哈利，知道他喜欢露丝·科尔，而且经常在店里八卦哈利在书店挑书时的艳遇，据说他的大部分女友都是在书店认识的。安台农的店员也喜欢逗他，比如明知他喜欢读旅游书和小说，却表示怀疑他来书店的目的不只是为了书。

哈利买了《我的最后一个坏男友》的英文版，这本书的荷兰语版本名字很可怕——*Mijn laatste slechte vriend*。收钱的女店员虽然年纪不大，知道的却很多，她告诉哈利为什么作者用了五年才写完这本看起来不是很长的小说：“这是她第一本第一人称视角的小说，而且我知道她几年前生了个孩子。”

“我不知道她结婚了。”哈利说。他更仔细地看了看露丝的照片，她看上去不像已经结婚了，他想。

“后来她丈夫死了，大约一年前。”店员说。

这么说，露丝·科尔是个寡妇，哈利想。他研究着书封上的照片：没错，她看上去更像寡妇，她的一只眼睛里有种悲伤的神色，如若不然，那就是眼睛里有什么缺陷。她警觉地盯着镜头，比起悲痛，焦虑似乎是她更本能的反应。

露丝·科尔先前写过一本关于寡妇的书——现在她也成了寡妇！哈利巡警想。

他认为，大部分作者的照片都很别扭，因为明显是摆拍的。作者的手从来不知道该往哪儿放，许多人要么双手紧扣，要么抱着胳膊，要么揣在口袋里，或者托下巴、挠头发。其实他们可以自然而然地把手搁在身体两侧或者膝盖上，哈利想。

作者照片的另一个问题是，只会出现作者的头部和肩膀，哈利还想看看作者的身材如何。拿露丝·科尔来说，你甚至连她的胸都看不到。

到了休息日，哈利常会离开阿姆斯特丹，到斯普伊街的咖啡馆坐着读书，但对于露丝·科尔的书，他更喜欢在家里读。

露丝·科尔的新书外加两天的假期，除此之外，还有什么更惬意的事呢？

读到年长的女作家和年轻男人的部分，哈利觉得挺失望。他五十八岁了，不想看三十多岁的女人和小伙子乱搞，但故事以阿姆斯特丹为背景，他又非常感兴趣。当他读到年轻人说服女作家付钱给妓女看她接客时，哈利巡警眼前一亮。“那是个红色的房间，落地灯上扣着猩红色的灯罩。”露丝·科尔写道，哈利知道她写的是哪里的房间。

“我很紧张，以至于什么都做不了，”露丝·科尔写道，“甚至没能帮妓女把鞋子的尖头摆到外面。我只拿起一只鞋，然后立刻把它丢掉了。妓女怪我给她添麻烦，让我躲在帘子后面，然后把鞋子在我脚两旁摆好。我猜我的鞋一定在微微地动，因为我在发抖。”

哈利想象得出她发抖的样子。合上书之前，他把这一段标注出来，他可以明天再读。现在已经很晚了，不过那又怎么样？他明天休息。

哈利巡警骑着自行车，以破纪录的速度从阿姆斯特丹西区来到老城区，其间他只停下来找了一把剪刀，把露丝·科尔的照片从书封上剪了下来，肯定有人记得他的证人长什么模样。

他首先找到那两个加纳胖女人。把露丝的照片给她们看时，哈利不得不提醒她们，这可能是那个美国来的神秘女人，曾经在街上问她们来自哪里的那位。

“都过去那么长时间了，哈利。”其中一个女人说。

“五年了，”他说，“是她吗？”

两个妓女盯着照片。“又看不见胸。”一位妓女说。

“没错，那个美国女人的胸很大。”另一位表示。

“是她吗？”哈利又问了一遍。

“五年了，哈利！”第一位说。

“没错，时间太久了。”另一位说。

哈利又找到年轻的泰国妓女，那个老一点的妓女在睡觉，但他更相信年轻妓女的判断力。

“是她吗？”他问。

“可能是吧，”泰国妓女慢条斯理地说，“那个男孩我倒是记得更清楚。”

两个穿制服的年轻警察正在葛迪能街制止厄瓜多尔异装癖男妓斗殴，他们总喜欢打架，再过一年他们就被驱逐出境了。（几年前，他们是被法国人驱逐过来的。）

看到哈利巡警，年轻警察似乎挺吃惊，他们知道他今晚不执勤，但哈利告诉他们，他有点事要办，得找那个胸部硬得像石头、小得像棒球的男妓谈谈。看到露丝·科尔的照片，厄瓜多尔男妓长叹一声。

“你看不到她的胸，真是太可惜了——她的胸简直完美。”他告诉哈利。

“这么说就是她了——你确定吗？”哈利问他。

“她看上去变老了。”男妓失望地说。

她当然变老了，哈利知道，而且她还有了孩子，她丈夫死了，有许多原因会导致露丝·科尔相貌变老。

哈利找不到那个挎着露丝把她领出小巷的牙买加妓女，就是那个说露丝身材矮小、右臂却很强壮的女人。她会不会爱好某种运动？哈利想。

牙买加妓女有时候会突然失踪一星期，她生活的另一面也许经常给她找麻烦，也许麻烦来自牙买加，但这没有关系——哈利不需要见她。

最后，他把自行车停在贝尔格街，等待安妮可结束接客。罗伊在遗嘱中把她的小房间留给了安妮可，这大概有助于她远离海洛因，但从租客变成房东之后，安妮可已然越吃越胖，再也穿不上皮背心了。

“我要进来。”哈利告诉安妮可，虽然他一般都会站在街上和她说话，他从来不喜欢安妮可身上的味道，而且现在很晚了，收工前的安妮可会散发出更加可怕的气味。

“有事吗，哈利？”超重的年轻妓女问，“你的事还是我的事？”

哈利给她看露丝的照片。

“是她。她是谁？”安妮可问。

“你确定？”

“当然确定——就是她，可你问这个干什么？你们已经抓住凶手了。”

“晚安，安妮可。”哈利说，但他刚出门就发现自行车被偷了。这点小失望仅仅相当于找不到牙买加妓女，有什么大不了的？他明天休息，有足够的时间读完露丝·科尔的新书，再买一辆新自行车。

阿姆斯特丹一年发生的凶杀案不会超过二三十起，大部分和外国人有关，但警察在运河里捞尸体的时候，还会顺便捞上来几百辆自行车，所以哈利根本不在乎丢自行车的事。

辛格街的布莱恩酒店附近出现了一些橱窗妓女，她们是非法打工的，但哈利今天不执勤，没去管她们，直接走进布莱恩酒店，请前台帮他叫出租车。

未来的一年里，警方会打击非法打工者，红灯区很快会出现许多空橱窗，或许荷兰女人会回到橱窗里工作，但那时哈利就退休了——再也不关他的事了。

回到公寓，哈利点燃卧室的壁炉，他等不及要读完露丝·科尔的小说。他用透明胶带把露丝的照片粘在床边的墙上，在炉火旁通宵阅读，偶尔下床添加柴火。在摇曳的火光中，露丝焦虑的面孔看上去比在小说封底时还要生动。他仿佛看到她迈着运动员般的坚定步伐，警惕地观察整个红灯区，他则饶有兴味地在她身后。她的胸很漂亮，哈利记得。

他的朋友被杀害五年后，哈利巡警终于找到了目击证人。

埃迪·奥哈尔再次恋爱

读过艾丽斯·萨默赛特的第四本书——显然是玛格丽特·麦克德米德系列的最后一本——《退休的麦克德米德》的结尾，如果说哈利·胡克斯特拉的反应是失望，那么埃迪·奥哈尔的心情则是绝望了。从中可见，玛丽恩对儿子们的照片的态度是："总有一天她会鼓起勇气毁掉它们的，她想。"退休的麦克德米德已经认命，知道那两个男孩无法找回。埃迪觉得，这说明艾丽斯·萨默赛特可能停止写作，他从《退休的麦克德米德》中看出，玛丽恩也准备退休了。

听埃迪这么说，露丝告诉他："很多人还没到七十二岁就退休了呢。"

然而现在，四年半之后的1995年秋天，还是没有玛丽恩的消息——艾丽斯·萨默赛特也没写新书，或者至少是没出版——埃迪和露丝也不像以前那么留意。有时埃迪觉得露丝仿佛当她的母亲不存在一样，但这能怪她吗？

让露丝生气的是，无论格雷厄姆出生时还是他每次过生日，玛丽恩都没有出现。一年前艾伦去世，玛丽恩也没有出面安慰她，这无疑非常令人失望。

虽然艾伦不信教，但他对身后事安排得格外详细具体，他希望被火化，骨灰撒在凯文·莫顿家的玉米地里。凯文是露丝在佛蒙特州的邻居，帮她看房子，他家的玉米地绵延开阔，景色优美，是露丝家主卧室窗口的主要景观。

艾伦不曾考虑莫顿夫妇是否会拒绝，玉米地毕竟不是露丝的财产，但莫顿家没有提出异议，凯文还颇具哲理地评论说，艾伦的骨灰对玉米地十分有好处。他甚至告诉露丝，如果有一天他要出售农场，肯定会优先把这块玉米地卖给她或者格雷厄姆。（利用别人的好心占便宜，艾伦一贯如此。）

至于萨加波纳克的房子，艾伦去世后的一年里，露丝经常考虑把它卖掉。

艾伦的悼念仪式在纽约西六十四街的伦理文化协会举行，是他在兰登书屋的同事安排的。一位编辑同事首先发言，深情回忆了艾伦在这家著名出版社里的令人敬畏的表现，然后四位与艾伦合作过的作者也讲了话，作为遗孀的露丝却没有发言。

她戴着平时很少戴的帽子，还有从没戴过的面纱。面纱吓到了格雷厄姆，她哄了半天，三岁的孩子才允许她戴上它。面纱对她来说似乎是必不可少的——不是出于敬意或尊重传统，而是为了遮掩泪水。

大部分前来致敬的悼念者都觉得仪式中孩子一直黏着妈妈，其实是露丝黏着孩子。她把格雷厄姆抱在膝上，她的泪水可能比父亲去世的事实更令他不安——只有三岁的孩子并不明白死亡的意思。悼念仪式停顿几次后，格雷厄姆小声问母亲："爸爸去哪儿了？"（他似乎觉得父亲只是出门旅行了。）

"没事的，宝贝。"坐在露丝旁边的汉娜不停地安慰她，露丝竟然很欢迎如此不虔诚的唠叨，对汉娜的厌烦至少可以让她暂时忘记悲伤。她唯一不明白的是，汉娜无意识的叨念，是为了安慰失去父亲的孩子还是失去丈夫的女人。

埃迪·奥哈尔最后一个发言，但艾伦的同事们和露丝都没有安排他发言。

露丝惊讶地发现，虽然艾伦对埃迪的作品和演讲能力评价不高，他竟然指定埃迪在追悼会上发言。他亲自为追悼会选择了地点——因为这里没有宗教气氛——和音乐，而且不许使用鲜花做装饰（他总是讨厌花香）。他让埃迪最后一个发言，还告诉埃迪应该说什么。

像往常一样，埃迪有点结巴，磕磕绊绊地讲了一大通废话——这说明艾伦的指示并不详细，他可能没料到自己这么年轻就死了。

埃迪说自己五十二岁，只比艾伦年轻六岁，但他的意思是年龄很重要，因为艾伦让他在追悼会上读一首诗——叶芝的《当你老了》。尴尬之处在于，艾伦本以为自己去世时露丝已经是白头老妇，所以才选了这首诗。他比露丝大十八岁，所以很可能比她死得早，这点倒没想错，他却没料到自己死得这么早，但他总是这样。

“老天，真让人受不了，”汉娜低声告诉露丝，“他还不如一上来就把那首破诗念完！”

熟悉这首诗的露丝根本不想听他念，这首诗总是让她流泪——就算艾伦没死、她也没成为寡妇，她听了也会哭。“没事的，宝贝。”埃迪终于开始念诗时，汉娜又嘟囔道。

当你老了，头白了，睡意昏沉，
炉火旁打盹，请取下这部诗歌，
慢慢读，回想你过去眼神的柔和，
回想它们昔日浓重的阴影；

多少人爱你青春欢畅的时辰，
爱慕你的美丽，假意或真心，
只有一个人爱你那朝圣者的灵魂，
爱你衰老了的脸上痛苦的皱纹；

垂下头来，在红光闪耀的炉子旁，
凄然地轻轻诉说那爱情的消逝，
在头顶的山上它缓缓踱着步子，
在一群星星中间隐藏着脸庞。[1]

可以理解，与会者都以为露丝哭得那么伤心是因为深爱丈夫。她确实爱艾伦，起码学会了爱他，但她更爱的是和他一起度过的生活。格雷厄姆失去父亲固然令她痛苦，但幸好孩子还小，这件事不会在他心中留下永久的阴影，随着时间的推移，格雷厄姆以后可能不会记得艾伦。

然而艾伦的死让露丝十分气愤，当埃迪朗读叶芝的诗句时，她只觉得更愤怒——艾伦怎么能觉得他死的时候她一定成了老太婆！可露丝自己却一直是这么设想的，而现实却是她刚刚四十岁，儿子只有三岁时，艾伦就死了。

露丝的哭泣背后还有一层更为自私的原因：叶芝的诗让她不再想尝试写诗，她流的是作家意识到自己永远写不出某些佳作时而流出来的那种眼泪。

格雷厄姆问汉娜："妈妈为什么哭？"他曾这样问过无数次，因为自艾伦死后，露丝动不动就哭。

"你妈妈哭是因为她想你爸爸。"汉娜小声告诉孩子。

"可爸爸现在在哪里？"格雷厄姆问汉娜，他始终没在母亲那里得到令他满意的回答。

仪式结束后，一大群人挤在露丝周围，她已经数不清自己的胳膊被人捏过多少次。她一直把紧扣的双手搁在腹部，大多数人不会去碰

① 叶芝《当你老了》，袁可嘉译。

她的手——只会触碰她的手腕、前臂和上臂。

汉娜抱着格雷厄姆，埃迪躲闪地跟在旁边，看上去比平时还要腼腆，好像后悔读了那首诗——要么就是暗中自责，应该在读诗之前介绍得更详细清楚一些。

“拿掉面撒，妈妈。”格雷厄姆说。

“是面纱，宝贝——不是面撒，”汉娜告诉男孩，“妈妈想戴着它。”

“不，我现在就摘掉。”露丝说，她终于不哭了，只觉得脸发麻，再也不想通过流泪表达不愉快的心情了。她想起那个自称一辈子守寡的可怕的老太太，她去哪儿了？她难道不是最适合出现在艾伦的追悼会上吗？

“你们还记得那个可怕的老寡妇吗？”露丝问汉娜和埃迪。

“我也在找她，宝贝，”汉娜回答，“但她可能死了。”

埃迪仍然沉浸在朗读叶芝导致的痛苦中，但他一直在人群中搜寻。露丝也在找玛丽恩，然后，她觉得自己可能看到了她母亲。

那个女人还不够老，不可能是玛丽恩，但是露丝最初并没有意识到这一点。最让她吃惊的是女人的优雅，似乎由衷地同情和关心她，看露丝的眼神也丝毫没有威胁或者侵略的意味，而是充满了怜悯和焦虑的好奇。她是一个有吸引力的老女人，与艾伦年纪相仿——甚至还不到六十岁，而且她看露丝的次数还没有看汉娜多，露丝发现，她真正感兴趣的是格雷厄姆。

露丝碰了碰女人的胳膊，问：“请问……我们认识吗？”

女人尴尬地躲避着她的视线，但很快就恢复了镇定，她鼓起勇气，握住了露丝的前臂。

“对不起，我知道我一直盯着你的儿子，我只是觉得，他长得不像艾伦。”她紧张地说。

“你是谁，女士？”汉娜问。

“噢，对不起！”女人对露丝说，“我是另外那个奥尔布赖特夫人，第一任奥尔布赖特夫人。”

露丝不希望汉娜粗暴对待艾伦的前妻，而汉娜看起来好像很想问女人：“我们邀请你了吗？”

埃迪·奥哈尔拯救了僵局。

“很高兴见到你，”埃迪说着，捏了捏艾伦前妻的手臂，“艾伦对你的评价很高。”

前奥尔布赖特夫人惊呆了，她像埃迪遇到叶芝的诗一样不知所措。露丝从来没听艾伦说过她前妻的一句好话，有时他还用可怜的口吻提起她——因为他敢肯定，她已经后悔不生孩子了。现在她又盯着格雷厄姆看！露丝认为，前奥尔布赖特夫人到艾伦的追悼会上不是致敬的，而是看孩子的！

但露丝只是说：“谢谢你能过来。”她本想继续客套几句，但汉娜拦住了她。

“宝贝，你还是戴着面纱好看，”汉娜低声说，“格雷厄姆，这是你爸爸的老朋友，”汉娜告诉男孩，“说‘你好’。”

“你好，”格雷厄姆对艾伦的前妻说，“可是爸爸在哪儿？他现在去哪儿了？”

露丝又戴上面纱，她的脸太麻了，没有意识到自己又哭了。

“天堂”这个概念可能是为了照顾孩子的感受编造的，露丝想，只是为了告诉他：“爸爸去了天堂，格雷厄姆。”接下来她就是这么说的。

“天堂很好，是吗？”男孩说。自从艾伦死后，他们讨论过许多关于天堂的问题，可能因为天堂这个话题很新鲜，格雷厄姆非常感兴趣。艾伦和露丝都不信教，格雷厄姆出生三年来，他们从未谈论过天堂。

“我来告诉你天堂是什么样的，”前奥尔布赖特夫人对男孩说，“它就像你做过的最美的梦。”

但格雷厄姆已经到了经常做噩梦的年龄，他的梦不一定都来自天堂。然而如果这个男孩相信叶芝的诗，他会想象出他爸爸“在头顶的山上缓缓踱着步子，在一群星星中间隐藏着脸庞”。（但露丝不确定这样的景象算天堂还是噩梦。）

“她没来，对不对？”露丝突然透过她的面纱问埃迪。

“我没看见她。”埃迪承认。

“我知道她没来。”露丝说。

“谁没来？”汉娜问埃迪。

“她母亲。”埃迪回答。

“不会有事的，宝贝，”汉娜低声告诉她最好的朋友，“去她妈的你母亲。”

汉娜·格兰特认为，埃迪的第五本小说《难对付的女人》书名改成“去她妈的”更贴切，《难对付的女人》1994年秋天出版，正是艾伦去世的时候。不过汉娜早就不关心露丝的母亲了，加上她不认为自己是个老女人，所以埃迪最喜欢的“老女人和年轻男人”的题材只会让她恶心。汉娜今年三十九岁——埃迪提醒她，玛丽恩三十九岁时，他爱上了她。

“没错，但你那时才十六岁，埃迪，”汉娜也提醒他，“我从来不找你这样的上床——我是说，我不睡青少年。”

汉娜虽然承认埃迪是露丝的新朋友，但她对埃迪除了对朋友的朋友的嫉妒，还有更多的一层反感。她交过埃迪这种年龄的男朋友，还有比他更老的——1994年秋天，埃迪五十二岁——埃迪虽然不是汉娜喜欢的类型，却是个肉体有吸引力，又不是同性恋的男人，他竟然从未勾引过她，只凭这一点就让她很不高兴。

“听着——我喜欢埃迪，”她会对露丝说，“但你必须承认，这家伙有点问题。”汉娜所谓的“问题”就是埃迪只喜欢和老女人上床。

露丝却认为汉娜选择上床对象的标准比埃迪还要怪异，埃迪只喜欢老女人虽然有点怪，但至少目标明确。

“你是说我像是用猎枪打鸟——一枪一大片？”汉娜问。

“人各有爱。”露丝调侃她。

“听着，宝贝，我在公园大道和八十九街交叉口看见过埃迪，他推着一个坐轮椅的老女人。”汉娜说，“我还看见他有天晚上在俄罗斯茶室——和一个戴颈托的老女人在一起！”

“她们可能只是出了意外，未必是因为年龄大，”露丝说，“年轻女人也会弄断腿——那个坐轮椅的可能是滑雪摔伤了，骑摩托车、健身的时候也可能受伤。”

“宝贝，”汉娜说，“那个老女人是老得离不开轮椅了，戴颈托的那位像个活骷髅——她的脖子太细了，撑不住脑袋！”

“我觉得埃迪很可爱，”露丝说，“你也会变老，汉娜，等你老了，难道不希望遇到埃迪这样的人吗？”

然而露丝也不得不承认，她觉得《难对付的女人》是一本怪异得让她难以容忍的书：一个五十岁出头的男人（他和埃迪很像）狂热地爱着一个快八十岁的女人，他们做爱时不得不采取一系列的医疗防护措施——毫不奇怪，两人是在某位医生的办公室相遇的，男人在那里紧张地等待着进行他的第一次结肠镜检查。

“你在这里干什么？”老女人问男人，“你看上去很健康。”男人说他是来做检查的，现在非常紧张。“噢，别傻了。异性恋男人被插的时候怎么都会变成懦夫，其实根本没什么，我做过五六次结肠镜了，不过你得小心——检查完后你可能会想放屁。”

过了几天，两人又在鸡尾酒会上相遇。老女人穿得很漂亮，男人没认出她，她卖弄风情地过来打招呼。“你上次等着做结肠镜时我见过你，”她低声对他说，“检查做得怎么样？”

他结结巴巴地回答：“噢，很好，谢谢你，你说得对，根本没什么好怕的！”

“我会让你看到真正可怕的东西。”女人低声说。两人激情又令人不安的爱情故事就此开始，一直持续到老女人去世。

“我的天，”和露丝谈到这部小说时，艾伦说，“真是服了奥哈尔了——这种东西也能写得出来！”

虽然埃迪不喜欢艾伦总是称呼他的姓氏，艾伦却逐渐对埃迪本人（他的作品另当别论）产生了好感。虽然和艾伦不是一路人，埃迪也不知不觉中喜欢上了他，艾伦去世时他们已经成了好友。埃迪非常重视艾伦请他在追悼会上发言的嘱托。

埃迪和露丝的关系——他并不是完全了解露丝对她母亲的感觉——却是另一回事。

虽然埃迪观察到露丝做母亲之后变化巨大，但他没有意识到做母亲的经历让她更加无法原谅玛丽恩。

简单地说，露丝是个好妈妈。艾伦去世时，格雷厄姆只比当年被玛丽恩抛下的露丝小一岁，露丝不明白母亲为什么离开她，因为她自己宁死也不愿离开格雷厄姆，无论如何都不会抛弃他。

通过阅读《退休的麦克德米德》，埃迪痴迷于研究玛丽恩的心态，露丝对这本书却充满不耐烦和蔑视。（她认为作者把悲伤变成了自我放纵。）

作为出版人，艾伦也对玛丽恩做了研究，他找到许多关于这位自称艾丽斯·萨默赛特的加拿大犯罪小说作家的资料。艾丽斯的加拿大出版商说，单凭在加拿大取得的成功，并不能让她靠写作养活自己，幸亏作品的法语和德语版卖得好，她过上了相当舒适的生活，除了在多伦多有处不错的公寓，还能每年冬天去欧洲躲避加拿大的严寒，她的德国和法国出版商很乐意为她在当地寻找适合租赁的公寓。

“一个令人愉快的女人，但有点冷漠。”玛丽恩的德国出版商告诉艾伦。

“迷人，但是孤僻。”法国出版商说。

“我不知道她为什么要用笔名——她太重视隐私了。”玛丽恩的加拿大出版商告诉艾伦，还把她在多伦多的地址告诉了他。

“我的天！”艾伦去世前的几天，多次对露丝提道，“我有你母亲的地址，你是个作家——给她写封信吧！要么去看看她。我愿意陪你去，你一个人去也行，还可以带着格雷厄姆——她一定会对格雷厄姆感兴趣的！”

“我对她不感兴趣！”露丝说。

格雷厄姆三岁生日后不久，十月份的一个黄昏，露丝和艾伦到纽约参加埃迪的新书发布会。那是个酷似夏日的温暖、晴朗的日子——傍晚来临时，夜间的空气带来了秋季的凉爽。“无与伦比的一天！”露丝记得艾伦如此评论。

他们在斯坦霍普酒店订了一个双卧室的套房，肯奇塔带格雷厄姆到酒店餐厅用餐时（男孩得到了小王子般的待遇），他们在卧室里做爱。他们是从萨加波纳克开车过来的，尽管肯奇塔抗议说，她和爱德华多太老了，甚至只分开一晚上都受不了，因为他们中的一个可能会死，而幸福的已婚者独自死去是很可怕的事情。

美好的天气和美好的性爱让艾伦心情愉悦，他坚持要走过十五个街区，到埃迪的发布会上去。回想起来，露丝觉得抵达目的地时艾伦的脸有点红，但当时她以为这是健康的好气色，或是冷风刺激的结果。

埃迪照旧在发布会上表现得十分谦虚，还发表了一段愚蠢的演讲，感谢老朋友们放弃了晚间的娱乐计划前来捧场，过分详细地讲述了新书的情节，然后向听众保证，现在他们已经知道了这个故事，所以不必再去读书了。“主要人物……在我过去的作品中都出现过，”他嘟囔道，“只不过变老了一点而已。”

汉娜带着个可怕的男人来到现场，他是个退役的职业冰球守门员，刚写了一本关于他的风流韵事的回忆录，而且对自己不结婚这种再平凡不过的事实感到格外骄傲。他那本可怕的书叫作《漏网之鱼》，他的幽默感集中体现在他无耻的习惯方面——喜欢称呼他睡过的女人“球饼”，所以他可以故作风趣地说：“她可真是个好球。”

汉娜在为杂志做报道的采访中与他结识，报道的主题是退役后的运动员会做什么。露丝印象中，这些人不是做演员就是写书，她告诉汉娜，她更喜欢他们做演员。

然而汉娜越来越频繁地为她的坏男友们辩护，“你一个已婚老女人懂什么？”她会这样反问朋友，露丝会承认她一无所知，只知道自己很快乐。（她也知道自己的快乐是幸运使然。）

连汉娜都承认露丝和艾伦的婚姻很成功，但露丝从未告诉她，他们的性生活从一开始就只是勉强过得去而已，但到了后来，她说自己慢慢学会了喜欢和艾伦做爱，而且她找到了一个可以交谈的伴侣，她也喜欢听他说话，他还是她唯一的孩子的好父亲。至于孩子……啊，她整个人生都因为格雷厄姆而改变了，只是因为这个缘故，她也会爱艾伦一辈子。

作为高龄母亲——三十七岁生下格雷厄姆——露丝比任何年轻母亲都更关心儿子的安全，她还溺爱格雷厄姆，但只生一个是她自己的选择，独生子女不就是让父母宠爱的吗？满足格雷厄姆是露丝生活中的重要部分，孩子两岁时她才重新写作。

现在格雷厄姆三岁了，他母亲终于写完了第四本小说，尽管她仍旧认为这本书其实并没有完成——她觉得没法给艾伦看，甚至无法向她自己交代，然而对此她也无能为力。其实，无论作品是否真正完成，她都担心艾伦对这本书的反应。

很久以前，她就和艾伦讲好，在她把作品彻底修改完成之前，绝对不会把她写下的任何东西给他看。艾伦也一直鼓励他的作者们这样做：“只有当你尽了全力，我才能编辑出最好的书来。”（他总是说，作家已经在全速前进了，他又怎么可能让他们再多迈一步呢？）

虽然可以用尚未完成做借口，不让艾伦看她的新作，露丝却不能愚弄自己。她已经尽可能地改写了这本小说，有时怀疑此书已经到了无法修改的地步，也无法假装自己还在改写。她相信这是一本好小说，而且是她最好的作品。

其实，《我最后一个坏男友》唯一让露丝困扰的地方就是担心丈夫会觉得受到侮辱。书中的主人公和婚前的露丝很像——总是和不合适的男人搞在一起，而且，她小说里那个名义上的坏男友是斯科特·桑德斯和维姆·容布勒德的混合体。真正会让艾伦难堪的倒不是露丝的低俗爱好，而是她不受克制的欲望——并且在因此感到羞耻之后接受了一个对她没有性吸引力的男人的求婚。

露丝在小说中如此明显地暗示了她走入婚姻的原因，艾伦当然会觉得耻辱。他也知道，即使她和他的婚姻是她人生中最幸福的四年，她也担心作品隐含的信息造成不好的影响。

汉娜对这本书的总结完全不出露丝所料：她那个不太具备冒险精神的朋友勾引了一个荷兰男孩，两人竟然在妓女的旁观下忘情地做爱。这种场面对任何女人来说都是残酷的羞辱，甚至汉娜都不例外，但露丝并不担心汉娜的反应，她从来没把汉娜对她的小说的解读当回事。

的确，露丝写了一本必然会冒犯许多读者和批评家的书——尤其是女性，可那又怎么样？她只关心此书是否触怒艾伦，他可能会是对这本小说反应最大的人。

露丝认为，埃迪的新书发布会当晚是她向艾伦坦白内心恐惧的好机会，她甚至打算鼓起勇气告诉他阿姆斯特丹发生的事，她相信自己的婚姻坚不可摧。

“我不想和汉娜吃晚餐。”发布会上，她小声告诉丈夫。

“我们不是要和奥哈尔吃饭吗？”艾伦问她。

“不，埃迪也不行——哪怕他邀请我们，”露丝说，“我想和你吃饭，艾伦——只有你。”

他们离开会场，乘出租车来到上城区的那家餐馆——多年前，露丝在犹太青年活动中心的读书会（埃迪在会上发表了冗长的介绍）结束后，艾伦曾经大度地让她和埃迪在此叙旧。

没有理由阻止艾伦多喝点酒——他们已经做过爱，也都不用开车。但露丝暗中希望丈夫不要喝醉。她不想给喝醉的他讲述阿姆斯特丹的往事。

“真希望你赶快读到我的书。”她开口道。

“我很想读——等你写好之后。”艾伦说，他心情很好，现在是向他坦白一切的好时机。

“我不仅非常爱你和格雷厄姆，”露丝说，“而且我永远感激你把我从……过去的生活中……解救出来。”

“我知道——你告诉过我。”他变得有点不耐烦，似乎不希望听她重提单身时的各种麻烦事，以及在艾伦出现之前她的判断力（对男人的判断）是多么的不可靠。

“在阿姆斯特丹……”她试探道，但又觉得应该先从斯科特·桑德斯和她打球（以及比赛后的娱乐节目）讲起。然而，犹豫了一阵，她改口道：“你对这本书的意见非常重要，超过了以前的任何一本。”她已经开始逃避真正的话题了，她觉得自己就像躲在罗伊的衣橱里，因为怯懦而不知所措。

“露丝，放松，”艾伦告诉她，握着她的手，“如果你觉得换个编辑对你——对我们的关系更好的话……”

“不！”露丝叫道，“我不是这个意思！”她把手抽了回来，但她不是故意的——接着她又试图把他的手拉过来，但他把手放到了腿上。“我的意思是，全都因为你，我才没再交过坏男友——你知道吧，那可不只是个书名。”

“我知道，你告诉过我。”他再次说。

最后他们谈起一个可怕却重复过多次的话题：如果两人都遇到意

外，该让谁当格雷厄姆的监护人。发生这种情况的可能性其实很小，因为他们无论去哪儿都会带着格雷厄姆，要是飞机失事，孩子也会死掉。

但露丝还是不放心。虽然埃迪是格雷厄姆的教父，汉娜是他的教母，可露丝和艾伦都无法想象汉娜会成为任何人的母亲，尽管她对格雷厄姆疼爱有加，让露丝和艾伦印象深刻，她的生活方式却不适合做家长。尽管选择不要孩子的女人可能会非常关心别人的孩子，但汉娜不是格雷厄姆监护人的理想人选。

不和年轻女性交往的埃迪也根本不知道如何跟小孩相处，面对格雷厄姆时，他总显得笨手笨脚，甚至非常愚蠢，他的紧张甚至传染了平时并不神经质的格雷厄姆。

回到斯坦霍普酒店时，艾伦和露丝都醉了，他们亲吻儿子，和他说晚安。（格雷厄姆睡在他们卧室里的一张折叠床上。）他们也和肯奇塔·戈麦斯道了晚安，露丝准备刷牙睡觉的时候，艾伦已经在床上睡熟了。

她注意到他打开了窗户，在纽约市内，即使夜晚的空气特别凉爽，这也不是个好主意，因为清晨的车流会发出很大的噪音（这一次它们不曾吵醒艾伦），最好是关上窗户。

婚姻双方总有各自的分工，比如有人负责倒垃圾，有人负责购买咖啡、牛奶、牙膏和卫生纸。艾伦负责控制室温——开关窗户和空调、给壁炉生火，所以露丝就一直让卧室的窗户敞开着。当清晨的交通在五点钟吵醒她时，格雷厄姆爬上床，钻到父母中间——因为他觉得冷，露丝说："艾伦，你去把窗关上，我们还可以再睡一会儿。"

"我冷，爸爸，"格雷厄姆说，"爸爸也很冷。"孩子补充道。

"我们都觉得冷，格雷厄姆。"露丝说。

"爸爸更冷。"格雷厄姆说。

"艾伦？"露丝叫了一声，心下已经明白。她小心地绕过紧贴在她怀中的格雷厄姆，伸手触碰艾伦冰凉的面孔，但没有看他。她把手伸到被子里，格雷厄姆和她的身体都是暖的，但艾伦的身体已经凉了——像冬季早晨佛蒙特州浴室的地板。

“亲爱的，”露丝对格雷厄姆说，“我们去另一个房间，让爸爸再睡一会儿。”

“我也想再睡一会儿。”格雷厄姆告诉她。

“我们去另一个房间，”露丝重复道，“你和肯奇塔一起睡。”

他们慢慢穿过套房的客厅，格雷厄姆拖着他的毯子和玩具熊，露丝穿着T恤和内裤，她睡觉时的穿着并没有因为婚姻而改变。她敲敲肯奇塔的房门，叫醒了老妇人。

“抱歉，肯奇塔，格雷厄姆想跟你睡。”露丝告诉她。

“当然，亲爱的——进来吧！”肯奇塔对格雷厄姆说，他径直走到她床边。

“这儿不冷，”孩子说，“我们房间太冷了——爸爸都冻僵了。”

“艾伦死了。”露丝低声告诉肯奇塔。

然后她独自走进客厅，定了定神，回到卧室，关上窗户，走进浴室，匆忙洗了手和脸，刷了牙，但没梳头，她胡乱穿上衣服，没看艾伦一眼，也没再碰他。露丝不想看到他的脸。在她的余生中，她宁愿只记得他活着时的模样，而在她进坟墓之前，都会记得他身体冷冰冰的样子。

她给汉娜打电话时还不到六点。

“你最好是我的朋友。”汉娜接起电话时说。

“这他妈的是谁？”露丝听到前冰球守门员问。

“是我。艾伦死了。我不知道该怎么办。”露丝对汉娜说。

“噢，宝贝，宝贝——我马上过去！”汉娜说。

“到底他妈的是谁？”前冰球守门员又问。

“噢，你去找别的球饼吧！”露丝听到汉娜告诉他，“是谁都不关你他妈的事……”

汉娜来到斯坦霍普酒店时，露丝已经给待在纽约运动俱乐部的埃迪打了电话。埃迪和汉娜代她料理了一切，幸运的是，露丝也不必和格雷厄姆说什么，他已经在肯奇塔床上睡熟了，八点以后才醒，那时艾伦的尸体已经移出了酒店。汉娜带男孩吃了早饭，她奇迹般的巧妙回答了孩子对父亲去向的询问。露丝认为现在让艾伦去天堂还太早，不用这么快就谈到天堂的话题——后来他们经常谈论。汉娜选择了一些更加实际的借口：“你爸爸去上班了，格雷厄姆”，还有“你爸爸可能要出差”。

“去哪儿出差？”格雷厄姆问。

肯奇塔·戈麦斯非常伤心，露丝却是完全麻木。埃迪自愿开车带他们回萨加波纳克，但特德·科尔可没白给女儿上驾驶课，露丝知道她可以在任何时段轻松自如地驱车出入曼哈顿，让埃迪和汉娜出面替她处理艾伦的尸体已经够麻烦他们的了。

“我可以开车，”露丝告诉他们，“无论发生什么事，我都能开。”但她受不了到艾伦的衣袋里找车钥匙，埃迪帮她找到了钥匙，汉娜收拾了艾伦的衣服。

汉娜和格雷厄姆、肯奇塔坐在后排，汉娜负责和格雷厄姆说话——这是她的主要角色。埃迪坐在副驾驶，包括他自己在内，大家都不清楚他该扮演什么角色，他只好盯着露丝的侧影，她的眼睛一直盯着路面，偶尔会观察一下后视镜。

可怜的艾伦——应该是心脏骤停，埃迪想。他的推断是正确的，但他犯了个有趣的错误：凝视着露丝悲伤的侧影，他以为自己爱上了露丝，然而并没有意识到，他只是透过她看到了当年郁郁寡欢的玛丽恩。

可怜的埃迪·奥哈尔！命运对他真是无情，竟然让他产生了爱上他唯一爱过的女人的女儿的疯狂幻想！但真正爱上一个人和想象自己爱上一个人之间的区别，又有谁能分得清？很可能所谓“真正的爱情”也不过是想象出来的东西。

“爸爸在哪里？”格雷厄姆问，“他还在办公室吗？”

“我想他可能去看医生了，”汉娜告诉孩子，“因为他不舒服。”

“他还冷吗？”男孩问。

“可能吧，”汉娜回答，“医生会知道他有什么问题的。”

露丝的头发一直没梳，看上去像刚起床，她也没化妆，脸色苍白，嘴唇干涩，埃迪从未见过她眼角的鱼尾纹如此明显。玛丽恩也有鱼尾纹，然而他暂时忽略了玛丽恩，沉浸在对露丝的悲伤神情的迷恋之中。

四十岁的露丝处于哀悼过程的第一阵麻木中。埃迪最后一次见到玛丽恩时，她三十九岁，那时她已经哀悼了五年，她的脸和现在的露丝极为相似，仿佛被永恒的悲哀笼罩着。

十六岁的埃迪爱上了玛丽恩的悲伤，悲伤似乎已经成为她的一部分，比她的美丽还要恒久，但消逝的美丽会永远留在记忆之中。埃迪在露丝脸上看到的正是这种消逝的美丽，它唤醒了他对玛丽恩的真挚爱恋。

可埃迪不知道他仍然爱着玛丽恩，他还以为自己爱上了露丝。

埃迪到底是怎么了？露丝想。如果他继续这么盯着我，我会把车开到路外面去的！

汉娜也注意到埃迪盯着露丝，埃迪到底是怎么了？她想。这个王八蛋什么时候开始对年轻一点的女人感兴趣了？

科尔夫人

“她已经守寡一年了。”露丝·科尔的小说中有这么一句话（四年后她自己也成了寡妇！）。艾伦去世一年后，露丝还和她笔下的那个寡妇一样，“努力控制自己对往事的回忆，每个寡妇都要面对这个问题。”

作为小说家，她很想知道自己是如何做到预知一切的，虽然她一直声称，好作家能够想象一切（并且做到真实），她也经常表示现实生活的经验被高估了，但她想象出来的寡妇心态实在太准确，她自己都感到意外。

艾伦去世后的一年中，她的感受和自己小说里写过的完全一致，“非常容易被洪水泛滥般的回忆淹没，她永远忘不了醒来时发现丈夫死在身边的那个早晨。”

那个宣称她笔下的守寡生涯不真实的愤怒的寡妇哪里去了？那个表示要守寡到死的老妖怪在哪儿？她没能出现在艾伦的追悼会上，露丝后来觉得很失望，现在也成了寡妇的她很想再见那个可悲的老女人一面——起码可以对她大喊：我描写的寡妇生活都是真实的！

那个试图用可怕的威胁破坏她的婚礼的怨毒的老太婆……现在在哪里？说不定已经死了，像汉娜猜想的那样，如果是真的，露丝会觉得不公平，现在的她靠亲身经历获得了发言权，她要好好给那个老婊子上一课。

老妖婆不是说她非常爱自己的丈夫吗？想到她竟敢对别人说“你不知道什么是悲伤”，或者“你不懂什么是爱”，露丝觉得那简直是无理取闹。

对无名的老寡妇突如其来的怨气成为露丝守寡第一年的动力来源，也是在这一年，她对母亲的怨恨突然变得不那么强烈了。虽然失去了艾伦，但她还有格雷厄姆，她越来越意识到自己多么爱这个唯一的孩子，也越来越理解玛丽恩为什么不想继续爱另一个孩子——因为她已经失去了两个孩子。

在这种情况下，玛丽恩不但没有自杀，反而又生了一个孩子，露丝觉得很惊奇，她母亲的离开也随即说得通了：玛丽恩不想爱露丝，因为她不能忍受失去第三个孩子的设想。（露丝五年前听埃迪说过这些，但直到自己有了孩子并失去丈夫之后，她才具备理解这件事的经验和想象力。）

玛丽恩在多伦多的地址已经在露丝桌上的显眼位置摆了一年，然而骄傲与懦弱——这倒是个不错的长篇小说书名！——阻碍着露丝给母亲写信。她仍然相信，玛丽恩应该先回到她女儿的生活中，因为是她先离开的。作为新母亲和更新的寡妇，露丝刚刚尝到悲伤的滋味，她害怕遭遇更大的损失。

汉娜建议露丝把玛丽恩的地址给埃迪。

“让她成为埃迪的问题，”汉娜说，“让他为了要不要给她写信的事情头疼去吧。”

埃迪当然会为此头疼，更糟的是，他曾多次打过底稿，但从来没有真正把信寄出。

“亲爱的艾丽斯·萨默赛特，”他写道，“我有理由相信你就是玛丽恩·科尔，我生命中最重要的女人。”但这种口吻显得他过于自信，而且已经事隔近四十年。于是他又重写，语气更加直接——“亲爱的玛丽恩：艾丽斯·萨默赛特只能是你，我读过你的玛格丽特·麦克德米德系列，心情……”心情如何呢？埃迪自问，然后便卡在了这里，迷恋？难过？爱慕？绝望？以上皆有？他说不上来。

此外，痴迷玛丽恩三十六年后，埃迪现在相信自己爱上了露丝，想象自己爱上玛丽恩的女儿一年后，他仍未意识到他从来没有停止爱过玛丽恩，还是认为自己爱上了露丝。因此给玛丽恩写信的尝试变成了极为痛苦的折磨。“亲爱的玛丽恩，我爱了你三十六年，然后又爱上了你的女儿。”埃迪对露丝都没法讲出这种话。

至于露丝，独居的那一年里，她时常不明白埃迪·奥哈尔出了什么问题，但丧夫之痛和需要照顾的幼子分散了她的注意力。她始终认为埃迪是个可爱的怪人，他现在或许变得更怪了一点，然而依旧可爱。他可以在晚宴中一直守着她，嘴里偶尔蹦出几个字，每次她看他，总会发现他在盯着她看，被发现后还会立刻挪开视线。

“你怎么了，埃迪？”有一次她问他。

“哦，没什么，”他回答，“我只是看看你怎么样了。”

“噢，我很好——谢谢你。”露丝说。

汉娜有她自己的看法，但露丝觉得很荒谬。“他看起来像是爱上了你，但他不知道怎么勾引年轻一点的女人。”汉娜说。一年来，想到竟然有人打算勾引她，露丝就觉得很荒唐。

但是，1995年秋天，汉娜对她说：“一年了，宝贝，是时候重新找男人了。”

露丝很讨厌“重新找男人”的想法，她不仅仍旧爱着艾伦，爱着他们共同生活的记忆，而且还对自己糟糕的判断力极度缺乏信心。

正如她在《少儿不宜》中所写，谁知道一个寡妇应该什么时候重新入世？而且安全性也是个大问题。

露丝·科尔第四本小说《我的最后一个坏男友》推迟到1995年秋天才出版，这是露丝在丈夫去世后所能接受的首次公开露面的最早时间——但她无法完全按照出版商的要求出席各种宣传活动。她同意到纽约犹太青年活动中心参加读书会，自从1990年埃迪在那里发表过冗长的演讲后，她就没去那边办过读书会，不过露丝拒绝接受美国境内的任何采访——理由是她只在纽约待一晚，然后就去欧洲，她也不肯在佛蒙特的家里（从九月一日开始，萨加波纳克的房子进入了挂牌出售状态）接受采访。

汉娜坚持认为，露丝独自待在佛蒙特州的打算很疯狂，她觉得露丝应该卖掉佛蒙特的房子，但露丝早就和艾伦商量好，格雷厄姆应该在佛蒙特长大。

此外，肯奇塔·戈麦斯年事已高，无法再给格雷厄姆做保姆，爱德华多也不能再做管家，而且露丝在佛蒙特找到了人带孩子——莫顿家的三个女儿都到了能做保姆的年纪，尤其是上高中的阿曼达，学校批准了她短期出国旅行的假期。（校方同意，阿曼达跟随露丝·科尔出国宣传新书可以算作教育旅行，所以露丝可以带她去纽约和欧洲。）

不是所有的欧洲出版商都满足于此次露丝宣传新书的计划，但露丝已经郑重警告他们，她还在哀悼丈夫，而且如果不能带着四岁的孩子，她哪里都不去，她也不会允许儿子及其保姆超过两周不去上学。

露丝的计划是，行程越简单越好，先搭乘协和客机飞到伦敦，最后从巴黎飞回纽约——仍然搭乘协和客机。其间她会带格雷厄姆及其保姆去阿姆斯特丹，她没法不去阿姆斯特丹，因为小说的部分故事发生在那里——红灯区受辱的情节让荷兰人对这本书产生了特殊的兴趣，况且马丁是她最喜欢的欧洲出版商。

然而露丝害怕过去，这并非阿姆斯特丹的错，她当然可以不去红灯区，只协助马丁宣传新书，但所有前来采访她的非本地记者，还有那些被指派来的摄影记者都希望她重返红灯区——书中最臭名昭著的场景就发生在那里，但露丝过去也不是没有拒绝过这种缺乏创意的建议。

也许重访阿姆斯特丹是某种形式的忏悔，小说家想——难道她的恐惧算不得一种忏悔吗？身在阿姆斯特丹的每一秒钟，她不都应该恐惧吗？难道这个城市不会让她想起藏身罗伊衣橱的漫长煎熬？鼹鼠人的喘息难道不会成为她睡梦中的背景音乐？如果她睡得着的话。

除了阿姆斯特丹，露丝还担心在纽约待的那一晚——因为埃迪还是读书会的引言人。

她不明智地选择在斯坦霍普酒店过夜，自从艾伦死后，她和格雷厄姆就没去过那里。对于这个最后见到父亲的地方，格雷厄姆的记忆比露丝预料中的清晰，他们虽然没住两间卧室的套房，但前后两套房间的布局和装饰惊人地类似。

“爸爸睡在床这一边，妈妈在那一边，”男孩告诉保姆阿曼达·莫顿，“窗户开着，”他继续说，“爸爸没关窗，我很冷，就爬出我自己的床……”这时他顿了顿，他的床呢？艾伦不在了，露丝没让酒店为格雷厄姆提供折叠床，那张特大号双人床对母子俩绰绰有余。“我的床呢？”男孩问。

“亲爱的，你可以和我一起睡。”露丝告诉他。

“你也可以到我房间和我睡。”阿曼达急忙说，希望让格雷厄姆忘记父亲死亡的话题。

“好的，可以，”格雷厄姆用他觉得有什么不对劲时的语气说，“可爸爸现在去哪儿了？”他的眼里全是泪水，他有半年多没有问过这个问题了。

噢，我真傻，带他到这里来！露丝想，紧紧抱住哭泣的孩子。

汉娜来到套房时，露丝还在浴缸里。汉娜给格雷厄姆带来许多不适合带着乘飞机去欧洲的礼物：一整套村庄系列的拼插积木；不止一件动物填充玩具——整个猩猩家族都被她买来了。他们只得把村庄和猩猩寄放在斯坦霍普酒店，要是住在别处可能就没这么方便了。

格雷厄姆似乎又忘记了伤心，小孩子就是这样——突然心碎，又突然心情好起来，可露丝却沉浸在睹物思人的回忆中无法自拔。她亲吻格雷厄姆道晚安，当她和汉娜出发参加读书会时，孩子已经在和阿曼达研究客房服务的菜单了。

“希望你能挑一段好的来读。”汉娜说。

汉娜的“好”段落指的是女作家在妓女房间里跟荷兰男友发生关系的那个令人深感不安的性爱场面，露丝没打算读那一段。

“你觉得你会再见到他吗？”去活动中心的路上，汉娜问她，“我是说，他会读到这本书……”

“我会再见到谁？”露丝问，但她知道汉娜说的是谁。

“荷兰男孩，管他是什么人呢，”汉娜说，“你可别告诉我这个荷兰男孩不存在！”

“汉娜，我从来没和什么荷兰男孩做过爱。”

“我敢说他一定会读这本书。”汉娜说。

等他们来到活动中心时，露丝几乎都开始期待埃迪的发言了——至少可以让汉娜的唠叨告一段落。

露丝当然想过，维姆·容布勒德一定会读她的新书，如果他去找她，她打算冷淡相待。但让她惊讶又释然的是，马丁告诉她，杀害罗伊的凶手在苏黎世落网，案子告破没多久，凶手就死了！

最近的一个周末，和马丁和西尔维娅通电话讨论行程时，露丝故作漫不经心地问：“那个杀害妓女的凶手还没找到吗？”对方向露丝解释了他们最初如何错过了这个消息，因为他们当时不在阿姆斯特丹，所以是听人转述的，等他们知道细节时，已经忘记了露丝曾对此事感兴趣。

“在苏黎世？”露丝问，怪不得凶手有德国口音——他是瑞士人！

“我想是苏黎世，”马丁回答，“那家伙在欧洲许多地方杀过妓女。”

“但只在阿姆斯特丹杀了一个。”西尔维娅说。

只有一个！露丝想。她努力装作对这个案子不那么感兴趣，突然，她大声说：“他们是怎么抓住他的？”

然而马丁和西尔维娅记不清细节了，只知道凶手被抓了，然后死了，而且这是好几年前的事了。

“好几年前的事！”露丝重复道。

“我想还有个目击证人。”西尔维娅说。

“好像还发现了指纹——那个家伙病得厉害。”马丁补充道。

“是哮喘吗？”露丝问，她突然不那么在意暴露自己的秘密了。

“我想是肺气肿。”西尔维娅说。

没错，这就对了！露丝想，但她真正在乎的是鼹鼠人被抓了，鼹鼠人死了！他的死让露丝觉得不那么害怕回到阿姆斯特丹了——她觉得自己仿佛也是从犯。

埃迪·奥哈尔不仅准时出现在了露丝的读书会，而且来得很早，以至于独自在绿厅里等了一个多小时。过去几周里，他心事重重——他的母亲和父亲在那段时间相继去世，患癌症的母亲病情迅速恶化，父亲（没有那么突然）在过去三年内四次中风。

可怜的薄荷·奥哈尔第三次中风后近乎失明，看书时“眼前好像有台倒过来的望远镜”，多事西·奥哈尔去世前负责为他念书听，后来就轮到埃迪，但父亲抱怨儿子的发音比不上他已故的妻子。

大声给薄荷念书没有什么难的，他的书上标注得密密麻麻，喜欢的段落下面都划着红线，教书这么多年，他对每本书的情节烂熟于心，埃迪只需要逐页朗读划线的段落就可以了。（儿子最终还是没有逃脱亲自实践他父亲当年催眠学生的独特方法。）

埃迪一直认为，亨利·詹姆斯的《贵妇的画像》开头的那一段对下午茶仪式的描写过于繁冗，然而薄荷觉得这段话值得反复阅读，埃迪只能靠自己第一次做结肠镜时习得的自动关闭大脑感受的技巧忍耐过去。

薄荷还喜欢英国小说家安东尼·特洛普，埃迪却觉得这家伙是个爱说教的讨厌鬼。薄荷最喜欢特洛普自传中的一段："我相信，女孩们读了我的书，品性都会升华，变得更谦逊，她们会从书中知道谦逊是一种非常值得保持的魅力。"

埃迪相信，没有一个女孩会在阅读特洛普的书时获得升华，而且喜欢他作品的女孩以后再也不会升华，一定会有许多女孩在读他的书的时候睡死过去。

埃迪永远记得薄荷失明后他是如何搀扶父亲出入浴室的。第三次中风后，薄荷那双毛茸茸的拖鞋就被橡皮筋绑在了他没有感觉的脚上，踩在地上吱吱作响。这双粉红色的拖鞋原本属于埃迪的母亲，因为薄荷的脚已经萎缩到不能穿他自己的拖鞋——捆橡皮筋也不行。

薄荷用红笔把《米德尔马契》第四十四章的最后一句划出来，埃迪语气沉重地大声念给他听。埃迪觉得乔治·艾略特的这句话也许很适合形容他对玛丽恩或露丝的感觉——以及他想象中的她们对他的感觉。"他不信任她的爱，还有什么比不信任更让人感到孤寂的吗？"

所以，就算他父亲是个乏味无聊的教师又怎么样？他起码给所有重要的段落做了记号，作为学生，遇到这样的老师已经算是幸运的了。

埃迪父亲的悼念仪式在埃克塞特校园里的礼拜堂举行，来的人比埃迪想象中的多，薄荷的同事们都来了——包括步履蹒跚的退休教师，他们比他父亲活得更久——还有整整两代的埃克塞特校友。他们也许都抱怨过薄荷的无聊，但埃迪认为，他们能来参加，恰好说明他的父亲给他们带来了一段值得回忆的人生经历。

埃迪高兴地在父亲标注过的精彩描写中找到了可以取悦他的老学

生的一段话——《名利场》的结尾——薄荷一直是萨克雷的忠实崇拜者。“唉，浮名浮利，一切虚空！我们这些人里面谁是真正快活的？谁是称心如意的？就算当时遂了心愿，过后还不是照样不满意？来吧，孩子们，收拾起戏台，藏起木偶人，咱们的戏已经演完了。”①

埃迪回到他父母的小房子，薄荷退休时和多事西被迫搬出了教工宿舍（这是头一次），于是买下这处住所。这座不起眼的房子位于镇上埃迪不熟悉的一个区域，门前的小街在每个小镇都很常见，远离宽敞的校园和那些宏伟的建筑，他父母在这里一定很寂寞。最近的邻居家草坪没有修剪，儿童玩具散落其间，地上还有一根用来拴狗的生锈的铁栓，埃迪从没见过那只狗。

看到父母在这种环境里度过暮年，他觉得很残酷——邻居们的作风显然和埃克塞特人不同（肮脏的草坪经常让薄荷觉得邻居们是他最讨厌的那种低水平中学教育的产物）。

打包父亲的书时——因为他已经决定卖房子——埃迪发现了他自己的小说，书上没有签名，他竟然忘记给父母签名了！五本书一起放在书架上，然而薄荷却不曾标注过任何一句话，埃迪觉得很伤心。在他的全部作品旁边摆着那本奥哈尔家族收藏的特德·科尔的《老鼠爬墙缝》，上面有运蛤蜊的卡车司机伪造的近乎完美的签名。

所以，回纽约参加露丝的读书会时，埃迪心情沮丧，露丝把玛丽恩的地址给了他更让他难过——他终于要和玛丽恩联系了。他决定把自己的五本书寄给她，虽然没有为自己的父母签名，但他为玛丽恩在书上签了名：“致玛丽恩——爱你的埃迪。”寄包裹时，填完加拿大海关要求填写的绿色小表格，他还附上一张便条。

“亲爱的玛丽恩，”埃迪写道，仿佛他已经给她写了一辈子的信，“不知道你是否读过我的书，但是——如你所见——你从未远离

① 萨克雷《名利场》，杨绛译。

我的想象。”在当时的情况下——埃迪以为自己爱上了露丝——他只有勇气写这么多，但这已经超过了他三十七年来所说的总和。

抵达九十二街的活动中心时，丧亲之痛和联系玛丽恩的卑微努力几乎让他说不出话来，他这时已经开始后悔把书寄给了玛丽恩，觉得只告诉她书名就已经足够了（甚至这样都有些过分）。

《暑期工》

《咖啡与甜甜圈》

《离开长岛》

《六十次》

《难对付的女人》

当埃迪·奥哈尔终于登上讲台，来到麦克风前的时候，拥挤的考夫曼音乐厅立刻鸦雀无声。埃迪想得没错——这是因为听众崇拜露丝，大家认为这本新书是她最好的作品，而且也知道今晚是她丧夫后第一次公开露面。埃迪还发现所有听众的沉默中都带着焦虑——因为很多人都知道，埃迪会唠唠叨叨讲个没完。

因此，埃迪说：“露丝·科尔不需要引言。”

这一定是他的真心话，因为他直接走下台，坐到为他在观众席保留的座位上（汉娜旁边）。在露丝的朗读过程中，埃迪始终直视前方，目光落在讲台左侧十二到十五英尺处，好像只能拿眼角的余光去看露丝。

而且他一直在哭，汉娜后来说，她的右膝盖都湿了，因为她握着他的手。埃迪默默地流泪，露丝说的每一个字仿佛都打在他的心上，而他甘愿承受。

会后他没有出现在绿厅，露丝和汉娜只得两个人去吃了晚饭。

“埃迪看上去很想自杀。”露丝说。

“他爱死你了——这个事实把他逼疯了。”汉娜告诉她。

“别傻了——他爱的是我母亲。”

“老天爷，你母亲多大了？”汉娜问。

“七十六。”

“爱一个七十六岁的老太太，真猥亵！”汉娜说，“他爱的是你，埃迪爱你爱得发狂——真的！”

“那才叫猥亵。”露丝说。

一个大概是和妻子来吃饭的男人一直扭头看她们。露丝说他看的是汉娜，汉娜说他看的是露丝，但无论如何，她们都同意，和妻子出来吃饭的人不应该这么做。

付账时，那个男人尴尬地走到她们桌旁。他三十岁左右，比汉娜和露丝年轻，虽然表情鬼鬼祟祟，但相貌不错。他越是靠近，腰弯得越厉害。他妻子坐在桌前，双手抱头。

“上帝！他要当着他老婆的面勾引你！”汉娜对露丝耳语道。

“打扰了。”可怜的男人说。

“嗯，有事吗？”汉娜问，她在桌下踢了露丝一脚——意思是：“我说得没错吧？”

“你是露丝·科尔吗？”男人问。

“放屁。”汉娜说。

“我是。”露丝说。

“不好意思，打扰你了，”可怜人嘟囔道，“但今天是我和我妻子的结婚纪念日，你是我妻子最喜欢的作家。我知道你不给书签名，但我把你的新书送给妻子作为纪念日的礼物，现在我们就带着这本书，真是不好意思，可你能给我们签名吗？”（男人的妻子露出十分羞愧的表情。）

“噢，看在上帝分上……”汉娜说，但露丝站了起来，她想和男人握手——也想和他妻子握手，给书签名时，她甚至还笑了笑，好像变了一个人似的。但在回酒店的出租车上，汉娜对她说了些话，露丝意识到，对于她的重新入世，最感到不安的是汉娜。

“今天可能是他的结婚纪念日，但他一直看着你的胸。”汉娜说。

“他没有！”露丝抗议。

“每个人都会看你的胸，宝贝，你最好习惯。”

后来，在斯坦霍普的套房里，露丝克制着没给埃迪打电话，而且纽约运动俱乐部很可能到了深夜就不转接电话了，就算还接电话，他们也会怀疑你动机不纯。

于是露丝给她母亲写了一封信，她已经把她在多伦多的地址背下来了。“亲爱的妈咪，”露丝写道，“埃迪·奥哈尔仍然爱你。你的女儿，露丝。”

斯坦霍普酒店的信纸让这封信看上去很正式，或者至少有一种疏离感，这是她始料未及的。露丝想，这样一封信应该以“亲爱的妈妈”开头，但她从小就叫玛丽恩“妈咪”。格雷厄姆也会这么叫她，对露丝而言，这比世界上的任何东西都重要。当她把信交给酒店前台时，她知道自己在那一刻重新“入世”了——就在去往欧洲之前。

“寄到加拿大，”露丝指出，“请贴足邮票。”

“当然。”门房说。

斯坦霍普酒店的大厅里，最醒目的是一座华丽的老爷钟，从第五大道进入酒店，它是格雷厄姆认出的第一样东西。门房推着他们的行李从壮观的钟表前走过。门房名叫梅尔，总是很关心格雷厄姆，艾伦的遗体被移出酒店那天就是他值班，梅尔很可能帮忙搬运了遗体，但露丝什么都不想记得。

格雷厄姆拉着阿曼达的手，跟在行李车后面走出酒店大门，来到第五大道，豪华轿车在门口等着他们。

“再见，大钟！”格雷厄姆叫道。

汽车开动了，露丝对梅尔说再见。

“再见，科尔夫人。”梅尔回应道。

原来这才是我！露丝·科尔想。当然，她从来没改姓，她太有名了，从来没有真的变成奥尔布赖特夫人，可她仍然是个觉得自己的婚姻还没有结束的寡妇。她是科尔夫人。我要永远做科尔夫人，露丝想。

“再见，梅尔的酒店！”格雷厄姆叫道。

汽车驶过大都会博物馆门前的喷泉和飘扬的旗帜、斯坦霍普酒店暗绿色的遮阳篷，一名侍者跑过去招呼一对不觉得天气冷、愿意坐在人行道上的露天座位的情侣。格雷厄姆陷在深色轿车柔软的后排座椅里，望着高耸入云的斯坦霍普酒店，从他的视角看，那座大楼似乎直通天堂。

“再见，爸爸！”小男孩喊道。

比跟妓女去巴黎要好

带着四岁孩子出国旅行必须考虑到各种在国内无须考虑的问题，连橘子汁的味道（甚至颜色）都必须解释给孩子听，羊角包也会带来不必要的麻烦，此外还有马桶的冲水设备、冲水方式和冲水时发出的奇怪声音等等。虽然孩子已经学会了自己上厕所，但有些马桶他怎么都不肯用，露丝很恼火。而且格雷厄姆虽然不知道什么是时差，却难以适应时差，他还出现了便秘，却不知道这是他拒绝吃饭的直接后果。

在伦敦，因为汽车靠左行驶，除非到附近的小公园去，露丝不会让阿曼达和格雷厄姆过马路，男孩和保姆被限制在了酒店周围。格雷厄姆发现康诺特饭店的床单是浆洗过的，于是好奇地问："浆是活的吗？摸起来像是活的。"

当他们离开伦敦前往阿姆斯特丹时，露丝很希望自己能有阿曼达一半的勇气，这个直率的女孩办成了许多了不起的事：格雷厄姆适应了时差，不再便秘，也不害怕外国厕所了——露丝怀疑，入世之后，她连过去对儿子的威慑力都找不回来了。

以前，她会因为采访者没有看过她的书而勃然大怒，现在却只会生闷气。花了三四年写小说，然后还得浪费一个多小时和不愿花时间读它的记者谈话……好吧，如果这都不算缺乏自信，怎样才算？（而且《我的最后一个坏男友》也不是什么长篇小说。)

露丝甚至一反常态地容忍了别人多次提出那个可以预见，却与她的新作无关的问题：她是如何“适应”独居生活的，独居的实际经验跟她上一本书中的相关描写是否矛盾?

“不矛盾，”以科尔夫人自居的露丝说，“一切都和我想象的一样糟糕。”

阿姆斯特丹的记者提出的问题也不难预料：他们想知道露丝是如何在红灯区搜集资料的，她是否真的躲在妓女的衣橱里，旁观妓女接客?（没有，露丝回答。）她的前一个坏男友是荷兰人吗?（绝对不是，作者声称。但即使在这样回答的时候，她的眼睛也在搜寻维姆，她认为他早晚会出现。）文学作者怎么会对妓女感兴趣呢?（露丝说，她个人对妓女没兴趣。）

大多数采访者都说，露丝竟然选择红灯区作为研究对象，真可惜，这座城市难道没有别的吸引她的地方吗?

“与地域无关，”露丝告诉采访者，“《我最后一个坏男友》不是一本写阿姆斯特丹的书，主要人物不是荷兰人，荷兰只是故事的背景之一。发生在阿姆斯特丹的事情促使主人公改变了她的人生，我感兴趣的是她的人生，尤其是她改变人生的愿望，许多人会在人生的某个时刻决定做出改变。”

可以预见，记者随后问她：你遇到过这样的时刻吗?以及：你做出过怎样的改变?

“我是一个小说家，”科尔夫人说，“我写的不是回忆录——而是小说。请问我和小说有关的问题。”

阅读报上的采访露丝的文章时，哈利·胡克斯特拉很想知道露丝·科尔是怎么应付这些无聊的琐碎问题的。为什么接受采访呢?她的书根本不需要宣传，不如留在家里构思下一部作品。也许她是喜欢旅行吧！哈利想。

他已经听说，她为新小说开过读书会，还看到她出现在当地的电视节目中，他也在安台农书店的签售会上见过她——他机智地躲在书架后面观察她，只需移走架上的六七本书就能近距离看到露丝·科尔与读者互动。热心的读者排队等她签名，露丝坐在桌前忙个不停的时候，哈利一览无余地欣赏着她的侧面，他看到了露丝右眼的瑕疵——看照片时他没有猜错，她的胸也很美。

露丝签了一个小时的名，始终毫无怨言，然后却发生了一段小插曲。哈利据此判断，露丝其实不像最初表现的那么友善，甚至就某些方面而言，她是他见过的最容易发怒的人。

哈利总会被那些怒火满腔的人吸引，作为一个警察，他时常遭到需要发泄愤怒的人的威胁，但那种愤怒却非常吸引他。他相信，除非没有半点感受力，否则人是很容易发怒的。

引起麻烦的女人是个排队等签名的读者，她已步入老年，从外表看不像是能做坏事的人，但只能说哈利没看到她做坏事。轮到她的时候，她把一本英文版的《我最后一个坏男友》放在桌上，她身旁站着个腼腆的男人（年纪也很大），他低头对着露丝微笑——老太太也在对露丝笑，然而问题在于露丝好像不认识她。

“我该签给你，还是给你的家人？”露丝问老太太，对方立刻不笑了。

“请签给我。”老太太说。

她的美国口音很纯正，但“请”字讲得很做作，露丝礼貌地等待着……不，可能还有点不耐烦……老太太把名字告诉她，两人面面相觑，露丝还是没认出她来。

“我叫缪丽尔·瑞顿，”老太太终于说，“你不记得我了吗？”

“对不起，”露丝说，“我不记得了。”

“我在你婚礼那天和你说过话，”缪丽尔说，“和你说了那些话，我很抱歉，我不该那么做。”

露丝仍然盯着瑞顿夫人，她右眼里的棕色斑块变成了琥珀色。她之所以并没有认出眼前这位就是五年前攻击过自己的那个可怕的老寡妇，有两个可以理解的原因：她根本没料想这个老妖怪会跑到阿姆斯特丹来，而且老太婆的外貌也有了明显的改善，不但没像汉娜猜测的那样在愤怒中死掉，反而变得和善了许多。

“这是一个不可能是巧合的巧合。”瑞顿夫人说，这句话听起来让人觉得她最近可能刚刚信教，事实也的确如此。五年前骚扰过露丝后，缪丽尔遇到了瑞顿先生，和他结了婚——就是站在她身边一直微笑的那个老头，两人现在都是热情的基督徒。

瑞顿夫人继续说：“我丈夫和我来欧洲时，不知怎么，我最想做的事就是请求你原谅，随后我就在这里遇见了你！真是奇迹！”

瑞顿先生也克服了腼腆，说：“遇到缪丽尔的时候，我是个鳏夫，我们当时在同一个参观欧洲各大教堂的旅行团里。”

露丝仍旧盯着瑞顿夫人，哈利觉得她的目光越来越不友善。哈利发现，基督徒总是想要什么东西，瑞顿夫人来这里就是为了得到她想要的原谅的！

露丝眯起眼睛，旁人无法看见她右眼的六边形瑕疵了。“你再婚了。”她淡淡地说，那是她朗诵时的语气，一本正经得古怪。

“请原谅我。”缪丽尔·瑞顿说。

“你不是说要在悲惨的余生中一辈子守寡吗？”露丝问。

“请……”瑞顿夫人说。

瑞顿先生在外套口袋里摸索了一阵，拿出一叠笔记卡片，他似乎想找出某一张来，却没找到，于是他索性背诵道：“因为罪的工价乃是死，唯有神的恩赐……”

“不是那句！”瑞顿夫人叫道，“给她念关于饶恕的那句！”

“我不原谅你，”露丝告诉她，“你对我说的话既可恶又残忍，而且不是真的。”

“体贴肉体的就是死，体贴圣灵的乃是生命平安。”瑞顿先生抽出另一张卡片读道。虽然这句也不是他想找的，但他觉得有义务告诉露丝出处：“使徒保罗的《罗马书》。”

“你和你的《罗马书》。”瑞顿夫人说。

“下一个！”露丝说——因为下一位读者已经十分不耐烦了。

“你不原谅我，我不会原谅你的！”瑞顿夫人高叫道，语气怨毒，不像基督徒。

“你和你丈夫，去你们的吧！”露丝在她身后喊道，瑞顿先生用力把她拽走了，他已经把那一叠《圣经》摘抄塞进口袋，只留下一张，也许他要找的话就在上面，可谁知道呢。

哈利猜想，露丝·科尔旁边坐着的那个有点震惊的男人就是她的荷兰出版商。露丝朝马丁露出一个哈利不曾见过的笑容，他推断得没错：这表明她又恢复了自信。

“那个混蛋是谁？”马丁问她。

“不值一提。”露丝回答。继续签名时，她顿了顿，四下张望，仿佛突然想知道别人是不是听到了她刚才的恶毒言论。（布莱希特不是说，我们迟早会变得和我们的敌人相像吗？露丝想。）

哈利看到露丝朝他这边看，他赶紧把头缩回书架这边，但她已经看到了他。

该死！我爱上她了！哈利想。他以前从来没爱上过什么人，而现在他觉得自己心跳得很快，仿佛犯了心脏病，急忙离开了书店，他宁可死在街上。

当等候签名的队伍只剩下两三个死忠粉丝的时候，有个店员问：“哈利呢？我刚才看见他了，他不想要签名了吗？”

“哈利是谁？”露丝问。

“他是你最大的粉丝，”店员说，“他还是个警察，但我猜他走了，这是我头一次见他参加签售会，他讨厌读书会。”

露丝静静地坐在桌前，给最后几个人的书签名。

“连警察都读你的书！”马丁对她说。

“好吧……”露丝说，她不知道还能怎么说。她抬头看看书架，发现刚才哈利伸出头来的空隙已经被几本书填满了，那个警察也不见了，但她还记得那张脸——他是曾经在红灯区跟踪她的那个便衣警察！

露丝对新旅馆最满意的地方就是那里离洛金街的健身房很近，最不满意的是它离红灯区还不到半条街。

阿曼达·莫顿问她能不能带格雷厄姆去老教堂（阿姆斯特丹最古老的教堂，建成于约1300年，位于红灯区中央）看看时，露丝觉得很尴尬。阿曼达读过的一本旅游指南上说，推荐带儿童到老教堂的钟楼上看看——在那里可以俯瞰城市风光。

为了陪同阿曼达和格雷厄姆从旅馆走到老教堂，露丝推迟了采访，她也想亲自看看攀登钟楼是否安全。最重要的是，她希望领着阿曼达和格雷厄姆穿过老城区，尽量避免四岁的儿子看到橱窗中的妓女。

她认为她知道如何做：在斯托弗街穿过运河，走到靠近河岸的一侧，远离建筑物，格雷厄姆应该不太可能往那些存在橱窗妓女的小巷里窥视。然而走到那边时，阿曼达想买一件牛头犬咖啡厅窗户里挂着的纪念T恤，因此格雷厄姆清楚地看到一位妓女——她暂时离开特龙佩街橱窗，到咖啡厅买烟，身材娇小的妓女穿着一套石灰绿色的连身内衣，高跟鞋是深绿色的。

“瞧，妈咪，”格雷厄姆说，“还没穿好衣服的女士。”

从教堂钟楼上看老城区，景色确实壮观，站在高塔上，因为太远，格雷厄姆根本看不出橱窗妓女只穿着内衣，但即便如此，露丝也能分辨出那些闲逛的男人。

离开老教堂后，阿曼达拐错了弯，在马蹄形的老教堂广场上，好几个南美妓女站在门口交谈。

“这些女士也没穿好衣服。”格雷厄姆立刻说，他似乎对衣着暴露的女人毫无兴趣，露丝很吃惊，而她现在已经不和他一起洗澡了。

“格雷厄姆老喜欢碰我的胸。”露丝向汉娜抱怨。

“大家都喜欢。”汉娜说。

连续三个早晨，哈利都在洛金街的健身房看露丝锻炼，她在书店里看到他之后，他更加小心了。哈利一直练举重，比较重的杠铃和哑铃在长条形房间的一端，但哈利可以通过镜子追踪露丝的踪迹，他知道她平时都怎么练：先在垫子上练腹部，做许多拉伸动作。哈利讨厌拉伸。露丝脖子上挂着毛巾，开始骑动感单车，半小时后已经流了很多汗，骑完车，她练了一会儿举重，但顶多选择两到三公斤的哑铃。如果前一天练了肩部和手臂，第二天就练胸部和背部。

总而言之，露丝每次会锻炼大约一个半小时，属于中等强度，对于她这个年龄的女人，选择这样的运动量是明智的。虽然不知道她过去打壁球，哈利也看得出她的右臂比左臂强壮许多，但最让他印象深刻的是，露丝锻炼时，似乎没有什么能让她分心，连可怕的音乐都做不到。骑车时，她有一半时间是闭着眼睛的，在垫子上举重时，她看上去似乎什么都不想——甚至不去考虑下一本书，计数时，她的嘴唇会跟着动。

锻炼的过程中，露丝喝了一升矿泉水。塑料瓶空掉之后，她总会先把瓶盖拧回去再丢进垃圾桶——这说明她有点洁癖。哈利轻松地从她扔掉的水瓶上取得一枚清晰的右手食指指纹，发现上面果然有一道垂直的割痕。刀子不可能切得如此利落，必须是玻璃割出来的，伤痕很细很浅，几乎快要消失，一定是在她很小的时候受的伤。

四十一岁的露丝比洛金街健身房里的女人们都至少大十岁，她也不穿年轻女性喜欢的弹性紧身衣，而是把T恤塞在像是为男性设计的宽松的运动短裤里面。露丝觉得生下格雷厄姆后她的肚皮变松了，乳房也有些下垂，虽然她的体重还和打壁球时一样。

健身房里的大多数男人也比露丝年轻十岁，只有一个年纪大一点的男人，总是背对着她举重。她只能在镜子里看到他的一部分面孔，他的身材很健美，然而胡子该刮了。第三天上午，她离开健身房时认出了他，他是她的警察。（自从在书店发现他之后，露丝就把他视为她自己的警察。）

因此，从健身房回到酒店大堂时，露丝毫无防备地撞见了维姆·容布勒德，在阿姆斯特丹待了三天，她几乎已经不再想他，而且开始觉得他可能不会来找她。然而他来了，似乎还带着妻子和刚出生的孩子，维姆变得很胖，直到他开口，露丝才认出他来，当他试图亲她时，她连忙以握手代替。

婴儿名叫克拉斯，肥嘟嘟的小脸好像在水里泡涨了一样，维姆的妻子哈莉耶特也很臃肿，衬衫上的污渍表明她还在哺乳，奶水会溢出来，她的肥胖是怀孕导致的。露丝很快推断，这次见面只会让维姆的妻子受到更多伤害。为什么呢？露丝很想知道，维姆对妻子是怎么说她的？

"你的宝贝真漂亮。"露丝哄骗维姆不快乐的妻子。她还记得，格雷厄姆一岁之前，她经常心情不好，因此非常同情刚生过孩子的女人，可尽管如此，那位可怜的母亲却没有高兴起来。

"哈莉耶特不懂英语，"维姆告诉露丝，"但她读过你新书的荷兰版。"

原来如此！露丝想。维姆的妻子大概把新书里的坏男友当成了维姆，维姆自己也没有向妻子澄清。小说写的是年长的女作家屈从于她对荷兰男友的欲望，维姆便顺水推舟，让妻子相信了这件事，所以这位产后超重、溢乳的哈莉耶特亲自来到了露丝·科尔（一位非常有魅力的年长女性）面前，以为她是自己丈夫的老情人！

“你告诉她我们是情人，对不对？”露丝问维姆。

“可我们不是吗？就某种程度来说，”维姆狡猾地回答，“我的意思是，我们睡在同一张床上，你又让我做某些事情……”

“我们从来没有做爱，哈莉耶特。”露丝对那个听不懂的妻子说。

“我告诉过你，她不懂英语。”维姆说。

“那你来告诉她，该死！”露丝说。

“我把我自己的故事版本告诉她了。”维姆笑着对露丝说。自称与露丝·科尔做过爱显然让维姆在哈莉耶特面前拥有了某种权威，情绪低落的她难过得仿佛想要自杀。

“听我说，哈莉耶特——我们从来不是情人，”露丝再次尝试，“我没和你丈夫做爱——他在撒谎。”

“你需要荷兰语翻译。”维姆告诉露丝，现在他开始公然嘲笑她了。

就在这时，哈利·胡克斯特拉如从天降，露丝完全不知道他跟着她来到了酒店大堂（他每天早晨都跟踪她回来）。“我可以为你翻译，”哈利告诉露丝，“告诉我你想说什么。”

“噢，是你啊，哈利！”露丝说，仿佛见到了多年的好朋友。她不仅听书店里的人提到过哈利巡警，在罗伊谋杀案的报道中见过他的名字，而且在誊写那份证词时，为了避免拼错，她小心谨慎地在信封上抄下他的名字。

“你好，露丝。”哈利说。

“告诉她，我从来没和她丈夫做爱，他撒了谎。”露丝对哈利说。他开始对哈莉耶特讲荷兰语——哈莉耶特露出惊讶的表情。“告诉她，我让她丈夫在我身边自慰来着，仅此而已。”露丝说，“而且我睡着了之后，他又偷偷自慰了一次。”

听着哈利的翻译，哈莉耶特越来越开心，她把婴儿交给维姆，对她丈夫用荷兰语说了些什么，然后转身离开。维姆跟上去时，她又说了一些话。

“她说，‘你抱着孩子——他尿了，’”哈利又为露丝翻译，“然后她问他：‘你为什么想让我见她？’”

容布勒德夫妇抱着孩子走出旅馆，维姆可怜兮兮地对他愤怒的妻子说了些什么。“那个丈夫说，‘她书里写的是我！’”哈利翻译道。

维姆和妻儿离开后，露丝和哈利留在大堂——前台还有五六个日本商人，他们被刚才听到的翻译内容迷住了。虽然听得不是很确切，但他们都敬畏地看着露丝和哈利——似乎他们刚刚为难以理解东西文化差异的日本同胞举了一个生动的例子。

“所以……你还在跟踪我，”露丝慢慢地对警察说，“你愿意告诉我，我究竟做了什么吗？”

“我认为你知道你做了什么，而且做得还不坏，”哈利告诉她，“我们出去走走吧。”

露丝看了一眼手表，“我四十五分钟后有个采访。”她说。

“我们会及时回来的，”哈利说，“很近。”

“去哪儿？”露丝问他，但她觉得她知道。

他们把健身包留在前台，拐到斯托弗街时，露丝本能地抓住哈利的手臂。时间还早，那两个加纳的胖妓女还没上班。

“就是她，哈利，你抓住她了。”其中一位说。

“是她，没错。”另一位同意。

“记得她们吗？”哈利问露丝，穿过运河时，她仍然抓着他的胳膊。

“是的。”她小声说。

她在健身房里洗了澡，头发有点湿，她也知道身上的棉T恤不足以抵御寒风，她原来只打算穿这身衣服从健身房走回酒店的。

他们拐上巴恩德街，那个圆脸的泰国妓女只穿一件橘红色衬裙，站在门口瑟瑟发抖，过去五年来，她又胖了一点。

“记得她吗？”哈利问露丝。

“是的。”露丝再次回答。

“就是她，”泰国女人告诉哈利，“她不想做，只想看。”

来自厄瓜多尔的易装癖者已经离开戈迪能街，在布洛德街开了个窗口，露丝立刻想起他棒球大小的乳房。但这一次，她看到了他身上明显的男性特征，简直不敢相信那时自己为什么会以为她是女的。

“我告诉过你，她的胸很完美，”异装癖者告诉哈利，“看来你终于找到她了。”

“我已经好几年没找她了。”哈利说。

“我被捕了吗？”露丝小声问哈利。

“当然没有！”哈利告诉她，“我们只不过是散个步。”

散步的速度很快，露丝不觉得冷了，哈利是她遇到的第一个走路比她快的男人，她几乎需要小跑才能跟上他。当他们拐到瓦莫斯街上时，一个男人站在警察局门口叫哈利——哈利和男人很快就用荷兰语彼此喊叫起来，露丝不知道他们是不是在说她。她猜想应该不是，因为哈利始终没有放慢步速。

警察局门口的男人是哈利的老友尼克·扬森。

“嘿，哈利！”扬森叫道，“这就是你的退休生活？领着女朋友去从前上班的老地方转悠？”

“她不是我女朋友，尼克，”哈利喊回去，“她是我的证人！”

“我的天——你找到她了！”尼克吼道，“你打算拿她怎么办？”

“也许和她结婚吧。”哈利回答。

哈利握住她的手，穿过达姆拉克街，来到辛格街时，露丝又抓住他的胳膊。快到贝尔格街的时候，她终于鼓起勇气，想对他说点什么。

“你漏掉了一个地方，”露丝告诉哈利，“我还和一个女人说过话——在刚才经过的地方。”

“是的，我知道——斯拉普尔街，”哈利说，“她是牙买加人，但她遇到麻烦，回牙买加去了。”

“噢。”露丝说。

在贝尔格街，罗伊房间的窗帘低垂，虽然还不到中午，安妮可·施密茨已经拉到了客人，哈利和露丝在街上等着。

“你怎么割破手指头的？”哈利问她，“是玻璃弄的吗？”

露丝告诉他原委，讲到一半，她突然问：“可那道疤痕很小！你怎么发现的？”他说，疤痕在指纹图像上非常清楚，而且露丝碰了拍立得照片保护膜、罗伊的一只鞋、门把手和健身房里的水瓶。

“噢，”露丝说，“那是我四岁时的夏天。”她给他看食指上的小疤痕，他必须双手捧着她的手才能看清——她在发抖。

哈利·胡克斯特拉的手指粗短，没有戒指，光滑结实的手背上几乎没有汗毛。

“你不打算逮捕我？”露丝又问。

“当然不！”哈利说，“我只想祝贺你，你是个很好的证人。”

“说不定我当时可以救她，”露丝说，“但我怕得不能动，我可以跑出去叫人，或者过去打他——用落地灯什么的，但我什么都没做，我害怕得不能动——一点都动不了。”她重复道。

“幸亏你没动，”哈利告诉她，“他会把你们两个都杀了的——起码他会试一试。他就是那个杀了八个妓女的凶手，罗伊是他杀起来最容易的，如果他杀了你，我们就不会有证人了。”

“谁知道呢。”露丝说。

“我知道，”哈利告诉他，“你做得对，你保住了命，你是证人。而且，他几乎听到你的声音了——他说他听到了一点动静，你一定是稍微动了一下。”

想起鼹鼠人当时的停顿，露丝汗毛直竖——他听到她了！

“你和他谈过了？”露丝平静地问。

“在他死掉之前，是的，”哈利说，“相信我，你害怕是件好事。”

罗伊房间的门开了，一个面有愧色的男人偷偷瞥了他们一眼，钻到了街上。几分钟后，安妮可·施密茨才把自己收拾停当，哈利和露丝等着她走到窗口，一看到他们，她就敞开了门。

“我的证人觉得很内疚，”哈利用荷兰语对安妮可说，“她认为她能救下罗伊，如果她不害怕，能从衣橱里走出来的话。”

“你的证人唯一救罗伊的办法就是做她的顾客，”安妮可也用荷兰语说，“我是说，她应该自己做罗伊的顾客，代替那个她选择的客人。”

“我知道你的意思。”哈利说，但他觉得没有必要为露丝翻译这些话。

“我以为你已经退休了，哈利，”安妮可对他说，“你怎么还在工作？”

“我没在工作。”哈利告诉她，露丝根本猜不出他们在说什么。

回酒店的路上，露丝说：“她胖了不少，那个姑娘。”

“吃东西总比吸毒强。”哈利说。

“你认识罗伊？”露丝问。

“罗伊是我的朋友，”哈利告诉她，“我们计划着去巴黎旅行，但没有可能了。”

“你和她上过床？”露丝大胆地问。

“没有，但我想过！”哈利承认。

他们再次穿过瓦莫斯街，进入老教堂附近的红灯区。几天前，南美妓女还在那边晒太阳，但现在只有一个女人站在敞开的门口，因为天气变凉了，她裹着一条长披肩，但人人都看得见，她只穿了胸罩和内裤。妓女来自哥伦比亚，讲一口老城区通用的自创英语。

“圣母啊，哈利！你要逮捕那个女的吗？”哥伦比亚女人叫道。

“我们只是散个步。”哈利说。

“你告诉我你退休了！”妓女在他身后叫道。

“我是退休了！”哈利喊回去，露丝松开他的胳膊。

“你退休了。”露丝用她朗读时一本正经的语气对他说。

“没错，”前警察说，“我干了四十年……”

“你没告诉我你退休了。”露丝说。

“你又没问。”前巡警胡克斯特拉说。

“既然不是警察了，你怎么还能审问我？你有什么资格审问我？”露丝问他，“你有什么权力这样做？”

“没权力，”哈利开心地说，“我也没在审问你，我们只是散了个步。”

“你退休了，”露丝重复道，“你看上去退休得有点早啊，你多少岁？”

“我五十八岁。”

露丝的汗毛又立了起来，因为艾伦就是五十八岁死的，但哈利不像五十八岁，她挺吃惊，他看上去连五十岁都不到，而且露丝已经知道他的身材很好了。

“你骗我。”露丝说。

“在衣橱里，当你透过门帘往外看时，”哈利说，“你的心态是作家还是女人？或者两者都有？”

“两者都有，”露丝回答，“你又在审问我。”

“我想说：起初，作为警察，我跟踪过你，”哈利告诉她，“后来，作为警察和男人，我对你产生了兴趣。”

“作为男人？你想勾搭我？”露丝问。

“我也是你的读者，”哈利继续道，忽略了她的问题，“我读过你写的一切。”

“但你怎么知道我是证人？”

“那是个红色的房间，落地灯上扣着猩红色的灯罩，”哈利对她引用新书中的话，“我很紧张，以至于什么都做不了，”他继续说，“甚至没能帮妓女把鞋子的尖头摆到外面。我只拿起一只鞋，然后立刻把它丢掉了。”

“好吧，好吧。”露丝说。

“罗伊只有一只鞋上有你的指纹。”哈利补充道。

他们回到酒店，露丝问：“现在你打算拿我怎么办？”

哈利看上去很惊讶。“我没什么打算啊。”他说。

在酒店大堂，露丝一眼看到等着采访她的那个记者，这是她在阿姆斯特丹的最后一次采访。此后她会带格雷厄姆去动物园，在前往巴黎之前，她会试着约马丁和西尔维娅出来吃饭。

“你喜欢动物园吗？”露丝问哈利，“你去过巴黎吗？”

来到巴黎，哈利选择住在圣西蒙公爵酒店，因为他读过很多关于这里的报道，他很想试一下。他告诉露丝，他一直打算和罗伊来这里，他发现自己对露丝无话不谈——连他低价买来洛林十字架那件事都告诉了她（他把十字架送给了露丝），而十字架本是他想送给一个上吊自杀的妓女的礼物。露丝告诉他，因为这个缘故，她更喜欢这个礼物了。（他们在巴黎时，她日日夜夜都戴着它。）

在阿姆斯特丹度过的最后一夜，哈利带她去看他在城市西部的公寓。看到他收藏了那么多书，而且喜欢烹饪、选购食物、晚上会燃起卧室中的壁炉——哪怕在需要开窗睡觉的温暖季节，露丝觉得非常惊奇。

在炉火映照的书架前，他们并排躺在床上，户外柔和温暖的微风掀动着窗帘。哈利问露丝，她的右胳膊为什么更强壮，她把自己打壁球的经历全都告诉了他，包括她经常交到坏男友的倾向——还有斯科特·桑德斯的故事、她父亲的为人和去世的经过。

哈利给她看他收藏的荷兰版《老鼠爬墙缝》，这是他童年时最喜欢的书——后来他的英文好到能够阅读所有非荷兰作家的英文版作品。他还读过荷兰版的《不想发出声音时发出的声音》——在床上，哈利用荷兰语大声读给露丝听，她用英语为他背诵这本书。（露丝早就记熟了鼹鼠人的一切。）

露丝告诉哈利她母亲和埃迪·奥哈尔的故事，听说哈利读过玛格丽特·麦克德米德系列的全部作品，她毫不奇怪——她以为警察只会读犯罪小说——但知道哈利也读过埃迪·奥哈尔的所有书之后，她惊呆了。

“你把我全家人写的书都读了！”露丝告诉他。

“你认识的人都是作家吗？”哈利问她。

那天晚上，在西阿姆斯特丹，露丝把头贴在哈利胸前睡着了——她记得哈利在动物园陪格雷厄姆玩的时候，是那么从容自然。他们先是模仿动物的表情、学鸟叫，然后讨论各种动物发出的不同气味。但即使她的脑袋紧贴着哈利的胸膛，天还没亮的时候，露丝还是醒了，她想在格雷厄姆醒来之前回酒店去睡。

在巴黎，哈利住的圣西蒙公爵酒店离露丝对外公开的住处——鲁特西亚酒店不远，在圣西蒙公爵酒店的庭院中，每天清晨都有人早早打开灌溉器浇花。水声会把露丝和哈利吵醒，他们会安静地穿好衣服，然后哈利陪露丝走回她的酒店。

露丝在鲁特西亚酒店大堂连续接受采访时，哈利会带格雷厄姆到卢森堡花园的游乐场玩，给阿曼达放半天假——让她去购物、探索城市、逛卢浮宫（她去过两次卢浮宫），或者去杜伊勒里公园、巴黎圣母院、埃菲尔铁塔。毕竟，阿曼达是以教育旅行为目的陪同露丝出来的。（至于露丝在外过夜，阿曼达会怎么想，露丝认为她会觉得自己同样受到了教育。）

露丝对她在法国接受的访问很满意，一方面因为采访者都读过她的书，另一方面因为法国记者不觉得露丝书中的描写（主要人物付钱给妓女看她接客）奇怪。而且，把格雷厄姆交给哈利照顾，露丝觉得很放心。（格雷厄姆对哈利唯一的抱怨是，既然他是警察，怎么没看见他的枪？）

这是个温暖、潮湿的夜晚，露丝和哈利经过伏尔泰堤道酒店的遮阳篷和白色的石头外墙。对面的小咖啡吧里空无一人，外面的锻铁灯旁边有块牌子，上面写着来此下榻过的名人的名字，但没有提到特德·科尔。

“你退休后有什么打算吗？”露丝问哈利。

“我想娶一个有钱的女人。”哈利说。

“我够不够有钱？”露丝问他，“这样难道不比跟妓女来巴黎要好吗？”

埃迪和汉娜未能达成共识

乘坐荷兰皇家航空公司的飞机抵达波士顿时，前巡警胡克斯特拉已经迫不及待要和海洋拉开一定的距离。他在一个低于海平面的国家生活了一辈子，很想到佛蒙特的山区换换环境。

一个星期前，哈利和露丝在巴黎分别。作为畅销书作家，露丝当然负担得起十几次跨大西洋的长途通话，但他们两人太能说了，时间一长，这种交往方式对露丝而言也显得相当奢侈。哈利虽然只从荷兰给佛蒙特的露丝打过六次电话，但长此以往势必会让他破产，至少会让他担心退休后的生活质量。所以，来波士顿之前，他已经向露丝求过了婚——以他惯有的平淡方式，这是他人生中第一次求婚，此前没有经验。

“我想我们应该结婚，”他告诉她，“在我破产之前。”

“好吧——如果你真的这么想的话，”露丝说，“不过别卖掉你的公寓，以防万一。”

哈利认为这是一个明智的想法，而且他可以把公寓租给同事。作为即将出远门的房东，前巡警胡克斯特拉相信，警察要比其他行业的租客可靠。

哈利在波士顿进了海关，一个星期没见露丝，加上还要参与这种进入异国的仪式，他第一次产生了疑虑。即使年轻情侣也不会在贪婪地做了四五天爱、互相思念了一星期之后就决定结婚的！而且，如果连他都有疑虑，那么露丝又会怎么想?

然后他的护照被盖了章，他看到机场有条通知说自动门坏了，但不知怎么门还是开了，放他进入了新世界——露丝在那里等着他。一看到她，他就打消了疑虑，在车上，她对他说："我差点就后悔了，直到我看见了你。"

她穿着一件合身的橄榄绿色衬衫，像长袖马球衫一样衬托身材，但领口更大，哈利可以看到她戴着他送的洛林十字架——两条横杠在灿烂的秋阳下闪闪发光。

他们驱车向西，走了近三个小时，穿过了大半个马萨诸塞，然后向北前往佛蒙特。十月中旬的马萨诸塞州落叶缤纷，但越往北走落叶的色彩越暗淡——已经过了最艳丽的时候。哈利惊奇地发现，树木繁茂的远山反映着季节变换的悲哀。褪去的色彩预示着光裸的棕色树枝将成为主要景观，很快，只有常绿植物才能与鼠灰色的天空对抗。不出六个星期，多变的秋天会再次改变——雪即将落下，大地变白之前，只会穿着那件深浅不一灰色外衣，偶尔被天光映照成青紫色或深蓝色。

"我已经等不及要看这里的冬天了。"哈利告诉露丝。

"你很快就会看到的，"她说，"这里的冬天感觉像永远也不会结束似的。"

"我永远不会离开你。"他说。

"你只要别死在我前面就行，哈利。"露丝对他说。

因为汉娜·格兰特讨厌开车，而且同时和好几个男人来往，她也不喜欢独自过周末。这意味着她会经常周末时离开曼哈顿，到佛蒙特找露丝，带着其中一个虽然坏但是愿意开车的男朋友。

现在汉娜恰好没有男朋友，她很难忍受这种情况，因此她指定埃迪·奥哈尔开车送她去佛蒙特度周末——哪怕他需要先去曼哈顿接她。汉娜相信她有权利要求埃迪这样做——既然露丝邀请了他们两个共度周末，（她坚持认为）埃迪当然可以绕路来接她，她也从不相信太远或者不方便之类的借口。

埃迪很痛快地答应了她，她觉得有些意外，但埃迪另有打算，他觉得与汉娜同车四个小时对他而言是个好机会，这两个朋友（如果他们的关系算朋友的话）可以互相交流他们早就想要交流的意见——对露丝再婚的看法。露丝突然宣布她和一个荷兰人相爱，而且要和她结婚，埃迪和汉娜着实吓了一跳——而且那个荷兰人还是个警察，和露丝认识还不到一个月！

暂时没有男友的时候，汉娜的衣着比较“随便”——这是她自己说的，意思是她几乎会和露丝一样朴素。露丝从来不会认为汉娜的衣着随便，但这次埃迪注意到，汉娜的头发反常地有些油腻，显然没有洗，她也没化妆，一看就是处于空窗期。埃迪知道，但凡汉娜有男友，绝对不会给他打电话，要求坐他的车。

四十岁的汉娜对性的兴趣并未减少，那双疲惫的眼睛更让人产生这种印象。她原来的琥珀色头发现在变成了灰金色（她染过色），突出的颧骨下方苍白的凹陷充分体现出她掠食者的饥渴特质。肯定是性的饥渴，埃迪瞥了一眼副驾上的汉娜，心想。她粗糙的上嘴唇很久没涂润唇膏，显得很性感。她喜欢用舌尖轻舔嘴唇上的那层金色绒毛，这个习惯赋予了她野兽般的魅力，埃迪竟然出乎意料地觉得有些兴奋。

埃迪·奥哈尔从未被汉娜·格兰特的肉体吸引过，他也不曾吸引过她，但当汉娜对自己的外表不那么注意时，她的性能量反而更强。她天生腰身细长，乳房高耸小巧，形状匀称，当她不修边幅的时候，她最不引以为傲的那一面就会显露出来：那就是，她仿佛天生就是一台性爱机器，注定要睡过一个又一个男人（总而言之，埃迪觉得很恐惧——处于空窗期的汉娜尤其让他害怕）。

“一个他妈的荷兰警察！你能想象吗？”汉娜问埃迪。

露丝只告诉他们，她和哈利是在她的签售会上见到的，他后来又跑到酒店大堂去找她。汉娜愤怒的是，露丝根本不在乎哈利只是个退休的警察（她喜欢强调哈利是她的读者），他在红灯区的街头巡逻了四十年，然后露丝就把他据为己有，称他为她的警察了。

“像这样的男人，难道不会和妓女有一腿吗？”汉娜问埃迪，他只是沉默地开车，因为他经常忍不住偷瞄汉娜。“我讨厌露丝对我撒谎，或者只说出一部分真相，因为她很擅长撒谎。”汉娜说，“她的职业不就是撒谎吗，对不对？”

埃迪偷偷看了她一眼，但在她生气时，他永远不会打断她，他喜欢看汉娜生气。

汉娜瘫坐在座椅上，胸部被安全带一分为二，右边的乳房被压平了，仿佛不存在一样。再次看着她的侧影，埃迪发现汉娜没穿胸罩，她穿了一件柔软贴身的真丝套衫，袖口已经磨旧了，高领也失去了弹性，松松垮垮地堆在喉咙口，更显得她格外瘦削，她左乳头的轮廓清晰可见，安全带把套衫紧扣在她的乳房上。

“露丝从来没听起来这么快乐过。”埃迪不高兴地说，想起她在电话中欣喜若狂的语气，他难过地几乎要闭上眼睛，但他没有忘记自己在开车。对他来说，落叶的赭色是一种病态的提醒：枝繁叶茂的季节已经结束，他对露丝的爱也会随之消亡吗？

“这么说，她爱惨了那个家伙——太他妈明显了，”汉娜说，“可我们又怎么会了解他？露丝又对他了解多少？”

“他可能是来傍富婆的？”埃迪试探道。

“没错！”汉娜叫道，“当然有可能！警察要是不受贿，根本没什么钱！”

“他和艾伦一样老。”埃迪说，听到露丝愉快的声音，他有点怀疑自己并没有爱上她，或者已经不爱她了。真是搞不懂。直到看见露丝和那个荷兰人在一起，他才会明白自己对她到底是什么感觉。

“我从来不会和叫哈利的男人约会，”汉娜说，“我也是有原则的。”

“露丝说，哈利和格雷厄姆相处得非常好，”埃迪反驳道，“不管这意味着什么。”埃迪知道自己没能和格雷厄姆好好相处，觉得有愧于露丝，这个教父当得有名无实。（自从他在露丝小时候陪伴了她一天开始，加上那天露丝的母亲离开了，埃迪面对小孩时总觉得不知所措。）

“露丝可以被任何一个‘和格雷厄姆相处得非常好’的男人诱惑。”汉娜说，但埃迪怀疑即便自己做到了这一点，恐怕也吸引不了露丝。

“我听说哈利教会了格雷厄姆踢球。”埃迪虚情假意地赞美道。

“美国小孩应该学扔球，”汉娜说，“该死的欧洲人才踢球。”

“露丝说，哈利很喜欢读书。”埃迪提醒她。

“我知道，”汉娜说，“那他也不过是个书迷，她这个年纪的人早就不应该吃这一套了！”

她这个年纪？埃迪·奥哈尔想，五十三岁的他比实际年龄显老，问题一部分出在他的驼背上，因为他个子高。还有，他眼角的鱼尾纹延伸到了苍白的太阳穴，虽然发际线没退后，但头发已经全是银灰色的了。

几年后，埃迪的头发就会变白。

汉娜扭头看着他和他的鱼尾纹，鱼尾纹让人猜想埃迪喜欢眯着眼睛。他一直很瘦，但他的瘦让他显得更老，那是一种神经质的、不健康的瘦，他看上去像个得了厌食症的人。他也不喝酒，汉娜认为埃迪简直是乏味无聊的典型代表。

当然，如果他能偶尔勾搭她一下，汉娜也会喜欢，从而不会认为他是性冷淡。我一定是疯了才会以为埃迪爱上了露丝！汉娜想，也许这个倒霉蛋只是喜欢“老”这个词本身，他对露丝的老妈可真是一往情深。

“玛丽恩现在多大年纪？”汉娜突然问埃迪。

“七十六岁。”埃迪不假思索地回答。

“她可能死了。”汉娜残忍地猜测道。

“当然没有！”埃迪说，带着罕见的激动。

“一个该死的荷兰警察！”汉娜又叫了一声，“露丝为什么不先和他同居一阵？为什么一上来就和他结婚？”

“我怎么知道？”埃迪说，“也许她是为了格雷厄姆才结婚的。”

露丝等了近两周——哈利来到佛蒙特的房子之后——才允许他在她床上睡觉。她一直担心格雷厄姆早晨发现哈利在她床上时的反应，她希望孩子先和哈利熟识，可当格雷厄姆最终发现哈利在他母亲床上时，他理所当然地爬到了两人之间。

“嗨！妈咪和哈利！”格雷厄姆说。（露丝的心碎了，因为她当然记得儿子曾经说过：“嗨，妈咪和爸爸！”）然后，格雷厄姆碰了碰哈利，对露丝说：“哈利不冷，妈咪。”

听说哈利赢得了格雷厄姆的欢心，汉娜早就开始嫉妒了，但她也擅长以自己的方式和格雷厄姆玩。她除了不相信荷兰人，与生俱来的竞争心理还让她觉得这个警察夺走了她教子的信任和感情。“上帝，这段路怎么这么长！”汉娜叫道。

因为他们是从汉普顿出发的，埃迪很想告诉她，这段两个半小时的漫长行程对他来说更难熬，可他只是说：“我刚才在想事情。”他说得也没错——

埃迪一直想要买下露丝在萨加波纳克的房子。特德·科尔住在那里的时候，他始终避免经过牧师巷，更不曾开车经过房子的大门口，它象征着他人生中最刺激的那个夏天。自从科尔家的房子挂牌出售，露丝在佛蒙特的幼儿园给格雷厄姆报了名后，埃迪就经常开车拐进牧师巷，放慢车速，像蜗牛一样磨蹭着开过去，有时他还会骑自行车从房子门口经过。

房子虽然还没卖掉，但他不敢抱什么希望，那里的房产价格贵得吓人，蒙托克高速公路靠海那边的房子对他来说太贵，他只能买得起公路另一边的房子。更糟的是，埃迪在枫树路的两层灰色小楼距离布里奇汉普顿火车站的旧址只有几百码（火车虽然还运行，但车站只剩地基了）。

从埃迪家只能看到邻居家的门廊和枯黄的草坪、各种户外烧烤派对和孩子们的自行车，根本没有海景。枫树路离海岸太远，埃迪也听不到波涛拍岸的声音，只能听见纱门突然关上，孩子打架和父母的责骂声，还有狗吠声（埃迪觉得布里奇汉普顿的狗太多了），但他听得最多的还是火车声。

火车贴着枫树路的北侧通过，迫使埃迪放弃使用他那小小的后院，只在前廊烧烤，结果把一部分房檐和门廊上的灯都熏黑了。火车如此之近，以至于埃迪的床会在他熟睡时震动，而他很少睡熟，他在放酒杯的柜子上安了门，因为火车导致的震动会把架子上的酒杯摇晃下来（虽然只喝健怡可乐，埃迪更喜欢用酒杯喝它）。枫树路一带的狗经常被火车撞死，然而死去的狗会被更吵闹、更凶猛的狗取代，它们会朝火车尖声吠叫，比死去的同类还要愤恨不平。

与露丝的房子相比，埃迪家简直是铁路旁边的狗屋，而现在露丝搬走，他青年时代的重要纪念物也即将出售，这让他更加痛苦，但他永远不会利用自己和露丝之间的友谊去说服她把房子低价卖给他。

埃迪最大的梦想——他清醒时也念念不忘——也只是能和汉娜合伙买下这座房子。幻想与绝望——这种危险的组合，不幸正是埃迪的天性。他不喜欢汉娜，她也不喜欢他，然而埃迪太想要那套房子，以至于不介意与她共享。

可怜的埃迪。他知道汉娜是条懒虫，而他最讨厌脏乱，以至于要求清洁女工在每周打扫他的破房子之外，如果看到锅垫脏了就直接换掉，无须清洗。清洁女工还要洗净熨平他家的毛巾。埃迪讨厌汉娜的那些男朋友——比汉娜难以避免地开始讨厌他们早得多。

他仿佛已经看到汉娜的衣服（更不用说她的内衣）散落在房子各处，汉娜会在泳池中裸泳、开着门使用户外淋浴间、扔掉或吃掉埃迪留在冰箱中的剩菜——而她自己的剩菜会长出绿毛，直到埃迪亲自扔掉它们。汉娜的电话费会多到骇人听闻，埃迪将不得不替她付账，因为账单寄到之前，她会突然跑到迪拜（或者类似的地方）出差（而且汉娜的支票会跳票）。

汉娜还会和埃迪争抢主卧室的使用权，并且取得胜利——理由是她和男朋友们需要特大号床，还需要巨大的衣橱存放她的许多衣服。但埃迪觉得他不会介意睡在二楼尽头的那间较大的客卧（他毕竟和玛丽恩在那里睡过）。

鉴于埃迪的大部分女性朋友年龄都偏大，他认为自己可能必须把特德·科尔曾经的工作室（艾伦后来的办公室）改成一楼的卧室——因为埃迪认识的那批更老更羸弱的女士爬不动楼梯。

埃迪觉得汉娜会允许他把谷仓里的壁球场旧址当作他的办公室，那里曾是露丝的办公室——这点很吸引他。特德在壁球场自杀后，汉娜就再也没到谷仓去，不是因为良心不安，而是迷信。而且她只会在周末或者夏天使用这座房子，埃迪却可以一直待在这里。他希望汉娜可以经常不在家，这样他就可以自欺欺人地觉得房子是完全属于他的，然而他却忘记了这样做需要承担多大的风险！

“我说，我刚才在想事情。”埃迪又说，但汉娜没在听。

望着沿途的风景，汉娜的脸色越来越难看，从冷漠逐渐变成明显的愤怒。他们进入佛蒙特时，她愤恨地想起自己在米德尔伯里上大学的经历，好像佛蒙特州和学院都亏欠了她——而露丝认为，汉娜四年痛苦的大学生活只能怪她乱搞男女关系。

“该死的佛蒙特！”汉娜说。

“我一直在想事情。”埃迪重复道。

“我也是，”汉娜告诉他，“难道你觉得我在睡午觉？”

埃迪还没回应，本宁顿战争纪念碑出现在视野之中，就像一根倒置的钉子，俯瞰周边的城镇建筑物和山丘。它纪念的是青山军击败英军的历史，汉娜一直讨厌它。

“谁还会住在这个该死的镇上？”她问埃迪，“每当你转过身，都会看到一根巨大的鸡巴！这里的男人肯定都有大鸡巴情结。”

大鸡巴情结？埃迪想。汉娜愚蠢粗俗的评论冒犯了他，他怎么会打算和她住在一座房子里？

埃迪目前交往的那个老女人——和他是柏拉图式的恋爱关系，但他不知道这样的关系会持续多久——是亚瑟·巴斯克夫人。虽然她的丈夫、慈善家亚瑟·巴斯克已经去世多年，曼哈顿的人仍然称呼她亚瑟·巴斯克夫人。埃迪和她最亲密的朋友（他们接过了她亡夫的慈善事业）叫她“麦吉”，在慈善募捐的场合，她的身边每次都会出现一个比她年轻许多的未婚男性。

最近几个月，埃迪成为巴斯克夫人的陪伴者。他以为自己被选中的原因是对性缺乏兴趣，但他越来越不确定，也许正是他的性能力吸引了巴斯克夫人，因为——尤其是在他上一本书《难对付的女人》里——埃迪曾经详细描写年轻男人是如何周到体贴地与老女人做爱的（麦吉·巴斯克八十一岁了）。

无论巴斯克夫人为什么对埃迪感兴趣，他都无法想象自己邀请她到他和汉娜的房子里去的情景——如果汉娜在那里的话。汉娜不仅会裸泳，还很可能让客人发现她灰金色的头发和琥珀色的阴毛的色彩差异——汉娜一直没给阴毛染色。

“我想我应该也染染阴毛。”埃迪觉得汉娜会这样告诉巴斯克夫人。

可他在想什么呢？他喜欢跟年纪大的女人交往，当然主要是因为她们比他的同龄女人——更不用说汉娜那个年龄段的女人了——更有教养。（根据埃迪的标准，连露丝都不够有教养。）

“所以，你到底在想什么？”汉娜终于问他了，不出半个小时，他们就会见到露丝和她的警察了。

也许我该再好好考虑一下，埃迪想，毕竟周末结束时他还会开车四个小时把汉娜送回曼哈顿，有足够的时间和她讨论房子问题。

“我忘记刚才在想什么了，”埃迪告诉汉娜，“我会想起来的，放心。”

“该不会是你胡思乱想的毛病又发作了吧。”汉娜嘲笑他，她不知道这是埃迪有生以来最激烈的一次胡思乱想。

“也有可能再也想不起来。”埃迪补充道。

“你可能在构思新小说，”汉娜提示他，舌尖舔了舔嘴唇上的绒毛，“比如年轻男人和老女人……”

“真有意思。”埃迪说。

“别紧张，埃迪，”汉娜说，“我们可以暂时忘记你对老女人的兴趣……”

“随便你怎么说，我无所谓。”埃迪说。

“我对其中的一个方面感兴趣，”汉娜继续道，“我想知道，和你交往的女人——我是说那些七老八十的人——是不是还能做爱，她们还有想法吗？”

“有些人能，有些只是有想法。”埃迪谨慎地回答。

“我就怕你这么说——因为我还是不明白！”汉娜说。

“你觉得当你七老八十的时候就不能做爱了吗？”埃迪问。

“我可没想过，”汉娜说，“我们回到你的兴趣上来吧，你和她们做爱的时候——比如亚瑟·巴斯克夫人……”

“我没和巴斯克夫人上过床！”埃迪打断她。

“好吧，好吧——暂时还没有，没有，”汉娜说，“但我假设你们上过床了，或者说即将上床，或者假设你跟另一位老太太上床。我想问问你，你会怎么想？看着她的时候，你真的会觉得对方有吸引力吗？还是说和她在一起时你心里想着别人？”

埃迪的手指疼，他无意识地紧握方向盘，想起巴斯克夫人在第三大道和九十三街交叉处的公寓，想起她所有的照片——童年时期、少女时代、年轻的新娘、年轻母亲、不那么年轻的新娘（她结过三次婚），还有看上去年轻的祖母。每次看到麦吉·巴斯克，她人生的每个阶段都会浮现在他面前。

“我试图看到一个完整的女人，”埃迪告诉汉娜，“我当然知道她年纪大了，但她还有照片——就算没有照片，我也可以想象她的人生——整个的人生，想象她比我年轻许多的时候——因为她的表情与姿态中总包含着根深蒂固、永恒不变的东西。一个老妇人并不总是把自己看成是一个老妇人，我也同样如此，我努力去看她的整个人生，总能从中找到非常动人的东西。”

他闭上嘴，因为自己觉得尴尬，也因为汉娜在哭。“永远不会有人这样看我。”汉娜说。

这种时刻，埃迪通常会本能地撒个谎，但他说不出话来。永远不会有人这样看汉娜。埃迪试着想象她六十岁时，甚至七八十岁时——当她蓬勃的性欲被……被什么取代呢？汉娜的性欲永远都会生机蓬勃！

埃迪拿下方向盘上的一只手，碰了碰汉娜正在用力绞扭的双手。被埃迪碰到时，她说：“握住他妈的方向盘，埃迪，我现在只是空窗期……”

有时同情心会让埃迪陷入麻烦，他发自内心却又愚不可及地相信，汉娜真正需要的不是男朋友，而是知心朋友。

“我一直在想，我们能不能住在同一座房子里，”埃迪提议道，（幸好开车的是他，不是汉娜——听到这句话，她绝对会把车开到路外面。）“我是说，我们可以合伙买下露丝在萨加波纳克的房子，当然，我猜我们在那里待的时间不会……不会经常重叠。”

汉娜自然不知道埃迪到底想要干什么，以她脆弱的心理状态，当然会觉得埃迪在勾引她，不只是勾引——甚至还想向她求婚，但埃迪说得越多，汉娜就越困惑。

“重叠？”汉娜问，“重叠是他妈的什么意思？”

发现她没听懂，埃迪恐慌起来。“你可以用主卧室！”他咕哝道，“我愿意在那间大客房里住，就是走廊尽头那间。至于特德的工作室和艾伦的办公室，如果可以改造成底楼的卧室，我会很高兴的。”他停下来喘了口气，继续咕哝道，“我知道你不喜欢那个谷仓和以前的壁球场，我可以在那里工作，当成我的办公室。至于房子的其他部分，我们可以共享。当然，夏天的时候我们得招待周末来的客人——你的朋友或者我的朋友，但如果你想在汉普顿有座房子，我觉得我们两个合伙的话就能负担得起，露丝也会很高兴。”他现在开始喋喋不休了，“起码她可以和格雷厄姆去看我们，对她而言也不必完全放弃这座房子，露丝和格雷厄姆和警察，我是说。”埃迪补充道，因为他无法从汉娜震惊的表情中看出她是听明白了他的建议，还是觉得晕车。

“你是说，我们两个成为该死的室友？”汉娜问。

“平等均分！”埃迪叫道。

“但你会一直待在那里，对不对？”汉娜问，埃迪没料到她会如此精明，“如果我只在夏天和有时候的周末过去，你却一直待在那里，还叫什么他妈的平等均分？”

我早就应该料到的！埃迪想。他把汉娜当朋友，她却开始和他谈判了！这办法行不通！还不如不说出来！但他只是说："如果我们两个不合伙，我自己负担不起，但我们两个很可能就买得起了。"

"那座破房子不可能值那么多钱！"汉娜说，"要价多少？"

"很高。"埃迪回答，但他也不知道确切数字，反正远超他的购买能力。

"你想买它，却不知道具体多少钱？"汉娜问。

至少她不哭了。汉娜赚的钱可能比他多，没错，埃迪想。她是个成功的记者，虽然不太有名，她的许多报道的题材毫无价值，不会带来名气。她最近为一本重要杂志（但埃迪认为任何杂志都当不起"重要"这个词）写了一篇封面故事，谈的是美国各处的州立监狱和联邦监狱改造不了罪犯的问题，不仅文章本身引起了许多争议，汉娜本人还和一个有前科的男人勾搭了一阵，他正是汉娜的上一个坏男友，这家伙很可能应该为汉娜现在的颓废状态负责。

"你很可能自己就能买得起这座房子。"埃迪愁眉苦脸地告诉汉娜。

"我为什么想要那座房子？"她问他，"对我来说又不是什么该死的美好回忆的宝库！"

我永远不会得到那座房子，但起码我不会被迫和她住在一起！埃迪想。

"老天，你真是个怪人，埃迪。"汉娜说。

现在只是11月的第一个周末，但经过凯文·莫顿的农场、通向露丝的房子的那条上山的土路两侧的树木已经掉光了叶子。浅灰色的枫树和白骨色的桦树那光秃的树枝似乎预感到雪的到来，吓得发起了抖。天已经很冷了。他们在露丝家的车道上下了车，汉娜双臂交叉，等着埃迪打开后备厢，他们的皮箱和外套都在后备厢里，在纽约时还不需要外套。

“该死的佛蒙特！”汉娜又说，她的牙齿咯咯打战。

有人劈木头的声音吸引了他们的注意。院子里的厨房门口堆着两三垛没劈的硬木，旁边是一摞摆放整齐的、劈好的小柴堆，起初埃迪以为站在那里劈木头和堆木柴的男人是露丝的管家凯文·莫顿——汉娜也是这么想的，后来她发现那个劈木头的男人有些值得注意的地方。

他干活时专心致志，根本没注意埃迪的车开过来。他只穿着牛仔裤和T恤，卖力工作让他不觉得冷，甚至出了汗。他有条不紊地劈柴堆柴，如果原木不够粗，他就把它竖直放在砧板上，劈成条状，如果木头太粗——他看一眼就有数——他就搁在砧板上，用楔子和大锤斫成小块。虽然看起来他对这些工具驾驭得相当熟练，但哈利·胡克斯特拉不过才劈了一两个星期的木头，以前从来没干过这种活。

哈利爱上了劈木头。他的每一斧和每一锤都沉稳有力，让他想起即将点燃的温暖炉火。在汉娜和埃迪看来，他既强壮又专注，好像劈上一整天木头都不会疲倦。他看上去什么事都能做上一整天——甚至一整夜，汉娜想，她突然后悔没涂润唇膏，起码也该洗洗头发，化一点妆，戴上胸罩，穿一身像样的衣服。

“他肯定就是那个荷兰人，露丝的警察！”埃迪对汉娜耳语。

“那当然。”汉娜小声回应，她一时忘记了埃迪并不知道她和露丝的暗号——“你听见那个声音了吗？”她问埃迪，埃迪像往常一样看起来很迷茫。“我的内裤滑到地上的声音。”汉娜告诉他。

“哦。”埃迪说。真是个粗俗的女人！感谢上帝，他才不要和她住在一座房子里！

哈利·胡克斯特拉听到了两人的声音，他放下斧子走过来。他们像孩子一样胆怯地站着，不敢离汽车太远，前警察从汉娜颤抖的手中接过她的手提箱。

“你好，哈利。”埃迪说。

“你们一定是埃迪和汉娜。”哈利对他们说。

“没错。”汉娜说，但她的声音有点反常，像个小女孩。

“露丝说过你会这样说话的！”哈利告诉她。

好了，我明白了——谁都会明白，汉娜想，要是我先遇到他就好了！但她内心深处总有个喜欢破坏她的自信的声音，它告诉她，就算她先遇见哈利，他也不会对她感兴趣——顶多感兴趣一个晚上。

“很高兴见到你，哈利。”汉娜只能说出这一句。

埃迪看到露丝出来迎接他们，因为觉得冷，她抱着手臂，牛仔裤上撒了一些面粉，露丝拨开前额的头发时，她的额头上也沾了几点。

“嗨！”露丝招呼他们。

汉娜从来没见过露丝这个样子——简直可以说是兴高采烈了。

这就是爱情，埃迪意识到，他从未感到如此郁闷过。看着露丝，他根本不觉得她哪里像玛丽恩，他怎么可能以为自己爱上了她?

汉娜来回看着他们，先是贪婪地望着哈利——然后妒忌地盯着露丝，他们两个互相爱上了！她自我厌憎地想。

“你的额头上有面粉，宝贝。”汉娜对露丝说，亲吻了她，“你听到那个声音了吗？”汉娜低声问她的老朋友，“我的内裤滑到地上——不对，是砸在地上了！”

“我的也是。”露丝告诉她，她的脸红了。

露丝成功了，汉娜想——她得到了她一直想要的生活。她成功了。但汉娜只对露丝说：“我得洗洗头了，宝贝，说不定还需要化个妆。”（汉娜已经不再去看哈利了，只是看着他都会让她无法忍受。）

然后，格雷厄姆从厨房里冲出来，跑到他们跟前。他抱住汉娜的臀部，差点把她撞倒，这是个令人愉快的转折。“这个小淘气是谁呀？”汉娜叫道，“不会是我的教子吧——他怎么长这么大了？这个小淘气是谁？”

“是我！格雷厄姆！”孩子喊道。

“你不可能是格雷厄姆——你块头太大了！”汉娜告诉他，抱起他来亲了亲。

“不对，是我——我是格雷厄姆！”孩子叫道。

“要说‘没错，是我’，宝贝。”汉娜轻声告诉他。

“没错，是我——格雷厄姆！”男孩重复道。

“带我去看我的房间吧，格雷厄姆，”汉娜对他说，“帮我打开淋浴或者浴缸——我得洗洗头。”

“你哭了吗，汉娜？”男孩问。露丝看着汉娜，汉娜看向一边。哈利和埃迪站在厨房门口，欣赏哈利劈好的柴堆。

“你还好吗？”露丝问她的朋友。

“是啊。埃迪刚才让我和他一起住，但他不是那个意思，而是让我和他做室友。”汉娜说。

“真奇怪。”露丝说。

“噢，说来话长！”汉娜告诉她，又亲了亲格雷厄姆。

格雷厄姆抱着挺沉——汉娜还不习惯抱着四岁的孩子。她准备进屋去看她的房间，打开淋浴，让自己沉浸在她对爱情的最新鲜的记忆之中，以防某一天这种事会发生在她自己身上。

一定会发生的，汉娜知道。

快乐的夫妇和他们的两个不快乐的朋友

露丝·科尔和哈利·胡克斯特拉决定在感恩节当天上午，到露丝在长岛的房子里那间很少使用的客厅举行婚礼，露丝认为这是她对那座房子的最好的告别。前厅和二楼大厅里排列着一堆纸板箱，已经贴上了标签，每件家具上也有或红或绿的标签，红色代表搬家工人不必搬走它，绿色代表应该搬到佛蒙特。

如果萨加波纳克的房子到次年夏天还卖不出去，露丝会把它出租。她留下了大部分家具，她本来就不喜欢它们。这座房子对她而言从来不是什么乐园，她和艾伦在这里一起生活的那段日子除外。（她很少把艾伦和佛蒙特的房子联系起来。）

埃迪看到墙上所有的照片已经取下来了，它们现在一定装进了纸板箱。与埃迪上次见到的不一样，墙上的画钩也被移走了，留在墙上的小洞已经填满，重新粉刷，贴上了新的墙纸。有意购房者永远不会知道有多少照片曾经挂在这里。

露丝告诉埃迪和汉娜，她从布里奇汉普顿的教堂里"借"来一位牧师。他身材魁梧，表情迷茫，握手却很有力，他低沉的男中音在楼下嗡嗡回响，连餐桌上的餐具都震得发颤。肯奇塔·戈麦斯已经为感恩节晚餐布置好了桌子。

爱德华多把新娘交给新郎。埃迪是哈利的伴郎，汉娜是露丝的伴娘，她现在已经给露丝做过两次伴娘。露丝的第一次婚礼上，是埃迪把她交给新郎的，但他很庆幸这次不用再做这件事，因为他更愿意做伴郎，虽然他只和哈利认识了不到一个月，他已经非常喜欢这个荷兰人了。汉娜也很喜欢哈利，不过还是不怎么敢看他。

哈利选了一首叶芝的诗在婚礼上读，他不知道艾伦曾经让埃迪在他自己的葬礼上读叶芝的诗。虽然哈利选的诗让露丝、汉娜和埃迪流下了眼泪，露丝却因此更爱他了。这是一首关于“贫穷”的诗，与露丝相比，哈利当然算穷人，而且他是用警察抓住嫌犯时告知当事人权利的庄严语气朗读这首诗的。

诗的名字叫《他冀求天国的锦缎》，爱德华多和肯奇塔手拉着手听哈利念诗——仿佛又结了一次婚。

> 假如我有天国的锦绣绸缎，
> 那用金色银色的光线织就，
> 黑夜、白天、黎明和傍晚，
> 湛蓝、灰暗和漆黑的锦缎，
> 我就把那锦缎铺在你脚下；
> 可我，一贫如洗，只有梦；
> 我把我的梦铺在了你脚下；
> 轻点，因为你踏着我的梦。[1]

格雷厄姆是捧戒指的（ring bearer），但他误解了意思，以为他的任务是埋葬戒指（ring burier），轮到他送上戒指的时候，格雷厄姆很生气，他认为大家忘记了婚礼的重要环节——埋葬戒指，他什么时候

[1] 叶芝《他冀求天国的锦缎》，傅浩译。

才能把戒指埋掉？埋在哪里？仪式结束后，格雷厄姆还在愤愤不平，露丝只好让他把她和哈利的戒指埋在游泳池旁的水蜡树篱根部。哈利暗自记下埋葬地点，以便在适当的时候派格雷厄姆把戒指挖出来。

除此之外，露丝的第二场婚礼称得上十分顺利，唯有汉娜注意到露丝和埃迪都没再期待玛丽恩的出现，反正从表面看他们似乎都把她忘到了脑后。汉娜从来不把玛丽恩当回事，她也没见过露丝的母亲。

感恩节的火鸡是露丝和哈利从佛蒙特带来的，除了露丝、哈利、汉娜、埃迪、爱德华多和肯奇塔，还能再喂饱一家人。露丝让爱德华多和肯奇塔把剩下的半只火鸡带回家，对火鸡满心猜疑的格雷厄姆要来一个烤奶酪三明治代替火鸡肉。

在漫长的用餐过程中，汉娜状似不经意地问露丝她在萨加波纳克的房子卖多少钱。听到那个可怕的数字，埃迪把一大堆蔓越莓酱洒到了腿上，汉娜却冷静地对露丝说："也许这就是现在房子还没卖出去的原因，你说不定应该降降价，宝贝。"

埃迪已经不再指望房子会是他的，也放弃了和汉娜合伙的想法，她虽然仍然在空窗期，但依然为了感恩节周末打扮得很漂亮（露丝注意到，为了在哈利面前展示自己的魅力，汉娜费了不少心思）。

因为汉娜重新讲究起了外表，埃迪忽略了她——她的美貌对他来说意义不大，快乐的露丝也让埃迪清醒过来，不再迷恋她，重新思念起玛丽恩，她才是他的真爱。然而见到玛丽恩——甚至听到她的消息的希望又有多大呢？自从他把书寄给她，已经过去两个多月了，没有半点回音，像露丝一样，埃迪已经放弃了等候玛丽恩的音讯。（玛丽恩也没有回露丝的信。）

然而毕竟过去了将近四十年，还能指望什么呢？玛丽恩是应该给他们寄来一张表彰她在多伦多取得的成就的奖状，还是该写一篇总结流亡国外经验的论文给他们读？所以露丝和埃迪并不期待她会出现在女儿的第二次婚礼上。"毕竟，"哈利给汉娜倒酒时，她对他咬耳朵，“第一次婚礼时她就没来。”

哈利知道什么时候不该接话，所以他开始大谈特谈烧木柴的好处，然而没人知道如何回应他，大家只能听着。哈利借了凯文·莫顿的卡车，从佛蒙特把一百多根硬木运到了长岛。

埃迪看出哈利只是为了转移话题，他心不在焉地听着，但哈利一直唠叨到晚宴结束。（爱德华多和肯奇塔回家后，他还在谈论木柴。）埃迪更愿意听他评论书籍，他没见过多少像哈利这样读过那么多书的人——除了他已故的父亲薄荷。

晚宴后，哈利和埃迪洗盘子，汉娜带格雷厄姆上床睡觉，准备给他读个睡前故事。露丝站在泳池旁的星光下出神，池水已经抽走了一部分，盖起来准备过冬，在黑暗中，环绕泳池的马蹄形水蜡树篱笆像一扇大窗框，框住了她眼前的星空。

露丝几乎不记得泳池和环绕它的树篱出现在这里之前，这片曾经的荒地是什么模样，也想不起她父母为此处草坪的修剪问题争吵的情景。现在她想到，过去的某个寒冷的晚上，当有人在洗碗，父亲或者保姆送她上床，给她读故事的时候，她的母亲一定在这个院子里伫立过——在同样一片冷漠无情的星空下，但玛丽恩绝对不会像女儿现在这样，仰望夜空，觉得自己很幸运。

露丝知道自己很幸运。我的下一本书应该是关于幸运的，她想，从人的出身和对处境的无奈来看，好运气和坏运气的分配极为不均，完全看不出公平在哪里——我们遇见哪些人，什么时候遇见，这些人又会不会在别的时刻遇到别的人，一切仿佛都是随机发生的。露丝只分配到了极少的坏运气，可为什么她的母亲却要承受那么多的不幸？

“噢，妈咪，”露丝对着冷漠的星星说道，“趁着还来得及，快来享受你的外孙吧。”

楼上的主卧室里——就在汉娜和已故的特德·科尔做爱的那张大

床上——汉娜仍然在给特德永远不会见到的外孙读故事——此前刷牙和挑选睡衣的例行仪式已经用掉了她太多的时间。露丝告诉过她，格雷厄姆喜欢玛德琳系列的故事书，但格雷厄姆本人却不怎么同意。

“我喜欢哪个故事？”格雷厄姆问。

“所有的都喜欢，”汉娜说，“你挑出想听的那个，我来读。”

“我不喜欢《玛德琳和吉卜赛人》。”格雷厄姆告诉她。

“好。我们不读那个，”汉娜说，“我也不喜欢它。”

“为什么？”格雷厄姆问她。

“跟你不喜欢的原因一样，”汉娜回答，“选一个你喜欢的。什么故事都行。”

“我听够了《玛德琳的救援》。”格雷厄姆告诉她。

“好，我也听够了，其实，”汉娜说，“选一个你喜欢的。”

“我喜欢《玛德琳和坏帽子》，”男孩说，“但我不喜欢佩皮托，真的不喜欢他。”

“佩皮托不是在《玛德琳和坏帽子》里面吗？”汉娜问。

“所以我才不喜欢它。”格雷厄姆回答。

“格雷厄姆，你得选一个你喜欢的故事。”汉娜说。

“你很着急吗？”格雷厄姆问她。

“我？才没有呢，”汉娜说，“我有一整天的时间。”

“现在是晚上，”男孩指出，“一天结束了。”

“《玛德琳在伦敦》怎么样？”汉娜提议。

“那里面也有佩皮托。”格雷厄姆说。

“那就读最初的玛德琳的故事怎么样？”

“‘最初’是什么意思？”格雷厄姆问。

“玛德琳的故事里面的第一个。”

“我听了很多遍了。”格雷厄姆说。

汉娜低下头，她晚餐喝了很多酒。她真的很爱格雷厄姆，他是她唯一的教子，但有时他的表现让她更加坚定了不要孩子的决心。

“我想听《玛德琳的圣诞》。”格雷厄姆终于宣布。

“可现在是感恩节，”汉娜说，“你想在感恩节听圣诞节的故事？”

“你说了我可以随便挑的。”

他们的声音传到了楼下的厨房，哈利正在刷烤盘，埃迪举着一只刮刀，心不在焉地挥动，想要弄干它。他正在和哈利讨论“宽容”的话题，但他的思维已经开始跑题了，两人谈到美国的不宽容（主要是种族和宗教）问题，但哈利发现埃迪正把话题往个人方面扯，没错，埃迪很想承认他对汉娜的不宽容，这时汉娜的声音便从楼上传下来，让他分了心。

哈利懂得何为宽容，他也不会和埃迪或者埃迪的同胞争辩，因为他觉得没有必要宣扬荷兰人比大多数美国人宽容，哈利相信这是真的。他还看出，汉娜之所以对埃迪不宽容，不仅因为她认为埃迪很可悲，而且总是迷恋老女人，还因为埃迪不是著名作家。

美国人最不宽容的地方就是对不成功的不宽容，哈利暗忖。虽然并不欣赏埃迪的作品，但他很喜欢埃迪这个人，尤其因为埃迪对露丝经久不变的感情。诚然，哈利也在猜疑这份感情的实质——它很可能来自埃迪对露丝母亲的迷恋，是一种爱屋及乌。作为退休警察，他发现露丝和埃迪最大的共同点就是想要见到玛丽恩，她的缺席构成了他们的人生基础的一部分，如同罗伊的女儿之于罗伊。

至于汉娜，她需要的宽容比哈利习惯付出的还要多，而且汉娜对露丝的感情不如埃迪认真。此外，她看着哈利的眼神让他觉得很熟悉——汉娜的思维模式和妓女类似。哈利很清楚，妓女精于算计，斤斤计较的情感绝对不值得信赖。

与你爱上的人的朋友们相处绝非易事，但哈利知道如何闭上嘴巴，明白什么时候只能旁观。

哈利把一锅水放在炉子上煮，埃迪问他退休后有什么计划——因为埃迪（还有汉娜）一直不清楚哈利是怎么筹划未来的。他会对佛蒙特的执法机构感兴趣吗？哈利那么爱读书、对书籍的见解又如此深刻，他会不会自己写一本小说？他也很喜欢做手工活，想不想从事户外工作呢？

但哈利告诉埃迪，他退休不是为了寻找另一份工作，他只想读更多的书和旅行，但只在露丝有时间和他同行的时候才去。虽然露丝的厨艺还说得过去——这是她自己认为的——但哈利的厨艺比她高超许多，而且他是家里唯一有时间出门采购的人。更重要的是，他期待陪伴格雷厄姆做很多事。

这完全符合汉娜私下对埃迪说的话：露丝的结婚对象是个家庭主妇！哪个作家不想要属于自己的家庭主妇呢？露丝说哈利是她的警察，其实哈利是她的家庭主妇。

露丝从外面进来时，觉得手和脸很冷，就站在汤锅旁取暖，锅里的水已经冒泡了。

“我们整个周末都要喝火鸡汤了。”哈利告诉她。

碗碟洗好后，埃迪、露丝和哈利坐在客厅里，这对夫妇虽然上午才结婚，但埃迪觉得他们好像认识了一辈子，他相信他们会永远彼此相知。新婚夫妇坐在沙发上——露丝喝红酒，哈利喝啤酒，楼上传来汉娜给格雷厄姆读故事的声音。

圣诞节的前一夜
整座房子里
一点动静都没有
连老鼠都没在活动

因为和这座老房子里的所有成员一样

可怜的老鼠感冒了，躺在床上
只有我们勇敢的小玛德琳没有躺着
觉得自己很有精神

“这也是我的感觉，”哈利说，“很有精神。”

“我也是。”露丝说。

“敬幸运的一对儿。”埃迪·奥哈尔举起盛满健怡可乐的酒杯祝酒，三个朋友举起杯子。汉娜读故事的声音有种奇怪而拖沓的愉悦感，露丝再次想到她是多么的幸运，她的坏运气只有一点点。

那个漫长的感恩节周末，快乐的新婚夫妇只和汉娜、埃迪这两个不快乐的朋友一起吃了一顿饭。

“他们整个周末都在做爱——我没开玩笑，”周六晚上聚餐时，汉娜小声告诉埃迪，“我发誓，他们邀请我来，是为了让我在他们胡搞的时候照看格雷厄姆！难怪他们不去度蜜月——根本不需要！让我当伴娘只是借口而已！”

“不要胡思乱想了。”埃迪说，但汉娜的确很少遇到这种情况——待在露丝家里，身边却没有男朋友。她敏锐地意识到，即便露丝和哈利没有时时刻刻在做爱，也随时都想这么做。

除了甜菜沙拉，哈利还做了一道非常美味的火鸡汤，烤了一些玉米面包。令大家惊喜的是，他说服格雷厄姆尝了一点火鸡汤——就着他的烤奶酪三明治。他们还在吃饭时，露丝那位勤劳的房产经纪人来敲门，还带来一位满脸不高兴的女人，说她想要买房子。

因为事先没打电话预约就贸然登门，经纪人向露丝道歉，但那位潜在买家听说房子准备出售，执意要来看房，而且看完后当天晚上就要回曼哈顿去。

“免得堵车。”潜在买家解释道。她叫坎迪达，因为习惯紧抿着嘴唇，所以总是显得不高兴，好像笑起来会疼似的，这样的嘴巴恐怕也不会笑。坎迪达或许曾经和汉娜一样漂亮——她也依旧身材苗条，衣着讲究——但她现在至少和哈利一样大，而且看上去更老，比起房子，她似乎更对餐桌旁坐着的几个人感兴趣。

“有人准备离婚吗？”坎迪达问。

“实际上，他们刚结婚，”汉娜说，指着露丝和哈利，“而我们俩从来没离过婚，也没结过婚。”汉娜补充说，指着埃迪和她自己。

坎迪达疑惑地看了格雷厄姆一眼，从汉娜的回答中无法推测格雷厄姆的来历。汉娜也不打算多做解释，她直视着那个尖酸刻薄的女人，逼得她低下了头。

饭厅的边桌上搁着吃剩的沙拉和法语版的《我最后一个坏男友》（这本书称得上露丝和哈利的定情之物，因为他们留下这本书纪念两人在巴黎相爱），坎迪达厌恶地看着这些东西，仿佛凡是跟法国有关的东西她都不喜欢。露丝讨厌她。表情尴尬的房产经纪人很可能也讨厌她。

房产经纪人是个大块头的女人，总是欢快地高声说话，她再一次为打扰他们进餐而道歉。她是那种子女长大离家后才进军房地产的女性，因为缺乏安全感而急于取悦别人，但比起买卖房屋，这种态度更适合连续不断地为食客提供花生酱、果酱和三明治的餐饮行业。不过，她的热情虽然脆弱，却是发自内心的，她真心希望每一个人都喜欢每一样东西，而由于这种情况十分罕见，她很容易莫名其妙地伤心流泪。

哈利提议打开谷仓的灯，让潜在买家看看二楼的办公室，但坎迪达说，她到汉普顿看房可不是为了在谷仓里浪费时间，她想看看楼上——她对卧室最感兴趣。于是房产经纪不情愿地跟着她上了楼，已经觉得无聊的格雷厄姆也跟着上去了。

“我的内裤都在客房地板上。”汉娜小声告诉埃迪，他能想象出那是什么样子——而且已经想象出来了。

哈利和露丝走进厨房准备甜点，汉娜又低声问埃迪："你知道他们在床上都干什么吗？"

"我可以想象得出露丝和哈利在床上干什么，"埃迪小声回答，"不需要别人告诉我。"

"他给她读书听，"汉娜低语道，"一连读好几个小时，有时她也会给他读，但他读书的声音更清楚。"

"你不是说他们总是在做爱吗。"

"我是说白天做爱，到了晚上，他就给她读书——真恶心。"汉娜补充道。

埃迪再一次被嫉妒和渴望征服，"一般的家庭主妇可不会这样做。"他低声告诉汉娜，汉娜狠狠瞪了他一眼。

"你们两个在嘀咕什么？"露丝在厨房里喊道。

"也许我们在谈情说爱。"汉娜回答，埃迪厌恶地向后退了退。

他们吃苹果派的时候，房产经纪把坎迪达领回了饭厅——格雷厄姆幸灾乐祸地跟在后面。"这房子太大了，"坎迪达宣布，"对我这个离婚的人来说。"经纪人快步跟在离去的顾客身后，强忍泪水看了露丝一眼。

"她非要告诉我们她已经离婚了吗？"汉娜问，"我是说，谁能看出来她离婚了？"

"她看了一本哈利读的书，"格雷厄姆报告说，"她还盯着你的内衣和你的内裤看，汉娜。"

"有人就是喜欢这么做，宝贝。"汉娜说。

那天晚上，埃迪·奥哈尔在枫树路北边的那座小房子里过夜，长岛铁路的路轨距离他的床头板还不到两百英尺。他疲惫极了，心情沮丧时尤其容易被疲惫击垮，所以凌晨3:21经过此地的东行列车并没有像往常一样将他吵醒，在这个特别的星期天早晨，他睡得很熟……直到被7:17的西行列车叫醒（如果不是周末的话，他醒得还会更早——6:12就有一趟西行列车）。

埃迪还在煮咖啡的时候，汉娜就打电话来了。

"我得离开这里。"汉娜低声说，她试图坐巴士离开，但巴士的票卖完了，她本打算当晚乘坐6:01的西行列车离开，"但我必须提前离开这里，"汉娜告诉埃迪，"我快疯了——那对鸳鸯要把我逼疯了，我想你应该知道火车班次。"

没错——埃迪怎么会不知道，周六、周日和节假日下午4:01有一趟西行的列车，而且在布里奇汉普顿上车总是有座。但是，埃迪提醒汉娜，如果火车异常拥挤，她可能就得站着了。

"你觉得不会有男人给我让座，或者让我坐在他腿上吗？"汉娜问，埃迪听后更沮丧了，但他还是同意开车送汉娜去布里奇汉普顿火车站，只剩地基的废弃车站其实就在埃迪家隔壁。汉娜告诉他，哈利答应格雷厄姆，当天傍晚带他去海滩散步——露丝表示她会趁机好好泡个澡。

那是个感恩节末尾的星期天，下着冷雨。泡澡时，露丝想起，多年前的同一天晚上，特德让她开车带他去斯坦霍普酒店（他曾经带过无数女人到那里去），在路上，特德给她讲了托马斯和蒂莫西车祸的经过，露丝当时眼睛一直看着路。现在她放松地躺在浴缸里，希望哈利和格雷厄姆穿得足够多，不要在雨中散步时觉得冷。

埃迪去接汉娜的时候，穿雨衣、戴宽边帽的荷兰人和男孩爬上凯文·莫顿的小皮卡车，格雷厄姆还穿了高帮橡胶雨靴，但哈利脚上还穿着他的旧跑鞋，他根本不在乎弄湿这双鞋（无论是在红灯区巡逻还是在海滩漫步）。

汉娜说："我不会为了一个该死的座位就牺牲童贞的。"

"多保重，汉娜。"埃迪告诉她——他是真的关心她，哪怕两人不是很亲热。

“你才应该多保重，埃迪。”

“我知道如何照顾自己。”埃迪抗议。

“告诉你吧，我的怪朋友，”汉娜说，“时间不等人。”她抓住他的双手，亲吻他的两颊，而不是和他握手，有时候她会用上床代替握手。

“你的意思是……”埃迪问。

“差不多四十年了，埃迪，你该放下了！”

然后，下午4:01的西行列车离开了，带走了汉娜。埃迪站在雨中，汉娜的话仿佛把他变成了石头。埃迪像被箭射中一样心痛，他木然地做好晚餐，独自吃掉，脑子里回响着汉娜的声音。

“时间不等人。”埃迪把一块腌好的金枪鱼摆到户外烤炉上（烤炉是烧煤气的，放在小房子的门廊上，至少可以躲避风雨）。“差不多四十年了，埃迪。”埃迪吃着金枪鱼排、水煮土豆和一把煮豌豆，自言自语道，“你该放下了！”清洗唯一用过的盘子和他的酒杯时，他大声说。他还想喝一杯健怡可乐，绝望的心情促使他拿起饮料罐就往嘴里倒。

6:01的西行列车——并非星期天的最后一班车——经过时，房子震动起来。“我恨火车！”埃迪大喊，因为连最近的邻居也无法在震耳欲聋的火车声中听到他说什么。

8:04的列车经过时，整个房子再次震动，这是星期日最后一班西行列车。“去你妈的！”埃迪绝望地大喊。

不开玩笑——确实到了应该放下的时候。但他永远都放不下玛丽恩，埃迪知道他永远都放不下她。

七十六岁的玛丽恩

枫树路名副其实——半条街上栽种着几十棵老枫树，只夹杂着少数几棵别的树：一两株橡树、几株观赏用的布拉德福梨树。从东头走过来的行人会对此地留下良好的印象，认为这是一条典型的绿树成荫的小镇街道。

大多数汽车停在车道上——有些居民把车停在街上的树荫下，偶尔出现的滑板和自行车说明这里有小孩，可以看出这里是中产阶级居住区，虽然称不上多么富裕，生活却也舒适，可惜的是狗叫声实在太吵。埃迪家这一带的狗叫此起彼伏，难以停歇，很可能会让路过的人怀疑这些不起眼的房子里其实藏着大笔财宝，需要成群的狗来守护。

从枫树路往西走是通向南边的切斯特街，那条街上的树木和房子更加整齐漂亮，但枫树路与科维丝大道（由此向南连接主街）交界处的西半边则是另一番景象。

街道北侧全是商铺，站在埃迪家的前门廊，看得见NAPA汽车零件店和约翰·迪尔农用机具店，两家店在同一座长条形的丑陋建筑中，门口还有一座毫无美感的工作棚。相较之下旁边的格里高利电器行倒不是那么难看，铁马制图社的现代化建筑也算赏心悦目，还有一座漂亮的砖结构小楼，但门前的空地——以及所有建筑的门前空地——是杂乱的停车区，地面铺着单调的砾石。这些商铺后面是枫树路的地标景观——长岛铁路，铁轨紧挨着街的北侧，几乎与它平行。

空地上胡乱堆放着一段段的铁轨，铁轨堆旁边是沙堆、土堆和砾石堆——这是汉普顿建材公司的堆货场，公司在那里竖了一块显眼的牌子。

枫树路南侧，商铺（包括汉普顿加油站）中间只有几座民宅。过了加油站，路南侧逐渐荒凉，散布着树丛、泥地和更多的砾石堆——特别是夏季和节假日的长周末，这里会停上一长排的汽车，和街道垂直，甚至绵延一百多码。然而现在——在这个凄冷的感恩节周末最后一天，这里只停了几辆车，看上去就像个生意惨淡的二手车市场。如果没有汽车，这里的荒凉景象会更加让人绝望，尤其因为它旁边（更破烂的街道北侧）就是前面提到的布里奇汉普顿火车站的废墟。

车站的地基四处开裂，搭了两个小塑料棚代替原来的候车室，还有两条长凳，在这个阴冷潮湿的十一月的星期天晚上，长凳上根本没有人。一排缺少照料的水蜡树是用来遮挡这条曾经繁忙的铁路线的颓败气象的，车站唯一留下的东西只有那台未加遮盖的公用电话和五十米长的柏油月台……好吧，这里就是以富裕著称的布里奇汉普顿地区的铁路运输站。

枫树路在这一带的水泥路面上打了许多沥青补丁，碎裂的道旁石歪在路边，连人行道也没有。在这个十一月的晚上，这里并没有车辆经过，枫树路很少出现交通繁忙的景象，即便有，时间也不长。不仅因为停靠在布里奇汉普顿的列车少得惊人，也因为火车本来就是煤炭时代诞生的老旧之物，乘客必须以古老的方式上下车——踩着每节车厢生锈的梯子爬上爬下。

露丝·科尔以及大部分与她收入水平相近的人，一般不会乘火车往返纽约，他们都会坐巴士。埃迪的收入虽然绝对达不到露丝的水平，但他也会乘巴士往返纽约。

以周五傍晚6:07准时抵达的炮弹快车为例，在布里奇汉普顿下车的乘客一般不会超过两三个人，而等在车站的出租车不会超过五六辆。总之，枫树路西段就是这么个破旧肮脏、令人生厌的地方，火车在月台短暂停留后，汽车和出租车会即刻向东飞驰，仿佛等不及要逃离这片荒凉的区域。

所以，埃迪·奥哈尔也想逃离这里就没有什么好奇怪的了。

在一年中的所有星期天晚上里——尤其就汉普顿而言——标志着感恩节长周末结束的那个星期天晚上应该是最寂寞的，即使连最有理由觉得快乐的哈利·胡克斯特拉都能体会到其中的寂寞。晚上十一点十五分，哈利正在享受他最爱的、新发现的消遣方式——跑到露丝萨加波纳克的房子后面的草坪上撒尿。退休巡警曾经见过妓女和吸毒者在红灯区街道上撒尿，然而直到他亲自在佛蒙特州的树林、田野以及长岛的草坪上尿过之后，才明白野外撒尿的乐趣所在。

“你又在外面撒尿了吗，哈利？”露丝喊道。

“我在看星星。”哈利说谎。

根本没有星星可看，虽然雨终于停了，天空还是漆黑一片，风变得更冷了。狂风暴雨正在海面上肆虐，陆地上刮起了凛冽的西北风，无论狂风带来什么样的天气，天仍旧阴云密布，不管是谁都会觉得这是个沉闷的夜晚。北方地平线上闪烁的微光是少数还没来得及赶回纽约的汽车的头灯发出的，连蒙托克公路的西行车道上的车辆都比平时的周末少了许多，恶劣的天气让每个人都想早点回家。雨是最好的警察，哈利想。

随后传来火车汽笛的哀鸣——那是11:17的东行列车，最后一班。哈利颤抖着回到室内。

为了等这趟车过去，埃迪·奥哈尔暂时没有上床，因为他受不了躺在颤抖的床上等待火车到达然后离开，埃迪总是会在11:17的东行列车经过后上床。

看到雨已经停了，埃迪穿得厚厚的，站在门廊里。11:17的火车一来，全街区的狗叫成一片，但路上始终不曾出现一辆汽车。谁会在感恩节的周末结束时乘坐东行的火车到汉普顿来呢？没有人，埃迪想，尽管他听到一辆车离开了枫树路西头的停车场，朝巴特巷开去——没有经过埃迪家门口。

埃迪继续站在寒冷的门廊里，聆听火车离站的动静。狗叫结束后，火车声也逐渐听不见了，他稳定心神，享受着难得的安静。

西北风带来了冬天的寒意，冷风掠过枫树路街边尚且带着暖意的大小水洼，带起一阵雾气。透过薄雾，埃迪突然听到轮子转动的声音，但不是汽车，更像小孩的玩具车发出的动静——声音很轻，却也吸引了一两只狗的注意。

一个女人穿过雾气向他走来，身后拖着一只机场中常见的拉杆箱，带着小轮子的那种。鉴于路面破败的状况——坑洼不平的水泥路、碎石堆和水坑——女人吃力地拖着箱子，看来它更适合飞机场，而不是破烂的枫树路。

在黑暗和雾气之中，看不出女人的年龄。她比一般女人高，瘦而不弱，虽然穿着肥大的雨衣，但因为她紧裹着雨衣御寒，看得出她的身材很好，一点不像个老女人。尽管埃迪现在看出她是个老女人，可她漂亮极了。

他不知道这个女人是否看到他站在黑暗中的门廊里，于是小心翼翼地——生怕吓着她——问：“对不起，我可以帮你的忙吗？”

“你好，埃迪，”玛丽恩说，“没错，你当然可以帮我，这么长时间了，我从来没有像现在这样需要你的帮忙。”

三十七年后，他们会谈些什么？（如果换成你，你会先说哪件事？）

“悲伤会传染的，埃迪。”玛丽恩对他说，他接过她的雨衣，挂在前厅的衣橱里。这座房子只有两个卧室，唯一的客房又小又闷，位于楼梯顶部——旁边是埃迪用作办公室的同样小的房间。主卧室在楼下，从客厅能看到里面，玛丽恩现在就坐在客厅的沙发上。

埃迪要把她的箱子拿到楼上，玛丽恩拦住他，说：“我和你睡，埃迪——如果没关系的话，我不擅长爬楼梯。”

“当然没关系。”埃迪告诉她，他把她的箱子送进他的卧室。

“悲伤会传染，”玛丽恩又说，“我不希望你传染上我的悲伤，埃迪，我真的不希望露丝被传染。”

她是否交往过别的年轻男人？埃迪这样问，没人能为此责备他。年轻男人总是会被玛丽恩吸引，但谁也比不上她记忆中的两个逝去的年轻人，也没有任何一个年轻男人比得上她记忆中的埃迪！对于年轻男人，玛丽恩从埃迪开始，也要从埃迪结束。

也没人能责备埃迪问玛丽恩是否和年纪大的男人交往过（他对这种吸引更熟悉），但玛丽恩在与年纪大的男人——主要是鳏夫，但也有离过婚的和勇敢的单身汉——交往中，发现即使老男人也无法做到单纯的“陪伴”。他们自然会提出性的要求，可玛丽恩不需要性——埃迪之后，她根本不再想要。

“我不是说六十次就够了，”她告诉他，“但你提高了这件事的标准。”

埃迪起初以为，玛丽恩一定是听到露丝再婚的喜讯才从加拿大回来的，但虽然玛丽恩很高兴听到女儿的好消息，但她承认，她今天才从埃迪口中听到这个新闻。

埃迪自然也会问玛丽恩，为什么现在回到汉普顿，他和露丝甚至不相信她还会露面了……为什么现在回来？

“我听说房子要卖掉，”玛丽恩告诉他，“我从来都不想离开那座房子，也不想离开你，埃迪。”

她踢掉脚上的湿鞋，透过光滑的浅褐色连裤袜，可以看到她的脚指甲涂成了艳丽的粉色，如同生长在沃恩夫人的南汉普顿庄园后面的海滩玫瑰。

“你以前的房子现在卖得很贵。”埃迪鼓起勇气说，但他讲不出露丝提到的那个价格。

像过去一样，他爱玛丽恩穿的衣服。她穿着炭灰色的长裙、很有热带风情的橘粉色羊绒圆领毛衣——和埃迪第一次见到她时，她穿的那件粉红色羊绒开襟毛衣很像。那件毛衣曾经让他神魂颠倒，后来却被他母亲送给某位教职员的妻子了。

“房子要多少钱？”玛丽恩问。

埃迪告诉了她，她叹了口气。玛丽恩离开汉普顿太久，不知道这里的房子炙手可热。“我赚了不少钱，”她说，“我的事业比我应得的要好——就我写的东西来说。但我也没有那么多钱。”

“我靠写东西也没赚到多少钱，”埃迪承认，“但我可以随时卖掉这座房子。”玛丽恩礼貌地没有打量周围的破败环境。（枫树路就是这样的，埃迪还会把房子租给避暑的人，也给这里带来了一定的破坏。）

玛丽恩依旧漂亮的两条长腿优雅地交叉着，端庄地坐在沙发上。漂亮的围巾是牡蛎的那种珍珠灰色，恰好把她的胸部分成两半，埃迪看到她的乳房的形状仍然很好看（也有可能是胸罩勾勒出来的）。

埃迪深吸了一口气，迅速说出全部心里话：“我们两个合伙买下露丝的房子，怎么样？对半分，”他又连忙补充道，“如果你能出三分之二，我出三分之一的话，会比我出二分之一更实际。”

“我出得起三分之二，”玛丽恩告诉他，“而且，我会死，会离开你，埃迪，我会把我那三分之二留给你！”

“你现在不会死吧，不会吧？”埃迪问她，想到玛丽恩可能自知不久于人世，特意回来和他道别，他不由得惊慌失措。

“上帝，不会的！我很好，起码就我所知，我没得什么要死的病，除了年纪大……”

他们难免要谈到这些，埃迪也预料到了，毕竟这样的对话他写过许多遍，所有对白他都记忆深刻。而玛丽恩读过他所有的书，她知道埃迪·奥哈尔每一本书中那个深情的年轻人会对老女人说什么话，那个年轻人永远令人安心。

“你不老，我不觉得你老。”埃迪说。这么多年——五本小说！他一直在为这个时刻做准备，但他还是觉得紧张。

“你可能很快就需要照顾我了。”玛丽恩警告他。

可埃迪巴不得能够照顾玛丽恩，他已经等了三十七年，如果说他觉得意外，那也是因为他第一次做对了事——没有爱错玛丽恩。现在他不得不相信，玛丽恩一有可能就会回到他身边，尽管这用了她三十七年，也许她需要这么长的时间来抚平托马斯和蒂莫西的死带来的伤痛——更不用说特德为了让她心神不宁制造的种种幻象了。

他面前是个完整的女人，正如她的角色一样，玛丽恩将她的整个人生托付给埃迪，成为他一生奋斗和爱恋的目标。还有哪个男人担当得起如此重任？这些年来，五十三岁的作家做到了同时在作品和现实生活中爱她。

谁也不能责怪玛丽恩告诉埃迪她每一天、每一周都在逃避什么，比如孩子们放学，所有博物馆、动物园、天气晴好时的公园，孩子一定会跟着保姆游玩的地方，所有在白天举行的棒球赛，还有所有的圣诞购物活动。

她遗漏了什么？所有的消暑或避寒胜地、春回大地的第一日、秋季最后一个艳阳天——当然还有每一个万圣节，在她的禁忌清单上写着：永远不外出吃早饭，不吃冰淇淋……玛丽恩总是衣着考究地独自在餐馆吃饭——她会在餐馆供餐即将结束时进去要一个座位，点一杯红酒，读着小说进餐。

“我讨厌一个人吃饭。”埃迪对她说。

“有小说读，不算一个人吃饭，埃迪，我有点替你不好意思。”她告诉他。

他不禁问她是否曾想过拿起电话打给他。

“太多次了。”玛丽恩回答。

她从未指望靠出书维持基本生活。“写作只是一种自我治疗。”她说。她的书出版之前，特德就按照律师的要求给了她足够生活的钱，他的唯一条件是让露丝专属于他。

特德死后，玛丽恩很想打电话，但她把电话线拔了。“就这样，我放弃了电话，”她告诉埃迪，“这比放弃周末还难。”放弃电话之前很久，她就放弃了周末外出（会遇到很多小孩）。每次出门旅行，她会尽量在天黑后抵达——这一次也不例外。

玛丽恩在上床前想喝一杯，当然不是喝健怡可乐——埃迪手里总会捏着一罐，哪怕罐子已经空了。埃迪冰箱里有一瓶打开的白葡萄酒、三瓶啤酒（给客人准备的），还有一瓶更好的东西——单一麦芽苏格兰威士忌，藏在厨房水槽底下——是为比较受欢迎的客人和他偶尔的女性同伴准备的。他第一次和最后一次喝这样的好东西都是在露丝萨加波纳克的房子里，特德的追悼会结束后，他惊讶地发现自己很喜欢它的味道（他还有一瓶杜松子酒，虽然闻到它的气味就想吐）。

总之，埃迪用他唯一的那只酒杯——这是他仅有的玻璃器皿——给玛丽恩倒了一杯单一麦芽威士忌，甚至自己也喝了一杯。然后，玛丽恩先用了浴室，准备上床，与此同时，埃迪一丝不苟地用热水和洗涤剂清洗了酒杯（然后又多此一举地把杯子放进洗碗机）。

玛丽恩穿着象牙色的衬裙，披散着头发——长度及肩，银灰的发色比埃迪的更白——悄悄来到厨房，突然搂住埃迪的腰，从背后抱紧他。

他们在埃迪床上保持了一阵子这样的姿势，然后玛丽恩伸手摸到埃迪的勃起。“还是个小男孩嘛！”她轻声说，握住佩妮·皮尔斯曾经用“勇敢无畏”来形容的阴茎——很久以前，佩妮还说这东西很“雄伟”，玛丽恩就不会说这种傻话。

然后他们在黑暗中彼此面对，埃迪就像以前和她在一起时那样躺着，头贴着她的胸。她抱紧他，双手摩挲着他的头发。他们就这样睡着了，直到1:26的西行列车将两人惊醒。

“我的天！”玛丽恩叫道。西行的早班车很可能是最吵的一趟车，不只因为它在人们凌晨熟睡时经过，还因为西行列车会在进站前经过埃迪的房子，不仅能感觉到床的震动，听到火车的轰鸣——还能听见刹车的声音。

“不过是一列火车。”埃迪安慰她，把她抱在怀里，即使她的乳房干瘪下垂了又怎么样？根本算不得变化！至少她还有乳房，而且柔软温暖。

“这房子能换到钱吗，埃迪？你觉得能卖出去吗？”玛丽恩问。

“它还在汉普顿，”埃迪提醒她，“汉普顿的东西都卖得出去。”

漆黑的夜里，两人却已经非常清醒。玛丽恩又开始害怕见到露丝。“露丝恨我吗？”她问埃迪，“她有充分的理由……”

“我不认为露丝恨你，”埃迪告诉她，“我觉得她只是生气。”

“生气不要紧，”玛丽恩说，“愤怒比许多其他情绪容易克服得多，可万一露丝不肯把房子卖给我们怎么办？”

“它也还在汉普顿，”埃迪说，“不管她是谁，你又是谁，露丝还是得找个买主。”

“我打呼噜吗，埃迪？”玛丽恩突然问他。

“没有，反正我没听到。”他回答。

“如果我打呼噜，请你告诉我，不——你要踢我，以前都没有人能告诉我是不是打呼噜。”

玛丽恩确实打呼噜，埃迪自然也不会告诉她或者踢她。听着她的鼾声，他幸福地进入梦乡，直到他们再次被3:22的东行列车吵醒。

“上帝，如果露丝不把房子卖给我们，我就带你去多伦多，去哪儿都行，但不能待在这里。”玛丽恩说，“连爱情都不能让我留在这种地方，埃迪，你觉得呢？”

“我的心一直在别的地方，”他承认，“直到现在才回来。”贴在她胸前时，他惊讶地发现她的体香和他记忆中的一模一样，而这种香味早就从他失去的那件玛丽恩的粉色羊绒开襟毛衣上消失了，他带去上大学的她那件内衣也有同样的香味。

他们又睡熟了，然后被6:12的西行列车吵醒。

“这趟车是西行，对吧？”玛丽恩问。

“对，可以从刹车的声音听出来。”

6:12之后，他们非常小心地做爱，随后又睡着了，直到10:21的东行列车向他们道了早安——那是个晴朗寒冷的早晨。

这天是星期一，露丝和哈利预订了周二早上开往奥连特岬角的轮渡。露丝、哈利和格雷厄姆回佛蒙特后，房产经纪人——那个遭遇挫折爱抹眼泪的大块头女人——会让搬家工人进屋搬东西，然后锁住萨加波纳克的房子。

“只有这个机会了，”早餐时，埃迪对玛丽恩说，“他们明天就走了。”他能从玛丽恩磨蹭着穿衣服的样子看出她的紧张。

“他什么样？”玛丽恩问埃迪。他误解了她，以为她是问哈利什么样，但玛丽恩问的是格雷厄姆。埃迪理解玛丽恩害怕见到露丝，而玛丽恩同样害怕见到格雷厄姆。

幸运的是（埃迪认为），格雷厄姆长得不像狼一样的艾伦，却非常像露丝。

“格雷厄姆像他妈妈。”埃迪说，但玛丽恩也不是这个意思，她想知道格雷厄姆长得像她的哪个儿子，或者是否与他们有相像的地方。她其实并不担心看见格雷厄姆，而是怕他长得太像托马斯或者蒂莫西。

失去孩子的悲伤永远不会消失，只会稍有减弱而已——在过去很长时间之后。“请你说清楚，埃迪，你觉得格雷厄姆长得更像托马斯还是蒂莫西？我只想提前有所准备。”玛丽恩说。

埃迪很想说，他认为格雷厄姆既不像托马斯也不像蒂莫西，但对于死去的两兄弟的照片，他比露丝记得还要清楚。格雷厄姆的圆脸和分得很开的黑眼睛里流露出的婴儿般的好奇与期待，更像年纪较小的蒂莫西。

“格雷厄姆像蒂莫西。”埃迪承认。

“只是有点像，我猜。”玛丽恩说，但埃迪知道她是在问他。

“不，很像，他很像蒂莫西。”埃迪告诉她。

这天上午，玛丽恩穿上了同一条炭灰色长裙和另外一件羊绒圆领毛衣，毛衣是酒红色的，没戴围巾，而是戴了条简单的项链——细白金链上挂着与她眼睛颜色相配的浅色蓝宝石坠子。

她先把头发挽起来，然后又放下，披在肩上，用一只玳瑁发夹箍住，免得遮住脸。（这天风很大，很冷，却是个美丽的晴天。）最后，她终于认为自己准备好会面之后，却又拒绝穿外套，“我们不会在室外站得太久的。”她说。

为了缓解玛丽恩的紧张，埃迪和她讨论如何改造露丝的房子。

“既然你不喜欢楼梯，我们可以把特德以前的工作室改成一楼的卧室，”埃迪说，“前厅对面的浴室可以扩大。如果我们把厨房入口改成房子的正门，楼下的卧室就会变得很有私密性。”他打算不停地说话——只要能分散玛丽恩的心思，不去想格雷厄姆可能长得和蒂莫西有多像。

“是爬楼梯还是睡在特德所谓的工作室里……好吧，我应该考虑一下，”玛丽恩说，“也许感觉很像个人的胜利，睡在我前夫和那么多不幸的女人乱搞——还给她们画画拍照——的房间里，可能会很有趣。”玛丽恩突然产生了兴趣，“在那个房间里被爱——然后在那里被照顾，很好，为什么不这样做呢？甚至死在那里我都觉得很不错，可我们应该怎么处理那个该死的壁球场呢？”她问埃迪。

玛丽恩还不知道露丝已经改造了谷仓二楼——也不知道特德死在那里，只知道他是在谷仓自杀的，一氧化碳中毒。她总以为他死在他的车里，而不是在该死的壁球场。

埃迪给她解释着诸如此类的琐碎细节，开车拐到布里奇汉普顿的大洋路，又从萨加波纳克路来到撒格大街。已经接近中午了，太阳照在玛丽恩的金发上，她的头发还是那么的光滑。她抬起一只手来遮挡阳光，埃迪伸手越过她的身体，放下遮阳板。那块六边形的浅黄色斑块像灯塔一样在她右眼中闪着光，阳光照耀下，这块金子般的斑点把她的右眼从蓝色变成了绿色，埃迪知道，他再也不会和她分开了。

“直到死亡将我们分开，玛丽恩。”他说。

“我刚才也在这么想。”玛丽恩告诉他，埃迪从撒格大街拐进牧师巷，她把纤瘦的左手搁在他的右大腿上。

“上帝啊！”玛丽恩说，“看看那些新房子！”

许多房子并没有那么“新”，但埃迪也记不清1958年之后牧师巷建起了多少所谓的新房子。当他在露丝家的车道上放慢车速时，玛丽恩震惊地看着高耸的水蜡树篱，树篱环绕着房子后面的游泳池，虽然从车道上看不见，但她猜想游泳池就在那边。

“那个混蛋修了个游泳池，对不对？”她问埃迪。

“其实，那是个不错的泳池——没有跳水板。”

“肯定还会有户外淋浴间。”玛丽恩猜测，她的手在埃迪的大腿上颤抖起来。

“没关系的，”他安慰她，“我爱你，玛丽恩。”

玛丽恩坐在副驾驶，等待埃迪为她开门，因为她读了他所有的书，知道他喜欢做这种事。

一个英武粗犷的男人在厨房门口劈木头。“上帝，他真壮！”玛丽恩下了车，挽着埃迪的胳膊，“这就是露丝的警察？他叫什么名字来着？”

“哈利。”埃迪提醒她。

“噢，是的——哈利。听起来很荷兰，但我会试着记住的。孩子叫什么来着？自己的外孙，我竟然记不住他的名字！”玛丽恩大声说。

“格雷厄姆。”埃迪告诉她。

“是的，格雷厄姆——当然。”玛丽恩仍然精致、酷似希腊罗马雕塑的脸上蔓延着无尽的哀伤。埃迪知道玛丽恩想起了儿子们的哪一张照片：四岁的蒂莫西站在一桌子浪费掉的感恩节晚餐前，手里拿着一根没有咬过的火鸡腿，满脸怀疑，和四天前格雷厄姆盯着哈利端出来的那只烤火鸡时的神情一模一样。

从蒂莫西天真的表情上，根本看不出他十一年后会悲惨地死去——更不用说他死的时候还会失去一条腿。他母亲想帮他捡回他的球鞋时，发现了那条腿，这才意识到儿子已经死了。

“来吧，玛丽恩，”埃迪低声说，“外面很冷，我们进去和大家见个面。”

埃迪朝哈利挥挥手，哈利立刻朝他挥手，然后迟疑了——退休警察当然不认识玛丽恩，但他听说埃迪很会讨老女人欢心——露丝告诉他的。哈利也读过埃迪的所有书，所以，他试探性地朝挎着埃迪胳膊的老女人挥挥手。

“我带来一位想要买房的客人！”埃迪对他喊道，“真心想买！”

这句话引起了前巡警胡克斯特拉的注意，他举起斧头，用力斫进砧板里——以防格雷厄姆玩斧头弄伤自己。哈利捡起同样锋利的劈柴楔子，他也不想让它伤到格雷厄姆。大锤他还留在地上，四岁小孩搬不动大锤。

但埃迪和玛丽恩已经进了房子——他们没等哈利。

“有人吗？是我！”埃迪在前厅喊道。

玛丽恩带着全新的热忱打量起特德的工作室——更确切地说，这种热忱她一直都有，只是从未发觉。前厅光秃秃的墙壁也引起了她的注意，埃迪知道玛丽恩一定记得曾经挂在这里的每一张照片，现在照片和画钩都没有了。玛丽恩还看到地上堆叠的纸箱——这座房子的现状跟她上次和搬家工人离开这里时看到的样子并没有太大的差别。

“来了！”露丝在厨房里喊道。

然后，格雷厄姆跑进前厅欢迎他们。见到格雷厄姆，玛丽恩一定百感交集，但埃迪认为她控制得很好。“你一定是格雷厄姆。”玛丽恩说。孩子见到陌生人有些害羞，他站在埃迪身边靠后的位置——至少他认识埃迪。

玛丽恩伸出手来，格雷厄姆一本正经地和她握了握手。埃迪一直看着玛丽恩，她看上去很镇定。

遗憾的是，格雷厄姆从未见过祖父母辈的家人，他对外婆这个概念的理解完全来自书本，书里面的外婆全都很老。“你很老了吗？”男孩问他的外婆。

“噢，没错——我当然很老！”玛丽恩告诉他，“我七十六岁啦！”

“你知道吗？”格雷厄姆问她，“我只有四岁，但我已经有三十五磅重了。”

“我的天！”玛丽恩说，“我过去的体重是一百三十五磅呢，但那是很久以前了，我现在变轻了一点……”

前门在他们身后敞开，流着汗的哈利走进来，拿着他心爱的劈柴楔子，埃迪本想把玛丽恩介绍给他。就在这时，厨房和前厅相连的那扇门突然开了，露丝走了出来，她刚刚洗过了头发。“嗨！”露丝对埃迪说，然后她看到了她的母亲。

哈利站在大门口说：“这是来买房子的客人，真心想买。”然而露丝没有听到他的话。

“你好，亲爱的。”玛丽恩对露丝说。

“妈咪……”露丝嗫嚅道。

格雷厄姆跑向露丝，四岁的他仍然习惯搂着母亲的臀部，露丝本能地想要弯腰抱起他来，可她整个人都僵在那里，甚至没有力量抱起儿子。她一手扶着格雷厄姆稚嫩的肩膀，抬起另一只手，用手背茫然地蹭了蹭脸上的泪水。接着，她不再尝试抹掉眼泪，而是让它痛快地流淌出来。

大门口的荷兰人狡猾地站着没动，他很明白，现在不能乱动。

汉娜错了，埃迪知道，时间也会等人，也会暂停，比如现在。所以，我们必须提防这种时刻。

“别哭啦，亲爱的，”玛丽恩对她唯一的女儿说，“不就是埃迪和我嘛。”

图书在版编目（CIP）数据

独居的一年 / (美) 约翰·欧文 (John Irving) 著；孙璐译. -- 南京：江苏凤凰文艺出版社, 2017.5

书名原文：A WIDOW FOR ONE YEAR

ISBN 978-7-5594-0216-5

I. ①独... II. ①约... ②孙... III. ①长篇小说—美国—现代 IV. ①I712.45

中国版本图书馆CIP数据核字（2017）第085361号

图字：10-2017-139号

书　　名　独居的一年

著　　者　（美）约翰·欧文
译　　者　孙　璐
责任编辑　丁小卉　姚　丽
特邀编辑　周奥扬　姚红成
责任监制　刘　巍　江伟明
策　　划　读客文化
版　　权　读客文化
封面设计　读客文化　021-33608311
出版发行　江苏凤凰文艺出版社
出版社地址　南京市中央路165号，邮编：210009
出版社网址　http://www.jswenyi.com
印　　刷　河北鹏润印刷有限公司
开　　本　890mm x 1270mm　1/32
印　　张　18.75
字　　数　471千
版　　次　2017年8月第1版　2019年1月第9次印刷
标准书号　ISBN 978-7-5594-0216-5
定　　价　68.00元

如有印刷、装订质量问题，请致电010-87681002（免费更换，邮寄到付）